KB171117

슈틸러(Joseph K. Stieler)의 괴테 초상화(1828년)

립스(Johan H. Lips)가 그린 괴테(1791년)

젊은 시절의 괴테

괴테의 색채론 스케치(1809년)

괴테 실물 크기의 실루엣(1775~80년경)

프랑크푸르트에 있는 괴테의 생가

일메나우 근교의 작은 산장. 괴테는 이곳에 머물면서 시상
을 정리하였다.

크라우스(G.M. Kraus)의 괴테 초상화(1776년)

캄파그나에서의 괴테 괴테의 친구였던 티슈바인(J. H. W. Tischbein)이 그린 이탈리아 여행중의 괴테(1787년경)

괴테의 기념비
일메나우 시청 앞 광장에 있다

〈파우스트〉 제1부
괴테의 그림으로 지령이 나타나는 장면

프리드리히 실러
루도비케 지마노비츠의 유화작품이다
(1793년)

괴테의 친필 메모(1820년)

길거리의 괴테, 판화(1785년경)

괴테의 가족 그림
제크라츠(Johann Conrad Seekratz)의
유화 그림이다(1762년).

Goethe's

Werke.

Erste illustrirte Ausgabe,

mit erläuternden Einleitungen.

Zweite verbesserte Auflage.

Elfter und zwölfter Band.

Aus meinem Leben.

I. und II. Theil.

KÖNIGLICHE
BIBLIOTHEK
BERLIN

Berlin,
G. Grote'sche Verlagsbuchhandlung.
1871.

〈시와 진실〉최초 화보판
독일 그로테출판사 간행의
최초 화보판이다
(제2쇄, 1871년)

괴테가 그린 수채화 〈가르텐하우스Gartenhaus, 1779~80년〉

뢰베 호텔의 기념판
괴테가 마지막 생일을 축하하며
머물렀던 곳을 기념하여 새겼다.

Hier wohnte
Goethe.

In diesem Hause feierte
Joh. Wolfg. v. Göthe
seinen letzten Geburtstag
am 28. August 1831.

괴테 기념비
라이프치히에 세워진 괴테의 동상이다.

괴테
시와 진실(상)
― 나의 생애에서 ―

괴테 지음 | 박환덕 옮김

범우

이 도서의 국립중앙도서관 출판시도서목록(CIP)은 e-CIP 홈페이지(http://www.nl.go.kr/cip.php)
에서 이용하실 수 있습니다.(CIP제어번호: CIP2006002436)

제1부

— 징계없는 교육은 없다[1]

---

1) 제사題詞로서 그리스의 희극시인 메난드로스(Menandros, 기원전 342~291)의 작품 《Monostichs》속의 시구. "벌받지 않는 인간은 교육이 되지 않는다."

아마 이 작품은 다른 어느 작품보다도 더 머리말이 필요하리라. 그러나 여기서는 한 친구가 보내준 편지[2]를 소개하여 머리말로 삼고 자 한다. 어떤 경우에나 망설여질 이런 기도를 시작하게 된 것도 실은 이 편지에 의해 촉구된 것이다.

"우리는 이번에 귀하의 작품이 열두 권으로 수록된 전집[3]을 접하게 되었습니다. 그것을 전부 읽어 보니 알려진 작품도 있고 알려지지 않은 작품도 있습니다. 또 잊어버리고 있었던 몇 편의 작품도 이 전집에 의해 기억이 새로워졌습니다. 장정이 똑같은 모양으로 된 이 열두 권의 책을 눈앞에 놓고 보니 우리는 이것을 하나의 전체로 보지 않을 수 없으며, 그것을 자료로 해서 저자와 저자의 재능을 그려 내 보고 싶어지는 바입니다. 그러나 저자가 작가로서 첫걸음을 내디뎠을 때의 빛나는 활동이나, 그 뒤 오랜 동안의 활동을 설명하기 위해서는 이 12권의 작은 책들로서는 아무래도 충분치 못한 것 같습니다. 작품 하나하나를 놓고 보면 그 대부분은 물론 그것이 어떤 특별한 계기에 의해서 생겨났고, 무슨 외부적 대상이나 어떤 내면적 교

---

2) 괴테 자신이 친구의 편지처럼 쓴 것이며, 문체로 보아도 괴테가 쓴 것이 분명하다고 한다.
3) 1808년에 코타 출판사에서 12권의 괴테 저작집이 나왔다. 이 머리말은 1811년에 씌어졌다.

양의 단계가 반영되어 있으며, 또 그때그때 어떠한 도덕적 그리고 미학적 원리나 확신이 지배하고 있는가는 대강 알 수 있습니다. 그러나 이들 작품들을 하나의 전체로 볼 때는 거기에 여전히 연관이 없습니다. 그뿐 아니라 그것들이 동일한 작가의 손으로 씌어진 것으로는 거의 믿을 수 없는 것도 군데군데 있습니다.

그러나 귀하의 친구들은 탐구하기를 그만두지 않고 있습니다. 그리하여 귀하의 생활방식이나 사고방식을 자세히 알고 있는 사람으로서 여러 가지 수수께끼를 풀고 갖가지 문제를 천명하려고 힘쓰고 있습니다. 그리고 작가에 대해서 오랫동안 가져온 애착과 관계에 의해서, 탐구의 길에 가로놓인 여러 가지 곤란에 대해서마저도 다소의 매력을 느끼고 있습니다. 그렇지만 때때로 귀하의 조력을 얻을 수 있다면 우리로서는 기쁜 일이 아닐 수 없을 것입니다. 그러한 조력을 귀하께서도 우리의 우정을 생각하셔서 거절하시지는 않겠지요.

우리가 첫째로 바라는 바는 귀하가 새로 책을 하나 쓰셔서 귀하의 작품을 연대순으로 배열하여 그것들을 어떤 내적 관계에 의해서 정리해 주시라는 것입니다. 작품들의 소재가 된 생활상태, 심경心境 및 귀하가 영향을 받은 예전의 작품 그리고 귀하가 신봉하는 이론적 원칙 등을 어떤 연관 아래에 서술해서 우리에게 밝혀 주시라는 것입니다. 귀하가 우리 소수의 친구들에게 이러한 노력을 해주신다면 그것은 훨씬 많은 사람들을 위해서도 매력 있고 유익한 어떤 것이 태어날 것으로 생각됩니다. 작가란 아무리 나이가 들어도 자기에게 애착을 갖는 사람들과는 비록 멀리 떨어진 경우라도 서로 이야기하는 특권을 포기하면 안 됩니다. 나이가 많이 든 뒤에 힘찬 효과를 갖는 뜻밖의 작품을 새로 써낸다는 것은 누구나 할 수 있는 일이 아니겠지요. 하지만 나이로 해서 인식이 한층 완전해지고 자각이 더욱 명석해진 시기에, 이때까지 자기가 쓴 모든 작품들을 다시 소재로 다루어 이것에 마지막 완성의 손을 가하는 것은 매우 즐겁기도 하고 기분이 좋아지는 일이 아닐까요. 그것은 전에 예술가와 함께, 또 예술가에 의해서 자기를 연마해 온 사람들에게 다시 새로운 교양의 자원이 될 것입니다."

이러한 호의에 넘치는 요청을 받고 보니 나는 바로 그것에 따르겠다는 마음이 생겼다. 왜냐하면 우리는 젊어서는 기를 쓰고 자기의 길을 나아가며 바삐 움직이느라 남의 요구를 성급하게 거절해 버리기 쉽지만, 나이가 들게 되면 누가 우리를 격려해 주고, 호의를 가지고 새로운 활동의 힘을 내도록 관심을 가져 주기를 바라게 되기 때문이다. 그래서 나는 바로 내 12권의 전집에 수록된 길고 짧은 갖가지 작품을 역대순으로 정리하는 일에 착수하였다. 나는 이들 작품을 만든 시기와 그때의 환경을 생각해 내려고 애썼다. 그러나 이 일은 이내 매우 곤란한 것이 되어 버렸다. 왜냐하면 발표된 작품과 작품 사이의 틈새를 메우기 위해서는 상세한 보고와 설명이 필요하다는 것을 알게 되었기 때문이다. 그도 그럴 것이 우선 내가 처음 연습으로 썼던 것은 남아 있는 것이 하나도 없으며, 쓰다가 완성하지 못한 채로 둔 여러 작품들도 이미 없어져 버렸기 때문이다. 그뿐 아니라 완성한 작품도 뒤에 가서 다시 고쳐 쓰고 다른 형식으로 개작한 것도 적지 않으며, 처음의 외면적 형태는 흔적도 없이 사라진 것도 있었다. 그 외에 내가 과학이나 문학외적文學外的 예술에 있어서는 어떤 노력을 하였는가 하는 점과 또한 이런 문학과 인연이 먼 방면에서 혼자서 혹은 친구와 함께 협력해서, 몰래 연습으로, 혹은 공공연하게 발표하며 연구한 것에 대해서도 기억을 되살려야 할 일이 있기 때문이다.

그리하여 나는 이들 모든 일들은 나에게 호기심을 갖는 사람들을 만족하게 해주기 위해서 차근차근 써야겠다고 생각했다. 그러나 이러한 노력이나 고찰은 나를 더욱 멀리, 앞으로 끌고 나갔다. 왜냐하면 내가 이런 깊은 고려 끝에 친구들의 요구에 응하다 보니, 나의 내면의 충동이나 외부의 영향이나 이론적으로나 실천적으로나 내가 지내온 여러 단계를 순서를 따라서 모두 다루고자 노력하게 되고, 그러다 보니, 나는 어느새 나의 좁은 사생활에서 넓은 세상으로 옮겨지고, 나에게 깊고 얕은 갖가지 영향을 미친 많은 저명한 사람들의 모습이 나타나게 되기 때문이다. 더욱이 나에게도, 나의 동시대의 대중에게도 커다란 영향을 미친 정치계 일반의 추이推移와 움직임은 특히 고려하지 않을 수 없게 되기 때문이다. 그도 그럴 것이 전기傳記의 주요한 임무란, 인간을 그 시대 관계 속에서 그려 냄으로써 전체가 어느 정도로 그에게 저항하였는가, 어느 정도로 그에게 이로웠는가, 그가 어떻게 거기(전체)에서 세계관과 인간관을 형성했는가, 그리하여 그 사람이 미술가·시인·저작가인 경우에는 어떻게 그것을 다시 외부로 향해서 반영하였는가, 등의 일을 드러내게 하는 것이라고 생각되기 때문이다. 그러나 그것을 하기 위해서는 도저히 생각지도 못한 일이 요구된다. 즉 개인은 자기와 그 시대를 알아야 한다는 것이다. 자기가 어떤 경우에 있어서도 같은 사람으로서 어느 정도 달라지지 않았느냐 묻는 개인을 아는 것과, 한편 누구나 10년 일찍 태어나거나 늦게 태어났다고 하면 그 사람 자신의 교양으로 보나 외부의 영향으로 보아 전연 다른 인간이 되었다고 할 만큼, 좋든 싫든 인간을 끌고 가고 규정하고 형성하는 것으로서의 시대를 알아야 한다는 요구이다.

이러한 이유로, 이러한 고찰과 시도로서, 이러한 회상과 숙고로서 이 기술記述이 태어난 것이다. 그러니 이 작품은 그 성립에 관한 이러한 관점에서만 가장 잘 받아들여지고 이용되고 또 가장 공평하게 비판되리라. 그리고 또 그 밖에 이 작품 전체에서 풍기는 분위기는 특히 반은 시적詩的이고 반은 역사적인 기술 방법에 따랐다는 사실은 아마 이야기하는 도중에 자주 말할 기회가 있을 것이다.

제1장

1749년 8월 28일, 정오 12시의 종소리와 함께 나는 마인 강江가, 프랑크푸르트에서 태어났다. 별자리는 서상瑞相을 나타내고 있었고, 태양은 처녀궁處女宮에 자리하고서 그 날의 최고점에 달해 있었다. 목성과 금성은 호의를 갖고, 수성도 반감은 품지 않은 채 태양을 바라보고 있었다. 토성과 화성은 무관심한 태도를 취하고 있었다. 방금 둥글게 차오른 달만은 동시에 그 행성시行星時[1]에 들어섰기 때문에 한층 그 충위衝位[2]를 작용시키고 있었다. 그 때문에 달은 나의 탄생을 방해하여 그 시각이 지난 뒤에야 나의 탄생이 끝나게 했다.

이 길조吉兆를 나타내는 별자리는 뒤에 가서 점성가占星家들이 나를 위해서 큰 가치를 둔 것으로서 내가 목숨을 잃지 않은 것은 아마 그 때문이었으리라. 그게 무슨 소리냐 하면 조산부助産婦가 미숙하였기 때문에 나는 죽어서 태어났는데 여러 가지로 손을 쓴 결과 가까스로 햇빛을 보게 된 것이다. 그러나 나의 가족에게 너무나 큰 걱정을 끼친 이 사건은 시민들의 이익이 되었다. 그것은 나의 외할아버지인 시장市長 요한 볼프강 텍스톨이 이것을 계기로 조산의助産醫를 임명하

---

1) 점성술에 따르면 일곱 개의 행성(태양·달·목성·화성·수성·토성·금성)이 교대로 하루의 시간을 지배한다. 행성이 행성시로 들어간다는 말은 그 별이 지배하는 시간이 된다는 뜻이다.
2) 태양과 달의 중간에 지구가 왔을 때 달이 태양에 대해서 충위(역충=逆衝)에 선다고 한다.

였고, 조산술助産術을 가르치기 시작 또는 부흥시켰기 때문이다. 이것은 내 뒤에 태어난 많은 사람들을 위해 도움이 되었던 것 같다.

우리가 아주 어렸을 때에 겪은 일을 생각하려고 하면 다른 사람으로부터 들은 일과 우리가 직접 경험한 일이 혼동되는 수가 많다. 그러므로 이 점에 있어서는, 어차피 별 소용도 없는 자상한 탐색은 밀쳐내 두기로 한다. 그러나 나의 기억에 의하면 우리가 살던 집은 원래는 두 채였던 것을 벽을 뚫어서 한 채로 합친 낡은 집이었다. 나선계단이 서로 연락이 없는 방과 방으로 통해 있었고, 각 층의 높고 낮은 불균형은 계단을 달아서 조종하였다. 우리 아이들, 나와 누이동생[3]으로서는 아래층 넓은 현관방이 제일 마음에 든 장소였다. 거기는 문 옆에 나무로 만든 커다란 격자格子가 박혀 있어 그것을 사이로 직접 한길과 문밖 공기를 접촉했다. 대개의 가옥이면 있게 마련인 이런 일종의 새장 같은 방은 '게렘스(격자방)'라고 불렸다. 부인들은 그곳에 앉아서 바느질이나 뜨개질을 하고, 식모는 거기서 샐러드를 가려냈으며 이웃 아낙네들이 오면 거기서 서로 이야기하는 것이었다. 그래서 계절이 좋을 때는 거리는 남쪽 나라 같은 풍경을 이루고 있었고 사람들은 바깥 세상과 이렇게 가깝게 지냈기 때문에 해방된 느낌을 맛보았다. 아이들도 역시 이 격자를 통해서 이웃 아이들과 사귀었다. 길 건너에 살고 있던 작고한 시장의 유아遺兒인 폰 옥센시타인의 삼형제는 나를 매우 귀여워하게 되었고 길건너 격자 너머로 여러 가지 시늉을 해보이며 나를 놀렸다.

평소는 진지하고 쓸쓸한 듯한 그 사람들은 나를 꾀어서 여러 가지 장난을 시켰는데, 그것을 우리 집 사람들은 자주 이야깃거리로 삼았다. 그런 장난중의 하나만을 여기서 이야기하자. 그것은 질그릇 시

---

3) 누이 동생이란 괴테보다 한 살 아래의 코르넬리아 프리데리케 크리스티아네(Cornelia Friederike Christiane)를 말한다.

장이 열리고 있을 때의 일이었다. 우리 집에는 부엌에서 쓸 필요한 질그릇들을 고루 사들였을 뿐 아니라 우리 아이들의 놀이를 위해서도 조그만 물건들을 사다 주었다. 집안이 조용한 어느 날 오후 나는 격자방에서 내 접시와 단지를 가지고 기분내키는 대로 노는 데 열중하고 있었다. 그러나 그것만으로는 좀 심심했기 때문에 나는 접시 하나를 집어서 냅다 거리에 내던져 그것이 부숴지는 것을 보고 좋아했다. 옥센시타인 형제들은 내가 기쁜 듯이 손뼉을 치는 것을 보고 "또 부숴라" 하고 외쳤다. 나는 바로 또 단지 하나를 던져 부숴다. 그리고 "또 부숴라" 하고 외치는 소리에 따라서 뒤이어 냄비와 병들을 하나도 남김없이 도로 위에 내던졌다. 이웃 사람들이 박수갈채를 그치지 않았기 때문에 나는 그들을 기쁘게 해주는 것이 매우 즐거웠다. 그러나 나의 물건은 동이 났다. 그래도 그들은 "또 해라" 하고 계속 외쳐댔다. 나는 부엌으로 뛰어 들어가 커다란 접시를 들고 나왔다. 그것이 부숴질 때는 분명 한층 더 재미있는 구경거리였다. 나는 몇 번이고 부엌을 들락날락하면서 선반 위에서 손에 닿는 것은 차례로 하나씩 들고 나왔다. 건너집 형제들은 지칠 줄 모르고 소리쳤기 때문에 나는 끌어 낼 수 있는 질그릇은 모두 가지고 나와 마구 부숴버렸다. 누군가가 와서 나를 말린 것은 상당히 시간이 지난 뒤였다. 그리고 그렇게 많은 질그릇이 부숴진 대신에 재미있는 이야깃거리가 하나 남게 된 것이다. 특히 이 사건의 주모자들은 세상을 떠날 때까지 그 이야기를 즐겼다.

우리가 살고 있던 집은 실은 할머니[4]의 집이었다. 할머니는 현관 바로 뒤의 넓은 방을 거실로 삼고 있었다. 그리고 우리는 언제나 그녀의 안락의자 옆에서 놀이를 했으며 할머니가 아플 때는 그 침대 옆에까지 놀이를 끌어들였다. 나는 할머니를 말하자면 정령精靈처럼 아름

---

4) 코르넬리아 발터(Kornelia Walter, 1668~1754)를 말하며, 괴테의 외할머니임.

답고 마른, 언제나 희고 깨끗한 옷을 입은 부인으로서 회상한다. 나의 기억에 할머니는 조용하고 상냥하며 친절한 사람으로 남아 있다.

우리 집이 있었던 거리 이름은 '히르슈그라벤(사슴 구덩이란 뜻)'이라고 불리었다. 그러나 사슴도 호濠도 보이지 않았기 때문에 나는 이 이름의 내력을 묻고 싶었다. 그러자 이런 이야기를 들려주었다. 우리 집이 있는 곳은 옛날에 성 바깥이었으며 지금 한길인 장소는 원래 호였고 거기에 많은 사슴이 길러졌다. 이 짐승들이 거기에 길러진 것은 옛날부터의 관습에 따른 것으로서 시참사회市參事會는 해마다 한 마리의 사슴을 잡아 공식 식전式典의 상 위에 올리도록 했기 때문이다. 그리고 제후諸侯나 기사騎士가 이 도시에 대해서 수렵권을 금하거나 방해하였을 때에는 이 호에서 기르던 사슴을 잡았다고 한다. 그뿐 아니라 적군이 밀려와 도시를 봉쇄 포위하였을 때라든가 아까 말한 축제일의 쓰임을 위해서 사슴이 길러졌다고 한다. 이 이야기는 매우 내 마음에 들었으며 그렇게 기르는 짐승의 사냥터가 지금도 있으면 좋겠다고 생각했다. 집 뒤로 밖을 내다보면 특히 위층에서 내다보면 매우 기분좋은 전망이었다. 이웃집의 정원이 도시의 외벽外壁까지 펼쳐져 있는 거의 끝을 모를 널따란 전망이었다. 그러나 아깝게도 지난달 여기에 있었던 공공公共의 광장이 개인의 정원으로 바뀌었을 때 우리 집과 길모퉁이에 있었던 다른 두세 집들은 손해를 입었다. 즉, 로스마르크트에서 여기까지의 사이에 있는 집들은 저마다 넓은 뒤뜰이나 정원을 갖게 되었는데 우리 집은 높은 벽으로 그렇게도 가까이에 있는 낙원과 차단되어 버린 것이다.

3층에는 정원방이라고 불리는 방이 있었다. 그런 이름이 생긴 것은 창문 앞에 약간의 식물을 심어서 정원 대신으로 삼으려고 했기 때문이다. 나는 성장함에 따라 그 방을 가장 좋아하게 되었으며 애수哀愁라고까지는 할 수 없으나 어떤 동경을 불러일으키는 곳이었다. 앞에 말한 정원과 도시의 외벽 너머 저편에는 아름답고 풍요로운 평야를 볼 수 있었다. 평야는 획스트께까지 이어져 있었다. 그 방에서 나는 여름이면 대개 숙제를 했고, 우레와 비가 오기를 기다렸고, 낙조를 바라보며 시간 가는 줄을 몰랐다. 그러나 동시에 이웃집 사람들이 정원을 돌아다니고 화초를 손질하고 있는 것이나 아이들이 뛰놀고 사람들이 모여 흥겹게 노는 것이 보였고, 또 구주희九柱戱의 공이 굴러가 기둥이 넘어지는 소리가 들리기도 했기 때문에 나의 가슴에는 일찍부터 외로움의 감정과 그에 따라 일어나는 동경의 마음이 움텄다. 이러한 감정은 천성으로 타고난 나의 성질인 진지함이나 예감과 같은 빠른 성질과 대응하고 있으나 이내 그 영향을 나타내기 시작했고 날이 갈수록 그것이 더욱 뚜렷해져갔다.

어두운 구석이 많은 낡은 집은 아이들의 마음에 공포심을 일으키기 마련이다. 그러나 불행하게도 여전히 아이들의 마음에서 기분 나쁜, 눈에 보이지 않는 것에 대한 공포심을 일찍 제거해 버리려는 교육법이 행해지고 있었다. 그것은 아이들을 무서운 것에 익숙해지게 하려는 서툰 방법이었다. 그래서 우리는 아이들끼리만 자야 했다. 우리는 그것을 견딜 수가 없어 살며시 침대를 빠져나와 하인이나 하녀들과 함께 자려고 하였다. 그러면 아버지는 잠옷을 뒤집어 입고 전혀 몰라보게 변장을 하고서 우리가 가는 복도 길에서 기다리다가 우리를 놀라게 하여 다시 침실로 되돌아가게 했다. 이런 일로 일어나는 나쁜 결과는 누구나 쉽게 상상할 수 있을 것이다. 이중으로 무서운 일에 짓눌린 사람이 어떻게 공포에서 벗어날 수 있단 말인가. 그러나 언제나 명랑하고 쾌활한 어머니는 다른 사람도 그렇게 되기를 바라고 있었기 때문에 이보다는 나은 교육법을 생각해 냈다. 어머니는 보수를 준다는 수단을 써서 목적을 기술적으로 이룰 수가 있었다. 계절은 마침 복숭아가 익을 무렵이었다. 어머니는 우리에게 밤의 공포심을 이기면 이튿날 아침에 복숭아를 많이 주겠다고 약속하였다. 이 방법은 성공하여 어머니도 그리고 우리도 모두 만족하였다.

집안에서 가장 내 눈을 끈 것은 아버지가 넓은 복도 벽에 걸어 놓은 여러 폭의 로마 풍경화였다. 이 동판화의 작자는 피라네시[5]의 선배인 노련한 2,3명의 화가였다. 그는 화면의 구성이나 원근법에 깊은 이해를 가졌으며 판화의 필치가 매우 선명하여 칭찬할 만한 그림들이었다. 거기서 나는 날마다 그림을 들여다보았다. 피아차 델 포풀로, 코리세오, 베드로 사원의 광장, 베드로 사원의 안팎, 성^聖 안젤로의 성^城이며 그 밖의 여러 가지 그림이었다. 그들 그림은 나에게 깊은 인상을 주었다. 그리고 평소에 극히 말이 없던 아버지도 화면 속의 사물에 대해서는 친절한 설명을 들려 주는 일이 많았다. 그는 이탈리아어나 그 나라에 관계된 모든 사물에 대해서 커다란 편애^{偏愛}를 가지고 있었다. 그는 자기가 그 나라에서 가지고 돌아온 대리석이며 광물 따위의 조그만 수집품들을 나에게 자주 보여 주었다. 그리고 시간의 대부분을 이탈리아어로 쓴 자기의 여행기를 위해서 소비하였다. 그것의 정서나 편집은 남의 손을 빌리지 않고 손수 천천히 여러 권으로 나누어 쓰고 철했다. 지오비나치라는 늙고 쾌활한 이탈리아인 어학 선생이 그것을 도왔다. 이 노인은 노래도 잘 불렀으므로 나의 어머니는 날마다 이 사람이나 자신의 노래에 피아노 반주를 하는 것이었다. 그래서 나도 얼마 안 가서 Solitario bosco ombroso(쓸쓸한 어두운 숲)[6] 같은 짧막한 노래를 뜻도 모르면서 외우게 되었다.

나의 아버지는 대체로 남을 가르치기를 좋아하는 성미였다. 그가 직무를 그만둔 뒤에는 자기의 지식이나 기능을 다른 사람에게 전해 주기를 좋아했다. 그래서 신혼 때 몇 년 간은 어머니에게 열심히 글을 쓰게 하고 피아노를 치게 하고 노래를 부르게 하였다. 그리고 또

---

5) 이탈리아의 화가 지암 바티스타 피라네시(Giam Battista Piranesi, 1707~1778).
6) Solitario bosco ombroso—이탈리아 가요시인 메타스타지오(Pietro Metastasio, 1698~1782)의
   아리아.

어머니도 이탈리아어를 좀 배워서 말할 수 있을 만큼 해두어야 한다고 생각했다.

우리는 일이 없을 때는 대개 할머니 옆에서 지냈다. 그녀의 넓은 거실은 놀기에 안성맞춤이었으며, 할머니는 우리 마음을 잘 알고 여러 가지 조그만 장난감을 준비하고 또 갖가지 맛있는 걸 내주어 우리를 기쁘게 했다. 그중 어느 크리스마스 날 밤에 인형극을 상연하여 이 낡은 집에 새로운 하나의 세계를 창조해 준 것은 그녀가 베푼 은혜 중에서도 최상의 것이었다. 생각지도 않았던 이 인형극은 어린 내 마음을 사로잡았다. 그 강한 인상은 오래 계속되어 커다란 영향을 먼 뒷날까지 미치게 했다.

무언無言의 인물들이 나와서 연출하는 조그만 무대를 우리는 처음엔 그저 구경만 했으나, 후에는 우리 자신이 연습을 해서 각본을 연출하라는 뜻에서 우리 손에 내맡겨졌다. 이 무대는 친절한 할머니의 마지막 유품이었기 때문에 우리 아이들에게는 더욱 소중한 것이 되지 않을 수 없었다. 할머니는 그 뒤 얼마 안 가서 병세가 악화되어 먼저 우리 눈에서 멀어져 뵈올 수 없게 되고, 이어 죽음의 손에 의해 영원히 우리 곁에서 사라져 버렸기 때문이다. 그 결과 가정 사정이 완전히 달라져 버려서 그녀의 별세는 가족들에게 한층 큰 뜻을 갖게 하였다.

할머니 생존시에 아버지는 집안의 모양을 조금이라도 바꾸거나 손질을 하는 것을 삼가고 있었다. 그러나 대규모의 개축준비를 하고 있었던 것을 집안 사람들은 알고 있었다. 그것이 할머니가 돌아가시자 바로 착수된 것이다. 프랑크푸르트에서는 다른 두세 군데의 도시에서와 마찬가지로 목조건축물을 지을 때 실내 공간을 넓게 잡으려고 2층을 길 위에 내지었다. 그뿐 아니라 그 위의 층도 대담하게 내지었다. 그 때문에 그렇지 않아도 좁은 한길은 더욱 침울하고 가슴 답답한 느낌을 주었다. 그래서 마침내는 가옥을 기초부터 신축하는 자는 2층만은 기초공사면에서 내지을 수 있게 허용되었지만, 다른 층은 아래에서 반듯하게 지어야 한다는 법령[7]이 나왔다. 나의 아버지는 건축의 외관에는 별로 관심을 두지 않았지만 내부만은 편하게 꾸미려고 마음을 썼다. 그리하여 3층 방을 길 위로 내짓고 싶은 생각을 버릴 수 없었기 때문에 다른 사람들이 시도하는 약간의 꾀를 흉내냈다. 집의 윗부분을 받혀 놓고는 아래서부터 한 층씩 떼어내서 새로 갈아넣는 방법을 썼다. 그 때문에 낡은 것은 결국 하나도 남지 않게 되어 실제로는 신축이었으나 개축으로 인정하지 않을 수 없었던 것이다. 이렇게 집을 부숴서 거두어 내고 새로 끼어넣고 하는 동안, 나의 아버지는 집을 떠나지 않을 결심을 하였다. 공사의 감독이나 지휘를 더 잘하기 위해서였던 것이다. 아버지는 건축 기술에 있어서 조예가 깊었기 때문이다. 동시에 그는 가족들도 내보내기 싫어했던 것이다.

아이들로서는 이 돌발적인 변화는 참으로 뜻밖의 기이한 일들로 생각되었다. 답답하게 갇혀서 재미도 없는 일이나 공부에 시달리던 방들, 놀이를 하며 놀던 복도, 지금까지 조심스럽게 털며 청결과 보존에 힘쓰던 벽들, 이들 모든 것이 목수나 미장이들의 손도끼나 흙손에 의해서 밑에서부터 시작하여 차례로 위로 부숴져 나가는 것을 보았다. 그동안 통나무로 받혀 놓은 위층은 공중에 떠 있는 것처럼 보였고, 그러면서도 평소나 다름없이 아이들에게는 일정한 일들이 주어지고 진행되어 나가고 있었다. 이런 것들이 모두 아이들의 머릿속에 일종의 혼란을 불러일으켜 쉽게 원래의 조용함으로 돌아갈 수 없게 하였다. 그러나 아이들에게는 전보다 노는 장소가 많아진 것이다. 대들보 위에서 시소를 타기도 하고 판자를 매달아 그네를 뛰기도 했기 때문에 불편은 그다지 느끼지 않았다.

---

7) 1719년에 발표된 건축에 관한 조례가 1749년에 엄중히 지시되었다.

아버지는 처음에는 그 계획을 완강하게 밀고 나갔다. 그러나 마침내 지붕까지 일부분 떼어내고 거기다가 벽에서 뜯어낸 초를 먹인 천을 덮었는데, 그런 보람도 없이 비가 우리 침대까지 떨어져 내리자, 아버지는 할 수 없이 결심을 바꾸었다. 아버지는 전부터 그런 제의를 해온 친절한 친구들에게 한동안 아이들을 맡겨 공립학교에 다니게 하였다.

이 변화는 여러 가지 불쾌감을 가져 왔다. 지금까지 가정 안에 갇혀서 엄격하기는 하였지만, 순결하고 품위 있게 길러지던 아이들이 거친 소년의 무리 속에 내던져졌으니 비속한 것, 난폭한 것, 졸렬한 것들 때문에 뜻밖의 괴로움에 시달려야 했다. 그것을 막을 만한 무기라고는 아무것도 없었기 때문이다.

내가 태어난 도시를 처음 본 것도 사실은 이때였다. 혼자서도 다니고 때로는 유쾌한 친구들과 함께 다니기도 했는데, 시내를 종횡으로 누비고 다니는 일은 때가 지남에 따라서 더욱 자유롭고 마음대로 되어 갔다. 엄숙하고 품위 있는 이 도시의 환경이 나에게 준 인상을 어느 정도 전달하려면 여기서 나는 나의 고향의 여러 부분이 어떻게 차례로 내 눈앞에 전개되었는가 하는 서술부터 시작해야겠다. 나는 마인 강江의 대교大橋[8] 위를 산책하는 것이 제일 좋았다. 그 길이로 보나, 그 견고함으로 보나, 또 그 아름다운 외관으로 보나 이 다리는 주목할 만한 건조물이었다. 그리고 그것은 또 관헌官憲이 시민을 위해서 베풀어 준 배려 중에서 거의 유일한 기념물이기도 하다. 또 이 다리 밑을 흐르는 아름다운 강물은 나의 눈을 사로잡았다. 다리의 십자가十字架 위에 금빛 닭이 햇살을 받아 반짝일 때면 나는 언제나 기분이 좋았다. 대개는 거기서 작센하우젠을 지나 산보했고 1크로이처의 돈을 내고 나루를 건너는 것을 매우 좋아했다.

---

8) 프랑크푸르트와 작센하우젠을 잇는 다리. 십자가 위의 수탉은 1750년에 금색으로 칠해졌다.

이번에는 강 이쪽으로 건너와 바인마르크트로 빠져나가 화물이 내려지는 기중기를 바라보며 감탄하였다. 특히 나를 즐겁게 해준 것은 화물선의 입항이었다. 갖가지 물건이 배에서 육지로 퍼 올려지고 때로는 낯선 차림의 인물들이 육지로 올라왔다. 거기서 시가로 들어가면 언제나 카를대제大帝나 그 후계자들이 거처하던 성터라고 전해지는 장소에 서 있는 자알 호프에게 공손히 머리를 숙였다. 그리고서 우리는 낡은 상업지구로 들어갔다. 특히 장날이면 바르톨로모이스 성당 주위의 혼잡 속으로 즐겨 파묻혀 버렸다. 여기는 먼 옛날부터 상인이나 소매인들의 무리가 몰려들어 장소를 점령해 버렸기 때문에 요즈음에 와서는 넓고 시원스런 설비를 할 여지가 없었다.

우리 아이들에게는 이른바 특히 파르아이젠이란 가게가 마음을 끌었고, 금빛으로 동물들을 인쇄한 색종이를 사기 위해서 몇 푼의 동전을 들고 거기로 가는 것이었다. 그러나 비좁고 사람들이 들어찬 불결한 마르크트 광장을 뚫고 지나가고 싶은 생각은 좀처럼 없었다. 나는 언제나 몸을 떨면서 그 광장에 인접한 좁고 더러운 푸줏간을 피해서 달아나던 일이 생각난다. 거기에 비하면 뢰머베르크는 훨씬 기분좋은 산책로였다. 신新 크렘가街를 지나는 새 시가의 길은 언제나 상쾌하였다. 다만 성모성당 옆에 짜일 가街로 가는 길이 나 있지 않았으므로 우리는 언제나 하아젠 골목길이나 카타리나 문門을 지나 한참 돌아가야 했는데, 이는 무척 화가 치미는 일이었다. 그러나 무엇보다도 아이들의 주의를 끈 것은 도시 속에 많은 조그마한 도시가 있고 성채 속에 여러 개의 성채, 즉 담을 둘러친 수도원 지역 및 몇 세기 전부터 지금까지 남아 있는 다소 성곽다운 장소, 가령 뉘른베르크의 궁宮, 콤포스텔, 브라운펠스, 폰 쉬탈부르크 가家들의 대대로 내려오는 저택, 또 그밖에 최근에 들어서 주택 또는 창고로 설비가 바뀌어진 수많은 성채들이었다. 건축상의 장관을 이룰 만한 것은 프랑크푸르트에서는 하나도 볼 수 없었다. 모든 것이 이 도시와 이 지방을 극도로 불안하게 했던 시대를 나타내고 있었다. 구시대의 경계선을 나타낸 성문과 성탑, 그리고 다시 신시가를 둘러싼 성문·탑·성벽·다리·제방·호 등의 모든 것이 불안한 시대에 공공사회의 안전을 도모할 필요에서 태어난 설비들이라는 것, 또 광장이든 한길이든 혹은 전보다는 넓고 아름답게 설계된 신시대의 광장이나 한길조차도 우연과 자의에 의해 만들어진 것이며, 결코 정돈하고자 하는 마음에서 나온 것이 아니라는 것을 분명히 알 수 있었다. 예스러운 것에 대한 일종의 애착감이 나의 마음에 뿌리를 내리게 되었다. 그것은 특히 낡은 기록이나 목판화木版畵, 예를 들면 그라베의 〈프랑크푸르트의 포위〉[9]와 같은 것에 의해서 싹트고 키워나갔다. 그와 동시에 이익이나 아름다움 따위의 요구를 떠나서 단순히 인간의 여러 상태의 복잡하고도 소박한 모습을 파악하려는 다른 욕망이 솟아났다. 그래서 도시를 둘러싼 성벽 안쪽의 통로를 걸어다니는 것이 가장 즐거운 산책 중 하나였다. 나는 해마다 서너 번은 그런 기회를 만들려고 했다. 정원·뒤뜰·별관 등이 성의 외벽까지 이어져 있었다. 수많은 사람들이 가정이나 세상과 동떨어져 숨어 있는 상태를 볼 수가 있었다. 부유층의 손재주를 죄다 부린 정원을 지나 이용을 목적으로 한 시민들의 과수원을 지나, 다시 거기서 공장이며 표백장이며 그와 비슷한 시설을 지나, 그뿐인가 묘지에 이르기까지 ― 도시의 내부에는 하나의 소세계小世界가 있었다 ― 걸음마다 달라져 가고 다양하기 이를데 없는 기이한 것들을 구경하며 지나갔다. 이런 것을 보는 즐거움은 우리 아이들다운 호기심에는 싫증나는 일이 없는 법이다. 왜냐하면 친구를 위해서 마드리드의 집집의 지붕을 한밤중에 뜯어 벗기고 다녔다는 그 유명한 맨발의 악마[10] 마저도 여기서

---

9) 암스테르담의 한스 그레이브(Hans Grave)가 1552년에 프랑크푸르트 시가 지도를 목판으로 그렸다. 그 전해 프랑크푸르트는 신교도에게 포위된 일이 있다.

우리들 눈앞에 대낮 햇볕 아래서 벌어지는 것 이상의 것을 구경시켜 주지는 못했던 것이다. 이 길을 지날 때 각종의 탑, 계단, 작은 문 등을 통과했는데, 여기에 필요한 열쇠는 모두 병기창兵器廠의 직원들 손 안에 들어 있었다. 그리고 우리는 그들의 아랫사람에게 아첨하여 호감을 얻을 기회를 놓치지 않았다.

우리로서는 이보다도 중요하고 다른 의미에서 더 유익했던 것은 뢰메르(로마인)라고 부르는 시청市廳이었다. 우리는 아래층 아치 건축의 복도를 돌아다니는 것을 매우 좋아했다. 넓고 검소하기 그지없는 시참사회市參事會 회의실에도 허가를 얻어 들어가 보았다. 거기에는 어느 높이까지는 목판木板이 붙여져 있었으나, 그 위로는 벽이나 둥근 천정이나 할 것 없이 백색으로, 그림이나 조각 같은 것은 하나도 없었다. 다만 벽 한가운데 다음과 같은 짤막한 글이 새겨져 있었다.

한 사람의 의견은
어느 누구의 의견도 아니다.
모름지기 공평하게 양편의 말을 들을지어다.

오랜 시대의 양식에 따라서 이 회의실의 의원들의 좌석은 벽판에 부착시켜 둥글게 배열했으며 바닥에서 한 단 높게 만들어져 있었다. 우리는 시의회의 계급을 좌석에 따라서 어떻게 구분했는가를 쉽게 납득하였다. 왼쪽 문에서 마주 보이는 맞은편 구석까지를 제1의 좌석으로 삼아 배심관陪審官들이 착석하였고, 그 구석에는 시장市長이 앉았는데 그 앞에는 조그마한 탁자가 딸려 있었다. 시장 왼편에서

---

10) 스페인의 시인 벨레즈(Velez)가 그의 작품 《El Diablo cojuelo》에서 시인의 동반자인 악마가 마드리드 시의 모든 가옥의 지붕을 뜯어내어 여러 가정 내부 상황을 엿보게 했다는 장면을 서술한 바 있고, 프랑스의 Lesage가 소설 《Le Ddiable boiteux》 속에서 이것을 또한 묘사한 바 있다. 여기서는 프랑스의 소설을 빗대어 말하고 있다.

창가까지는 제2석의 의원들이 앉았고, 창가로는 제3좌석이 이어져 있었는데, 여기에는 수공업자들이 앉았다. 회의실 중앙에는 기록계원을 위한 탁자 하나가 놓여 있었다.

우리는 시청 안에 들어가서는 마침내 시장을 면접하는 사람들의 혼잡 속에 섞여 들어갔던 것이다. 그러나 그보다도 한층 우리의 흥미를 끈 것은 황제의 선거와 대관식戴冠式에 관계된 모든 것들이었다.

우리는 수위守衛의 회의로 황제 계단[11]을 올라갔다. 어느 때는 격자문으로 닫혀 있는 그곳은 새롭고 밝은 느낌을 주는 건물로 벽화가 그려져 있었다. 진홍의 벽포壁布와 진귀한 당초 무늬, 금줄로 장식된 황제 선거실은 우리들에게 두려움과 존경을 불러일으켰다. 문 위 그림에는 장식이 가득한 황제훈장[12]을 단 아이들이나 천사들이 잔뜩 그려져 있었다. 우리는 그것을 열심히 들여다보며 어느 날엔가는 이런 대관식을 직접 보고 싶다고 생각했다. 우리가 일단 이 커다란 황제실에 들어가 버리면 우리를 거기에서 끌어내기란 보통 어려운 일이 아니었다. 우리는 주위의 높은 벽 위에 그려져 있는 역대의 황제들의 반신상半身像들 앞에 발을 멈추고 그들의 사적事蹟을 얘기해 주는 사람이 있으면 그 사람을 제일가는 친구라고 생각했다.

카를 대제大帝에 대해서는 우리는 여러 가지로 동화 같은 이야기를 들었다. 그러나 내가 처음으로 역사적인 흥미를 느낀 것은 사내다운 기상에 의해 대란大亂을 가라앉힌 루돌프 폰 합스부르크였다. 카를 4세도 우리의 주목을 끌었다. 우리의 황금헌장黃金憲章에 대해서나 형사재판의 법전에 대해서나 또 그가 그의 고귀한 경쟁자였던 귄터 폰 슈바르츠부르크[13]에게 프랑크푸르트 시민들이 편을 들었지만, 이를 탓하지 않았다는 것은 이미 들은 바 있었다. 막시밀리언은 인류의

---

11) 복도에서 황제실로 통하는 계단
12) 대관식 때 몸에 붙이는 것. 보관 · 보검 · 옥새 · 식복式服 · 덧신으로 되어 있다.
13) 1349년 1월 그는 프랑크푸르트에서 카를 4세의 대항 황제로 선출되었다.

벗, 시민의 벗으로서 찬미되고, 또 그가 독일의 황실 출신으로서는 마지막 황제가 되리라고 예언했다는 이야기도 들었다. 이 예언은 그의 사후死後 황제의 선거가 스페인 왕 카를 5세와 프랑스 왕 프랑수아 1세 사이에만 행해지게 되었기 때문에 불행하게도 적중하였던 것이다. 이야기하는 사람은 또 걱정스러운 듯이 이러한 예언, 아니 전조가 지금 나타나고 있다고 말했다. 왜냐하면 황제의 초상을 걸 여지가 한 사람 몫밖에 남아 있지 않기 때문이며, 이러한 사정은 우연처럼 보이나 애국심을 가진 사람들에게 깊은 우려를 갖게 한다는 것이었다.

우리는 이렇듯 시내를 돌아다닐 때에는 대성당[14]에도 갔다. 거기서는 적과 이편에서 모두 존경을 받았던 성실한 군터의 묘를 잊지 않고 찾았다. 지난날 이 묘 위에 놓여 있던 진귀한 비석은 지금 교회 안에 세워져 있다. 바로 그 옆의 선거실로 통하는 문은 오랫동안 우리에게 닫혀져 있었지만, 마침내 우리는 윗사람을 통해서 그 유명한 장소로 들어갈 수 있게 되었다. 그러나 나는 차라리 그때까지 그랬던 것처럼 상상에 의해서 그 장소를 마음에 그리고 있던 것이 더 나을 뻔했다. 왜냐하면 유력한 제후들이 황제선거라는 중대한 행사를 위해서 모이기로 되어 있는 그 방은 독일 역사상 기념할 만한 방인데도 그에 알맞은 장식이 전혀 없을 뿐만 아니라 서까래며 대들보 따위의 치워 버리고 싶은 목재들이 지저분하게 드러나 있어서 말이 아니었기 때문이다. 그랬던만큼 그 뒤 얼마 안 가서 시청에서 수많은 외국 귀빈들에게 황금헌장을 보여 주는 자리에 참석할 허가를 받았을 때, 그것을 본 우리의 상상력은 더욱 활개를 펴고 가슴이 뛰었던 것이다.

그리고 나서 어린 내가 굶주린 내 귀를 기울여 들은 것은 연이어

---

14) 발트로메우스 성당 또는 돔이라고 한다.

거행된 마지막 두 차례의 대관식 이야기였다. 그것을 집안 사람이나 나이든 친척이나 친지들이 즐겨 되풀이하여 들려 주었다. 그도 그럴 것이 상당한 연배의 프랑크푸르트인이라면 이 두 번의 대전大典과 거기에 따르는 일들을 자기 생애의 최고봉을 장식하는 사건으로 생각지 않는 자가 없었기 때문이다. 카를 7세의 대관식은 특히 프랑스의 사절使節들이 비용을 아끼지 않고 취향을 한껏 살려 성대한 향연을 베풀기도 한 매우 화려한 것이었다. 그랬던만큼 수도인 뮌헨에 살지 못하고[15] 자유시自由市인 프랑크푸르트 시민에게 손님으로서의 대우를 애걸하지 않으면 안 되었던 이 선량한 황제의 말로는 한층 더 불쌍하게 여겨졌다.

프란츠 1세의 대관식은 카를 7세의 그것만큼 화려하지는 않았으나, 황후 마리아 테레지아가 나왔기 때문에 광채를 발했다. 황후의 아름다움은 남자들에게 강한 인상을 준 것 같다. 그것은 카를 7세의 묵직하고 품격 있는 풍모와 푸른 눈이 부인들에게 준 인상과 같은 것이리라. 적어도 이야기하는 남자나 여자는 서로 이 두 사람의 인품에 대해 열심히 듣고 있는 아이에게 될수록 유리한 개념을 전하려고 다투는 것 같았다. 이러한 기술이나 이야기는 모두 편안하고 평화로운 마음으로 이루어졌다. 왜냐하면 모든 전쟁은 아헨 강화조약에 의해서 당분간 그쳤기 때문이다. 그리고 지나간 전쟁, 데팅겐의 전투, 혹은 그 밖의 최근 수년 동안에 일어났던 모든 큰 사건도 그 대관식을 이야기할 때처럼 편안한 기분으로 말할 수 있었다. 세상에 평화가 도래하면 언제나 그렇게 되는 법이지만 지난날에 있었던 모든 중대하고 위험한 사건은 그저 행복하고 걱정 없는 사람들의 즐거운 이야깃거리가 되기 위해서 일어났던 것처럼 보였던 것이다.

이런 애국적인 좁은 편견 속에서 가까스로 반 년이 채 지나기도

---

15) 그는 데팅겐 전투(1743년) 후 프랑크푸르트에서 거주하고, 후에 뮌헨에 돌아가 1744년 다시 몽진을 하지 않을 수 없게 되었다.

전에 벌써 또 모든 아이들의 머릿속에 동요를 불러일으키는 저 대목장이 찾아왔다. 장터 한복판에 수많은 가게가 지어지면서 잠깐 사이에 솟아난 새로운 도시, 잡담과 분망, 상품의 하역, 거래며 그것을 푸는 일 따위가 철이 들기 시작한 아이들에게 누를 길 없는 의혹적 호기심과 물건에 대한 어린애다운 소유욕을 자극해 놓았다. 사내아이들은 커감에 따라서 그 조그만 지갑이 허용하는 한 이런저런 방법으로 그 소유욕을 만족시키려고 애를 썼다. 그러면서 동시에 세계가 무엇을 생산하고 세계 각지의 주민이 무엇을 서로 교환하고 있었는가 하는 것을 대체로 알게 되었다.

봄 가을, 두 계절에 찾아오는 이 거창한 대목장은 진귀한 의식儀式에 의해서 사람들에게 고지된다. 이 의식은 지난 시대와 옛날부터 지금에 이르는 의식을 우리에게 역력히 재현시켜 주는 것만으로도 큰 가치가 있다고 생각된다. 경호일에는 전시민이 집을 비우고 파르가세 다리 쪽으로, 작센하우젠 저편으로 몰려 간다. 낮에는 별다른 일이 없는데도 창문이란 창문은 모두 사람들에 의해서 점령된다. 군중은 그저 서로를 밀치기 위해서 거기에 나온 것 같고 구경꾼들은 서로를 구경하기 위해서 모여든 것 같았다. 그러므로 볼 만한 것은 밤이 되어서야 비로소 나타났지만 그것도 눈으로 본다기보다는 오히려 마음속으로 상상하는 편이다.

옛날의 시끄러웠던 시대에는 모든 사람들이 멋대로 부정不正을 행하고 멋대로 정의正義를 보호하곤 하였던 것이다. 대목장에 나가는 장사꾼들도 신분이 높고 낮은 여러 도둑들에게 멋대로 착취를 당하고 괴로움을 당하였으므로 제후나 그 밖의 권력계급의 사람들은 자기 영내領內의 장사꾼들에게 병사를 딸려서 프랑크푸르트까지 호위하게 했다. 그러나 프랑크푸르트 시민들은 자기들의 영토에 대한 권리를 침해당하는 것을 좋아하지 않았다.

그들은 찾아오는 사람들을 마중하러 나간다. 이리하여 호위병들은 어디까지 들어와도 좋다든가 시내로 들어갈 수 없다든가 하며 쟁의爭議가 자주 일어났다. 이 싸움은 거래 때나 대목장 때만 일어나는 것이 아니라 전쟁시나 평화시를 막론하고 일어났다. 특히 황제 선거 일에 높은 사람들이 시내로 들어올 때 일어났다. 그리하여 시내로 들어갈 수 없게 된 수행원들이 주인과 함께 억지로 들어서려고 하면 바로 폭력사태가 벌어지는 것이었다.

이 일에 대해서는 이때까지 쌍방이 여러 차례 교섭을 했고 협정들이 맺어졌다. 그리하여 오랫동안 거친 분쟁거리가 되었던 호위 제도가 거의 무익하고 적어도 불필요하다고 생각되었을 때에, 수백년 동안 계속되던 분쟁을 깨끗이 해결하려는 희망이 일어났던 것이다.

그건 그렇고 그날에는 시의 기병대는 각 지휘관을 선두로 하는 몇 개의 부대로 나뉘어 있고, 사방 팔방의 문을 통해 시외로 나갔다. 어느 지점에서나 호위될 자격이 있는 시의원의 기병이나 경기병을 만난다. 이들은 지휘관과 함께 환영을 받고 향연을 받았다. 시민들의 기병대가 저녁 때까지 머물러 있다가 기다리고 있는 군중의 눈에 띄지 않게 시내로 들어왔다. 왜냐하면 그들의 대부분은 말을 잘 탈 줄 모르기 때문이다. 브뤼켄 문으로 가장 큰 행렬이 들어왔다. 그러므로 그쪽이 가장 혼잡했다. 마지막으로 밤이 깊어서 역시 호위를 받은 뉘른베르크의 우편마차가 도착했다. 그리하여 관례에 따라서 노부인이 마차 안에 타고 있을 것이라는 소문이 퍼졌다. 그 때문에 마차가 닿으면 차 속에 있는 승객들은 분간을 할 수 없을 정도로 어두운데도 거리의 악동들은 으레 함성을 지르는 것이었다. 이 순간 마차를 뒤따르면 브뤼켄 문으로 몰려드는 군중의 사태는 믿을 수 없을 정도며 사람들을 혼란에 빠뜨렸다. 따라서 이 근처의 집들은 사람들에게 가장 인기 있는 곳으로 변한다.

이보다도 훨씬 진기하고 낮 동안에 구경꾼들을 흥분시키는 의식은 취주자吹奏者의 재판이다. 이 의식은 주요한 상업도시들이 상공업이 번영하는 것에 정비례해서 증가해 가는 관세를 면세는 못 받을망정 경감시켜 달라고 요구를 하던 지난날을 생각나게 했다. 이들 상업도시들의 지지를 필요로 했던 황제는 자기 손으로 재량할 수 있을 경우에는 관세를 허용했는데, 그것은 보통 1년으로 한정되어 있어서 해마다 허가를 갱신받아야 했다. 이 갱신은 상징적인 예물에 의해서 행하여졌다. 그 선물은 황제에 의해서 임명된 프랑크푸르트의 시장에게 증정되었다. 그것은 시장이 때로는 세금징수관을 겸했기 때문이다. 그 선물의 증정식은 바르톨로모이스의 대목장이 열리기 전에 시장이 배심관陪審官과 함께 위엄을 갖추고 법정에 착석하고 있을 때 행해진다.

나중에 가서 시장은 이미 황제로부터 임명되지 않고 시에서 선거하게 되었지만, 그는 이 특권을 보유하고 있었다. 여러 도시의 면세를 해주는 일도 그리고 브름스, 뉘른베르크 및 알트 밤베르크의 사절들이 예전부터 이 특전을 감사하기 위해서 행하는 의식은 현재까지 전해 내려오고 있다. 성모강탄제聖母降誕祭 전날에 공개 개정이 포고된다.

널따란 황제실에, 간을 막아서 높은 곳에 배심원들이 참석하고 그 한가운데 한 단 높은 곳에 시장이 앉았으며 여러 당파로부터 정권을 위임받은 대의원代議員이 아래 오른쪽 자리를 차지한다. 서기는 이 날을 위해서 보존하고 있던 중요한 판결문을 소리높여 낭독하기 시작했다. 대의원은 등본을 요구하기도 하고 공소하기도 하며 그 밖의 필요한 일을 처리했다.

그때 갑자기 신비로운 음악이, 옛시대의 도래를 알리는 듯한 음악이 들린다. 세 명의 취주자가 있었는데, 한 사람은 고대의 갈대피리, 다음 사람은 콘트라베이스, 세 번째 사람은 포머 또는 오보에를 불었다. 취주자들은 금으로 가장자리를 장식한 푸른 망토를 입고 소매에 악보를 붙잡아매고 머리를 싸매고 있었다. 그들은 숙소에서 10시 정각에 떠나며 사절이나 수행원이 그 뒤를 따른다. 그들은 시의 사람들이나 외래인들이 바라보는 가운데 황제실로 들어간다. 그들이 들어가면 재판은 중단되고 취주자와 수행원은 정해진 자리에 멈추어 선다. 사절이 들어와서 시장과 마주보고 선다. 예전부터의 관습에 따라서 엄격하게 요구되는 상징적인 선물은 보통 그것을 보내는 도시가 특히 많이 거래하는 물건으로 하도록 되어 있는데, 후추는 말하자면 모든 상품의 대표로 보고 있었기 때문에 이때도 사절은 후추를 채운 녹로세공의 모양 좋은 나무잔을 바친다. 나무잔 위는 비단술이 달린, 묘한 균열이 있는 한 켤레의 장갑이 은전허가恩典許可의 표징으로서 놓여 있다. 장갑은 황제 자신도 이러한 표징으로서 어느 경우는 사용하였던 것이다.

그 옆에는 하얀 홀笏이 있다. 이 홀은 전에는 법률상 · 재판상의 행사에서는 없어서는 안 되는 것이었다. 그리고 몇 푼의 은화가 첨가되어 있다. 보름스 시市는 낡은 펠트 모자를 바쳤는데, 그것은 언제나 반환되었기 때문에 같은 모자가 여러해 동안, 이 의식의 입회인이 되어온 셈이다.

사절은 의례사儀禮辭를 말하고 선물을 증정하고 시장으로부터 은전 계속의 증명서를 받고 나면 울 밖으로 물러났다. 취주자는 다시 악곡을 불고 행렬은 들어올 때처럼 퇴장한다. 법정은 다시 그 심리를 속행하는데, 그것은 제2의 사절, 제3의 사절이 들어올 때까지 계속된다. 왜냐하면 제2,3의 사절은 한동안씩 간격을 두고 들어왔기 때문이며, 이것은 관객의 즐거움을 오래 끌기 위한 것과 또 하나는 취주자가 세 번 다 같은 악사樂士들이었기 때문이다. 이 악사들은 뉘른베르크 시市가 자기 시와 동료 다른 두 동료 시를 위해서 고용해 둔 고풍의 뛰어난 악사들이었으며, 해마다 이 식장에 나오도록 되어 있었다.

우리 아이들에게는 이 식전이 특히 흥미를 끄는 이유가 있었다. 그것은 우리 외할아버지가 영예로운 지위에 앉아 있는 것을 보는 것이 적지않게 자랑스러웠으며, 또한 우리는 그날 외할아버지를 극히 얌전한 태도로 방문하여 외할머니가 후추를 병에 비운 뒤에 나무잔과, 홀과, 장갑과, 낡은 은화를 받아오는 습관이 있었기 때문이다. 이 상징적인, 말하자면 고대古代를 마법으로 불러 내는 것 같은 의식의 설명을 들으면 지난 세기로 되돌아가지 않을 수 없다. 또 부활된 취주자나 사절을 보며, 혹은 손으로 쥘 수 있고 자기 물건으로 삼을 수 있는 선물에 의해서 신비롭게 눈앞에 떠오르는 조상의 풍속·습관·기풍을 밝혀보고 싶다고 생각지 않을 수 없다.

이러한 예스러운 아름다운 식전式典에 이어서 좋은 계절에 우리 아이들로서는 더 즐거운 갖가지 축제가 시 밖에서 벌어졌다. 마인 강江 하류 오른쪽 기슭, 성문에서 약 반 시간 가량 되는 거리에 유황천硫黃泉이 솟고 있었다. 그 주위에는 깨끗하게 울타리가 쳐 있었으며 오래된 보리수들이 있었다. 거기서 멀지 않은 곳에 '착한 사람의 집' 이라고 부르는, 전에는 이 광천鑛泉을 위해서 세워진 병원이 있다. 그 주위의 공동목장에 1년에 한 번씩 인근의 목동들이 모이는데 인근의 소들도 따라서 모여든다. 그리고 목동이나 그들의 애인인 처녀들이 춤추고 노래부르고 갖가지 놀이를 하며 허물없는 장난을 치며 낭만적인 축제의 하루를 보냈다. 시의 다른 쪽에도 역시 생물이 있고 더 아름다운 보리수가 서 있는 좀더 아름다운, 다만 한층 더 넓은 공동목장이 있었다. 그곳에는 성령강림제에 양떼가 모여든다. 동시에 얼굴빛이 안 좋은 불쌍한 고아들을 고아원 밖으로 데리고 나온다.

언젠가는 세상의 거친 파도를 넘어가야 할 이러한 고독한 아이들을 불쌍한 꼴로 숨겨두기보다는 일찍부터 세상의 바람을 쐬게 하고 차라리 근로나 인내에 익숙해지게 해서 어릴 적부터 육체적으로나 정신적으로 단련을 시킬 필요가 있다는 것을 당시 사람들은 아직 아무도 생각지 못하고 있었다. 실은 자신들이 놀러 나가고 싶어서 못 견뎌 하는 유모나 하녀들은 이 기회를 놓치지 않고 아침 일찍부터 우리를 그런 장소로 데리고 나갔다. 이런 것으로 해서 이 시골 축제는 내가 회상할 수 있는 최초의 인상 가운데 하나가 된 것이다.

그럭저럭 하는 동안에 집은 완성되었다. 만사에 미리 숙고를 거듭했고, 모든 것을 미리 준비했고, 필요한 돈도 준비되어 있었기 때문에 시일은 그다지 걸리지 않았다. 그래서 우리는 다시 한데 모이게 되었고 단란한 집안생활이 시작되었다. 그도 그럴 것이 숙고를 거듭했던 설계도 실행되고 보면, 목적을 달성하기 위한 수단에 불편한 점이 있더라도 끝나고 보면 모두 잊어버리기 때문이었다. 새로 지은 집은 일반인의 집으로서는 더없이 넓었고 나무랄 데 없이 깨끗하고 밝았다. 계단은 급하지 않게 만들어졌고 현관방은 통풍이 잘됐고 몇 개의 창으로부터는 앞에서 말한 정원의 풍경을 즐기기에 편리했다. 내부 손질이나 완공이나 장식에 필요한 여러 가지 일은 그 뒤로도 틈틈이 진행되어 갔으며, 그것은 일인 동시에 놀이가 되기도 했다.

맨 처음 정돈된 것은 아버지의 장서였다. 그 중에서도 송아지 가죽 장정 또는 반 가죽 장정의 최상급의 책들은 그 사무실 겸 서재의 벽을 장식하게 되었다. 아버지는 라틴 작가들의 아름다운 네덜란드 판[16] 책들을 소장하고 있었다. 이것들은 외형을 갖추기 위해서 모두 사절판으로 사들였던 것이다. 그리고 로마의 고미술품이나 법률학에 관한 많은 고상한 책들이 있었다. 가장 뛰어난 이탈리아 시인들의 작품들도 갖추어져 있었는데, 아버지는 그 중에서도 탓소를 특히 사랑하고 있었던 것 같다. 최근에 제1급 여행기도 있었는데, 자신의 손으로 카이슬러[17]나 네마이쯔[18]의 여행기를 수정하고 증보하는 것

---

16) 네덜란드 판― Elzeuire 판.

17) Johann Georg Keyßler, 《Neueste Reisen durch Deutschland, Ungarn, Böhmen U.S.W.》(제2판 1751년).

을 낙으로 삼고 있었다. 그 밖에 가장 필요한 참고자료, 각국어 사전이나 백과사전은 누구나 자유롭게 참고할 수 있도록 주위에 갖추어 놓았다. 그 밖에 또 이익도 되고 놀이도 되는 다른 여러 가지 책들도 많이 있었다.

이러한 장서의 다른 반半은 다락방의 특별실에 가지런히 꽂아 놓았다. 그것들은 표제가 아름답게 쓰인 멋있는 양피지 장정의 책들이었다. 신간 서적의 구입이나 그 장점과 배열에 대해서는 아버지는 언제나 차근차근하게 질서 있게 해나갔다. 여러 가지 서적에 대해서 그 특색과 장점을 말한 《프랑크푸르트 학예통신》을 그는 이런 경우 가장 잘 애용하고 있었다. 법률에 관한 학위논문의 수집도 해마다 서너 권씩 불어나갔다.

다음에는 그전 집에서는 곳곳에 흩어져 걸려 있던 그림들이 모두 서재 옆의 기분좋은 방으로 모여 벽에 걸리게 되었다. 모두 금테두리로 장식된 크고 까만 액자에 넣어 보기좋게 벽에 걸어놓았다. 나의 아버지는 평가하는데 선입관이 많이 따라다니고 고인의 작품을 아끼기보다는 현존하는 대가들에게 일을 시켜야 한다는 생각을 가지고서 그것을 자주 역설하고 있었다. 그의 생각으로는 그림이란 라인 포도주와 같은 것으로서 포도주는 오래된 것일수록 특별한 가치를 갖는다고 했다. 이듬해가 되면 또 전년과 똑같은 우량품 포도주가 새로 만들어질 수 있다. 약간의 세월이 지나고 나면 새 술도 오래된 술처럼 순호淳好한 그리고 어쩌면 아마 더 맛좋은 포도주가 된다는 것이다. 이 생각을 증명하기 위해서 아버지는 다음과 같은 설명을 했다. 즉, 대개 오래된 그림은 검어지고 갈색으로 퇴색하는 데 애호가들은 그것에서 가치가 있는 것처럼 생각한다. 나의 아버지는 이것에 대해서 새 그림이 장차 검어지지 않으리라는 걱정은 조금도 없

---

18) J. ch. Nemeitz, Rejour de Paris (제2판 1751년).

다고 한다. 그러나 새 그림이 검어졌다고 해서 가치가 더해진다고는 할 수 없다고 단언하는 것이다.

이 주장에 따라서 아버지는 여러 해 동안 프랑크푸르트 예술가 전체에게 일을 시켜 왔다. 그 사람들은 다음과 같은 화가들이다. 즉, 숲이나 그 밖의 전원 풍경에 가축을 곁들이는 것이 매우 교묘한 화가 히르트 및 렘브란트를 모범으로 삼고 실내의 불빛과 반사빛의 묘사나 효과적인 화재의 묘사에도 성공하였기 때문에 렘브란트 그림의 모사模寫를 주문받은 트라우트만 등이다. 자하트레벤[19]의 수법으로 라인 지방을 열심히 그렸던 슈쯔가 있고, 다시 화초 · 과일 · 장물, 그리고 조용한 동작의 인물을 네덜란드 파派의 선례에 따라 청초한 필체로 그린 융커 등이 있다. 집은 새로 정돈되고 방모양도 편리하게 된 데다가 재주 있는 한 미술가를 알게 되었기 때문에 아버지의 미술도락은 다시 성해졌다. 그 화가란 브링크만[20]의 제자였으며, 다름슈타트의 궁정화가인 제카츠였다. 이 사람의 재능과 성격에 대해서는 뒤에 가서 자세히 말하게 될 것이다.

이와 같이 해서 그 밖의 방들도 저마다의 용도에 따라 완성되어 가고 있었다. 집 전체가 청결미와 질서미로 조화되어 있었다. 특히 커다란 창유리에 의해서 집안의 채광은 철저했다. 먼저번 집에서는, 원인도 여러 가지 있었지만, 우선 대개가 둥그스름했던 창유리들 때문에 집안이 밝지 못했던 것이다. 아버지는 만사가 모두 잘되어 갔기 때문에 기분좋은 모습을 하고 있었다. 직공들의 근면과 정밀성이 늘 아버지의 요구를 따라가지 못했기 때문에 아버지의 기분은 때때로 흐려지는 일도 있었으나, 그런 일만 없다면 그보다 더 행복한 일은 생각할 수 없었으리라. 특히 허다한 좋은 일들이 일부는 가족내에서 생겨났고, 일부는 바깥에서 비롯되었기 때문이다.

19) 헤르만 자하트레벤(Hermann Sachtleben, 1609~85) : 네덜란드 풍경화가.
20) Ph. H. Brinkmann(1709-61). 만하임에 거주한 풍경 및 역사화가.

그런데 이상한 세계적 사건이 소년인 나의 마음의 평화를 처음으로 그 밑바닥에서부터 흔들어 놓았다. 1755년 11월 1일 리스본에 지진이 일어나서 그때까지 안정과 평화[21] 속에서 살아오던 세계에 커다란 공포를 자아냈다. 상업도시이며 동시에 개항도시였던 장려한 대수도가 갑자기 무서운 재화에 뒤덮인 것이다. 대지가 흔들리고, 바다가 뒤끓고, 벽이 부숴지고, 집들이 무너지고, 탑들이 그 위에 쓰러졌다. 왕궁 일부가 바닷물에 가라앉고 갈라진 땅이 불길을 토하는 것 같았다. 왜냐하면 부숴진 폐허에는 어디나 검은 연기와 불길이 치솟고 있었기 때문이다. 편안함 속에서 즐거움을 누리던 6만의 사람들이 한꺼번에 망해 간 것이다. 그 속에서 불행에 대한 감정이나 의식을 활동시킬 여유가 없는 사람이야말로 가장 행복한 사람들이라고 할 수 있다. 불길은 맹위를 떨쳤다. 그와 동시에 지금까지 숨어 있던, 아니 이 참사로 인해서 해방된 죄수떼가 미친 듯이 날뛰었다. 살아남은 불행한 사람들은 약탈과 살육, 그 밖의 모든 학대의 불행한 꼴을 당했다. 이리하여 자연은 모든 방면에서 횡포를 계속했다.

　사건이 보도되기에 앞서서 이미 이변異變의 징후가 넓은 지역에 걸쳐서 나타났다. 즉, 여러 장소에서 희미한 진동을 느낀 것이다. 수많은 온천[22], 특히 효험 있는 온천의 물이 보기 드물게 멈춰 버렸다. 그랬던만큼 이 무서운 사건의 사실적 보도가 처음에는 대강, 다음에는 자세하고 신속하게 전해지면서 인심에 미쳤던 영향은 더욱 컸다. 이것에 대해서 경건한 사람들은 여러 가지 생각들을 말했고, 철학자들은 위안이 될 근거를 풀이하였고, 성직자들은 몸을 삼가라는 설교를 끊임없이 했다. 세계의 주의는 한때 모두 이 한 곳에 집중하였다. 그

---

21) 아헨 강화조약 이후 세계는 한동안 평화스러웠다.
22) 카알스바트 이외의 온천에 이상이 생겼다.

리하여 이 폭발된 재해가 미친 크나큰 피해에 대해서 모든 방면으로 부터 더욱 많은, 더욱 상세한 보고가 도착함에 따라서 다른 사람의 불행에 의해서 흥분된 인심들은 자기 자신이나 가족에 대한 걱정 때문에 더욱 불안해졌다. 공포의 악마가 이렇게도 신속히, 이렇게도 힘있게 그 전율을 땅 위에 떨어뜨린 일은 한 번도 없었을 것이다.

이런 모든 일들을 반복해 들어야만 했던 소년은 마음이 대단히 흔들렸다. 천지의 창조자이며 유지자인 신, 신앙조항信仰條項 제1조의 명설에 의해 총명하고 자비로운 자로서 소개된 신은 옳은 자와 옳지 못한 자를 통틀어서 한꺼번에 파멸에 빠뜨림으로써 만유萬有의 아버지로서의 실증을 보여 주지 않았다. 소년의 마음은 이 인상에 저항해서 일어서려고 하였으나, 헛일이 되고 말았다. 철학자나 신학자 자신이 이러한 현상을 어떻게 보고 있는가에 대해서 일치할 수가 없었으므로 소년은 더욱 갈피를 잡을 수가 없었던 것이다. 그 다음 여름에는 구약성서가 자주 전하고 있는 것 같은 노한 신을 눈으로 볼 기회가 주어졌다. 어느날 갑자기 우박이 쏟아지고 우레와 벼락 속에서 서쪽을 향하고 있는 집 뒷벽의 새 창유리를 크게 부수고 새 가구를 다치게 하고 두세 권의 중요한 서적, 그 밖의 귀중품을 파손하였다. 완전히 정신이 나간 하인들은 아이들을 어두운 복도로 끌고 갔으며, 거기서 무릎을 꿇고 큰 소리로 외치며 신의 노여움을 풀려고 하였기 때문에 아이들은 더욱 무서움에 뒤덮였다. 단 한 사람, 침착을 잃지 않은 아버지는 창문을 열어서 떼어 놓았다. 이리하여 그는 창유리를 여러 장 건질 수 있었으나, 우박에 이어 쏟아져 내린 폭우가 들어올 입구를 넓혀 주었기 때문에 우리가 가까스로 기운을 되찾았을 때는 복도나 계단에 빗물이 흥건했다.

이러한 일들은 전체로 보면 역시 방해가 되었으나 아버지가 우리 아이들에게 주려고 계획한 수업의 진행과 계속을 중단시키는 일은 거의 없었다. 아버지는 청년시대를 코부르크 중학교에서 보냈는데,

이 학교는 독일에서는 일류 중학교 중 하나였다. 그는 거기서 어학이나 그 밖의 학문적 교육으로 인정되는 것의 기초를 튼튼히 쌓았다. 후에 라이프치히에서 법률학을 연구하였고, 마지막에는 기센에서 학위를 받았다. 열심과 근면으로서 써낸 학위 논문 〈상속相續의 선택〉은 지금까지도 법학 교수들로부터 찬양되고 이용되고 있다.

자기 자신이 가질 수 없었던 것을 아들에게서 실현하려고 하는 것은 모든 아버지들의 공통된 염원이다. 그것은 마치 이 세상에서의 생활을 되풀이하여 처음의 경험을 이번에야말로 도움이 되게 하려고 하는 것과 같다. 아버지는 자신의 지식을 믿고 있었으며, 성실·인내력에 자신이 있는 데다가, 당시의 학교 교사에 대한 신용을 하지 않았기 때문에 자신의 아들을 자기 손으로 교육하려고 결심하였다. 그리고 다만 필요하다고 생각되는 부분적인 수업만을 본직인 교사에게 맡기려고 하였다. 교육상의 아마추어적인 생각이 벌써 일반적으로 나타나기 시작하고 있었다. 그것은 공공 학교에 취직하고 있는 교사들의 현학적衒學的인 버릇과 우울한 성격이 아마 그 첫째 원인이 된 것 같다. 어떤 보다 좋은 것이 강구되고 있었으나, 전문적인 사람들에 의해서 주어지지 않는 교육이라는 것이 얼마나 결함이 많은 것인가는 잊혀지고 있었던 것이다.

나의 아버지의 생활 경로는 그때까지 상당히 희망대로 잘되어 가고 있었다. 나도 그와 같은 길을 가게 되었으나 다만 더 편하게 더 앞으로 가야 한다는 것이었다. 아버지는 나의 천부적 재능을, 자신은 그것이 없었던만큼 더욱 존중했다. 다시 말하면 그 자신은 모든 것을 이루 말할 수 없는 근면과 인내와 반복에 의해서만 획득했던 것이다. 아버지는 자신이 만일 나만큼의 소질을 가졌다면 전혀 나와 다른 행동을 할 것이며, 나처럼 그렇게 게으르게 재능을 낭비하지 않을 것이라는 말을 농담으로나 진담으로도 예전이나 지금이나 자주 나에게 말하는 것이었다.

신속한 이해와 소화와 기억에 의해서 나는 이내 아버지나 그 밖의 교사가 나에게 줄 수 있는 교육만으로는 만족할 수 없게 되었다. 왜 냐하면 그들이 주는 것은 무엇 하나 나에게 만족을 줄 수 없었기 때문이다. 문법은 멋대로 날뛰는 법칙으로밖에 생각되지 않았기 때문에 내 마음에 들지 않았다. 여러 가지 규칙이 나에게는 우스꽝스럽게 생각되었는데, 그것은 여러 규정에 의해서 규칙이 취소되면서 그 모든 규정을 나는 다시 암기해야 했기 때문이다. 운이 달린 라틴어 입문서가 없었더라면, 나는 불쌍한 꼴을 당했을 것이다. 나는 이 책을 리드미컬하게 혼자 즐겨 외웠다. 우리는 또 그러한 기억용의 시구로 씌어진 지리책도 가지고 있었다. 그 속에서는 가장 살풍경한 시구가 기억해야 할 일을 가장 빨리 우리에게 기억하게 했다. 가령,

상부 이쎌엔 늪이 많아서
좋은 땅이지만, 추해 보인다.

나는 말의 형식과 용어법을 쉽게 배웠다. 또 어떤 개념에 들어 있는 뜻을 금방 밝혀 낼 수가 있었다. 수사학상의 문제나 과제의 작문에서는 문법의 잘못 때문에 남에게 떨어지는 일이 자주 있었으나, 그래도 아무도 나를 따르는 자는 없었다. 이러한 작문은 특히 나의 아버지를 기쁘게 해주었고, 아버지는 아이로서는 너무나 많은 돈을 상으로 주었다.

내가 셸라리우스[23]를 암기해야 했던 그 방에서 나의 아버지는 누이동생에게 이탈리아어를 가르쳤다. 나는 내 과제를 재빠르게 해치우고 나서도 거기에 가만히 앉아 있어야 했기 때문에 내 책을 밀어놓고서 누이동생의 수업을 듣고 있었다. 그리하여 라틴어의 재미있

---

23) 할레 대학 교수 크리스토프 셸라리우스(Christoph Cellarius)의 라틴어 입문서 《Latinitatis liber memorialis》, 앞의 입문서도 이 책을 말한다.

는 변형으로서 내 주의를 끈 이탈리아어를 극히 빨리 이해하였다.

그 밖의 기억이나 관념에 관한 나의 조숙성은 그런 것으로서 어려서부터 일찍이 평판을 떨친 아이들의 그것과 마찬가지였다. 그러므로 나의 아버지는 내가 대학에 입학하기까지 거의 기다리기가 힘든 것 같았다. 일찍부터 아버지는 나에게 자기가 깊은 애착을 가지고 있는 라이프치히에서 자기처럼 법률학을 연구하고 그리고 다시 다른 대학에 가서 학위를 따야 한다고 엄명하고 있었다. 이 제2의 대학은 내가 어디를 선택하든 아버지에게는 반대가 없었다. 다만 아버지는 괴팅겐에 대해서만은 왠지 모르게 다소 반감을 가지고 있었던 것은 나로서는 유감이었다. 왜냐하면 나에게 있어서는 다름 아닌 이 대학이야말로 많은 신뢰와 희망을 거는 곳이었기 때문이다.

다시 아버지는 나에게 베츨라르와 레겐스부르크[24]로 가고 이어 빈으로 가서 거기서 이탈리아로 가는 것이 좋겠다고 말했다. 그러면서도 한편으로는 파리를 먼저 보아야 한다며 이탈리아에서 돌아오면 무엇을 보나 재미가 없다고 몇 번이고 되풀이했다.

청년으로서의 나의 장래의 갈길을 이야기하는 이런 꿈 이야기가 되풀이되는 것을 나는 즐겨 듣고 있었다. 특히 그것은 이탈리아 이야기의 마지막에 가서 나폴리의 서술로 끝나기 때문이다. 이런 이야기가 나오면 아버지는 여느 때의 진지하고 딱딱한 모습이 풀리고 생생하고 기운찬 모습이 되었다. 그리고 소년의 마음에는 이 천국에 나도 들어가 보고 싶은 열렬한 욕망이 솟아나는 것이었다.

점차로 분량이 많아진 가정교사의 수업을 나는 이웃 아이들과 함께 받았다. 이 공동수업은 나에게 이익이 되는 것이 없었다. 교사는 평범한 수업을 할 뿐이었고, 학우들은 점잖지 못하고, 때때로 심술궂은 장난을 해서 그 적은 수업시간에 시끄러움과 불쾌감과 방해를

---

24) 베츨라르에는 고등법원이 있고, 레겐스부르크에는 제국의회가 있었다.

가져왔다. 수업을 재미있고 변화 있게 하는 발췌교본拔萃敎本은 아직 우리들 손에 들어오지 않았다. 어린아이들에게는 무미건조한 코르넬리우스 네포스[25]의 설교와 학교 종교 수업으로 인해 너무나 평범해져 버린 신약성서, 셀라리우스와 파소르[26]는 우리들에게 아무런 흥미를 일으키지 않았다. 이와 반대로 당시의 독일 시인의 작품을 읽음으로써 운문 시구에 대한 일종의 열광이 우리를 사로잡았다.

　과제를 수사적으로 다루는 것에서 시가적으로 다루는 것으로 옮겨 가는 것이 재미있다고 생각하였을 때, 나는 이미 이 열광에 사로잡혀 있었던 것이다. 우리는 일요일마다 모였다. 그때 각자는 자작시를 내놓기로 되어 있었다. 여기서 어떤 이상한 것을 경험하여 그것이 오랫동안 나를 불안하게 만들었다. 나의 시는 그것이 어떤 것이 되었든 간에 다른 사람들의 시보다 낫다고 생각하지 않을 수 없었다. 그런데 가만히 보니, 나의 경쟁자들이 너무나 유치한 것을 내놓으면서도 나와 마찬가지로 자기 자신이 제일 낫다고 생각하는 것을 알았다. 그뿐 아니라 나에게 더욱 이상한 느낌을 일으킨 것은 한 소년이 하고 있는 짓이었다. 그는 성격도 좋고, 특히 내가 좋아하는 소년인데, 그에게는 시작詩作 능력이 전혀 없었다. 그런데 그는 시를 자기 집 가정교사를 시켜서 지어가지고 와서는 그것을 최상의 작품으로 생각하였을 뿐 아니라 자기가 지은 것처럼 확신하는 것이었다. 그는 나와 특히 가까운 사이였기 때문에 언제나 그렇게 솔직하게 나에게 주장했다. 이러한 오류와 망상을 나는 분명히 보았기 때문에 어떤 때는 나도 똑같은 것이 아닐까, 이들의 시는 실제로 내 시보다 좋은 것이 아닐까, 나에게는 그들이 자기 작품에 미친 것처럼 보이지만, 나 자신도 그들에게 그렇게 보이는 것이 아닐까, 하는 생각이

---

25) 코르넬리우스 네포스(Cornelius Nepos, 기원전 99~24). 로마의 역사가로서 《이국명장전異國名將傳》과 《역대사歷代史》의 일부분만 지금 전해지고 있다.
26) 파소르(Georg Pasor). 신약성서의 주석 및 그리스, 라틴어 사전의 저자.

오랫동안 나를 매우 불안하게 하였다. 왜냐하면 나로서는 진실을 가르쳐 주는 외부적인 표지標識를 발견하지 못했기 때문이다. 그래서 마침내 나는 시작까지 그만두게 되었다. 그러나 그 오해는 별로 심각하지 않았으며, 원래 자신감이 있는 데다가 우리들 시의 유희에 주목하게 된 교사나 양친이 우리에게 즉석에서 지시하여 만들게 한 답안이 나를 안심하게 했다. 왜냐하면 이 시험에서 나는 훌륭하게 합격하여 사람들의 칭찬을 얻었기 때문이다.

당시에는 아동을 위한 문고는 설치되어 있지 않았다. 연장자 자신이 어린애다운 정서를 지니고 있다가 자기들 자신의 교양을 후진에게 전해 주는 것을 유쾌하게 생각했다. 아모스 코메니우스의 《그림의 세계》[27] 이외에는 이런 종류의 책으로 우리 손에 들어온 것은 한 권도 없었다. 그러나 메리안[28]의 동판화가 들어 있는 대형 성서를 우리는 몇 번이고 들춰 보았다. 같은 화가의 동판화가 들어 있는 고트프리트의 《연대기》는 세계 역사상 가장 중요한 사건을 나에게 가르쳐 주었다. 《고대 명문집》[29]은 각종 우화·신화·기담奇譚을 우리에게 이야기해 주었다. 이윽고 우리는 오비디우스[30]의 《변형》을 알게 되었고, 특히 처음 몇 장을 열심히 연구하였기 때문에 어린 나의 머릿속에는 많은 형상이나 사건, 두드러진 성격의 기괴한 인물과 사건으로 꽉 차게 되었다. 그리하여 나는 이들 수확에 가공을 하고 그것을 반복하고 재현하는 일을 끊임없이 계속하였기 때문에 조금도 따분한 줄을 몰랐다.

때로는 이처럼 거칠고 위험하고 예스런 것보다 경건하고 도덕적인 효과를 주는 것이 있었으니 바로 페넬롱[31]의 《텔레마코스》였다.

---

27) 1657년 이후 뉘른베르크에서 출판된 그림책. 설명은 독일어, 라틴어 및 영어로 되어 있다.
28) Matthäus Merian(1593~1651). 바젤 출신의 유명한 동판화가.
29) Acerra philologica. 고대사에서 따온 이야기 선집. 라우렘베르크에서 1637년에 출판되었다.
30) 로마의 시인 (B.C.43~A.D.17).《변형(metamorphoses)》는 그의 대작이었다.

나는 이 작품을 처음 노이키르히의 번역판을 통해 알았는데, 그것은 극히 불완전하게 번역된 것이었지만, 나의 마음에는 매우 기분좋고 유익한 영향을 주었다. 《로빈슨 크루소》가 이것들에 일찍부터 끼여 든 것도 당연한 일이며, 《펠젠부르크 섬》[32]이 빠지지 않았다는 것도 이상할 것이 없었다. 앤슨 경의 《세계여행》[33]은 진실의 위엄과 가공 담의 분망한 공상을 얹어놓은 것으로서, 나는 공상 속에서 이 뛰어 난 항해자를 따라가면서 널리 전 세계를 돌아다니고 지구의 위를 손 가락으로 가리키면서 그 발자취를 더듬으려고 했다. 그리고 또 더욱 풍부한 수확이 내 앞에 기다리고 있었다. 그것은 무엇이냐 하면 당 시의 형태로는 우수한 것이라고 할 수 없었지만, 그러나 그 내용은 우리에게 전대前代의 공적을 허물없이 말해 주는 많은 서적을 접한 일이다.

후에 가서 《통속 총서通俗叢書》, 《통속 문고通俗文庫》라는 표제로 세 상에 널리 알려진 이름 있는 총서를 낸 출판사라기보다는 제본소가 프랑크푸르트에 있었다. 이들 책들은 매우 잘 팔렸기 때문에 거친 종이에 연판 활자로서 읽을 수 없을 정도로 인쇄되어 있었는데도 잘 팔렸다. 우리 아이들은 다행히 고서점 입구의 작은 탁자에서 이러한 중세의 귀중한 유물을 항시 발견하여 2,3크로이처로 자기 것을 만들 수 있었다. 《오일렌슈피겔》, 《4명의 하이몬의 아이들》, 《아름다운 메 루지네》, 《옥타비아누스》, 《아름다운 마게로네》, 《포르투나투스》, 《영원한 유태인》 그 밖에 이와 비슷한 책들은 무엇을 사먹는 대신 그 것을 갖고 싶다고 생각하면 언제나 바로 손에 들어왔다. 무엇보다도 편리한 것은 우리가 책을 읽다가 헐거나 파손되면 다시 새 것을 사 다가 읽을 수 있다는 점이었다.

---

31) Fénelon(1651~1715) : 프랑스의 사제이며 저작가. 《텔레마코스》는 유명한 교육소설.
32) 《로빈슨 크루소》를 모방한 슈나벨의 작품.
33) 1749년 독일어판 나옴.

가족이 어울려서 여름의 산책을 나가다가 갑자기 소나기를 만나면 얄미운 방해를 받아 유쾌한 상태가 가장 불쾌한 상태로 바뀌듯이, 아이들의 병은 어린 시절의 가장 아름다운 시절에 갑자기 덮쳐드는 수가 있다. 나 역시 그런 예에서 벗어나지 못했다. 내가 마침 작은 주머니와 마법의 모자를 가진 《포르투나투스》를 샀을 때, 갑자기 불쾌감이 느껴지며 열이 났는데, 그것은 천연두[34]의 전조였다. 종두 접종은 그 무렵 독일에서는 아직 상당히 의문시되고 있어서 통속 기자들은 이미 그것을 알기 쉬운 방법으로 열심히 장려하고 있었으나, 독일의 의사들은 자연을 침해하는 것처럼 보이는 종두의 실시를 주저하고 있었다. 그러므로 투기적인 영국 사람들이 대륙으로 건너와서 돈많고 편견이 없는 사람들의 자제들에게 종두를 해주고 막대한 보수를 받고 있었다. 그러나 대다수의 사람들은 여전히 예전부터 내려오는 이 병에 걸릴 위험에 놓여 있었다. 이 병은 많은 가정을 파탄에 몰아놓고 수많은 아이들을 죽이고 또 보기 싫게 만들었다. 그러나 효험이 있으리라는 것이 이미 많은 성공의 예로 증명되었는데도 그 방법을 택하는 용기 있는 양친이 드물었다. 이 병은 우리 집에도 들어와 맹렬하게 나를 덮쳤다. 온몸은 두창痘瘡으로 꽉 찼고 얼굴도 빈틈없이 뒤덮였다. 나는 며칠 동안 잘 볼 수 없어 매우 괴로웠다. 집안 사람들은 될수록 나의 괴로움을 덜어 주려고 애썼고, 내가 만일 가만히 있고 또 문지르고 비비고 하면서 병을 더 나쁘게 하지 않는다면 무엇이라도 다 주겠노라고 약속하였다. 나는 꿋꿋이 병고를 참았다. 그러나 가족들은 당시 행해지고 있던 통설에 따라서 병자를 가능한 한 따뜻하게 보호했기 때문에 병세가 악화될 뿐이었다. 한동안 뒤에 비참한 시기가 지나자 내 얼굴에서는 마스크 같은 것이 떨어져 나갔고, 피부에는 눈에 보일 정도로 흔적이 남지는 않았다.

---

34) 1758년의 일.

그러나 얼굴 모양은 눈에 띄게 달라져 있었다. 나로서는 다시 햇볕을 보게 되었고, 또 차차 피부의 반점이 없어져 가기 때문에 그것만으로도 만족하였으나, 다른 사람들은 무정하게도 이전의 상태를 자주 나에게 상기시켰다. 특히 전에 나를 우상처럼 떠받들고 있던 매우 소탈한 숙모[35]는 훨씬 뒤에 가서도 나를 보면 "어머, 요즘 이 아이가 왜 이렇게 보기 싫게 되었을까" 하고 소리치지 않는 일이 거의 없었다. 그리고 숙모는 나에게 이때까지 내가 그녀를 얼마나 기쁘게 하였는가, 나를 데리고 다니면 얼마나 사람들이 자세히 보았는가 등을 이야기하기 시작하였다. 그래서 나는 일찍부터 인간이란 우리가 그들을 기쁘게 해 준 일에 대해서 쓰디쓴 보답을 주기도 한다는 것을 뼈아프게 느꼈다.

마진麻疹도, 풍두병風痘病도 그 밖의 어떠한 아이들의 역병신疫病神도 나를 용서치 않았다. 그리고 그때마다 집안 사람들은 이것으로 이 병이 영구히 지나가 버린 것은 다행한 일이라고 말했다. 그러나 지겨운 일은 그렇게 말하는 동안에 이미 또 다른 병이 뒤에서 기다리고 있다가 다가오는 것이었다. 이런 모든 일은 나에게 명상하는 버릇을 길러 주었다. 나는 초조한 괴로움에서 벗어나려고 하면서 인내하는 연습을 많이 하였으므로 스토아 학파의 철학자들이 모범으로서 찬양하고 있는 덕목은 본받을 가치가 크다고 생각했다. 그리스도교의 인내에 대한 가르침이 같은 것을 장려하고 있었기 때문에 더욱 그렇게 생각되었다.

가족의 병을 이야기하는 김에 같은 병이 들어 적잖이 고생한 세 살 아래의 동생[36]에 대해서 추억하려고 한다. 이 동생은 화사하게 생겼으며, 말수가 적고 심술이 사나웠다. 우리는 끝내 형제다운 정을

---

35) 멜벨 부인을 말한다.
36) 동생 Hermann Jakob(1752~59). 이 밖에도 '카타리나 엘리자베트, 요한나 마리아, 게오르크 아돌프'라고 불리는 동생과 누이동생들이 있었다. 모두 2, 3세 때 죽었다.

느끼지 못하고 끝나 버렸다. 그는 어려서 죽은 것이다. 똑같이 일찍 죽은 자매들 중에서 나는 단 한 사람 아름답고 상냥한 계집아이만은 기억하고 있다. 이 누이동생 역시 일찍 죽었기 때문에 수년 후에는 나와 한 사람의 여동생만이 살아남아 둘은 한층 사이좋게 지내게 되었다.

　이러한 병이나 그 밖의 불쾌한 일의 결과, 이중으로 좋지 않은 일이 생겼다. 그것이 무엇이냐 하면, 나의 아버지는 일종의 교육일지·수업일지와 같은 것을 만들어 놓은 듯했으며, 내가 앓는 동안에 늦어진 공부를 되찾으려고 하였다. 그리하여 방금 병에서 벗어난 우리에게 두 배의 수업을 시키는 것이었다. 그것을 학습하는 것은 나로서는 어려운 일이 아니었으나, 이미 결정적인 방향을 잡고 있던 나의 내면적 발전을 방해하고 어느 정도 후퇴시켰다는 점에서 나에게는 역시 귀찮은 일이었다.

　이러한 교수법이나 교육적 압박을 피해서 우리는 대개 외할아버지한테 몸을 피했다. 그 저택은 프리트베르크가에 있었는데, 옛날에는 성채였던 것 같았다. 왜냐하면 가까이 가보면 총구멍이 나 있는 큰 문 외에는 아무것도 없었으며, 문 좌우는 양쪽 건물에 잇닿아 있었다. 안에 들어가 보면 좁은 통로를 지나서 상당히 넓은 중정中庭이 나온다. 이 뜰을 둘러싸고 들쑥날쑥한 건물들이 서 있는데, 지금은 모두 하나의 저택으로 묶여져 있는 것이다. 우리는 대개 대뜸 건물을 돌아서 그 뒤에 있는 정원으로 뛰어간다. 그것은 전망이 넓고 좋은 손질이 잘된 정원이다. 그곳의 길은 대개 양편에 포도덩굴이 얽힌 격자 울타리가 이어져 있다. 그 토지의 일부에는 야채를 가꾸고 일부에는 꽃을 심었는데, 꽃은 봄에서 가을까지 몇 차례나 번갈아 피면서 정원을 장식했다. 남쪽으로 면한 긴 담은 복숭아나무의 나무 담장으로 이용되고 있었다. 복숭아나무에는 여름 동안 금단의 과일이 먹음직스럽게 익으면서 우리의 눈길을 끌었으나, 거기서는 먹고 싶은 욕심을 만족시킬 수 없었으므로, 차라리 그 옆을 떠나서 반대쪽으로 갔다. 거기에는 엄청나게 많은 딸기며 멍석딸기가 가을까지 계속 열매를 맺어 우리가 따먹어도 풍성한 그대로 있었다. 이에 못지않게 우리에게 중요한 것은 높다랗게 가지를 펼치고 있는 뽕나무였다. 그것은 그 열매 때문이기도 했지만, 그 잎으로 누에를 친다는 말을 들었기 때문에 소중하게 보였다. 이 평화로운 장소에서 외할아버지는 저녁 때가 되면 거친 일들은 정원사에게 맡기고 손수 과수나 꽃들을 가꾸는 자잘한 일들을 즐거운 듯이 부지런히 하셨다. 아름다운 패랭이꽃을 길러서 그것이 불어나가는 데 필요한 여러 가지 수고를 그는 결코 마다하지 않았다. 그는 또 손수 복숭아나무 가지를 공들여서 부채꼴로 펼쳐지도록 선반에 잡아매고, 자라는 과일이 풍성히 자랄 수 있도록 했다. 튤립, 히아신스 등속의 식물의 구근球根을 가려내고 그것을 보존하는 일을 그는 결코 남의 손에 맡기지 않았다. 나는 지금도 그가 갖가지 종류의 장미를 열심히 접목하고 있는 모습이 생각난다. 그런 경우 그는 가시에 찔리지 않기 위해서 구식 가죽장갑을 끼고 있었는데, 그것은 '악사 재판' 때 해마다 세 켤레씩 받았기 때문에 결코 부족해진 일이 없었다. 그는 또 언제나 법관복처럼 생긴 잠옷을 입고 있었으며 주름이 잡힌 검은 비로드 모자를 쓰고 있어서 알키노스와 라에르테스[37]의 중간 인물 같은 모습을 하고 있었다.

　이러한 정원일을 할아버지는 자신의 직무나 마찬가지로 규칙적으로 정확히 해나갔다. 그는 뜰에 내려오기 전에 반드시 이튿날의 의안議案의 목록을 정리하고 기록을 읽었다. 마찬가지로 아침이면 어김없이 시청에 나갔다 돌아와서는 식사를 하고 긴의자에 앉아서 낮잠을 청했다. 모든 일이 이처럼 언제나 똑같이 행하여졌다. 그는 말수

---

37) 호머의 《오디세이》에 등장하는 바예케스 국왕 알키노스를 생각나게 하는 것은 그의 잠옷이고, 오디세우스의 아버지 라에르테스를 생각나게 하는 것은 그의 모자와 장갑이다.

가 적고 화를 내는 일이 한 번도 없었다. 나는 외할아버지가 노한 것을 한번도 본 일이 없었다. 그를 둘러싼 모든 것은 예스러운 기품이 넘치는 것뿐이었으며, 그 방을 둘러싼 판자벽이 바뀌지는 것을 본 일이 한번도 없었다. 그 장서는 법률책 이외에는 제1급의 여행기·항해기 그리고 육지 발견의 기록뿐이었다. 흐트러지지 않는 평화와 영구히 계속되는 느낌을 이만큼 인상깊게 준 생활상태를 나는 달리 생각해 낼 수가 없다.

우리가 이 존경하는 노인에 대해서 가지고 있던 외경의 존경심이 극도로 높아진 것은 이분이 예언의 능력, 특히 자기 자신이나 자기 운명에 대해 예언의 능력을 가지고 있다고 믿었기 때문이다. 원래 그는 외할머니 이외에는 아무에게도 자신의 마음속을 자세하게 털어놓는 일이 없었지만, 우리는 그래도 그가 뜻깊은 꿈에 의해서 다음에 일어날 일을 예고받고 있다는 것을 알고 있었다.

예를 들면 그가 젊은 시참사회원市參事會員이었을 때 이번에 배심석에 빈 자리가 생기면 자기가 앉게 되리라고 외할머니에게 단언한 일이 있었다. 그리하여 그 뒤 얼마 안 가서 배심관의 한 사람이 뇌졸중으로 세상을 떠났을 때, 그는 선거와 결선의 날 아침에 축하객들을 접대할 만반의 준비를 갖추어 놓도록 집에다 일러두고 나갔다. 그러자 마지막 결정을 내리는 황금의 구슬[38]은 과연 그에게 주어졌던 것이다.

그에게 이러한 일을 예고한 간단한 꿈을 그는 할머니에게 다음과 같이 이야기했다. 그는 꿈에서 여느 때처럼 시참사회의 회의에 출근했는데, 모든 것이 관례대로 진행되고 있었다. 그러더니 그 뒤 고인이 될 배심관이 갑자기 자리에서 일어서서 내려왔다. 그리고 그에게 정중하게 인사를 하고는 빈자리에 가서 앉아달라고 하고 문 밖으로

---

38) 세 명의 후보자를 선거로 결정한 뒤, 그 중에서 추첨을 하여 마지막 당첨자를 정하며, 당첨 방법은 주머니 속에서 구슬을 꺼내게 하여 황금의 구슬을 꺼낸 자가 당선된 것으로 한다.

나가더라는 것이었다.

시장이 별세할 때도 같은 일이 일어났다. 이러한 경우에 이 지위
는 오래 비워 둘 수가 없었다. 그 까닭은 황제가 시장을 임명하는 데
있어 언제 또 옛날의 권리를 끄집어낼지 모르기 때문이다. 이때, 내
일 아침 임시회의가 열릴 것이라는 통보가 한밤중에 사환에 의해 전
달되었다. 사환이 외할아버지 댁에 왔을 때, 초롱불이 꺼지려고 하
였다. 사환은 통지를 알리고 다녀야 하니 타다 남은 초가 있으면 하
나 달라고 했다. 외할아버지는 외할머니에게 말했다. "저 사람에게
새 초를 한 자루 내주시오. 이 사람은 나를 위해서 애쓰고 있으니
까." 결과는 그 말대로 되었고, 그는 실제로 시장이 되었다. 게다가
이상한 일은 외할아버지는 결선 때에 구슬을 세 번째, 즉 마지막에
꺼내기로 되었는데, 두 개의 은구슬이 먼저 나왔고 금구슬은 그를
위해서 주머니 밑바닥에 남아 있었던 것이다.

내가 알고 있는 그의 다른 꿈도 모두 산문적이거나 쓸데없는 개꿈
이거나 환상적이거나 신비적인 것은 하나도 없었다. 그뿐 아니라 내
가 어렸을 때에 그의 책이나 비망록을 들추어보면 원예에 관한 메모
들 사이에 '어젯밤 아무개가 나에게 와서 이렇게 말했다'라고 적혀
있는 것을 본 일이 생각난다. 성명과 꿈의 계시는 암호로 씌어 있었
다. 혹은 또 '어젯밤 나는 보았다……'라고만 할 뿐으로 그 다음에는
접속사나 판독할 수 없는 다른 말 이외에는 역시 암호로 씌어 있었다.

여기서 다시 말해 둘 가치가 있는 것은 평소에 예감의 능력을 한
번도 나타낸 적이 없었던 사람들이 외할아버지의 영향을 받아서 한
동안은 먼 데서 일어난 병이라든가 누가 죽었다는 따위의 일을 감각
적인 징후에 의해서 예감하는 힘을 얻은 것이다. 그러나 그의 아들
이나 손자에게는 이러한 능력이 하나도 유전되지 않았다. 도리어 그
들의 대부분은 건장하고 쾌활하고 현실적인 일에만 눈을 돌리는 사
람들이었다.

이 기회에 나는 소년시절에 나에게 많은 호의를 보여 준 사람들을 감사의 마음으로 다시 생각하고자 한다. 그 한 예를 말하자면 식료품 잡화상인 멜버에게 시집간 외할아버지의 둘째딸[39]을 방문할 때마다 우리는 여러 가지 대접을 받고 즐겁게 지낼 수 있었다. 그녀의 집과 가게는 장터의 가장 번잡한 중심부에 있었다. 이 집에서 우리는 휩쓸려들까봐 무서워했던 혼잡을 창 밖으로 내다보며 매우 즐거워했다. 그리고 처음에는 가게에 있는 여러 가지 물건 중에서 특히 감초와 그것으로 만든 갈색 도장을 찍은 봉지에 담긴 동그란 과자에 흥미를 가졌을 뿐이었지만, 차차 이러한 가게에서 매매되는 많은 상품을 알게 되었다. 숙모는 자매들 중에서 제일 활발하였다. 나의 어머니는 어려서 고운 옷을 입고 조용하고 여자다운 일을 하거나 독서하는 것을 좋아했으나, 숙모는 이웃집을 돌아다니면서 오랫동안 나에게 해준 것처럼, 돌보아 줄 사람이 없는 아이들을 돌보아 주고 머리를 빗겨 주고 안아 주곤 했다. 대관식 같은 공적인 축제일에는 집에 가만히 있지 못했다. 매우 어렸을 때, 벌써 숙모는 그런 축제일이면 땅에 뿌리는 돈을 주우러 다니기도 했다. 그리고 들은 바로는 한번은 상당한 액수를 주워모아 손바닥에 놓고 기쁜 듯이 바라보고 있으려니까 누가 다가와서 그 손을 탁 때렸기 때문에 애써 모은 것을 한꺼번에 잃었다고 했다. 또 그녀가 자랑스럽게 말하는 바로는 카를 7세의 마차가 지나갈 때에 군중이 물을 뿌린 것처럼 조용한 순간, 차를 비키는 돌 위에 서서 황제의 마차를 향해서 힘있게 "만세" 하고 외쳤다. 그러자 황제는 그녀를 향해서 모자를 벗고 이 대담한 경의의 표시에 황송하게도 답례를 했다는 것이다.

그녀의 집에서도 역시 주위의 모든 것이 활발히 움직였고 활기차고 쾌활했다. 나는 그녀의 덕택으로 유쾌한 시간을 가질 수 있었다.

---

39) 외할아버지의 둘째 딸 멜버 부인, Johanna Maria Melber.

성聖 카타리나 교회에 봉직하고 있는 목사 쉬타르크한테 시집간 둘째 숙모는[40] 그녀의 마음에 드는 더 조용한 환경에서 살고 있었다. 목사는 그 성질과 계급에 맞는 조용한 생활을 했고, 장서를 가지고 있었다. 나는 이 집에서 처음으로 호머를 알았다. 그것은 폰 레온 씨가 편집한 7부로 된 《가장 진기한 여행기 신집》의 〈호머의 트로이 정복기〉라는 표제를 가지고 있는 프랑스 극풍劇風의 동판화가 들어 있는 것이었다. 이 삽화는 나의 상상력에 해를 끼쳤다. 나는 오랫동안 호머의 영웅을 이 그림이 아니면 생각할 수 없게 되었다. 사건 자체는 더없이 나의 마음에 들었다. 다만 이 작품에서는 트로이의 점령에 대해서는 아무 이야기도 없었고, 또 서투르게도 헥토르의 죽음으로 이야기가 끝난 것은 비난을 하지 않을 수 없었다. 이 비난을 숙부에게 말하였더니, 그는 나에게 《베르길리우스》를 읽으라고 권했는데, 이 시인은 나의 요구를 완전히 만족시켜 주었다.

우리 아이들이 다른 수업과 함께 차차 정도가 높아지는 종교 교육을 받고 있었던 것은 말할 것도 없다. 그러나 우리에게 전하여지는 신교주의란 사실은 일종의 무미건조한 도덕에 지나지 않았다. 정채精彩가 반짝이는 금언 따위는 들을 수도 없었다. 교의도 혼이나 가슴에 호소하는 것이 하나도 없었다. 그러므로 합법적인 교회에서 떨어져 나가는 자가 여러 모로 많이 나왔다. 분리파 · 경건파 · 헤른후트파, '국내에 사는 평화의 사람들' 그 밖에 갖가지 이름으로 불리는 많은 종파가 생겨났다. 이들 사람들은 모두 공인 종교의 형태 아래에서는 생각할 수도 없을 만큼 신에게, 특히 그리스도를 통해서 접근하려고 하는 자들뿐이었다.

소년인 나는 이들의 견해나 의향을 끊임없이 들어왔다. 왜냐하면 성직자든 속인이든 이것에 관해서는 찬성과 반대의 어느 편으로 갈

---

40) Anna Maria Starck.

라져 있었기 때문이다. 다소나마 교회에서 불리한 사람들의 수는 항상 소수였지만, 이들은 독창과 성실과 인내와 그리고 자주에 의해서 사람들의 마음을 끌었다. 그들의 덕목德目이나 그 사람들의 언설에 대해서는 갖가지 이야기도 많았다. 특히 어느 경건한 양철 직공의 대답은 유명해졌다. 그에게 동업자중 한 사람이 "자네의 고해신부告解神父는 도대체 누구인가?" 하고 물음으로써 창피를 주려고 한 데 대해서 또 자기가 옳다는 것을 확신하고 있는 그는 이렇게 쾌활하게 대답하였다는 것이다. "나에게는 가장 고귀한 고해신부님이 있네. 그것은 다름아닌 다윗 왕의 고해신부님[41]."

이러한 일들이 소년인 나의 마음에 인상을 주었는지 나도 같은 생각을 가지게 되었다. 하여간 나는 자연의 위대한 신, 우주의 창조자, 유지자에게 직접 다가가려고 생각하기에 이르렀다. 이 신이 전에 나타낸 분노의 표현은 이 세상의 아름다움과 우리가 받는 가지가지 은혜로 해서 벌써 잊혀져 버렸다. 그러나 내가 신에게 다가가는 길은 매우 이상한 길이었다.

대체로 소년인 나는 제1조의 신앙조항에 매달리고 있었다. 자연과 직접 교섭하고 자연을 자기의 작품으로써 인정하고 사랑하는 신이야말로 진정한 신이며, 이 신은 다른 모든 사물에 대하는 것과 같이 인간에 대해서도 한층 밀접한 관계에 설 수 있고, 또 별의 운행·시각·계절 및 동식물을 위해서 하는 것처럼 인간을 위해서도 배려하리라고 생각하였다. 복음서의 몇 군데에도 이 사실은 뚜렷하게 적혀 있다. 그러나 나는 이 신에게 어떤 형태를 부여할 수가 없었다. 그래서 나는 신을 그 작품 속에서 찾고 구약성서 풍風으로 그를 위해서 제단을 지으려고 생각했다. 천연물로써 세계를 상징적으로 나타내고 그 위에다 불을 태우고 그것에 의해서 창조자를 우러러보고 따

---

41) 신神을 가리키는 말.

르는 한 인간의 감정을 나타내고 싶다고 생각했다. 그래서 나는 마침 집에 있던 우연히 모아져 가고 있는 광물의 수집물 중에서 최상의 광물덩어리와 표본을 찾아냈다. 그런데 어떻게 그것들을 쌓아올릴 것인가 하는 것이 문제가 되었다. 아버지는 빨간 래크 칠을 한 금빛 꽃무늬가 아로새겨진 아름다운 악보대를 하나 가지고 있었다. 그것은 사방이 피라밋 모양으로 생겼고, 여러 층으로 되어 있어 4부 합주에 매우 편리한 것으로 생각되었으나, 최근에는 거의 사용하지 않고 있었다. 나는 그것을 차지하여 자연의 선택물들을 층층으로 쌓아올렸기 때문에 보기에도 기분이 좋았고 호화로운 모습이 되었다. 이리하여 어느 날 아침 해가 뜰 무렵, 첫 예배가 행하여지게 되었다. 다만 '젊은 사제'는 불꽃과 함께 좋은 향기를 내는 불을 어떻게 태울 것인가를 몰랐다. 마침내 그는 불꽃과 향기를 한꺼번에 얻는 방법을 알아낼 수가 있었다. 그것은 별로 타지는 않지만, 섬광을 내며 가장 좋은 향기를 내는 훈향초燻香燭를 그가 가지고 있었기 때문이다. 뿐만 아니라 희미하게 타면서 연기를 내는 것은 활활 타는 불길보다도 사람의 마음의 움직임을 더 잘 표현하는 것같이 생각되었다. 해는 벌써 떠올랐으나 옆집이 동쪽을 가로막고 있었다. 마침내 태양이 지붕 위에 나타났다. 나는 바로 확대경을 손에 들고 아름다운 질그릇에 얹어 가장 높은 곳에 놓았던 훈향초에 불을 댕겼다. 만사는 생각대로 잘되었고 예배의식은 나무랄 것이 하나도 없었다. 제단은 개축한 집에서 나에게 내준 방의 특별 장식이 되었다. 아무도 그것을 장식을 위하여 늘어놓은 박물 표본으로밖에는 보지 않았다. 말하지 않은 이 비밀은 소년만이 알고 있었다. 그는 그 제전을 되풀이하고 싶다고 생각했다. 그런데 그때 마침 태양이 올랐는데도 질그릇이 가까이에 없었다. 그는 훈향초를 악보대 위에 직접 세우고 그것에 불을 댕겼다. 예배가 너무나 거창하였기 때문에 이 제물들이 어떤 재화를 일으키고 있는가를 이미 손을 댈 수 없게 될 때까지 사제는 모르고 있었다. 훈향초가 밑뿌리까지 탔기 때문에 빨간 래크 칠과 아름다운 금실 꽃무늬를 무참하게 태워 버려 악마가 달아난 것처럼 지울 수 없는 검은 자국을 남겨 놓았던 것이다. 그래서 어린 사제는 극도로 낭패했다. 그는 이 상처를 가장 크고 훌륭한 광물 표본으로 가릴 수는 있었지만, 새로 제를 올릴 용기는 사라져 버렸다. 그리고 이 위험한 사건에 대해서 이런 방법으로 신에게 다가간다는 것이 얼마나 위험한가 하는 암시나 경고라고 생각해도 좋으리라.

제2장

　지금까지 말한 것은 모두 평화가 오래 계속되던 시대에 나라가 행복하고 안전한 상태에 있었던 때의 이야기들이다. 그런데 이렇게 좋은 시절을 가장 유쾌하게 즐길 수 있는 곳은 자유시보다도 더 나은 데가 없다. 자체의 법률에 따라서 생활하고 수많은 시민을 포용할 만한 토지를 갖고, 상업과 무역에 의해서 시민을 부유하게 할 수 있는 위치를 차지한 도시보다 좋은 곳이 없다. 외래객들은 거기에 출입하며 이익을 얻으나, 이익을 얻기 위해서는 이익을 그곳에 가져다주지 않을 수 없다. 이러한 도시는 그다지 광대한 영토를 지배하지 않아도 그것이 도리어 내부를 더욱 부유하게 할 수 있다. 그 까닭은 대외관계를 위해서 비용이 많이 드는 계획이나 공동의무를 짊어지지 않아도 되기 때문이다.

　이와 같이 프랑크푸르트 시민은 내가 어렸을 때는 행복한 나날을 보냈다. 그러나 1756년 8월 28일에, 즉 내가 일곱 살이 되던 해 바로 저 세계적으로 유명한 전쟁[1]이 터졌다. 그것은 나의 생애의 그 다음 7년 동안에도 커다란 영향을 미치게 되었다. 프로이센 왕 프리드리히 2세가 6만의 군사를 이끌고 작센으로 침입하였다. 그리고 미리

----

1) 7년전쟁.

선전포고를 하는 대신 그 자신이 기초하였다고 하는 성명을 발표하였다. 그 속에는 그가 이 비상수단을 취하도록 그를 움직이고 또 그런 권리를 준 원인이 밝혀져 있었다. 세상 사람들은 관객으로서뿐만 아니라 심판자로서 서도록 강요되어 어느새 두 파로 갈라졌다. 그리고 우리 집안은 세계 전체의 한 축소판이었다.

나의 외할아버지는 딸이나 사위들과 함께 오스트리아 편에 섰다. 외할아버지는 프랑크푸르트의 배심관으로서 프란츠 1세 황제의 머리 위에 대관식 휘장을 바쳤고, 그 대가로 황후로부터 초상화가 든 커다란 금사슬[2]을 받은 바 있다. 아버지는 가족 중 남은 몇 명과 함께 프로이센 쪽으로 기울어졌다. 아버지는 카를 7세에 의해서 궁중 고문관으로 임명되었고 이 불행한 군주의 운명을 진정으로 동정하고 있었던 것이다. 수년 전부터 일요일이면 그치지 않고 계속되던 가족들 사이의 회합은 깨졌다. 친척간에 흔히 보는 불화가 여기서 비로소 제 모습을 나타내기 시작했다. 사람들은 서로 말다툼을 하고 욕설을 퍼붓고 토라져 입을 봉하거나 외쳐대곤 하였다. 그때까지 쾌활하고 침착하고 마음이 편했던 나의 외할아버지는 자주 화를 내게 되었다. 여자들이 나서서 싸움의 불을 끄려고 했으나 헛일이었다. 두세 번 불쾌한 일이 벌어진 후에 나의 아버지가 먼저 그 회합에서 떨어져 나와 버렸다. 그리고 우리는 집에서 아무 거리낌없이 프러시아 쪽의 승리를 기뻐했다. 이 승리의 첩보는 언제나 예의 격정적인 숙모[3]에 의해서 환성과 함께 보도되었다. 이 사건에 비하면 다른 모든 일들은 아무것도 아니었다. 우리는 그 해의 남은 동안을 그렇게 끊임없는 흥분 속에 보냈다.

---

2) 대관식의 휘장은 10명의 시참사회 의원에 의해서 운반되었다. 황후 마리아 테레지아는 이 10명의 의원들에게 황금의 사슬을 주었다.
3) 멜버부인.

드레스덴 점령, 프로이센 왕이 처음 가졌던 신중하고 점진적이고 착실한 전진, 로보지츠 부근의 전승,[4] 작센 사람들을 포로로 한 것 등은 모두가 우리 편의 승리를 의미했다. 적편의 이익이 될 것 같은 모든 것은 부정되거나 경시되었다. 반대편에 선 가족들도 똑같은 행동을 했기 때문에, 그들은 노상에서 만나면 언제나 《로미오와 줄리엣》에 나오는 것 같은 싸움을 했다.

이리하여 나도 역시 프로이센의 편, 더 정확하게 말하자면 '프리츠 편'이 되었다. 프로이센이 나와 무슨 관계가 있으랴. 그러나 프리드리히 대왕의 인격은 모든 사람의 감정에 영향을 주었다. 나는 아버지와 함께 우리 편의 승리를 기뻐했고, 즐겨 승리의 노래를 베꼈다. 그러나 그보다도 더욱 많이 즐긴 것은 적에 대한 조롱의 노래였다. 그 가사는 졸렬하기 짝이 없었다.

가장 나이 많은 외손자로서 또 이름을 지어 준 아이로서 나는 어려서부터 일요일마다 외할아버지댁에서 식사를 하였다. 그것은 일주일 중에서 가장 즐거운 시간이었다. 그러나 일이 이렇게 되고보니 어떤 음식이 나와도 나는 맛이 없었다. 왜냐하면 내가 숭배하는 영웅이 더없이 혹심한 비방을 받는 것을 들어야 했기 때문이다. 거기서는 우리 집과 다른 바람이 불었고 다른 소리가 울렸다. 외할아버지와 외할머니에 대한 애정은, 아니 존경은 줄어들었다. 그러나 이것에 대해서 나는 한 마디도 양친에게 말할 수가 없었다. 내가 그것을 말 못한 것은 나의 기분에서 나온 일이기도 하지만, 어머니가 그것을 매우 싫어했기 때문이다. 그 때문에 나는 내성적인 아이가 되었다. 여섯 살 때 리스본의 지진으로 신의 자비에 어느 정도 의심을 품게 된 일이 있듯이 이제야 나는 프리드리히 2세를 위해서 대중이 공정하다는 것을 의심하기 시작하였다. 나의 감정은 본래 남을 존경

---

4) 1756년 10월 프로이센군이 오스트리아군을 격퇴시켰다.

하는 경향을 가지고 있었다. 존경할 가치가 있는 것에 대한 신념은 무언가 커다란 일이 없으면 흔들리지 않았다. 유감스럽게도 우리는 선량한 풍습이나 예의바른 태도를, 행위 자체를 위해 지키는 것이 아니라 세인의 이목 때문에 지키도록 권고되었다. 늘 하는 소리가 "남들이 뭐라고 할 것이냐" 하는 말이었다. 나는 세상 사람들은 바른 사람들임에 틀림없고 모든 것을 정당하게 평가하리라고 믿어 의심치 않았다. 그러나 나는 지금 반대의 일을 경험하고 있다. 가장 위대하고 두드러진 공적이 업신여겨지고 배척되고 있다. 최고의 업적은 부인까지는 아니지만 적어도 왜곡되고 이유가 붙여지고 있다. 그리하여 이러한 비열한 부정이 탁월한 인물에 대해서, 날마다 그 능력이 실증되고 있는 인물에 의해서 나타나고 있다. 그것도 비천한 사람에 의해서 그런 일이 저질러지는 것이 아니라 뛰어나고 훌륭하다고 믿었던 나의 외할아버지나 숙부에 의해서 저질러졌다. 이 세상에 당파가 존재한다는 것이나, 자기가 어느 당파에 속한다는 것은 어린 나로서는 생각지도 못했던 일이었다. 나도, 나와 같은 생각을 가진 사람들도 마리아 테레지아의 미모와 그 밖의 좋은 성격은 인정해 주었으며, 황제 프란츠의 보석이나 재화에 대한 애착에 대해서는 이러쿵저러쿵 비난하는 일이 없었다. 그렇기 때문에 나는 더욱 자신을 옳다고 생각했고 자기가 생각하는 방식을 보다 나은 것이라고 공언해도 틀림이 없다고 믿었다. 다운 백작[5]이 잠꾸러기라고 자주 불리는 것도 우리 패들은 변명할 수 있는 일이라고 믿었다.

내가 이 일을 생각해 보면 일생 동안 나를 따라다닌 공중을 무시하는 생각, 아니 공중을 멸시하는 생각의 싹은 여기에서 찾아볼 수 있다. 이것은 훗날에 가서 식견과 교양에 의해서 가까스로 교정할 수가 있었던 것이다. 하여튼 이미 당파적인 불공평을 보게 된 것은

---

5) 프리드리히 대왕의 가장 유력한 대항자. 일에 임하여 너무나 신중하기 때문에 잠꾸러기라는 별명을 얻었다.

어린아이로서 매우 불쾌한 일이었고 자기가 사랑하고 또 존경하는 사람으로부터 떨어져 나가는 일에 익숙해진 것은 해로운 일이었다. 계속해서 일어난 끊임없는 전쟁 행위나 여러 가지 사건들이 양파 사람들에게 평화와 휴식의 겨를을 주지 않았다. 우리는 상상으로 만들어 낸 불행과 멋대로의 고집을 자꾸 거듭 자극하고 격화시키면서 자기가 잘하는 줄 아는 사람들의 보기 싫은 꼴을 보았다. 우리들은 이렇게 서로를 계속 괴롭혀 왔는데, 마침내 그로부터 2,3년이 지나자, 프랑스인이 프랑크푸르트를 점령하여[6] 우리 가정에 직접적인 불편을 가져왔다.

대다수의 사람들은 먼 곳에서 일어나고 있는 이와 같은 중대한 사건을 그저 열심히 이야기거리로 삼는 데 불과했지만, 개중에는 이 시국의 중대성을 잘 통찰하고 프랑스의 참전에 의해서 전쟁의 무대가 우리 지방에까지 확대되리라고 걱정하는 자도 없지 않았다. 어른들은 아이들을 지금까지보다 더 집안에 묶어 두며 여러 가지 방법으로 다루며 집안에서 놀도록 하였다. 이러한 목적을 위해서 할머니의 유품인 인형극이 다시 꺼내져서 진열되어 다음과 같이 장치되었다. 즉 구경꾼들은 다락방인 나의 방에, 연기를 하거나 감독을 하는 사람 및 무대와 전면무대는 이웃방을 사용하게 했다. 구경꾼으로서 이 아이 저 아이에게 입장을 허용해 준 호의로 처음에는 친구가 많이 생겼으나, 아이들이 으레 그렇듯이 오래 가만히 앉아 있을 수 없는 성질이 그들을 관객으로 오래 붙들어 두지 못하게 했다. 그들은 연기에 방해를 놓았다. 그래서 우리는 유모나 하녀가 달래어 언제나 조용하게 앉아 있을 수 있는 더 어린 관중을 데리고 와야 했다. 나는 원래의 희곡[7]을 외고서 처음에는 주로 그 작품만을 연출했으나, 얼

---

6) 1759년.
7) 《David und Goliath》. 이것에 〈후곡後曲〉을 붙여서 상연했다. 본희곡이란 주부분을 말한다.

마 안 가서 그것에 지쳐서 의상이며 장식을 바꾸고 이런 조그만 무대로는 힘에 겨운 대규모의 여러 가지 작품을 시도했다.

이런 주제넘은 시도로서 실제로 우리가 할 수 있는 것을 짜부러뜨리고 결국 부숴 버리고 말았지만, 이러한 어린이다운 오락과 작업의 복잡한 방식은 나에게 새로운 연구의 능력, 연출 능력, 상상력, 또 어떤 종류의 기교를 훈련하고 조장시켜 주었다. 아마 다른 방법이었다면 그토록 짧은 기간 동안에 좁은 장소에서 적은 비용으로 그만한 효과를 거둘 수는 없었으리라.

나는 벌써 컴퍼스와 자의 사용법을 배워서 우리가 배운 기하학의 공부를 즉시 실제로 응용하고 있었다. 즉 나는 두꺼운 종이공작에 완전히 열중하고 있었다. 그러나 나는 무슨 기하학적인 형태나 작은 상자나 그런 것을 만드는 데 만족할 수 없게 되었다. 그래서 벽기둥이나 집 밖의 계단이나 평평한 기둥 등을 갖춘 별장 등을 연구하였다. 그러나 완성된 것은 거의 없었다.

그러나 그보다도 더 끈질기게 내가 달라붙은 것은 본직이 재단사인 우리 집 하녀의 도움을 받아서 우리의 정극이나 비극에 사용할 무기고武器庫를 정비하는 일이었다. 우리는 인형으로는 마음이 차지 않았기 때문에 그러한 연극을 우리들이 직접 무대에서 상연하고 싶었던 것이다. 나의 친구도 그러한 무기를 만들어, 내가 만든 것에 지지 않을 훌륭한 것으로 생각하고 있었다. 그러나 나는 나 혼자의 필요를 채우는 데 만족하지 않고 이 소단체에 속한 몇 사람의 여러 가지 소도구를 갖추게 되었으므로, 나는 우리 일단에 있어서 더욱 없어서는 안 될 인물이 되었다. 이러한 놀이가 당파로 분열되고 싸우고 치고받는 것을 가르쳐 주고, 그 결과 말다툼이나 노여움의 진절머리나는 결말로 끝나기 쉬운 것은 쉽게 상상할 수 있는 일이다. 그런 경우에 언제나 정해진 몇 친구는 나의 편이 되고 다른 아이들은 반대편에 붙었다. 그러나 이 편과 저 편이 뒤바뀌는 일도 있었다. 내가 꼭 필라데스[8]라고 부르고 싶은 한 소년이 다른 사람의 꼬임으로 꼭 한 번 나에게서 떨어져 나갔으나, 일분도 더 나에게 적대하지 못했다. 우리는 눈물을 흘리며 다시 손을 잡았고 그 뒤 오랫동안 사이 좋게 지냈다.

나는 이 소년이나 나에게 호의를 가진 다른 아이들에게 동화를 이야기해 줌으로써 내가 그들을 매우 기쁘게 할 수 있었다. 특히 그들은 내가 1인칭으로 이야기하는 것을 좋아했다. 그렇게 함으로써 그들은 자기네의 놀이친구인 내가 그런 신비스런 경험을 한 것을 매우 기뻐했다. 그들은 내가 하는 일이나 드나드는 장소를 상당히 잘 알고 있었지만, 내가 어떻게 그런 모험을 할 시간과 장소를 찾았는가에 대해서는 별로 의문을 품지 않았다.

그런 사건이 있기 위해서는 전혀 다른 세계까지는 아니더라도 다른 지방에는 가야 하는데도 모든 것은 바로 어제 아니면 오늘 일어난 것처럼 이야기되었다. 그러므로 내가 그들을 속였다고 하기보다는 그들이 스스로를 속였다고 해야겠다. 나는 나의 성격에 따라서 이런 환영이나 가공담架空譚에 보태고 변형시켜서 예술적으로 표현하는 것을 배워 나갔다. 만일 그렇지 않았다면 이러한 황당한 이야기로 시작된 이야기는 나에게는 반드시 나쁜 결과를 가져왔을 것이다.

이러한 충동을 정밀하게 살펴보면 거기에는 시인이 극히 불확실한 일을 권위 있는 것처럼 이야기하고, 창안자인 자기 자신에게 무엇인가 진실하게 보이는 것을 모든 사람들에게 진실로서 인정하라고 요구하는 저 주제넘는 태도를 발견할 수 있으리라.

여기서 단지 일반적인 관찰로서 내가 말한 일을 다시 하나의 실례로서 말한다면 한층 재미있고 구체적으로 알아들을 수 있으리라. 그러므로 나는 그러한 동화를 하나 여기에 덧붙이겠다. 이 이야기는

---

8) 필라데스는 희곡 《이피게니아》 속의 오레스테스의 사촌 동생의 이름.

내가 친구들에게 여러 번 이야기하지 않으면 안 되었던 것이기 때문에 지금도 상상과 기억 속에 뚜렷이 남아 있다.

신新 파리스[9]
소년 동화

지난번 오순제五旬祭 일요일 전날 밤에 있었던 일이다. 내가 거울 앞에 서서 부모님이 축제를 위해서 나에게 만들어 준 새 여름옷을 입고 있는 꿈을 꾸었다. 그 옷은 너희들도 알지만, 커다란 은제 쬠쇠가 달린 산뜻한 가죽구두와 품질 좋은 무명양말과 검은 사지 금단추가 달린 초록빛 메르칸 저고리였다. 금란지金欄地 조끼는 아버지가 결혼식 때 입었던 것을 고쳐 만든 것이다. 나는 머리를 빗고 그 위에 분을 뿌렸는데, 내 머리 좌우에 달린 곱슬머리는 날개처럼 보였다. 나는 시간이 아무리 흘러도 옷을 다 입을 수가 없었다. 왜냐하면 자꾸 옷을 바꿔 입거나 다음 것을 입으려고 하면 먼저 입은 것이 몸에서 미끄러져 내리기 때문이었다. 이렇게 내가 허둥대고 있는데, 한 아름다운 청년이 나에게 와서 극히 다정하게 인사를 했다. 나는 그를 보고 "잘 왔습니다. 여기서 뵙게 되어 반갑습니다" 하고 말했다. 그러자 그 사람은 미소지으며 "나를 아십니까?" 하고 말했다. 나도 미소를 지으며 "알고 말고요. 당신은 메르쿠리우스 씨입니다. 그림에서 여러 번 보았습니다" 하고 말했다. 그 사내는 "그렇소, 신들이 보내어 심부름을 왔는데, 당신에게 중요한 일을 전하기 위해서 온 것이라오. 세 개의 사과를 보시오" 하고 그는 손을 내밀어 한 손으로는 다 집을 수 없는 사과 세 개를 보여 주었다. 놀랄 만큼 아름답고

---

9) 그리스 신화의 파리스는 헤라, 아테네, 아프로디테의 세 여신 중에서 가장 아름다운 자를 판정하고 황금의 사과를 주도록 제우스로부터 명령받았다.

커다란 사과로 첫째 것은 붉은 색이고 둘째 것은 노란색이고 셋째 것은 초록색이었다. 그것은 과일 모양을 한 보석처럼 보였다. 내가 그것을 손에 집으려고 하자 그는 뒤로 물러서며 이렇게 말했다. "당신은 이것이 당신의 것이 아니라는 것을 먼저 알아야 하오. 당신은 이 사과를 이 도시에서 제일 아름다운 세 명의 청년에게 주어야 하오. 그러면 그 청년들은 각자 자기의 운명에 따라서 바라는 대로 아내를 발견하도록 되어 있소. 이것을 가지고 당신의 역할을 다하시오." 이 말을 남기고 그는 사과를 내 손바닥에 놓고 떠났다. 그러자 사과들은 점점 커져 가는 것 같았다. 그것을 높이 쳐들어 밝은 빛에 비춰 보니까 속이 환히 들여다보였다. 그러더니 그것들은 곧 위로위로 뻗어서 알맞은 인형의 크기를 한 세 명의 아름다운 여인이 되었다. 그 옷의 색깔은 사과였을 때의 빛깔과 똑같았다. 이 세 여인은 내 손가락을 떠나 조용히 위로 미끄러져 올라갔다. 내가 그 한 명이나마 붙잡으려고 손을 내밀었을 때는 벌써 높이 멀리 떠나 버렸기 때문에 나는 그저 보고만 있을 수밖에 없었다. 나는 너무도 놀라서 손을 위로 뻗은 채 화석처럼 움직이지 못하였다. 그러고는 또 보이는 것이 없나하고 손가락 끝을 자세히 보자, 이번에는 갑자기 내 손가락 끝에서 매우 귀여운 한 처녀가 춤을 추고 있었다. 그 처녀는 아까 그 세 처녀보다 작았지만, 참 귀엽고 쾌활했다. 그녀는 다른 처녀처럼 날아가 버리지 않고 내 손가락에 머물며 이 손가락 끝에서 저 손가락 끝으로 왔다갔다 하며 춤을 추었기 때문에 나는 한동안 놀라서 물끄러미 그 모습을 지켜보고 있었다. 나는 그 처녀가 매우 마음에 들었기 때문에, 이번에야말로 붙잡을 수 있을 것 같아서 손을 내밀어 잡으려고 했다. 그러나 그 순간 나는 무엇에 머리를 한 대 얻어맞은 것 같았다. 그리하여 완전히 정신을 잃어버렸는데, 내가 정신을 되찾아 보니 옷을 갈아입고 교회에 갈 시간이 되어 있었다.

예배를 보는 동안에도 나는 몇 번이고 그 처녀의 모습을 마음 속에 그렸다. 외할아버지 댁에서 점심을 먹는 동안에도 그녀가 마음에서 떠나지 않았다. 오후에 나는 두세 명의 친구를 방문하려고 생각했다. 그것은 내가 새 옷을 입고 모자를 쓰고 칼[10]을 찬 내 모습을 보여 주고 싶은 마음이 있었던 것과 그들을 방문해야 할 의무도 있었기 때문이었다. 그러나 집에 있는 사람은 하나도 없었다. 그들이 모두 정원 쪽으로[11] 갔다는 말을 듣고 나도 그들에게 가서 그날 오후를 재미있게 보내려고 생각했다. 거기로 가려면 성벽 아래 빈터를 따라 걸어가야만 했다. 거기에는 '불길한 성벽'[12]이라는 이름이 붙은 곳이 있었다. 나는 천천히 걸어가면서 세 여인의 일이며 특히 조그만 요정의 일을 생각하였다. 그리하여 그녀가 또 한번 다정스럽게 손가락 끝에서 춤을 추었으면 하고 바라면서 몇 번이고 손가락을 높이 쳐들어 보았다. 그러면서 길을 가고 있으려니까 왼편 성벽에 내가 한 번도 본 일이 없는 조그만 문이 있었다. 문은 낮았지만 그 위의 아치는 컸기 때문에 큰 사내라도 편하게 들어갈 수 있을 것 같았다. 아치와 벽은 석수장이와 조각가의 손으로 아름다운 조각이 새겨져 있었다. 그러나 나의 주의를 끈 것은 문짝 그것이었다.

장식이 거의 없는 다갈색의 낡은 목재에는 높고 깊게 세공한 넓은 청동판이 박혀 있었다. 잎 모양의 조각 속에는 놀랄 만큼 실물과 똑같은 새가 새겨져 아무리 들여다보고 있어도 물리지 않는 훌륭한 것이었다. 그러나 나로서는 무엇보다도 이상한 것이 그 문에는 열쇠구멍도 없고, 고리쇠도 초인 망치도 없다는 것이다. 그래서 나는 이 문은 안에서밖에 열 수 없다고 생각했으나, 그것은 틀린 생각이었다. 왜냐하면 그 장식에 손을 대보려고 다가가자 문이 안에서 열리는 것

---

10) 당시 귀족 집안 소년은 성장盛裝할 때, 칼을 차는 풍습이 있었다.
11) 상류 가정에서는 시외에 정원을 가지는 일이 많았다.
12) '불길한 성벽'이라는 이름이 붙은 이 성벽은 14세기에 그 근방의 땅을 소유하던 Plymme이란 사람의 이름에서 나온 것이다.

이었다. 거기에는 길고 풍덩한 옷을 입은 한 낯선 사내가 나타났다. 덥수룩한 수염이 턱을 덮고 있었기 때문에 이 사내가 유태인이라고 생각지 않을 수가 없었다. 그러나 그는 내 생각을 알아차렸는지 십자가를 그으며 자기가 선량한 가톨릭 신자라는 것을 나타냈다. "젊은 분, 당신은 왜 여기에 오셨습니까? 거기서 무엇을 하고 있는 것입니까?" 하고 그는 온화한 말과 거동으로 물었다. "나는 이 문의 조각에 감탄하고 있는 것입니다. 이런 것도 호사가好事家들의 수집품 속의 조그만 세공품에서나 보았기 때문입니다" 하고 나는 대답했다. 그에 대해서 그는 "당신이 이런 세공을 좋아한다니 기쁘오. 그런데 이 문 안쪽에는 훨씬 더 아름다운 것이 있소. 들어오고 싶으면 안으로 들어오시오" 하고 말했다. 나는 어쩐지 기분이 나빠졌다. 그 문지기의 색다른 옷매무새하며 주위 세상과 다른 광경, 게다가 뭔지 모를 것이 공중에 떠돌고 있는 것 같아서 내 마음은 불안하기만 했다. 그래서 나는 문의 바깥 쪽을 더 보겠다는 핑계로 거기에 서서 정원 안쪽을 살피며 들여다보았다. 왜냐하면 내 앞에는 정원이 펼쳐져 있었기 때문이다. 문 바로 안에 나무 그늘이 드리워진 넓은 장소가 보였다. 일정한 간격을 두고 서 있는 보리수 가지가 서로 뒤얽혀 꽉 들어차서 그곳을 뒤덮고 있었다. 아무리 무더운 때라도 그 아래서 많은 사람들이 시원한 한때를 보낼 수 있을 것 같았다. 내가 문턱을 넘어서자, 노인은 한 걸음 한 걸음 나를 안으로 이끌어 갔다. 나도 그것에 저항하지 않았다. 왜냐하면 나는 지금까지 언제나 왕자[13] 나 술탄(이슬람국의 군주)은 이런 경우 위험한가 어떤가를 물어 보면 안 된다고 들어왔기 때문이다. 게다가 나는 허리에 칼을 차고 있지 않느냐. 만일 이 노인이 나에게 해를 끼치려고 하면 칼을 뽑아 쫓아버릴 수도 있다. 그래서 나는 안심하고 안으로 들어갔다. 문지기는 문을 닫았

---

13) 동화에 나오는 인물.

는데, 그 소리는 내가 들을 수 없을 정도로 희미했다. 그리고 그는 문의 안쪽에 달린, 바깥 것보다 훨씬 정교한 조각을 나에게 보여 주며 특별한 호의를 나타내는 것이었다. 그 배려에 나는 아주 마음을 푹 놓고 따라갔다. 나는 둥근 모양을 이루며 이어지는 벽을 따라서 그늘 길로 안내되었다. 벽에서는 여러 가지 놀라운 것을 볼 수 있었다. 벽감壁龕이 있었다. 조개껍데기·산호·광석 등으로 교묘하게 장식한 벽감에는 트리톤(해신)의 입에서 물이 철철 흘러나와 대리석 수반 위에 넘쳤다. 벽감과 벽감 사이에는 새장이며 그 밖의 격자 울타리가 만들어져 있고, 그 속에는 다람쥐며 모르모트들이 뛰어놀고 있었고, 그 밖에도 재미있는 동물들이 무엇이건 간에 다 갖추어져 있었다. 우리가 걸어나감에 따라서 새들은 우리들에게 지저귀며 노래를 부르곤 했다. 특히 찌르레기가 어리석은 소리로 지껄이고 있었다. 그 중 한 마리는 끊임없이 "파리스, 파리스"라고 소리치고 다른 한 마리는 "나르시스, 나르시스!" 하고, 마치 학교 아이들이 가까스로 발음하는 정도로 소리쳤다. 새가 그렇게 소리치는 동안 노인은 나를 쳐다보았으나, 나는 그것을 짐짓 모르는 척했다. 사실 그에게 주의를 기울일 틈도 없었던 것이다. 왜냐하면 우리가 성벽을 따라 둥근 원을 그리며 걸어가고 있다는 것을 알았고, 또 원래 이 커다란 원을 이루고 있는 그늘 길은 안쪽에 더 중요한 둥근 장소를 에워싸고 있다는 것을 알았기 때문이다. 그렇게 둥글게 걸으면서 우리는 다시 처음의 작은 문 앞에 이르렀다. 노인은 나를 밖으로 내보내려는 눈치였다. 그러나 나의 눈은 황금으로 된 격자 울타리에 쏠려서 움직이지 않았다. 그 격자 울타리는 이 신비로운 정원의 한가운데를 에워싸고 있는 것 같았다. 노인이 나를 데리고 걸었던 길은 벽을 따라가는 길이기 때문에 이곳은 중심에서 상당히 떨어져 있었다. 그런데도 걷는 동안 이 격자 울타리를 볼 기회는 충분히 있었다. 그는 작은 문 쪽으로 걸어가기 때문에 나는 그에게 절을 하고 말했다. "당신은 나에게 매우 친절하게 해주셨는데, 헤어지기 전에 한 가지 부탁이 있습니다. 이 정원의 안쪽을 큰 원을 그리며 둘러싸고 있는 저 황금의 격자를 좀더 자세히 보게 해줄 수 없겠습니까?" 그러자 노인은 대답했다. "좋습니다. 하지만 그러는 데는 두어 가지 조건을 지켜야 합니다." "조건이란 무엇입니까?" 하고 나는 서둘러 물었다. "당신은 당신의 모자와 칼을 여기에 놓아 두어야 합니다. 그리고 나와 함께 걷는 동안 내 손을 놓아서는 안 됩니다." "알았습니다. 그렇게 하지요" 하고 나는 대답하고 내 모자와 칼을 가까운 돌 위에 얹어 놓았다. 노인은 오른손으로 내 왼손을 조금 힘을 주어 잡고는 앞쪽으로 반듯이 나를 이끌고 갔다. 우리가 격자 울타리 있는 데로 오자, 수상하게 생각하던 나의 마음은 커다란 놀라움으로 바뀌었다. 나는 아직 이런 것을 본 일이 없었다. 대리석의 높은 대좌臺座 위에 무수한 창과 도끼가 늘어서 있고 진귀한 장식을 단 창끝이 모여 하나의 커다란 원을 그리고 있었다. 나는 그 창들의 틈새로 저편을 들였다보았는데 그 바로 안에는 양편에 대리석 둔덕이 있는 조용한 물의 흐름이 보였다. 그 맑은 밑바닥에는 금빛 은빛의 수많은 물고기들이 혹은 천천히 혹은 재빠르게 또는 한 마리씩 또는 무리를 지어 헤엄쳐 다니고 있었다. 나는 그때 정원의 중앙은 어떻게 생겼는지 알고 싶어서 운하의 저편을 보려고 하였다. 그러나 유감스럽게도 물 저편도 똑같은 격자로 둘러싸여 있었다. 그 울타리가 교묘하게 되어 있어서 이편에 틈새가 있는 곳에는 저편은 마침 창이나 도끼가 서 있는 것이었다. 그 밖에도 여러 가지 장식품이 방해를 해서 아무리 몸을 이리저리 옮겨 봐도 저편을 제대로 볼 수가 없었다. 게다가 노인이 아직도 나를 꽉 붙들고 있어서 자유로이 움직일 수가 없었다. 그러나 이런 것을 모두 보았기 때문에 나의 호기심은 더욱 커졌다. 그래서 나는 대담하게도 내가 저쪽으로 건너갈 수 없느냐고 노인에게 물어 보았다. 노인은 "있고말고. 그러나 거기에는 새로운 조건이 필요합니다" 하고 대답했다. 내가 그 조건을 묻자, 그는 옷을 갈아입어야 한다고 했다. 나는 그 조건을 허락했다. 그는 나를 벽 쪽으로 다시 데리고 가서 깨끗하게 치워진 조그만 방 안으로 안내했다. 이 방의 벽에는 모두 동양인의 옷을 닮은 여러 가지 옷들이 걸려 있었다. 나는 재빨리 옷을 갈아입었다. 노인은 가루를 뿌린 내 머리칼을 세게 털어 나를 놀라게 한 뒤, 얼룩얼룩한 빛깔의 그물을 머리에 씌웠다. 그러고서 커다란 거울 앞에 서더니 변장한 내가 매우 아름답게 보였다. 그것은 딱딱한 나들이옷을 입은 것보다 훨씬 마음에 들었다. 나는 대목장 때 장터에서 본 춤장이들의 흉내를 내며 뛰어다녔다. 그러면서 나는 거울 속을 보다가 문득 거울 속에 내 뒤의 벽감이 비쳐 있는 것을 보았다. 벽감의 하얀 뒷벽에는 세 가닥의 초록빛 끈이 드리워져 있었고, 가까이 가보니 각각 다른 모양으로 꼬여져 있었다. 나는 얼른 노인을 돌아다보며, 그 끈이 무엇인가를 물었다. 그는 친절하게 끈 하나를 내려서 나에게 보여 주었다. 그 끈이 무엇인가를 물었다. 그는 친절하게 끈 하나를 내려서 나에게 보여 주었다. 그 끈은 질긴 초록빛 비단끈으로서 그 양끝은 두 겹으로 꼰 초록빛 가죽에 꿰어져 있었고 그다지 좋지 않은 일에 쓰이는 도구처럼 보였다. 그것을 무엇에 쓰느냐고 물었더니, 그는 침착하고 온화하게 대답했다. "이 끈은 여기서 기꺼이 준 신용을 남용하는 사람들을 위해서 비치해 둔 것이오" 하고 말하고는 끈을 제자리에 걸어놓더니 얼른 따라오라고 했다. 이번에는 그가 나를 붙잡지 않았기 때문에 가벼운 걸음으로 그의 옆을 나란히 걸어갔다.

이제 나의 호기심을 극도로 자극한 것은 격자 울타리를 지나고 내를 건너서는 문이 어디에 있고 어디에 다리가 있는가 하는 것이었다. 왜냐하면 지금까지 그런 것을 한 번도 보지 못했기 때문이다. 그래서 나는 황금 울타리로 급히 가서 그것을 자세히 살펴보았다. 그러나 나는 바로 앞을 볼 수 없게 되었다. 창·투창·도끼·쌍구창

등이 갑자기 흔들흔들 움직이기 시작하였기 때문이다. 그리고 이 이상한 운동은 마치 고대의 창병부대가 서로 대치해서 곧 돌격하려고 할 때처럼 모든 창끝이 낮게 내려왔을 때에 끝났다. 눈을 어지럽히는 이 혼란과 귀를 뚫는 시끄러운 소리는 도저히 참을 수가 없었다. 그러나 창끝이 낮게 내려와 둥근 모양의 내를 덮어 다시 없이 장려한 다리를 만들었을 때, 그 광경은 놀라운 것이었다. 내 눈앞에는 이 세상에서 볼 수 없는 화려한 꽃밭이 가로놓여 있었던 것이다. 그것은 얼기설기 엇갈린 여러 개의 화단으로 나뉘어 있고, 그 전체를 둘러보면 장식의 미로迷路를 이루고 있었다. 그리고 모든 화단은 가장자리가 지금까지 본 일이 없는 짧고 덥수룩한 초록빛 식물에 의해서 둘러져 있었다. 화단마다 제각기 다른 빛깔의 꽃들이 만발해 있었다. 그러나 꽃들은 키가 작고 땅에 붙어 있었으므로 설계된 처음의 간잡이가 쉽게 눈앞에 들어왔다. 햇빛을 한껏 받은 이 눈부신 광경이 나의 눈을 매료시켰다. 그런데 꼬불꼬불한 길에는 맑고 푸른 모래가 깔려 있어서 거무스름한 하늘, 아니 차라리 물에 비친 하늘 같았기 때문에 나는 어디에 발을 들여놓을지 몰랐다. 이리하여 나는 한동안 안내자를 따라서 걸어갔는데, 이 화단 한가운데에 커다란 원을 그리며 실삼나무 또는 포플러 나무 같은 것들이 늘어서 있는 것이 보였다. 나무들이 아래 가지는 마치 땅에서 나왔다고 할 정도였으므로, 나무 저쪽에 무엇이 있는가 바라볼 수 있었다. 나의 안내자는 가까이에 있는 길로 해서 나를 데려가지 않고 곧바로 가운데 쪽으로 데리고 갔다. 그리고 높은 나무에 둘러싸인 곳으로 오자 그 안쪽에 훌륭한 정자가 보였기 때문에 나는 얼마나 놀랐는지 모른다. 그 집은 어느 쪽을 보나 똑같은 외관과 똑같은 출입구를 가지고 있는 것 같았다. 이 건축술建築術의 견본은 나를 매우 기쁘게 했는데, 그보다도 집안에서 새어나온 아름다운 음악소리가 나를 더 기쁘게 했다. 나는 그것이 혹은 라우테, 혹은 하프, 혹은 또 비파 소리처럼 생각되었는데, 어떤 때는 이 세 악기의 어느 것도 아닌 작은 방울을 울리는 소리처럼 들렸다. 우리는 문 쪽으로 다가갔다. 노인이 그것을 가볍게 밀자 활짝 열렸다. 거기에 나온 여자 문지기가 꿈에서 내 손가락 위에서 춤을 추던 그 아름다운 작은 처녀인 것을 알고 나는 얼마나 놀랐는지 모른다. 여자는 전부터 잘 아는 사람처럼 나에게 인사하면서 나를 집 안으로 끌고 갔다. 노인은 밖에 남아 있었다. 다른 여자와 함께 천정이 둥글고 아름답게 장식된 짧은 복도를 지나서 중앙에 있는 커다란 방으로 들어섰다. 이 방은 장려한 돔(대성당) 같은 높은 건축물이었으며, 그 호화로움은 나의 눈길을 끌고 커다란 놀라움을 일으켰다. 그러나 나는 오랫동안 이 방을 둘러보고 있을 수 없었다. 그보다 더 매력 있는 광경이 있었기 때문이다. 마침 둥근 천정 한가운데 되는 바로 아래 저마다 다른 색깔의 옷을 입은 세 여인이 융단 위에 삼각형으로 앉아 있었다. 한 사람의 옷은 붉고 다음 사람은 노랗고 또 다른 사람은 초록빛이었다. 안락의자는 금빛으로 반짝이고 융단은 화단 그대로였다. 그녀들의 가슴에는 내가 밖에서 들었던 세 가지 악기가 안겨져 있었다. 그녀들은 내가 들어왔기 때문에 연주를 중단하지 않을 수 없었다. "잘 오셨습니다" 하고 문 쪽으로 마주앉아 있던 하프를 든 한가운데의 붉은 옷의 여인이 인사했다. "음악을 좋아하시면 알레르테 옆에 앉아서 들어 주십시오." 바로 내 앞에 만돌린이 놓여 있는 상당히 긴 의자가 눈에 띄었다. 아름다운 처녀는 그 악기를 들고 거기에 앉아 나를 자기 옆에 앉혔다. 나는 앉자마자 곧 내 오른편에 앉아 있는 제2의 여인을 자세히 보았다. 이 여인은 노란 옷을 입고 비파를 손에 들고 있었다. 저 하프를 타는 여인은 모습이 훌륭하고 얼굴에 품위가 있고 태도가 장중했었는데, 이 비파를 타는 여인은 가벼운 거동에 애교 있는 쾌활한 모습이었다. 이 여인은 날씬한 금발의 여인인데 앞서의 여자는 어두운 갈색 머리를 하고 있었다.

이 여자들의 화려하고 잘 조화된 음향을 들으면서도 나는 초록 옷을 입고 있는 미인을 자세히 바라보지 않을 수 없었다. 이 여자의 라우테 소리에는 어떤 슬픈 느낌이 있었고, 나의 주위를 끄는 것이 있었다. 여자는 나에게 제일 마음을 쓰는 것 같았고, 그 음악도 나를 위해서 타는 것 같았다. 다만 나는 이 여자의 정체를 알 수가 없었다. 왜냐하면 그녀의 얼굴 표정은 음악의 가락이 변함에 따라서 때로는 다정하게, 때로는 솔직하게도, 때로는 고집스럽게 달라져 보였기 때문이다. 어떤 때는 내 마음을 움직이려고 하는 것 같다가 또 어떤 때는 나를 놀리는 것 같았다. 그러나 이 여자가 어떤 태도를 취한다 해도 내 마음을 빼앗아 갈 수는 없었다. 왜냐하면 나는 바로 옆에 어깨를 나란히 하고 앉아 있는 조그만 처녀에게 마음을 빼앗기고 있었기 때문이다. 이 세 여인들이 꿈에 나타난 요정이고 그때의 사과 빛깔이 그녀들의 옷 빛깔이라는 것을 잘 알지만, 내가 그녀들을 붙잡을 수 없다는 것도 잘 알고 있었다. 그녀가 꿈속에서 나에게 일격을 가한 일이 뚜렷하게 마음에 새겨져 있지 않았다면, 차라리 나는 그 얌전한 작은 처녀를 붙잡고 싶었다. 그녀는 그때까지 만돌린을 손에 들고 조용히 앉아 있었다. 그런데 그녀의 주인들인 세 여인은 그녀에게 명랑한 소곡小曲 두서너 곡을 뜯어보라고 말했다. 처녀가 두세 가지 무용곡을 뜯고 나더니 일어서서 춤을 추기 시작하자 나도 따라 추었다. 우리 둘이 춘 일종의 소무용곡은 세 여인을 만족시킨 것 같았다. 우리의 춤이 끝나자 여인들은 작은 처녀에게 만찬이 나오기까지 나에게 무슨 맛있는 것을 주어 기운을 차리게 하라고 말했다. 나는 이 낙원 이외의 다른 것이 이 세상에 존재한다는 것을 까맣게 잊고 있었다. 알레르테는 바로 지나왔던 복도로 데리고 갔다. 이 복도 옆에 그녀는 설비가 잘된 두 개의 방을 가지고 있었다. 자기의 거처로 삼고 있는 그 방중 하나로 나를 데리고 들어간 처녀는 나에게 오렌지 · 무화과 · 호두 · 복숭아 등을 권했다. 나는 이국異國의 과

일을 굶주린 사람처럼 먹었다. 과자도 산처럼 많았다. 그리고 처녀는 커트글라스의 술잔에 거품이 솟는 포도주를 따라 주었다. 하지만 나는 과일을 먹어서 만족했기 때문에 그것을 마시고 싶다고는 생각지 않았다. "자 이제부터 놀도록 해요" 하고 처녀는 말하며, 이웃 방으로 나를 데리고 갔다. 거기는 크리스마스 대목장 같은 광경이었는데, 나는 크리스마스 가게에서도 이렇게 훌륭한 고급 물건들을 본 일이 없었다. 온갖 종류의 인형, 인형 옷, 인형의 도구며, 부엌 · 거실 · 가게, 그 밖의 자질구레한 장난감이 수없이 갖추어져 있었다. 그러한 정교한 세공의 장난감들이 들어 있는 유리장을 처녀는 하나하나 보여 주며 돌아다녔다. 처음 두세 개의 유리장은 이내 닫아버리면서 "이런 것은 당신이 보실 것이 아니에요. 하지만 이쪽에는 여러 가지 건축 자재가 갖추어져 있어요. 성벽 · 탑 · 인가 · 궁전 · 교회 등속을 모아서 커다란 도시를 만들 정도로 있어요. 하지만 그런 것은 나에게 재미가 없어요. 새로운 것으로 당신과 내가 다 재미있는 것을 해보기로 해요." 그렇게 말하고 처녀는 상자를 두세 개 꺼냈다. 그 안에는 조그만 병사들이 차곡차곡 쌓여 있었다. 첫눈에 보고 나는 이렇게 훌륭한 것은 아직 한 번도 본 일이 없다고 말하지 않을 수 없었다. 그러나 처녀는 하나하나 자세하게 뜯어볼 틈을 나에게 주지 않고 상자 하나를 안아 들더니 나에게는 다른 상자를 들라고 했다. "황금 다리로 갑시다. 군대 놀이를 하는 데는 거기가 제일 좋아요. 양쪽 군대를 마주보고 늘어서게 하는 것은 창들을 마주보고 있는 것처럼 하면 돼요." 우리는 흔들리고 있는 황금 다리까지 왔다. 내가 내 편의 군대의 대열을 늘어세우느라 몸을 수그리고 있는 동안에 다리 아래서는 물이 찰랑거리며 흐르고 물고기가 뛰노는 소리가 들렸다. 이제 보니 병사들은 모두 기병뿐이었다. 처녀는 여인국女人國의 여왕을 여군의 지휘자로 가지고 있는 것을 자랑스럽게 여겼다. 거기에 대해서 나는 보기에도 당당한 그리스 기병들과 아킬레스를 가지고 있었다. 드디어 양군이 마주보고 늘어서자, 그 광경은 다시 없이 훌륭한 것이었다. 그것은 내가 가지고 있던 납으로 만든 납작한 기병과는 달리 사람도 말도 통통하게 살이 찌고 놀랄 만큼 정교하게 세공이 되어 있었다. 그 병사들은 말판도 없이 혼자 서 있었는데, 어떻게 그렇게 중심을 잡고 있는지 알 수가 없었다.

우리들은 제각기 자랑스럽게 자기편 군대를 보고 있었다. 그때 처녀는 나에게 공격하겠다고 선언했다. 상자 속에는 탄환이 들어 있었다. 즉 잘 갈아서 다듬은 조그만 마노瑪瑙 알을 가득 채운 작은 상자가 거기에 있었다. 우리는 일정한 거리를 두고 그 구슬을 무기로 서로 싸우는 것인데, 그때 엄격하게 지켜야 할 조건은 적의 인형을 쓰러뜨리는 정도 이상으로 세게 구슬을 던지면 안 된다는 것이다. 인형에게 상처를 입히면 안 되었기 때문이다. 드디어 쌍방의 포격이 시작되었다. 처음에는 우리들 양편이 만족할 만한 엇비슷한 결과였는데, 내가 그녀보다 잘 맞혔기 때문에 승리는 결국 내 것이 될 것 같았다. 넘어지지 않고 남은 인원수가 많은 편이 이기는 것이다. 그녀가 이것을 보자, 몸을 앞으로 주욱 내밀며 다가왔다. 그리하여 그녀의 서투른 구슬치기로 많은 효과를 나타냈기 때문에 우리 편의 병사들이 많이 쓰러졌다. 내가 그렇게 다가오지 말라고 항의를 할수록 그녀는 더욱 억지를 부리며 구슬을 던져댔다. 그래서 나도 화가 난 터에, 나도 그녀처럼 하겠다고 선언하고 몸을 적에게 훨씬 가깝게 내밀었을 뿐만 아니라 화가 난 나머지 그녀보다도 더 세게 구슬을 던졌다. 그러자, 잠깐 사이에 그녀의 조그만 여자 군사 서너 명이 산산이 부숴졌다. 그러나 그녀는 던지는 데 열중하고 있었기 때문에 그것을 알아차리지 못했다. 그런데 이 부숴진 인형은 저절로 다시 맞추어지고 여자 병사와 말이 모여서 하나가 되더니, 금방 살아있는 것이 되어 황금의 다리에서 보리수 아래쪽으로 쏜살같이 달려가 이리저리 말을 몰았다. 그리고 벽 쪽으로 달려가더니 어떻게 된 일인지 사라져 버리고 말았다. 나는 그것을 보자 화석처럼 움직일 수가 없었다. 아름다운 적의 여자는 이 사실을 알자, 큰 소리로 울고 떠들면서 나 때문에 돌이킬 수 없는 엄청난 손해를 입었다고 외쳐댔다. 이미 화가 나 있던 나는 그녀를 괴롭힌 것이 즐거웠다. 그래서 아직 남아 있는 마노 구슬을 힘을 다해 마구 그녀의 군대를 향해 던졌다. 불행하게도 그 구슬은 지금까지 우리의 정식 유희에서는 맞히지 않고 젖혀놓았던 여왕에게 가서 맞았다. 여왕은 역시 부숴졌다. 그 옆에 서 있던 부관들도 구슬을 맞고 부숴졌다. 그러나 그들은 금방 맞기 전의 모습으로 되돌아가 처음의 여군들처럼 그 자리를 빠져 달아나 보리수 아래를 재미있다는 듯이 이리저리 뛰어다니더니 벽 쪽으로 사라져 버렸다.

나의 여인은 나에게 욕을 하고 있었다. 그러나 나는 맹호 같은 기세로 금창 옆에 굴러다니고 있던 서너 알의 마노 구슬을 주우려고 몸을 굽혔다. 나의 거친 마음은 그녀의 모든 군사들을 섬멸시키는 것이었다. 이에 대해서 그녀는 어물어물 하지 않고 나에게 덤벼들었다. 그리고 머릿속이 울리도록 따귀를 한 대 올려 부쳤다. 젊은 여자가 뺨을 때리는 데 대해서는 서슴없는 입맞춤이 알맞은 보답이라는 말을 평소에 들어왔기 때문에 나는 그녀의 두 귀를 잡고는 몇 번이고 키스를 하였다. 그녀는 그러나 나 자신도 놀랄 만큼 날카로운 소리를 질렀다. 그래서 나는 그녀를 놓아 주었는데, 그렇게 하기를 잘했다. 왜냐하면 그 순간에 나는 내 신상에 무슨 일이 일어났는지를 잘 몰랐기 때문이다. 발 아래 대지가 흔들리며 울리기 시작했다. 격자가 움직이기 시작한 것도 아닌가 하고 무서워했다. 그것은 하늘을 향해 늘어섰던 칼창과 창이 내 옷을 찢어 놓았기 때문이다. 하여간 내 신상에 무슨 일이 일어났는지를 잘 알 수가 없었다. 귀도 들리지 않고 눈도 보이지 않았다. 뛰어오른 격자 때문에 보리수 밑뿌리로 몸이 던져진 것이다. 한참 후에 나는 실신과 무서움의 상태에서 회복되었다. 정신이 회복되자, 나의 노여움도 다시 눈을 떴다. 저쪽에서는 나보다는 부드러운 땅에 떨어진 것 같은 나의 여자가 나에게 욕설을 퍼부으며 웃어댔다. 그 소리를 듣고 나의 노여움은 더욱 복받쳐 올랐다. 그래서 나는 뛰어 일어났다. 그리고 내 주위에 우리 편의 지휘자인 아킬레스와 군사들이 나와 함께 공중으로 날렸다가 땅위에 흩어져 있는 것을 보았다. 나는 이 영웅들을 집어서 나무를 향해서 힘껏 내던졌다. 그들이 원래대로의 모습이 되어 달아나는 것을 보니 나는 이중으로 기분이 좋았다. 왜냐하면 손해를 기뻐하는 심술궂은 마음과 세상에도 없는 재미있는 광경을 보는 야릇한 즐거움이 있었기 때문이다. 내가 다시 또 그리스 군사들을 모두 아킬레스의 뒤를 따르게 하려고 하자 갑자기 사방에서 물소리가 났다. 돌과 성벽에서, 땅에서 나뭇가지에서 물이 쏟아져 나와 사방에서 나에게 덤벼들었다. 나의 가벼운 차림은 금세 흠뻑 젖었다. 옷은 이미 창 끝에 찢겨져 있었기 때문에 나는 미련없이 벗어 던져버렸다. 장화도 벗어 내던지고 몸에 두른 것을 하나하나 벗어 던졌다. 결국 나는 따뜻한 날에 이렇게 목욕을 하게 된 것을 대단히 기분좋게 생각했다. 알몸이 된 나는 물 속을 기분좋게 당당하게 활보했다. 그리고 언제까지나 이런 즐거운 기분이면 좋겠다고 생각했다. 나의 노여움은 가라앉고 나의 조그만 여자와 화목하게 지내는 것 외에는 다른 아무 생각도 없었다. 그러자 금세 물이 빠져 없어져 버렸다. 그리고 나는 축축히 젖은 땅 위에 서 있었다. 뜻밖에도 내 앞으로 아까 그 노인이 다가왔다. 그 노인의 출현은 결코 나에게 기분좋은 일이 아니었다. 나는 몸을 숨길 수는 없다 해도 적어도 몸을 가릴 수 있으면 좋겠다고 생각했다. 부끄럽고 몸이 떨려 조금이라도 더 내 몸을 가리려고 애쓰는 내 꼴이 말이 아니었다. 그 기회를 놓치지 않고 노인은 나를 야무지게 다그쳤다. "그 초록빛 끈을 가져와서 네 목을 얽매거나 네 등을 갈기거나 하지 못할 줄 아느냐!" 하고 그는 소리쳤다. 이 말은 나를 매우 화나게 했다. "그런 말, 아니 그런 생각마저도 삼가세요. 그렇지 않으면 당신도 당신의 여주인들도 살아남지 못할 거요" 하고 나는 외쳤다. 그도 싸우려는 기세로 "그런 못된 소리를 하는 너는 대체 누구냐?" 하고 물었다. "하나님의 총아寵兒요" 하고 나는 말했다. "저 부인들이 훌륭한 남편을 찾아서 행복하게 사느냐, 그렇지 못하고 마왕의 소굴 같은 수녀원 속에서 애를 태우다가 늙어 시들어 죽느냐 하는 것은 나의 마음에 달렸단 말이오." 노인은 두세 걸음 물러섰다. "누가 그런 것을 너에게 알려 주었느냐?" 하고 그는 놀라서 물었다. "세 개의 사과, 세 개의 보석이오" 하고 나는 말했다. "보수로는 무엇을 바라느냐?" 하고 그는 외쳤다. "무엇보다도 나를 이런 얄궂은 꼴을 보게 한 그 조그만 인간들이 갖고 싶소" 하고 나는 대답했다. 노인은 아직 물이 흥건한 땅도 마다하지 않고 내 앞에 꿇어 엎드렸다. 그리고 그는 일어섰는데, 몸은 하나도 젖지 않았다. 그는 내 손을 따뜻하게 잡고 아까 그 벽의 방으로 데리고 가서 나에게 옷을 입혀 주었다. 나는 또 아까처럼 나들이 옷을 입고 머리를 빗었다. 문지기는 그 다음부터는 한 마디도 하지 않았다. 그러나 그는 나를 문밖에 내놓기 전에 발걸음을 멈추게 하고는 길 건너 성벽 가에 보이는 두세 가지 물건을 가리켰다. 나는 그 의미를 알고 있다. 그것은 즉 내 뒤에 닫혀 있는 작은 문을 이 다음에 왔을 때 쉽게 발견하도록 주위에 있는 여러 가지 물건을 잘 기억해 두라는 것이었다. 나는 문 앞에 서서 그것들을 보고 마음에 새겨 두었다. 높은 벽 너머로 늙은 호두나무 가지가 솟아올라 벽끝 가장자리를 반쯤 덮고 있었다. 나뭇가지는 석판까지 닿아 있었는데, 석판의 장식이 있는 가장자리는 뚜렷이 볼 수 있었지만, 거기에 새겨진 글은 읽을 수가 없었다. 이 석판은 어느 벽감壁龕의 주춧돌 위에 놓여 있다. 그 벽감 속에는 분수가 있고 물이 수반에서 수반으로 떨어지고 아래의 커다란 수반 위에 떨어져서 마치 조그만 못처럼 되었다가 땅 속으로 사라지는 것이었다. 분수 · 벽문壁文 · 호두나무 모두가 수직으로 겹쳐져 있었다. 나는 보았던 대로 그림을 그려두고 싶었다. 내가 그날 밤과 다음날 며칠을 어떻게 지냈는지, 또 자신도 거의 믿을 수 없는 이야기를 얼마나 자주 자기에게 되풀이하며 이야기했는가 하는 것은 너희들도 쉽게 상상할 수 있을 것이다. 나는 기회가 생기면 바로 또 그 불길한 벽으로 걸어갔다. 그리고 적어도 그 여러 가지 표시의 기억을 새롭게 하고 훌륭한 작은 문을 바라보려고 했다. 그러나 놀랍게도 모든 것이 다 바뀌어 있었다. 아닌게 아니라 호두나무는 벽 위에 가지를 뻗고 있었고, 석판은 벽 속에 끼워져 있었지만, 그것은 나무보다도 훨씬 오른쪽으로 가 있었고, 장식도 없고 글씨도 읽을 수가 없었다. 분수가 있는 벽감은 훨씬 왼쪽으로 가 있었으며 내가 보았던 것과는 닮지도 않았다. 그래서 나는 이 제2의 모험도 제1의 모험과 마찬가지로 꿈이었다고 믿지 않을 수 없을 것 같았다. 왜냐하면 그 작은 문이 흔적조차 없어져 버렸기 때문이다. 다만 나의 위안이 되는 것은 이 세 가지 것들이 끊임없이 그 위치를 바꾸는 것처럼 보이는 일이었다. 그리고 거기에 몇 번이고 다닐 때마다 호두나무나 석판이나 분수가 서로 가까워진 것처럼 보이는 것이다. 이 세 가지 것들이 다시 겹쳐질 때 작은 문도 다시 한 번 생겨날 것이다. 그리고 나는 모험을 계속하기 위해서 할 수 있는 일을 다하리라. 앞으로 내가 다시 모험을 해서 본 일을 너희들에게 이야기할 수 있을 것인가, 그렇지 않으면 그것은 나에게는 엄금된 일인가? 하는 것에 대해서는 지금 뭐라고 말할 수 없다.

이 동화는 나의 놀이 친구들 사이에 커다란 갈채를 불러일으켰다. 그들은 이 사실이 진실이 아닌가 확인해 보려고 열중하였다. 그들은 제각기 나에게도 다른 사람에게도 이야기하지 않고 암시한 장소를 찾아갔다. 그리하여 호두나무 · 석판 · 분수를 발견했으나, 이것들은 언제나 서로 떨어져 있더라고 그들은 마침내 나에게 고백하였다. 그 나이에는 비밀이라는 것을 끝까지 숨길 수가 없기 때문이다. 그러나 그때 싸움이 일어났다. 하나는 이들 물건이 조금도 움직이지 않고 언제나 서로 같은 거리를 지키고 있다고 선언했다. 둘째번 아이는 그것들은 움직이는데 자꾸 멀어져 간다고 주장했다. 셋째번 아이는 움직인다는 점에서는 둘째번 아이와 의견이 같으나 호두나무도 석판도 분수도 그에게는 가까워지는 것처럼 생각된다고 했다.

넷째번 아이는 더 이상한 것을 보았다고 주장했다. 즉 호두나무는 한가운데 있는데 석판과 분수는 내가 말한 장소와는 서로 반대쪽에 있는 것을 보았다는 것이다. 작은 문의 흔적에 대해서도 그들의 의견은 각각이었다. 이리하여 그들은 인간이란 극히 간단하고 쉽게 설명할 수 있는 일에 대해서도 제각기 전혀 모순된 의견을 갖거나 주장하는 일이 있다는 예를 일찍부터 나에게 보여준 것이다. 내가 이 동화의 속편을 이야기하기를 완강하게 거절하였더니, 그 전편만이라도 이야기해 달라고 여러 번 부탁을 받았다. 나는 이야기 속의 상황을 바꾸지 않고 같은 이야기가 되게 함으로써 내가 만든 이 이야기를 듣는 사람으로 하여금 진실인 것처럼 생각되게 할 수 있었다.

나는 대체로 허위와 가식을 싫어했고 또 결코 경외하는 편이 아니었다. 도리어 일찍부터 자신과 세계를 관찰하는 태도의 내면의 진지한 태도가 나의 밖으로 나타나 있었다. 그래서 내가 갖춘 일종의 고결한 태도 때문에 친구들로부터 호의도 받았고 또 조소도 받았다. 왜냐하면 나에게는 선택된 좋은 벗이 없지 않았지만, 그것은 그저 어울리는 친구에 비하면 극소수에 불과했기 때문이다. 이 다수의 친구는 거칠고 멋대로 상대방을 공격하기를 좋아했다. 또 내가 생각해내고 가까운 벗이 함께 끼여들어 우리가 동화적인 우리만의 꿈에 젖어서 즐기고 있으면 그들이 와서 무참하게 우리를 두들겨 깨우는 것이었다. 우리는 여기서 이 피할 수 없는 고난을 견디고 혹은 그것에 대항하기 위해서 감상에 흐르거나 공상적인 즐거움에 빠지지 말고 자기를 단련해야 한다는 것을 깨달았다.

그러므로 내가 소년으로서 가능한 한의 엄격한 교육을 받은 나의 금욕주의 훈련 속에는 육체상의 고통에 대한 인내도 역시 들어 있었다. 우리 선생은 우리를 자주 두들겨 패고 극히 무자비하고 부당한 취급을 했다. 그것에 대해서 저항하거나 적대행위를 하는 것이 엄하게 금지되어 있었기 때문에 우리 마음은 그만큼 딱딱해졌다. 아이들이 하고 있던 놀이에도 이러한 인내의 경쟁을 주로 한 것이 매우 많았다. 가령 두 손가락이나 손바닥으로 서로 손발이 멍멍해지도록 두들겨 팬다든가, 혹은 무슨 놀이에 졌을 때, 그 벌로 두들겨 맞으면 아무리 아파도 태연한 모습으로 참는다든가, 혹은 씨름을 하거나 싸우다가 지는 사람이 꼬집어도 조금도 당황하지 않는 것, 또 다른 사람이 놀리느라고 가한 육체적 고통을 가만히 참고 있는 것, 소년들이 서로 맹렬하게 꼬집고 간지럼을 태워도 그것이 아무것도 아닌 것처럼 태연하게 있는 것 따위이다. 이렇게 함으로써 각자는 남에게 쉽게 패배를 당하지 않는 훨씬 유리한 지위에 서게 된다.

그런데 나는 이러한 인내와 극기를 말하자면 너무나 당연한 것처럼 삼고 있었기 때문에 다른 사람들이 나에 대해서는 더욱 뻔뻔스런 행위를 하는 것이었다. 개구쟁이들의 잔인성은 한이 없어서 드디어 나도 참을 수가 없게 되었다. 여기에서는 여러 가지 예를 들기보다는 하나만을 이야기하자. 한 번은 선생이 수업시간에 오지 않았다. 우리 소년들이 모두 모여 있을 때는 매우 얌전하게 이야기만 했다. 그러나 나에게 회의를 갖는 친구들이 밖에 나가게 되고 나 혼자 사이가 나쁜 세 아이와 남게 되자, 이 패거리들이 나를 괴롭히고, 부끄러움을 주어 몰아내려고 했다. 그들은 한동안 나를 방 안에 혼자 남겨놓고 나가더니 빗자루를 쪼개서 만든 회초리를 들고 돌아왔다. 나는 그들이 무엇을 하고자 하는가 금방 눈치챘으나, 머지않아 공부시간이 끝나리라고 생각했기 때문에 종이 울릴 때까지는 저항하지 않기로 결심했다. 그들은 바로 난폭하게 내 정강이와 종아리를 치기 시작했다. 나는 몸도 까닥 안 했다. 그러나 나는 이내 내 결심이 그르다는 것, 이러한 고통은 시간을 매우 길게 한다는 것을 알았다. 참으면서도 나의 노여움은 커져 갔다. 첫째 시간이 끝나는 종이 울림과 동시에 나는 셋 중에서 가장 방심하고 있는 소년의 머리칼을 잡아 마루에 넘어뜨리고 등을 내 무릎으로 세게 눌렀다. 뒤에서 나에게 덤벼든 나이 어린 약한 놈은 목을 팔로 감아 내 옆구리에 끼고 조여 죽일 판이었다. 마지막에 남은 한 놈은 힘도 제일 셌지만 나는 몸을 막는 데 왼손밖에 쓸 수가 없었다. 하지만 나는 그의 옷을 붙잡고 교묘하게 몸을 피하면서 당황한 그의 몸의 움직임을 이용해서 넘어뜨려 그놈의 얼굴을 마룻바닥에 밀어댔다. 그들은 나를 물어뜯고 할퀴고 차고 했으나, 내 마음속과 전신에는 오로지 복수심만 있을 뿐이었다. 나는 유리한 형세를 타고서 몇 번이고 반복해서 그들의 머리를 붙잡아 맞부딪쳤다. 그들은 마침내 무서운 비명을 지르며 구원을 청했다. 모든 집안 사람들이 우르르 몰려나와 나를 둘러쌌다. 사방에 흩어져 있는 회초리와 양말을 벗어 보인 나의 두 다리가 나에게 유리한 증거가 되었다. 벌은 뒤로 돌리고 나는 그 집에서 방면되었다. 그러나 나오면서 나는 앞으로는 조그마한 모욕을 받아도 조여 죽이지는 않을지언정 눈알을 도려내고 귀를 찢어 버리겠다고 선언했다.

어릴 적에 경험하는 일이 으레 그렇듯이 이 일도 바로 잊혀지고 또 웃고 지낼 수 있게 되었다. 그러나 이것이 원인이 되어 공동수업은 차차 하지 않게 되고 나중에는 완전히 중단되어 버렸다. 그래서 나는 전처럼 집 안에 틀어박히게 되고 한 살 아래의 누이동생 코르넬리아가 점점 마음의 친구가 되었다.

나는 이 제목을 떠나기 전에 내가 어떻게 갖가지 불쾌한 꼴을 친구로부터 받았는가에 대해서 두세 가지 이야기를 더 하고 싶다. 왜냐하면 그것은 도덕적인 이야기가 될 수 있기 때문이다. 사람은 다른 사람이 겪은 고통을 앎으로서 자기가 인생에 무엇을 기대할까를 깨닫게 된다. 그리고 또 어떠한 일이 일어나더라도 그것은 인간으로서 경험하는 일이며, 결코 자기가 특별히 행복한 것도 불행한 것도 아니라고 생각하게 된다. 그러한 이야기가 주는 교훈은 큰 것이다. 물론 남의 그러한 이야기를 듣는 것은 불행을 피하는 데 별 도움이 안 되지만 불행에 순응하고, 그것을 참고, 혹은 그것을 이기는 데는 매우 큰 힘이 된다.

또 다음의 일반적인 관찰을 여기에 적는 것도 적절한 일일 것이다. 즉 예절을 잘 배운 양가의 아이들은 조금 자라게 되면 커다란 모순에 부딪히게 된다는 점이다. 모순이란 다음과 같은 것이다. 부모나 선생으로부터 그들은 조심스럽고 얌전하고, 사려깊게 행동하고, 내 고집이나 거만한 생각으로 남에게 해를 주면 안 된다고 배운다. 가슴속에서 머리를 드는 모든 나쁜 충동을 억누르라고 훈계받고 지도받는다. 그런데 한편으로는 그렇게 훈련받으면서 다른 편으로는 만일 다른 사람들이 자기에게는 하지 말라고 경계되고 금지된 일을 자기에 대해서 하더라도 가만히 참아야 한다고 타이른다. 이것은 모순이다. 이 때문에 불쌍한 그 아이들은 자연의 상태와 문명의 상태의 틈바구니에 끼어 비참한 꼴을 겪는다. 한동안은 그들도 이것을 견뎌 왔으나 마침내는 각자의 성격에 따라서 어떤 자는 교활하게 되고 또 어떤 자는 매우 성급해진다.

차라리 폭력은 폭력을 가지고 물리쳐야 할 것이다. 그러나 성품이 곱고 사랑과 동정을 받는 데만 익숙해온 아이들은 다른 사람의 멸시나 악의에 대해서 저항할 수가 없다. 나는 가까스로 함께 공부하는 패들의 폭행을 물리칠 수가 있었으나, 그들의 빈정대는 말이나 욕설에 대해서는 어떻게 할 수가 없었다. 왜냐하면 이러한 경우 수세에

서서 자기를 지키는 사람은 항상 패배하지 않을 수 없기 때문이다. 이런 종류의 공격이 나의 노여움을 터뜨릴 때는 완력으로써 격퇴하였으나, 그렇지 않을 때는 나의 가슴에 갖가지 이상한 생각들을 불러일으키고 그것이 먼 뒷날까지 영향을 미치지 않을 수 없었다. 악의를 가지고 있었던 아이들이 내가 가진 여러 가지 우월감 중에서 특히 나에게 반감을 가진 것은 나의 외할아버지가 시장市長의 자리에 앉아 있기 때문에 우리 가정이 놓인 유리한 환경을 내가 자랑으로 삼고 있었다는 점이다. 외할아버지는 같은 연배 중에서도 제1인자로 행세하고 있었기 때문에 이것이 또 그의 가족에게 적지 않은 영향을 주었던 것이다. 나는 한번은 나의 외할아버지가 배심관들 한가운데에 다른 사람들보다 한단 높은 황제의 초상화 바로 아랫자리에, 말하자면 왕좌에 앉은 것처럼 앉아 있는 것을 보고 그것을 '악사 재판'이 있은 뒤에 얼마쯤 자랑스럽게 이야기한 적이 있었다. 그러자 한 아이가 조롱하는 투로 여관 바이덴호프의[14] 주인이 왕자나 왕관 따위는 꿈에도 바랄 수 없었을 테니, 그 할아버지를 생각해서 자랑도 어지간히 하라고 말했다. 나는 그것에 대해서 결코 그 할아버지를 부끄럽게 생각지 않는다고 말했다. 왜냐하면 모든 시민이 서로 평등한 권리를 가지고 자기의 일에 힘쓰면 그것이 각자의 이익도 되고 명예도 되지 않느냐, 그것이 이 도시의 훌륭한 점이 아니냐, 그 선량한 할아버지가 오래 전에 죽은 것은 유감스러운 일이고 나도 그를 만날 수 있었으면 좋겠다고 생각하는 일이 자주 있다. 그의 초상을 보기도 하고 그의 묘에 가보기도 하고 그 검소한 묘비의 비문을 보면서 나를 이 세상에 태어나게 해준 육친의 할아버지인 그의 일생이나마 즐겁게 상상하고 싶다고 대답했다. 그러자 우리 중에서 가장 교활하고 나와 사이가 나쁜 또 한 아이가 그 아이를 한쪽으로 부르

---

14) Friedrich Georg Goethe(1658~1730)의 둘째처가 여관을 소유하고 있었다.

더니, 귀에다 입을 대고 무어라고 속삭이면서 나를 비웃는 것처럼 곁눈질하며 보았다. 나는 노여움을 참지 못하며 그들에게 큰 소리로 말해 보라고 했다. 그러자 처음의 아이가 말했다. "그게 대체 어쨌다고? 듣고 싶으면 말해주지. 이 친구는 네가 너의 할아버지를 찾으려면 오랫동안 헤매야 찾을 수 있을 거라고 하지 뭐냐." 나는 그것이 무슨 뜻인지 더 확실하게 설명해 주지 않으면 가만두지 않겠다고 거칠게 위협하는 기색을 보였다. 그러자 그들은 하나의 꾸며 낸 이야기로서 그들은 그것을 자기의 부모에게서 훔쳐 들은 거라고 했다. 그것에 의하면 나의 아버지는 어느 귀족의 아들이며, 그 선량한 시민인 할아버지가 표면상 아버지 역할을 하겠다고 허락했다는 것이다. 그들은 얼굴 두껍게도 여러 가지 증거를 끌어댔다. 가령 우리 집 재산은 모두 할머니로부터 전해진 것뿐이며, 프리드베르크[15]나 그 밖에 생존해 있는 방계傍系 친척은 모두 재산이 없다는 것, 그 외에 악의로 생각해서만이 가치가 있을 것 같은 여러 가지 증거를 늘어놓았다. 나는 그들의 기대와는 달리 냉정하게 듣고 있었다. 그들은 내가 자기들의 머리카락을 잡을 기세라도 보이면 후딱 달아날 듯한 태세를 갖추고 있었다. 그러나 나는 침착하게 대답했다. "나로서는 그것도 좋은 일이다. 인생이란 아름다운 것이고 누구의 피를 받고 태어나든 그것은 아무래도 좋은 것이다. 왜냐하면 우리는 결국 모두 신으로부터 나왔고 신 앞에서 모두가 평등하기 때문이다." 그들은 자기들이 한 말이 아무 효과가 없다는 것을 알자, 그 이야기는 거기서 끝냈다. 그리고 다시 함께 놀았다. 함께 논다는 것은 아이들 사이에는 어느 경우에나 분명한 화해의 수단이다.

그렇기는 하나 악의에 찬 이 말은 나의 내심에 일종의 정신적 병으로서 심어져 그것은 어느새 만성慢性이 되었다. 귀족의 손자라는

---

15) 할아버지의 조카로서 프리드베르크에 살던 Christian Goethe는 재단사였다.

것은 비록 법률상으로는 그렇지 않다 해도 나로서는 불쾌한 일이 아니었다. 그러나 사물을 탐색하려는 나의 버릇은 이 사실을 뿌리까지 캐내려고 했고, 나의 상상력은 자극되고 통찰력은 촉진되었다. 나는 그 아이들이 꺼낸 문제를 조사하기 시작하였고 그러다가 사실인 듯한 새로운 근거를 발견하기도 하고 또 스스로 생각해 내기도 했다. 할아버지에 대해서는 그때까지 별로 들은 일이 드물었으나, 그의 초상은 나의 할머니의 초상과 나란히 낡은 집의 객실에 걸려 있었다. 이 두 초상은 새 집의 건축이 끝나자 위층 한 방에 치워졌다. 나의 할머니는 그것으로 보면 매우 아름다운 부인이었고 그녀의 남편과 같은 연배임에[16] 틀림없었다. 또 나는 그녀의 방에서 별이 반짝이는 계급장이나 훈장을 단 군복 차림의 아름다운 사내의 작은 환상을 본 것을 기억한다. 이 환상은 할머니 사후에 개축공사의 대혼잡에 뒤섞여 다른 많은 소도구들과 함께 보이지 않게 되었다. 이 일이나 그 밖의 일들을 나의 유치한 머릿속에서 이리저리 맞추어 보면서 저 현세풍現世風의 시인적 재능을 매우 일찍부터 활동시켰던 것이다. 그것은 한 사람의 인생에서 일어난 중요한 여러 가지 상태를 모험적으로 결합시켜서 교양계급에 속하는 모든 사람들의 관심을 따내는 기술을 갖는 재능을 말하는 것이다.

그러나 나는 이 일을 아무에게도 말하지 않았고 간접적으로 물어본 일도 없었다. 그래서 진상을 밝히기 위해서는 남이 모를 노력을 해야만 했다. 나는 아들이란 왕왕 아버지나 할아버지를 빼다 놓은 것처럼 닮는 일이 있다고 굳게 주장하는 소리를 들은 일이 있다. 우리 집 친구 중 두세 사람은, 그 중에서도 특히 가깝게 지내던 시참사회원인 슈나이더 씨[17]는 인근의 모든 왕후·귀족들과 업무상의 교

---

16) 실은 조모는 조부보다 10세가 젊었다.
17) Johann Kaspar Schneider(1712-86). 괴테의 아버지보다 두 살 아래. 바이에른 선제후의 프랑크푸르트 주재관이며 시 참사회원. 괴테가와 친한 교제를 하고 있었다.

섭을 가지고 있었다. 이 사람들은 본가本家 사람이나 분가分家 사람이나 라인 강 및 마인 강 유역 또는 이 두 강의 중간 지역에 영지를 가지고 있는 자가 적지 않았다. 그들은 자기의 충실한 대리인에게 특별한 은전의 표시로서 때때로 자기의 초상을 주는 것이었다. 나는 아이 적부터 이러한 초상을 벽에서 익히 보아 왔는데, 이번에는 한 층 주의를 기울여 그것들을 살펴보았다. 그것들 중에서 나의 아버지나 또는 나를 닮은 초상화가 너무 자주 발견되었기 때문에 확실한 것을 알 수가 없게 되었다. 어떤 때는 한 초상의 눈매가 나를 닮았는가 하면 어떤 때는 다른 초상의 코가 닮아 있는 것이다. 나는 그러한 특징들에 속아서 갈피를 잡지 못했다. 뒤에 가서 나는 친구의 말은 전혀 근거가 없는 허구라고 생각지 않을 수 없게 되었지만, 초상에서 받은 인상은 언제까지나 남아 있었다. 그리하여 나의 머릿속에 뚜렷이 남아 있는 이들 초상화의 귀족들을 때때로 몰래 마음에 떠올려서 조사하고 음미하는 짓을 그만둘 수가 없었다. 사람이 남몰래 갖는 허영에 아부하는 그런 모든 것은 그 사람으로서 다시없이 바람직한 것이 되거나, 또는 그로써 무슨 명예가 되든 치욕이 되든 그런 것은 전혀 문제가 되지 않는다는 것은 사실이다.

그러나 나는 여기에서 엄격한, 게다가 비난하는 것 같은 관찰을 삼가고 차라리 그 아름다운 시대에서 눈을 돌리고 싶다. 그도 그럴 것이 누가 유년시대의 풍만한 상태에 대해서 능히 적절한 말을 할 수가 있으랴. 우리 앞을 뛰어다니는 어린아이들을 우리는 만족, 아니 감탄으로 보지 않을 수 없다. 그들은 대개 실행할 수 있는 것 이상을 우리에게 약속하기 때문이다. 자연이 주는 첫 기관器官은 인간의 직접적인 상태에 순응하기에 알맞다.

아이들은 그들 기관을 꾀부리지 않고 욕심없이 매우 재주 있게 가장 가까운 목적에 사용한다. 어린아이란 아이들끼리 놓고 그 능력에 상응한 관계에서 아니 자신으로서 관찰해 보면 달리 그에 필적할만한 것이 없을 만큼 이해심이 많고 분별력도 있어 보이고 동시에 상냥하고 명랑하고 재주가 있다. 아이들을 위해서 그 이상의 교양은 필요 없을 것처럼 생각된다. 아이가 자기의 앞길을 암시하는 대로 성장해 간다면 누구나 다 천재가 되는 것이다. 그러나 성장에는 발전만 있는 것이 아니다. 하나의 인간을 만들어 내는 여러 가지 유기적인 체계[18]는 서로 만들고, 서로 뒤를 잇고, 서로 교체하고, 서로 배척하고, 그뿐 아니라 서로 잡아먹는다. 그 결과 많은 재능, 많은 힘의 발현은 일정한 기간이 지나고 나면 흔적도 없이 사라져 버린다. 인간의 소질은 전체로서는 하나의 결정된 방향을 잡는 것이지만, 가장 경험이 풍부하고 위대한 인간연구가도 확신을 가지고 그들의 앞길을 예언하기는 어려우리라. 그러나 장래를 예시하던 것을 뒤에 가서 인정할 수 없는 경우도 있다.

그러므로 나는 이 처음의 몇 장(章)에서 나의 유년시절의 이야기를 마치려고는 결코 생각지 않는다. 차라리 나는 나의 어려서의 몇 년 동안을 이미 눈에 보이지 않게 꿰뚫고 있던 여러 가닥의 실을 뒤에 가서 잡아내서 다시 자아나가려고 한다. 그러나 나는 여기서 전쟁 중의 여러 가지 일들이 우리의 마음과 생활양식에 차차 어떤 영향을 미쳤는가를 이야기해야겠다.

평화로운 시민은 세계적인 대사건에 대해서 일종의 이상한 관계에 서 있다. 이러한 사건은 이미 먼 땅에서부터 그들을 흥분시키고 또 불안하게 한다. 그것이 자기네와 직접적인 관계가 없는 경우에도 그것을 비판하거나 관심을 갖지 않고는 못 배긴다. 각자의 성격이나 외부적인 사정에 따라서 그들은 어느 쪽이든 바로 한쪽의 당파에 속한다. 커다란 사변, 중대한 변혁이 바싹 다가오면 여러 가지 외부적

---

18) 유기적으로 발전하는 여러 가지 힘을 말한다. 유기적인 하나의 개성은 여러 가지 체계(감정·의지 등의 정신적 체계 및 근육·신경 등의 육체적 체계)의 다수로 이루어진다고 생각했다. 여기서는 그 체계 상호간의 영향을 말하고 있다.

인 불편 외에도 내면적인 불안이 여전히 남게 되며, 그것은 대개의 경우 불행을 두 배로 만들고 또 심하게 한다. 그리고 아직도 남겨진 행복의 가능성을 파괴한다. 이 경우 그는 적에 의해서도 같은 편에 의해서도 실제로 고통을 받아야 하지만 흔히 적보다는 같은 편 때문에 더욱 고통을 받는다. 그리고 그들은 자기의 애정과 이익을 어떻게 유지하고 보호하는가를 알지 못한다.

우리가 아직 완전한 시민으로서 평화 속에 보내던 1757년은 그런 대로 우리의 감정에 커다란 동요를 주었다. 이 해보다 일이 많았던 해도 아마 없었으리라. 승리, 위대한 공적, 재해, 복구가 뒤이어 일어났고, 서로 뒤섞이고 상쇄相殺하는 것처럼 보였다.

그러나 프리드리히의 영웅적인 모습, 그의 명성, 그의 영예가 시간이 지남에 따라 서서히 드러났다. 숭배자의 열광은 더욱 커지고 강해지고 적의 증오는 더욱 심각해졌다. 그리하여 가족조차도 갈라놓았던 의견의 차이는 그렇지 않아도 전부터 이미 여러 가지로 갈라져 있던 시민들을 여러 가지로 분리시키는 힘이 되었다. 프랑크푸르트처럼 세 가지 종교[19]가 주민을 세 개의 다른 집단으로 가르고 또 상류사람들마저도 정치에 관여할 수 있는 것은 소수에 지나지 않았던 도시에서는 은퇴하여 사는 사람이 많았다. 많은 부유한 사람, 박식한 사람들이 활동에서 물러나 자아 연구나 오락에 파묻혀 자기만의 고독한 생활을 해나가는 것도 당연한 일이었다. 당시의 프랑크푸르트의 시민을 눈으로 보듯 생생하게 떠오르게 하기 위해서는 여기에서나 앞으로 그러한 일부 사람들에 대해서 이야기하지 않으면 안 될 것이다.

나의 아버지는 여행에서[20] 돌아오자, 자기의 성격에 따라 어떤 하

---

19) 가톨릭 · 루터파 · 칼뱅파.
20) 1740년 말, 프랑스 · 네덜란드 · 이탈리아 여행에서 돌아왔다.

급의 지위를 얻으려고 했다. 만약 선거에 의하지 않고 이 자리가 얻어진다면 무보수로 시를 위해서 봉사하려는 생각을 했었다고 한다.

그는 그 자질상 또 자기 자신에 대해서 가지고 있었던 생각으로 해서 자기의 의도가 훌륭한 것이라는 신념을 갖고 법률이나 관습을 떠나서 이러한 특별 대우를 받을 자격이 있다고 믿고 있었다. 그러므로 자신의 청원이 거절되자, 그는 불평 불만을 가지고 앞으로는 어떠한 지위에도 앉지 않겠다는 맹세를 하였다. 그리하여 자신의 취직을 불가능하게 하기 위해서 그는 시장이나 고참 배심관들만이 특별한 명예의 칭호로 삼고 있던 궁중고문관宮中顧問官의 칭호를 받았다. 이 일에 의해서 그는 시의 가장 상류계급의 일원이 되어 이미 하급의 지위에서 출발할 수가 없게 되었다. 같은 동기에서 그는 시장의 큰 딸에게 구혼을 하였다. 이 때문에 그는 이 방면에서도 시참사회원의 직에서 제외되었다. 이리하여 그는 은퇴자에 속하게 되었는데, 이 사람들 사이에는 사교라는 것이 없었다. 그들은 세상 전체에 대해서나 서로들 사이에도 고립되어 있었다. 그러한 외떨어진 경우에 있어서 그 성격의 특이성이 한층 날카롭게 조장되어 더욱더 고립적으로 되어 갈 뿐이었다. 나의 아버지는 여행을 하여 넓은 세계를 보아왔으므로, 아마 여느 프랑크푸르트 시민에게서 볼 수 있는 것보다 훨씬 더 우아하고 자유로운 생활방식을 익혔던 것 같았다. 단 이 점에서는 그 선구자나 동료도 없지 않았다.

부펜바하의 이름은 세상에 널리 알려져 있었다. 배심관 부펜바하는 당시 매우 명망이 있었다. 그는 이탈리아에 산 일이 있었고 특히 음악에 취미가 있었으며, 테너로 기분좋게 노래를 불렀다. 그는 악보를 많이 수집해 가지고 돌아왔으므로, 그의 집에서 연주회나 종교 음악회가 개최되었다. 그런데 그런 회합에서 그는 자신도 노래를 부르고 음악가들을 후원해 주었다. 그러나 그것은 그의 품위에[21] 맞지 않는 것으로 생각되어 초대받은 손님들이나 그 밖의 같은 고장 사람들이 이것에 대해서 여러 가지로 비아냥거리는 것이었다.

나는 다시 또 부유한 귀족이었던 폰 헤켈 남작을 기억하고 있다. 그는 결혼은 하였으나 아이가 없었다. 안토니우스 가의 훌륭한 저택에 살고 있었는데, 거기에는 상당히 높은 생활에 필요한 것이 모두 갖추어져 있었다. 그는 또 뛰어난 그림 · 동판화 · 골동품, 그 밖에도 보통 수집가나 호사가들의 집에 모여들기 마련인 갖가지 것들을 소유하고 있었다. 때때로 그는 이름 있는 사람을 오찬에 초대하기도 하고 일종의 독특한 방법으로 자선을 베풀었다. 즉 그는 자기 집에서 빈민들에게 옷을 갈아 입혀 주고 그들의 낡은 거지옷을 거기에 남겨두게 하고서는 그들이 그 옷을 입고 언제나 깨끗한 매무새로 자기에게 찾아온다는 조건하에 매주 한 번씩 자선을 베풀었다. 나는 그를 친절하고 교양 있는 사람으로서 그저 희미하게 기억할 뿐이다. 그러나 그것에 비해서 더 뚜렷하게 기억하는 것은 그가 벌인 경매였다. 거기에 가서 나는 처음부터 끝까지 서 있다가 아버지의 명령에 의하거나 또는 내 마음에 의해서 갖가지 것을 경락競落시켜 손에 넣었다. 그것들은 아직도 내 수집품 속에 남아 있다.

요한 미하엘 폰 묀 씨를 나는 만난 일이 없지만, 전부터 문단에 있어서나 프랑크푸르트 시에 있어서 상당한 명성을 가지고 있었다. 그는 이 시 출신이 아니었으나, 여기에서 정주定住하고 나의 조모 텍스톨의 여동생인 린트하미가의 여자와 결혼하였다. 그는 궁정 및 정계의 사정에 밝았고 신귀족新貴族의 지위를 획득하고 종교계 및 정계에 나타나 여러 가지 운동에 참가하는 용기를 가지고 있었기 때문에 이름이 나 있었다. 그는 《리베라 백작》이라는 교훈적인 소설을 썼는데, 그 내용은 《성실한 궁정인》이라는 부제副題를 요구하였다는 이유로 환영을 받았고, 이것에 의해서 그는 갈채와 존경을 받았다. 이와 달

---

21) 음악가를 보호해 주고 또 자택에서 연주회를 개최하는 등의 일은 당시로서는 그다지 품위 있는 일이 못 되었다.

리 그의 제2의 작품은 그에게 매우 위험한 것이 되었다. 그는 《유일한 참종교》라는 책을 썼는데, 그것은 루터 파와 칼뱅 파 사이에 특히 관용의 정신을 장려하는 의도를 가진 것이다. 이에 관해서 그는 신학자들과 논쟁을 벌였는데, 그 중에서도 기센의 베너 박사는 그에 대한 탄핵문을 썼다. 폰 뢴 씨는 이에 응수하였다. 논쟁은 더욱 결렬해지고 인신공격까지 불러일으켰다. 그리하여 그 때문에 여러 가지 불쾌한 일이 생겼는데, 예를 들면 그자로 하여금 링겐에서 장관 자리에 앉게 한 것이 그것이다. 이 자리를 그에게 제공한 것은 프리드리히 2세였다. 그는 폰 뢴이 프랑스에서는 이미 성행하고 있었던 제반의 개혁[22]에 반감을 갖지 않는 편견없는 계몽사상가라고 믿었기 때문이다. 그가 얼마간의 불만을 품고 떠난 프랑크푸르트의 사람들은 링겐 같은 곳은 프랑크푸르트를 도저히 따를 수 없는 곳이므로 그는 거기에서 결코 만족할 수 없을 것이라고 주장했다. 나의 아버지도 장관 자리가 기분좋은 것은 못 된다고 생각하고 있었다. 그리고 이 사람좋은 아저씨[23]는 왕과 관계를 갖지 않는 것이 좋을 것이라고 단언했다. 그 까닭은 왕은 희귀한 영군英君이었지만 그에게 가까이 가는 것은 위험하다는 것이다. 저 유명한 볼테르도 처음에는 왕의 사랑을 받았고 프랑스 문학에 관해서 왕의 사부로 여겨졌으나, 프러시아의 지사 프라이타크의 요구에 의해서 프랑크푸르트에서 체포되어 치욕을 당한 것은 세인이 다 목격한 바가 아니냐고 아버지는 말하는 것이었다. 이런 기회에 궁정에 들어가서 왕을 섬긴다는 것은 위험하다는 것을 경고하는 선례는 얼마든지 있었다. 그러나 그러한 일은 도대체가 프랑크푸르트 태생의 사람들에게는 상상할 수 없는 일이었다.

　탁월한 인물이었던 올트 박사에 대해서는 나는 여기에 그의 이름을 드는 것으로 그치겠다. 왜냐하면 나는 여기에서 공로 있는 프랑

---

22) 이른바 계몽주의 운동.
23) 뢴(J. M. von Loen, 1694-1776)은 1729년 괴테의 이모 카타리나와 결혼하였다.

크푸르트인들을 위해서 기념비를 세울 까닭이 없고, 그 명성이나 인격이 유년시절의 나에게 얼마간의 영향을 준 점에 관해서만 한정해서 그 사람들의 이야기를 하려는 것이기 때문이다. 올트 박사는 관직이나 영지는 없었으나 재산이 많은 집안의 사람이다. 그는 지식이나 식견이 충분히 있었으나 결코 정치에 참여하지 않는 사람중 하나이다.

독일, 특히 프랑크푸르트 지방의 고대사는 그의 덕을 입은 바가 매우 크다. 그는 이른바 '프랑크푸르트의 개혁'에 대한 《주석註釋》[24]을 세상에 내놓았다. 거기에는 이 자유시의 법규가 수록되어 있었다. 나는 이 책의 역사적 부분을 소년시절에 열심히 연구하였다.

내가 전에 이웃집 사람이라고 말한 삼형제의 장형인 폰 옥센시타인은 은둔 생활을 하고 있었으므로, 생존시에는 유명하지 않았고 사후에 갑자기 이름이 높아졌다. 왜냐하면 그는 유언으로 지시하기를 자기의 장례식은 이른 아침에 정숙하게 행렬도 문상자도 없이 장의직葬儀職 사람의 손으로 묘지에 운반되도록 했기 때문이다. 장례는 유언대로 실행되었으며 그 처리는 화려한 장례만을 보아온 이 시 사람들에게 커다란 소란을 불러일으켰다. 이러한 장례 때마다 인습적으로 이익을 얻어오던 사람들은 모두 나서서 이 개혁안에 적극 반대했다. 그러나 이 성실한 귀족의 추종자는 모든 계급에 나타났다. 그러한 장례식은 조롱적으로 '옥센 라이헨(소의 장례식)'이라 불렀지만 차차로 성행해갔고 가난한 사람들에게 편의를 주었으며 화려한 장례는 점차 그 모습을 감추게 되었다. 내가 이 사정을 여기서 말하는 것은 그것이 전세기의 후반에 상류사회에 여러 가지 방식으로 나타나 뜻밖의 결과를 가져온 겸손[25]과 평등의 정신의 조기 징후 중 하나였기 때문이다. 한편, 옛것에 취미를 갖는 사람들도 당시 없을 수가

24) 프랑크푸르트의 법제개혁은 1611년에 행해졌다. 《주석》은 1731~74년에 출판됨.
25) 계급의 차별을 철폐하려는 정신을 말한다.

없었다. 회화진열관도 있었고 동판화 수집도 있었으나, 특히 사람들은 향토의 진귀한 물품들을 열심히 찾아다녔고 보존하였다. 지금까지는 수집된 일이 없었던 자유시의 낡은 규칙이며 법령들이 인쇄물이든 사본이든 열심히 캐내어져 시대순으로 정리되어 향토의 법률 및 관습을 나타내는 보물로서 정중하게 보존되었다. 수없이 많았던 프랑크푸르트 사람들의 초상화도 모여져서 진열관의 특별한 부분을 이루고 있었다.

우리 아버지도 이런 사람들을 본받았던 것 같다. 아버지는 바르고 훌륭한 시민으로서 필요한 성격은 무엇 하나 빠짐없이 가지고 있었다. 그는 자기 집을 신축한 뒤에 모든 종류의 소유물을 정돈하였다. 셍크며 또 당시로서는 뛰어난 지리책의 우수한 지도의 수집, 앞서 말한 시의 규칙과 법령, 초상, 옛날 총을 넣은 장, 진귀한 베니스의 컵, 술잔, 포칼 등을 넣은 장, 광물 표본, 상아 세공품, 청동기, 그 밖에 한없이 많은 물품들이 분류되고 진열되었다. 그리고 경매가 있을 때마다 나는 이러한 수집품을 늘리기 위하여 아버지에게 부탁해서 두세 가지 물건을 사들이는 역할을 게을리하지 않았다.

나는 또 어느 저명한 가족에 대해서 말하지 않을 수 없다. 이 가족에 대해서는 내가 훨씬 어려서부터 여러 가지 기이한 소문을 들어왔는데, 그 가족의 두세 사람에 대해서 나 자신이 놀라운 일을 여러 가지로 보고 들었다. 그것은 젠켄베르크 가였다. 그들의 아버지에 대해서는 유복한 사람이라는 것 외에는 거의 할 말이 없었다. 그의 아들이 셋인데 세 사람이 모두 젊어서부터 괴짜로서 사람들의 눈을 끌었다. 좋은 일이든 나쁜 일이든 유달리 사람 눈에 띄는 것이 용서되지 않았던 소도시에서 이러한 일은 결코 좋게 생각되지 않았다. 별명이라든가 오래 기억에 남을 진기한 전설 같은 것은 대개 이러한 기행의 결과로 생겨난다. 이 일가는 '토끼 골목'의 모퉁이에서 살고 있었는데, 이 집에 세 마리까지는 아니지만, 하여튼 토끼가 그려져 있었기 때문에 그런 이름이 생겨난 것이다.

그래서 이 삼형제는 세 마리 토끼라고만 불리었고 그 별명은 오랫동안 떠나지 않았다. 그러나 위대한 장점이 젊어서 기이하고 버릇없는 행동으로 알려지는 수가 자주 있는데, 이 경우에도 역시 그랬다. 장형은 그 뒤에 명성 높은 젠켄베르크 궁중 고문관이었다. 차형[26]은 시참사회의 일원이 되어 탁월한 재능을 나타내기도 하였으나, 그는 이 재능을 괴벽적으로, 아니 차라리 버릇없이 함부로 남용하였기 때문에 시에 손해까지는 끼치지 않았지만, 동료들에게 손해를 끼쳤다. 막내아들은 의사로서 매우 의리깊은 사람이었으나, 상류가정 이외에는 거의 진료를 하지 않았다. 그리고 나이가 많아질 때까지 이색적인 외모를 바꾸지 않고 지내갔다. 그는 언제나 매우 간결한 매무새를 하고 다녔다. 거리에서 보면 언제나 단화에 양말을 신고 분을 뿌린 가발을 쓰고 모자를 옆구리에 끼고 있는 모습이었다. 그는 빠른 걸음으로 걸었는데, 그것은 묘하게 비실거리는 걸음걸이였으며, 거리 이편에 있는가 하면 어느새 저편으로 가면서 지그재그로 걸어갔다. 입이 사나운 친구들은 이렇게 말했다. "저 사람은 저렇게 걸으면서 아마 일직선으로 자기를 쫓아오고 있는 망령을 피하고 있는 것이다. 악어를 피하여 달아나는 사람 흉내를 내고 있어." 그러나 이 농담이나 덜렁거리는 흉은 마침내 그에 대한 존경으로 바뀌었다. 그것은 그가 에센하이머 가街에 있는 굉장한 저택과 정원, 그 밖의 부속건물을 의학상의 공공 시설을 위해 바쳤기 때문이다. 거기에는 주로 프랑크푸르트의 시민을 위한 병원 시설 이외에 식물원, 해부실, 화학실험실, 훌륭한 도서관, 소장所長 주택 등 어느 대학과 비교해도 부끄럽지 않을 시설이 갖추어져 있었다.

그 인격에 의해서가 아니라 인근에 있어서의 그의 활동과 저서에

---

26) 괴테는 젠켄베르크 가의 둘째형과 끝 형제를 혼동하고 있다.

의해서 나에게 커다란 감화를 준 사람은 카를 프리드리히 폰 마우저 씨였다. 그의 이름은 항상 그의 업무상의 활동에 의해서 이 지방에 알려졌었다. 그는 또 철저히 도의적인 성격을 가진 사람으로, 인간의 본성의 결함에 괴로움을 받는 수가 많았으므로, 이른바 경건파敬虔派의 사람들에게 이끌렸다. 그는 폰 뢴이 궁정 생활에 대해서 한 것과 똑같이 실무적인 생활에 대해서 이때까지 보다 양심적인 취급을 하도록 개선하려고 했다. 독일의 많은 작은 궁정에 있어서 주종主從 관계는 지배자 편에서는 절대적인 복종을 요구하고, 아랫사람들은 대개의 경우 자기들의 신념에 따라서만 일하고 봉사하려고 했다. 그러므로 끊임없는 갈등과 급격한 변혁 또는 폭발이 일어났다. 대개 무제한한 행동의 결과는 큰 바닥에서보다도 작은 무대에서 훨씬 더 빨리 눈에 띄고 또 해를 끼쳤기 때문이다. 많은 귀족의 집은 부채에 시달리고 황제의 명으로 부채 정리 위원회가 임명되었다. 그리고 그 밖의 집에서도 늦건 빠르건 같은 길을 걸어갔다. 이런 때 종복從僕들은 파렴치하게 사복私腹을 채우거나, 그렇지 않으면 양심이 명하는 바를 지키다가 밀려나거나 미움을 받았다.

마우저는 정치가로서 또 실업가로서 활동하려고 했다. 그에게는 부모로부터 물려받은 전문가 정도로 발달한 재능이 중대한 이익을 주었다. 그러나 그는 동시에 인간으로서 시민으로서 행동하고 도덕적 품위를 버리지 않으려고 하였다. 그의 〈주인과 종복〉, 〈사자동굴 속의 디니엘〉, 〈성유물聖遺物〉 모두 자기의 경우를 그린 것으로, 그는 이런 경우 속에서 고문의 괴로움을 받는다고까지는 할 수 없으나, 언제나 틈새에 끼여든 느낌을 받았다. 이런 작품들은 모두 조화될 수도 없고 벗어날 수도 없는 사정 속에서의 초조감을 나타낸다. 이러한 생각이나 감정을 가진 사람이었기 때문에 그는 번번이 다른 직업을 구하여 옮겨 가지 않을 수 없었다. 그러나 원래가 재능이 풍부한 그는 일을 찾는 데 곤란을 받은 일은 없었다. 나는 그를 상냥하고 활동적인, 그러면서도 다정한 인간으로서 기억한다.

클로프시토크란[27] 이름은 멀리서부터 들려와 이미 나에게 큰 영향을 주었다. 우리는 처음 이렇게 뛰어난 사람이 왜 이렇게 이상한 이름을 가졌나 하고 이상하게 생각했다. 그러나 얼마 안 가 그것에 익숙해져 마침내는 이 말의 뜻을 생각지 않게 되었다. 내가 그때까지 아버지의 장서에서 본 것은 전시대, 특히 아버지 시대에 차차 두각을 나타낸 시인의 작품들뿐이었다. 이들 작품은 모두 운문으로 씌어 있었다. 그리하여 아버지는 운韻은 시적 작품에 빠질 수 없는 것으로 생각했다. 카니츠, 하게도른, 드롤링거, 겔러트, 크로이츠, 그리고 할러가 아름다운 가죽표지 속에 일렬로 늘어서 있었다. 그것들과 함께 노이키르히의 《텔레마코스》, 코헨의 《해방된 예루살렘》 및 그 밖의 번역서가 나란히 꽂혀 있었다. 나는 이 모든 책들을 어릴 적부터 열심히 통독하여 그 일부는 암기하고 있었다. 그 때문에 나는 왕왕 좌흥座興을 돕기 위해서 손님들 앞에 불려나가는 일도 있었다. 그런데 클로프시토크의 《메시아》에 의해서 아버지에게는 시로 생각되지 않는 시가 공중의 찬양의 표적이 되었을 때, 그로서는 불유쾌한 시대가 시작된 것이다. 그 자신은 이 작품의 구입을 피해 왔지만, 집에 가깝게 드나드는 시참사회원 슈나이더가 이 작품을 밀수입해서 어머니와 아이들에게 몰래 주었다.

평소 그다지 독서를 하지 않는 실업가 기질의 이 사람에게 《메시아》는 출판되자마자 큰 영향을 끼쳤던 것이다. 표현이 매우 자연스러우면서도 아름답게 세련된 이 경건한 감정, 그리고 조화를 이룬 말들, 그것은 유창한 산문으로만 보였던 것인데, 그것이 독서에 무취미한 사무가를 매료시켰던 것이다. 그래서 그는 이 시의 처음 장, 그것이 여기에서 문제가 된 것이지만, 그것을 다시없는 종교서로 생

---

27) 클로프시토크란 의복 따위를 두들겨 먼지를 털어내는 막대기를 말한다. Gottlieb Friedrick Klopstock (1724~1803)는 종교적 서사시 "Messias"를 남겼다.

각하고 해마다 한 번씩 그가 모든 업무에서 해방되는 부활제 전 주일에 혼자 조용히 통독하고는 그것을 1년 동안의 영혼의 양식으로 삼았던 것이다. 처음 그는 자기의 감정을 옛친구인 나의 아버지에게 전하려고 하였다. 그러나 이렇게 귀중한 내용의 작품인데도 아버지는 외형이 좋지 않다고 해서 쓸데없는 반감을 드러내는 데는 그는 그저 놀랄 따름이었다. 이 작품에 대해서 수없이 많은 말이 오고간 것은 쉽게 상상할 수 있으나, 두 사람의 사이는 더욱 멀어져 갈 뿐, 격렬한 싸움이 일어나는 일도 있었다. 그 결과 사람에게 거슬리기 싫어하는 이 사내는 죽마고우와 함께 일요일의 맛있는 수프를 잃지 않기 위해서 자신의 애독서에 대해서는 침묵을 지키기로 하였다.

개종을 시켜서 자기 종파에 다른 사람을 끌어들이려고 하는 것은 모든 사람의 극히 자연스러운 소망이다. 우리의 이 친구는 아버지 이외의 다른 식구가 그가 받드는 성자에 대해서 공정한 감정을 가진 것을 알았을 때, 내심으로 얼마나 기쁨을 느꼈을 것인가. 그에게 매년 1주일밖에 필요하지 않던 이 책은 그때 외에는 우리에게 맡겨졌다. 어머니가 그것을 숨겨 놓았다. 그리고 우리 남매는 일이 없을 때, 어느 구석에 숨어 특히 훌륭한 곳을 암송하였고, 특히 제일 부드러운 감정이 담긴 곳과 가장 격렬한 곳을 될수록 빨리 기억에 담기 위해서 기회만 있으면 이 책을 펼쳐 들었다. 우리는 서로 다투어서 〈포르티아의 꿈〉을 암송하였다. 그리고 사해死海에 밀려 떨어진 사탄과 아드라멜레히 사이의 결렬하고 절망적인 회화를 둘이서 주고받았다. 가장 맹렬한 사탄의 역은 내가 맡았고, 그보다 조금 불쌍한 또 하나의 역은 누이동생이 맡았다. 무시무시하나 울림이 좋은, 서로간에 저주하는 말들이 우리 입에서 저절로 흘러나왔다. 그리고 우리는 기회가 있을 때마다 이 악마의 말로 인사를 주고받았다.

어느 토요일 밤의 일이었다 —— 아버지는 이튿날 아침에 교회에 갈 옷차림의 준비에 편리하도록 언제나 촛불 앞에서 수염을 깎게 했던 것이다 —— 우리는 스토브 뒤의 의자에 앉아 있었다. 그리고 이 발사가 아버지 얼굴에 비누를 칠하는 동안에 버릇이 된 저주의 말을 상당히 낮은 소리로 중얼거리고 있었다. 그런데 아드라멜레히가 악마를 무쇠 같은 손으로 틀어잡는 대목에 왔다. 누이동생은 나를 거칠게 잡고서 작은 소리긴 했지만, 감정을 점점 높여 가며 암송하였다.

> 살려다오! 그대에게 간청한다, 소원이라면,
> 괴물이여, 너를 숭배도 하겠다.
> 저주받은 속겁은 죄인이여,
> 살려다오! 나는 영원한 복수, 영원한 죽음의 책고責苦를 당하고 있다!
> 전에는 거칠고 무시무시한 증오로 너를 미워할 수가 있었다!
> 이제는 그럴 수도 없다! 그것이 또한 살을 도려내는 것같이 괴롭구나!

여기까지 어떻게 무사히 나갔다. 그런데 누이동생은 무서운 목소리로 다음의 말을 소리높이 외쳤다.

> 오, 얼마나 지독하게 나는 분쇄된 것일까!

사람좋은 이발사는 아버지 가슴에다 비누 접시를 쏟아뜨렸다. 그래서 대소동이 일어났고 엄중한 취조가 시작되었다. 만일 그때 면도를 하고 있던 중이었다면 어떤 불행이 일어났을지도 모르기 때문이었다. 우리가 장난을 쳤다는 혐의를 벗기 위해서는 악마의 역을 했다고 자백하지 않을 수 없었다. 그리고 육각운시六脚韻詩가 불러일으킨 불행이 너무나 뚜렷했기 때문에 이 시는 더욱 비난받고 추방되었다.

이렇게 아이들이나 민중들은 위대하고, 숭고한 것을 놀이, 아니 일종의 웃음거리로 바꾸어 버리는 예가 허다하다. 그렇게라도 하지 않는다면 대체 그들은 어떻게 위대한 것을 보존해 나갈 수 있겠는가!

제3장

   그 무렵에는 설날이 되면 일반적으로 다정스럽게 세배를 다니는 풍속이 있었기 때문에 거리는 매우 활기를 띠었다. 여느 때는 좀처럼 밖에 나오니 않던 사람도 나들이 옷을 차려입고 은혜를 받은 사람들이나 친구들에게 조금이나마 친목과 의례를 차리려고 하였다. 우리 아이들로서는 특히 이날 외할아버지 댁에서 베풀어지는 향연이 무엇보다도 큰 즐거움이었다. 이른 아침부터 손자들은 거기에 모여서 군악대, 시립 악단, 그 밖의 사람들이 북·오보에·클라리넷·나팔·트럼본 등을 연주하는 것을 들으려고 하였다. 봉해진 채로 받는 이의 이름이 써진 새해 선물이 아이들의 손에 의해 신분이 낮은 축하객들에게 나누어졌다. 시간이 흐름에 따라서 신분이 높은 손님의 수가 점점 많아졌다. 우선 가까이 지내는 친척들이 오고, 다음에는 부하 관리들이 찾아왔다. 시참사회원들도 빠짐없이 시장에게 인사를 왔다. 밤이 되면 선택된 사람들만 1년 내내 거의 한 번도 문을 열지 않았던 방에서 향연을 즐겼다.

   핫케이크, 비스킷, 자두과자, 단 포도주 등이 아이들로서는 더없이 매력적이었다. 그 외에 또 시장과 두 사람의 보좌관은 두서너 단체로부터 해마다 은그릇을 받기로 되어 있고, 그것은 손자나 이름을 지어 준 아이들에게 각각 얼마 가량 차등을 지어서 나누어 주었다.

요컨대 이 축하연회는 성대한 향연에 광채를 더한 것이라면 무엇 하나 빠지지 않았다.

1759년의 새해가 왔다. 아이들로서는 지금까지와 마찬가지로 즐겁고 유쾌한 날이었으나 어른들로서는 걱정스럽고 기분이 안 좋은 날이었다. 프랑스 병사들의 통과는 끊임없었으며, 그래서 이미 익숙해져 있었으나, 지난해 마지막 며칠 동안은 가장 빈번했다.

오래된 자유시의 습관에 따라서 군대가 진주할 때마다 대사원의 탑지기가 나팔을 불었는데, 이번 설날에는 그의 나팔이 쉴 사이가 없었다. 그것은 여느 때보다 많은 수의 군대가 각 방면에서 진군해 온다는 표시였다. 사실 군대는 이날 이때까지보다 더 큰 집단을 이루어 이 시를 통과하였던 것이다. 시민들은 그것을 구경하기 위해 몰려들었다. 여태까지는[1] 소부대가 통과하는 것만을 보아왔는데, 이번에는 군대의 수가 차츰 더 많아져서 시민들은 그것을 막을 수도 없고 막으려고도 하지 않았다. 어쨌든 1월 2일에는 한 종열부대縱列部隊[2]가 작센하우젠을 지나 다리를 건너 파르 가街를 통과하여 콘스타블 초소에 이른 후에 행진을 멈추고 거기를 수비하고 있던 시의 작은 분견대分遣隊와 초소를 점령하고 차일 강을 따라서 하류쪽으로 나아갔다. 초소 부대의 본부도 약간의 저항을 나타냈으나, 항복하지 않을 수 없었다. 순식간에 평화로운 도시들이 전쟁터로 바뀌었다. 군대는 정규 병영이 마련될 때까지 임시 노영을 하였다.

여러 해 동안 경험해 보지 못한 이 뜻밖의 무거운 짐이 마음편한 시민들을 매우 괴롭혔다. 준공될까말까 한 우리 집에도 외국 군인들을 재우고, 아름답게 장식하고 대개는 비워놓던 객실을 그들에게 내주고, 평상시에 아끼고 다듬고 정리해 두던 것들을 그들이 멋대로 다루는 것을 보고만 있어야 했기 때문에 아버지는 누구보다도 이 일

---

1) 독일 황제는 동맹국 프랑스군의 통과를 한때는 1개 대대(500명)를 초과하지 못하도록 했다.
2) 7천 명으로 이루어진 군대.

을 고통으로 여겼다. 그렇지 않아도 프로이센 편을 들던 아버지가 지금은 자기 집에 들어선 프랑스인에게 포위될 판국이 된 것이다. 아버지의 생각에 의하면 이 일은 경험할 수 있는 모든 일 중에서 가장 비참한 일이었다. 만일 그가 이 사건을 좀더 너그러운 마음으로 받아들였던들 프랑스어도 유창하게 할 수 있고 또 그 평소에 위엄과 품위 있는 태도를 지켜 왔기 때문에 자기에게나 우리 식구들에게도 그렇게 많은 우울한 시간을 갖지 않게 할 수도 있었으리라. 왜냐하면 우리 집에 머문 군인들은 오로지 군사 이외의 일들, 병사와 시민들 사이의 쟁의, 부채문제 그 밖의 여러 가지 문제를 해결하는 임무를 맡은 군정장관軍政長官이었기 때문이다. 그 사람은 안티부에서 가까운 프로방스의 그라스 태생의 토랑크 백작이었다. 그는 바른 몸에 키가 크고 위엄 있는 풍모를 갖추고 있었으며, 얼굴은 곰보자국으로 보기 싫게 되어 있으나, 검은 눈은 위엄 있게 빛나고 품위 있는 침착한 태도를 가지고 있었다. 그는 도착하자마자 집안 사람들에게 좋은 인상을 주었다. 우선 그에게 내준 방과 가족을 위해서 남겨 둔 방에 대해 타협을 했다. 백작은 회화실繪畫室이 있다는 말을 듣자, 한밤중이었는데도 촛불로 그림들을 잠깐이나마 보고 싶다고 말했다. 그는 그 그림들을 보고 적잖이 기뻐하였고, 안내해 준 아버지에 대해서 매우 정중한 태도를 보였다. 그리고 그 대다수의 화가들이 아직 생존해 있으며, 프랑크푸르트와 가까운 이웃에 살고 있다는 말을 하자, 그는 그 사람들과 친구가 되어 그림을 그리게 하는 것이 소원이라고 했다.

이와 같이 예술 방면으로는 접근했지만, 그것이 우리 아버지의 마음을 돌리거나 감정을 꺾을 수는 없었다. 그는 자기 힘으로는 어떻게 할 수 없는 일에 대해서는 되어 가는 대로 앉아서 바라보고만 있는 성격이었다. 그러나 지금 그의 신변에 일어난 비상시의 일들은 조그마한 점에 이르기까지 그로서는 참을 수 없는 것이었다.

그래도 토랑크 백작의 태도는 모범적이었다. 그는 새로 바른 객실 벽지를 다치지 않게 하느라고 자기의 지도를 벽에 거는 것조차 삼가고 있었다. 그의 부하들도 조심스럽고 정숙하고 꼼꼼한 사람들이었다. 그런데 백작은 종일, 그리고 밤이 되어도 쉴 사이가 없었다. 고소인들이 뒤를 이어 찾아 왔고 체포된 자들이 연행되어 왔다. 모든 사관이나 부관이 면회를 오고 게다가 백작은 손님들에게 식사를 대접했다.

그러므로 한 가족을 위해 설비해 놓은 각 층에 이르는 계단이 하나밖에 없는 집에서는 비록 만사가 조심스럽고 엄격하게 행해진다 해도 집안은 벌집 같은 동요와 소란이 그치지 않았다.

날이 갈수록 우울해 하고 괴로워하는 주인과 마음씨는 좋으나 매우 엄격하고 꼼꼼한 군인인 손님 사이의 중개자로서 다행이 한 사람의 태평스런 성격의 통역자[3]가 나타났다. 이 사람은 풍채좋은 쾌활한 사내로 프랑크푸르트 시민이었으나, 프랑스어를 유창하게 했다. 그는 무슨 일이든 척척 잘 순응하는 재주가 있었으며 조그만 일들은 농담으로 돌려 버렸다. 나의 어머니는 이 사람을 통해서 백작에게 남편의 심경과 그로 인한 자기의 입장을 설명해 주도록 부탁했다. 그는 이 사태를 재주 있게 이야기하였다. 아직 시설이 갖추어지지 않은 신축의 집이라는 것, 주인은 본래 이렇듯 은둔적인 성격이라는 것, 이 집 아이들의 가정교육이 시급하다는 것, 그 밖의 할 말을 모두 하고서는 잘 고려해 달라고 부탁했다. 백작은 그 지위에 있어서 무엇보다 공정·청렴 및 명예로운 행동을 최대의 자랑으로 삼고 있었기 때문에 이 경우에도 역시 숙박자로서 모범적인 태도를 취할 결심을 하였다. 그리하여 체재하는 수년 동안, 사정은 여러 가지로 바뀌었으나, 이 결심을 충실하게 지켰다.

---

3) 프랑크푸르트 출신의 Johann Heinrich Diene를 말함.

나의 어머니는 이탈리아어는 약간 통했으며, 다른 식구들도 이 말은 누구나 조금씩 알고 있었다. 그러나 프랑스어는 하나도 몰랐기 때문에 그녀는 바로 프랑스어를 배우려고 결심하였다. 이 폭풍우 같은 이변 속에서 나의 어머니는 통역자의 아들의 세례에 입회하였고, 또 통역자도 우리 집의 이름을 붙여 준 분이었기 때문에 그는 우리에 대해서 이중의 호의를 가지고 있었다. 그래서 그는 나의 어머니를 위해서 자기의 한가한 시간을 모두 바쳤다(그는 우리 집 건너편에 살고 있었던 것이다). 그리하여 어머니에게 우선 첫째로 그녀가 백작에게 이야기할 때 필요한 말들을 가르쳐 주었는데, 그 결과 매우 큰 도움이 되었다. 백작은 주부가 그 나이에도 노력을 마다 않고 자기 나라 말을 배우는 것을 보고 매우 기뻐했다. 그리고 그의 성격 또한 쾌활하고 총명한 점을 가지고 있었으며, 부인에 대해서는 무뚝뚝하지만 정중한 태도를 나타냈기 때문에 어머니와 백작 사이는 가장 바람직한 관계가 이루어졌다. 이리하여 힘을 합하여 어머니와 통역자는 목적을 이룰 수가 있었다.

앞서 말한 대로 아버지의 마음을 밝게만 할 수 있다면 이 일변된 가정상태도 식구들의 마음을 덮어 누르지 않을 것이다. 백작은 매우 엄격하고 청렴한 태도를 지키고 있었다. 그는 직책상 당연히 받아도 될 만한 선물조차도 거절하고 있었다. 적어도 뇌물과 비슷한 것은 아무리 조그마한 것이라도 분개하며 벌까지 가하며 물리쳤다. 그는 부하들에게 이 집 주인들에게는 아무리 조그만 일이라도 폐를 끼치지 않도록 엄중히 명령하였다. 그러면서 우리 아이들에게는 식사 후 음식들을 많이 나누어 주는 것이었다. 이 기회에 나는 당시의 소박함을 밝히기 위해서 다음의 일들을 말하지 않을 수 없다. 어머니는 어느 날 백작의 식탁에서 우리들에게 보내 준 아이스크림을 쏟아버림으로써 우리를 매우 슬프게 했다. 어머니는 비록 설탕이 들어 있다 하더라도 얼음을 소화할 힘이 아이들의 위에는 없다고 생각한 것이다.

이러한 맛있는 것들을 결국 우리는 차차 먹을 수 있게 되었지만, 그밖에 우리를 기쁘게 한 것은 엄격한 수업과 교육이 어느 정도 완화된 점이다. 아버지의 우울한 기분은 점점 심해져 갔고, 이 피할 수 없는 일은 참을 수 없게 되어 갔다. 그는 그저 백작을 멀리하고 싶은 나머지 얼마나 스스로를 괴롭히고 어머니나 자기 이름을 지어 준 사람이나, 시참사회원들이나, 또 그의 친구들 모두를 얼마나 괴롭혔던 것일까. 현재의 사정으로 이러한 사람이 집에 든 것은 매우 고마운 일이며 만일 백작이 숙소를 다른 데로 옮겨 간다면 그 뒤에는 장교나 병졸들의 교체가 끊임없이 있으리라는 것을 아무리 설명해 주어도 헛일이었다. 이러한 설명은 그에게는 아무런 효과를 나타내지 못하였다. 현재의 상태가 그로서는 참을 수 없는 것이었기 때문에 그의 불쾌감이 장래에 일어날 수 있는 더 나쁜 상태를 생각할 수 없게 했다.

이런 상태였기 때문에 아버지가 지금까지 주로 우리들을 위해서 추진하고 있던 일이 꺾이게 되었다. 그는 우리에게 과하던 것을 이제 전처럼 엄밀하게 요구하지 않게 되었다. 그리고 우리는 군사적인 것이거나 그 밖의 공공의 일들에 대한 호기심을 집안에서 뿐 아니라 거리에서도 될수록 만족시키려고 하였다. 우리는 그 만족을 거리에서 가장 쉽게 얻을 수 있었다. 왜냐하면 우리 집 문간은 밤낮을 열어 놓은 채 보초가 지키고 있었는데, 보초는 철없는 아이들의 출입에 관심도 갖지 않았기 때문이다.

군정장관의 재판으로 여러 가지 사건이 해결되었다. 그는 자기의 판결을 기지에 찬 발랄하고 재미있는 말투로 말하는 것에 특별한 가치를 두고 있었기 때문에 사건은 참으로 독특한 매력을 가지고 있었다. 그의 명령은 엄격하였으나, 그것을 표현하는 말에는 유머가 섞여 있었고, 그러면서도 신랄했다. 그는 오수나 대공大公을 모범으로 삼고 있는 것 같았다. 통역자는 매일처럼 백작의 재미있는 판결중 두세 가지를 어머니와 우리에게 이야기하여 우리를 기쁘게 했다. 이 쾌활한 사람은 '솔로몬의 명판결'을 이렇게 집성해 가지고 있었다. 그러나 나는 그저 일반적인 인상을 기억할 뿐이고 특별한 경우를 머리에 떠올릴 수가 없다.

백작의 남다른 성격은 점차 널리 알려졌다. 이분은 스스로도 자기 성격의 특이함을 뚜렷하게 의식하고 있었다. 그러나 그는 일종의 불쾌감, 우울증 그 외에 이름을 뭐라고 붙여도 좋으나 하여튼 그런 악마에게 붙들리는 때가 있는 것 같았고, 그것도 며칠이나 계속하는 때가 자주 있었다. 그러한 때는 그는 자기방에 틀어박혀서 급사 이외에는 누구와도 일체 만나지 않았다. 아무리 긴급을 요하는 경우에 있어서도 접견을 거절하였다. 그러나 악마가 그 마음에서 물러나면 바로 평상시의 온화하고 쾌활하고 근면한 사람으로 되돌아갔다. 그의 급사인 생 장이라는 쾌활하고 사람좋고 몸집이 작은 마른 사내의 말에 의하면 백작은 젊어서 이러한 기분을 억누르지 못해 크나큰 불행을 초래한 일이 있었다고 한다. 그러므로 세인의 눈을 끄는 중요한 지위에 있는 오늘날, 그와 같은 실수를 피하려고 진지한 결심을 하고 있는 것 같기도 했다.

백작이 여기에 온 처음 며칠 동안, 프랑크푸르트의 모든 화가 — 히르트, 시츠, 트라우트만, 노트나겔, 융커 등이 그의 초대를 받았다. 그들은 완성된 자기의 그림을 그에게 보였고 백작은 사들일 만한 것은 손에 넣었다. 다락 밑에 있는 나의 깨끗하고 밝은 박공博栱방이 그에게 넘어가 곧바로 진열실 겸 화실로 바꾸어졌다. 그는 모든 화가들에게 특히 다름슈타트의 제카츠에게 오랫동안 일을 시킬 계획이었기 때문이다. 이 화가의 화풍은 매우 자연스럽고 순수하였기 때문에 무엇보다도 백작의 마음에 들었다. 그래서 그는 자기 형이 훌륭한 저택을 가지고 있던 그라스로부터 모든 방과 사무실의 칫수를 구석구석까지 남김없이 재오게 하고 나서 화가들과 함께 벽의 구획區劃에 대해서 토의를 거듭한 후, 거기에 따라서 제작되어야 할 많은 유화들의 크기를 정했다. 이들 그림들은 액자에 끼우지 않고 벽지의 일부로서 벽에 붙일 참이었다. 이리하여 그리는 일이 열심히 시작되었다. 제카츠는 전원 풍경을 맡았다. 이 그림 속의 노인과 아이들은 실물을 보고 그린 것으로 매우 훌륭한 솜씨를 보였다. 그러나 청년들의 모습은 그 같은 성공을 거둔 것으로 생각되지 않았다. 그들은 대개 너무 말라 있었다. 그러나 부인들은 이와는 반대 이유로 사람들의 마음에 들지 않았다. 그 까닭은 이 화가는 작고 뚱뚱한, 마음씨는 좋으나 맵시는 그리 좋지 않은 여자를 아내로 삼고 있었는데, 이 부인은 자기 외에는 아무도 모델로 쓰는 것을 용서하지 않았으므로, 몸매가 좋은 여자 그림이 그려질 수가 없었다. 게다가 그는 요구에 따라서 엄청나게 큰 칫수로 인물을 그리지 않을 수 없었다. 그가 그린 나무들은 박진감迫進感은 있었으나, 잎 부분은 지나치게 섬세했다. 그는 소품小品의 필치에 있어서는 비난할 여지가 없는 브링크만의 제자였던 것이다.

풍경화가인 시츠는 이 일에 있어서 가장 적합한 화가였다. 그는 라인 지방을 생생하게 빛나게 하는 좋은 계절의 일광을 모두 잘 다루었다. 그는 비교적 대형 그림 제작에 익숙하지 않은 바도 아니었다. 이 경우에도 그는 정밀하면서도 세밀한 붓길로 명암의 조화를 나타내는 일을 게을리하지 않았다. 그는 밝은 느낌의 그림을 제작하였다. 트라우트만은 《신약성서》 속에서 취재하여 두세 가지 부활의 기적을 렘브란트 풍으로 그렸다. 그리하여 그 옆에 한창 불타고 있는 마을과 물레방아를 그렸다. 내가 방의 칸잡이 그림으로 안 바에 의하면 이 사람에게도 특별한 진열 장소가 할당되었다. 히르트는 두세 그루의 보기 좋은 떡갈나무나 너도밤나무 숲을 그렸다. 그가 그린 가축은 칭찬할 만한 것이었다. 네덜란드 파의 극히 미세한 화풍을 일삼아 오던 융커는 이 벽지 양식에 적합하지 않았다. 그러나 그는 좋은 보수를 받았기 때문에 꽃이며 과일을 그려서 많은 방을 장식하는 일에 만족하고 있었다.

나는 이런 사람들을 매우 어려서부터 알고 있었고, 그들의 화실을 자주 방문한 적도 있었다. 백작도 나를 자기 곁에 두고 싶어했기 때문에, 나는 화제畵題를 붙여 주기도 하고 상의하기도 하고 주문하기도 하였다. 그림을 건넬 때도 옆에 있었는데, 특히 스케치나 밑그림을 건넬 때, 나는 조금도 서슴없이 내 의견을 말했다. 나는 이미 그 전부터 회화 애호가들 사이에서, 특히 내가 될수록 입회하러 나간 경매의 현장에서는 내가 역사화의 소재를 —그것이 성서 이야기든 보통의 역사적 사건이든 신화에서 따온 것이든 간에 —그것이 무엇인가, 무엇을 나타냈는가를 잘 알아맞힌다는 평판을 얻고 있었다. 비록 내가 비유적인 회화의 뜻까지 알아맞힌 것은 아니었지만, 나보다도 그것을 잘 이해하는 사람이 같은 자리에 있었던 일은 극히 드물었다.

그런 까닭에 나는 또 미술가들에게 여러 가지 소재를 그리게 할 수도 있었다. 그리고 이번에도 나는 이 장점을 기꺼이 이용하였다. 나는 지금도 내가 그때 요셉의 이야기를 표현할 12폭의 그림을 설명하기 위해서 상세한 한 편의 글을 지은 것을 기억하고 있다. 그 중의 두세 가지는 화가에 의해서 채택되었던 것이다.

소년으로서는 분명히 칭찬할 만한 행위들을 이야기하였으니, 이번에는 내가 이 화가들과 어울리는 동안에 있었던 다소 수치스런 일에 대해 이야기하겠다. 나는 뒤를 이어 그 방으로 운반되는 그림을 모두 잘 알고 있었다. 나의 소년다운 호기심은 모든 것을 지체없이 보지 않거나 조사하지 않고는 견딜 수가 없었다.

어느 날, 나는 스토브 뒤에서 조그만 검은 상자를 발견했다. 나는 그 속에 무엇이 들어 있는가를 확인하고 더 이상 견딜 수가 없었기 때문에 깊이 생각할 겨를도 없이 뚜껑을 닫았다. 그 속에 들어 있던 그림은 분명 보통 사람에게 보여서는 안 될 종류의 것이었다. 나는 바로 뚜껑을 닫으려고 하였으나, 빨리 닫히지를 않았다. 그때 백작이 방에 들어와 나를 붙잡았다. "너는 누구의 허가를 얻고 이 상자를 열었느냐?" 하고 그는 군정장관의 태도로 말했다. 나는 이에 대해서 할 말이 없었다. 그는 즉석에서 매우 엄중하게 벌을 선고했다. "너는 1주일 동안 이 방에 발을 들여놓으면 안 된다." 나는 머리를 숙이고 나갔다. 내가 극히 엄격하게 이 명령을 지켰기 때문에 마침 이 방에서 제작을 하고 있던 마음좋은 제카츠는 매우 분하게 여겼다. 왜냐하면 그는 나를 자기 옆에 두고 싶었기 때문이다. 그리하여 나는 약간 장난기를 가지고 명령의 준수를 극단적으로 철저하게 했다. 언제나 제카츠한테 내가 날라다 주는 커피를 문턱 위에 얹어 놓았다. 그 때문에 그는 일을 중단하고 일어서서 커피를 가지러 와야 했다. 그는 그것을 매우 언짢게 생각하여 거의 나를 원망할 지경이었다.

이번에는 내가 도대체 어떻게 이런 경우에 배우지도 않은 프랑스어를 다소나마 쉽게 말할 수 있게 되었는가 하는 경위를 조금 자세하게 보고하고 설명할 필요가 있을 것 같다. 이때에도 어떤 국어의 울림이나 소리·율동·악센트·어조, 그 밖의 형식상의 특징을 쉽게 파악할 수 있는 나의 천부적 재능이 도움이 되었다. 라틴어에서 미루어 알 수 있는 말들도 많았다. 그보다도 이탈리아어를 매개로 더 많은 말을 알게 되었다. 그리하여 나는 잠깐 사이에 하인이나 병사나 보초병이나 방문객들로부터 많은 말들을 귀담아 들었기 때문에 회화에 낄 수는 없었으나, 적어도 간단한 문답은 할 수 있게 되었다. 그러나 이런 일은 내가 극장에서 받은 이익에 비하면 아무것도 아니었다. 나는 외할아버지로부터 극장의 무료입장권을 받았다. 이 입장권을 나는 아버지가 싫어하고 있었음에도 불구하고 어머니의 중재로 날마다 사용하였다. 그래서 나는 무대 정면의 자리에 앉아서 외국 연극을 구경했다. 나는 무대 위에서 하는 말들을 조금밖에 혹은 조금도 이해하지 못하였으므로 그럴수록 배우들의 거동이나 몸짓, 혹은 말투에 주의를 기울였다. 그러므로 나는 거동과 어조만으로 연극을 관람하는 재미를 맛보았던 것이다. 나는 특히 희극을 이해할 수 없었다. 말이 빠르고 비속한 생활에 관계된 것이 많았기 때문에 그 말들은 나에게는 생소한 것이었다. 비극은 상연되는 일이 드물었으나, 그것은 정확한 속도, 알렉산드로스 격의 다듬어진 박자, 표현의 보편성으로 인해서 나로서는 희극보다는 어느 점에서는 이해하기 쉬웠다. 그 뒤 얼마 안 가서 나는 아버지의 장서 중에서 라신느를 찾아내어 펼쳐 보았다. 그리고 그 극을 나의 귀와 또 그것에 가장 가까운 언어기관이 이해한 바에 따라서 극장에서 하던 대로 매우 열심히 낭독하였으나, 물론 전체적으로 연관된 말들의 의미는 알 수가 없었다. 그뿐 아니라 나는 모든 것을 암기하여 앵무새처럼 암송하였다. 나로서는 그것이 쉽게 된 까닭은 기존의 아이들로서는 거의 이해할 수 없었던 성서의 구절들을 머리에 외어서 신교의 목사 같은 어조로 낭독하는 것에 익숙했기 때문이다. 프랑스의 운문 희극은 당시 매우 인기가 있었다. 데투세, 마리보, 라쇼세 등의 여러 작품 중의 특징 있는 여러 인물들을 지금까지도 생생하게 기억하고 있다. 몰리에르의 작품은 이것에 비하면 그다지 나의 기억에 남아 있지 않다. 가장 깊은 인상을 나에게 준 것은 르미에르의 〈휘페름네스트라〉였다. 이것은 신작으로서 공들여 연출되고 연속 상연되었다. 〈마음의 점장이〉, 〈장미와 목걸이〉, 〈아네트와 뤼뱅〉이 나에게 준 인상은 극히 우아한 것이었다. 리본을 단 동남동녀童男童女와 그들의 동작을 지금도 나는 생각해 낼 수 있다. 그러는 동안 나의 마음에는 극장 자체를 구경하고 싶다는 생각이 들었는데, 그 기회는 여러 번 나에게 주어졌다. 나는 언제나 극이 끝날 때까지 듣고 앉아 있을 참을성이 없었고, 복도나 또 기후가 온화할 때는 출입구 앞에서 같은 또래의 아이들과 함께 여러 가지 놀이를 하며 놀 때가 많았다. 그 아이들 중에는 아름답고 활발한 사내아이 하나가 끼여 있었다. 이 아이는 그 극단에 속해 있었고, 하찮은 역할이긴 하지만 여러 가지 단역을 맡고 나온 것을 무대에서 본 일이 있었다. 나는 내 프랑스어를 그와의 대화에 이용할 수 있었으므로, 그는 나와 제일 친한 사이가 되었다. 그는 같은 또래의 자기 나라 아이가 극단 속에도, 이웃에도 없었으므로 나와 더욱 가까워졌다. 우리는 연극 상연 시간 이외에도 함께 돌아다녔다. 상연 중에도 그는 나를 혼자 두는 일이 거의 없었다. 그는 매우 귀여운 허풍쟁이였다. 애교 있는 모습으로 쉬지 않고 지껄이면서 자기가 한 싸움이나 모험이나, 그 밖의 진기한 일에 대해서 많은 이야깃거리를 가지고 있었으므로, 나는 그의 이야기를 매우 재미있게 들었다. 프랑스어와 그것에 의해 뜻을 전한다는 점에 관해서는 1개월 동안에 상상 이상으로 많은 것을 그에게서 배울 수가 있었다. 그렇기 때문에 내가 갑자기, 마치 영감이라도 받은 것처럼 별안간 외국어에 숙달된 까닭을 아는 사람은 아무도 없었다.

우리가 알게 된 지 얼마 안 되어 그는 나를 무대 뒤로 데리고 갔다. 거기서는 남녀 배우들이 막간을 이용하여 의상을 바꿔 입고 있었다. 이 극장은 음악당을 무리하게 고쳐서 만든 곳이므로, 결국 편리한 시설이 갖추어지지 않았다. 배우들을 위해서 무대 뒤에 특별히 꾸며진 방이 없었다. 전에 연주자가 사용하고 있던 상당히 큰 방에 대개 남자와 여자가 함께 있었다. 그리고 그들은 옷을 갈아입을 때도 반드시 예절을 지키는 것도 아니었고 자기들 사이에서나 또 우리 아이들에 대해서나 하나도 부끄러워하는 기색이 없었다. 이러한 광경을 나는 아직 본 일이 없었지만, 그래도 여러 번 방문하는 동안에 차차 익숙해져서 나중에는 그것을 당연한 것으로 생각하게 되었다.

그리고 얼마 안 가서 나에게는 일종의 특수한 흥미가 나타나기 시작했다. 내가 친구의 관계를 계속하고 있던 사내아이는 '드로느' 라는 이름이었는데, 호언장담하는 버릇 외에는 행실이 얌전한 예절바른 아이였다. 그는 나에게 자기의 누나를 소개하였다. 그녀는 나보다 서너 살 위인 매우 잘생긴 처녀로 아름답게 다듬어진 몸매와 연갈색의 살갗과 검은 머리칼과 빛나는 눈을 가지고 있었다. 그녀의 거동은 조용하다기보다는 어딘지 모르게 쓸쓸한 데가 있었다. 나는 갖은 수단을 다해서 그녀의 마음을 끌려고 애썼으나, 그녀의 주의를 나에게 돌릴 수가 없었다. 젊은 처녀란 자기보다 나이 어린 사내아이를 보면 자기를 훨씬 어른으로 생각하며, 청년들에게는 추파를 보내지만 자기에게 첫 애정을 보내는 소년에 대해서는 할머니 같은 태도를 취하는 법이다. 드로느에게는 남동생도 있었으나, 나는 그와 아무 관계도 갖지 않았다.

그녀의 어머니가 무대 연습을 하거나 모임에 나갔을 때는 우리는 그녀의 집에서 함께 놀고 이야기하곤 하였다. 나는 거기에 갈 때마다 이 아름다운 소녀에게 꽃이며 과일이며 그 밖의 것을 들고 가지 않을 때가 없었다. 그러나 그녀는 그것을 언제나 예의바르게 받고 정중하게 고맙다는 인사만 할 뿐 그녀의 슬픈 눈빛이 밝아지는 일이나 그녀가 나를 마음에 두는 모습은 한 번도 본 일이 없었다. 마침내 나는 그녀의 비밀을 알아낸 것처럼 생각되었다. 사내아이는 한번은 나에게 아름다운 비단 장막에 가려진 모친의 침대 뒤에 걸려 있던 파스텔로 그린 훌륭한 사내의 초상[4]을 보여 주었다. 그리고는 교활한 얼굴로 다음과 같이 설명하였다. "이 사람은 진짜 아빠는 아니지만, 아빠와 다름없는 사람이야" 하고는 그는 그 사람에 대해 칭찬하면서 예의 버릇대로 과장해서 여러 가지 이야기를 해주었다. 그것으로 나는 이 사람이 그 처녀의 아버지이며 다른 두 아이의 아버지는 그 사람과 가까운 친구의 아이라는 것을 알아차렸다. 나는 그

---

4) Herzog von Ossuna(1579-1624). 오수나 공작은 나폴리와 시칠리아의 스페인 부왕副王이 된 사람. 날카로운 기지로 두려움의 대상이었다.

녀의 슬픔을 안 듯한 느낌이 들자, 한층 그녀가 그리워질 뿐이었다.

때로는 한계를 넘어서는 이 소년의 허풍을 참을 수 있었던 것도 이 소녀에 대한 애정 때문이었다. 나는 그에게 해를 가하고 싶은 마음이 전혀 없는데, 결투를 하였다는 끝도 없이 긴 공훈담을 여러 번 참고 들어야 했다. 그의 말로는 그것은 다만 명예를 위해서 한 일이라는 것이었다. 그리고 언제나 그는 상대편의 무장을 해제할 수 있었으며, 그리하여 적을 용서해 주었다는 것이었다. 그뿐 아니라 그는 적의 무기를 떨어뜨리는 것에 이력이 나서 어떤 때는 적의 칼을 높은 나무 위에 던져올려 다시는 되찾을 수 없게 했기 때문에 도리어 자기가 매우 곤란을 당했다는 이야기를 했다.

내가 극장에서 마음대로 할 수 있었던 것은 나의 무료 입장권이 시장의 손에서 나온 것이어서, 어느 자리에나 마음대로 앉을 수 있고, 따라서 무대 좌석에도 들어갈 수 있었기 때문이다.

이 무대는 프랑스 풍으로 매우 낮게 설치되어 있었으며, 양편이 좌석으로 둘러싸여 있었다. 좌석은 여러 줄로 뒤가 높게 되어 있었다. 이 무대의 좌석은 모두 특별 명예석으로 정해졌다. 이 자리는 배우에게 바싹 접근하고 있기 때문에 환상이 모두 깨지지는 않는다 해도 쾌감이 얼마쯤 줄어드는 곳이다. 보통 이것을 사용하는 것은 사관에 한정되어 있었다. 나는 거기서 지난날 볼테르가 맹렬하게 비난했던 그 풍습, 아니 악습까지도[5] 경험하고 직접 보았던 것이다. 극장이 만원일 때, 더구나 마침 군대라도 통과할 때면 평소에도 가득 차는 명예석으로 고급장교들이 밀려들었다. 이러한 때는 벤치며 의자를 두세 줄이나 무대 위로 들여놓았으며, 그래서 무대 위의 남녀 등장인물들은 군복이나 훈장이 둘러싼 좁은 장소에서 자기네의 비밀을 고백하는 수밖에 없었다. 나는 《휘페름네스트라》 극이 이러한 상태

---

5) 볼테르는 《Semiramis》의 서문에서 이 일에 대해 지적하고 있다.

에서 상연되는 것을 본 일이 있었다. 막간에도 막이 내리지 않았다.

나는 또 하나의 기묘한 습관을 이야기하겠다. 나는 독일의 선량한 소년으로서 예술에 어긋나는 이 습관에 대해서 불쾌감을 참을 수가 없었다. 즉, 극장은 가장 신성한 장소로 생각된 결과 극장내에서 행해지는 방해는 공중의 존엄을 범하는 최대의 범죄로서 바로 벌을 가하지 않으면 안 되었던 것이다. 그래서 두 사람의 척탄병擲彈兵이 총을 세우고 서서 어떤 희극이 상연될 때 공연히 배경 양쪽에 서서 가정의 안방에서 행하여지는 모든 일에 대한 입회인이 되었던 것이다. 앞에서 말했듯이 막간에 막이 내려지지 않았기 때문에 음악이 시작되면 교대할 척탄병이 와서 무대 뒤에서부터 먼저 선 두 병사 앞으로 일직선으로 나아간다. 그러면 서 있던 두 사람은 역시 똑같이 보조를 취하며 물러나는 것이었다. 이런 습관은 극에 있어서 환상적이라고 불리는 모든 것을 제거해 버리는 데는 안성맞춤이었다.

이러한 일이 디드로의 극원리劇原理와 범례에 따라서 무대 위에서 가장 자연적인 자연스러움이 요구되고, 완전한 환상이 극 예술의 본목적이라고 주장되던 시대에 행해졌다는 것은 기이한 일이 아닐 수 없다. 그러나 비극은 이러한 군대의 경비를 면제받고 있었고, 고대 영웅들은 자위의 권력을 가지고 있었다. 하지만 앞서 말한 척탄병은 바로 옆에 있는 무대의 배경 뒤에 서 있었다.

나는 또 다음의 일을 말해 두고 싶다. 나는 디드로의 《일가의 주인》, 팔리소의 《철학자》를 보았으나, 뒤의 작품에서 철학자가 네 발로 기어다니며 날상추를 뜯어먹는 모습은 지금까지 기억하고 있다.

극장의 세계는 이렇게도 변화무쌍한 점이 있었음에도 그것마저도 우리 아이들을 늘 극장에만 붙들어 둘 수는 없었다. 우리는 날씨 좋은 때에는 극장 앞이나 그 부근에서 놀며 모든 어리석은 장난을 했다. 그것은 특히 일요일이나 축제일에 차려 입은 옷에는 어울리지 않는 일이었다. 왜냐하면 그런 날에는 나와 친구들은 동화에라도 나올 것 같은 차림을 하고 모자를 옆구리에 끼고 커다란 비단 리본으로 장식된 손잡이의 조그만 칼을 차고 있었기 때문이다. 어느 날 우리가 오랫동안 한껏 떠들며 뛰어다니고 있으려니까 드로느가 우리 패에 끼어들더니 무엇을 생각했는지 나더러 자기를 모욕했었으므로, 결투를 신청하겠으니 응하라고 엄명했다. 나는 그가 무슨 까닭으로 그런 말을 했는지 모르나, 도전에 응해서 칼을 빼려고 했다. 그러나 그는 사건 처리를 하는 데 편리하도록 사람이 없는 곳으로 가는 것이 이러한 경우의 예의라고 단언하였다. 그래서 우리는 창고가 늘어선 뒤쪽으로 돌아가서 서로 칼을 빼어 겨누었다. 결투는 연극적인 기분으로 행하여졌고 칼이 마주쳐 울리고 몇 번 찌르는 것이 빗나갔다. 그러나 정신없이 찌르고 막고 하는 동안에 그는 칼끝으로 내 칼 손잡이의 리본을 꿰뚫었다. 그러자 그는 이것으로 명예는 완전히 회복되었다고 말하고, 역시 연극적인 동작으로 나를 껴안았다. 그리고 우리는 바로 가까운 카페로 가서 살구가 든 우유 한 잔을 마시며 감정의 동요를 가라앉혔고, 우리의 우정을 한층 굳게 맺었다.

말이 나온 김에, 그 뒤 조금 지나서 극장 안에서 일어난 또 하나의 사고를 이야기하고자 한다. 나는 한 친구와 무대 정면석에 얌전하게 앉아서 독무獨舞를 보며 즐기고 있었다. 춤추는 사람은 우리와 같은 또래의 깔끔하게 생긴 아이로서 순회중인 프랑스 무용가의 아들이었는데, 교묘하고 우아하게 춤을 추고 있었다. 무용가의 격식에 따라서 그는 빨간 비단으로 만든 몸에 꼭 끼는 옷을 입고 있었는데, 그 아래는 짧은 스커트처럼 되어 있었고, 하인의 앞치마처럼 무릎까지 늘어져 있었다. 나는 이 신출내기 예술가에 대해서 관중과 함께 박수를 보냈는데, 그때 어찌된 일인지 나에게는 어떤 도덕적인 반감이 머리에 떠올랐다. 나는 동반자에게 이렇게 말했다. "저 아이는 저렇게 아름답게 차려입어 훌륭하게 보이지만, 오늘밤에 걸레 같은 자켓을 입고 잘지 누가 알아."— 그때 군중들이 자리에서 일어나 나가는 중이어서 우리는 군중들에 막혀서 나갈 수가 없었다. 조금 전부터 내 옆자리에 앉아 있던 한 부인이 이때 내 옆에 서 있었다. 그녀는 우연하게도 그 젊은 예술가의 모친이었으며, 그렇기에 나의 반감어린 말을 듣고 큰 모욕을 느꼈던 것이다. 운이 나쁘게도 이 부인은 내가 독일어로 한 말을 알아들을 정도는 알고 있었고, 나를 나무라는 데 필요한 정도로 충분히 말할 수 있었다. 그녀는 나를 심하게 몰아댔다. 도대체 이 소년의 가정이나 유복함에 반감을 갖는 이유가 무엇이냐고 말했다. 이 아이는 나와 동등한 정도라고 생각해도 좋으나, 이 아이의 재능은 내가 상상도 할 수 없는 행운을 그에게 안겨 줄 것이라고 말했다. 그녀는 인파에 밀리면서 이러한 설교를 나에게 퍼부어댔기 때문에 주위 사람들의 주의를 끌었고 그들은 내가 무슨 무례한 짓을 했는가 하고 이상하게 생각하게 되었다. 나는 변명할 수도 그녀에게서 떨어질 수도 없었기 때문에 딱한 사정에 놓였다. 그때 그녀가 잠깐 입을 다문 순간, 나는 아무 생각 없이 이렇게 말했다. "왜 그렇게 시끄럽게 합니까. 오늘의 홍안紅顔은 내일의 백골白骨!"— 이 말을 듣고 부인은 더 입을 열 수가 없는 것 같았다. 그녀는 나를 가만히 보고 있다가 몸을 피할 수 있게 되자 얼른 나를 피해서 달아났다. 나는 그 뒤 이 말을 다시 생각하지 않았으나, 다만 얼마쯤 지난 뒤에 그 아이가 다시는 무대에 모습을 나타내지 않고 병에 걸렸으며, 그것도 매우 중태라는 소리를 들었을 때, 비로소 이 말을 생각해 냈다. 그러나 그가 죽었는지 어떤지는 잘 모른다. 시기를 잘못 가릴 뿐 아니라 예의없이 지껄여대는 이러한 예언은 고대인에게는 이미 매우 중요시되고 있었다. 그러나 신앙과 미신의 형식이 아무리 다르다 해도 어떤 시대에나 변함이 없다는 것은 참으로 이상한 일이다.

우리 시가 점령된 첫날부터 특히 아이들이나 젊은이들에게는 오락이 끊어진 일이 없었다. 연극·무도회·열병식·군대행진 등이 우리의 주의를 끌었다. 특히 군대행진은 더욱 빈번해져 갔다. 그러한 군인들의 생활은 우리에게 매우 유쾌하고 즐거운 것처럼 생각되었다.

군정장관이 우리 집에 체재하고 있었으므로, 우리는 프랑스 군대의 모든 유명한 사람들을 하나하나 볼 수 있었다. 특히 명성을 떨쳤던 일류의 인물들을 가까이서 볼 수 있는 편의가 주어졌다. 우리는 마치 관람석에 앉아서 구경하듯이 계단이나 계단 중간 빈터에 서서 장군들이 우리 옆을 지나는 것을 유유히 바라보았다. 그중 붙임성 있고 풍채 좋은 신사인 수비스 공소[6]이 기억난다. 그러나 가장 뚜렷이 기억에 남는 것은 공보다 나이가 젊은 사람으로, 키는 크지 않지만 체격이 좋고 발랄하며 재기才氣가 흐르는 반짝이는 눈을 가진 기민한 브롤리오[7] 원수였다.

이 원수는 군정장관을 자주 방문하였는데, 여기에는 중요한 이야기가 있다는 것을 알았다. 프랑스군이 와서 숙소를 정한 뒤에 3개월이 지난 후에 우리가 이 새로운 상태에 가까스로 익숙할까말까 한 때에 연합군이 진군하여 왔다. 브라운슈바이크 대공大公 페르디난트가 프랑스군을 마인 강가에서 몰아내기 위해서 온다는 소문이 누가 먼저라고 할 것도 없이 퍼졌다. 각별히 이렇다 할 전과는 올리지 못한 프랑스군에 대해서 큰 기대를 거는 자는 아무도 없었다. 특히 로스바하의 회전會戰 이후 프랑스군은 멸시받을 군대라고 생각되고 있었다. 사람들은 페르디난트 대공에게 커다란 기대를 걸고 또한 프로이센 편에 선 사람들은 동경심을 안고 지금까지의 중압에서 해방되기를 기대하였다. 나의 아버지는 어느 정도 쾌활함을 회복했고 어머니는 걱정에 파묻혔다. 어머니는 현재의 작은 불행이 바뀌어 커다란 재난이 덮쳐 올 것이라는 것을 현명하게 통찰했다. 왜냐하면 프랑스군은 대공의 군대를 향하여 진격하지 않고 도리어 이 도시 근처에서

---

6) 7년전쟁 때의 프랑스군 사령관.
7) 프랑크푸르트 주재군의 지휘관.

공격을 기다리고 있을 것이라는 점이 너무나 분명하게 드러났기 때문이다. 프랑스군의 패배·도주·퇴각을 엄호하기 위해서라도, 또는 교량을 확보하기 위해서라도 어차피 시의 방비·포격·약탈이 있을 것이라는 것이다. 이러한 것들이 흥분된 상상력과 뒤엉켜서 양파兩派 사람들에게 우려를 갖게 했다. 나의 어머니는 무슨 일에고 참을성이 있었으나, 걱정만큼은 참지 못했다. 어머니는 통역자를 통해서 자신의 근심을 백작에게 전하였다. 그러나 어머니는 이러한 경우, 늘 상투적인 대답을 받았을 뿐이다. "안심하고 계시오. 걱정하지 않아도 됩니다. 침착을 지키고 아무하고도 이 일에 대해서 이야기해서는 안 됩니다."

몇 개의 부대가 시를 통과했다. 이들 부대는 베르겐 근처에서 저지되었다는 소문이 전하여졌다. 인마人馬의 내왕이 날이 갈수록 잦아지고 우리집도 밤낮 없이 혼잡했다. 이 무렵 나는 브롤리오 원수를 자주 보았지만, 늘 쾌활하고 여느 때와 조금도 다름이 없었다. 나는 그 후에, 오랫동안 나에게 좋은 인상을 준 이 사람이 역사상 이름 있는 인물이라는 것을 알고 매우 기뻐했다.

마침내 1759년의 불안했던 부활제 전주前週가 지나고 수난절受難節이 다가왔다. 깊은 정적이 가까워진 폭풍을 예고하였다. 우리 아이들은 밖에 나가는 것이 금지되었고 아버지는 집안에 가만히 못 있고 외출하였다. 전투가 시작되어 나는 집의 최상층으로 올라갔다. 거기서는 부근 일대의 땅을 둘러볼 수는 없었으나, 대포의 포성과 소총의 집중 사격 소리를 뚜렷하게 들을 수가 있었다. 두세 시간 뒤에 우리는 일렬의 차량이 다가오는 것을 보았고 거기에서 전쟁의 첫 징조를 보았다. 이 차들에 실려서 불쌍하게 불구가 되고 비참한 꼴을 한 부상병들이 묵묵히 우리 옆을 지나서 병원으로 바뀐 마리아 수녀원 쪽으로 실려 간 것이다. 이것을 보자 바로 시민들의 자선활동이 개시되어 맥주·포도주·빵·돈이 아직 받을 수 있는 부상병들의 손에 쥐어졌다. 얼마 후에 이 일행중에 부상하여 포로가 된 독일인이 발견되었을 때, 시민들의 동정은 그칠 줄을 몰랐다. 그리하여 모든 사람들이 가진 물건을 전부 내놓으며 곤궁에 빠진 동포를 구조하려고 하는 것처럼 보였다. 그러나 이들 포로는 회전의 결과가 연합군에게 불리하게 끝난 증거였다. 당파적 감정 때문에 연합군의 승리를 믿어 의심하지 않았던 나의 아버지는 감정에 몰려, 무모하게도 그가 기대하던 승리자인 독일 병사를 마중하러 나갔다. 그렇게 되면 패배자인 프랑스 병들이 그를 짓밟고 달아나게 된다는 것을 미처 생각지 못했다. 우선 그는 프리이드베르크 성문城門 밖으로 나가 그의 장원으로 갔으나, 거기에는 모든 것이 황량하고 적막했다. 그리하여 부친은 대담하게 보른하임 황야荒野 쪽으로 나아갔다. 그러자 그는 이내 흩어진 낙오병들과 치중병輜重兵들을 보았다. 이 사람들은 경계석境界石을 겨냥하여 총질을 하면서 장난을 치고 있었다. 그리고 사정을 알고 싶어서 돌아다니고 있던 아버지 머리 주위로 탄환들이 소리를 울리면서 지나갔다. 그래서 그는 되돌아가는 것이 낫겠다고 생각했다. 그리하여 여기저기서 물어 본 결과 만사가 프랑스군에 유리하게 돌아가고 있으며, 그들이 퇴각하는 것 따위는 생각조차 할 수도 없다는 것을 알았다. 이것은 이미 포화 소리에 의해서 분명하게 알았어야 할 일이었다. 부상당하고 포로가 된 동포들의 모습을 본 아버지는 우울한 마음으로 집에 돌아와서는 그 여파로 평소의 침착성을 완전히 잃어버렸다.

그도 역시 지나가는 군대에 여러 가지 물건을 베풀었는데, 그것을 독일인만이 받아야 한다면서 주었다는 것이다. 그러나 운명이 적과 우리편을 한 수레에 태웠기 때문에 이것은 반드시 아버지의 희망대로 될 수가 없었다.

이미 전부터 백작의 말을 신용하고 비교적 조용한 나날을 보내던 어머니와 우리 아이들은 이런 결과를 듣고 대단히 기뻐했다. 그날 아침, 어머니가 '보석상자'[8]에 바늘을 꽂아 점을 쳐보았더니 현재에 관해서 매우 믿음직한 답이 나왔기 때문에 더욱 안심을 했다. 우리는 아버지도 같은 생각을 가졌으면 좋겠다고 희망했고 될수록 부친의 환심을 사려고 했다. 부친은 하루종일 식사를 하지 않았기 때문에 우리는 틈틈이 식사를 권했다. 그는 우리의 애정과 모든 식사를 물리치고 자기 방으로 가버렸다. 그러나 그 때문에 우리의 기쁨이 방해를 받은 것은 아니었다. 승패는 결정이 난 것이다. 그날은 여느 때와 달리 말만 타고 나갔던 군정장관이 마침내 돌아왔다. 그가 우리 집에 있어 주는 것이 이 경우, 그 어느 때보다도 더 필요했던 것이다. 우리는 그에게 달려가서 그의 손에 입맞춤하여 우리의 기쁨을 그에게 표시했다. 그것이 매우 그의 마음에 든 것 같았다. "좋아, 좋아." 그는 여느 때보다 더 다정하게 말했다. "나는 당신들을 위해서 기뻐하고 있던 중이오." 그는 바로 과자며 단 포도주며 무엇이든 제일 고급품을 우리에게 주라고 명령하고는 자기 방으로 들어가자, 이내 강요하는 자, 청원하는 자 또는 탄원하는 자의 큰 무리에 둘러싸였다.

우리는 고급 과자를 먹고 있었는데, 혼자 계신 아버지가 불쌍해져서 모셔와 달라고 어머니에게 졸랐다. 그러나 나의 현명한 어머니는 이러한 선물이 그에게 얼마나 불쾌한 것인지를 잘 알고 있었다. 그러는 동안에 어머니는 1인분의 음식을 차려서 아버지 방에 들여보내고 싶다고 생각했다. 그러나 그런 무질서한 일은 아무리 비상시라 해도 아버지로서는 용서할 수 없는 일이었다. 그래서 우리는 맛있는 과자를 죄다 치우고 나서 여느 때처럼 식당으로 내려오도록 설득하기로 했다. 드디어 그도 마지못해 가까스로 내려왔다. 그리고 이 때문에 얼마나 큰 불행이 그와 우리에게 밀어 닥쳤는지는 꿈에도 생각

---

8) Bogatzky, 《Güldnes Schatzkästlein der Kinder Gottes》(그리스도교 신도의 보석상자)란 책을 가리킨다. 보통 바늘을 성서에 꽂은 다음 다시 펴서 처음 눈에 띈 글귀로써 점을 친다.

지 못했다. 계단은 모든 복도를 지나서 집 전체의 객실 옆을 통과하게 되어 있었다. 그래서 아버지는 내려올 때 백작의 방 앞을 지나지 않을 수 없었다. 백작의 옆방에는 사람들이 가득 몰려 백작을 기다리고 있었기 때문에 백작은 많은 용건들을 한꺼번에 해치우기 위해서 그 방에서 나오려고 했다. 그리하여 나간다는 것이 마침 아버지가 내려오는 순간에 복도를 지났다. 백작은 쾌활하게 아버지한테 가서 인사하고 이렇게 말했다. "서로 반가운 일이라고 기뻐하여 주시겠지요. 시끄러운 사건이 이렇게 조용히 끝이 났으니 말이오." 나의 아버지는 노한 빛을 드러내며 말했다. ― "아니 천만의 말씀, 그 사람들이 와서 당신들을 악마한테로 쫓아버리면 좋겠다고 생각했었습니다. 나도 함께 휩쓸려 간다해도 말입니다."― 백작은 한동안 말이 없었다. 그리고 분격한 기색을 나타내며 소리쳤다. "그것은 흘려버릴 수 없는 말이오. 당신은 정의와 나에게 이런 모욕을 가하고도 그대로 있을 수 있다고 생각하오?"

그러나 아버지는 태연한 태도로 아래층에 내려 왔다. 그리고 우리 옆에 앉아서 지금까지보다 쾌활한 모습으로 식사를 하기 시작했다. 우리는 매우 기뻐했다. 그리고 아버지가 어떤 위험한 방법으로 가슴의 울분을 떨어냈는지 몰랐다. 잠시 후에 어머니가 방 밖으로 불려나갔다. 그러나 우리는 아버지에게 백작이 얼마나 맛있는 것을 우리에게 보내 주었는가를 장황하게 늘어놓으며 좋아했다. 어머니는 돌아오지 않았다. 가까스로 통역자가 들어왔다. 그의 손짓으로 우리는 침실로 쫓겨났지만, 그때는 이미 밤도 늦었기 때문에 우리는 기꺼이 말을 들었다. 평화로운 잠을 자고 하룻밤을 지낸 뒤에야 어젯밤에 집안을 뒤흔든 무서운 소동이 있었다는 것을 알았다. 군정장관이 바로 아버지를 위병소로 데려가도록 명령을 내린 것이다. 부하들은 장관의 명령에 반대할 수 없다는 것을 매우 잘 알고 있었지만, 그들은 명령의 실행을 연기하여 도리어 그 때문에 감사를 자주 받았다. 명령의 실행을 연기하자는 기분을 부하들의 마음에 불러일으킨 사람은 우리 이름을 붙여 준 그리고 침착성을 잃지 않는 그 통역사였다. 그렇지 않아도 소동이 너무 컸기 때문에 이때 명령의 실행을 늦추는 것은 그다지 눈에 띄지 않았고 변명도 되었다. 그는 나의 어머니를 불러내서 탄원하고 변명해서 잠깐이나마 실행을 유예獪豫하도록 부관을 설득하라고 그녀에게 말했던 것이다. 그리고 그 자신은 급히 위층에 있던 백작에게 뛰어갔다. 백작은 강한 자존심을 보이며 방 안에 들어앉아 있었다. 그는 마음 속에 일어난 분노를 죄없는 다른 사람들에게 토하거나 자기 위엄을 상하게 하는 결정을 내리기보다 긴급한 용건을 한동안 중지하고 있는 것이 낫겠다고 생각한 것이다.

통역이 백작과 나눈 담화, 그 대담對談의 결과는 이러했다. 사건의 행복한 결말을 적지않게 자랑하는 이 뚱뚱한 사람이 되풀이 이야기하였기 때문에 나는 그것을 잘 기억하고 있다.

통역은 대담하게 장관의 거실 문을 열고 들어갔다. 그것은 엄하게 금지된 행위였다. "무슨 일인가?" 장관은 그를 향해서 소리쳤다. "나가라! 이 방엔 생 장 외에는 아무도 들어올 수 없어."

"그러면 저를 잠시 생 장으로 생각해 주십시오" 하고 통역은 대답했다.

"그러자면 상당한 상상력이 필요해. 그 사내를 둘 합쳐도 당신 같은 인간 한 사람이 안 돼. 나가줘요."

"백작님, 당신은 대단히 천부적인 재능을 가지고 계십니다. 저는 그 재능에 호소해서 부탁드리는 것입니다."

"당신은 내 환심을 사려 하고 있소. 하지만 그게 그렇게 쉽지 않아요."

"백작님, 당신은 격정의 순간에도 분노의 찰나에도 남의 의견을 들어 주시는 큰 능력을 가지고 계십니다."

"그렇소, 그 의견이라는 것이 문제지만, 나는 그 의견을 너무 오래 들어 주었소. 이 땅에서는 우리를 사랑하는 자는 없고 시민은 우리를 의심하는 눈으로 노려보고 있다는 것을 나는 너무나 잘 아오."

"모두가 그런 건 아닙니다."

"대다수의 시민이 그렇소. 뭐라고? 이 도시의 시민이 자유시의 시민이라고 주장한다고? 아닌게 아니라 그들은 황제의 선거와 대관식을 보았소. 그러나 그 황제가 부당한 공격을 받고 그 영지를 잃어버리려고 하고 또한 약탈자에게 멸망할 위험에 부딪혔는데, 다행히 그 충실한 동맹자가 나서서 재산과 생명을 내던지고 황제를 위해서 힘을 다하고 있을 때, 이 시민들은 국가의 적을 멸망시키기 위해서 할당된 조그마한 부담도 짊어지려고 하지 않는단 말이오."

"분명히 당신은 그러한 생각을 가진 시민이 있다는 것을 벌써부터 아시면서 현명하게도 그것을 참고 계셨습니다. 그리고 또 그 수는 불과 소수입니다. 당신 자신도 그 적을 비범한 인물이라고 추켜 올리지 않았습니까? 그 적의 훌륭한 장점에 눈이 어두워진 소수자뿐입니다. 아시는 바와 같이 그 수는 매우 적습니다."

"그렇소, 내가 그 일을 알고도 너무 오래 참고 있었소. 그렇지 않았다면 그 사내가 다시없이 중요한 순간에 나를 맞대놓고 그러한 모욕을 가하는 난폭한 짓은 못했을 거요. 그런 패거리가 몇이 되어도 상관없소. 이 집주인이 대표로 벌을 받아야 하오. 그들이 앞으로 어떤 꼴을 당하는가 잘 보아두는 게 좋을 거요."

"백작님, 부디 잠깐만 유예를 주십시오."

"일에 따라서는 처분이 너무 빨라서는 안 된다는 법이 없는 것이오."

"부디 잠깐 유예를 주십시오."

"이봐, 이 친구! 당신은 나를 그릇된 길로 끌어들이려는 거요? 그 수에 내가 빠져들 줄 아오?"

"저는 당신을 그릇된 조치를 하도록 끌어들이는 것도 아니고 또한 그릇된 조치를 권고하는 것도 아닙니다. 당신의 결심은 정당합니다. 그것은 프랑스인으로서 군정장관으로서 당연한 처사입니다. 하지만 당신은 동시에 토랑크 백작이라는 것을 생각해 주십시오."

"그 토랑크 백작은 여기서 입을 열 권리가 없는 거요."

"훌륭한 그분의 말씀도 들어 주셔야 합니다."

"그 사람은 무어라고 말할까?"

"그 사람은 말할 것입니다. '군정장관님, 당신은 그렇게도 오랫동안 철딱서니 없이 투덜거리는 많은 멍청한 사람들에게 당신이 너무 심한 꼴을 당하지 않는 한 참아왔습니다. 이번에 그 사내가 한 행위는 분명히 심한 일임에는 틀림없습니다. 하지만 군정장관님, 자신을 억제하여 주십시오. 그러면 모든 사람들은 그 때문에 당신을 찬양할 것입니다' 하고 말입니다."

"당신도 알다시피 나는 당신의 농담을 자주 허용해 왔소. 그러나 내 호의를 남용하면 안 됩니다. 도대체 이곳 시민들은 모두 눈이 멀었단 말이오? 만일 이번에 우리가 패배했으면 그들의 운명은 어떻게 되었을 거요? 우리는 싸우면서 성문 앞에까지 밀려옵니다. 우리는 시를 봉쇄합니다. 다리를 건너 후퇴하는 아군을 엄호하기 위해서 그것에 늘어붙어 방어합니다. 그때 적은 손발을 묶어놓고 보고만 있을 거라고 생각하오? 적은 수류탄이든 뭐든 수중에 있는 것은 모두 던질 것이오. 그러면 탄환은 장소를 가리지 않고 불을 지를 것이오. 이 집주인은 그때 어떻게 할 참입니까? 이 근처의 방은 지금쯤 불꽃이 튀고 있을 거요. 거기에 또 탄환이 날아옵니다. 이 알량한 베이징 벽지를 아끼느라고 내가 지도를 거는 것도 삼간 이 방에 말이오. 이 식구들은 하루종일 무릎을 꿇고 있어야 할 것이오."

"이미 그런 꼴을 당한 자는 많습니다."

"그들은 우리를 위해서 행복을 빌고 장군이나 장교들에게 경의와 기쁨을 표시하고 지친 병사들에게는 용기를 내라고 먹을 것을 대접하면서 위로해야 할 것이오. 그런 일은 하지 않고 저 당파심이란 해독이, 그렇게도 많은 배려와 노력으로 얻은 내 생애의 가장 행복한 순간을 억망으로 만들어 버렸소."

"그건 당파심입니다. 하지만 당신이 그 사내를 처벌하신다면 당파심을 더욱 돋우어 줄 뿐입니다. 그 사내의 동지들이 당신을 폭군이니 야만인이니 하고 외쳐댈 것이 뻔합니다. 그들은 이 사내를 정의를 위해서 순교한 순교자라고 생각할 것입니다. 지금까지 그 반대자였고 의견이 다른 사람들도 그를 같은 시민으로만 생각하게 되고 동정을 하게 될 것입니다. 그리고 당신을 옳다고 생각하면서도 그 조치는 너무 가혹했다고 생각할 것입니다."

"당신 말도 오래 들었소. 그만 나가 주게."

"이 말만은 들어 주십시오. 이 일은 그 사내로서도 또 그 가족으로서도 미증유未曾有의 경험이라는 것을 생각해 주십시오. 당신이 이 집주인의 호의를 고맙다고 생각하실 까닭은 없으실지 모르지만, 그의 부인은 당신의 희망이라면 무엇이고 듣기 전부터 마음을 써왔습니다. 아이들은 당신을 큰아버지처럼 생각하고 있었습니다. 이번에 이 단 하나의 일격으로 당신은 이 집의 평화와 행복을 영구히 파괴해 버릴 것입니다. 집 안에 폭탄이 떨어졌다 해도 그보다 더 큰 피해는 줄 수 없을 것이라고 말할 수 있겠습니다. 나는 지금까지 당신의 침착한 태도에 여러 번 감탄했습니다. 백작님, 이번에도 부디 당신을 숭배할 기회를 주십시오. 적의 집에 와서도 빈객賓客의 태도를 지키는 군인은 존경할 가치가 있습니다. 그러나 여기에 적은 없습니다. 다만 잘못 생각한 자가 있을 뿐입니다. 노여움을 가라앉혀 주십시오. 그러면 각하는 영구한 명예를 얻으실 것입니다."

"일이 묘하게 돌아가는군." 백작은 미소를 띠면서 대답했다.

"그것은 지극히 당연한 일입니다" 하고 통역은 대답했다. "저는 부인이나 아이들에게 당신 앞에 무릎을 꿇으라고는 하지 않겠습니다. 당신이 불쾌하게 생각하신다는 것을 잘 알고 있기 때문입니다. 그러나 그 사람들이 당신에게 얼마나 감사할 것인가를 말하고 싶습니다. 그들은 일생 동안 베르겐 부근의 전투와 그날의 당신의 태도를 이야기하고 그것을 자자손손에게까지 전해 주고, 타인에게도 당신에 대한 관심을 불러일으키리라는 것을 이야기하고 싶습니다. 이런 행동은 없어지지 않는 법입니다."

"당신은 나의 약점을 맞히지 못했소, 통역 씨. 죽은 뒤의 명예 따위는 생각지 않는 것이 나의 행동 방식이오. 그런 것은 타인에게는 소중하겠지만 나에게는 아무것도 아니오. 현재의 찰나에 바르게 행동하고 자기의 의무를 게을리하지 않고 명예를 더럽히지 않는 것이 내가 염려하는 일이오. 이제껏 우리는 너무 지껄였소. 자, 나가 주시오 —그리고 내가 너그럽게 보아 주는 망은자忘恩者들로부터 고맙다는 인사나 들으시오."

이런 뜻밖의 결과에 놀라서 감격한 통역은 눈물이 쏟아지는 것을 막을 수가 없었다. 그래서 백작의 손에 입을 맞추려고 했으나, 백작은 그것을 물리치고 엄격한 어조로 말했다. "당신도 알다시피 나는 그런 것을 싫어하는 사람이오." 이렇게 말하고 그는 긴급한 용무를 해치우고는, 기다리는 많은 사람들의 청원을 들어 주기 위해서 대기실 쪽으로 갔다. 사건은 이렇게 일단락되었다. 그리고 우리들은 이튿날 아침에 어제 남은 과자를 먹으면서 불행이 지나간 것을 축하하였다. 다행히 우리는 어젯밤 그런 끔찍한 일이 덮쳐든 것도 모른 채 꿈속에서 지냈던 것이다.

통역이 사실 그렇게 이야기를 현명하게 해냈는지, 그렇지 않으면 어떤 사건이 용케 좋은 결과로 끝난 뒤에 흔히 있는 일로 그 한 장면을 그저 그렇게 윤색潤色하였는지, 나는 그것을 이러쿵저러쿵하는 것이 아니다. 적어도 그는 같은 말을 되풀이할 때마다 말을 한 번도 바꾸지 않았다. 요컨대 이날은 그로서는 그 생애에서 가장 걱정이 컸음과 동시에 가장 영광에 빛나는 하루라고 생각되었다.

또 백작이 일체의 허례를 물리치고 자기에게 맞지 않는 칭호는 절대로 받아들이지 않았다는 것, 그리고 그는 기분이 좋을 때는 언제나 기지機智에 넘쳐 있었다는 것은 다음의 작은 사건이 그것을 입증하고 있다.

까다롭고 교제를 싫어한 한 프랑크푸르트인 귀족이 병사들의 숙영宿營에 대해서 불평을 하지 않을 수 없게 되어 자신이 직접 출두했다. 통역이 자신의 임무를 맡겠다고 나섰으나, 그 사람은 그럴 필요가 없다고 사절하였다. 그는 백작 앞에 나아가 허리를 굽혀 절을 하고 "각하" 하고 말했다. 백작은 그에게 고개를 숙이고는 그도 "각하"라는 칭호로 그에게 대답했다. 이 경칭에 그 사람은 어쩔줄을 모르고 자기가 말한 칭호가 너무 낮았다고밖에 생각할 수가 없어서 먼저보다 더욱 허리를 낮게 구부리고 "전하殿下"라고 말했다. ─"여보시오" 하고 백작은 정색을 하고 말했다. "그쯤 해두기로 하지요. 그러다가 폐하陛下까지 올라갈 것 같습니다." ─상대편은 극도로 당황한 나머지 한 마디 말도 할 수가 없었다. 조금 떨어져 서 있던 통역은 그 말들을 모두 듣고 있으면서도 심술궂게 말이 없었다. 백작은 매우 기분이 좋아서 말을 이었다. "가령 이렇게 합시다. 당신의 이름은 무엇이지요?" "시팡겐베르크라고 합니다" 하고 그 사람은 대답했다. ─"그럼, 나는" 하고 백작은 말했다. "토랑크라고 하는 자입니다. 시팡겐베르크 씨, 토랑크에게 무슨 일입니까? 자, 우리 앉아서 이야기합시다. 사건은 바로 처리될 것입니다."

이리하여 사건은 바로 해결이 나고 내가 여기에서 시팡겐베르크라고 부른 사람은 만족을 얻고 돌아갔다. 그리고 이 이야기는 벌써그날 밤 우리 가정의 단란 속에 심술궂은 통역의 입으로 이야기되었을 뿐 아니라 몸짓 하나하나도 함께 연출되었다.

이러한 불안과 심로心勞의 뒤를 이어 이전의 안심과 쾌활이 되돌아왔다. 특히 어린 사람들은 어떻게 살아갈 수만 있으면 가벼운 마음으로 그날 그날을 보내는 법이다. 프랑스극劇에 대한 나의 열정은 흥행 때마다 높아져 갔고 하룻밤도 극장 구경을 빠진 일이 없었다. 그러나 극장이 끝난 후, 돌아와 가족이 한창 식사 중인 식탁에 가서 앉아 흔히 조금 남은 음식으로 끼니를 때울 때는 언제나 꼭 아버지의 잔소리를 들어야 했다. 연극 따위는 보아도 아무 소용도 없다, 아무 효과도 얻을 수 없다고 아버지는 말하는 것이었다. 나는 이런 경우에는 연극의 변호자가 나와 같은 궁지에 빠졌을 때, 꺼낼 것이 틀림없는 이론을 모두 털어 놓는 것이었다. 순경順境의 악덕, 역경의 덕행은 결국 시적인 정의에 의해서 균형을 되찾게 된다. 《미스 사라 샘프슨》[9]이나 《런던의 상인》[10] 같이 죄에 대한 벌을 받는 좋은 예에 대해 나는 열변을 토했다. 그러나 《스카팽의 간계奸計》[11]나 그 밖에 이와 비슷한 작품이 상연 프로그램에 올라간 악한 노복奴僕의 사기술이나 방종한 청년의 어리석은 행동이 성공하는 것을 보고 관중이 기뻐하는 것이 비난받을 때는 나의 패색敗色이 짙어간다. 아버지나 나나 서로 상대편을 설복할 수가 없었다. 그러나 아버지는 얼마 안가 내가 놀랄 만큼 빠르게 프랑스어에 익숙해지는 것을 보고는 연극을 나쁘게 말하지 않게 되었다.

분명히 인간이라는 것은 남이 무엇을 하고 있는 것을 보면 자기는 그것을 할 만한 재주가 없더라도 해보고 싶어지는 법이다. 나는 곧 프랑스극의 과정을 졸업하였다. 그 중의 두세 작품은 이미 두세 번이나 상연되었다. 가장 가치가 많은 비극에서부터 극히 가볍게 막을 내린 희극에 이르기까지 모든 작품이 나의 눈과 정신 속을 지나갔다. 어린 시절에 테렌티우스[12]의 흉내를 낸 것처럼, 지금 나는 소년

---

9) 렛싱의 5막으로 된 산문 현대극.
10) Lillo, The London Merchant(1731). 1759년 독일어역이 나오다.
11) 몰리에르의 희극.

으로서 전보다도 훨씬 강하게 몰려드는 동기에 밀려서 프랑스 풍의 것을 자신의 능력이 미치는 한 모두 해보지 않고는 못배겼다. 당시 피롱[13] 취향의 반신화적·반비유적인 것이 두세 가지 상연되었는데, 이 작품은 페르디풍의 경향이 짙어서 매우 인기가 있었다. 쾌활한 메르쿠리우스 신의 황금날개, 변장한 유피테르 신의 번개, 요염한 다나에, 그 밖에 신들의 면모를 받은 미인들, 양치기나 사냥꾼의 아내가 아니라 다른 어떠한 것이라도 그러한 것들의 연출이 나의 마음을 끌었다. 오비디우스의 《변형》이나 포메이[14]의 《신비의 영묘靈廟》의 이러한 요소가 자꾸 나의 머릿속을 맴돌았기 때문에 곧 나의 상상 속에서 그러한 소작품을 하나로 묶어 놓았다. 이 작품에 대해서 나는 다만 장면이 전원이었는데, 그 속에 왕자나 공주나 신들이 모두 나왔다는 것만은 말할 수 있다. 특히 메르쿠리우스는 나의 마음에 생생하게 떠올랐기 때문에 내가 그것을 육안으로 보았다고 단언하려고 했을 정도였다.

나는 내 손으로 깨끗이 정서한 원고를 친구 드로느에게 보여 주었다. 그는 잘난 척하며 보호자 같은 태도로 그것을 받아들고는, 주욱 훑어보고 문법이 틀린 곳을 두세 개 지적하고 몇 군데의 대사가 너무 길다고 말했다. 그리고 마지막에는 틈이 나면 더 정독해서 비평을 해주겠다고 약속했다. 이 작품이 상연될 수 있겠느냐고 묻는 나의 겸손한 물음에 대해서, 그것은 절대로 할 수 없는 일이라고 단언하였다. 연극에서는 '성실'이 큰 역할을 하기 때문에 성의를 다해서 후원하겠으며, 다만 이 문제는 비밀로 해두어야 한다고 했다. 왜냐하면 그 자신도 언젠가 자작 희곡으로 극장 간부를 놀라게 한 일이 있다. 만약 작자作者가 그였다는 것이 그렇게 일찍 드러나지 않았더

---

12) 로마의 희극작가.
13) Alexis Piron(1689~1773). 프랑스의 극작가.
14) Pomey, Pantheon Mythicum. 1659년에 출판된 교과서용 신화학 서적.

라면 틀림없이 그 작품은 상연되었으리라는 이야기를 해주었다. 나는 그에게 될수록 침묵을 지키겠다고 약속했다. 그리고 나의 작품의 표제가 거리와 광장의 모서리에 커다란 글자로 나붙어 있는 것을 상상했다.

대체로 그 친구는 경솔한 사내였지만 대가인 척할 기회가 생긴 것이 매우 좋은 것 같았다. 그는 이 작품을 주의깊게 통독하였다. 두세 가지 조그만 정정을 하기 위해서 내 옆에 앉아 이야기를 하는 동안에 작품 전체를 완전하게 다른 것으로 고쳐 놓았다. 깎아내고 보태고 또한 인물을 없애고 대신 다른 인물을 채워넣고 하면서 몸서리쳐질 만큼 횡포스런 손질을 하였다. 나는 그래도 이 친구는 연극에 관해서는 밝은 편이라고 덮어놓고 믿고 있었기 때문에 그가 하는 대로 내맡겨 두었다. 그도 그럴 것이 그는 나에게 자주 아리스토텔레스의 삼통일三統一이라든가, 프랑스 극의 규칙성이라든가, 진실성, 시구의 조화, 그 밖에 연극에 관한 모든 것을 이야기해 주었기 때문에 나는 그를 다만 무엇을 잘 알 뿐만 아니라 기초가 든든한 사람이라고 생각하지 않을 수 없었다.

나는 우화[15] 속의 아이처럼 갈기갈기 찢겨진 창작품을 들고 집으로 와서는 그것을 다시 원래대로 고치려고 하였으나 헛일이었다. 그러나 그것을 단념해 버릴 수가 없어서 처음의 원고에다 조금 손을 대서 우리 서기[16]에게 정서를 하게 하여 아버지에게 드렸다. 그것이 효과를 나타내어 한동안은 내가 구경을 하고 와도 아버지는 잔소리를 하지 않고, 내가 조용히 밤참을 먹을 수 있게 해주었다. 이 시작이 실패한 뒤, 나는 깊은 생각을 하게 되었다. 모든 사람이 뒷받침으로 삼는 이 이론, 이 법칙은 나의 횡포한 선생의 불손한 태도에 의해서 나에게는 의심이 생기기 시작한 것이다. 그래서 나는 그것을 직

---

15) 괴테의 《딜레탕트와 비평가》 속의 우화에 나오는 아이들.
16) 정신박약의 청년으로서 제4장에 나온다.

접 그 원전原典에 의해서 알고 싶었다. 그것은 나에게는 그리 어려울 것까지는 없었으나 귀찮은 일이었다. 나는 먼저 코르네이유의 삼통일에 관한 논문을 읽었다. 하지만 그것에 의해서 무엇이 요구되는가는 알 수 없었다. 제일 곤란한 것을 내가 《시드》[17]에 관한 논문을 알게 되고 또 코르네이유와 라신느가 비평가와 관객에 대해서 자기 작품을 변호할 필요에 부딪혀서 쓴 머리말을 읽고 더욱 혼란에 빠진 것이다. 이때 내가 적어도 극히 뚜렷하게 안 것은 어떠한 인간도 자기가 바라는 것을 모른다는 것, 그리고 《시드》와 같이 다시 없이 훌륭한 효과를 준 작품이 전능의 대주교[18] 한 사람의 명령에 의해서 '절대 악작惡作'이라고 선언되었다는 것, 그리고 나와 같은 시대에 생존하는 프랑스인의 우상이며 또 나의 우상도 된 라신느(왜냐하면 배심원인 폰 오렌슈라겔이 우리 아이들에게 《브리타니쿠스》[19]를 연출시켰을 때, 나에게 네로의 역할이 주어져 그를 자세히 알게 되었다)조차도 당시의 문예애호가나 비평가와 사이가 좋지 못했다는 점이다. 이러한 모든 것에 의해서 나는 전보다 한층 더 혼란에 빠졌던 것이다. 그리고 우왕좌왕하는 논의나 전 세기의 이론적인 요설 때문에 시달림을 받은 끝에 나는 옥석玉石을 함께 내던져 버렸다. 걸작을 낳은 작자 자신이 자기 작품에 대해서 이야기하기 시작할 때, 자신의 행위의 이유를 설명할 때, 또 자기를 변호하고 해명하고 변명할 때, 반드시 정확을 기하지는 못했다는 것을 알면 알수록 더욱 그러한 패물을 단연 떨어내 버려야겠다는 생각이 굳어졌다. 그래서 나는 살아 있는 현재로 되돌아가 전보다 더 열심히 극장을 다니고 더 충실히 그리고 끊임없이 독서에 힘썼다. 이 시기에 나는 라신느와 몰리에르의 작품을 모두 읽었으며, 코르네이유의 대부분을 독파할 만한 끈기를 가지고

---

17) 코르네이유의 유명한 극.
18) Richelieu. 《시드》를 맹렬하게 비난하여 문제가 되었다.
19) 라신느의 극(1669).

있었다.

군정장관은 여전히 우리 집에 살고 있었다. 그의 태도는 특히 우리에 대해서 조금도 변함이 없었다. 그러나 그는 자신의 직무를 처음이나 마찬가지로 청렴하고 충실하게 실행하고 있었으나, 이미 전처럼 쾌활하지도 열심이지도 못한 것이 눈에 띄었고, 또한 그것에 대해서 우리의 이름을 붙여 준 통역이 우리에게 더욱 환하게 알려 주었다.

프랑스인이라기보다는 차라리 스페인인다운 데가 많은 그의 기상이나 태도, 왕왕 그 사무에 영향을 미치는 변덕, 주위의 정세에 대해서 자신을 굽히지 않는 강직함, 일신에 관한 모든 일에 대한 과민성, 이러한 점들이 한데 엉키어 때때로 상관과 충돌을 가져왔던 것 같다. 게다가 그는 극장에서 일어난 결투에서 부상을 당했다. 일반에게 금지된 행위를, 최고의 경찰관인 그 자신이 범한 것은 군정장관이라는 이름에 먹칠을 한 것이었다. 앞서 말한 바와 같이 이러한 원인들이 쌓이고 쌓여서 그는 한층 방 안에 틀어박혀 지내게 되었고, 사무를 볼 때도 이전의 기력을 찾을 수 없게 되었다.

그러는 동안에 주문한 그림이 대부분 도착했다. 토랑크 백작은 일이 없을 때는 이들 그림을 보면서 지냈다. 그는 그것들을 예의 박공 방에, 크고 작은 캔버스를 한 줄로 늘어놓았다. 그리고 장소가 모자랐기 때문에 혹은 겹쳐서 못으로 박고 혹은 떼어서 말아놓았다.

이 작품들은 되풀이 검토되고, 가장 성공하였다고 생각되는 부분은 몇 번이고 감상했다. 그러나 개중에는 좀더 다른 방법으로 그렸더라면 하는 욕심도 없지 않았다.

그 때문에 지금까지 없었던 매우 이상한 공작工作이 이루어졌다. 그것은 갑이란 화가에게는 인물을, 을이란 화가에게는 중경中景과 원경遠景을, 병이란 화가에게는 수목樹木, 정이란 화가에게는 꽃 하는 식으로 제각기 나름대로 특징 있게 그리는 것이 있었으므로, 백작은 이러한 재능들을 한 그림에다 종합해서 완전한 작품을 완성할 수 없나 하는 생각을 갖게 된 것이다. 가령 완성된 풍경화 속에다 다시 아름다운 가축 떼를 그리게 하는 작업이 처음에 시작되었다. 그러나 그것을 그려 넣기 위한 적당한 여지가 언제나 있는 것도 아니고, 게다가 동물화가는 양¥이 많건 적건 문제삼지도 않고 자꾸 그려 넣기만 하기 때문에 넓은 풍경도 결국 좁아져 버렸다. 거기에다가 또 인물 화가가 목동이며 두세 명의 나그네를 더 그려 넣는 것이었다. 그래서 이러한 것들은 말하자면 서로 공기를 빼앗고 있는 것 같았고 넓은 장소 속에서도 모두 질식하지 않는 것이 이상할 정도였다. 이러한 일이 어떤 결과가 될 것인가는 아무도 예측하지 못했다. 그리고 그것이 완성되었을 때 대부분의 사람들에게 만족을 주지 못했다. 화가도 만족을 하지 못했다. 처음의 주문에서 그들은 이익을 얻었지만, 이 일에서는 결국 백작이 충분한 보수를 주었다 해도 손해를 본 셈이다. 하나의 그림에 대해서 여러 사람이 질서도 없이 일을 했기 때문에 아무리 애를 써도 좋은 효과를 올리지 못했다. 그래서 화가들은 제각기 자기 일이 다른 사람의 손에 의해 망쳐졌다고 생각하게 되었다. 그러므로 화가들은 마침내 그것 때문에 사이가 나빠지고 풀수 없는 적의를 가질 판국이었다.

이러한 화면의 변경 혹은 차라리 가필加筆은 앞서 말한 아틀리에에서 진행되었다. 거기서 나는 화가와 단둘이 남아서 특히 동물의 습작집習作集 중에서 한 마리 혹은 한 떼의 동물을 이것저것 가려내어 그것을 화면의 원근에다 배치하는 것을 제의하는 것이 즐거움이었다. 나의 제의는 그 화가의 확신에 의한 것인지 혹은 나에 대한 호의에서인지 때때로 채용되기도 했다.

이 일에 관계한 자들은 이런 까닭으로 매우 의기소침해져 있었다. 특히 제카츠가 가장 심했다. 이 화가는 우울증의 경향이 많은 혼자 속을 끓이는 성격의 사나이였다. 친구들과 함께 있을 때는 다시 없이 기분이 좋고 일류 사교가의 본보기를 나타냈으나, 일을 시작하면 혼자서만 묵상에 잠기고, 완전히 자유롭게 제작을 하고 싶어했다. 이 사람은 주문받은 어려운 과제를 해결하여 더없는 근면과 언제나 가슴에 안고 있는 따뜻한 사랑으로 작품을 완성하였다. 그런데 자기 자신의 그림에 변경을 가하고 다른 사람의 그림에 첨가해서 그리고 혹은 제삼자에게 조언을 해서 자기의 그림에 가필을 시키고 복잡한 색조를 내기 위해서 다름슈타트에서 프랑크푸르트로 몇 번이고 왔다갔다 여행을 해야 했다. 그의 불만은 높아가고 반감이 뿌리를 뻗었다. 우리에게 역시 이름을 붙여 준 바 있는 이 사람에게 자기 뜻을 굽히고 백작의 희망대로 따르도록 하기 위해서는 우리도 매우 많은 노력이 필요했다. 지금도 아직 기억에 남은 일은 모든 그림을 지정된 장소에 실내장식자室內裝飾者가 쉽게 걸 수 있도록 정돈하고 짐으로 싸기 위해서 나무상자까지 준비되었다. 그런데 매우 조그마한 일, 그러면서도 그냥 지나칠 수 없는 추가적인 일이 있어서 제카츠를 불러들였으나, 그는 오려고 하지 않았다. 원래 그는 최선을 다해서 일을 완성하였다. 즉 문 위에 걸 그림에 그린 어린아이나 소년의 모습으로 사원四元을 나타냈고, 인물뿐 아니라 첨경添景에도 최대의 노력을 기울였다. 이들 그림은 이미 인계가 끝났고 보수도 받았다. 그래서 그는 영구히 이 일에서 해방되었다고 생각하고 있었다. 그러나 그는 칫수를 너무 줄였던 두세 가지 화면에 조금 붓을 더 대어 넓히기 위해서 다시 여기에 와야 했던 것이다. 그는 이런 일은 다른 사람도 할 수 있다고 생각했고, 게다가 그는 새로운 일을 시작할 준비도 하고 있었던 것이다. 어쨌든 그는 오려고 하지 않았다. 그러나 화물을 발송할 날은 다가왔고 물감이 마르는 시간도 있기 때문에 조금이라도 지연되는 것은 사정상 안 좋은 일이었다. 백작은 화가 나서 군대의 힘으로 그를 데리고 오려고 했다. 우리도 모두 어서 그림이 발송되기를 바라고 있었으나, 결국 별수가 없어서 대부인 통역을 마차에 태워 그를 데려오게 했다. 그리하여 이 고집쟁이 사내를 처자와 함께 데리고 오게 한 것이다. 그는 백작의 환영을 받고 따뜻한 대접을 받았으며, 일이 끝난 뒤에는 많은 보수를 받고 돌아갔다.

그림들이 실려 나가자, 집안은 매우 조용해졌다. 다락의 박공방은 말끔히 치워져 다시 나에게 돌려졌다. 그리하여 나의 아버지는 상자가 운반되어 나가는 것을 보자, 이어서 백작을 쫓아내려는 욕망을 누를 길이 없었다. 원래 백작의 취미는 아버지의 취미와 완전히 일치하고 있었고, 현재 생존하고 있는 대가들을 위해서 도움을 주어야 한다는 아버지의 주장은 자기보다 부유한 이 사람에 의해서 이렇게도 유효하게 실행되는 것을 보는 것은 커다란 기쁨임에 틀림없었다. 더욱이 자기의 수집蒐集이 인연이 되어 수많은 유망한 예술가가 이렇듯 불안한 시대에 막대한 수입을 갖게 된 것은 아버지로서는 자랑스러움을 느끼지 않을 수 없는 일이었다. 그럼에도 불구하고 자기 가정의 침입자에 대한 반감에서 그 사람의 행위의 일체를 정당하다고 생각할 수 없게 된 것이다. 예술가에게는 일을 시켜야 하나 실내장식가로 그 신분을 떨어뜨려서는 안 된다. 화가가 자기의 확신과 능력에 따라서 한 것은 비록 그것이 하나에서 열까지 자기를 기쁘게 하지 않는다 해도 그것으로 만족해야 하며, 결점을 들추어 내거나 잔소리를 해서는 안 된다는 것이다. 어쨌든 백작 자신은 될수록 관용의 태도를 지켰는데도 불구하고 두 사람 사이에는 전혀 교제관계가 이루어질 수가 없었다. 아버지가 그의 방을 찾아가는 것은 백작이 식탁에 앉아 있을 때뿐이었다. 나의 기억으로는 꼭 한 번 이런 일이 있었다. 제카츠가 지금까지 없었던 눈부신 그림을 그렸기 때문에 집안 사람들이 그 그림을 보려고 모여들었을 때의 일이다. 나의 아버지는 백작과 만났으며, 이에 이때까지 볼 수 없었던 호감을 마침내 나타낸 적이 있었다.

이리하여 크고 작은 나무상자가 우리 집에서 떠나가자, 전에 중단되었던 백작을 몰아낼 공작이 다시 시작되었던 것이다. 아버지는 진정에 의해서 정의를 구하고, 청원에 의해서 공평을 구하고, 또 세력을 이용해서 호의를 얻으려고 노력했다. 그 결과 숙영위원宿營委員이 다음과 같은 결정을 하기까지에 이르렀다. 즉 그것은 백작은 다른 곳으로 이전할 것, 그리고 이 집은 2,3년 이내 끊임없이 밤낮 짊어졌던 무거운 짐을 고려해서 장래에는 숙영의 할당을 면제받을 것 등이었다. 그러나 이것에 대한 표면상의 구실을 만들기 위해서 그때까지 군정장관이 점거하고 있었던 2층에는 세를 놓고 그것에 의해서 숙영을 위한 할당을 불가능하게 하기로 했다. 자신의 사랑하는 그림과 헤어지고 나서는 이 집에 특별한 관심이 없어진 이상 그렇지 않아도 곧 소환되어 전출을 명령받을 희망을 갖고 있던 백작은 다른 집으로 옮겨갈 것을 이의없이 승낙하였다. 그리하여 우리와는 평화롭게 호의를 가지고 헤어졌다. 그 뒤 얼마 안 가 그는 이 도시를 떠났고 뒤이어 여러 가지 관직에 앉았으나, 그 어느 것에도 만족하지 않았다는 소문이었다. 그러나 그는 자기가 열심히 알선한 그 그림들이 형의 저택에 무사히 도착한 것을 보고 기뻐하였고, 다시 두세 번 편지로 화면의 칫수를 알려 줌으로써 앞서 말한 화가들에게 추가로 여러 가지 일을 시킨 일도 있었다. 그 몇 년 뒤, 그가 서인도 제도에서 프랑스 식민지의 총독으로서 서거하였다는 소식을 들은 이외에는 우리는 그에 대해서 아무것도 전해 들은 바가 없다.

제4장

프랑스인의 숙영은 우리에게 많은 불편을 주기는 하였으나, 우리는 그 생활에 익숙해져 있었기 때문에 그들이 없어지자 이가 빠진 것처럼 허전했고 우리 아이들에게는 집안이 죽은 것같이 생각되었다. 그러나 가족들만으로는 다시 완전히 하나가 될 수는 없었다. 새로 들어오는 사람이 이미 약속되었기 때문이다. 그리하여 쓸고 닦고 대패질을 하고 왁스를 칠하고 벽을 칠하고 나자, 집안은 완전히 원래의 상태로 되돌아갔다. 양친과 매우 가까운 친구인 사무국장 모리츠[1]가 가족을 이끌고 이사를 왔다. 이 사람은 프랑크푸르트 태생은 아니지만 유능한 법률가 겸 사무가로서 몇 사람의 공작·백작이나 부유한 인사들의 법률사건을 처리해 주고 있었다. 내가 보기에 이 사람은 언제나 쾌활하고 붙임성이 있고 항상 열심히 서류를 들여다보고 있었다. 부인과 아이들은 온화하고 조용하고 친절하였으며, 자기들끼리만 살고 있었기 때문에, 우리 가정에 활기 있는 분위기를 더하지는 않았다. 하지만 우리가 오랫동안 즐길 수 없었던 적막과 평화가 다시 찾아왔다. 나는 지붕 밑 다락방으로 옮겨 갔다. 방 안에는 때때로 많은 그림의 망령들이 눈앞에 어른거렸으나, 그럴 때면

---

1) Heinrich Philipp Moritz. 1771년 볼무스에서 태어남.

나는 일이나 공부에 열중함으로써 그것들을 쫓아내곤 하였다.

　사무국장의 형제 중 하나인 공사관의 참사관 모리츠[2]가 그 이래 우리 집에 자주 들나들었다. 그는 차라리 세속인으로서 당당한 풍채를 하고 태평스러워 보이고 호감을 주는 용모의 사내였다. 그도 여러 신사들의 소송사건을 돌보아 주고 있었다. 그래서 파산사건이나 황실재산 관리위원의 부탁이 있을 때, 우리 아버지와 교섭이 있었다. 이 두 사람은 서로 상대편을 존중하고 있었다. 그리고 두 사람은 항상 채권자의 입장에 서 있었다. 그러나 보통 이러한 사건을 위탁받는 대리인 중 다수는 채무자 쪽에서 승리하는 일이 많으므로 불쾌감을 느끼고 있었다. 참사관 모리츠는 자기 지식을 남에게 전해 주는 것을 좋아하였다. 그는 수학을 좋아하였으나, 그 학문이 그의 현재의 생활경로에 있어서는 전혀 써먹을 필요가 없었으므로, 그는 나의 수학 지식을 늘리는 일을 하나의 낙으로 삼고 있었다. 그 때문에 나는 건축 설계도를 지금까지보다 더 정밀하게 그릴 수 있었고, 또 우리가 날마다 한 시간씩 공부하는 그림 선생의 수업을 한층 더 잘 이용할 수 있게 되었다.

　사람좋은 이 늙은 교사는 원래 예술가로서는 한 사람 몫을 하지 못했다. 우리는 선을 그은 다음 그 선들을 모아가지고는 거기서 눈·코·입·귀가 나오고 마지막으로 얼굴이며 머리 전체를 만들었다. 그러나 그때는 자연스런 형식도 기교적인 형식도 문제가 되지 않았다. 우리는 한동안 인간 본래의 이러한 그릇된 인식에 고통을 느꼈지만, 그는 르브랑[3]의 이른바 〈격정激情〉을 보고 그림 대본으로서 우리에게 건네 주면서 우리를 매우 진보시켰다고 생각하고 있었던 것이다. 그러나 이 희화戱畵도 우리에게 도움을 주지는 못했다. 그리고 우리는 풍경이라든가 수목이라든가 그 밖에 일반 수업에서 순

2) Johann Freidrich Moritz(1716년생).
3) Charles Lebrun, Sur le caractée des passions.

서나 방법도 무시하고 연습하는 모든 종류의 사물로 옮겨 갔다. 마지막으로 우리가 도달한 것은 정밀한 묘사라는 것이었고, 또 선을 아름답게 긋는 것이었다. 그 이상으로서 우리는 원화의 가치라든가 취미에는 무관심하였다.

이런 공부에 있어서 아버지는 우리에게 모범적인 방법으로 예를 보여 주었다. 그는 지금까지 그림을 그린 일은 없었으나, 아이들이 이 기술을 공부하고 있는 것을 보자 자기는 팔짱만 끼고 바라보고 있을 수 없게 되었다. 그와 같은 나이가 되어도 아이들에게 소년시절에는 어떻게 공부할 것인가 하는 모범을 보여주고 싶었던 것이다. 그는 피아제타[4]의 팔절판의 유명한 화첩畵帖에 따라서 2,3명의 머리를 영국제 연필로 최상의 네덜란드제 종이에 모사했다. 그때 그는 윤곽을 될수록 깨끗하게 하려고 주의했을 뿐만 아니라 동판화의 선線을 될수록 정밀하게 모사하였다. 그는 재주는 있었으나 너무 약했다. 그것은 딱딱한 느낌을 피하기 위해 화면에 명암을 나타내지 않았기 때문이었다. 그러나 그의 그림은 매우 섬세하고 고르게 잘 다듬어져 있었다. 아버지는 지칠 줄 모르고 끊임없이 노력하였기 때문에 대부분의 화집畵集을 모두 번호대로 한 차례 모사를 하였으나, 우리 아이들은 하나의 머리에서 다른 머리로 건너 뛰어넘었고 그저 자기 마음에 드는 것만을 선택해서 그렸다.

이 무렵 오랫동안 상의된 계획, 즉 우리들에게 음악을 가르친다는 일이 실행되었다. 이 일을 하게 된 결정적인 원인은 여기에 잠깐 말해 둘 가치가 있으리라. 우리에게 피아노를 가르친다는 것은 이미 정해져 있는 일이었으나, 선생의 선택에 관해서는 항상 의견이 일치하지 못하고 있었다. 우리가 한번은 우연히 어느 친구의 방을 찾아 갔더니 그는 마침 피아노 수업을 받고 있었다. 그리고 나는 그 선생

---

4) Piazetta, 베니스의 화가.

이 매우 호감 가는 사람으로 보였다. 그는 좌우 양손의 모든 손가락에 별명을 붙이고, 그 손가락을 써야 할 때는 재미있게 그 별명으로 불렀다. 검고 흰 건반도 똑같이 상징적인 이름으로 불렀다. 그뿐 아니라 음 자체도 비유적인 이름으로 불렀다. 이러한 별명을 가진 재미있는 패거리들이 여럿이 모여서 매우 즐거운 듯이 어울려 일을 하는 것이었다. 그래서 운지법이나 박자를 지키는 법이 매우 쉽고 또 명확하게 이해되는 것 같았고, 학생은 흥미가 자극되어 기분이 좋아짐으로써, 만사가 더없이 재미있게 진척이 되는 것이었다.

나는 집으로 돌아가자 이번에야말로 음악공부에 대해 진지하게 생각하였고, 우리를 위해서 둘도 없는 사람을 피아노 선생으로 데려와 달라고 양친에게 부탁하였다. 양친은 그래도 한동안 망설이더니 그 선생에 대해서 알아보기로 했다. 그 선생에 대해서는 나쁜 소문도 없었지만, 이렇다고 내세울 호평도 듣지 못했다. 그동안 나는 누이동생에게 재미있는 별칭들을 이야기해 주었다. 우리는 음악 수업을 더 이상 기다릴 수가 없었다. 마침내 우리의 소원이 이루어져 그 사람을 선생으로 모시게 되었다.

우리는 우선 악보를 읽는 법부터 배웠다. 그러나 이때 재미있는 비유는 한번도 나오지 않았다. 우리는 피아노를 만지게 되어 손가락 연습이 시작되면 예의 학습이 시작되리라고 기대하며 스스로 위로했다. 그러나 건반도 손가락의 조작에도 우스운 별명이 나올 기색은 보이지 않았다. 오선이나 음표와 마찬가지로 흑백의 건반도 살풍경하기 짝이 없었고, 엄지손가락이라든가 검지손가락이라든가 약손가락이라는 말들은 한 마디도 들을 수 없었다. 이 사람은 무미건조한 수업을 진행시키면서 얼굴의 표정 하나 흐트리지 않았다. 나의 누이동생은 내가 그녀를 속였다고 하면서 나를 매우 비난했으며, 실제로 전의 이야기는 내가 지어낸 이야기라고 생각하게 되었다. 그러나 나 자신도 이 사람이 꼼꼼하게 가르쳐 주었는데도 불구하고, 정신이 흐려져 외울 수가 없었다. 나는 여전히 언젠가는 그 해학이 나오리라고 기대하면서 날마다 나의 누이동생을 달래고 있었다. 이 수수께끼는 만일 어느 우연한 기회가 와서 나에게 풀어 주지 않았던들 설명할 수 없었으리라.

어느 날 나의 놀이 친구 하나가 내가 음악수업을 받는 자리에 들어왔다. 그러자 별안간 선생의 입에서 유머의 샘물이 한꺼번에 흘러나오기 시작했다. 그가 손가락에 붙였던 별명인 '도이머링' 이라든가 '도이터링' 이라든가 '크라블러'[5] 라든가 '짜불러' 라든가 하는 음표의 G와 F에 붙인 파크 조, 가크 씨, 또 그가 피스fis와 기스gis에 붙였던 피크 군, 기크 군 등의 이름들이 갑자기 나타나서 우스꽝스런 모습으로 돌변하였다. 나의 친구는 웃음을 그칠 줄 몰랐다. 그리하여 이런 재미있는 방법으로 연습이 계속 진행되는 것을 기뻐하고 꼭 양친에게 말해서 이런 좋은 선생에게 공부를 부탁하겠다고 결심하였다.

이리하여 새로운 교육원리에 따라서 두 예술에 대한 길이 일찍이 나에게 열렸다. 그러나 이것은 그저 운이 좋아서 시작한 것이고, 첨부의 재능이 있기 때문에 내가 그 길에서 뛰어나게 되리라는 확신이 있었던 것은 아니었다. 나의 아버지는 모든 사람은 그림을 배워야 한다는 생각을 가지고 있었으므로, 그림을 철저히 장려하였다고 전해지는 막시밀리안 황제[6]를 특히 숭배하고 있었다. 사실 그는 음악보다도 그림을 더 열심히 나에게 장려하였다. 이와 달리 나의 누이동생에게는 특히 음악을 권고하였으며, 수업 시간 이외에도 하루 중의 상당한 시간을 누이가 피아노 앞에 매여 있게 했다.

그러나 나는 이렇게 공부할 계기가 많이 주어질수록 그만큼 더욱

---

5) Krabbler ; Zabbler의 프랑크푸르트 발음. '기어다니는 사람' 이라는 뜻. 중지와 새끼손가락을 말한다.

6) 막시밀리언 1세. 고등교육 기관에 그림 그리기를 수업과목으로 넣으라 명령하였다. 일설에는 이런 명령은 실현되지 않았다고도 한다(리하르트 마이엘).

많이 공부할 마음이 생겼다. 그리고 비어있는 시간까지도 여러 가지 묘한 일에 사용하였다. 나는 극히 어려서부터 이미 자연물에 대해서 호기심을 가지고 있었다. 아이들이 물건을 가지고 한동안 놀고 난 후 그것을 여러 가지로 다루어보고 돌려보고 한 끝에 마침내 찢거나 뜯거나 혹은 부수는 것은 천성이 잔인하기 때문이라고 해석되고 있다. 그러나 그들은 그 물건이 어떻게 조립되어 있으며 그 속이 어떻게 되어 있는가를 알아보려는 호기심이나 욕망을 이런 방법으로 나타내는 것이 보통이다. 나는 어렸을 때 꽃잎이 꽃받침에 어떻게 붙어 있는가를 알아보기 위해서 꽃을 찢기도 하고, 또 깃털이 날개에 어떤 모양으로 붙어 있는가를 관찰하기 위해서 새털을 뜯어보던 일을 기억하고 있다. 박물학자들까지도 결합이나 연결에 의해서보다는 분류에 의해서, 살려서보다는 죽임으로써 지식을 얻는 일이 많다고 믿고 있으므로, 이러한 아이들의 행실을 절대로 나쁘게 생각해서는 안 된다.

붉은 모직물 속에 매우 아름답게 꿰맨, 보자자保磁子가 달린 자석 하나가 어느 날 또 이렇게 나의 연구욕을 자극하게 되었다. 자석은 쇠막대기를 갖다놓으면 이상한 끄는 힘을 나타낼 뿐만 아니라 그 힘은 점차 강해지고 하루하루 더 무거운 것을 붙들고 있게 되었다. 이 이상한 작용이 나를 완전히 경탄시켰기 때문에 나는 오랫동안 그저 그 작용을 보고 놀란 채 만족하고 있었다. 그러나 얼마 후, 나는 그 껍데기를 떼어내고 나면 그 원리가 얼마쯤 드러나리라 생각했다. 그래서 그렇게 해보았으나 여전히 하나도 알 수가 없었다. 그러나 벌거벗은 보자자는 나에게 아무것도 가르쳐 주지 않았다. 나는 보자자도 떼어내고 자석만을 손에 들었다. 그리고 줄 부스러기나 바늘로 여러 가지 실험을 해보며 지칠 줄을 몰랐다. 그러나 나의 어린 두뇌는 이 실험으로 여러 가지 경험을 하였다는 것 말고는 아무 이익도 끌어낼 수 없었다. 나는 모든 장치를 먼저대로 조립시킬 수가 없었으므로 각 부분은 조각조각 흩어진 채였다. 그리하여 나는 저 놀라운 현상과 함께 기구도 잃어버렸다.

발전기의 조립도 이와 한가지로 나로서는 잘되지 않았다. 우리 집과 가깝게 지내는 어떤 분이 말하기를 자기가 젊었을 때는 마치 전기가 모든 사람의 마음을 움직이는 시대 같았다고 했다. 그 사람은 아이 적에 발전기를 갖고 싶어서 발전기의 주요한 조건을 발견하여 자신의 손으로 낡은 물레와 두세 개의 약병을 가지고 상당한 양의 전기를 일으키게 했다는 이야기를 우리에게 여러 번 들려주었다. 그는 이야기를 여러 번 되풀이하면서 동시에 우리에게 전기에 대해서 일반적인 것을 가르쳐 주었다. 우리 아이들은 이 이야기를 매번 지당한 일로 생각하고 낡은 물레와 두세 병의 약병을 가져다 놓고 이리저리 맞추며 발전을 해보려고 했다. 그러나 아무리 오랫동안 고생을 해도 하나도 전기 작용을 일으킬 수는 없었다. 그래도 우리는 우리의 확신을 동요시키지 않았다. 그리고 대목장에 발전기가 다른 신기한 구경거리와 함께 마술로서 보여지고 당시 이미 자력기磁力機와 함께 크게 유행하고 있는 것을 보고 매우 유쾌하게 생각했다.

공공의 교육에 대한 불신은 나날이 더해져 갔다. 세상 사람들은 가정교사를 구하였으나 각 가정은 그 비용을 감당할 수 없었기 때문에 이 목적을 위해서 몇 가정들이 어울려서 아이들을 가르쳤다. 그러나 아이들이 사이좋게 어울리는 일은 드물었다. 게다가 젊은 선생은 권위가 없었다. 그리하여 몇 번이고 불쾌한 경험만을 되풀이한 끝에 싸움으로 헤어지기 마련이었다. 그러므로 더 항구적이고 더 유익한 다른 시설이 고려되는 것도 당연한 일이었다.

사숙私塾을 세우려는 생각이 일반에게 일어난 것은 모든 사람이 프랑스어를 살아있는 언어로서 가르쳐야 할 필요성을 느꼈기 때문이다.

나의 아버지는 한 사람의 청년을 교육하고 있었는데, 이 청년은 아버지의 심부름꾼이고 수행원이고 비서이고 요컨대 차차 모든 일을 맡아서 하게 된 것이다. '파일'이라고 불리는 이 사람은 프랑스어를 잘했고, 더구나 이 언어를 완벽하게 이해하고 있었다. 그가 결혼을 하고 그 보호자들이 그를 위해서 어떤 직업을 알선해 주려고 했을 때, 그에게 사숙을 세워 주어야겠다는 생각이 들었다.

그리하여 사숙이 점점 발전하여 소규모의 학교가 되고 필요한 모든 것, 결국 라틴어나 그리스어까지도 가르치게 되었다. 프랑크푸르트는 여러 넓은 지방과 연락이 있는 도시니까 젊은 프랑스인이나 영국인이 와서 독일어를 배우고 또 그 밖의 교육을 받기 위해서 이 학교에 몸을 맡기는 기회가 많아졌다. 한창 나이이며 놀랄 만한 정력과 활동력을 가진 파일은 학교 전체를 매우 훌륭하게 관리했다. 학생들을 위해서 음악교사를 고용할 필요가 생기자, 자기가 음악에 열중하여 피아노 연습을 열심히 했다. 그래서 전에는 건반에 손도 댄일이 없는 그가 얼마 안 가 피아노를 잘 치게 되었다. 그는 아무리 바빠도 바빠서 못 견딘다는 일이 절대로 없었다. 또 그는 젊은 사람을 격려하고 자극하는 최선의 방법은 이미 상당한 나이에 이른 사람이 다시 한 번 학생이 되는 일이라고 생각한 우리 아버지의 원칙을 채택한 것 같았다.

새로 기능을 습득하는데 매우 큰 장애가 될 나이를 돌보지 않고 열성과 인내로 자기보다 좋은 조건을 자연으로부터 받은 청년을 능가하려고 노력하는 것이 가장 효과적인 방법이라고 아버지는 언명했던 것이다.

파일은 이렇게 피아노에 흥미를 가지게 되자, 마침내 악기 그 자체에 관심을 갖게 되었다. 그는 최상급의 악기를 사들이려고 희망하였으므로 당시 악기점으로서 유명했던 게라 시市의 프리데리치 상회와 교섭을 가졌다. 그는 이 가게에 많은 악기를 주문하였다. 그리하여 한 대가 아니라 여러 대의 그랜드 피아노를 자기 집에 들여놓고 그것으로 연습하며 사람들에게 들려 주기를 좋아했다.

이 사내의 왕성한 활동에 의해서 우리 가정도 지금까지보다 더 음악에 힘쓰게 되었다. 나의 아버지는 두세 가지 의견의 차이를 제외하고는 이 사내와 언제까지나 양호한 관계를 계속하고 있었다. 우리를 위해서도 커다란 프리데리치제 그랜드 피아노가 구입되었다. 나는 그 전의 피아노를 차마 버릴 수가 없어서 여간해서 새 피아노를 치지 않았지만, 이것이 누이동생에게는 더욱 큰 고통의 씨가 되었다. 그 까닭은 새 악기에 적당한 경의를 표하기 위해서 매일 몇 시간씩 연습을 해야 했기 때문이다. 연습할 때 나의 아버지는 감독자로서, 그리고 파일은 모범자이자 장려하는 친구로서 교대로 누이 옆에 서 있었다.

나의 아버지는 어떤 색다른 도락을 가지고 있었기 때문에 우리 아이들은 큰 불편을 겪고 있었다. 그것이 무엇이냐 하면 양잠이었다. 아버지는 양잠이 언젠가 널리 보급되는 날이면 큰 이익을 가져올 것이라고 기대하고 있었다. 그는 하나우 시市에서 매우 주의깊게 양잠을 하고 있던 두세 명의 친구로부터 직접 영향을 받은 것이다. 그들이 적당한 시기에 아버지에게 잠란蠶卵을 보내왔다. 뽕나무 잎이 자라게 되자 알을 부화시켰다. 우리는 거의 눈에 보이지 않는 조그만 벌레를 공들여 돌보았다. 다락방에 하나의 선반이 만들어지고 누에에게 많은 장소와 뽕이 주어졌다. 누에의 성장은 재빠르고 마지막 탈피가 끝나면 매우 큰 식충이가 되기 때문에 이 벌레를 키우는 것은 아무리 많은 뽕잎을 날라들여도 남는 법이 없었다. 게다가 누에는 낮이고 밤이고 뽕잎을 주어야 했다. 그들에게 커다란 신비의 변화가 일어날 시기에 먹이를 떨어뜨리지 않는 일이 무엇보다 중요한 것이었다. 날씨가 좋을 때는 이 일은 원래 유쾌한 오락이라고 볼 수 있었다. 그러나 뽕잎이 상하게 하는 냉기라도 밀어닥치면 커다란 고난이 닥쳐왔다. 그보다도 더욱 불쾌한 일은 마지막 시기에 비가 오는 일이었다. 이 동물은 습기와는 상극이었다. 그래서 젖은 잎은 조심스럽게 물기를 닦아 내고 말려 주어야 했다. 그러나 이 일은 도저히 엄격하게 실행되지 않았다. 그리고 이것이 원인인지 그렇지 않으면 아마 다른 것이 원인인지 누에들 속에서 갖가지 병이 발생하여 그 때문에 이 불쌍한 것들은 몇천 마리나 죽어 갔다. 죽은 놈이 부패하여 페스트와 같은 악취를 풍겼다. 그리하여 죽은 것이나 병든 것은 내다 버리고 건강한 놈은 따로 떼어 놓아야 했다. 그것은 사실 매우 힘이 드는 지겨운 일이었고, 그 때문에 우리 아이들은 많은 불행한 시간을 보내야 했다.

그런데 우리가 어느 해[7] 봄과 여름, 즉 가장 좋은 계절의 몇 주 동안을 누에를 치면서 지낸 뒤 이번에는 다른 일로 아버지를 도와야 했다. 그 일은 양잠보다는 간단했지만, 귀찮기는 그것과 마찬가지였다. 개축하기 전의 옛집에는 로마의 풍경화가 수년 동안 벽에 걸려 있었다. 위 아래에 검은 족자를 늘어뜨린 이 그림은 광선과 먼지와 연기로 빛이 바래고 또 파리 때문에 상당히 더러워져 있었다. 새 집에서는 이런 불결한 것은 내걸 수가 없었지만 이 그림은 아버지로서는 소중한 그림이었다. 그 그림이 그려진 땅을 떠난 지 오래되었기 때문에 한결 가치가 있었던 것이다. 이런 풍경화는 본래 얼마 동안은 그곳에 가서 보고 온 인상을 새롭고 생생하게 해주지만, 실제의 인상과 비교하면 별 가치가 없게 생각되고, 대개는 볼품없는 대용품에 지나지 않는 것이라고 생각된다. 그러나 세월이 지나고 나서 실물의 기억이 차츰 희미해지면 어느 사이에 모사한 그림이 실물 대신으로 들어앉고 실물과 똑같이 귀중한 것이 된다. 그리하여 처음에는 멸시하던 물건이 나중에는 우리의 존경과 애정을 받는다. 모든 모사, 특히 초상화가 그렇다. 현존하는 사람의 초상화를 보고 만족할 사람은 거의 없지만 부재不在의 인간 또는 고인의 초상이라면 어떠한

---

7) 다분히 1762년이었을 것이라고 함.

실루엣이라도 기쁜 것이다.

요컨대 이때까지 너무 소홀하게 다루었다는 느낌도 있어서 나의 아버지는 이 동판화를 될수록 먼저대로 고쳐 놓고 싶었다. 누구나 아는 바와 같이 표백하면 깨끗해진다는 것이었다. 그러나 이 작업이 행하여진 장소의 상태가 이 큰 그림으로서는 불리하고 조심성이 필요한 곳이었다. 왜냐하면 다락방 창문 앞의 홈통에 커다란 판대기를 걸쳐 놓고 검게 그을은 이 판화를 물에 적셔서 그 위에 펼쳐 놓고 말렸기 때문이다. 지붕에다 걸쳐 놓았기 때문에 많은 위험이 뒤따르고 있었다. 그리고 이때 중요한 것은 종이가 절대로 바싹 마르지 않게 언제나 습기를 유지해야 한다는 것이었다. 이 감시의 의무는 나와 누이동생에게 지워졌다. 이 때문에 평소에 그렇게도 갈망하던 한가한 시간이 큰 고통이 되었다. 그러나 이 표백은 좋은 성과를 거두었다. 그리하여 제본소에서 한 장 한 장마다 튼튼한 종이를 뒤에다 받치고 큰 애를 써주었기 때문에 우리의 주부의로 여기저기 찢어진 가장자리가 먼저대로 고쳐졌다. 그리하여 이들 그림이 철해져 한 권이 되었기 때문에 그림은 건질 수가 있었다.

우리 아이들에게 생활상·학업상에 필요한 여러 가지 일을 빠짐 없이 배우게 하겠다는 것이 아버지의 생각이었다. 이때 마침 한 영국인 어학교사[8]가 우리를 방문하게 되었다. 이 사람은 외국어를 조금이라도 공부한 일이 있는 사람에게는 한 달 동안 영어를 가르쳐 준다는 것이었다. 자기한테 배우고 나서 조금만 노력하면 독학으로 해나갈 수 있을 정도로 책임지고 끌어올려 주겠다면서 우리를 맡았다. 나의 아버지는 즉석에서 그를 시험해 보기로 결심하였고, 그래서 나와 누이동생은 이 속성교수速成敎授에게 수업을 받았다. 수업은 충실히 행하여졌고 복습도 게을리하지 않았다. 우리는 1개월 동안은

---

8) J.P. Chr. Shade, 1762년 프랑크푸르트에 체재, 영어를 교육했다.

다른 학과의 공부는 미루어 두었다. 그 결과 우리는 서로 만족하고 헤어졌다. 그는 그 뒤에도 이 시에 머물면서 많은 제자를 가르쳤다. 그리고 우리가 그에게 처음으로 신뢰를 보여준 것을 고맙게 생각하고 때때로 찾아와서 우리의 공부를 돌보아 주거나 도와 주곤 했다. 그리고 우리를 다른 사람에게 모범생이라고 말할 수 있는 것을 큰 자랑으로 알았다.

그 뒤 아버지는 나의 영어가 다른 외국어 실력에 비해 조금도 손색이 없도록 하기 위해서 여러 가지 배려를 하였다. 그리하여 이런저런 문법서며 예문집例文集에서, 또 이 작가나 저 작가의 저서에서 글을 떼어다 주며 내 공부의 기회를 만들려고 하였다. 그러나 털어놓고 말하자면 이것저것 산만하게 하는 공부는 시간뿐 아니라 학과에 대한 나의 흥미를 소멸시켰으며 나를 점점 곤란하게 만들었다. 그래서 나는 모든 어학을 한꺼번에 해치우려는 생각을 하고 그것을 위해 소설을 하나 써보려고 구상하였다. 그것은 여섯 명 내지 일곱 명의 형제들이 세계의 각 지역에 멀리 떨어져서 서로 자기의 경우나 심정에 대해 소식을 전하는 것이었다. 맏형은 올바른 독일어로 그가 여행 중에 견문한 모든 사물이나 환경에 대해서 보고를 한다. 그 누이동생은 여자다운 문체로 짧고 토막토막 문장을 끊어가며 보고하고, 후에 〈지그바르트〉[9]를 쓴 것 같은 문장으로 가정 사정이나 가슴속의 문제에 관해서 오라버니들의 편지에 회답을 보내고 필요한 일을 알려 준다. 또 신학新學을 공부하는 한 형제는 매우 규칙적인 라틴어로 편지를 쓰는데, 여기에 그리스어 추신追伸을 붙이게 한다. 함부르크에서 상회商會 점원으로 일하는 그 다음 동생은 물론 영어로 통신을 하는 역할이 할당되었다. 또 마르세이유에 체재하는 동생은 프랑스어로 통신을 해야 한다. 이탈리아어를 맡은 것은 처음으로 여행

---

9) Johann Martin Miller의 소설 《Siegwart》(1777)에는 이런 글이 없으나, 그 속의 누이동생 텔레제가 오빠 지그바르트에게 보낸 편지속의 문장을 말하는 것이라는 설이 있다.

에 나선 음악가다. 한창 건방지고 젖내가 풍기는 막내동생은 다른 외국어를 사용할 수 없으므로 유태인의 독일어를 사용했다. 그리하여 기괴한 암호 문자로 다른 형제들을 매우 실망시키고 또한 그의 양친을 이 재미있는 착상으로 웃기는 것이었다.

이 기묘한 형식에 의해서 나는 어떤 내용을 만들려고 애썼다. 즉, 말하자면 나는 작중의 인물이 각각 체재하고 있는 지방의 지리를 연구하고 그 무취미한 땅에서 인물의 성격과 그 업무에 관계가 있는 여러 가지 인간성을 첨가하려고 했다. 이러한 방법으로 나의 연습장은 매우 큰 것이 되었다. 그리고 아버지는 매우 만족하였지만 나는 도리어 내가 학식과 기능면에 있어서 모자라는 것을 알았다.

이러한 일은 한번 시작하면 언제 끝이 날지 몰랐기 때문에 끝이 없는 법이지만 이 경우에도 그러했다. 내가 기이한 유태인의 독일어를 손에 넣어 읽을 수 있는 동시에 쓸 수 있도록 하려고 하자, 나에게는 헤브라이어의 지식이 없다는 것을 느꼈다. 퇴화하고 비틀어진 근대어近代語는 헤브라이어에 의해서만 그 파생한 흔적을 설명할 수 있고, 또 상당히 확실하게 다룰 수가 있다. 그래서 나는 아버지에게 헤브라이어를 배울 필요를 설명하고 그가 승낙해 주기를 간절히 열망했다. 왜냐하면 나는 그보다도 더욱 높은 목적을 가지고 있었기 때문이다. 나는 구약성서와 신약성서를 이해하기 위해서는 원어가 필요하다는 말을 어디를 가나 들어왔다. 그런데 나는 신약성서[10] 정도는 원어로 쉽게 읽을 수 있게 되었다. 이른바 복음서와 사도의 서한은 일요일마다 원어 연습을 빠뜨리지 않았으며, 교회에서 돌아오면 암송을 하고 번역을 하고 또 어느 정도 해석을 해왔던 것이다. 이번에는 구약성서도 똑같이 다룰 수 있게 하겠다고 생각한 것이다. 구약성서의 경우는 나로서는 그 특이한 성격 때문에 전부터 마음이

---

10) 김나지움의 교사 세르비우스가 그리스어의 초보를 괴테에게 가르치고 함께 신약성서를 읽었다.

끌렸다.

무슨 일이고 하다 만 채 흐지부지하기를 싫어하는 나의 아버지는 우리 고등학교 교장 알브레히트 박사에게 나에게 매주 개인교습을 해주기를 부탁하였다. 내가 그 간단한 언어의 가장 필요한 부분을 외워버리도록 매주 가르쳐 주기로 한 것이다. 이 언어는 영어처럼 그렇게 빨리는 나갈 수 없었으나 적어도 두 배의 시간을 들이면 해치울 것이라고 아버지는 기대하고 있었던 것이다.

교장 알브레히트는 세상에서도 보기드문 풍모를 가진 사람이었다. 키는 작고 뚱뚱하지는 않았지만 폭이 넓고, 기형은 아니지만 변형적이었다. 요컨대 성직자의 흰 옷을 걸치고 가발을 쓴 한 사람의 아이소포스[11]였다. 70세를 넘어선 그의 얼굴은 시종일관 미소로 비뚤어져 있었다. 동시에 그는 항상 눈을 크게 뜨고 있었고 불그레했지만, 언제나 재기가 넘치고 있었다. 그는 고등학교가 된 프란체스코 파派의 낡은 수도원에서 살고 있었다. 나는 이미 어려서 양친을 따라 그를 자주 방문하였다. 길고 어두운 복도, 응접실로 바뀐 예배당, 좁은 계단이나 여기저기 어두운 구석이 많은 집안을 오싹하는 쾌감을 가지고 지나갔던 것이다. 그는 나를 만날 때마다 시험했는데, 별로 귀찮은 느낌은 받지 않았다. 그리고 그는 나를 칭찬해 주고 격려해 주곤 하였다. 어느 날의 일이었다. 공개시험 뒤에 있었던 진급식進級式에서 그는 성적과 품행이 좋은 학생들에게 은으로 만든 상패를 수여하고 있었다. 그때 나는 외래 참관자로서 그가 있는 강단에서 그리 떨어지지 않은 곳에서 있었는데, 그가 나를 본 것 같았다. 그가 상패를 꺼내어 주는 일을 내가 부러운 눈으로 보고 있었던 모양이다. 그는 나에게 눈짓을 하며 가까이 오게 하더니 계단을 한 단내려서 나에게 이 상패를 건네 주었다. 나의 기쁨은 대단한 것이

---

11) 종교학교의 교장은 직복職服으로서 이러한 가발과 가운을 입게 되어 있었다. 또한 이솝 이야기의 작가 아이소포스는 기형畸形이었다고 전해진다.

었다. 그러나 다른 사람들은 학생 이외의 사람에게 이런 상을 주는 것은 규정을 깨는 일이라고 생각하였으리라. 그러나 평소부터 기인 奇人다운 행실로 사람들의 눈을 끌어오던 이 선량한 노인은 그런 일에는 조금도 개의치 않았다. 그는 교육자로서 매우 큰 호평을 받아왔고, 자기의 직업을 매우 잘 이해하고 있었다. 그러나 노년이 되면서부터 이미 실행할 힘이 없어졌다. 그러나 그 자신은 노쇠라기보다는 차라리 외부적인 사정에 의해서 방해된다고 느꼈다. 내가 전에 안 바에 의하면 그는 교학국敎學局12)에도, 장학관에게도, 성직자에게도, 교사들에게도 불만을 가지고 있었다. 남의 과실이나 결점을 눈여겨 보고 또 풍자를 좋아하는 그 성격을 논문에 있어서나 공개 강연에 있어서나 마음껏 발휘하고 있었다. 그가 읽고서 존중하는 유일한 작가는 루키아누스13)였기 때문에 그의 말이나 글에는 찌르는 것 같은 풍자가 들어 있었다. 다행히 그는 자기가 불만을 느끼는 사람에 대해서는 직접 공격을 하는 것보다 혼내 주려는 결점에 대해서 암시나 풍자나 고전 문구나 성서의 잠언箴言으로 돌려서 말했다. 그런 때 그의 강연은 (그는 언제나 자기 연설을 낭독하였다) 불유쾌하고 난해한 데다 때때로 기침으로 인하여 끊어졌다. 그보다도 더욱 자주 있는 일은 신랄한 곳을 예고하였으며, 정작 그곳을 이야기할 때는 뱃속에서 나오는 경련적인 너털웃음으로 중단되었다. 그러나 수업을 받기 시작하자, 나에게는 이 기인이 온화하고 친절하게 생각되었다. 나는 매일 저녁 여섯 시에 그에게로 갔다. 그리고 초인종이 달린 문이 내 둥뒤에서 닫히는 길고 어두컴컴한 수도원 복도를 지나가야 했는데, 나는 그때 언제나 마음속에 어떤 즐거움을 느꼈다. 우리는 그의 도서실에서 방수포防水布를 깔아놓은 책상 앞에 기대앉았다. 그의 옆에는 늘 읽어서 닳은 루키아누스가 있었다.

---

12) 종교 및 교육의 감독을 맡고 있는 관청.
13) 125~180년 무렵의 그리스의 풍자작가.

아무리 호의를 가지고 있다 하더라도 목적을 달성하려면 아픈 고생을 해야 했다. 즉 나의 선생은 나에게 도대체 헤브라이어를 배워서 무엇에 쓰느냐고 조롱하는 말을 하지 않고는 못배겼다. 나는 대답하면서 유태인의 독일어를 배우고 싶다는 나의 의도는 숨기고 그저 구약성서의 원전을 더 잘 이해하고 싶다고 말했다. 이 말을 듣고 그는 미소를 지었다. 그리고 읽는 법을 배우기만 하면 그것으로 만족해야 한다고 말했다. 나는 마음 속으로 이 말을 좋게 생각하지 않았으나, 글자를 배우게 되자 모든 정신을 집중시켰다. 나는 그리스 글자를 닮은 알파벳을 보았다. 그 모양은 알기 쉬웠고 그 명칭도 대개는 귀에 설지 않았다. 나는 이 글자를 모두 이해하고 외어 버리자, 이번에는 읽을 차례라고 생각했다.

헤브라이어는 오른쪽에서 왼쪽으로 읽어 나간다는 것을 알고 있었다. 그러나 갑자기 또 다른 글자들의 부류가 쏟아져 나왔기 때문에 나는 깜짝 놀랐다. 그것들은 조그만 자모와 부호였다. 그것들은 본래는 모음을 나타내는 각종의 점點과 선線들인 것이다. 먼저 배운 큰 알파벳에 분명히 모음이 있었기 때문에 나의 놀라움은 더욱 컸다. 그는 유태 민족이 번영하는 동안은 사실 처음의 글자로 만족하였고, 읽고 쓰고 하는 데 다른 방법을 몰랐다고 가르쳐 주었다. 나는 이 낡은 것이 도리어 편리하게 생각되어 그 방법을 취하고 싶었다. 그러나 나의 노老선생은 엄숙하게 말했다. 일단 새로운 문법이 필요해서 만들어진 이상 그것에 따라서 연구해야 하며, 이러한 선이나 점이 없이 읽는 것은 너무나 어려운 일이기 때문에 학자나 가장 숙달된 사람이 아니면 할 수 없는 일이라고 했다. 그래서 나는 이 새로운 작은 부호를 참고 외워야 했다. 그러나 일은 점점 복잡해져 갔다. 처음의 크고 낡은 글자 중의 두세 개는 다만 뒤에 태어난 작은 것들을 헛되게 하지 않기 위해서 거기에 놓일 뿐이며, 그것은 아무 뜻도 없는 것이 되어 있었다. 다음에 그것들은 가벼운 마찰음을 나타내기도 하고 혹은 발음을 위한 보조나 떠받치는 역할밖에 하지 못했다. 마침내 거의 다 알았다고 생각되었을 때에 다소의 인물과 작은 인물의 서너 개는 직위가 해제되었기 때문에[14] 눈은 여전히 보기에 바빴으나 입술은 매우 한가로웠다.

그런데 나는 내용으로 말하자면 이미 잘 알고 있는 일을 익숙하지 않은 기묘하기 짝이 없는 말로 더듬거려야 했는데, 그때 어떤 비음鼻音이나 후음喉音은 도저히 배울 수 없는 소리라고 거창하게 소개되었기 때문에, 나는 말하자면 본격적인 문제를 벗어나서 어린아이답게 이 많은 기호들의 기묘한 명칭들을 재미있게 생각했다. 황제·국왕·공자公子라는 이름이 양음기호揚音記號로서[15] 행세를 하고 있는 것은 나를 적지않게 웃겼다. 그러나 이들 천박한 위안도 이내 그 매력을 잃어버렸다. 하지만 나에게는 음독音讀·번역·복습·암기에 의해서 이 책의 내용이 한층 새롭게 살아났기 때문에 보상을 받았다. 원래 이 내용이야말로 내가 노선생에게 설명을 구하고 있었던 것이다. 왜냐하면 이미 전부터 나에게는 전설과 사실이나 가능성 사이의 모순이 두드러지게 눈에 띄었기 때문이다. 그리고 다른 여러 가지 사실답지 않은 불합리한 일은 그만두고라도 기브온 위에 멈춰 선 태양, 아얄론의 골짜기에 쉬는 달[16]을 꺼내서 가정교사들을 난처하게 만들었던 것이다. 나는 헤브라이어에 숙달되기 위해서 독일어판 구약성서에도 열중하였으며, 그것은 이미 루터가 번역한 것이 아니라 아버지가 나를 위해서 바로 사놓은 세바스티언 슈미트[17]의 축어대역逐語對譯판이었다. 내가 그것을 연구하는 동안 앞서 말한 모든 의문들

---

14) 서너 개의 모음과 자음이 무성無聲이 되어 발음되지 않는 것을 말한다.
15) 임금과 신하는 악센트로 구별되고, 임금은 황제·국왕·공작·후작으로 나누어진다.
16) 《구약성서》〈여호수아〉 제10장 제12절 "여호와께서 아모리 사람을 이스라엘 자손에게 붙이시던 날에 여호수아가 여호와께 고하되 이스라엘 목전에서 아뢰기를, '태양아, 너는 기브온 위에 머무르라. 달아 너도 아얄론 골짜기에 그리할지어다' 하매 태양이 머물고 달이 그치기를……"
17) Sebastian Schmidt - 슈트라스부르크 대학 교수. 헤브라이어 성서의 텍스트에 축어적逐語的으로 라틴어 번역을 첨가해서 출관했다.

이 다시 고개를 들었다. 이때 나의 수업은 어학연습이라는 점에서는 유감스럽게도 구멍투성이의 것이 되기 시작했다. 읽기·문법·쓰기·단어의 암기가 꼬박 30분을 계속한 일도 드물었다. 나는 불쑥 내용의 의미에 대해서 묻는 것이었다. 우리는 아직 〈창세기〉에 매달리고 있는데, 뒤에 나오는 일도 내가 아는 여러 가지 일들을 화제로 삼았다. 맨처음에는 이 인간적인 노인은 그런 탈선에서 나를 본길로 돌려놓으려고 하였다. 그러나 마침내 그 자신도 그것이 재미있었던 모양이다. 그는 예의 헛기침과 헛웃음을 그치지 않았다. 그리고 자기에게 무슨 귀찮은 일이 생길지도 모르는 문제에 대해서는 나에게 가르쳐 주지 않으려고 경계하였다. 그러나 나의 추궁은 줄어들지 않았다. 의문을 해결하기보다 도리어 의문을 제기하는 것이 나에게는 중요하였기 때문에 한층 열심히 하였고 한층 대담해져 갔다. 그는 거동으로 보아 나의 태도를 시인하는 것처럼 보였다. 하여튼 그는 몇 번이고 경련적인 웃음을 터뜨리며 "바보 같은 놈, 바보 같은 놈!" 하고 외칠 뿐 그에게서 달리 아무것도 끌어낼 수가 없었다.

그러나 내가 성서를 모든 방면에 걸쳐서 종횡으로 누비며 연구하는 진지한 열성이 그에게도 기특하게 보였던지 다소의 도움을 줄 가치가 있는 것으로 생각했던 것 같았다. 그래서 그는 시간이 지난 뒤 영어로 쓰여진 큼직한 성서 참고문헌[18]을 나에게 가르쳐 주었다. 그 책은 그의 서고에 비치된 것인데, 그 속에는 난해하고 의심스러운 대목이 논리가 명쾌한, 군소리가 전혀 없는 글로 해석되어 있었다. 이 책의 독일어 역판은 독일 신학자들의 비범한 노력으로 원서보다 뛰어난 점을 가지고 있었다. 거기에는 여러 가지 다른 의견들이 예시되어 있었는데, 마지막에는 성서의 위엄과 종교의 근거와 인간의 오성悟性 사이에, 말하자면 나란히 설 수 없는 것들 사이에 일종의 조

---

18) 다수의 영국 성서연구가들의 주석을 붙인 성서. 1749년 Teller에 의해서 라이프치히에서 출판되었다. 이하에서 보는 괴테의 〈창세기〉 해설은 Teller를 인용한 것이라고 전해지고 있다.

정調整이 시도되고 있었다. 내가 수업시간이 끝날 무렵에 흔한 물음이나 의문을 꺼낼 때마다 그는 서가書架를 손가락으로 가리켰다. 그는 나에게 그것을 읽게 하고는 자기는 루키아누스를 펴서 읽었다. 그리고 내가 이 책에 대한 나의 관찰을 말할 때면 그는 예의 웃음으로 나의 날카로운 통찰에 대답할 뿐이었다. 해가 긴 여름날에 책을 읽을 수 있는 동안은 혼자 앉아 책을 읽도록 놓아 두는 일이 여러 번 있었다. 그런 상태가 조금 계속되다가 마침내 책을 한 권씩 집으로 가져가서 보도록 허가해 주었다.

인간은 어떤 방향으로 향해서 나아가든, 또는 어떤 일을 계획하든, 항상 자연이 그에게 한번 예정했던 그 길로 다시 돌아오는 법일까. 이 경우의 나도 예외는 아니었다. 말을 위한, 성서의 내용을 위한 번역이 결국은 다음과 같이 끝난 것이다. 저 아름답고 찬양받는 나라, 그 주위, 그 이웃 나라에 대하여 그리고 몇 세기에 걸쳐서 지구의 그 한 국부局部를 빛나게 한 주민이나 사건에 대해서, 지금까지보다 더 선명한 표상을 나의 상상력 속에 불러일으켰던 것이다.

이 조그만 땅이 인류의 기원과 성장을 경험하고, 이 땅에서 태고사太古史의 최초의 유일한 보고가 비로소 우리에게 전해지게 된 것이다. 우리의 상상에 떠오르는 바로는 이러한 땅은 단순하고 밝혀지기 쉬운 상태인 동시에 다양하여 저 경이로운 이주와 식민에 적합한 땅임에 틀림없다. 인간이 살 수 있는 전체의 땅에서 격리되어 네 개의 중요한 강 사이에 가장 사랑스런 조그마한 지역이 기운찬 인간들에게 주어졌다. 이곳에서 젊은 인간은 자신의 최초의 능력을 발전시킴과 동시에 이 땅에서 그 자손 전체에 주어진 운명, 즉 인식을 찾아서 노력함으로써 평화를 잃는다는 운명에 맞부딪치게 되었다. 낙원은 없어지고 인간은 그 수가 불어나고 악하게 되었다. 인류의 이 나쁜 행실에 아직 익숙하지 않았던 신들은 참을 수 없게 되어 인류를 남김없이 멸망시켜 버렸다. 세계를 뒤엎은 홍수에서 살아난 것은 소수에 지나지 않았다. 그리고 이 무서운 홍수가 물러나자, 바로 또 살아나서 감사하고 있는 사람들 앞에 눈익은 조국의 땅이 마련되고 있었다. 네 개의 강 중에 두 개, 즉 유프라테스와 티그리스가 아직도 하상河床을 흘러가고 있었다. 전자의 이름은 옛날 그대로이지만 후자[19]의 이름은 그 흐름의 모양에 따라서 붙여진 것 같다. 이러한 커다란 변전變轉이 있은 뒤에 낙원의 흔적은 찾을 수도 없었다. 갱생한 인류는 거기서 다시 출발하였다. 인류는 모든 방법으로 먹고 살아가고 또 일하는 기회를 찾아냈는데, 그 중에서 가장 널리 행하여진 방법은 사람을 따르는 짐승들을 자기 주위에 모아놓고 그것을 이끌고 사방으로 떠나가는 것이었다.

이 생활양식과 종족의 증가 때문에 여러 민족은 얼마 안 가 서로 떨어져 살아야 했다. 그들은 자기의 친척이나 친구들과 여기서 마지막으로 떠나갈 결심을 하지 못하고, 먼 데서도 고향으로 돌아갈 수 있는 길을 볼 수 있는 높은 탑을 세울 것을 생각해 냈다. 그러나 이시도는 저 첫 인식을 위한 노력과 마찬가지로 실패로 돌아갔다. 행복한 동시에 현명하다는 것, 다수인 동시에 일치한다는 것은 그들에게 용서될 수 없었다. 신들은 그들을 혼란시키고 건축은 중단되고 사람들은 사방으로 흩어졌다. 세계의 인구는 불어났으나 분열하였다.

그러나 우리의 눈과 관심은 아직도 여전히 이 지방에 매여져 있었다. 마침내 또 이 지방에서 한 사람의 시조始祖가 태어났는데, 그는 다행스럽게도 자신의 후손에게 명확한 성격을 주었고, 그것에 의해서 그들을 영구히 결합시켰다. 운명과 장소가 아무리 바뀌어도 협동하고 일치하는 하나의 위대한 국민을 조직할 수 있었다.

아브라함은 유프라테스 강에서 신의 지시가 있었기 때문에 서쪽

---

19) Tigris는 페르시아 말로 화살이란 뜻.

을 향해서 떠나간다. 사막은 그 행로에 큰 장애를 주는 일도 없었으며, 그는 요르단 강에 이르고 다시 그 강을 건너서 서쪽으로 나아가 팔레스타인 남쪽의 아름다운 땅에 발자취를 넓혀 간다. 이 땅은 이미 그전부터 다른 민족에게 점령되어 있었고 주민도 상당히 많았다. 그리 높지는 않았으나 돌이 많은 불모의 산들 사이에는 관계灌漑가 되어 있었고, 경작에 적합한 많은 골짜기가 가로놓여 있었다. 도시·촌락, 곳곳의 이민들이 평원이나 요르단 강줄기로 합류되는 커다란 계곡의 사면에 산재해 있었다. 이 땅에는 이렇게 많은 주민들이 있었고 이렇게 경작되어 있었으나, 세계는 아직도 넓었고 사람들은 자기 주위의 땅을 모두 차지할 정도로 조심성이 깊지도 않고 욕심이 많거나 근면하지도 않았다. 이들 소유지 사이에는 광대한 땅이 널려 있었고 풀을 뜯는 짐승들이 그곳을 유유히 돌아다닐 수가 있었다. 아브라함은 이러한 땅에 들어와 머물렀다. 그 동생 롯[20]도 그와 함께 있었으나, 이 두 사람은 이런 땅에 오래 머물러 있을 수가 없었다. 주민들은 때로는 늘고 때로는 줄어 생산이 수효와 균형을 이루지 못한 토지의 상태는 갑자기 기근이라는 재난을 초래한다. 그리하여 이주자는 자신들의 우연한 토착에 의해서 양식이 모자랐기 때문에 토착인들과 함께 괴로움을 받는다. 갈대아 태생의 두 형제는 이집트로 옮겨간다.

이렇듯, 수천 년 동안 세계에서 가장 중요한 사건들이 일어날 무대가 우리들에게 예고된다. 티그리스에서 유프라테스로, 유프라테스에서 나일 강까지는 주민이 거주했고, 그 땅에 신들의 사랑을 받고 우리들에 의해 이미 존경되고 있는 한 사람의 유명한 인간이 가축과 재산을 이끌고 헤매다니다가 한동안 그것들이 풍부하게 불어나는 것을 우리는 본다. 형제는 돌아온다. 그러나 수많은 고난을 겪

---

20) 롯은 아브라함의 조카. 여기서는 동생으로 되어 있다.

어 생각이 깊어진 형제는 서로 헤어질 결심을 한다. 이 두 사람이 머물렀던 곳은 남부 가나안의 땅이었는데, 아브라함은 마므레 숲 건너편에 있는 헤브론에 머물고, 롯은 시띰 골짜기로 옮겨간다. 만일 우리가 대담하게 상상을 펴서 요르단 강의 땅 밑의 배수구가 있었다고 하고, 지금의 사해死海가 되는 곳에 마른 땅이 있었다고 생각한다면 시띰의 골짜기는 제2의 낙원이었다고 생각할 수 있고, 또 그렇게 생각하지 않을 수 없다. 이 땅과 인근의 주민은 유약하고 사악한 인간들로서 악평이 있는 것을 보아도 그들의 안일함과 사치스런 생활을 추측할 수 있으므로 더욱 그렇게 생각되는 것이다. 롯은 그들 사이에 살면서 고립되고 있다.

그러나 헤브론과 마므레 숲은 하나님이 아브라함과 말을 주고받으며, 그의 눈이 미치는 범위의 땅을 그에게 약속한 중요한 장소로 우리 앞에 나타난다. 이러한 조용한 지역, 하나님과 교제할 수 있고 하나님을 손님으로서 맞이할 수 있고 하나님과 갖가지 대화를 하는 이들 유목민에게서 우리는 다시 한 번 눈을 동쪽으로 돌려보자. 전체로서의 가나안의 개개의 상태와 닮아 있었던 것 같은 주위 세계의 상태에 대해서 생각해 보지 않을 수 없다.

많은 가족이 협동하고 결합한다. 그리고 저마다의 종족의 생활양식은 그들이 점령하였거나 점령하는 풍토에 의해서 규정된다. 물을 티그리스로 흘러보내는 산골짜기에서 우리는 호전적인 여러 민족을 보게 된다. 이들 민족은 이미 일찍 훗날의 세계 정복자, 세계 지배자를 연상시키며, 그 당시로서는 대규모의 원정에 의해서 후세의 대업의 서곡序曲을 우리에게 제공한다. 엘람의 왕 케도르 라오모르는 벌써 동맹자들에게 강대한 영향을 주고 있었다. 그 지배는 오래 계속되었다. 왜냐하면 아브라함이 가나안에 오기 전에 12년 동안 케도르 라오모르는 요르단 강까지 이르는 여러 민족들로부터 조공을 받고 있었다. 이들 민족은 마침내 반기를 들었고 동맹자들은 전쟁 준비를 하였다. 그들이 나아간 길은 아마 저절로 아브라함이 가나안으로 갈 때 나아갔다고 생각되는 길이었다. 요르단 강 왼쪽 기슭과 하류에 사는 여러 민족들은 정복된다. 케도르 라오모르는 군대를 남쪽 사막에 사는 민족을 향해서 밀고 나갔으며, 거기서 방향을 북으로 돌려 아마렉 인을 토벌하고 아모리트 인을 정복한 뒤에 가나안에 도착하였다. 다시 시팀 계곡의 여러 왕들을 공격하여 그들을 도주시키고 엄청난 전리품을 끌고 요르단 강을 거슬러 올라갔으며, 급기야 그의 개선행진을 레바논까지 뻗치려고 했다.

포로가 되고 약탈당하고 재산과 함께 납치된 자 중에는 롯도 있었다. 그는 손님으로서 머물고 있던 땅과 운명을 함께 한 것이다. 아브라함이 이 소식을 들었다. 여기서 우리는 족장인 그가 전사로서 그리고 영웅으로서 나타나는 것을 본다. 그는 노예들을 불러모아 그들을 부대로 편성하고 행진이 어려운 약탈대掠奪隊를 덮친다. 배후에는 더 적이 없으리라 생각하고, 승리감에 취해 있던 무리들을 혼란에 빠뜨린다. 그는 동생과 그 재물 및 정복된 여러 왕들의 재물을 탈환한다. 이 작은 전쟁에 의해서 아브라함은, 말하자면 그 나라를 점령하는 것이다. 주민들로서는 그는 보호자 또는 구세주로 생각되고, 그 점잖고 욕심없는 기풍에 의해 왕자로 간주된다. 계곡의 왕들은 감사하여 그를 환영하고 왕이며 사자인 멜기세덱[21]은 그를 축복했다.

여기서 자손이 무궁하리라는 예언이 이루어진다. 그뿐 아니라 예언은 더욱 그 범위가 넓어져 갔다. 유프라테스 강에서 이집트의 강에 이르기까지의 전 지역이 그에게 약속되었다. 그러나 그 자신의 후계자에 대해서는 전혀 가망이 없었다. 그는 80세가 되어도 자손이 하나도 없었다. 아브라함만큼 여호와를 믿지 않는 아내 사라는 초조해졌다. 동양의 풍습에 따라서 계집종에 의해서 자손을 얻으려고 생

---

21) 소돔의 국왕.

각했다. 그러나 계집종 하갈에게 그 몸을 맡겨 아들의 희망이 비치자마자 가정에 불화가 일어났다. 부인은 자기가 보호하고 있던 여자를 매우 학대했다. 하갈은 다른 유목민한테 가서 더 행복한 길을 찾고자 달아났다. 그러나 하나님의 지시에 의해 돌아왔다. 이리하여 이스마엘이 태어났다.

아브라함은 이제 99세이지만, 자손 번영의 예언은 여전히 되풀이되었다. 마침내 두 부인이 이 예언을 우습게 생각했다. 그러나 드디어 사라의 몸이 무거워서 사내아이를 낳았다. 그에게는 이삭이라는 이름이 주어졌다.

역사는 대부분 인류의 합법적인 번식에 기초를 두고 있다. 가장 중요한 세계의 사건은 우리로 하여금 가족의 비밀에까지 소급해서 추구하게 한다. 이리하여 족장族長 등의 결혼에 대해서도 우리에게 독자적인 관찰을 할 기회를 준다. 인간의 운명을 이끌어 가려고 생각하는 신들이 각종 결혼 사건을, 말하자면 범례로서 여기에 보이려고 하는 것 같다. 아브라함은 여러 사람에게 구혼을 받은 아름다운 부인과 결혼하였으나, 오랫동안 아들이 없다가 백 세 때 두 여인의 남편이 되고 두 아들의 아버지가 된다. 이때 그의 가정의 평화는 파괴되었다. 한 집에 나란히 사는 두 아내, 대립하는 배다른 두 아들은 서로 화합할 수가 없다. 법률이나 인습이나 여론의 보호를 적게 받는 편에서 양보를 해야 한다. 아브라함은 하갈과 이스마엘에 대한 애정을 희생해야 했다. 그래서 둘은 쫓겨나고 하갈은 전에 자발적으로 달아날 때 가던 길을 지금은 마음에 없이 다시 더듬어 가야 했다. 처음에는 아들과 그녀는 마치 몰락의 길을 가는 것 같이 보였다. 그러나 전에 그녀를 돌아가게 한 주님의 천사가 이번에도 그녀를 구해주었다. 그래서 이스마엘은 마침내 한 민족의 조상이 되고 모든 약속 중에서 가장 실현이 어려울 것같아 보이던 것이 약속 이상으로 실현되었다.

나이 많은 양친과 늦게 태어난 외아들, 여기에 결국 가정의 평화와 현세의 행복이 기다리고 있는 것으로 생각되었다. 그러나 결코 그렇지 않았다. 하나님은 족장에게 무거운 시련을 가했다. 그러나 이 일에 대해서는 미리 많은 고찰을 하지 않고는 말할 수 없다.

　자연적·보편적인 종교가 먼저 발생하고 그런 뒤에 특수하고 계시받은 종교가 거기서 발전하는 것이라고 한다면 지금까지의 우리의 상상력이 맴돌던 나라들과 생활방식, 인종들이 아마 그런 발전에 가장 적합할 것이다. 적어도 우리는 전 세계에서도 위와 비슷한 은혜받은 빛나는 땅을 찾지 못한다. 자연적인 종교가 처음 인간의 감정 속에서 태어났다는 것을 가정한다면 거기에는 분명 우아한 정조가 깃들어 있다. 왜냐하면 그런 종교는 세계질서를 전체로서 지도하는 보편적 섭리의 확신에 기초하는 것이기 때문이다. 특수한 종교, 신들에 의해서 모든 민족에게 계시된 종교는 은총을 입은 인간·가족·종족 또는 민족에게 신이 약속하는 특별한 섭리에 대한 신앙이 따른다. 이러한 섭리가 인간의 내부에서 발전한다는 것은 어려울 것 같다. 그것은 태고적부터의 전승傳承과 인습과 보증을 요구하기 때문이다.

　그러므로 이스라엘의 전승에 이러한 특수한 섭리를 믿는 최초의 사람들이 신앙의 영웅으로서 나타난 것은 아름다운 일이다. 이들 영웅은 자신이 신에게 예속하는 것을 인정하고 신의 모든 명령을 맹목적으로 받아들임과 동시에 신의 약속이 늦어지는 것을 의심없이 기다리며 지칠 줄 모른다.

　특수한 계시종교는 어느 인간이 다른 인간보다도 다분히 신들의 은총을 받을 수 있다는 생각을 기초로 삼고 있어서 그것은 주로 생활의 분리라는 점으로 나타난다. 최초의 인간들은 서로 닮았던 것으로 생각되나, 그들의 직업이 머지않아 그들을 분리시켰다. 사냥꾼은 모든 사람 중에서 가장 자유로웠고, 전사와 지배자는 그 속에서 나왔다. 농사꾼들은 논밭을 경작하고 대지에 그의 몸을 맡기며 수확을 보존하기 위해서 주택과 곳간을 세웠고, 이 사람들의 일부는 자기네의 생활 상태가 계속과 안전을 약속하였으므로 어느 정도 자부심을 가질 수가 있었다. 유목민의 계층에 있는 사람들은 가장 구속없는 경우와 무제한의 소유가 주어지는 것처럼 보였다. 가축의 증가는 끝이 없었으며, 가축을 기르는 장소는 사방으로 퍼져가고 있었다. 이세 계층들은 애당초부터 서로 증오하고 경멸하는 것 같았다. 그리고 유목민은 도시인이 볼 때는 증오의 대상이었던 것처럼, 그도 또 도시 사람들을 등지고 떠나갔다. 사냥꾼은 우리의 눈에서 사라져 산속으로 들어갔다가 오로지 정보자로서만 나타났다.

족장들은 유목민 계층에 속해 있었다. 대양과 같은 사막이나 목장에 사는 그들의 생활양식은 그들의 마음에 광활함과 자유를 주었다. 그들이 우러러보는 머리 위의 둥근 하늘과 밤의 별들은 그들의 감정에 숭고함을 주었다. 그들은 활동적이고 민첩한 사냥꾼보다도, 또 확실하고 용의주도한 농부보다도, 신에 대한 반석盤石 같은 신앙을 더욱 필요로 하였다. 신이 그들의 곁을 떠나지 않고 그들을 찾고 그들을 동정하고 그들을 이끌고 그들을 구한다는 믿음을 필요로 했다.

우리는 또 역사의 흐름으로 옮겨감에 있어 또 하나 고찰해야 할 것이 있다. 족장들이 받들던 종교는 참으로 인간적이고 아름답고 명랑하게는 보이나 거칠고 잔인한 여러 가지 모습들이 일관되어 있다. 인간은 그의 성격에서 벗어날 수도 있고 다시 거기에 빠져들 수도 있다.

증오가 거꾸러진 적의 피에 의해서, 그 죽음에 의해서 위안을 받는다는 것은 자연스러운 일이다. 싸움터에서 시체들이 줄줄이 쌓여 있는 가운데서 화해가 성립되는 것도 충분히 상상할 수 있다. 마찬가지로 도살된 동물에 의해서 동맹을 다진다는 생각도 위에 말한 예에서 나온 것이다. 인간은 신들을 항상 자기편, 적 혹은 조력자로서 믿고 보아왔기 때문에, 도살한 것에 의해서 신들을 끌어오고 신들의 마음을 위로하고 신들을 우리 편으로 끌어들일 수 있다고 생각하는 것도 마찬가지로 의심할 것이 없다. 그러나 우리가 '희생'이라는 것을 생각해 보고 태고시대에 어떤 모양으로 그것이 바쳐졌는가 하는 방법을 관찰해 보면 거기에는 아마 전쟁에서 유래하였으리라고 생각되는 것이 있을 것이며, 거기서 우리들은 참으로 기이한 습관을 발견하게 될 것이다. 즉 희생에 바치는 모든 종류의 동물은 그 수가 아무리 많다 하더라도 두 갈래로 나누어 양쪽에 놓아야 했다. 그리고 신과 동맹을 맺으려고 하는 자가 그 중간에 섰던 것이다.

다시 또 다른 무서운 풍습이 그 아름다운 세계를 통하여 이상하고 신비스럽게 행해지고 있었다. 신에 바쳐진 것, 신에 약속된 것은 모두 죽어야 했다. 아마 그것도 전쟁 때의 관습이 평화시대로 옮겨진 것 같다. 힘차게 방위하는 도시의 주민은 이러한 서약으로 협박을 받았다. 도시가 습격이나 기타의 방법으로 떨어지게 되면 거기에는 어떤 것도 살아남을 수가 없었다. 남자는 물론이지만 여자, 아이들, 가축에 이르기까지 모두 운명을 함께 했다. 신들에게 이렇게 희생을 맹세하는 것은 경솔하게 또는 미신적으로 또는 분명하게 또는 막연하게 행하여졌다. 이리하여 그 목숨을 건져 주고 싶은 사람들, 아니 근친이나 아이들까지도 이러한 광기狂氣의 희생으로서 피를 흘려야 할 운명에 빠지게 된다.

아브라함은 온화하고 참으로 종조宗祖다운 성품을 가지고 있었으며, 그렇기에 이렇듯 야만스럽게 신을 모시는 방법을 스스로 생각해 낼 턱이 없었다. 그러나 신들은 우리를 시험하기 위해서 인간이 상상하여 신들의 성질이라고 생각하고 싶어하는 그 특질을 때때로 발휘하는 것처럼 보였다. 하느님은 아브라함에 대해서 놀라운 일을 명령했다. 즉 그는 새로운 동맹의 담보로서 자신의 아들을 희생시키지 않으면 안 되었던 것이다. 더욱이 관례에 따르자면 아들을 죽여서 태울 뿐만 아니라 그를 둘로 쪼개서 김이 모락모락 나는 내장들 사이에 서서 자비로운 신들로부터 내려오는 새로운 약속을 기다려야 했다. 아브라함은 주저할 것 없이 맹목적으로 이 명령을 실행할 준비를 하였다. 신들은 그 의지만으로도 충분했다. 이제 아브라함의 시련은 끝났다. 시련으로서 이 이상 더할 수는 없었기 때문이다. 그러나 아내 사라가 죽었다. 그리하여 이 일이 아브라함에게 가나안의 땅을 이상적으로 점유할 기회를 준다. 그는 묘지를 하나 가질 필요가 있었다. 이것이 그가 이 세상에서 소유물을 구한 최초의 일이었다. 그는 앞서 이미 마므레 숲 가까이에 이중의 동굴을 찾아내고 있었던 것 같다. 그것을 그는 인접한 땅과 함께 구입했다. 이때 그가 지킨 법률상의 형식을 보면 이 소유가 그에게 얼마나 중요한 것인가를 나타내고 있다. 사실 또 이 소유물은 그 자신의 상상 이상으로 중요한 것이었다. 왜냐하면 아브라함과 그의 아들과 그의 손자들은 이곳에 영면하도록 되어 있었고, 그 지방 전체에 대한 직접적인 요구와 이 땅에 모이고자 하는 자손들의 끊임없는 애착이 이것에 의해서 가장 근본적인 근거가 생기게 되었기 때문이다.

이때부터 복잡한 가정적인 사건이 연달아 일어났던 것이다. 아브라함은 역시 여전히 가나안의 주민들로부터 엄격하게 격리되어 있었다. 그리고 이집트인 어머니를 가진 이스마엘은 이 나라의 처녀와 결혼하였지만, 이삭은 혈연이 같은 신분의 여자와 결혼해야 했다. 아브라함은 그의 종복從僕을 메소포타니아에 보내어 거기에 남겨둔 인척姻戚을 찾아가게 한다. 영리한 종복 에레아살은 사람들의 눈을 피하여 그 땅에 도착했다. 그리하여 훌륭한 신부감을 집으로 데려오기 위해서 우물 옆에서 처녀들의 친절한 마음을 시험했다. 그가 물을 달라고 하자, 리브가라고 하는 처녀는 청하지도 않았는데 그의 낙타에게도 물을 먹여 준다. 그는 그녀에게 선물을 주고 결혼을 신청했다. 그것을 그녀는 거절하지도 않았다. 그래서 그는 이 처녀를 주인집으로 데리고 왔다. 이리하여 이삭과 그녀는 결혼하게 되었다. 이번에도 후손의 출생은 오랫동안 기다려야 했다. 몇 년 시련이 계속된 뒤에 겨우 리브가는 애기를 가졌다. 아브라함이 두 아내를 가졌을 때는 그들 두 어머니로부터 일어났던 불화가 이번에는 한 어머니로부터 일어났다. 정반대의 성질을 가진 두 사내아이[22]가 이미 어머니의 태내에서 싸우다가 그들은 태어난다. 형은 활발하고 힘이 세었고, 동생은 순하고 영리했다. 형은 아버지의 총애를 받았고 동생은 어머니의 사랑을 차지했다. 출생 때부터 시작된 윗자리 다툼은 그 뒤에도 끊임없이 계속되었다. 에사오는 점잔하여 운명에 의해서 자기가 큰 아들이 된 것에 무관심하지만 야곱은 형이 자기를 밀어낸 것을 잊지 않는다. 그리하여 그가 염원하던 윗자리를 빼앗을 모든 기회를 놓치지 않도록 마음을 썼다. 그는 형으로부터 장남의 권위를 샀다. 또한 형을 속여서 아버지의 축복을 빼앗았다. 에사오는 격분하여 동생을 죽일 것을 맹세했다. 야곱은 그의 조상의 땅에서 행운을 겨루기 위해서 도망쳤다.

이리하여 고귀한 집안에, 자연과 환경에 의해서 자기에게는 용서되지 않는 특권을 지략과 술책에 의해서 차지하는 것을 조금도 주저하지 않는 사람이 처음으로 나타났다. 성서가 저 족장들이나 그밖에 신으로부터 은혜받은 사람들을 결코 도덕의 모범으로서 삼으려고 하지 않는다는 것은 자주 말하여지고 언명된 바이다. 그들도 역시 여러 가지 성격을 가지고 있으며 갖가지 결점이나 결함을 가진 인간들이다. 그러나 신의 뜻에 따른 이 사람들은 하나의 중요한 특징이 없어서는 안 된다. 그것은 신이 자기와 자기 일족의 사람들에게는

---

22) 〈창세기〉 제25장 제21절 이후 "……그 아내 리브가가 잉태하였더니 아이들이 그의 태 속에서 서로 싸우는지라. 그가 가로되 이같으면 내가 어찌할꼬, 하고 가서 여호와께 묻자온대 여호와께서 그에게 이르시되, '두 민족이 네 태중에 있구나, 두 민족이 네 복중에서부터 나누이리라. 이 족속이 저 족속보다 강하겠고 큰 자는 어린 자를 섬기리라' 하였더라. 그 해산 기한이 찬즉 태에 쌍둥이가 있었는데……."

특별한 은총을 내린다는 흔들리지 않는 신앙이다.

　보편적인 종교, 자연적인 종교는 원래 신앙을 필요로 하지 않는다. 왜냐하면 창조하고 질서를 세우고 지도하는 위대한 실재實在는 자기를 우리에게 이해시키기 위해서, 말하자면 자연의 배후에 숨어 있다는 확신, 이러한 확신은 모든 사람에게 자연히 솟아나는 것이다. 그 외에 그는 일생 동안 자기를 이끌어 주는 이러한 확신의 고삐를 자주 놓아 버리는 수가 있지만, 그것을 또 그는 바로 도처에서 붙잡게 된다. 그러나 특수한 종교는 저 위대한 실재자가 어떤 개인, 어떤 종족, 어떤 국민, 어떤 토지를 분명하게 특별히 지켜 준다는 것을 우리에게 알리는 것이며, 보편적인 종교와는 판이한 것이다. 이 특별한 종교는 신앙을 기초로 삼는다. 그리고 이 신앙은 금방이라도 밑뿌리에서부터 파괴될 연약한 것이 아니어야 하며 확고부동한 신앙이어야 한다. 이런 종교에 대한 회의는 모두 이 종교로서는 치명적인 것이다. 확신에는 복귀할 수 있으나, 신앙으로 다시 돌아갈 수는 없다. 그 때문에 끝없이 연속되는 시련이 있고, 몇 번이고 되풀이되는 서약에 대한 실현의 연기가 있다. 이것에 의해서 저 조상들의 능력이 명백해지는 것이다.

　야곱도 역시 이러한 신앙을 안고 길을 떠났다. 그는 책략과 거짓말을 했기 때문에 우리는 그를 사랑할 수 없으나, 그러나 아내 라헬에 대해서 오랫동안 변함없는 애정을 기울였다는 점에 의해서 그를 다시 사랑하게 되었다. 그는 에레아살이 그의 아버지를 위해서 리브가에 구혼한 것처럼 자기가 즉석에서 라헬에게 구혼한 것이다. 이 사람에 있어서 광대한 민족이 태어날 약속이 완전히 전개되게 된 것이다. 그는 자신의 신변에 수많은 아들을 보게 되었으나, 동시에 그는 또 이 아이들과 그 어머니들 때문에 극심한 분노를 무수히 겪어야 했다.

　7년 동안이나 그는 꼼짝 않고 애인을 얻기 위해서 일을 한다. 그의 장인은 술책에 있어 그와 맞설만 하며 목적은 모든 수단을 정당화한다고 생각하는 점에서 그와 의견이 같았다. 그러나 그를 속였으며 그가 그의 형에 대해서 한 것과 똑같은 짓을 함으로써 그에게 보답했다. 야곱이 자신의 품 안에서 발견한 아내는 자신이 사랑하지 않는 여자였다. 그를 달래기 위해서 라반은 얼마 후에 그에게 애인을 줄 약속을 하지만, 그것은 다시 7년 간의 노동의 조건이 붙었다. 이리하여 불쾌에서 다시 불쾌가 태어났던 것이다. 사랑하지 않는 아내에게는 아들이 많으나, 사랑하는 부인은 아들을 하나도 낳지 못했다. 그녀는 사라처럼 시녀에 의해서 어머니가 되려고 했다. 그런데 한 아내가 그녀로 하여금 이러한 특권을 갖게 하지 않았다. 그녀도 남편에게 시녀 한 사람을 주선했다. 이리하여 이 사람좋은 족장은 세계에서 가장 골치아픈 인간이 되었다. 즉 네 명의 아내, 세 명의 아내의 아이들, 그리고 아이가 없는 사랑하는 아내, 그러나 마침내 사랑하는 여자도 은혜를 받아 요셉을 낳았다. 열정적인 사랑이 뒤늦게 맺어진 아이였다. 야곱의 14년 동안의 노동 기간이 지났으나, 라반은 다시없이 충실한 최상의 머슴을 잃기가 싫었다. 그들은 새로운 계약을 맺고 가축을 분배했다. 라반은 과반수의 흰 가축을 자기 것으로 삼았다. 얼룩진 가축, 말하자면 찌꺼기에 지나지 않는 부분을 야곱에게 주었다. 그러나 야곱은 이때에도 자기의 이익을 지킬 줄 알았다. 그가 전에 볼품없는 향연으로써 장자권長子權을 형으로부터 얻었고[23] 변장에 의해서 아버지의 축복을 얻어낸 것[24]처럼 이번에는 술책과 행동에 의해서 가축 중에서 가장 좋은 부분, 더욱이 대부분을 자기 것으로 만들어 버린다. 이리하여 이 방면에서도 이스라엘 백성들의 진실로 가치 있는 선조가 되었고, 그의 자손들의 모범이 되었다.

---

23) 야곱이 떡과 팥죽을 에사오에게 대접하고서 가정 감독의 권리를 받는다. 〈창세기〉 25장 참조.
24) 야곱이 형 에사오의 옷을 두르고 아버지를 속여 그 축복을 받는다.

라반과 그의 가족들은 술책의 소재는 몰랐지만 그 결과는 알았다. 이것이 라반의 불만을 터뜨렸고, 야곱은 가족 전체를 이끌고 그리고 모든 재물을 가지고 달아났다. 그리하여 라반의 추격을 반은 행운에 의해서 반은 술책에 의해서 벗어난다. 그 무렵 라헬이 또 하나의 아들을 낳았다. 그러나 그녀는 출산 때에 숨을 거두었다. 난산의 아들인 벤자민은 어머니 뒤에 살아남았지만, 한편 그의 아들 요셉이 없어진 것을 알고 족장은 더욱 큰 고뇌를 느끼지 않을 수 없었다.

왜 내가 누구나 알고 있고 반복되고 해석되어 있는 이야기를 여기에서 또 자세히 이야기하는가 하고 묻는 사람이 아마 있으리라. 그들에 대한 대답으로 나는 다음과 같이 말해도 좋을 것이다. 나는 산만한 생활과 단편적인 공부를 하면서 어떻게 나의 정신과 나의 감각을 한 곳으로 집중하고 조용하게 작용시킬 수 있었느냐 하는 것을 이 이외의 방법으로는 나타낼 수 없었던 것이다. 왜냐하면 바깥 세계는 난잡하고 기괴한 움직임을 나타내고 있었으나, 나의 신변은 평화로웠다는 것을 기록하는 데는 다른 방법으로는 불가능하였기 때문이다. 끊임없이 부지런하게 활동하는 나의 상상력은 앞에 말한 동화[25] 속에서도 증명되었지만, 상상력이 나를 이리저리 끌고 갈 때에, 또 우화와 역사, 신화와 종교가 뒤섞여서 나를 혼란시키고 위협하였을 때에 나는 즐겨 동양의 세계로 달아나고 〈창세기〉에 몰두하였다. 그리하여 마음은 거기에 산재해 있는 유목민족 사이로 달려갔고 깊은 적막과 넓은 사회에 내 몸을 놓았던 것이다.

이와 같은 가족적 사건들은 후에 이스라엘 민족의 역사 속에 파묻혀 버리지만, 그에 앞서서 청년의 희망과 상상력을 특히 기쁘게 해주는 한 사람의 인물이 마지막으로 등장하고 있다. 그것은 정열적인

---

25) 앞에 나온 《신新 파리스》의 동화.

부부간의 애정에서 태어난 요셉이다. 그는 침착하고도 총명하였던 것 같다. 그는 자기를 가족들 이상으로 빼어난 존재가 되게 할 여러 가지 장점들에 대해서 예언을 하였다. 그는 형제들의 시기로 불행 속에 던져졌지만, 노예의 입장에 있으면서도 의젓한 태도로 정의를 지켰다.

가장 위험한 여러 가지 유혹을 견디고 예언에 의해서 살아나고 그리고 공에 의해서 높은 영예의 자리에 오른다. 그는 우선 커다란 왕국에 있어서, 다음에는 가정을 위해서 유능하고 유용한 면모를 나타낸다. 냉정과 넓은 도량度量에 있어서는 조상 아브라함과 같았고, 침착과 성실에 있어서는 할아버지 이삭을 닮았다. 그는 아버지로부터 이어받은 상업 정신을 큰 일에 발휘했다. 그것은 이미 장인을 위해서 또는 자기를 위해서 가축을 획득하는 따위가 아니라 한 사람의 국왕을 위해서, 여러 민족과 그 일체의 소유지를 사들이는 수완을 가지고 있었다. 이 소박한 이야기는 매우 아름다운 것이기는 하나, 다만 너무 간단하게 씌어진 것 같아 이것을 상세하게 고쳐 쓸 필요가 있다고 생각한다.

윤곽만 나타난 성서 가운데의 여러 인물이나 사건을 상세하게 서술하는 일은 이제 독일인으로서는 별로 신기한 일이 아니다. 구약 및 신약성서의 인물들은 클로프시토크의 붓에 의해서 섬세하고 인정미가 넘치는 성격들을 가지게 되었으며, 소년인 나는 물론 당시의 많은 사람들을 매우 기쁘게 하였다. 보드머[26]가 쓴 이런 종류의 작품에 대해서 나는 거의 혹은 전혀 아는 바가 없다. 그러나 모제르의 《사자 굴속의 다니엘》[27]은 소년의 감정에 커다란 영향을 주었다. 또 이 작품에서는 한 사람의 사려깊은 사무가 겸 신하가 갖가지 괴로움을 겪어 높고 명예 있는 지위에 이른다. 그 경건한 마음은 타인에게

---

26) 성자를 제재로 한 보드머의 작품에는 《Die Sündflut》, 《Jakob und Joseph》 등이 있다.
27) 모제르의 《Daniel in der Löwengrube》(1763). 영웅서사시.

이용되고 몸의 파멸을 초래할 뻔했으나, 결국은 끝까지 그의 방패가 되고 무기가 되었다. 그런데 요셉의 이야기를 개작한다는 것은 나로서는 이미 오래 전부터 염원한 바지만, 적당한 형식을 찾아낼 수가 없었다. 나는 이러한 작품에 맞는 운율에 정통하지 못했기 때문이다. 그러나 지금 나는 산문으로 쓰는 것이 매우 편리하게 생각되어 전력을 다해서 개작에 착수하였다. 나는 인물을 각각 따로 써서 그것을 정밀하게 묘사하는 일에 힘썼고, 우연한 사건이나 삽화를 넣어서 그것으로 옛날의 간단한 이야기를 하나의 새로운 독립된 작품으로 만들어 보려고 하였다. 그러나 이러한 작품에는 어떤 실질적인 내용이 필요하다는 것, 그리고 이 내실內實은 경험을 얻고 난 뒤에야 태어난다는 것은 나로서는 생각지도 못한 일이었다.

물론 이것은 나이가 어린 자로서는 생각할 수 없는 일이기는 하였다. 하여튼 나는 모든 사건들을 내 나름대로 사소한 부분에 이르기까지 생각해 내서 순서에 따라 세밀하게 서술하였다.

이 일은 어떤 사정 때문에 나를 매우 편하게 하였다. 이 작품뿐 아니라 일반적으로 나의 모든 작품을 상당한 장편으로 만든 것도 그 사정 때문이었다. 다방면으로 재능을 가진 한 청년이 있었는데 과로와 자부심 때문에 바보가 되어서 우리 집에서 돌봐 줄 형편이 되어 우리 가족과 평화롭게 살고 있었다. 그는 매우 온순하였고 언제나 명상에 잠겨 있었으며, 그의 습관대로 놓아두고 간섭만 하지 않으면 매우 만족하고 좋아했다. 이 청년은 대학 시절에 노트를 매우 꼼꼼하게 필기하고 있었기 때문에 글자를 읽기 쉽고 빠르게 쓰는 재주를 가지고 있었다. 그는 필기하는 것을 무엇보다도 좋아했으며, 정서를 부탁하면 기뻐했는데, 그보다도 직접 불러 주는 것을 받아 쓰는 것을 더 좋아했다. 왜냐하면 그런 때는 자기가 행복했던 대학시절로 되돌아간 느낌을 주었기 때문이다. 나의 아버지는 글씨 쓰는 것이 느린 데다 독일 문자를 쓰면 자꾸 떨리기 때문에 쓰기가 다소 힘들어 그의 조력이 아버지로서는 무엇보다도 고마운 일이었다. 그래서 아버지는 자기 일이나 다른 사람의 사무까지도 보통 하루에 두세 시간씩 이 청년에게 필기시키는 습관이 있었다. 나도 내 머릿속을 스쳐 지나가는 모든 일을 다른 사람 손으로 종이 위에 쓸 수 있는 것은 편리한 일이라고 생각하였다. 그리하여 나의 창작 및 모방의 재능을 써서 보존하는 일이 용이하게 되자 이때부터 더욱 진보하였다.

성서를 소재로 하는 산문적 서사시 같은 대작을 나는 아직 계획한 일이 없었다. 당시는 상당히 태평무사한 시대였기 때문에 나의 상상력이 팔레스티나나 이집트에서 끌어낼 만한 것은 아무것도 없었다. 그래서 시는 내가 입에서 옮기기만 하면 한 줄 한 줄 바로 종이 위에 씌어지고 다만 때때로 몇 장만 고쳐 쓰면 될 상태에 있었으므로, 나의 원고는 나날이 분량이 많아졌다. 이 작품이 완성되었을 때 — 나 자신도 놀랐지만, 그것은 실제로 완성된 것이다 — 나는 그전 수년 동안에 지은 여러 가지 시가 있는 것을 생각해 냈다. 그 시는 그때도 버릴 수가 없다고 생각했다. 이것들을 서사시 〈요셉〉과 함께 한 권으로 묶으면 산뜻한 4절판 작은 책이 될 것이며, 거기에는 잡시雜詩라는 제목을 붙이면 좋으리라. 그러면 나도 그것으로 은근히 저명한 작가의 흉내를 낼 기회를 갖게 되는 셈이니까. 이 생각은 매우 내 마음에 들었다. 나는 이른바 아나크레온 풍風의 시를 많이 지어 내었는데, 이들 시는 운율이 간편하고 내용이 경쾌하기 때문에 나는 아무 고생도 않고서 척척 써 나갈 수가 있었다. 그러나 이들 작품을 나는 이 책에 넣을 수는 없었다. 왜냐하면 그것들은 운을 달지 않았으며, 나는 무엇보다도 우선 아버지에게 기분좋은 작품을 보여드리고 싶었기 때문이다. 그래서 이 경우에는 더욱 내가 지난날에 엘리아스 실레겔의 《최후의 심판》[28]을 모방하려고 열심히 애썼던 것 같은 종

---

28) 엘리아스 실레겔에게는 이런 작품이 없다. 괴테는 Cramer의 구세주를 노래부른 송가頌歌 〈최후의 심판〉이라는 시를 생각하면서 이름을 혼동한 것이라는 설이 있다.

교적인 찬가가 적당하다고 생각되었다. 또 그리스도의 지옥 순회를 찬미하기 위해서 씌어진 시도 양친이나 친구들로부터 많은 찬양을 받은 바 있는데, 다행히도 그 시는 그 후 2,3년 동안은 내 마음에 들었었다. 또 이른바 일요일의 교회 음악의 가사는 그때그때 인쇄되었는데, 나는 그것을 열심히 연구하였다. 물론 그런 노래는 매우 졸렬하였기 때문에, 내가 규정된 방식으로 지은 수편의 시도 마찬가지로 작곡되어 교구에 속하는 사람들의 신앙심을 높이기 위해서 불려질 가치가 충분히 있다고 믿고 있었다.

나는 이상의 여러 작품이나 또 그밖에 그와 유사한 수편의 시를 1년 남짓하는 동안 지어내면서 내 손으로 정서해 두었던 것이다. 왜냐하면 내가 이렇게 혼자 연습함으로써 습자 선생에게서 글씨 연습하는 일을 면제받았기 때문이다. 이제 모든 것이 편집되고 순서 있게 정돈되었다. 그리고 별로 힘들여 부탁하지 않아도 필기를 좋아하는 그 청년에게 정서해 달라고 할 수가 있었다. 나는 그것을 가지고 제본소로 달려갔다. 얼마 안 가서 산뜻한 책 한 권을 아버지에게 드렸더니, 아버지는 매우 좋아하셨다. 그리고 해마다 이러한 4절판을 한 권씩 내도록 하라고 나를 격려해 주셨다. 나는 이 모든 시를, 말하자면 여가시간에 해치웠기 때문에 나의 아버지는 나의 능력을 더욱 믿고 그렇게 격려해 주셨던 것이다.

다시 또 하나의 다른 사정이 이 신학적神學的, 아니 오히려 성서의 연구 경향을 조장하였다. 설교사 중에서도 장로長老 요한 필립 프레제니우스[29]는 훌륭하고 호감이 가는 풍채를 한 온화한 분이었다. 그는 교구뿐 아니라 도시 전체에서 모범적인 성직자, 뛰어난 설교자로서 존경을 받고 있었다. 그러나 헤른후트 파派와는 반대의 입장에 서 있었기 때문에 견해를 달리한 경건파 사람들에게는 평판이 좋지 않

---

29) 괴테의 가족이 다니고 있던 Barfüsserkirehe의 목사(1705~61). 《빌헬름 마이스터》 속의 〈아름다운 혼의 고백〉에 나오는 궁정목사는 이 사람을 모델로 삼았다.

앗다. 그러나 그는 중상을 입은, 자유사상을 가진 어떤 장군[30]을 개 종시켰다는 이유로 일반인들 사이에서 유명해졌고, 그렇기에 말하 자면 성자처럼 생각되고 있었던 이 사람이 별세한 것이다. 그의 후 계자인 플리트는 키가 크고 훌륭하고 기품이 있는 사람이었다. 그러 나 대학에서 (그는 마르부르크 대학 교수였다) 온 그는 신앙을 고취하기 보다는 교육하는 재능을 가진 사람이었다. 오자마자 바로 일종의 종 교학宗敎學 강좌 같은 것을 열 것을 예고하고 자신의 설교를 체계적으 로 정리해서 이 강좌에 바치겠다고 말했다. 그전에 나는 이미 교회 에 다녀야 했었는데, 나는 설교의 구분방법을 주의해서 듣고 때때로 거의 온전하게 어떤 설교를 암송하여 자랑할 수가 있었다. 이 새로 운 장로에 대해서 교구 안에서는 칭찬과 비난의 소리가 엇갈렸다. 많은 사람들은 예고 된 강의식의 설교를 그다지 신용하지 않았기 때 문에 나는 도리어 이것을 꼼꼼하게 필기하겠다는 생각이 들었다. 나 는 사람 눈에 띄지 않는, 그러나 알아듣기 편리한 자리에 앉아 이미 그런 일을 해보았기 때문에, 더욱 이 계획은 잘되어 나갔다. 나는 각 별히 주의하며 재빠르게 해나갔다. 그가 아멘을 말하는 순간에 급히 교회에서 뛰어나와 내가 종이에 쓴 것과 기억에 남은 것을 급히 구 받아쓰게 하여 두세 시간에 걸쳐 쓰게 했다. 그런 다음 기록한 설교 를 식사 전에 아버지에게 드렸다. 아버지는 이 일의 성공을 매우 자 랑스러워했고, 마침 식사하러 온 아버지의 친구[31]도 함께 기뻐해 주 었다. 이 사람은 그렇지 않아도 나에게 호의를 가지고 있었다. 그것 은 내가 그가 애독하는 《메시아》를 외어서 내 것으로 만들었기 때문 이다. 내가 문장수집文章蒐集 때문에 문장에 인장印章을 얻을 목적으로 그를 자주 방문하였을 때, 그의 앞에서 이 작품의 두드러진 대목을 암송하여 그로 하여금 눈물을 흘리게 한 일도 있었다. 그 다음 일요

30) 베르겐의 전투에서 부상한 Von Dyherrn 장군.
31) 앞에 나온 슈나이더.

일에도 나는 마찬가지로 열심히 일을 계속했다. 그리하여 이 규칙적인 일이 나를 즐겁게 하였으므로, 나는 정서하고 보존한 설교 내용에 대해서는 아무 생각도 하지 않았다. 처음 3개월 동안은 나의 노력은 변함없이 계속되었다고 하겠다. 그러나 결국 나의 주제넘은 생각으로, 말하자면 성서에 대한 특별한 해명도 교의에 대한 자유로운 견해도 찾아볼 수 없다고 생각되자, 이 일에 의해서 조그마한 허영심을 만족시키는 것은 너무나 비싼 값을 치르는 일이라고 생각되었다. 그리고 지금까지와 같이 이 일을 열심히 계속할 수 없게 되었다. 그래서 처음에는 두껍던 나의 설교집이 점차 얇아져 갔다.

그러나 무엇이고 완성하는 것을 좋아한 나의 아버지가 친절한 말과 보수를 약속하여 삼일제三—祭의 마지막 일요일까지 끌고 나가도록 나에게 적극 권하지 않았다면, 나는 이 노력을 도중에서 내던져 버렸을 것이다. 그러나 마지막에는 조그만 종이쪽지에 중요한 문구와 주장 및 분류 정도를 적는 데 그쳤다.

어느 한가지 일을 완성하는 데 있어서 나의 아버지는 특별한 고집을 가지고 있었다. 일단 기획된 일은 비록 중도에서 불편 · 권태 · 불쾌뿐 아니라 그 일이 무익하다는 것이 분명하게 드러났을 때도 꼭 끝까지 밀고 나가야 했다. 그에게는 완성이 유일한 목적이고 인내가 유일한 도덕으로 생각되었던 것 같다. 우리가 긴 겨울밤 가족과 함께 한 권의 책을 낭독하기 시작하면 비록 우리 모두가 실망하여도, 때론 최초로 하품을 하는 사람이 아버지 자신이라 해도 그 책은 끝까지 읽어야 했다. 나는 지금 도바우어[32]의 《교황사敎皇史》를 이렇게 독파한 어느 겨울 일이 생각난다. 교회에 대한 이러한 기술은 어린 아이나 젊은 사람들을 기쁘게 해줄 만한 것이 거의 하나도 나와 있지 않으므로 이것을 읽어나가야 했던 상태는 매우 지독한 상태였다.

---

32) 스코틀랜드의 예수회 신부. 후에 신교로 개종하였다. 1748년 이후 두꺼운 책 《교황사》 전5권을 발표하였다.

그러나 완전히 건성으로 억지로 읽어 나갔음에도 불구하고 이 낭독에서 많은 일이 나의 기억에 남아서 훗날에 많은 것을 그 속에서 인용할 수가 있었다.

이처럼 낯선 일들이 급속도로 뒤이어 일어나고, 그것이 유익한 일인가 아닌가 거의 숙고할 틈도 없을 정도였지만, 나의 아버지는 중요한 목적을 결코 놓치는 법이 없었다. 그는 나의 기억력과 사물을 파악하고 결합하는 나의 재능을 법률적인 문제로 이끌어 가려고 했다.

그리하여 그것을 위해서 문답 형식으로, 유스티니아누스 황제의 법의 내용과 형식에 대해서 씌어진 호프[33]의 작은 책을 나에게 건네주었다. 나는 얼마 안 가 문답을 암기하여 질문자와 응답자 양편의 역할을 똑같이 할 수 있게 되었다. 당시의 종교교육에서는 가장 신속하게 성서를 자기 것으로 이용할 수 있다는 것이 중요한 연습의 하나였던 것처럼 법률학에서도 《로마 법전》에 정통하는 것이 필요한 일이라고 생각되었다. 나는 이 점에 있어서도 이내 완전히 숙달되었다. 나의 아버지는 다시 앞으로 나가려고 시트루비우스의 작은 법률서를 나에게 주셨다. 그러나 이번에는 좀처럼 빨리 나갈 수가 없었다. 이 책의 형식은 초보자에게 맞게 씌어진 것이 아니었기 때문에 혼자 해치울 수가 없었다. 게다가 나의 아버지의 교육법은 나의 마음에 흥미를 일으킬 만큼 관대한 것이 아니었다.

우리가 수년 동안 지내오면서 알게 된 바로는 전쟁상태에서 뿐 아니라 시민생활 그 자체를 통해서 보아도 또 역사나 소설을 통독해 보아도 우리에게 너무나 뚜렷해진 사실이 있다. 그것은 법률이 소리를 죽였으며, 개인을 위해서 아무 도움이 되지 않는 경우가 대단히 많다는 것이다. 개인은 어떻게 사건을 처리해 갈 것인가, 자기가 스스로 해 볼 수밖에 없는 것이다.

---

33) 로마법 학자.

이제 우리는 성장하였다. 그리하여 누구나 해온 관습에 따라서 또 일이 있을 때는 자기 몸을 지키고 한편 말 위에서 다른 여러 가지 일들과 함께 칼싸움과 마술馬術도 배워야 했다. 칼싸움 연습은 우리로서는 매우 유쾌한 것이었다. 왜냐하면 우리는 벌써부터 목검木劍을 손에 넣을 수가 있었는데, 이번에는 강철 칼을 만들도록 허가받은 것이다. 그것을 마주치면 나에게는 그 소리가 매우 용감한 느낌을 주었다.

시에는 펜싱 선생이 두 명 살고 있었다. 한 사람은 상당히 나이가 든 독일인이며, 그의 칼쓰는 법은 엄밀하고 견실하였다. 또 한 사람은 프랑스인인데, 몸을 계속 앞으로 뒤로 움직이고 소리를 지르면서 재빠르게 달려 승리를 얻으려고 시도하였다. 어느 방식이 좋으냐 하는 것에 대해서는 의견이 여러 가지로 갈라졌다. 내가 함께 끼여 펜싱을 배우려고 한 소수의 패들은 프랑스인한테로 찾아갔다. 그리하여 우리는 앞으로 나아가고, 뒤로 물러나고, 찌르고 몸을 뒤로 비키고, 또 그때마다 기합 소리를 지르는 일에 익숙해졌다. 그런데 친구의 다수는 독일인 선생을 찾아가 정반대의 연습을 하였다. 이렇게 연습 방법이 저마다 다르기 때문에 각자는 자기 선생이 낫다고 확신하고 있었으며, 그래서 거의 동년배 청년들 사이에 불화를 불러일으켰다. 그리하여 하마터면 펜싱의 서로 다른 유파流波 사이에 진짜 싸움이 일어날 판이었다. 그도 그럴 것이 말다툼은 마치 칼로 싸우는 것처럼 격렬하게 일어났던 것이다. 그래서 결국 문제를 해결하기 위해서 두 선생 사이에 시합이 행하여졌다. 그 결과에 대해서는 자세히 얘기할 필요도 없을 것 같다. 독일인 선생은 성벽과 같은 자세로 겨누고 서서 유리한 기회를 엿보았다. 그는 찌르고 막아내면서 몇 번이나 적의 무기를 떨어뜨릴 수가 있었다. 상대편은 그것이 반칙이라고 주장하였다. 그리고 민첩한 운동을 계속하여 적을 매우 피로하게 만들었다. 그는 또 독일인을 두세 번 칼로 찔렀으나, 그것이 만일 진짜 싸움이었다면 그 자신의 목숨은 이미 잃어버렸으리라.

　요컨대 이 시합에서는 아무것도 결정이 나지 않았고 사태가 좋아진 것도 없었다. 다만 두세 명의 청년들이 같은 나라 사람인 선생에게 옮겨간 정도였다. 나도 그 중의 하나였다. 그러나 나는 이미 처음의 선생에게 배운 것이 너무나 많았기 때문에 새 선생이 그 버릇을 나에게서 빼버리기 위해서는 상당한 시간이 걸렸다. 그리고 이 선생은 대체로 우리 개종자들에 대해서는 처음부터 있었던 제자만큼 만족하지 않고 있었다.

　말타기에 있어서는 더 운이 나빴다. 나는 우연히 가을에 승마장에 보내져서 습기차고 차가운 계절에 배우기 시작했다. 이 아름다운 기술을 마치 학문처럼 다루기 때문에 나는 매우 마땅치 않았다. 처음부터 마지막까지 문제는 언제나 말의 허리를 어떻게 죄느냐 하는 것이었는데 허리의 어디를 죄는 것인지 그리고 어떻게 죄는 것이 제일 중요한지 아무도 설명해 주지 않았다.

　왜냐하면 여기서는 등자鐙子도 없이 말을 타고 다녔기 때문이다. 하여튼 가르치는 사람들은 배우는 사람을 속이고, 치욕을 주고 하는 것을 목적으로 삼는 것 같았다. 고삐를 걸고 떼는 것을 잊거나, 매를 떨어뜨리거나, 모자를 떨어뜨리면 이런 조그마한 실수들에 대해서 벌금을 내고, 비웃음까지 받아야 했다. 그래서 나는 다시없는 불쾌감을 느꼈다. 특히 마장馬場이 나로서는 매우 싫은 곳으로 생각되었다. 그곳은 불결하고 멋없이 넓고 축축하지 않을 때는 먼지가 일고 춥고 곰팡내가 나는 곳으로 나로서는 무엇이건 간에 극도로 불쾌했다. 교습소의 주사主事는 아마 아침식사나 그 밖의 선물에 의해서, 혹은 또 알랑거리는 태도에 농락되어, 다른 사람에게는 언제나 제일 좋은 말을 빌려 주면서 나에게는 제일 나쁜 말을 할당했다. 게다가 또 나를 기다리게 하거나 멸시하는 시늉을 보였기 때문에 본래 이 세상에서 가장 유쾌할 시간이어야 할 때 참으로 언짢은 몇 시간을 보내게 되었다.

이 시절의 이러한 인상들은 나의 가슴에 강한 흔적을 남겼다. 그래서 훗날에 가서 정신없이 무리하게 말을 타고 다니는 것이 익숙해져서 수일 간 또는 수주 간을 거의 말을 떠나지 않는 일도 있었으나, 옥내의 승마 연습장은 언제나 가능한 한 피했으며, 거기에 몇 분 이상 머문 일이 없었다. 대체로 어느 특수한 기술의 기초를 우리에게 가르칠 경우에는 흔히 괴롭고 불쾌한 방법이 쓰여지는 수가 있다. 후에 이러한 방법은 거북스럽고 해롭다는 것이 일반적으로 확인되고 나서부터는 무슨 일이고 청년들에게 쉽고 편한 방법으로 가르쳐야 한다는 교육 방침이 세워졌다. 그러나 그런 방법에서도 역시 또다른 피해와 불리한 점이 생기는 것이었다.

봄이 다가오자, 우리 가정은 다시 자리가 잡혀갔다. 전에 나는 시를 견학見學하여 종교적 또는 세속적, 그리고 공공 또는 사유의 건축물을 관람하기에 힘썼으며, 특히 당시까지 아직도 훌륭하게 보존되어 있던 고대의 유물에서 다시없는 만족을 느꼈던 것이다. 그러나 나중에 가서는 레르스너[34]의 《연대기》나 나의 아버지가 간직한 프랑크푸르트에 관한 책에 의해서 과거 각 시대의 인물의 모습을 상상하려고 노력하였다. 이 일은 시대·풍속 및 중요한 개인의 특수성에 깊이 주의를 기울임으로써 성공한 것이다.

고대의 유물 중에서 교탑橋塔에 걸어놓은 국사범國事犯들의 두개골頭蓋骨이 어릴 적부터 내 주의를 끌었다. 이것은 원래 세 개나 네 개가 걸려 있었던 것 같았다. 아무것도 걸려 있지 않은 쇠못 대가리가 박혀 있는 것을 보면 그렇게 생각된다. 그것들은 1616년 이후 시대의 비바람과 모든 침식을 견디며 보존된 것이다. 우리가 작센하우젠에서 프랑크푸르트로 돌아올 때마다 이 탑을 정면에서 바라보면 이 두

---

34) Achilles August Von Lersner ; 《연대기》의 제1부를 1706년에 출판하였다.

개골이 눈에 띄는 것이다. 나는 어려서부터 그들에 관한 이야기를
듣기를 좋아했다. 페트밀히[35]와 그 일당인 이들 반도叛徒들은 시정市政
에 불만을 품고 반항하여 반란을 꾀하고, 유태인 거리를 약탈하고
무시무시한 투쟁을 불러일으키다가 마침내 붙잡혀 황제의 대리代理
에 의해 사형을 선고받았던 것이다. 훗날에 가서 나는 그들에 관해
서 좀더 자세히 알고 싶었으므로, 반도들이 어떤 인간들이었던가를
물었다. 나는 그 시대에 씌어진 목판화가 들어있는 낡은 서적을 입
수했다. 그리고 그것에 의해서 이 사람들은 사형에 처해졌지만, 당
시의 시에도 여러 가지 문란한 일이 많았고 또 무책임한 일이 많이
행해졌기 때문에 동시에 많은 수의 의원들이 파면되었다는 것을 알
았다. 이 사건의 자세한 사정을 알고나서는 이 불행한 사람들이 장
래의 보다 좋은 상태를 위해서 바쳐진 희생자로 보여져 불쌍한 생각
이 들었다. 구귀족舊貴族의 림푸르크 회會[36]라든가 법률가·상인·직
공들이 정치에 참여하게 된 것은 이 시대에서 비롯된 것이었다. 그
리하여 이 정치는 베니스 풍風의 복잡한 투표방식에 의해서 보충되었
고, 여러 시민 단체에 의해서 제한되어 부정을 할 수 있는 특수한 자
유를 갖지 못했으며, 정의를 행하는 것을 사명으로 하였던 것이다.

소년 시절뿐 아니라 청년이 되고 나서도 내 마음을 압박한 기분나
쁜 사물 중에 특히 두드러진 것은 본래 '유데갓세'(유태인 골목길)라
고 부르는 유태인 가街의 상태였다. 이 거리는 전에는 시의 성벽과
호壕 사이의 한길보다 약간 넓은 정도의 한 가닥의 공간에 마치 우리
속에 처넣어진 것처럼 자리하고 있었다. 이 거리의 협소·불결·혼
잡, 귀에 거슬리는 말의 악센트, 그 모든 것이 겹치고 쌓여서 성문
옆을 지나면서 들여다보기만 해도 불쾌하기 짝이 없는 인상을 주었
다. 나는 오랫동안 혼자 이 도시로 들어갈 용기가 나지 않았다. 폭리

---

35) 1614년에 처형되었다.
36) 림푸르크 가문에 모인 구 귀족 단체 이름.

를 탐하며 예의를 모르고 끈덕지게 달라붙어 물건을 사라고 졸라대
는 많은 사람들의 귀찮은 거동들을 피해서 한 번 빠져 나온 후로는
다시는 그곳으로 발걸음을 돌리지 않았다.

그 무렵 고트프리트의 《연대기》[37]에 무시무시하게 그려져 있는 옛
날 이야기인 유태인이 그리스도 교도 아이들에 대해서 했다는 잔악
한 행위를 보고 나서는 그것이 항상 어린 마음에 우울하게 떠올랐
다. 근래에 와서 유태인은 전보다는 좋게 생각되었으나 교탑 아래
활모양의 벽에 지금도 꽤 뚜렷하게 볼 수 있는 그들의 불법을 드러
낸 커다란 풍자화는 그들에게는 불리한 증거가 되고 있다. 왜냐하면
그러한 그림은 개인의 장난에서 나온 것이 아니라 공공기관이 제작
한 것이기 때문이다.

그럼에도 불구하고 그들 유태인은 어디까지나 하나님의 선민選民
이었고 사정이야 어찌되었든 오래된 시대의 모습을 간직하고 세계
를 방황하고 있었다. 그밖에 그들은 활동적이고 붙임성이 있는 사람
들이며, 자기들의 습관을 엄격히 지키는 집요함에 대해서도 우리는
존경을 금할 수가 없었다. 게다가 특히 처녀들은 아름다웠다. 그리
고 그리스도교도 소년이 안식일에 피셔펠트[38]에서 그들을 만나 친절
하게 아는 척을 하면 기뻐하였다. 그러므로 나는 그들의 의식을 알
고 싶은 억제할 수 없는 호기심에 몰려서 할례割禮나 혼례식에 참석
하고, 또 '추수감사절'이란 어떤 것인가를 대충 알게 될 때까지는 방
문하기를 그치지 않았다. 나는 도처에서 환영을 받고 후대를 받았으
며 다시 방문해 달라는 초대를 받았다. 왜냐하면 나를 데리고 가서
혹은 초대해 준 이들이 세력 있는 사람들이었기 때문이다.

이런 일들로 해서 나는 대도시의 젊은 주인으로서 한 사물에서 다
른 사물로 전전하여 끌려다니며 구경을 하게 되었다. 그렇게 시민이

---

37) 1713년부터 수십 년에 걸쳐 출판된 대판大版의 《연대기》.
38) 유대인이 산책하는 장소.

평화와 안녕을 즐기고 있는 동안에도 무서운 사건들이 일어나지 않은 바는 아니었다. 어떤 때는 먼 곳이나 가까운 곳에서 화재가 일어나 평온한 가정 안에 있는 우리를 놀라게 했다. 또 어떤 때는 발작된 일대 범죄의 심리와 처벌이 시 전체를 몇 주 동안이나 불안하게 만들었다. 그래서 우리는 여러 가지 처형들의 목격자가 되지 않을 수가 없었다. 내가 분서焚書의 형에 입회한 일도 아마 여기에 말할 가치가 있으리라. 불태워진 것은 프랑스의 어느 우스개 소설의 재고품이었으며, 이 소설은 국가에 대해서 창 끝을 돌리지 않았으나, 종교와 풍습을 가차없이 공격했던 것이다. 무생물이 형벌을 받는 것을 보는 것도 무서운 일이었다. 책의 포장이 불 속에서 터지자 갈쿠리가 그것을 휘저어 흐트러놓아 불꽃이 더 잘 붙게 했다. 조금 있자, 불붙은 종이쪽들이 공중에 휘날렸다. 군중들은 다투어 이것을 주웠다. 우리도 한 권이 모일 때까지 그치지 않았다. 물론 우리처럼 금단의 즐거움을 맛본 자들도 적지 않았다. 작자가 공중에 대한 선전을 목표로 삼는다 해도 이 이상의 선전은 그 자신도 생각해 낼 수가 없었으리라.

그러나 그보다 더 평화로운 동기로 시내를 돌아다닌 일도 있었다. 나의 아버지는 일찍부터 나를 자신의 대리로 삼아 간단한 용무를 보게 했다. 특히 아버지는 일을 청부시킨 어느 직공을 독촉할 일을 나에게 위임했다. 아버지는 무엇이고 일을 면밀하게 시키려 하였고, 마지막에 현금지불이란 이유로 가격을 깎으려고 했기 때문에 그들은 필요이상으로 일을 끌었다. 그리하여 독촉을 하느라고 나는 거의 모든 공장을 나돌아다녔다. 그리고 타인의 경우에 자신을 놓고서 특수한 인간생활에 동감을 느끼고 즐거이 그에게 동정하는 것이 나의 성격적 결함이었으므로 나는 아버지의 이 위탁을 계기로 유쾌한 시간을 많이 보냈고 사람에 따라 제각기 그들을 다루는 법을 알았다. 그리고 갖가지 생활방식에 따르는 불가피한 조건들이 어떤 기쁨과 슬픔, 곤란과 편의를 수반하는가를 알았다. 나는 그것에 의해서 상층계급과 하층계급을 잇는 근면한 계급에 가까이 간 셈이다. 한편에는 간단한 조제품粗製品 생산에 종사하는 자가 있고, 다른 편에는 이미 가공된 것을 받으려고 하는 자가 있다면, 이 양자가 서로 뭔가를 받으며 각자 자기 방식에 따라 그 소원을 채울 수 있도록 마음과 손에 의해서 중개를 해주는 것이 수공업자다. 동시에 내가 몰래 주의를 기울인 대상은 각각의 수공업자의 가정상태였는데, 그 모습과 특색은 일에 따라서 달랐다. 이리하여 나의 마음속에는 모든 사람이라고까지는 할 수 없으나 인간의 모든 경우는 평등하다는 감정이 길러지고 강화되었다. 나로서는 적나라한 존재 그것이 중요한 조건이며, 그 밖의 것은 모두 아무래도 좋았다.

　나의 아버지는 순간적인 향락으로 바로 소비되어버릴 그런 것에 대한 지출은 여간해서 용서하지 않았다 ─가령 우리 가족이 어울려 마차를 몰고 행락지行樂地에 가서 음식에 얼마를 썼다 하는 일은 기억하는 것이 거의 없다. 그러나 그 대신 내적 가치가 있음은 물론 모양도 좋은 물건을 사는 데는 돈을 아끼지 않았다. 그는 전쟁이 끝날 무렵이 되자, 전쟁에 의해서 조금도 불편을 느낀 일이 없다. 하지만 그만큼 평화를 바라던 자도 없었다. 그런 마음에서 아버지는 나의 어머니에게 평화가 포고되면 바로 다이아몬드를 박은 금상자를 선물하겠다고 약속하였다. 이 행복한 평화를 대망하며 벌써 2,3년 전부터 이 선물에 대한 세공이 시작되고 있었다. 상당히 큰 이 상자는 하나우에서 제작되고 있었다. 그 까닭은 나의 아버지는 그 지방의 금세공업자 우두머리나 견직공장 윗자리에 있는 사람들과 친한 사이였기 때문이다. 이 함을 위한 도안이 여러 장 그려졌다. 뚜껑은 꽃바구니 그림으로 장식했고, 그 위에 올리브나무 가지를 입에 문 비둘기가 날아가고 있는 도안이었다. 보석을 박을 장소도 정해졌다. 보석의 일부는 비둘기에, 일부는 꽃에, 일부는 뚜껑을 여는 곳에 아로새기도록 되어 있었다. 완전한 세공과 그에 필요한 보석을 위탁받은 보석상은 라우텐자크라고 부르는 솜씨 있고 쾌활한 사람이었다. 그는 대부분의 재능있는 예술가가 그렇듯이 필요한 일은 좀처럼 하지 않고 언제나 즐거움을 주는 마음이 내키는 세공만을 하고 있었다. 보석은 함 뚜껑에 아로새겨지는 것과 똑같은 모양으로 뜬 검은 밀랍蜜蠟 위에 놓여져 매우 훌륭하게 보였으나, 시일이 흘러도 거기에서 황금 뚜껑으로 옮기기 위해서 밀랍 형에서 떼어내는 기색이 보이지 않았다. 나의 아버지는 처음 얼마 동안은 그대로 놓아두고 있었다. 그러나 평화의 희망이 차츰 짙어가고 마침내는 세상 사람들이 평화의 여러 조건을, 특히 요제프 대공을 로마 왕으로 추대하리라는 소식 따위를 자세히 알고 싶어할 무렵이 되자, 더 참고 기다릴 수가 없게 되었다. 나는 매주 몇 번씩이나, 아니 마침내는 거의 날마다 이 게으른 예술가를 찾아가야 했다. 내가 날마다 독촉하고 괴롭혔기 때문에 매우 더딘 속도이기는 하였으나 일이 진행되었다. 더딘 까닭은 이 세공이 착수했다가 바로 그만둘 수도 있는 성질의 일거리였기 때문이다. 그동안 끊임없이 무슨 일이 일어나면 그때마다 우리 일은 한쪽에 밀쳐져 팽개쳐지는 것이었다.

그러나 이런 태도를 갖는 주요한 원인은 이 예술가가 자기 비용으로 기획한 어떤 일이 있었기 때문이다. 프란츠 황제가 보석을 좋아하고 특히 색깔이 있는 돌을 사랑한 것은 주지의 사실이다. 라우텐자크는 막대한 돈(자기의 재산 이상의 액수라는 것이 후에 밝혀졌다)으로 이러한 보석을 사들여 그것으로 하나의 꽃다발을 만들기 시작하였다. 이 꽃다발은 모든 보석들이 각각의 모양과 색깔에 따라서 화려하게 떠올라, 전체가 황제의 보고寶庫 속에 저장될 값어치가 있을 만한 미술품이 만들어질 참이었다. 그는 자신의 게으른 방식으로 몇 년 동안이나 끌면서 그 세공에 종사하고 있었다. 그러나 이제 머지 않아 회복될 희망이 보이는 평화가 마침내 성립되면 황제가 황태자의 대관식을 위해서 프랑크푸르트로 올 것이 기대되기 때문에 그는 서둘러 이 세공을 완성하여 매듭을 지으려고 한 것이다. 그는 이러한 물건에 대한 나의 흥미를 교묘하게 이용해서 독촉의 사자로 온 나의 마음을 다른 곳으로 돌려서 목적을 잊게 하려고 했다. 그는 보석에 대한 지식을 나에게 주려고 했으며 이들 돌의 특색과 가치로 나의 주의를 돌리려고 하였다. 그 결과 나는 이 꽃다발 전체를 다 외어버리고, 그와 마찬가지로 그것을 손님에게 보이며 그에 못지않게 자랑하고 선전할 수 있게 되었다. 지금도 아직 그 돌들은 내 눈앞에 선명하게 떠오른다. 그리고 나는 이런 종류의 장식물로서 이보다 더 값진 것을 본 일은 있으나, 이보다 더 아름다운 것을 본 일이 없다. 그리고 그는 또 훌륭한 동판화와 화집과 그 밖의 미술품들을 가지고 있었으며, 그것들에 대해서 나에게 이야기해 주기를 좋아했다. 나는 많은 시간을 그와 함께 보냈고 거기서 배운 것도 적지 않았다. 마침내 후베르츠부르크 회의[39]가 결정되자, 그는 나를 위해서 남은 일을 해주었다. 그리고 꽃과 함께 비둘기가 평화의 축제날에 나의 어머니의 손에 들려진 것이다.

나는 화가들에게 주문한 그림을 독촉하기 위해서도 이러한 심부름을 자주 위촉받았다. 나의 아버지는 판자 위에 그린 그림은 캔버스 위에 그린 것보다 훨씬 가치가 있다는 생각을 고집하고 있었으며, 이런 생각에 사로잡히지 않은 사람은 드물었다. 그러므로 아버지는 여러 가지 모양의 품질좋은 참나무 판자를 구하려고 애썼다. 즉 이는 생각없는 예술가들이 이 중요한 일을 여전히 목수에게 맡기고 있다는 것을 알고 있었기 때문이다. 아버지는 매우 오래된 두꺼운 목판을 찾아냈다. 목수는 그것에 아교를 칠하고 대패로 밀고 다듬고 해서 매우 공을 들여야 했다. 그리하여 그것은 위층 방에 몇 년 동안 충분히 마르도록 보관되었다. 이렇게 귀중한 목판이 화가인 융

---

39) 7년전쟁 종국의 평화회의.

커에게 맡겨졌다. 그는 그 목판에 장식될 꽃병 하나를 극히 화려한 꽃과 함께 기교를 다한 섬세한 수법으로 사실적으로 그려야 했다. 마침 계절은 봄이었기 때문에 나는 매주 두세 차례, 내 손에 들어온 제일 아름다운 꽃을 들고 그에게 가는 일을 게을리하지 않았다. 그는 바로 그것을 그림에 그려 이들을 바탕으로 전체를 차차 다시없이 충실하게 열심히 그려 나갔다. 때마침 나는 쥐를 한 마리 붙잡아서 그것을 그에게 가져갔다. 그는 이러한 가련한 동물을 사생하는 데 흥미를 느끼고, 꽃병 아래에서 쥐가 보리 이삭을 뜯고 있는 모습을 매우 정밀하게 그렸다. 그런 다음 또 나비며 딱정벌레 따위의 해롭지 않은 곤충들을 그려 넣었다. 그 결과 마침내 모사와 기교 끝에 매우 훌륭한 그림이 완성되었다.

그러므로 작품이 며칠 사이에 인도되려고 하던 어느 날, 이 선량한 사람이 이 그림이 자기 마음에 들지 않는다는 것을 자세히 설명해 주었을 때, 나는 적지않이 놀라지 않을 수 없었다. 그가 말하는 바에 의하면, 이 그림은 세부는 잘되어 있으나 전체적인 구성이 좋지 않다는 것이다. 왜냐하면 이 그림은 서서히 그려진 것이지만, 그리기에 앞서 빛과 그림자와 색에 대한 일반적인 계획을 세우지 않았으며, 따라서 꽃 하나하나를 그런 계획에 따라서 정돈하지 못했기 때문이라는 것이다. 그가 반 년 동안을 내 눈앞에서 그렸으며, 부분적으로는 내 마음에 든 이 그림을 나는 그와 함께 자세하게 검토했다. 나는 분한 느낌이지만, 그에게 완전히 설복당하고 말았다. 그는 또 쥐를 그린 것을 실패라고 생각했다. 이런 동물은 많은 사람들이 기분나빠 하는 것이기 때문에 좋은 기분을 불러일으키려는 곳에 그런 것을 갖다놓아서는 안 된다는 것이었다. 흔히 말하는 선입견적 편견이 고쳐지고 보니 이때까지보다 자기가 훨씬 현명해진 것처럼 느끼는 사람이 그렇듯이 나는 그의 말에 의해서 이 미술품에 대하여 갑자기 경멸을 느끼게 되었다. 그리고 그가 같은 크기의 목판을 새로 만들어 달라고 하자, 이 화가의 주장에 완전히 동의하게 되었다. 그는 이 새 목판에 그 자신의 취미에 따라서 더 모양이 좋은 꽃병과 더 예술적으로 정돈된 꽃다발을 그렸고, 또 살아 있는 조그마한 부속물을 우아하고 산뜻하게 배치할 수가 있었다. 이 목판에 그림을 그릴 때도 그는 주도면밀한 계획을 세워 그렸다. 물론 이미 그려진 처음의 그림을 베껴 그리기도 하고 여러 해 동안 열성어린 실지 경험의 도움을 받아서 그렸다.

두 장의 그림이 완성되자, 우리는 뒤의 그림이 분명히 낫다고 생각했다. 사실 그것은 먼저 그린 작품보다 기교를 더한 그림이었으며 사람의 시선을 더욱 끄는 그림이었다. 아버지는 한 장이 아니라 두 장의 그림을 보고 놀랐다. 선택은 그에게 맡겨졌다. 아버지는 우리의 의견이나 이유, 특히 화가의 성의와 근면을 승인하였으나 2, 3일 동안 두 그림을 바라보던 끝에 처음의 그림을 선택하기로 결정하였다. 그러나 이 선택에 대해서는 여러 말을 하지 않았다. 화가는 불만스러웠지만, 자기가 호의를 가지고 그린 제2의 그림을 가지고 돌아갔다. 그리고 나에 대해서 아버지의 선정에 작용을 한 것은 첫번 그림이 그려진 품질좋은 참나무 판자 때문이라는 그의 관찰을 이야기하지 않을 수 없었다.

여기서 내가 다시 그림에 대해서 이야기를 하게 되니, 내 기억에는 커다란 설비가 떠올랐다. 이 설비와 그 경영자는 특히 나의 마음을 끌었기 때문에 나는 거기에 가 있는 때가 많았다. 그것은 화가 노트나겔이 세운 커다란 유포油布 제조공장이었다. 그는 미술가로서도 전문가라 할 수 있지만, 그의 재능이나 사물을 생각하는 방식으로 보아 미술보다는 차라리 공장 경영에 맞는 사람이었다. 큰 뒤뜰과 정원을 가진 넓은 장소에서 모든 종류의 유포가 제조되고 있었다. 주격으로 밀랍을 먹여 짐수레며 그 밖의 것에 사용되는 가장 거친 유포를 위시해서 무늬를 틀로 눌러 찍은 벽포壁布 그리고 노련한 직공들이 밀랍을 가지고 솔로 중국풍의 공상적인 화초나 자연적인 꽃, 혹은 인물, 혹은 풍경을 그려넣은 우량품 또는 최고급품에 이르기까지, 거기서 각종 유포가 제조되고 있었던 것이다. 그곳의 한없이 복잡한 환경이 나를 대단히 기쁘게 했다. 제일 하찮은 일에서부터 어떤 예술적 가치를 인정하지 않을 수 없는 일에 이르기까지 이토록 많은 사람이 일에 종사하고 있는 것이 나로서는 매우 재미있었다. 한 줄로 주욱 늘어선 수많은 제조실에서 일하고 있는 젊고 늙은 많은 직공들을 나는 알게 되었고, 나 자신이 때대로 일을 돕기도 하였다. 이들 상품은 대단히 잘 팔렸다. 당시 집을 세우고 혹은 가구를 들여놓는 사람들은 일생 동안 그것으로 살아가려고 하였는데, 거기에는 이 유포가 안성맞춤으로 사용되고 언제까지나 파손되지 않았다. 노트나겔 자신은 전부를 지휘하기 때문에 매우 바빴고, 지배인이나 직공들에게 둘러싸여 그의 사무실을 떠나지 않았다. 여가 시간이면 그는 미술품 수집에 여념이 없었는데, 그것은 주로 동판화였다. 때때로 그는 그것을 소장하고 있는 그림과 함께 내다팔았다. 동시에 그는 에칭(부식동판화腐蝕銅版畵)에 흥미를 가지게 되었고, 여러 가지 판자에 그것을 시험했으며, 이 기술을 줄곧 만년까지 계속했다.

이분의 주택은 에센하임 성문 근처에 있었기 때문에 그를 방문할 때는 대개 시외로 나가서, 나의 아버지가 교외에 가지고 있던 토지까지 발걸음을 옮겼다. 그 소유지의 하나는 커다란 식수원이었으며, 땅은 목장으로 이용되고 있었다. 차용지借用地였지만 아버지는 거기에 수목을 심고 그 밖의 보존이 필요한 일에 세심한 주의를 기울였다. 그보다도 그가 더욱 공을 들인 것은 프리트베르크 성문 밖에 있는 손질이 잘된 포도밭이었다. 거기서 아버지는 늘어선 포도나무 사이에 몇 고랑의 아스파라거스를 공들여 심어놓고 돌보고 있었다. 좋은 계절이 돌아오면 아버지는 하루도 거르지 않고 그곳에 나타났다. 그때 우리도 대개 동행이 허락되고, 봄의 첫 수확물에서 가을의 마지막 산물까지 맛볼 수 있었다. 우리는 또 과수원 일을 배웠는데, 해마다 반복되는 일이기 때문에 결국 그것에 완전히 정통하게 되었다. 여름과 가을에 여러 가지 과일의 수확이 있고 나서, 마찬가지로 포도를 거두어들이는 일이 제일 즐겁고 제일 기다려지는 일이었다. 포도는 그것이 산출되고 또한 포도주를 즐겨 마시는 지방에서는 다른 지방보다 자유로운 성격을 얻게 마련인데, 여름이 가고 겨울을 맞이할 무렵의 포도를 거둬들이는 며칠은 뭐라고 말할 수 없는 즐겁고 활기찬 공기가 넘쳐 흐른다. 열락悅樂과 환성이 그 지방 전체에 넘친다. 낮 동안은 어디를 가나 환호와 축포소리가 들리고 밤이 되면 여기저기에서 로켓이며 불꽃이 빛난다. 어디서나 사람들은 잘 줄을 모르고 이 축제를 될수록 오래 끌려고 한다. 그런 뒤에는 또 포도주를 짜고 지하실에서 발효시키는 일이 있다. 그래서 집에서나 우리에게는 재미있는 일이 일어난다. 이리하여 자신도 모르는 사이에 계절은 겨울로 접어든다.

이 시골의 소유지는 1763년의 봄에는 우리에게 더욱 즐거운 곳이 되었다. 왜냐하면 이 해 2월 15일은 후베르츠부르크의 평화 수립으로 축제일이었기 때문이다. 나의 생애의 대부분은 이 평화 수립의 결과로 행복하게 살아가게 되었다. 그러나 내가 붓을 더 앞으로 옮겨가기 전에 나의 소년시절에 커다란 영향을 준 몇 명의 사람들을 상기할 의무가 있다고 생각한다.

폰 올렌실라거[40]는 프라우엔시타인 가의 일원이고 배심판사이며 앞에 말한 바 있는 오르트 박사의 사위다. 그는 풍채가 훌륭하고 호감이 가는 쾌활한 사람이었다. 그가 그 시장市長의 예복을 차려입고 나서면 이렇다 할 명성높은 프랑스의 대주교를 방불케 하는 풍채였다. 대학에서 연구를 마친 그는 궁정이나 정치상의 사무에 종사하여

---

40) 1770년 시장이 되었다.

그런 용무로 여행을 하였다. 그는 특히 나에게 관심을 가지고 자기가 특별한 흥미를 느끼는 일에 대해서 나와 자주 이야기하였다.

나는 그가 마침 《황금헌장黃金憲章의 주석註釋》[41]을 쓰고 있을 때, 그의 주위에 있었으므로, 그는 이 문서의 가치와 존엄성을 극히 명료하게 나에게 설명해 주었다. 그의 이야기에 의해서 나의 상상력은 다시 저 조잡하고 불안한 시대로 끌려 들어갔다. 그가 이야기해 준 역사를 나는 눈앞에 있는 사건처럼 성격과 환경을 때로는 몸짓까지 해가며 표현하지 않을 수 없었다. 그것을 듣고 그는 매우 기뻐하며 박수 갈채를 하고 나를 선동하여 다시 몇 번이고 반복케 했다.

나는 어려서부터 언제나 책의 첫머리나 작품을 부분적으로 암기하는 이상한 습관이 있었다. 처음에는 《창세기》를, 다음에는 《아에네이스》나 《변형》을 암기하였다. 그래서 《황금 헌장》에 대해서도 같은 일을 하였다. 내가 갑자기 정색을 하고 "스스로 분열하는 나라는 모두 붕괴하고 말리라. 왜냐하면 그 나라의 제후들은 도적의 무리가 되기 때문에"[42] 하고 외치면 나의 애호자는 미소를 지었다. 이 현명한 사람은 미소하면서 머리를 흔들고 "황제가 국회에서 제후들을 향해서 이런 말을 발표하게 했다니, 도대체 그 시대는 어떤 시대였단 말인가" 하고 모르겠다는 듯이 말했다.

폰 올렌실라거는 사람과 어울리는 데 매우 적합한 사람이었다. 그의 집에 손님들이 모이는 일은 드물었지만 재능이 반짝이는 담화를 매우 좋아했다. 그리고 때때로 우리 젊은이들에게 연극을 시켰다. 그는 이러한 연습이 청년들에게 매우 유익하다고 생각했기 때문이다. 우리는 실레겔의 《카누트》를 연출했다. 그때 나에게는 국왕의 역이, 누이동생에게는 에스트리테, 그의 막내아들에게는 울포 역할이 배당되었다. 우리는 배우로서의 재능말고도 말의 연습도 해야 했기

---

41) 1766년 출판.
42) 《황금헌장》의 첫 구절.

때문에 다음에는 대담하게 《브리타니쿠스》를 해보았다. 나는 네로, 누이동생은 아그리피나, 그의 젊은 아들은 브리타니쿠스를 맡았다. 우리는 과분한 칭찬을 받았지만, 그래도 칭찬받은 것 이상으로 연극을 잘했다고 생각했다. 이렇게 해서 나는 이 가족과 극히 친밀한 교제를 갖고, 덕택에 여러 가지 즐거움을 맛보았으며, 정신적으로도 여느 때보다 빠른 발전을 보게 되었다.

오랜 귀족 집안 출신의 유능하고 성실하기는 하나 외고집인 폰 라이네크[43]는 깡마른 얼굴의 까무잡잡한 사내로, 나는 그가 미소짓는 것을 본 일이 없었다. 그는 자기의 하나뿐인 딸이 가까운 친구에게 유괴되는 불행한 꼴을 본 것이다. 그는 사위를 매우 가혹한 소송에 의해서 괴롭혔다. 재판소는 형식에 구애되고 그의 복수심을 재빠르게, 그리고 충분히 효과 있게 만족시켜 주지 않았기 때문에 그는 재판소와도 항쟁하게 되었다. 쟁의爭議에서 쟁의가 생겨나고 소송에서 소송이 이어져 나갔다. 그는 자기 집과 거기에 딸린 정원에만 틀어박혀서 휑하니 넓고 쓸쓸한 아래층 방에서 혼자 살았다. 그의 방에는 몇 년 동안 페인트 공의 페인트 솔도 들어간 일이 없었고, 아마하녀의 비질도 못 보았으리라. 그는 나를 사랑하고 특히 그의 작은 아들을 나에게 소개하였다. 그는 자기와 뜻이 맞는 옛친구나 변호사나 사무원을 자주 초대해서 식사를 했는데, 그때 나도 빠짐없이 초대되었다. 그의 집의 식사는 매우 훌륭한 것이었고 술은 더욱 좋았다. 그러나 벽난로에 틈새가 많아 연기가 새기 때문에 한 번은 대담하게 주인에게 이 일을 말하고 한 겨울을 어떻게 이런 불편 속에서 견디느냐고 물었다. 주인은 이에 대해서 마치 제2의 티몬[44]처럼 또 자학자自虐者처럼 이렇게 대답했다. "이것이 나를 괴롭히는 불행 중에서 가장 큰 것이라면 좋겠는데." 후일에 가서 그는 가까스로 설득

---

43) 작센 및 폴렌의 군사참의관.
44) Timon ; B.C 5세기경의 그리스의 철학자. 인간증오가人間憎惡家 · 자학가自虐家로서 알려졌다.

을 받고서 딸과 손자를 만나기에 이르렀으나, 사위에게는 두 번 다시 만날 것을 용납하지 않았다.

이렇게 정직한, 그러면서도 불행한 사람이 나와 만나면 매우 좋은 영향을 주는 것이었다. 왜냐하면 그는 나와 기꺼이 이야기를 하였고 특히 세계나 정계의 사정을 나에게 가르쳐 주는 동안에 자기의 기분이 가벼워지고 밝아지는 것을 느끼는 것처럼 보였기 때문이다. 또 그 주위에 모여들던 소수의 친구들은 그의 우울증을 완화시키고 기분을 전환하기 위해서 외출을 시킬 때는 나를 자주 이용했다. 사실 그는 우리와 자주 마차로 멀리 나다녔고, 여러 해 동안 한 번도 가보지 않은 지방을 다시금 자세히 구경하며 돌아다녔다. 그는 옛날의 지주들을 회상하기도 하고 그들의 성격이나 사건을 이야기해 주기도 했다. 그런 경우, 그는 언제나 진지하기는 했으나, 때때로 쾌활하고 기지를 풍부하게 발휘하는 것이었다. 우리는 이번에는 다시 그를 다른 사람들의 모임에 데려 가려고 하였으나 이것은 하마터면 큰 재난을 초래할 뻔했다.

그와 비슷한 나이였던 폰 말라파르트라[45]라는 사람이 있었다. 그는 로스마르크트 가에 매우 화려한 저택을 가지고 있었으며 염전에서 상당한 수입을 거두어들이고 있는 부유한 사람이었다. 그도 역시 은퇴 생활을 하고 있었으나, 여름에는 대개 보켄하이머 문[州] 밖에 있는 그의 정원에서 매우 아름다운 패랭이꽃(석죽)을 가꾸고 있었다.

폰 라이네크도 패랭이꽃 애호가였다. 그래서 꽃이 한창일 때 그들 두 사람이 서로 방문할 마음은 없는가 하고 권해 보기로 했다. 우리가 나서서 권한 결과, 마침내 폰 라이네크가 우리와 함께 일요일 오후에 말라파르트 씨를 찾아갈 결심을 하도록 할 수가 있었다. 이 두 노인의 인사는 극히 간결하다기보다 차라리 무언극 같았다. 그리하

---

45) 실제는 라이네크보다 연장자.

여 그들은 완전히 외교관과 같은 발걸음으로 길게 뻗친 패랭이꽃 하단을 따라 이리저리 돌아다녔다. 꽃은 정말 놀랍도록 아름다웠다. 저마다 모양과 색깔이 다른 갖가지 패랭이꽃이 피었고, 어떤 종류의 꽃은 다른 것보다 뛰어난 특징과 진기함을 가지고 있었다. 그것이 마침내 일종의 대화를 만들어 냈으며, 이야기는 상당히 정다워져 가는 것처럼 보였다. 우리는 매우 기뻐하였다. 뿐만 아니라 가까운 정자 안에는 오래된 최고품의 라인술을 담은 커트글라스 병이나 훌륭한 과일, 그 밖의 맛있는 것들이 푸짐하게 식탁 위에 나오는 것을 보자 더 한층 기뻤다. 그러나 유감스럽게도 우리는 그것을 맛보지 못하고 말았다. 왜냐하면 불행하게도 폰 라이네크가 매우 아름다운 한 송이 패랭이꽃이 머리를 숙이고 있는 것을 보았기 때문이다. 그는 검지손가락과 중지손가락으로 그 구부린 꽃줄기를 조심스럽게 들어 올려 꽃이 바로 서게 받쳐 올렸다. 그런데 이렇게 살짝 손을 댔는데도 주인의 기분을 상하게 했다. 폰 말라파르트 씨는 정중했지만 딱딱한 말투로, 그리고 차라리 약간 자랑스런 모습으로 "손이 아니라 눈으로" 하고 주의를 주었다. 폰 라이네크는 이미 꽃에서 손을 떼고 있었으나, 이 말을 듣자마자 벌컥 화를 냈다. 그리고 보통 때의 무뚝뚝하고 엄숙한 어조로 "이렇게 손에 꽃을 들고 구경하는 것은 이 방면의 사람이나 애호자에게는 당연한 일입니다" 하고 말했다. 그리하여 또 같은 동작을 다시 한 번 되풀이하며 꽃을 손가락 사이에 끼었다. 두 사람의 친구들(말라파르트도 한 사람의 친구를 데리고 있었다)은 매우 당황하였다. 그들은 한 마리의 토끼를 몰아버리고 다른 토끼를 쫓아가게 하였다(이것은 대화가 중단되어 다른 화제로 옮겨가야 할 경우를 말하는 속담 같은 말). 그러나 그것은 아무 소용도 없었다. 두 노신사는 입을 완전히 봉해 버렸다. 그리하여 우리는 폰 라이네크가 금방 또 그 행위를 되풀이하지 않을까 걱정하였다. 그렇게 되면 우리는 만사가 끝나버리게 된다. 양편 친구들은 두 사람의 마음을 다른 곳으로 돌려 둘을 갈라놓았다. 그리고 우리가 마침내 그곳을 떠날 준비를 한 것은 매우 현명한 일이었는데, 그렇게 해서 우리는 유감스럽게도 먹음직한 식탁에 손도 대지 못하고 떠나야 했던 것이다.

궁중고문관 휘스겐은 프랑크푸르트 태생이 아니고 칼뱅 파派의 신자였기 때문에 공직에 앉을 수도, 변호사가 될 자격도 없었다. 그러나 우수한 법률가로서 대단한 신뢰를 받고 있었기 때문에 프랑크푸르트에서도 대법원에서도 다른 사람의 이름으로 변호사 일을 볼 수 있게 했다. 나는 그의 아들과 쓰기 연습을 함께 하였으며, 그 때문에 그의 집에 드나들 무렵, 그는 이미 60세나 되었다. 그는 몸집이 컸으며, 마르지는 않았으나 키가 크고, 뚱뚱하지도 않은데 어깨가 벌어져 있었다. 그의 얼굴은 곰보 자국으로 보기 흉했을 뿐 아니라 한 눈이 없었기 때문에 처음 대하는 사람은 불쾌한 인상을 받았다. 그는 대머리에 언제나 술이 달린 리본으로 묶은 새하얀 종鍾 모양의 모자를 쓰고 있었다. 광택이 있는 라사 혹은 비단으로 만든 그의 실내복은 매우 산뜻해 보였다. 그는 가로수 길가의 1층에 있는 매우 밝은 방에 들어 살고 있었다. 그의 주위의 깨끗함은 이 밝은 채광에 매우 잘 어울렸다. 서류·서적·지도 등이 질서정연하게 정돈되어 있어서 매우 좋은 인상을 주었다. 그의 아들 하인리히 세바스찬은 미술에 관한 여러 가지 저작에 의해서 유명해졌지만, 그 소년시절에는 그리 유망한 아이가 아니었다. 사람은 좋으나 예절머리가 없었고, 조잡하다고까지는 할 수 없으나, 무엇을 외곬으로 배우려는 특별한 욕구도 없었다. 그리고 그는 바라는 것은 무엇이고 어머니로부터 받을 수 있었기 때문에 아버지 앞에 있는 것을 피하려고 하였다. 그러나 나는 이 아들과는 반대로 노인을 깊이 알게 됨에 따라 더욱 그와 친하게 지냈다. 그는 중요한 법률사건만을 맡고 있었기 때문에 다른 일을 하거나 오락을 즐길 여가가 충분히 있었다. 내가 그와 가깝게 지내고 그의 가르침을 받게 됨에 따라 나는 곧 그가 신과 세상을 배반하고 있는 사람이란 것을 알았다. 그의 애독서중 하나는 아그리파의 《학문의 무용론》[46]이며 그는 이 책을 특히 나에게 추천하였다. 나의 젊은 두뇌는 그것에 의해서 한동안 혼란에 빠졌다. 그러나 젊은 이 특유의 태평스런 기분이 나를 일종의 낙천주의로 기울게 해서 하나님이나 신들과 다시 화해하게 되었다. 왜냐하면 세월이 지남에 따라서 나는 악惡에 대해서 균형을 갖는 것이 여러 가지 것이 있다는 것, 고난을 받아도 구원되는 일이 있으며, 반드시 파멸하는 것이 아니라는 것을 경험을 통해서 알게 되었기 때문이다. 그리고 또 인간의 행동을 나는 너그럽게 보게 되었고 이 노인이 결코 만족할 수 없었던 것에 대해서도 여러 가지로 칭찬할 가치가 있다는 것을 찾아냈다. 한번은 그가 이 세계의 추악한 면을 계속 늘어놓을 때, 나는 그가 그런 식으로 중요한 결론을 지으려 하는 것을 알았다. 즉 이런 경우의 그의 버릇은 보이지 않는 왼쪽 눈을 꼭 감고 오른쪽 눈으로 날카롭게 앞을 바라보며 콧소리로 "나는 신에게서도 결점을 발견한다"고 말했기 때문이었다.

우리 티몬 파 선생은 수학자이기도 했다. 그러나 그의 실제적인 성격은 그를 기계학으로 끌고 갔다. 물론 그는 스스로의 손으로 일을 하는 법은 없었다. 그 당시로서는 경이로운 일이 아닐 수 없는 시계, 그것은 시간과 날짜 외에 태양과 달의 운동까지 나타내는 장치가 있는 시계를 그는 자신의 설계로 제작시켰다. 일요일 아침 열 시면 그는 언제나 이 시계의 태엽을 감고 있었다. 그는 결코 교회에 가는 일이 없었기 때문에 더욱 정확하게 이것을 할 수 있었다.

나는 그의 집에 회합이 열리거나 손님이 오는 것을 본 일이 없었다. 그가 정장을 하고 외출하는 일을 나는 10년 동안에 겨우 두 번 정도밖에 본 일이 없다.

---

46) 아그리파의 주저主著. 당시 학문의 현상現狀에 대한 날카로운 풍자서.

이런 사람들과 내가 교환한 담화는 결코 쓸모없는 것들은 아니었다. 사람들은 저마다의 방식으로 나에게 영향을 주었다. 이런 사람들로서는 내가 결코 그들의 친아들에 못지않은 존재였으며, 흔히 나에게 그 이상의 주의를 기울여 주는 것이었다. 그리하여 그들은 각각 나를 정신적으로 제2의 자신으로 만들려고 애쓰고, 그것에 의해서 자신의 사랑하는 아들처럼 나에게서 자신의 즐거움을 맛보려고 하였다. 올렌실라거는 나를 궁내관宮內官으로, 라이네크는 나를 외교 방면의 사무가로 만들려고 하였다. 이 두 사람, 특히 후자는 나에게 시詩나 저술에 반감을 갖게 하려고 하였다. 휘스겐은 나를 자기와 같은 티몬으로 만들려 하였으며, 동시에 훌륭한 법률가로 만들려 했다. 그의 생각에 의하면 법률가라는 것은 필요불가결한 직업이며, 자기와 자기의 가족을 악인에 대해서 합법적으로 방위하고, 압박을 받는 자를 돕고, 또 유사시에 악한을 징벌해 줄 수가 있지만, 이 마지막 일은 특히 힘써 할 일도 장려할 일도 아니라는 것이었다.

나는 그들의 충고나 지도를 이용하기 위해서 이들과 즐겨 가깝게 지내고 있었으나, 한편 또 나보다 나이가 조금밖에 많지 않은 젊은 사람들과 어울리게 되면 직접 그들과 경쟁하고 싶은 마음이 용솟음쳤다. 나는 그 중에서 특히 실로서 형제兄弟⁴⁷⁾와 그리스바하⁴⁸⁾의 이름을 들겠다. 그러나 후에 가서 나는 이분들과 한층 친밀하게 지내고 그 관계가 여러 해 끊이지 않고 계속되었으므로, 여기서는 다만 다음의 일만을 이야기하는 것으로 그치겠다. 당시 그들은 어학 및 그 밖의 대학 교육의 예비가 될 여러 학과에 있어서 우수하다는 칭찬을 받았고, 우리의 모범으로 추천되었다. 그리고 누구나 그들이 후일 정계나 종교계에서 비범한 업적을 이루리라는 기대를 가지고 있던 것이다.

---

47) 세 사람 모두 변호사였다.
48) 성서 연구가. 할레 및 예나 대학의 교수가 되었다.

나에 대해서 말하자면 나도 뭔가 비범한 일을 할 생각을 가지고 있었다. 그것이 무엇인가는 나 자신도 확실치 않았다. 그러나 인간이란 것은 스스로 힘써 얻어야 할 공적보다는 받고 싶다고 생각하는 보수를 먼저 생각하는 법이지만, 털어놓고 말하자면, 내가 바람직한 행복을 상상할 경우, 그것이 시인의 머리를 장식하기 위해서 엮어진 월계관의 모양으로 나타날 때, 나에게 가장 매력적인 것이었다.

제5장

새에게는 저마다 유혹의 미끼가 있다. 그리고 인간은 누구나 제각기 특유한 방법으로 이끌리고 유혹되곤 한다. 천성·교육·습관·환경이 나를 모든 조잡하고 무식한 일에서 멀리해 주었다. 나는 하층계급, 특히 직공들과 자주 접촉하였으나, 거기에서 친밀한 관계가 생기지는 않았다. 무언가 어떤 이상한 일, 어쩌면 위험한 일을 계획할 대담성을 나는 충분히 가지고 있었고, 또 그것을 시험해 볼 생각도 자주 일어났으나, 그러나 막상 그것을 붙잡을 방법이 나에게는 없었다.

그러나 나는 참말로 뜻밖에 어떤 관계 속에 휘말려 들어가 그 때문에 무서운 위험에 다가가서 적어도 한동안은 당황과 고난에 빠져 있었다. 내가 필라데스라고 이름지은 바 있는 그 소년과의 친밀한 교우관계는 청년시절까지 계속되었다. 양편의 부모들은 친한 관계가 아니었으므로 우리가 만나는 것은 전보다 적어졌지만, 그러나 만나기만 하면 언제나 옛 우정의 기쁨이 솟아났다. 어느날, 우리는 성^聖 갈렌의 안팎 두 문 사이에 있는 아주 기분좋은 산책길인 가로수길에서 만났다. 인사가 끝나자마자, 그는 나에게 말했다. "네 시를 가지고서 나는 언제나 똑같은 경험을 한단 말이야. 지난번에 네가 보내 준 그 시를 유쾌한 2, 3명의 친구들에게 읽어주었더니 아무도

네가 지은 것으로는 인정해 주지 않지 뭐야."— "상관없어" 하고 나는 대답했다. "우리는 시를 써서 즐거움으로 삼자는 것이거든. 남이 그것을 어떻게 생각하든, 뭐라고 하든 괜찮아." "마침 저기에 그 불신자 하나가 오는군" 하고 친구는 말했다. — "그런 이야기는 하지 않기로 하자. 해보았자, 무슨 소용이 있겠니. 그들을 개심시킬 수는 없으니까." 이것이 나의 대답이었다. — "그런 일이 어딨어" 하고 친구는 말했다. "나는 저놈을 그대로 놔둘 수 없어."

아무것도 아닌 대화를 주고받은 뒤 나에 대해서 지나친 호의를 가진 이 젊은 친구는 가만히 있을 수가 없었던 모양이었다. 약간 감정적으로 그 사람에게 말했다. "지난번의 그 좋은 시를 쓴 친구는 바로 이 사람이라네. 자네는 그것을 믿으려고 하지 않겠지만"— "이 사람은 그렇다고 절대 나쁘게는 생각지 않을 걸세" 하고 그 사람은 대답했다. "그런 시를 지으려면 이렇게 젊은 사람으로서는 도저히 가질 수 없는 학문이 필요하다고 우리가 생각하는 것은 오히려 작자에게 경의를 표하는 일이 되는 셈이거든." — 그것에 대해서 나는 그저 평범한 말로써 대답했다. 나의 친구는 말을 계속했다. "자네를 믿게 하는 데는 별로 큰 힘이 들지 않을 걸세. 이 사람에게 무슨 제목을 하나 내주게. 이 자리에서 이 사람이 시를 하나 지어서 자네에게 보여 줄 테니"— 나는 이 제의를 받아들였다. 세 사람의 의견은 일치했다. 그리하여 그 사내는 "어느 수줍음이 많은 젊은 처녀가 자기의 사랑을 고백하기 위해서 어느 청년에게 보내는 사랑의 편지를 깨끗한 시로 써낼 자신이 있는가" 하고 나에게 물었다. — "종이와 펜만 있으면 쉬운 일이오" 하고 나는 대답했다. 그 사내는 자기 호주머니에서 수첩을 꺼냈는데, 거기에는 백지가 많이 있었다. 나는 벤치에 앉아서 시를 썼다. 그동안 그들은 여기저기 거닐면서 나에게서 눈을 떼지 않았다. 나는 바로 그러한 처녀의 경우를 머릿속에 떠올렸다. 그리고 만일 어떤 아름다운 소녀가 실제로 나에게 마음을 갖고서 산문이나 운문으로 마음을 고백하려고 한다면 얼마나 아름다울까 하고 생각했다. 나는 그래서 바로 사랑을 고백하는 글귀를 쓰기 시작하였다. 그리하여 그것은 크니텔 시격詩格[1]과 마드리갈 체體[2]라고도 할 수 있는 중간 시형詩型으로 될수록 소박한 양식으로 짧은 시간에 써냈다. 이 단시短詩를 두 사람 앞에서 낭독하자, 의심하고 있던 자는 놀라고 나의 친구는 기뻐 어쩔 줄 몰랐다. 이 시는 그의 수첩 속에 씌어졌으며, 나로서는 나의 재능의 증거를 그의 손에 남겨두고 있었기 때문에 이 시를 갖고 싶다고 하는 그의 희망을 더욱 거절할 수가 없었다. 그는 자기의 놀라움과 나에 대한 호의를 증명하는 말을 몇 번이나 말한 뒤에 헤어졌는데, 무엇보다도 나를 자주 만나고 싶다고 말했기 때문에 우리는 머지않아 함께 교외로 나갈 약속을 하였다.

우리의 소풍 일행이 구성되었다. 몇 명의 비슷한 청년이 함께 가기로 했다. 그것은 중류의, 그러나 생각하기에 따라서는 하층계급에 속하는 사람들이었다. 그들의 두뇌는 부족한 점이 없었으며, 학교 교육을 받았기 때문에 많은 지식과 교양을 가지고 있었다. 부유한 대도시에는 생업의 길도 여러 가지가 있는 것이다. 그들은 변호사를 위해서 서사書寫를 하거나, 낮은 계급 아이들을 자기 집에서 가르쳐서 보통 예비학교에서 받는 정도 이상의 실력을 붙여주기도 하면서 생활을 꾸려 나가고 있었다. 견진성사堅振聖事를 받을 정도의 나이가 된 아이들에게 종교수업을 복습시켜 주기도 했다. 또 중매인이나 상인들을 위해서 일을 봐주고 뛰어다니며 심부름도 해주었다. 그리고 저녁이면, 또 특히 일요일이나 축제일에는 무언가 조그마한 규모로 즐거움을 함께 나누며 지냈다.

그들은 가는 도중에 내가 쓴 연애 편지를 극구 칭찬하면서 그 편지를 재미있게 이용한 일이 있다고 고백하였다. 즉 그들은 그것을

---

1) 사강음四强音을 갖는 운문형식韻文形式.
2) 16세기에 특히 이탈리아에서 성행하던 합창가의 한 형식.

필적을 바꾸어 옮겨쓴 데다가 다시 사실에 가까운 어떤 관계를 보태어 어떤 자만심이 강한 청년에게 보냈다. 그 청년은 그것을 보고 자기가 은근히 사랑을 구하고 있던 어떤 부인이 자기에게 열렬하게 애정을 느끼게 되고, 자기와 더 가까워질 기회를 구하고 있다고 굳게 믿고 있다는 이야기다. 그런데 그들이 내게 이 일을 털어놓은 것은 그 청년이 여자에 대해서 시를 써서 답장을 하고 싶다고 간절히 바라고 있기 때문이었다. 그런데 그 청년도 또 친구 중의 아무도 그런 재능을 가진 사람이 없었으므로, 나에게 그 소망의 편지를 써달라고 애원했다는 것이다.

남의 눈을 속이고 우롱한다는 것은 여가가 있고 다소라도 재기가 있는 사람으로서는 언제나 일종의 즐거움이다. 용서받을 악의惡意, 해롭지 않은 그런 장난은, 자기 자신에게 파묻혀 있을 수도 없고 남을 위해 유익한 일을 하고 나설 수도 없는 자들에게는 하나의 향락거리였다. 사람은 아무리 나이를 먹어도 이러한 장난에서 완전히 벗어날 수는 없다. 우리는 어렸을 때 서로 자주 이런 식으로 속여먹었다. 즉 많은 유희는 이러한 현혹과 속임수로 되어 있다. 이번 장난도 나로서는 그 이상의 것으로는 생각되지 않았다. 그래서 나는 승낙을 하였다. 그들은 편지의 내용이 될 특수한 사정들을 여러 가지로 나에게 알려 주었다. 그래서 우리가 집으로 돌아갈 무렵에는 편지는 이미 완성되었다.

그 후 얼마 안 되어 나는 나의 친구[3]를 통해서 그 패들의 만찬회에 출석해 달라는 각별한 초대를 받았다. 이번에는 연애의 당사자인 청년이 비용을 내겠다는 것이었다. 그리고 시인으로서의 비서의 역할을 그렇게도 훌륭하게 한 친구에게 감사의 뜻을 표하기를 간절히 바란다는 것이었다.

---

3) 필라데스.

우리는 상당히 늦게 모였다. 식사는 매우 소박한 것이었으나, 포도주는 마실 수 있을 정도의 것이었다. 그리고 대화는 내가 쓴 편지를 되풀이 해서 읽고는 자기가 그것을 쓴 기분으로 있는, 그리 영리하지 못한 당사자인 주인공을 놀리는 것으로 일관되었다.

본래 성격이 순박한 나는 이렇게 심술궂은 속임수를 기뻐할 수가 없었다. 게다가 똑같은 화제의 반복은 이내 나에게 싫증을 느끼게 했다. 만일 뜻밖의 사람이 나타나서 나에게 원기를 복돋아 주지 않았다면 나는 불쾌한 저녁 한때를 보냈을 것이다.

우리가 거기에 갔을 때는 식탁은 이미 준비가 되어 있었고 포도주도 놓여 있었다. 우리는 식탁에 앉아서 급사없이 우리끼리 해나가고 있었다. 그러나 포도주가 모자랐기 때문에 한 사람이 하녀를 불렀다. 그런데 들어온 것은 하녀가 아니라 이러한 환경에서는 상상할 수도 없을 만큼 드물게 보는 아름다운 소녀였다. — 그녀는 정답게 인사를 하고 나서 말했다. "무슨 일이시죠? 하녀는 몸이 불편해서 쉬고 있어요. 무슨 일이에요?" "포도주가 없어서" 하고 한 사람이 말했다. "서너 병만 갖다 주면 좋겠는데" — 또 한 사람이 말했다. "그레트헨, 가서 사가지고 와. 잠깐 거기 아니야." — "가져오고 말고요" 하고는 그녀는 빈 병 서너 개를 식탁에서 집어 가지고 급히 나갔다. 그녀의 모습은 뒤에서 보니 더욱 아름다웠다. 조그만 모자가 조그만 머리에 귀엽게 얹혀 있고 그 머리에서 가느다란 목덜미가 양 어깨로 이어지는 모습은 매우 부드럽고 품위있게 보였다. 그녀가 몸에 두른 것은 무엇이고 특별히 좋은 물건처럼 생각되었다. 나는 그녀의 조용하고 소박한 눈과 귀여운 입가에 주의가 끌리면서 그것에만 매여 있지 않았기 때문에 더욱 자세히 그녀의 모습 전체를 바라볼 수가 있었다. 나는 친구들에게 처녀를 밤늦게 혼자 심부름을 보냈다고 비난하였더니, 그들은 나를 놀렸다. 하지만 그녀가 바로 돌아왔으므로 나는 안심했다. 술집은 바로 길 건너에 있었던 것이다.

"수고했으니, 우리와 함께 여기 앉아요" 하고 한 사람이 말했다. 그녀는 자리에 앉았으나, 유감스럽게도 내 옆으로 오지 않았다. 그녀는 우리의 건강을 축하하며 한 잔 마시고 이내 나갔다. 그녀는 나가면서 어머니가 자리에 들려고 하고 있으니, 시간을 너무 끌지 말고 또 너무 큰 소리로 떠들지 말라고 우리에게 충고를 하였다. 어머니라는 분은 그녀의 어머니가 아니라 우리 일행의 주인역을 하는 청년의 어머니였다.

이 소녀의 모습은 그 순간부터 어디를 가나 나의 머리에서 떠나지를 않았다. 이것이 한 여성이 나에게 준 최초의 지울 수 없는 인상이었다. 나에게는 그녀의 집으로 찾아갈 구실이 없었고, 또 그런 구실을 만들기도 싫었기 때문에 그녀를 만나기 위해서 교회[4]로 갔다. 그리고 이내 그녀가 앉아 있는 것을 발견했기 때문에 긴 예배시간 동안, 마음껏 그녀를 바라볼 수가 있었다. 교회를 나와서도 그녀에게 말을 걸 용기가 없었다. 하물며 동행할 수는 더욱 없었다. 하지만 그녀가 나를 보고 나의 인사에 대답해서 머리를 숙이는 것처럼 보이기만 한 것으로 나는 행복했다. 그러나 나는 그녀에게 접근하는 행복을 얻지 못한 채 오래 기다리지 않아도 되었다. 내가 비서의 역할을 해준, 사랑하는 청년은 내가 대신 써준 편지가 실제로 그 여자에게 배달되었다고 믿고 있었으며, 머지않아 그 답장이 올 것이 틀림없다고 극도로 긴장해서 기다리고 있었다. 그래서 그 회답도 내가 써야 했다. 그리하여 이 청년 그룹의 패거리들은 필라데스를 통해서 나에게 이 장난을 정말 완전한 것으로 만들기 위해서 나의 재능과 기량을 발휘해 줄 것을 간곡히 부탁해 오는 것이었다.

아름다운 소녀를 만날 수 있다는 희망을 안고서 나는 다시 일에 착수했다. 그러면서 나는 만일 그레트헨이 나에게 이렇게 써보냈으

---

4) 페트리키르케(Petrikirche)였을 것이라는 설이 있다.

면 얼마나 기쁠까 생각하며 모든 일을 상상했기 때문에 이것이 사실이면 얼마나 좋을까 하는 소망을 누를 길이 없었다. 이와 비슷한 것이라도 그녀로부터 받을 수 있다면 하는 생각만 해도 황홀하였다. 이와 같이 나는 타인을 기만할 셈으로 쓰면서 나 자신을 기만한 것이 되었고, 또한 이 일로 인해 많은 기쁨과 불행이 태어나게 되었다. 내가 또 한 번 편지를 재촉받은 것은 그것이 씌어진 뒤였다. 나는 가기로 약속된 시간을 어기지 않고 또 거기에 도착했다. 청년들 중의 한 사람밖에 집에 없었다. 그레트헨은 창가에 앉아서 실을 잣고 있었고 모친은 이리저리 거닐고 있었다. 청년은 나에게 편지를 낭독해 보라고 했으므로, 나는 거기에 따랐다. 나는 때때로 종이에서 눈을 떼어 아름다운 소녀를 곁눈질하면서 감정을 담아 읽었다. 나는 그녀의 태도에 일종의 불안한 기색과 그녀의 볼에 불그레한 기운을 본 것 같았으므로, 그녀의 입에서 듣고 싶은 말들을 한층 기교를 담고 열렬하게 표현하였다. 몇 번인가 찬사로써 나의 낭독을 막던 그녀의 사촌은 마지막으로 약간의 수정을 부탁했다. 그것은 부유하고 이 도시에서 명망이 있는 그녀의 경우보다는 도리어 그레트헨의 경우에 맞는 부분들이었다.

청년은 수정을 희망하는 점을 설명하고 필기도구를 가져왔는데, 무슨 일이 있는지 잠깐 방을 비웠다. 그 뒤 나는 커다란 탁자 저편 벽 쪽에 있는 벤치에 걸터앉은 채 거의 책상이 들어갈 만한 커다란 석판 위에서 창가에 있는 석필石筆을 가져다 부탁받은 수정을 해보았다. 이 석필은 언제나 창가에 놓여 있었는데, 그 석판 위에는 늘 계산도 하고 갖가지 일들을 메모해 두기도 하고 출입하는 손님들이 그것을 이용해 통신까지 주고받았기 때문이었다.

나는 한참 동안 여러 가지를 적기도 하고 지우기도 하던 끝에 초조해져서 "안 되겠군" 하고 외쳤다. ― 소녀는 침착한 태도로 말했다. "그게 낫겠어요. 하나도 못쓰는 것이 도리어 낫다고 생각해요.

당신은 이런 사건에 관여하시면 안 돼요." — 그녀는 물레 옆에서 일어섰다. 그리고 책상 옆 내 곁으로 와서는 이치에 맞는 친절한 훈계를 들려 주었다. "이 사건은 악의없는 장난처럼 보입니다만, 장난이라 하여도 죄가 없을 수 없어요. 젊은 분이 이런 좋지 않은 일 때문에 매우 큰 곤란을 받는 일을 나는 벌써 여러 번 보았어요." — "그럼 나는 어떻게 하면 좋지요?" 하고 나는 말했다. "편지는 이미 썼고, 그 사람들은 내가 이 편지를 고칠 것으로 믿고 있는데." — "내가 하는 말은 거짓말이 아니에요" 하고 그녀는 대답했다. "이 편지를 고치면 안돼요. 그것을 다시 호주머니에 넣고 돌아가세요. 그리고 친구를 통해서 사건을 끝내도록 하세요. 나도 한 마디 거들겠어요. 나는 보시다시피 이렇게 가난한 몸으로 이곳 친척들의 신세를 지고 있어요. 하지만 이분들은 나쁜 일은 하지 않는다 해도 재미삼아 또는 이익을 위해 여러 가지 겁 없는 일들을 하고 있어요. 그래서 나는 저 사람들이 부탁했을 때도 처음의 편지를 정서해 주지 않았어요. 그 사람들은 필적을 속여서 편지를 베꼈어요. 이번 편지도 달리 방법이 없으면 또 그렇게 하겠지요. 좋은 집안의 도련님이고 아무 불편도 없이 남부럽지 않게 지내시는 당신이 이런 사건의 도구 노릇을 한다는 것은 어찌된 일인지 모르겠어요. 무슨 좋은 일이 있기는커녕 아마 여러 가지 불쾌한 일이 일어날 것이 틀림없어요." 그녀가 계속 말하는 것을 듣고 있는 것이 나는 기뻤다. 왜냐하면 보통 때는 말을 매우 조금밖에 하지 않았기 때문이었다. 나의 애정은 말로 할 수 없을 만큼 깊어졌다. 나는 자신을 누를 수가 없어서 다음과 같이 대답했다.

"나는 당신이 생각하는 것처럼 자유로운 몸도 아닙니다. 내가 바라는 제일 고귀한 것이 없으므로, 집이 유복하다 해도 아무 소용이 없어요."

그녀는 내가 시로 쓴 편지의 원고를 손에 들고 부드럽고 달콤하게 낮은 소리로 읽었다. "참 좋군요." 그녀는 순진한, 고비라고나 할 곳까지 이르자, 읽는 것을 멈추고 말했다. "다만 이것이 더 좋고 참된 곳에 쓰이지 않은 것이 아까운 일이군요." — "만일 그렇다면 물론 나로서도 매우 좋겠는데요" 하고 나는 외쳤다. "자기가 더없이 사랑하는 처녀에게서 이런 애정의 약속을 받는 사람은 얼마나 행복할까요." — "그렇게 되는 것은 보통이 아니겠군요" 하고 그녀는 대답했다. "하지만 세상에는 여러 가지 일이 일어나기도 하니까요." — "가령" 하고 나는 말을 이었다. "당신을 알고 당신이 훌륭한 것을 인정하고 존경하고 숭배하는 사람이 당신에게 이런 편지를 보여드리고 마음으로부터 절실하게 부탁을 한다면 당신은 어떻게 하겠어요?" — 그렇게 말하고 나는 그녀가 이미 나에게 돌려준 종이를 그녀 곁에 밀어놓았다. 그녀는 미소지으며 잠깐 생각하더니 펜을 들어 거기에다 서명을 하였다. 나는 너무나 기뻐서 나도 모르게 뛰어오르며, 그녀를 포옹하려고 하였다. — "키스는 안 돼요" 하고 그녀는 말했다. "키스 따위는 평범해요. 하지만 될 수 있다면 서로 사랑하기로 해요." 나는 종이를 집어 호주머니에 넣었다. "이것은 다른 사람에게 줄 수 없어" 하고 나는 말했다. "사건은 이미 끝났습니다. 당신은 나를 구해 주셨습니다." —— "그러면 그 구원을 완전한 것이 되게 해요" 하고 그녀는 말했다. "다른 사람이 와서 당신을 곤란하게 하기 전에 어서 돌아가 주세요." 나는 그녀 곁을 떠나기가 싫었다. 그러나 그녀는 두 손으로 내 오른손을 잡고 따뜻하게 감싸주면서 친절하게 집으로 돌아가라고 권했다. 나는 눈물이 나올 것 같았다. 그녀의 눈도 젖어 있는 것같이 생각되었다. 나는 내 얼굴을 그녀의 두 손에 꼭 누른 뒤 급히 그곳을 떠났다. 나의 생애에서 이렇게 당황한 일은 아직 없었다.

　티없는 청년의 첫사랑은 아무래도 정신적인 방황을 취하는 법이다. 자연은 남녀의 어느 편이나 이성異性 속에서 선善과 미美의 구현을 보기를 바라는 것 같다. 이리하여 나에게도 이 소녀를 봄으로써, 이 소녀를 사랑함으로써 아름다운 것, 뛰어난 것에 대한 새로운 세계가 열렸다. 나는 내가 쓴 시의 편지를 백 번이나 되풀이해 읽고 서명을 들여다보고 그림에 입맞추고 그것을 가슴에 대고 이 사랑스런 고백을 기뻐했다. 그러나 나의 기쁨이 커지면 커질수록 내가 직접 방문해서 그녀를 다시 만나 이야기를 할 수 없는 것이 더욱 슬펐다. 왜냐하면 나는 저 사촌형제들이 비난하면 체면없이 대들 것이 무서웠기 때문이었다. 또한 이 사건을 조정해 줄 인정 있는 필라데스도 만나지 못했다. 그래서 나는 다음 일요일에 그 친구들이 언제나 다니고 있는 니더라트[5]로 나갔다. 과연 그곳에서 그들을 만났다. 그리고 그들은 기분나쁜 듯이 쌀쌀한 태도를 취하지 않았을 뿐 아니라 기쁜 듯이 나를 맞이해 주었기 때문에 나는 매우 놀랐다. 제일 젊은 청년은 특히 나에게 기쁜 듯이 다가와 내 손을 잡고 말했다.

"지난 번에 당신에 대해서 매우 화를 냈지요. 하지만 당신이 모습을 감추고 그 시의 편지를 가져가 버린 덕택에 나는 좋은 꾀를 하나 생각해 냈소. 당신이 그렇게 하지 않았다면 그런 생각은 절대 떠오르지 않았을 거요. 당신은 지난번에 한 일을 보상하기 위해서 우리에게 한 턱 내시오. 그러면 우리가 자랑하는 그 꾀를 알려 드리지요. 그것은 틀림없이 당신을 기쁘게 할 거요."

이 신청은 나를 적잖이 당황하게 했다. 왜냐하면 나는 나와 친구 하나가 먹을 만한 돈은 가지고 있었으나, 이 많은 패들, 특히 흥에 겨워 도가 지나칠지도 모르는 패들을 대접할 준비는 안 되었던 것이다. 게다가 그들은 평소에 매우 편리하게 각자 자기 몫을 내자는 주장을 하고 있었기 때문에 나의 놀라움은 더 컸다. 그들은 내가 당황하는 것을 보고 웃었다. 나이가 젊은 청년이 말을 이었다.

"모두 정자에 가서 쉬지 않겠소. 그 다음은 거기서 당신에게 이야

---

5) 프랑크푸르트 교외의 소도시.

기하지요."

우리는 거기에 들어가 걸터앉았다. 그러자 그가 하는 말은 "지난 번에 당신이 예의 연애편지를 가져가 버렸을 때, 우리는 이번 사건 의 전모에 대해서 다시 한 번 이야기해 봤지요. 그리고 우리는 당신 의 재능을 우리 모두의 이익이 되게 이용할 수 있는 데도 사람을 골 탕먹이며 기뻐하고 심술궂은 동기에서 전혀 무익하게 그것을 악용 하고 남에게 불쾌감을 주고 우리에게 위험을 겪게 한다는 결론을 내 렸지요. 들어보세요. 나는 여기에 혼례의 시와 장례의 시를 주문받 아 왔어요. 당신으로서는 힘들 것이 없는 이 시를 지어 주신다면 당 신은 우리를 두 번 초대하는 것이 됩니다. 그러면 우리는 그 은혜를 오랫동안 기억하겠습니다." — 이 신청은 어느 모로 보나 내 마음에 들었다. 당시 매주 몇 번이고 발표되고 특히 성대한 결혼식 때 자주 발표되던 식사시式辭詩를 나는 어려서부터 일종의 부러운 느낌을 가 지고 보고 있었다. 왜냐하면 나도 그런 것이라면 그만큼은, 아니 그 보다도 더 잘 지을 수 있다고 믿고 있었기 때문이다. 그런데 지금 나 에게는 내 재능을 나타내고 특히 내 시가 인쇄될 기회가 제공된 것 이다. 나는 그것이 싫지 않다는 태도를 보였다. 그들은 나에게 당사 자의 인물이나 가정 형편을 들려 주었다. 나는 조금 떨어져서 초고 를 썼고 2,3절을 내려썼다. 그러나 또 그 패와 어울려 술을 마셨더니 시는 즉시 막혀 버렸다. 그래서 그 시를 그날 밤에 건네 줄 수가 없 었다.

"내일 저녁까지는 시간이 있어요" 하고 그들은 말했다. "우리는 당신에게 고백하지만 장례식의 시로 우리가 받는 보수는 내일 한 번 더 유쾌한 저녁을 할 액수는 충분히 돼요. 우리에게 오시오. 우리에 게 처음 이러한 착상을 하게 한 그레트헨도 함께 즐기는 것은 물론 이고."

나의 기쁨은 말로 다할 수가 없었다. 집으로 돌아가면서 나는 아직 못쓴 몇 절節만을 생각하고 있었다. 잠들기 전에 나는 이미 전부를 써내려 갔고 이튿날 아침에는 깨끗이 정서하였다. 그 하루는 나로서는 한없이 길었다. 어두워질 무렵 나는 그 조그만 좁은 집으로 가서 사랑하는 소녀 곁에 앉게 되었다.

이리하여 나와 이 청년들의 관계는 더욱 깊어 갔다. 그들은 본래 천한 사람들은 아니었으나 역시 평범한 사람들이었다. 그들의 근면성은 칭찬할 만했다. 나는 그들이 생계비를 벌기 위해서 사용하는 여러 가지 수단이나 방법을 재미있게 들었다. 그들이 제일 좋아하는 이야기는 맨손으로 사업을 시작하여 지금은 매우 부유해진 사람들의 이야기였다. 어떤 자는 가난한 점원이었는데, 그 주인에게 없어서는 안 될 인물이 되어 마침내 주인의 사위가 될 정도로 출세하였다. 어떤 자는 또 성냥·중고잡화를 파는 구멍가게를 내어, 그것을 확장하여 지금 부유한 상인이 되었다는 것이다. 기운좋게 뛰어다닐 수 있는 청년들은 심부름을 해주거나, 또는 중개인의 일이나 직접 자기가 뛰어다닐 수 없는 부자들을 위해서 모든 위탁이나 주문을 맡아 일해 주는 것이 매우 이익이 된다는 등의 이야기를 하였다. 우리 모두는 그런 이야기를 재미있게 들었다. 그리고 각자각자는 다만 이 세상에서 살아갈 수 있을 뿐만 아니라 엄청난 성공을 할 만한 능력이 있다고 믿으며, 그 순간을 마음에 그리며 자기가 그러한 자가 된 것처럼 자만스럽게 여기는 것이었다.

그러나 제일 열심히 이야기하는 사람은 필라데스였다. 그는 자기가 한 소녀를 깊이 사랑하게 되어 실제로 그녀와 약혼하였다는 것까지 고백하였다. 그의 양친의 경제 상태는 그에게 대학교육을 시킬 수가 없었다. 그러나 그는 글씨를 잘 썼고, 산수와 두세 가지 근대어를 공부했다. 그래서 지금은 가정의 행복에 희망을 걸고 최선의 노력을 다할 참이라고 말했다. 사촌형제들은 그의 마음씨를 칭찬했으나, 소녀와 너무 일찍 약혼한 것은 찬성하지 않았다. 그리고 그들은 필라데스는 칭찬할 만한 선량한 청년이라는 것은 인정하나, 어떠한 비범한 일을 이룰 만큼 활동적이고 과감한 인간으로는 생각지 않는다고 덧붙였다. 그러자 필라델스는 자기를 변호하기 위해서 자기가 꼭 하려고 마음먹고 있는 일, 또 어떻게 그것을 시작하려고 생각하고 있는가를 상세하게 설명하였다. 그래서 다른 사람들도 이것을 듣고 자극을 받아 각자 현재의 능력, 업무, 이때까지의 경력, 앞으로 닥칠 전망 등을 이야기하기 시작했다. 마지막으로 내 차례가 되었다. 나도 역시 자신의 생활을 꾸려 나갈 길이나 장래의 전망 등을 이야기하기로 했다. 그리고 내가 생각에 잠겨 있는 동안 필라데스가 말했다.

"나는 이것만큼은 조건을 달고 싶네. 그것은 이분이 자신의 경우가 외면적으로 다른 사람보다 낫다는 것은 생각지 말고 이야기해야 한단 말일세. 그렇지 않으면 우리는 완전히 기가 꺾이니 말이야. 이분이 지금 우리처럼 완전히 독립을 하게 된다면 무슨 일을 시작하겠는가, 하는 것을 이야기하는 것이 좋을 걸세."

이때까지 실을 잣고 있던 그레트헨은 일어서서 언제나처럼 식탁 가장자리에 걸터앉았다. 우리는 이미 술병을 서너 개 비우고 있었다. 나는 기분이 좋아서 나의 가정적인 이야기를 하기 시작했다.

"우선 첫째로 내가 여러분에게 부탁하고 싶은 것은 여러분이 발기인이 되어 나에게 알선해 준 단골 의뢰자들을 언제까지나 잘 붙잡아 두기 바라오. 여러분이 꼬리를 물고 들어오는 식사시式辭詩의 수익을 모두 나에게 주고, 우리가 그것을 먹어 없애지 않는다면 나는 틀림없이 상당한 부자가 될 거요. 그때 가서 내가 여러분의 일에 손을 대는 일이 있어도 그것을 나쁘게 생각하면 안 되오."

그리고 나는 그들이 하고 있는 일 가운데서 내가 깨달은 것, 또 내가 할 수 있을 만한 일 따위를 이야기하였다. 모두가 그 수입을 금액으로 환산하며 이야기했기 때문에 나도 내 수지결산서를 작성하는

데 그들의 도움을 받았다. 그레트헨은 이들의 이야기를 모두 주의하여 듣고 있었다. 그녀는 이야기할 때나 들을 때나 그녀에게 잘 어울리는 자세를 취했다. 팔짱을 끼거나 두 손을 책상 끝에 놓고 그것을 양손가락으로 잡고 있었다. 그런 자세로 그녀는 머리만 움직이는 것 외에는 꼼짝 않고 오랫동안 앉아 있었는데, 머리도 무슨 계기나 의미가 없으면 움직이지 않았다. 그녀는 우리의 계획이 도중에서 막히면 가끔 한두 마디씩 거들어 주었다. 그리고는 또 여전히 입을 다물고 있었다.

나는 그녀에게서 눈을 떼지 않았다. 그리고 내가 내 계획을 이야기하는 데 있어 언제나 그녀와 관련시키지 않을 수 없다는 것은 쉽게 상상할 수 있으리라. 그리고 그녀에 대한 애정이 나의 이야기를 진실하고 가능한 일로 보이게 했으므로, 나 자신도 순간적으로 착각을 일으켜, 내 이야기의 전제로 삼은 것처럼 내가 고독하고 의탁할 길이 없는 몸이라는 생각이 들기도 하고, 그녀를 차지하면 무한히 행복해질 것처럼 느껴지기도 하였다.

필라데스는 결혼으로서 자기 고백을 맺었다. 그리고 우리로서는 우리의 계획을 거기까지 밀고 가는 것이 문제였다. "그것은 당연한 일이라고 생각하고 추호도 의심하지 않아요" 하고 나는 말했다. "왜냐하면 원래 우리 각자가 부인을 얻는 것은 우리가 바깥에서 묘한 방법으로 긁어모은 것을 가정 안에서 보존하고 그것을 전체로써 즐기기 위해서 필요한 것이오." 그렇게 말하고 나는 내가 바라는 아내를 묘사하기 시작했다. 그것이 그레트헨의 모습과 똑같지 않았다면 그야말로 이상한 일이라고 하지 않을 수 없을 것이다.

장례식의 시에 대한 보수는 모두 마시고 먹는 데 써버렸다. 이번에는 또 혼례식의 시가 고맙게 눈 앞에 기다리고 있었다. 나는 모든 공포나 걱정을 억눌렀다. 그리고 나는 많은 친구들이 있었기 때문에 나의 저녁마다의 즐거움은 가족에게 숨겨둘 수 있었다. 사랑하는 소녀를 만나고 그 곁에 있다는 것은 이내 나의 생활에서 빼놓지 못할 조건이 되어 버렸다. 예의 친구들도 나와 허물이 없어져 우리는 그러지 않고는 못 배길 것처럼 거의 날마다 모였다. 그러는 동안에 필라데스는 그의 애인을 그 집에 데려오게 되었고, 두 사람은 몇 밤이고 우리와 함께 지냈다. 그들은 약혼자로서는 아직 나이가 어렸지만, 자기네의 다정함을 우리 앞에 숨기려고 하지 않았다.

그레트헨의 나에 대한 태도는 나와 어떤 간격을 두는 솜씨가 교묘하다고 하지 않을 수 없었다. 그녀는 아무하고도 악수를 하지 않았다. 그녀는 여하한 접촉도 허용하지 않았으나, 내가 글씨를 쓰고 낭독하고 할 때는 때때로 내 옆에 걸터앉아 허물없이 팔을 내 어깨에 올려놓고 내가 가진 책이나 종이를 들여다보곤 했다. 그러나 내가 그녀에 대해서 마찬가지로 거침없는 태도를 취하려고 하면 그녀는 달아나 버리고 다시는 거기에 오지 않았다. 그녀는 매번 이런 태도를 되풀이하고 모든 몸짓이나 동작이 극히 단조로웠으나, 언제나 다름없이 맵시가 있었고 아름답고 귀여웠다. 그러나 그 허물없는 태도를 다른 사람에게 표시한 일은 한 번도 없었다.

내가 젊은 사람들과 어울려 가본 가장 허물없고 유쾌했던 소풍 중 하나는 회히스트 시장선市場船을 타는 것이었다. 우리는 배에 들어찬 신기한 승객들을 관찰하기도 하고 기분이 내키는 대로 승객 중 아무 사람과 농담을 주고받고 살짝 놀려주고 하는 것이었다. 우리가 회히스트에서 내리자 바로 마인쯔의 시장선이 들어왔다. 한 음식점에 흘륭한 식탁이 준비되어 있었고, 오르내리는 승객 중에서 신분이 높은 사람들은 거기서 함께 식사를 하고서 다시 배에 올라 여행을 계속하는 것이었다. 이 두 배는 다시 제각기 왔던 길로 되돌아가는 것이었다. 우리는 점심을 먹고 나면 언제나 프랑크푸르트로 되돌아왔다.

우리 일행은 수가 많았는데도, 될수록 싸게 여행을 했다. 어느 날 나는 그레트헨의 사촌형제와 함께 갔는데, 회히스트에서 식탁에 앉아 있으려니까 우리보다는 약간 나이가 많아 보이는 한 젊은 사내가 끼여들었다. 사촌들은 이 사내를 알고 있어서 나에게도 소개해 주었다. 이 사람은 두드러지게 눈에 띄는 곳은 없었으나, 산뜻한 데가 있었다.

마인쯔에서 강을 거슬러 올라왔다가, 거기서 되돌아가는 우리와 같은 배를 타고 프랑크푸르트로 돌아가는 참이었다. 그는 시市의 내정·관직·지위에 관계된 여러 가지 일에 대해서 나와 이야기하였는데, 이 사람은 그런 일들에 정통해 있는 것 같았다. 헤어질 때 그는 나에게 인사를 하고 기회를 보아 나의 추천을 얻고 싶다는 말을 했다.

나는 그가 무슨 의도로 이런 말을 했는지 알 수가 없었다. 그러나 예의 사촌형제들이 며칠 후에 그 수수께끼를 풀어 주었다. 그들은 이 친구를 칭찬하며 지금 마침 중간 지위의 자리가 비어 있어 그는 그곳을 들어가고 싶어한다면서 나의 외할아버지에게 알선을 바라고 있다는 것이다. 나는 이런 일에는 관계한 일이 없었으므로 처음에는 거절하였으나, 그들이 그치지 않고 나에게 매달려 부탁했기 때문에 결국 맡기로 했다. 나는 지금까지 유감스럽지만 정실情實로 밖에는 볼 수 없는 이러한 임관任官의 일에 있어서 외할머니나 이모가 사이에 끼여들어서 외할아버지에게 말을 해주는 것을 자주 보아왔다. 그것은 효과가 없지 않았던 것이다. 게다가 나는 외할아버지를 움직일 정도로 장성해 있었다. 그러므로 나는 그러한 호의를 베풀어 준다면 다시없이 고맙게 여기겠다는 친구들에게, 손자라는 기분을 누르고 그들이 나에게 건네 준 청원서를 외할아버지에게 전달해 주기로 했다.

어느 일요일 식사 후, 외할아버지는 가을이 다가왔기 때문에 한층 바쁘게 정원 일을 하고 계셨으므로 나도 무엇을 돕고 있던 때였다. 나는 잠깐 망설인 뒤에 청원서를 외할아버지에게 내밀었다. 외할아버지는 그것을 읽고나서 나에게 이 청년을 아느냐고 물었다. 나는 내가 아는 한도에서 대강 말하였다. 외할아버지는 그것을 깊이 나무라지 않았다.

"만일 그 사내에게 어떤 공적이나 그 밖에 좋은 증명서가 있으면 그를 위해서도 너를 위해서도 좋도록 마련해 보마."

외할아버지의 말은 간단했다. 그리고 나는 오랫동안 이 일에 대해서는 아무것도 들은 바가 없었다.

그 조금 전부터 나는 그레트헨이 실을 잣지 않고 대신 무언가 꿰매고 매우 자질구레한 일을 하고 있는 것을 보았다. 이미 해도 짧아지고 겨울이 다가왔기 때문에 나는 더욱 그것이 이상하게 생각되었다. 나는 그것에 대해 더 이상은 마음을 쓰지 않았으나, 오전에 찾아갔을 때 여느 때처럼 집에 있지 않은 적이 서너 번 있었다. 꼬치꼬치 캐묻지 않으면 어디를 갔는지 알 수 없게 된 것이 나를 불안하게 했다. 그러나 어느 날 나는 우연히 매우 이상한 일로 깜짝 놀라게 되었다. 무도회에 나갈 준비를 하고 있었던 나의 누이동생이 장신구점에 가서 이른바 이탈리아 조화造花라는 것을 사다 달라고 부탁했다. 이 꽃은 수도원修道院에서 만든 조그맣고 귀여운 것으로, 특히 도금양桃金孃·장미 같은 것은 참으로 아름다우며 틀림없이 진짜같이 보였다.

나는 누이동생의 말을 들어 그녀와 자주 드나들던 가게로 갔다. 가게에 들어가 여주인에게 인사를 하고 바로 창가에 레이스 달린 모자를 쓴 매우 젊고 아름다운 여자가 앉아 있는 것을 보았다. 그 여자는 리본이나 깃털을 모자에 끼우는 일을 하고 있었기 때문에 가게를 도우려고 온 여자라는 것을 바로 알 수 있었다. 여주인은 나에게 여러 가지 꽃이 들어 있는 긴 상자를 내보였다. 나는 꽃을 자세히 들여다보았다. 그리고 그것을 고르면서 창가의 부인을 쳐다보았다. 그러자 그 부인이 그레트헨을 놀랄 만큼 닮은 것을 알았다. 그뿐 아니라 마침내 그레트헨 자신이라는 것을 믿지 않을 수 없게 되었을 때, 나는 얼마나 놀랐던 것일까. 그녀가 눈짓으로 아는 사이가 아닌 척하라고 하자, 나는 그 이상 더 의심하지 않았다. 그런데 나는 여자 손님 못지않게 꽃을 골랐다 놓았다 하여 장신구점 여주인을 실망시켰다. 나는 실은 너무 당황한 상태였기 때문에 꽃을 선택하는 따위의 일을 제대로 못했던 것이다. 동시에 내가 어물어물 하고 있는 것이 나 자신도 기뻤다. 물론 그럼으로써 그녀 옆에 머물러 있을 수 있었기 때문이었다. 그녀가 변장한 것을 나는 좋지 않게 생각했으나, 그렇게 변장을 하고 보니 전에 없었던 매력을 지니고 있었다. 여주인은 마침내 참을 수가 없었던지 여동생에게 직접 보여서 그녀 자신이 선택하게 하겠다고 하면서 꽃이 가득 든 상자를 손수 꺼냈다. 여주인은 하녀를 시켜 상자를 나의 집에 보냈기 때문에 나는 말하자면 가게에서 쫓겨난 꼴이 되었다.

내가 집으로 돌아가자마자 아버지가 나를 불렀다. 요제프 대공이 로마 왕으로 선출되고 즉위할 것이 확실해졌다고 나에게 말했다. 이런 다시없이 중대한 사건을 그저 준비없이 기다렸다가 입이나 멍하니 벌리고서 지나가도록 놓아두어서는 안 된다는 것이 아버지의 생각이었다. 아버지는 최근에 있었던 두 번의 즉위 때의 선제기록選帝記錄과 대관식의 기록[6] 및 최근의 선제규정을 나와 함께 조사해 보자고 말했다. 그리고서 이번 경우에는 어떠한 새 조건이 추가되었는지 알아보자고 했다. 우리는 기록을 읽었다. 그날 하루종일 밤늦게까지 우리는 이 일에 열중하였다. 그동안 내 눈앞에는 그 아름다운 처녀가 그녀의 평상복 차림으로, 혹은 새 의복을 차리고, 시종 신성 로마 제국의 가장 귀중한 사물들 사이에서 어른거렸다. 그날 밤은 그녀를 만나러 갈 수가 없었다. 그래서 나는 매우 불안한 하룻밤을 잠을 이루지 못하고 새웠다. 이튿날도 어제의 연구가 열심히 계속되었다. 저녁 때가 되어서 비로소 나는 소녀를 찾아갈 수 있게 되었다. 그녀

---

6) 두 번의 선제選帝 및 대관의 대전大典 기록을 올렌실라거가 출판했다.

는 평상복을 입고 있었으며, 나를 보자 미소지었다. 그러나 나는 다른 사람 앞에서 이야기할 용기도 없었다. 예의 패들이 모두 조용히 자리에 앉자, 그녀는 조용히 말하기 시작했다.

"지난번에 우리가 정한 일을 이 친구에게 이야기하지 않는 것은 좋지 않을 것 같아요."

그렇게 말하고서 그녀는 말을 이었는데, 그에 의하면 각자가 어떻게 이 세상에서 살아갈 것인가를 문제삼은 그날의 이야기들이 있은 뒤에 여자는 또 어떤 방식으로 재능을 높이고 일을 하고 시간을 유효하게 쓸 것인가에 대해서 그들 사이에 화제가 되었던 모양이다. 이에 대해서 사촌오빠들은 그레트헨에게 지금 마침 도와주기를 바라고 있는 장신구점에서 시험적으로 일을 해보는 것이 어떠냐고 제의하였다. 가게 여주인과는 그녀가 날마다 몇 시간을 거기서 일하고 급료도 상당히 주겠다는 정도까지 이야기가 되었다. 다만 그 가게의 체면상 옷은 화려한 복장을 하기로 했으나, 그런 옷은 일상 생활과는 맞지 않는 것이므로 가게에다 벗어놓고 오기로 했다는 것이다. 이 설명으로 나는 일단 안심은 했으나, 아름다운 처녀를 사람 출입이 잦은 큰 가게에, 더구나 탐색자들이 집합소로 삼는 곳에 두는 것은 마음에 들지 않았다. 그러나 나는 그것을 내색하지 않고, 질투에서 나온 걱정을 가슴 속에서 풀어버리려고 애썼다.

그런데 그때 마침 그 사촌형제는 그럴 여유를 나에게 주지 않았다. 그는 바로 식사시式辭詩를 끄집어 냈다. 의뢰자의 경력, 그 밖의 일을 이야기 하고 바로 시의 구상이나 말의 배치에 착수해 달라고 나에게 요구하였다. 이 친구는 이미 두세 번 이런 과제를 다루는 법에 대해 나와 이야기한 일이 있었다. 나는 이런 경우에는 매우 달변하였으므로 그는 쉽게 나에게 말을 시켜서 이런 작품의 수사적 방면을 자세히 설명하게 하고, 사물의 개념을 말하게 하고 또 나 자신이나 다른 사람의 이런 종류의 작품을 예로 들게 할 수가 있었다. 이 청년은 시적 소질은 없었지만 머리는 매우 좋았다. 지금 그는 너무나 세밀한 점까지 물어보며 무엇이고 다 설명해 주기를 요구하였다. 그래서 나는 이렇게 투덜거렸다. "자네는 내 직업에까지 간섭해서 단골 손님을 빼앗아갈 참이군." — "그렇지 않은 것도 아니야." 그는 웃으며 대답했다. "내가 그런다고 자네에게는 아무런 손해도 안 가니 걱정 말게. 곧 자네는 대학에 들어가지 않나. 그때까지는 부디 지금까지 해온 것처럼 나에게도 무엇인가 좀 가르쳐 주게나." — "좋고 말고" 하고 나는 대답했다. 그리고 그에게 권해서 말들의 배치를 시키고 제목의 성질에 따라서 적당한 운율을 선택시키고, 그 밖의 필요한 일을 시켰다. 그는 열심히 일에 매달렸으나, 성공할 것 같지 않았다. 결국 내가 고쳐 주어야 할 곳이 너무나 많아서 처음부터 내가 새로 짓는 것이 훨씬 쉽고 또 잘 될 것같이 생각되었다. 하지만 이렇게 가르치고 배우고, 이렇게 지식을 주고 공동으로 일한다는 것이 우리에게는 큰 즐거움이었다. 그레트헨도 끼어들어 때때로 재미있는 착상을 말해 주었기 때문에 우리는 모두 기뻐했고 또 행복했다고 말할 수 있었다. 그녀는 낮에는 장신구 가게에서 일했고 밤이 되면 대개 우리와 함께 일했다. 그리고 마침내 식사시의 주문도 오래 계속하지 않을 것 같았지만, 그 때문에 우리의 만족이 흐트러지는 법은 없었다. 한번은 한 작품이 주문자의 마음에 들지 않는다는 불평과 함께 되돌아와 우리는 마음이 아팠다. 우리는 그 작품이 바로 우리의 최상의 작품이며 그렇기에 그 주문자를 무능한 감정가로 낙인 찍을 수가 있어서 그것으로 우리는 스스로를 위안했다. 한번에 다 배워버리고 싶어 하는 사촌은 이번에는 자기가 제목을 생각해 냈다. 그것을 푸는 일에 우리는 역시 흥미를 느끼고 있었다. 그러나 그 시가 아무런 수입도 가져오지 못했기 때문에 우리의 소연회는 훨씬 더 검소한 규모로 줄여야만 했다.

저 커다란 국법상의 문제, 즉 로마 왕의 선거와 대관식에 대해 점점 더 진지하게 생각하게 되었다. 당초 1763년 10월 아우구스부르크에서 개최될 것이 선포된 선제후회의選帝侯會議는 이번에는 프랑크푸르트로 옮겨졌다. 그리하여 이 중요한 행사에 따르는 제반 준비가 이 해 연말부터 이듬해 초에 걸쳐 활발하게 진행되고 있었다. 그 앞장을 선 것이 우리가 아직 본 일도 없는 행렬이었다. 시 직원 한 사람은 말에 올라 역시 말에 탄 네 명의 나팔수를 이끌고 일대의 호위병들에게 에워싸여 시내를 돌았다. 거리 모퉁이에 이를 때마다 큰 소리로 장문의 포고를 외치며 다녔다. 그것은 눈앞에 닥친 사건을 우리들에게 알리고 시민에 대해서 사정에 알맞은 신중한 태도를 취하라는 훈시의 내용이었다. 시참사회에서는 신중한 심의가 진행되었다. 그리고 얼마 안 있어 세습원수世襲元帥[7]가 파견한 제국숙영장帝國宿營長이 내도하여 사절과 그 수행원들의 숙사를 고래의 습관에 따라서 할당하였다. 우리는 여기에 새로운, 그러나 이번에는 전보다 즐거운 숙영 준비를 해야 했다. 전에 토랑크 백작이 차지하고 있던 2층은 팔츠 선제후국의 궁내관宮內官에게 내주었다. 그리고 뉘른베르크의 대표자 폰 쾨니히스탈 남작南爵은 3층을 차지하였기 때문에 우리는 프랑스인들이 있었을 때보다 더 비좁은 생활을 해야만 했다. 그것을 핑계로 나는 공개행사 같은 것을 모조리 보기 위해서 공공연하게 집을 비우고 하루의 대부분을 길 위에서 지낼 수가 있었다.

시청의 각 방은 준비를 위해 변경되고 설비할 가치가 있었다고 생각된다. 사절이 뒤를 이어 도착하고 그들의 최초의 장엄한 총행진이 2월 6일에 행해졌다. 그런 일이 있은 뒤에 우리는 제실위원帝室委員의 도착 모습과 똑같이 시청을 향해서 나아가며 화려하게 거행된 그들의 행렬을 보고 경탄하지 않을 수 없었다. 폰 리히텐슈타인 공公의 품위있는 인품은 좋은 인상을 주었다. 그러나 박식가들은 이 호화로

---

7) 폰 파펜하임(Von Pappenheim).

운 예복은 이미 다른 기회에 사용된 일이 있으며, 이번 선제식選帝式과 대관식은 카를 7세 때의 화려함과는 비교도 안 된다고 주장했다. 그러나 우리 젊은이들은 눈앞의 광경에 만족했다. 그 모든 것이 매우 훌륭하게 생각되었으며, 우리들을 놀라게 했던 것이다.

선제회의는 마침내 3월 3일로 확정되었다. 시는 지금 새로운 갖가지 의식 때문에 온통 들끓었고, 사절 상호간의 의례적 방문은 끊임없이 우리를 걸어다니게 만들었다. 사실 우리는 그저 눈만 크게 뜨고 정신없이 바라보고만 있을 수가 없었다. 집에 돌아가 적절한 설명을 하고 그 위에 작은 보고서를 작성하기 위해서 모든 것을 마음에 잘 담아둘 필요가 있었으므로 정밀하게 보아둘 필요가 있었다. 이 일은 나의 아버지와 폰 쾨니히스탈 씨가, 한편으로는 우리의 연습을 위해서, 다른 한편으로는 자신들의 비망록을 위해서 상의하고 나서 시키는 일이었다. 그리고 또 나는 외면적인 사실들을 보고 다니는 데는 살아있는 선제식과 대관식의 기록을 상당한 정도로 기억할 수 있었기 때문에 이것이 나에게 특별한 이익을 준 셈이었다.

나에게 영속적인 인상을 준 인물들은 우선 마인츠 선제후국의 제1대사, 뒷날의 선제후가 된 폰 에르탈 남작이었다. 그의 풍모는 특별히 사람의 눈을 끄는 데는 없었으나, 레이스로 장식한 가운을 입은 이 사람을 나는 언제나 매우 호감을 가지고 보았다. 제2대사인 폰 그로실라크 남작은 체격이 좋고 외모로는 태평스런, 그러나 지극히 예의바른 사교가였다. 그의 인상은 대체로 매우 유연한 느낌을 주었다. 뵈멘의 사절 에스터하치 공公은 키는 크지 않으나 체격이 훌륭하였고, 활발하면서 예절이 바르고 오만한 데나 냉정한 데가 없었다. 그를 보면 브롤리오 원수元帥가 생각났기 때문에 나는 특히 그에게 호감을 느꼈다. 그러나 이러한 뛰어난 사람들의 풍모와 품위도 브란덴부르크의 사신 플로토 남작에 대한 편견적 세평 앞에서는 얼마간 그림자가 희미해졌다. 남작은 복장도 예복도 차마車馬도 두드러지게 검소하였으나 7년전쟁 이후 외교계의 뛰어난 활동가로서 명망이 있었다. 이 사람은 레겐스부르크에서 이런 일이 있었다고 한다.

공증인 아프릴이 2,3명의 증인을 대동하고서 그의 왕에 대한 추방 영장을 수교하려고 하자, 그는 "뭐, 이런 놈이 수교한다"고 하는 간결한 대답과 함께 아프릴을 계단에서 아래로 밀어 떨러뜨렸다든가 혹은 사람을 시켜 떨어뜨리게 했다는 것이었다. 우리는 앞쪽 이야기를 믿었다. 왜냐하면 그 편이 한층 우리 마음에 들었으며, 그것이 검고 부리부리한 눈으로 사방을 둘러보는 이 키가 땅딸막하고 떡 벌어진 사내가 할 만한 일이라고 생각되었기 때문이다. 모든 사람들은, 특히 그가 마차에서 내렸을 때, 그쪽으로 눈을 돌렸다. 그러면서 언제나 어김없이 어떤 즐거운 속삭임이 일어나고 걸핏하면 그에게 갈채를 퍼부어 "만세"라고 소리질렀다. 이리하여 국왕과 왕에게 몸과 마음을 바친 모든 사람들은 이렇게 군중의 인기를 얻는 것이었다. 군중 속에는 이미 프랑크푸르트인 뿐만 아니라 모든 지역의 독일인이 있었기 때문이다.

한편 나는 이런 일들에 적지않은 흥미를 느끼고 있었다. 왜냐하면 거기서 일어나는 일은 어떤 종류의 것이든 항상 어떤 암시를 내포하고 있었고, 무언가의 내면적 관계를 말해주고 있었으며, 게다가 이러한 상징적인 의식은 많은 양피지·서류·서적에 의해서 거의 파묻혀진 독일 제국을 일순간 생생하게 살아나게 하기 때문이었다. 그러나 한편 또 집에서 아버지를 위해 회의의 의사록을 필기하고 있으면, 거기서는 갖가지 권력이 대립하고 서로 균형을 유지하며, 또한 그것들이 새 군수를 예전 군주 이상으로 제한하려고 꾀할 때에만 일치한다는 것을 인정하지 않을 수 없었다. 그들 각자는 또 자신의 권력을 유지하고 확대하고 자신의 독립을 한층 안전하게 하려고 희망하는 한에서만, 군주의 권세를 기뻐하는 것임을 쉽게 발견하지 않을 수 없었다. 그래서 나는 마음 속에 있는 불쾌한 감정을 지울 수가 없었다. 그런데 이번에 세상 사람들은 종전보다 더 깊은 주의를 기울이고 있었다. 왜냐하면 사람들은 요제프 2세에 대해서 그 격렬한 기상과 무엇인가 속으로 꾀하고 있다는 추측 때문에 두려움을 갖기 시작한 것이다.

나의 외할아버지로서는, 또 내가 늘상 방문하고 있던 그 밖의 시 참사회원들로서는 이때가 결코 즐거운 시기일 수가 없었다. 왜냐하면 그들은 귀한 빈객들을 마중나가고, 문안드리고, 선물을 증정하는 등의 일에 쫓겨 눈코 뜰 새가 없었기 때문이었다. 마찬가지로 시 직원들로서도 전체로서 또는 개인으로서 항상 방위하고 저항하고 항의를 계속해야 했다. 왜냐하면 이러한 기회에는 이 사람이나 저 사람이나 그들로부터 무엇인가를 짜내려고만 하고 또한 무엇인가를 그들에게 강요하려고만 하는 것이다. 또 그들이 믿는 사람들 중에도 그들 편을 들어 주거나 도와 주는 사람이 적기 때문이었다. 요컨대 내가 레르스너의 《연대기》를 읽고, 이번 일을 닮은 어떤 시기에 일어난 유사한 일들에 있어서[8] 시참사회원의 인내와 근면을 경탄한 바 있는데, 그 모든 것이 지금 생생하게 내 눈앞에 전개되고 있었다.

시가 점점 필요한 사람과 불필요한 사람들로 가득 차게 되자 여러 가지 불쾌한 일도 생겨났다.

시 쪽에서는 물론 오래된 것이기는 하지만 황금헌장黃金憲章의 규정에 주의하도록 각 궁청에 촉구해도 효과가 없다.[9] 사무를 위해서 임명된 사신과 그 수행원뿐만 아니라 호기심과 사용私用으로 내도한 수많은 신분 있는 사람들, 또는 그밖의 사람들도 보호를 받고 있었다. 그러나 도대체 누구에게 숙사를 할당하고, 누구는 스스로 숙소를 얻어야 하느냐 하는 문제는 즉석에서 결정이 나지 않았다. 혼잡

---

8) 7년전쟁 중의 사건.
9) 황금헌장에 규정된 인원은 각 선제후가 2백 명의 기병과 50명의 보병을 거느릴 수 있게 되어 있다. 사실은 그들은 모두 이보다 훨씬 많은 인원을 이끌고 시에 들어왔다.

은 더욱 심해졌다. 그래서 이 성전에 아무 의무도 책임도 없는 사람들까지 불쾌감을 느끼기 시작했다.

이 모든 일들을 잘 볼 수 있었던 우리 청년들도 눈과 상상력에 언제나 만족을 느낀 것도 아니었다. 스페인 풍의 외투, 사절의 커다란 털이 달린 모자, 혹은 그 밖의 두세 가지 것들은 아닌게 아니라 순수하고 예스러운 외관을 갖추고 있었다. 그러나 이와 반대로 많은 것들은 반은 새롭거나 혹은 거의 유행적인 것이었기 때문에 어디를 가나 그저 뒤죽박죽되어 불만족스러웠고 또 대개는 살풍경한 광경을 드러내고 있었다. 그러므로 황제와 미래의 국왕의 세도를 위해서 대규모의 준비가 진행되었다는 소식이나, 최근의 선제 규칙에 따라서 선제후들의 타합회打合會가 예의銳意 진척되고 있다는 소식이나, 또 선거일이 3월 27일로 결정되었다는 말을 듣고 우리는 매우 기뻐했다. 이번에는 제국의 보기寶器[10]가 뉘른베르크 및 아헨에서 올 것이라 생각했고, 또 우선 마인쯔의 선제후의 입시入市가 기대되었으나, 그의 사절단과 숙소에 관한 분규는 여전히 계속되어 해결이 나지 않았다.

그동안 나는 집에서 서기書記 일을 매우 열심히 보았다. 물론 일하는 동안에 이번의 새로운 규칙의 신제정新制定에 대해서 고려해 달라는 여러 가지 자질구레한 불평이나 신청이 여러 방면에서 들어왔다는 것을 알았다. 각 계급은 이 문서에 있어서 자신의 특권을 확인하고 그 세력을 높여두고 싶었다.

그러나 이러한 의견이나 희망은 대개 각하却下되고 대부분이 그대로 남아있었다. 그러나 이의異議를 신청한 사람들은 이처럼 무시되어도 결코 자기네한테 손해는 가지 않게 해주겠다는 가장 확실한 보증을 받았다.

제국 궁내직帝國宮內職은 그동안 참으로 많은 골치아픈 사무들을 맡

---

10) 보기 중 카를 대제의 보검은 아헨에, 그 밖의 보기는 뉘른베르크에 있었다.

아야 했다. 외래자의 무리는 자꾸 증가하고 그들에게 숙사를 배당한다는 것은 점점 힘든 일이 되었다. 여러 선제후구選帝侯區의 경계에 관해서 의견이 일치되지 못했다. 시당국은 의무가 아닌 부담은 시민에게 지우려고 하지 않았기 때문에 낮이고 밤이고 끊임없이 불평 · 배상청구 · 쟁의, 그리고 불화가 꼬리를 물고 일어났다.

마인쯔 선제후의 입시入市가 3월 21일에 있었다. 그날은 예포로 시작되었고 그 때문에 우리는 오랫동안 귀가 멍멍한 일이 여러 번 있었다. 여러 가지 의식 중에서도 이 입시의 의식은 가장 중요한 것이다. 왜냐하면 이때까지 우리가 맞아들인 모든 사람들은 아무리 그신분이 높다해도 결국 남의 신하에 지나지 않았기 때문이었다. 그러나 이 경우는 군주, 한 독립된 왕후, 황제에 버금가는 제1인자가 그에 알맞은 수행원들을 거느리고 나타났기 때문이다. 이 입시의 장관壯觀에 대해서는 뒤에 가서 뜻밖의 기회에 다시 이야기하려고 생각하고 있으므로, 여기서는 길게 말하지 않아도 되리라.

같은 날 라바터[11]가 베를린에서 귀가하던 도중에 프랑크푸르트에 들러 이 의식의 행렬을 구경하였다. 이러한 외부적인 세상사는 그에게는 하등의 가치도 없었지만, 이 행렬은 그 장려함과 모든 그 부속물과 함께 분명히 그의 활발한 상상력에 뚜렷한 인상을 준 것 같았다. 왜냐하면 수년 뒤 이 뛰어난, 그러나 이채로운 사람이 분명 〈요한의 묵시록默示錄〉을 (뜻풀이였다고 생각되나) 운문으로 쓴 어느 주해서註解書를 나에게 보내 준 일이 있는데, 거기에 보니 그리스도의 반대자의 입성入城이 한 걸음 한 걸음, 한 사람 한 사람, 하나하나의 전경에 있어서 프랑크푸르트에서의 마인쯔 선제후의 입시의 광경을 그대로 묘사해 놓았으며, 밤색 말의 목에 달린 술에 이르기까지 빠짐없이 그려져 있었다. 만일 구약이나 신약성서의 신화들을 완전히

---

11) 요한 카스파 라바터(Johann Kaspar Lavater, 1741~1801). 스위스의 시인 · 신비 사상가. 그의 골상학骨相學에 관한 저술은 유명하며 많은 영향을 미쳤다.

근대화해서 귀천을 불문하고 현대생활의 겉모습을 그것들에게 입힌다면, 그 신화들을 우리의 직관과 감정에 더 친근한 것으로 만들 수가 있다고 생각하는 바이다. 하여튼 이것은 그 시체(詩體)들이 사용되던 시대에 대해 서술을 하게 될 때 이 일에 대해서는 더 많은 일들이 기술되리라. 이러한 취급법이 어떻게 차차 인기를 얻게 되었는가 하는 것도 역시 뒤에 가서 이야기하겠다. 그러나 여기서는 이런 취급법은 라바터와 그의 모방자 이외에는 사용하지 않았다는 것만을 말해 두겠다. 그들 중의 한 사람은 베들레헴에 들어선 세 명의 신성한 왕을 묘사하는 데도 그들이 영락없이 라바터를 항상 방문하고 있던 제후나 귀족들의 모습이라는 것을 분명히 인정할 수 있을 정도로 현대적으로 묘사해 놓고 있었던 것이다.

우리는 선제후 에메리히 요제프를, 말하자면 살며시 콤포스텔[12]에 도착하도록 놔두고, 이번에는 그레트헨 쪽으로 눈길을 돌렸다. 그러자 군중이 흩어지면서 그녀가 필라데스와 그의 애인과 함께(이 세 사람은 이제 떨어질 수 없는 것처럼 보였다) 집단 속에 있는 것을 나는 보았다. 우리는 만나서 인사를 주고받자 바로 그날 밤을 함께 지내기로 약속했다. 그리고 나는 정각에 그곳에 갔다. 여느 때의 패들이 제각기 이야기하고 지껄이며 설명할 재료들을 오늘의 구경에서 가지고 와 있었다. 구경에서 제일 눈을 끈 일은 사람에 따라 제각기 달랐다.

"당신의 이야기는" 하고 마지막으로 그레트헨은 나에게 말했다.

"나에게는 요 며칠 동안에 본 일들이 혼잡해서 무엇이 무엇인지 모르겠어요. 구경한 것을 종합할 수가 없어요. 나는 저 여러 가지 것이 어떠한 관계를 갖고 있는지 꼭 알고 싶어요."

그래서 나는 그 설명을 해주기는 쉬우나, 다만 실제로 흥미를 갖

---

12) 돔(대성당)에 가까운 마인쯔 선제후의 숙사.

는 것이 어떤 것인가 들려 달라고 말했다. 그녀가 그것을 들려 주었기 때문에 나는 두세 가지 설명을 하려 했는데, 차라리 모든 것을 처음부터 순서 있게 설명해 주는 것이 낫다는 것을 알았다. 나는 이 의식과 행사들을 연극에 비유해서 솜씨 있게 이야기해 주었다. 그 극에서는 배우가 연기를 계속하는 동안에 막이 수시로 내려지고 올려지며, 그로 인해 관객은 줄거리의 발전을 어느 정도 더듬어볼 수 있는 거라고 말해 주었다. 멋대로 이야기하도록 하면 나는 다변해지는 면이 있기 때문에 모든 것을 처음부터 오늘날에 이르기까지 순서 있게 이야기해 주었으며, 눈앞에 역력히 보는 것처럼 해주기 위해서 마침 앞에 있는 석필과 커다란 석판을 이용할 것을 잊지 않았다. 다만 다른 사람이 두세 가지 질문을 하거나 독단적인 설을 들고 나와 약간 방해를 받기는 하였으나, 그래도 나는 이야기를 대체로 만족 속에 마쳤다. 그것도 그레트헨이 끝까지 주의해서 들어주면서 나에게 용기를 주었기 때문이었다.

이야기가 끝나자, 그녀는 나에게 고맙다고 하고 세상 일을 배우고 만사의 일어남과 의미를 아는 사람이 부럽다고 말했다. 그녀는 자기가 사내라면 좋겠다고 말하고 이때까지 내가 여러 가지를 가르쳐 주어 고맙다고 하면서 극히 정중하게 감사 인사를 하였다. "내가 남자라면 대학에 들어가서 함께 무엇이든 이렇다 할 공부를 하고 싶어요" 하고 그녀는 말했다. 대화는 이렇게 계속되었는데 그녀는 프랑스어를 공부하기로 결심했다고 말했다. 프랑스어의 필요성은 그 꽃가게에서 알게 된 것이다. 나는 또 왜 그 가게에 나가지 않느냐고 물었다. 왜냐하면 최근에 나는 밤에는 외출할 수가 없게 되었으므로 낮에 그녀를 잠깐이나마 보려고 그 가게 앞을 여러 번 지나다녔으나, 그녀를 못 보았기 때문이었다. 그녀는 이런 시끄러운 때에 그런 곳에 몸을 내놓고 싶지 않으며, 시가 다시 전처럼 조용해지면 다닐 생각이라고 말했다.

우리 이야기는 다시 곧 다가올 선거일의 일로 옮겨갔다. 나는 무슨 일이 어떻게 일어나는가를 자세하게 이야기하고, 석판 위에 세밀하게 그려가며 나의 설명을 보충할 수가 있었다. 제단·옥좌·팔걸이의자나 좌석이 있는 선제실選帝室 같은 것이 눈앞에 떠올랐다. — 나는 적당한 때 매우 기분좋게 헤어졌다.

천성이 어느 정도 조화될 수 있는 젊은 두 남녀로서는, 여자가 지식욕이 왕성하고 청년이 가르치는 것을 좋아할 경우처럼 그 결합이 근본적인, 동시에 기분좋은 관계가 생겨난다. 여자는 남자를 자기의 정신적 존재의 창조자로 보고, 남자는 자연이나 우연이나 혹은 또 일방적인 의지에 의해서 완성된 것이 아닌, 쌍방의 의지에 의해서 완성된 창조물을 그녀에게서 보게 된다. 그리하여 이러한 상호작용은 극히 감미로운 것이며, 신구新舊의 아벨라르 이후[13] 두 사람의 이러한 만남에서 가장 열렬한 정열이나 행복, 또는 불행이 태어난다는 것은 하나도 이상한 일이 아니다.

바로 그 이튿날, 시내는 매우 거창한 의식과 함께 행하여진 방문과 답례 방문으로 술렁였다. 그러나 프랑크푸르트의 시민으로서 특히 나의 흥미를 끌고 여러 가지를 생각하게 한 것은 시참사회원·군인·시민이 대표자로서가 아니라 스스로가 단체로서 거행한 보안保安의 선서식이었다. 처음에 시 직원과 참모장교는 시청의 대회의실에서, 다음에 전시민은 레메베르크 대광장에서 지위 계급 및 구역에 따라서 각각 선서를 행하고, 마지막으로 그 밖의 군인이 참가하였다. 그래서 여기는 국가의 원수와 요직에 있는 사람들에게 안전을 맹세하고 눈앞에 다가온 대사大事에 엄중하게 정숙을 지키겠다는 것을 다짐하는 명예로운 목적을 위해서 공동단체들이 다 모였으며, 우리는 그들을 한눈에 둘러볼 수가 있었다. 이제 트리르의 선제후, 쾰

---

13) 구舊아벨라르는 스콜라 철학적 저작과 여제자女弟子 엘로이즈에 대한 연애로 알려진 프랑스의 철학자 아벨라르(Abélard, 1079~1142). 신新아벨라르란 루소의 《신新엘로이즈》 속에 나오는 인물.

른의 선제후도 친히 내도하였다. 선거일 전야에 모든 외래자는 시 문밖으로 퇴거할 것이 명령되고 시 문은 닫혀지고 유태인은 그들의 거리에 갇혔다. 프랑크푸르트 시민은 자기들만이 이 성전盛典의 목격 자로서 남게 되는 것을 적지않이 자랑으로 생각했다.

이때까지는 만사가 상당히 현대적으로 행하여졌다. 신분이 훨씬 높은 사람들이나 상당한 사람들은 마차만 타고 돌아다녔다. 그런데 이번에는 그들이 옛날식으로 말을 타고 나온 것을 보게 되었다. 군 중의 혼잡과 혼란은 극심한 것이었다. 나는 쥐가 익숙한 곡식 창고 속을 다니는 것처럼, 구석구석을 모두 잘 아는 시청 속을 살금살금 걸어서 대현관 쪽으로 나왔다. 현관 앞에는 처음 의장마차儀裝馬車를 타고 들어와 위층에서 회합하고 난 선제후와 사절들이 막 말에 오르 고 있었다. 잘 다루어진 순하고 보기좋은 말은 호화롭게 수놓은 안 장 덮개로 덮였고, 온갖 방법을 다해서 장식되어 있었다. 풍채좋고 당당한 선제후 에메리히 요제프의 말탄 모습은 훌륭하였다. 다른 두 사람에 대해서 말하자면 대체로 우리가 지금까지 그림에서만 보아 온 족제비 가죽으로 안을 댄 빨간 외투가 바깥 쪽에서 매우 낭만적 으로 보였다는 것밖에는 기억나는 바가 없다.

또 당일 불참한 선제후가 파견한 사절들이 금의금수錦衣金繡에 금 술을 단 스페인 풍의 의상을 입고 있는 것도 우리 눈을 즐겁게 해주 었다. 특히 옛스럽게 챙 가장자리를 휘어올린 커다란 모자의 깃이 바람에 나부끼는 모습이 화려하게 보였다. 그런데 그때 가장 내 마 음에 들지 않은 것은 현대풍의 짧은 바지에 흰 비단 양말과 한창 유 행하는 구두였다. 좀더 조화를 이룬 복장을 보기 위해 대담하게 금 으로 장식한 반장화를 신었으면 하고 원했던 것이다.

이 경우에도 사절 플로토는 그 태도가 모든 사절 중에서 이채를 띠고 있었다. 그는 활발하고 쾌활했으며, 의식 전체에 대해서 별다 른 존경심도 갖지 않는 것 같았다. 왜냐하면 그의 앞에 있었던 한 노신사가 바로 말에 오를 수 없었기 때문에 그가 한동안 대현관에서 기다려야 했는데, 그는 자기 말이 나올 때까지 계속 웃고 있었던 것이다. 말이 오자, 그는 재빠르게 뛰어올랐다. 그리고 이번에도 과연 프리드리히 2세의 이름을 더럽히지 않는 사절로서 우리의 경탄을 불러일으켰던 것이다.

그때 우리에게는 또 막이 내려지게 되었다. 나는 수도원 안으로 뚫고 들어가려고 애썼는데, 들어가 보니 재미있는 일보다는 불쾌한 일이 많았다. 황제의 선거인들은 성전聖殿에 틀어박혀 있었다. 그 안에서는 선제에 관한 신중한 숙려보다는 긴 의식이 행해지고 있었다. 오랫동안 지루하게 기다리고 있는 사람들이 혼잡을 이루고 동요한 끝에 군중은 마침내 로마 국왕에 선출된 요제프 2세의 이름이 불리는 소리를 들었다.

시市로 밀려드는 외래객의 수는 점점 많아졌다. 모든 사람이 성장을 하고 수레를 달리거나 끌고 있었기 때문에 마침내는 황금으로 싼 의상이 아니면 사람 눈을 끌지 않게 되었다. 황제나 국왕은 이미 쇤보른 백작伯爵의 거성 호이젠시탐에 도착해 있었고, 거기서 관례대로 인사와 환영을 받고 있었다. 그러나 시는 이 중요한 시간을 모든 종파의 종교적인 축전에 의해서, 또 미사와 설교에 의해서 축복하였고, 일반 시민측에서는 사은송가師恩頌歌에 맞추어 끊임없이 축포를 올리고 있었다.

처음부터 이때까지 울려진 모든 이들 공적 의식을, 가령 퇴고를 거듭한 예술품이라고 본다 해도 거기에는 비난할 점이 그다지 발견되지 않으리라. 만반의 준비에는 틈새가 없었다. 공적인 행사는 서서히 시작되어 차차 중요성을 띠기 시작했다. 사람들의 수는 늘어나고 참여하는 인물의 지위도 점점 높아져 갔으며, 그 주위도 그들 자신도 화려해져 갔다. 이리하여 하루하루 그 정도가 높아져 가서, 마침내는 구경하는 사람들의 눈도 어지러울 정도였다.

앞에서 상세한 기술을 생략한 바 있는 마인쯔 선제후의 입시入市는 뛰어난 인물[14]의 상상력에는 예언된 위대한 세계지배자[15]의 내임來臨을 의미할 만큼 장려하고 당당한 것이었다. 우리도 이것을 구경하고 적지않이 현혹되었다. 그러나 드디어 황제와 미래의 국왕이 시에 가까이 오고 있다는 소식이 전해지자, 우리의 기대는 극도에 달하였다. 작센하우젠에서 그다지 멀지 않은 곳에 천막이 쳐지고, 그 안에 시 직원 전체가 제국의 원수에게 경건한 경의를 표하고 이 시의 열쇠를 봉정奉呈하기 위해서 머물러 있었다. 다시 그보다 저편이 넓고 넓은 아름다운 평야에서는 또 하나의 다른 화려한 천막이 쳐지고 거기에 선제후와 선제후 사절 전원이 양 폐하를 봉영奉迎하기 위해 나와 있었다. 그동안 그들의 수행원은 연도에 빈틈없이 늘어서 있었다. 자기 차례가 오면 다시 시를 향해서 행진을 시작하고 적당한 행렬에 끼기 위해서 기다리고 있는 것이었다. 그러는 중에 황제는 천막까지 마차를 몰고와, 그 안으로 들어갔다. 그리하여 선제후와 사절들은 공손하게 환영의 예를 마친 뒤 제국 최고의 지배자에게 질서 있게 길을 터주기 위해서 물러났다.

우리는 시내에 머물러 있었다. 이 장관을 교외에서보다 거리에서 보고 더 깊은 감명을 받으려고 한 것이다. 거리에는 시민들이 들어차 사람의 성벽을 이루고 그 혼잡이나 그런 자리에 나타나게 마련인 갖가지 행락이나 무례 등을 보며 한동안 웃고 있었다. 그러자 드디어 종소리와 대포소리가 황제의 행렬이 가까워졌다는 것을 알려 주었다. 프랑크푸르트인으로서 특히 통쾌한 일이라 할 수 있는 것은, 이런 기회에 이렇게 많은 군주와 그 대표자들 눈앞에 제국직속시帝國直屬市 프랑크푸르트가 역시 하나의 소군주小君主로서 모습을 나타낸 일이다. 왜냐하면 시의 마부 우두머리가 행렬의 선두에 섰기 때문

---

14) 라바타를 말한다.
15) 반反 그리스도교도

이었다. 다음에 붉은 바탕에 흰 독수리가 선명하게 떠오른 시市의 문장을 단 승마용 말들이 뒤를 잇고, 다시 시참사회 대표자들이 뒤를 따르며 수행원, 하급 직원, 고수鼓手, 나팔수, 시의 하인 제복을 입은 사환들이 뒤를 따랐다. 그 뒤를 이은 것은 씩씩한 모습으로 말을 탄 시의 기병대 3개 중대였다. 이 기병은 우리가 어려서부터 외래인의 호위護衛를 맞이한다든가, 그 밖의 공적인 기회에 익히 보아온 것이었다.

우리는 우리 자신들이 이러한 영광을 함께 하고 있다는 감정과, 바로 눈앞에 그 광휘를 유감없이 발휘하고 있는 자주권自主權의 10만분의[16] 1로서 참여하고 있다는 것을 기뻐했다. 제국세속부장帝國世俗部長과 20명의 세속선제후가 파견한 선제후 사절의 여러 수행원들이 따로따로 걸어오고 있었다. 이들 수행원들은 어느 패든지 간에 20명만의 인원과 두 대의 의장마차儀裝馬車보다 적은 경우가 없었다. 그러나 두세 선제후의 수행원은 그보다 많은 수의 무리로 형성되어 있었다. 성직자 선제후의 수행원 수는 그 수가 더욱더 많았으며, 종복從僕과 신하는 수도 없이 많았다. 쾰른과 트릴 두 선제후만 해도 합해서 20대 이상이나 되는 의장마차儀裝馬車가 동원되었고, 마인쯔의 선제후는 혼자 그만한 수를 가지고 있었다. 마상의 또는 도보의 수행자들은 매우 눈부신 옷을 입었고, 훌륭한 마차를 탄 성직자와 세속의 고관들도 화려하고 위엄 있는 매무새로 모든 휘장徽章을 빈틈없이 달고 있었다. 황제폐하의 수행원들은 단연 다른 모두를 능가하고 있었다. 조마사調馬師·환마換馬·마구馬具·안장鞍裝 등을 위한 종복從僕들도 모든 사람들의 눈길을 끌었다. 시종侍從·추밀고문관樞密顧問官·시종장侍從長·내대신內大臣·주마두主馬頭·육두마차六頭馬車 등의 의장마차 16대는 눈부신 것이었으며, 행렬의 이 부분이 마지막을 장식하고

---

16) 당시 프랑크푸르트 시市는 인구 10만이었다.

있었다. 그러나 이 부분은 호화를 극하고 길게 이어졌음에도 불구하고 전체로서의 행렬의 선구先驅에 지나지 않았다.

위용偉容과 호화가 더해갈수록 행렬은 더욱 주밀해져 갔다. 왜냐하면 선제후와 후선제후의 사절이 격식이 높은 자일수록 순서가 뒤로 갔으며, 어느 사람이나 호화로운 의장마차를 타고 친히 나타났고, 그 주위에는 각각의 신하 중에서 뽑혀온 자들이 대개는 도보로, 개중에는 말을 타고 섞여서 따랐던 것이다. 마인쯔 선제후의 바로 뒤에는 10여 명의 황제실 사환使喚, 41명의 종복, 8명의 헝가리 보병이 황제와 국왕의 선구先驅를 맡았다. 다음에 호화를 극한 의장마차가 왔다. 뒷면에는 거울을 가득 달고 그림·옻칠·조각·도금세공 등으로 장식되었으며, 수놓은 빨간 빌로도로 위와 내면을 둘러친 마차의 눈부신 아름다움 속에 우리가 기다리고 기다리던 양원수兩元首, 즉 황제와 왕을 쉽게 볼 수가 있었다. 이 행렬은 될수록 길게 늘일 필요성과 많은 군중에게 구경시키기 위해서 돌아서 가는 먼 길을 택했다. 행렬은 작센하우젠을 지나 다리를 건너 파르갓세를 거쳐 이어 짜일을 내려갔다. 그리하여 카타리나 문을 지나 시의 중앙부로 방향을 돌렸다. 이 문은 옛날 성문城門이었으며 시가가 확장된[17] 후는 자유로운 통로가 되었다. 다행스럽게도 세상의 외부적 호화로움은 여러 해가 지나는 동안에 높이도 폭도 더욱 커진 것에 고려를 하게 되었다. 측량해 보았더니 이번 제실帝室의 의장마차는 이때까지 많은 군후君侯나 황제가 출입하던 문을 지나려면 조각이나 그 밖의 외부의 장식에 부딪히지 않을 수가 없었다. 협의한 결과 불편한 우회迂回를 피하기 위해서 도로의 포장을 벗겨내고 오르내리는 길의 경사를 완만하게 하기로 결정되었다. 같은 이유에서 한길 가게들의 차양도 떼내게 해서 왕관이나 독수리를 그린 기旗나 수호신상守護神像이 충돌해

서 상하는 일이 없도록 했다.

이런 값진 내용을 가진 이 귀중한 용기容器가 다가오자, 고귀한 사람들에게 주로 주목을 하고 있었던 우리도 역시 훌륭한 말이나 마구馬具나 마구의 장식으로 눈을 돌리지 않을 수가 없었다. 그러나 특히 우리의 눈길을 끈 것은 말에 올라탄 색다른 모습의 두 마부馬夫와 전기前騎였다. 그들은 궁정 예식에 따라서 검정색과 노란색의 긴 빌로도 저고리를 입고 커다란 깃을 단 모자를 쓰고 이국인처럼, 아니 다른 세계에서 온 사람처럼 보였다. 그때는 이미 거의 하나하나를 식별할 수 없을 만큼 많은 것들이 뒤섞인 것같이 혼잡했다. 황실 마차의 양쪽에는 스위스 근위병近衛兵, 작센의 칼[18]을 오른손에 높이 뽑아 든 세습 원수[19], 황실 근위병의 지휘관으로서 황실 마차 뒤에 타고 가는 원수元帥, 여러 명의 소년시종少年侍從, 그리고 제일 뒤에는 친위병이 따랐다. 그들은 모든 솔기마다 금빛으로 장식한 검은 빌로도 외투를 두르고, 그 안에 역시 금빛 테두리의 붉은 저고리와 가죽빛 동의胴衣를 입고 있었다. 사람들은 정신없이 구경하고 설명하고 그것을 다른 사람들에게 가르쳐 주느라고, 먼저 지나간 자들에게 지지 않을 만큼 눈부신 차림을 한 선제후의 위병衛兵에게는 거의 주의를 하지 않았다. 만일 15량의 쌍두마차로 행렬 제일 뒤에 참가한 우리 시청 직원, 특히 그 마지막 마차의 붉은 빌로도 보료 위에 앉아, 시의 열쇠를 가진 서기장을 보려고 하지 않았다면, 우리는 아마 창에서 물러났을 것이다. 우리 시의 척탄병중대擲彈兵中隊가 후위를 이은 것은 우리로서 명예로운 일로 생각되었다. 그리하여 우리는 독일인으로서 또 프랑크푸르트 시민으로서 이 영광의 날을 거듭하여 다시 없는 기쁨으로 생각했다.

---

18) 앞에서도 말한 대로 카를 대제의 보검.
19) 세습의 역할은 작센 선제후가 맡는다. 작센 선제후의 대표자가 여기서 세속 부장의 대리도 맡는다. 스위스의 근위병이란 작센에 고용되어 있는 병사다.

우리는 행렬이 대성당^{大聖堂}에서 되돌아갈 때도 그것이 지나야 하는 길가 집에 자리를 잡고 있었다. 선제 규약의 선서가 행해지기 전에 미사, 음악, 의식과 행사, 축사와 답사, 강연과 낭독이 예배당·내진^{內陣}·선제실에서 행해졌기 때문에 그동안 우리가 가볍고 맛있는 식사를 하고 신구 양원수^{兩元首}의 건강을 빌며 포도주 몇 병을 마실 사이는 충분히 있었다. 이런 때는 으레 그렇듯이 이야기는 과거의 시대로 거슬러 올라갔다. 그리고 과거는 적어도 당시를 지배하고 있던 어떤 종류의 인간적인 관심과 열렬한 동정^{同情}이라는 점에서는 현대보다 뛰어났다고 생각하는 노인들도 있었다. 프란츠 1세의 대관식 때는 모든 것이 현재처럼 정해져 있는 것이 아니었다. 평화는 아직 완전히 이루어지지 않고 있었다. 프랑스, 브란덴부르크 선제후, 파르츠 선제후는 선거에 반대하였다. 미래의 황제는 군대는 본영의 소재지인 하이델베르크에 주둔하고 있었다. 그리고 아헨에서 도래한 국새^{國璽}는 파르츠인^人에 의해서 거의 탈취되려는 형편이었다. 그러나 그 동안에 협의가 진행되고 이 사건을 쌍방이 그리 엄격하게 다루지 않기로 했다. 마리아 테레지아는 몸이 무거웠으나 마침내 거행하기로 한 남편의 대관식에 친히 참가하기 위해서 이곳까지 왔다. 그녀는 아샤펜부르크에 도착하여 프랑크푸르트로 가기 위해서 작은 배를 탔다. 하이델베르크에서 나온 프란츠는 비^妃를 만나려고 하였으나, 늦게 도착했기 때문에 그녀는 이미 배로 떠난 뒤였다. 그는 신분을 숨기고 작은 배에 몸을 싣고 그녀 뒤를 좇아 그녀의 배를 따라잡았다. 사랑하는 두 사람은 이 뜻밖의 해후를 기뻐했다. 이 이야기는 바로 세상에 퍼졌다. 사람들은 정애가 깊고, 이미 많은 황자^{皇子}들을 가진 다복한 황제부부^{皇帝夫婦}를 동정하였다. 이 두 사람은 결혼한 이후 떨어진 일이 없었다. 지난날 함께 빈에서 플로렌스로 가는 여행 도중에 베네치아 국경에서 검역 때문에 외출금지 명령을 받은 일도 있었다. 하여튼 마리아 테레지아는 프랑크푸르트에서 군중들의 환영을 받으며 여관 '로마 황제관'에 투숙하였다. 그 동안에 부른하임 교외에는 커다란 천막이 그녀의 남편을 맞이하기 위해서 쳐졌다. 거기에는 성직聖職 선제후로는 마인쯔 선제후 밖에 와 있지 않았고, 세속의 선제후 사절로서는 작센, 뵈멘, 하노버 이외에는 아무도 보이지 않았다. 드디어 입시가 개시되었다. 그래서 이 의식은 그 장려함에 있어서는 빠지는 데가 많았으나, 얼굴이 뛰어난 부인의 임석은 그것을 보충하고도 남았다. 그녀가 좋은 위치를 차지하고 있는 집의 발코니에 서서 만세와 박수로서 황제 남편을 맞이하자, 민중은 흥분하여 열광으로서 이에 호응했다. 고귀한 사람들도 역시 인간임에 틀림없기 때문에 시민이 그들에게 사랑을 바치려고 할 때는 그들도 자기들과 똑같은 인간으로 느껴야 한다. 이 일이 가장 적절하게 이루어지기 위해서는 시민이 그들을 서로 사랑하는 부부로서, 따뜻한 어버이로서, 서로 동정하는 형제로서, 누구의 성실한 친구로서 상상할수 있을 때다. 시민은 당시 황제와 황후에 대해서 모든 행복을 빌고또 예언하였는데, 그것은 오늘날 대를 잇는 황자皇子[20] 위에 실현된것이다. 그의 아름다운 청춘의 모습에 사람들은 경애의 마음을 가지며 그가 나타낸 고귀한 자질에 세상 사람들은 최대의 희망을 걸고있었다.

우리는 완전히 과거와 미래 속으로 말려들어가 버리고 있었는데, 두세 명의 친구들이 들어와서 우리를 다시 현재의 세계로 불러냈다. 이 친구들은 새로운 일의 가치를 통찰하고 그것을 재빠르게 다른 사람들에게 달려가 보고하는 것을 일삼는 그런 사람들이다. 그들은 방금 호화로운 차림으로 우리 앞을 지나간 고귀한 사람들에 대해서도 아름다운 인간적 성질을 이야기할 수가 있었다. 즉 호이젠시탐과 그 커다란 천막의 중간에서 황제와 국왕이 다름슈타트[21]의 주백작州伯爵

20) 요제프 2세.
21) 루드비히 8세. 당시 이미 78세.

과 숲속에서 회견하기로 되어 있다는 것이다. 앞날이 짧은 이 노백작은 전에 몸을 바쳐 섬기던 군주에게 한번 더 알현謁見하고 싶다고 생각한 것이다. 두 사람은 백작이 프란츠 1세를 황제로 선정한 선제후의 결정서를 하이델베르크로 가져왔을 때, 자기가 받은 귀중한 선물에 보답하기 위해서 일생 동안 변함없는 충성의 맹세를 한 그날 일을 회상한 것 같다. 이 고귀한 사람들은 전나무 숲속에 서 있었다. 그리하여 노쇠한 백작이 대화를 오래 계속할 수 있게 소나무에 기대게 했고, 양자 사이에는 감동이 담긴 대화가 오갔다고 한다. 이 장소는 뒷날에 가서 조용하게 기념되었다. 우리 젊은 패들은 두세 번 그곳에서 산보한 일이 있었다.

우리는 이렇게 옛날을 생각하고 또 지금을 생각하며 몇 시간을 보냈다. 그러자 행렬은 다시 아까보다는 단축되고 또 밀집된 상태로 우리 눈앞을 물결치며 지나갔다. 우리는 한 대목 한 대목을 자세히 관찰하고 주의해서 후일을 위해 깊이 마음에 새겨둘 수가 있었다.

이 순간부터 시市는 끊임없이 술렁거렸다. 유자격자이며 또 그럴 의무가 있는 모든 사람들이 한 사람씩 최고의 원수에게 배알하러 갔고, 그것이 다 끝나자 마차의 왕래가 그치지를 않았다. 그래서 우리는 신분 높은 사람들의 궁정복宮廷服을 찬찬히 자세하게 되풀이해서 구경할 수 있었다.

지금 또 국새國璽도 다가왔다. 그러나 으레 있게 마련인 쟁의爭議 없이는 일이 안 된다는 것처럼 이번에도 마인쯔 선제후와 프랑크푸르트 시市 사이에 호위와 호위구역에 관한 논쟁이 일어나고, 옥새玉璽는 반나절과 그날 밤늦게까지 교외에 머물러 있어야 했다. 마침내 시가 양보하여 마인쯔인이 그것을 시의 입구까지 호위하게 되었기 때문에 이번만은 문제가 없었다.

그 무렵 나는 완전히 자기를 잊고 열중하고 있었다. 집에는 쓰거나, 서사해야 할 것이 있었고, 게다가 무엇이고 다 보고 싶었고 또

안 보고는 못 배겼다. 이리하여 우리가 그 후반後半을 그토록 축제기분에 들떠서 떠들며 지내던 3월도 마지막날이 가까워 왔다. 최근에 일어난 일이나 대관식 당일에 기대할 일들에 대해서 나는 그레트헨에게 충실하고 자세한 설명을 들려 주겠다고 약속해 두었다. 대전大典의 날이 다가왔다. 나는 원래 무엇을 이야기할까 하는 것보다도 어떻게 그녀에게 이야기할까 하는 것에 더 마음을 썼다. 나는 목격한 것, 서기로서 적어둔 모든 것을 이 당장의 유일한 무기로 쓰기 위해서 급히 통고하였다. 어느 날 밤, 나는 상당히 늦은 시간에 그녀 집으로 갔다. 그리고 아직 이야기가 시작되기 전부터 이번 이야기는 준비도 없었던 요전 이야기보다 훨씬 성공할 것이라고 속으로 적지 않이 자랑스럽게 생각했다. 그러나 순간의 기인機因으로 태어난 것이 뚜렷한 계획을 한 뒤에 나온 것보다 도리어 많은 기쁨을 우리 자신에게, 또 우리를 통해서 다른 사람에게 주는 일이 많다. 거기에 모인 사람들은 대개 여느 때의 패들이었으나, 서너 명의 낯선 사람이 그 속에 끼여 있었다. 그들은 자리를 둘러싸고 무슨 내기를 하고 있었고 다만, 그레트헨과 나이 적은 사촌만은 석판이 있는 내 옆에 머물러 있었다. 그레트헨은 다른 시에서 온 자기가 선제식 날에 이 시의 시민과 똑같은 대우를 받고 이렇게 다시 할 수 없는 구경을 한데 따른 만족을 애교 있게 이야기했다. 그리고 내가 그녀를 위해서 배려한 일, 이때까지 필라데스를 통해서 입장권, 지정권, 친구 또는 소개에 의해서 그녀에게 모든 경우에 입장할 수 있게 마음을 써준 것을 정중하게 감사했다.

대관식의 보물에 대한 이야기를 그녀는 기꺼이 들었다. 나는 되도록 함께 가서 구경하자고 약속하였다. 젊은 왕이 그날의 의상과 왕관을 미리 입어보셨다는 이야기를 듣고 그녀는 두세 마디의 농담을 했다. 나는 그녀가 대관식 날에 성전盛典을 구경할 장소를 알고 있으므로, 가볍게 행해지는 행사, 특히 그녀의 자리에서 자세히 구경할 수 있는 모든 것에 대해서 그녀에게 이야기해 주었다.

이런 이야기를 주고받는 동안에 우리는 시간을 생각할 여유가 없었다. 시간은 이미 한밤중을 지나고 있었다. 그리고 불행하게도 나는 집 문의 열쇠를 가지고 있지 않은 것을 알았다. 큰 소동을 일으키지 않고는 집 안으로 들어갈 수가 없는 것이었다. 나는 그녀에게 나의 입장을 말했다. "결국 우리 모두 이렇게 함께 있는 게 제일 좋겠어요" 하고 그녀는 말했다. 그녀 사촌들이나 다른 데서 온 손님들도 이미 그렇게 자리잡고 있을 참이었다. 왜냐하면 이날 밤 이 사람들을 어디에 재워야 할지 몰랐기 때문이었다. 이야기가 바로 그렇게 정해지자 그레트헨은 초가 꺼져 가고 있었기 때문에 커다란 놋쇠 램프에 심지와 기름을 넣고 불을 켜 가지고 나오고 커피를 끓이기 위해서 나갔다.

커피 덕택으로 서너 시간 가량은 머리가 상쾌했으나, 어느덧 내기에도 지치게 되었다. 이야기도 뜸해져 갔다. 어머니는 커다란 팔걸이의자에서 자고, 다른 데서 온 손님들도 여행의 피로로 여기저기서 졸았다. 필라데스와 그의 애인은 방 한구석에 나란히 앉아, 여자쪽이 그의 어깨에 머리를 기대고 같이 자고 있었다. 그러나 그도 역시 오래 눈을 뜨고 있지 못했다. 젊은 사촌은 우리와 마주앉아 석판 탁자에 양팔을 포개놓고 얼굴을 묻고 자고 있었다. 나는 탁자 뒤의 창문 있는 구석에 앉고 그레트헨은 내 옆에 앉아 있었다. 우리는 조그만 소리로 이야기하였으나, 마침내 그녀도 졸음에 눌려 머리를 내 어깨에 기대고 잠들었다. 그래서 나는 혼자서 눈을 뜬 채 묘한 처지에 놓이게 되었으나, 결국 죽음의 친구인 수마睡魔가 나의 마음을 가라앉혀 주었다.

어느새 잠이 들었는데, 눈을 뜨고 보니 벌써 환한 대낮이었다. 그레트헨은 거울 앞에 서서 모자를 매만지고 있었다. 그녀는 여느 때보다 상냥했고 헤어질 때는 나에게 따뜻한 악수를 해주었다. 나는 길을 돌아서 살며시 집으로 들어섰다. 왜냐하면 집 옆의 히르시그라 벤이 바라보이는 쪽으로 나의 아버지가 이웃집의 불평도 아랑곳없이 벽에 조그만 창을 냈기 때문이었다. 그리하여 우리가 집에 돌아가는 것을 아버지에게 보이기 싫을 때는 언제나 그곳으로 가는 것을 피했던 것이다. 우리를 위해 언제나 아버지에게 좋게 말해주는 어머니는 오전 차 시간에 내가 없었던 이유를 일찍 외출한 것이라고 하여 무사히 넘어가게 해주었다. 그래서 나는 죄없는 하룻밤을 보냈지만, 불쾌한 결과도 겪지 않았다.

요컨대 나를 둘러싸고 있는 이 무한히 복잡한 세계도 나에게 극히 간단한 인상밖에 주지 않았다. 나는 사물의 외면을 정밀하게 주의해서 보는 것 이외에는 하등의 관심도 갖지 않았으며, 아버지와 쾨니히스탈 씨가 나에게 맡긴 것 이외에는 아무 일도 갖지 않았다. 물론 이 일에 의해서 나는 사물의 내면을 어느 정도 알 수는 있었다. 나는 그레트헨 이외에는 무슨 일이든 애착을 갖지 않았으며, 오로지 그녀에게 그것을 잘 설명해 줄 수 있도록 모든 것을 잘 관찰하고 바르게 이해하는 것 이외는 아무 의도도 없었다. 실은 그런 행렬이 통과하는 동안, 나는 그 행렬의 모양을 자신에게 작은 소리로 이야기하는 일이 자주 있었고, 그것을 확실하게 머릿속에 담아 나의 주의력과 면밀함을 사랑하는 사람으로부터 칭찬받고 싶다고 생각했다. 다른 사람들의 갈채나 찬양은 그저 한때의 흥취에 지나지 않았다.

물론 나는 몇 사람의 고귀한 사람들에게 소개되기는 했다. 그러나 나는 누구든 다른 사람에게 마음을 둘 여유가 없었고, 한편 연장자와도 그리고 젊은 사람과도 어떻게 이야기하면서 그 인물을 음미할까 알지 못했다. 나는 또 남에게 자기를 잘 보이게 한다는 것에 대해서도 그다지 능숙하지 못했다. 나는 보통 그들의 호의는 받았으나, 갈채는 받지 못했다. 나는 나의 일에 온 마음을 쏟고 있었다. 하지만 그것이 다른 사람의 마음에 들지 안들지는 관심을 두지 않았다. 나

는 대개 너무 활발하거나 너무 얌전하거나 했다. 남이 나의 마음에
드는가 그렇지 않으면 나에게 반감을 일으키는가에 의해 뻔뻔스러
워지기도 하고 혹은 외고집을 내세우기도했다. 그런 까닭으로 인해
서 나는 유망한 인간으로는 생각되었으나, 동시에 별난 사람이라는
말도 들었다.

마침내 1764년 4월 3일, 대관식 날이 밝았다. 날씨는 다시없이 쾌
청하고 모든 사람들이 웅성거리고 있었다. 나는 몇 사람의 친척·친
구들과 함께 시청 위층에 좋은 자리를 얻었다. 거기서 우리는 전체
를 빠짐없이 둘러볼 수가 있었다. 우리는 이른 아침부터 거기에 가
서 전날에 세세하게 목격한 여러 가지 설비를 이번에는 위에서 조감
도鳥瞰圖를 보는 것처럼 내려다보았다. 거기에는 좌우에 커다란 두 개
의 통을 단 신설된 분수가 있고 기둥 위에 있는 쌍두雙頭 독수리의 두
개의 부리에서는 포도주가 솟아나게 되어 있었다. 그 두 통 중 하나
에서는 백포도주가, 다른 하나에서는 적포도주가 독수리에게 부어
지도록 되어 있었다. 그 저편에는 귀리가 산더미처럼 쌓여 있고, 이
쪽에는 커다란 목조 움막이 서 있었다. 이 움막 속에는 이미 2,3일
전부터 살찐 황소가 통째로 커다란 꼬챙이에 끼어져 숯불에 구워지
며 연신 기름을 내고 있었다. 시청에서 나오는 통로와 다른 거리에
서 시청으로 통하는 모든 통로는 한쪽은 울타리로 다른 한쪽은 위병
이 지키고 있었다. 대광장은 점점 사람들이 들어찼다. 군중은 언제
나 새로운 광경이 나타나거나, 뭔가 눈에 띄는 것이 알려지는 곳으
로 밀어닥쳤기 때문에 동요와 혼잡은 더욱 심해져 갔다.

그럼에도 불구하고 전체적으로는 정숙한 공기가 흘렀다. 그리고
경종이 울렸을 때 군중은 모두 전율과 경악에 사로잡히는 것 같았
다. 위에서 광장을 한눈에 내려다보는 사람들의 주의를 제일 먼저
끈 것은 아헨과 뉘른베르크의 대관大官들이 대관식의 보기寶器를 성당
으로 나르는 행렬이었다. 보기는 수호신으로서 마차 안에서 상석을

차지하고, 사절들은 그것을 앞에 놓고 뒤를 향한 자리에 공손히 앉아 있었다. 다음에 세 명의 선제후는 성당 안으로 들어갔다. 보기가 마인쯔 선제후에게 건네진 뒤에 왕관과 보검은 바로 황제의 거실[22]로 운반되어 갔다.

평상시부터 식에 대해서 익히 들어온 우리가 상상할 수 있었던 것처럼 성당 안에서는 그동안 당사자와 배관자拜觀者들이 그 밖의 시설이나 여러 가지 의식으로 분주했다.

우리 눈앞에서는 그동안 사절들이 시청으로 마차를 몰고 갔으며, 시청에서는 천개天蓋가 부사관들에 의해서 황제의 거실로 운반되었다. 그 뒤를 이어 바로 세습 원수 파펜하임 백작이 말에 올랐다. 백작은 키가 크고 날씬한 몸매의 풍채가 매우 좋은 신사로서, 스페인 풍의 복장, 사치스런 동의胴衣, 금빛 외투, 높은 깃이 달린 모자, 바람에 나부끼는 잘 빗어진 머리칼이 매우 잘 어울렸다. 그가 행진을 시작하자 모든 종이 울리는 가운데 사절들은 황제선거 날보다 더욱 눈부시게 차리고 말을 타고 나서서 황제실 쪽으로 그를 따랐다. 이런 날에는 몸이 몇 개가 되었으면 싶었다. 우리는 황제실 쪽으로도 가 보고 싶었던 것이다. 우리는 그동안 거기서 행해지는 일을 서로 이야기했다. 지금 황제는 황제 정복征服, 카롤링거 가의 낡은 형식에 따라 새로 맞춘 옷들을 입고 계셨다. 세습관世襲官들은 보새寶璽를 받고 말에 올랐다. 황제복을 입은 황제, 스페인 풍의 복장을 한 로마 국왕이 승마하셨다.

이런 이야기를 하는 동안에 끝없이 긴 행렬의 선발대가 이미 황제 등의 행진 개시를 우리에게 알려 주었다.

성장한 수행원과 그 밖의 역원役員의 무리, 위풍당당하게 지나가는 귀족들에 의해서 눈은 이미 지쳐 있었다. 바야흐로 선제대사 · 세습

---

22) 로스마르크트의 크라니히 궁(Kranichhof).

고관, 그리고 마지막으로 12명의 배심관과 의원들이 온통 수로 뒤덮인 천개를 받쳐들고 그 아래에 낭만적인 복장을 한 황제와, 그 왼쪽 조금 뒤쪽에 스페인 풍의 복장을 한 황태자가 아름답게 장식된 말에 올라 유연하게 지나가셨을 때, 벌써 눈은 갈피를 잡지 못했다. 주문에 의해서 이 현상을 다만 일순간이나마 붙잡아두고 싶었으나, 이 장엄한 광경을 멈추지 않고 지나가 버렸다. 그리고 가까스로 비었는가 싶은 장소는 바로 밀려드는 군중으로 들어차 버렸다.

그러나 그때 새로운 혼잡이 일어났다. 그것은 또 하나의 다른 길을 시장에서 시청으로 뚫어 사원에서 돌아오는 행렬이 지나가도록 다리를 놓아야 했기 때문이다.

대성당 안에서 행해진 일, 도유식塗油式 · 대관식 · 기사서약식, 앞뒤에 올려진 끝없는 식전, 그 모든 것을 나는 뒤에 당내에서 구경한 사람들로부터 기꺼이 들었다. 이 사람들은 그 구경 때문에 다른 여러 가지 구경을 하지 못했던 것이다.

사원 밖에 있었던 자들은 그 동안에 구경하던 자리에 앉은 채 간단한 식사를 하였다. 우리는 자신이 경험한 가장 축하할 만한 날에 찬 음식으로 점심을 때워야 했다. 그 대신 가장 오래된 최상의 포도주가 모든 집의 지하실에서 꺼내져서 그런 대로 그 방면에서 이런 고대의 축전을 고대식으로 축하했던 것이다.

광장에서 지금 제일 가는 구경거리는 오렌지 빛과 새하얀 빛의 천을 둘러친 방금 완성된 다리였다. 그리하여 우리는 처음에는 마차로, 다음에는 말 위에서 본 눈부신 황제의 모습을 이번에는 걸어가는 모습으로 보며 경탄하였다. 이상한 일이지만 우리는 걷는 모습을 제일 좋아했다. 왜냐하면 우리에게는 이런 방식으로 사람 앞에 나타나는 것이 제일 자연스럽고 그러므로 또한 가장 품위가 있는 것처럼 생각되었기 때문이다.

프란츠 1세의 대관식을 구경한 일이 있는 상당한 연배의 사람들은 다음의 일을 이야기하였다. 아름답기 그지없는 마리아 테레지아는 시청 옆 프라우시타인 가의 발코니에서 식전을 내려다보고 있었다. 부군夫君 황제가 진기한 모습으로 사원에서 나와, 말하자면 카를 대제의 망령亡靈 같은 자태를 그녀 앞에 나타내면서 장난처럼 두 손을 치켜올리며 황후에게 주권을 상징하는 지구의地球儀며 왕홀王笏이며 기묘한 장갑을 들어 보이는 순간, 그녀는 계속해서 웃음을 터뜨렸다. 옆에서 보고 있던 군중들은 이것을 보고 더없이 기뻐하며 감동하였다. 그 태도에서 그리스도교 국가의 지고至高한 배필의 자연스럽고 아름다운 부부관계를 눈앞에서 보는 영광이 주어졌기 때문이었다. 황후가 부군 황제에게 인사하기 위해서 손수건을 흔들고 소리 높이 만세를 부르자, 군중들의 감격과 환호는 절정에 이르렀고 기쁨의 함성은 끝없이 계속되었다고 한다.

이윽고 종이 울리며 긴 행렬이 호화찬란한 다리를 매우 조용하게 건너왔다. 이것은 모든 의식이 끝났다는 것을 고하는 것이었다. 군중의 주의는 전보다 더 깊어졌다. 특히 우리에게는 행렬이 더 뚜렷하게 보였다. 그것이 지금 마침 우리 쪽을 향해서 행진해 왔기 때문이다. 우리는 행렬과 군중으로 꽉 찬 광장을 거의 평면도처럼 둘러보고 있었다. 그러나 이 장관은 제일 뒤끝이 너무나 밀집해 있었다. 왜냐하면 사절, 세습고관, 천개 아래의 황제와 국왕, 그 바로 뒤를 따르는 세 명의 성직선제후, 검은 옷을 입은 배심관과 시참사회원, 금빛 수를 놓은 천개, 그 모든 것이 그저 한 덩어리로 보이고, 하나의 의지에 의해서 움직여지고 놀랍게 조화하고 있었으며, 방금 종소리에 따라서 사원에서 나와 신성한 것으로서 우리를 향해 빛나는 것처럼 보였다.

정치적인 동시에 종교적인 식전은 한없는 매력을 가지고 있다. 우리는 땅 위의 존재가 그 권력의 모든 상징에 둘러싸여 있는 것을 보았다. 그러면 그것이 천상의 지존 앞에 무릎을 꿇음으로써 이 양자의 협동을 우리의 귀와 눈으로 바로 앞에서 보게 되었던 것이다. 그도 그럴 것이 개인도 복종하고 숭배함에 의해서 신과의 친화를 실증할 수 있는 것이다.

방금 시장에서 울려퍼진 환호소리가 대광장에도 퍼져나갔다. 푸짐한 '비바(만세)' 소리는 천만의 입에서, 분명히 저마다의 가슴 속에서 울려나온 것이었다. 그것도 모두 이 성전이 오랜 세월에 걸쳐 독일에 사실적 행복을 가져온 평화의 보증이 되는 것이었기 때문이다.

며칠 전에 거리거리를 다니는 포고에 의해서 다리나 분수 위의 독수리표는 일반에게 주는 것이 아니므로 군중들은 종전같이 그것에 손을 대면 안 된다는 것이 공표되었다. 이 일은 이러한 혼잡한 경우에 피해야 할 많은 불행을 예방하기 위해서 취해진 조처였다. 그러나 서민의 동향에는 다소 양보하지 않을 수 없어서, 특별히 임명된 사람들이 행렬 뒤에 따라가다가 다리에서 천을 걷어 그것을 감아서 군중의 머리 위에 내던졌다. 물론 이것으로 인해서 불행한 일이 일어나지는 않았으나 우스운 재난이 생겼다. 무엇인가 하면 천이 공중에서 풀어져서 떨어질 때에 상당히 많은 사람들의 머리를 덮었는데 사람들이 그 양끝을 붙잡고 자기 쪽으로 당기는 바람에 그들을 천으로 감아서 땅 위에 넘어뜨리고 허우적거리고 괴로워하게 만들었다. 가까스로 그들은 그 천을 찢거나 끊고서 빠져 나왔는데, 각자는 황제와 국왕의 옥보玉步에 의해서 신성하게 된 이 아롱다롱한 천을 한 쪽씩 찢어서 가지고 돌아갔다.

이런 난폭한 여흥을 나는 오래 바라보고 있지 않았다. 나는 내가 있던 자리에서 내려와 여러 계단이 있는 복도를 지나서 시청의 대계단[23] 쪽으로 급히 갔다. 멀리서 우리가 경탄하며 바라보던 고귀한 일행이 그리로 올라오게 되어 있었던 것이다. 시청의 입구는 경비가 잘되어 있었기 때문에 그리 혼잡하지 않았다. 나는 운좋게 바로 위의 철난간 있는 데까지 갈 수 있었다. 그리고 수행원들이 아래층 궁륭식灣隆式 복도에 머물러 있는 동안에 고귀한 신분의 사람들은 계단을 올라와 내 옆을 지나갔다. 그래서 나는 세 번 꾸부러진 계단 위에 서서 그들을 모든 방향에서 구경하고 마침내는 바로 옆에서 바라볼 수가 있었다.

마지막으로 양 폐하가 내가 서 있는 데로 올라오셨다. 아버지와 아들은 쌍둥이처럼 똑같은 복장을 하고 있었다. 많은 진주와 보옥으로 호화롭게 만든 진홍眞紅 비단의 황제복, 그리고 보관寶冠・왕홀王笏・국보는 나의 눈에 아름답게 비쳤다. 이들은 모두 새로 만든 것이었으면서도 옛풍을 본땄으므로 운치가 있었다. 황제는 이러한 의상을 몸에 꼭 맞게 입고서 옥보玉步를 옮겼다. 성실성이 넘쳐흐르는 그 위용威容은 황제인 동시에 아버지라는 것을 나타내고 있었다.

이와는 달리 젊은 국왕은 마치 가장假裝한 것 같았다. 카를 대제大帝의 보옥을 단 엄청나게 큰 의복을 걸쳤으므로, 끌다시피하며 걸음을 옮겨 가느라고 그 자신도 때때로 아버지를 올려다보며 쓴웃음을 참지 못했다. 안에다 많은 천을 밀어 넣어야 머리에 얹을 수 있었던 보관은 지붕처럼 머리카락이 빠져나와 있었다. 대관식복이나 장의長衣는 몸에 맞게 줄였으나, 결코 좋은 모습을 보이지는 못했다. 왕홀과 국보는 사람들을 경탄시켰다. 그러나 더 인상좋게 하기 위해서는 이 옷을 그것에 알맞은 훌륭한 자태에 입혀서 장식해 보고 싶다는 생각을 부정할 수가 없었다.

황제실의 문이 이분들의 모습을 안으로 들인 뒤에 다시 닫혀지자, 나는 바로 아까의 좌석으로 급히 달려갔다. 자리는 이미 다른 사람이 점령하고 있었으나, 다소의 언짢은 말이 오고간 뒤에 다시 내게로 돌아왔다.

내가 내 창을 다시 차지한 것은 마침 중요한 때였다. 왜냐하면 군

---

23) 시청 안의 황제 제단. 제1장에도 나온다.

중이 볼 수 있는 것 중에서도 가장 진기한 일이 막 행해지려 하고 있었던 것이다. 군중은 모조리 시청 쪽을 바라보고 있었다. 그리고 다시 만세의 외침이 일어나 황제와 국왕이 황제실 발코니 창에서 군중에게 정장한 모습으로 나타난 것을 우리는 볼 수 있었다. 그러나 이 두 분 폐하만이 군중의 좋은 구경거리가 아니었다. 두 분 폐하의 눈앞에는 진기한 광경이 벌어지고 있었다. 우선 첫째로 날씬한 모습의 세습원수世襲元帥가 말에 뛰어올랐다. 그는 대검帶劍을 풀어놓고 오른손에는 자루가 달린 은제 말(斗)을, 왼손에는 주석 방망이를 가지고 있었다. 그는 울 안에 있는 커다란 귀리 더미로 말을 몰고 가서 말(斗)이 넘칠 만큼 퍼올려 그것을 말방망이로 고르고는 위엄 있는 태도로 들고 나왔다. 이리하여 황실 말들은 먹이를 공급받은 것이다. 다음에 세습시종世襲侍從이 나서서 같은 곳에 똑같이 말을 몰고 가서 물주전자와 수건 외에 물주발을 들고 돌아왔다. 그러나 구경꾼들에게 더욱 흥미가 있었던 것은 구운 황소고기를 한 점 떼러 간 세습내신世襲內臣이었다. 그도 또 은제 접시를 들고 울을 가로질러 목재의 커다란 움막에 말을 몰고 들어가더니, 곧 뚜껑이 덮인 요리접시를 들고 나타나 시청 쪽으로 갔다. 다음에는 세습시작世襲侍酌의 차례가 되었다 그는 분수 옆으로 말을 몰고 가더니 포도주를 들고 왔다. 이것으로 이제 황제의 식탁이 갖추어진 것이다. 그러자 모든 사람들의 눈은 돈을 뿌리기로 되어 있는 세습경리장世襲經理長[24) 쪽으로 쏠렸다. 그는 안장 양쪽에 권총용 혁대 대신에 파르츠 선제후의 가문을 수놓은 두 개의 화려한 주머니가 달린 훌륭한 말에 올랐다. 그는 말을 앞으로 몰고 가면서 이 주머니에 손을 넣어 좌우에 아낌없이 금은 화폐를 뿌렸다. 그가 금과 은의 돈을 뿌릴 때마다 그것들은 공중에서 비처럼 아름답게 반짝였다. 무수한 군중의 손이 이 선물을 잡으려고 일

---

23) 시청 안의 황제 제단. 제1장에도 나온다.

순간 공중에서 몸부림을 쳤으나 돈이 아래로 떨어지자 군중은 땅에 덮치고 덮쳐서 돈을 주우려고 심하게 다투었다. 이 동요는 뿌리는 자가 앞으로 말을 몰고 나아감에 따라서 양쪽에서 계속 되풀이되었기 때문에 구경꾼으로서는 참으로 재미있는 광경이었다. 마지막으로 그는 주머니 자체를 내던졌는데, 모든 사람들이 이 최고의 상품을 잡으려고 하자, 가장 유쾌한 광경이 벌어졌다.

두 분 폐하는 이미 발코니에서 물러나 계셨다. 그리하여 이러한 경우에 선물을 서서히 감상하며 받으려고 하기보다 차라리 빼앗아 가지려는 서민들을 위해서 다시 어떤 하사물들을 주었다.

오늘날보다도 더 미개하고 난폭한 시대에는 세습원수가 귀리의 일부를 가지고 가면 귀리를 군중의 손에 내주는 습관이 있었고, 세습시작世襲侍酌이나 세습경리장이 각자 그 직무를 다한 뒤에는 바로 분수와 움막이 일반의 손에 내맡겨지는 습관이 행해졌다. 그러나 지금은 모든 불행을 피하기 위해서 가능한 한 질서와 절도를 지켰다. 그래도 한 사람이 귀리를 주머니 가득 채우면 다른 사람이 그 주머니에 구멍을 뚫어 놓는 옛날부터의 심술궂은 장난, 그 밖에 이와 비슷한 재미있는 일이 행하여졌다. 그러나 구운 황소를 얻으려고 이번에도 언제나처럼 진짜 투쟁이 벌어졌다. 이 황소는 단체가 아니면 그 소유를 다툴 수가 없었다. 도수업자屠獸業者와 술통 운반업자의 두 조합에게 관례에 따라서 어느 한편에 이 거대한 구운 고기를 주지 않으면 안 될 위치에 놓여 있었다. 도수업자 편에서는 자기네가 썰지 않고 통째로 마굿간에 갖다놓은 황소에 대해서 최대의 권리를 가지고 있다고 믿었다. 이것에 대해서 운반업자는 움막이 자기네 조합 집합소 건물 옆에 세워졌다는 것, 자기네는 저번에도 승리를[25] 얻어

---

24) 세습경리장은 파르츠 선제후가 맡기로 되어 있다. 여기서는 파르츠 선제후의 대리인이 이것을 맡았다.

25) 사실에 맞지 않다. 지난 번에는 전도수업자全屠獸業者가 승리를 얻었다.

서 황소를 따갔는데 조합집합소의 격자 달린 박공창博拱窓에서 지금도 그때 따간 황소의 뿔이 승리의 표시로 내다보고 있다는 것을 이유를 들어 요구하였다. 이 두 우세한 조합은 매우 완력이 센 기운좋은 조합원을 가지고 있었다. 그러나 이때 어느 편이 승리를 얻었는가는 나에게 이미 기억이 없다.

그런데 이러한 식전은 무언가 위험하고 무서운 일로 끝나게 마련인데, 이때도 판자 움막인 마굿간이 군중의 손에 내맡겨지자, 순간 무시무시한 광경이 벌어졌다. 어떻게 올라갔는지 모르지만 지붕에는 여러 사람들이 꿈틀거리고 있었다. 판자는 잡아뜯기고 내던져졌기 때문에 특히 먼 데서 밀려드는 군중 속의 두세 명은 밟혀 죽은 것 같았다. 순식간에 움막의 지붕은 다 벗겨지고 대들보나 서까래를 이은 것을 풀기 위해서 몇 명의 사람들이 매달려 있었다. 한편 아래에서는 기둥이 톱으로 잘라지고 있었고 골격이 흔들리며 금방이라도 무너질 것 같았는데, 위에서는 아직도 적지않은 사람들이 돌아다니고 있었다. 마음이 약한 사람은 눈을 돌렸고 누구나 곧 커다란 불행이 일어나리라고 생각하고 있었으나, 누군가 머리를 다쳤다는 말은 듣지 못했다. 맹렬하고 난폭하기는 했으나, 만사가 무사히 끝났다.

발코니에서 내실로 물러난 황제와 국왕이 다시 대회의실[26]에 나오셔서 식탁에 앉으신다는 것이 모든 사람에게 알려졌다. 나는 전날에 이미 이 설비를 보고 눈을 크게 뜨고 놀랐었는데, 가능한 한 오늘 그 식탁의 광경을 잠깐이나마 보는 것이 나의 절실한 소원이었다. 그러므로 나는 여느 때의 길을 지나서 마침 대회의실 문 건너편에 있는 커다란 계단이 있는 데로 갔다. 여기서 나는 오늘 제국원수의 심부름꾼 노릇을 하고 있는 고귀한 사람들을 재미있게 구경했다. 44명의 백작이 주방에서 음식을 나르면서 내 옆을 스쳤는데, 모두 호화로운

---

26) 지금은 이 방을 시민실市民室이라 부른다.

차림을 하고 있었기 때문에 그 예절바른 모습과 이러한 심부름꾼으로서의 동작의 대조가 소년인 나의 머리를 혼란시키기에 충분했다. 그다지 혼잡하지는 않았으나 장소는 비좁았다. 회의실 출입문에는 경비병이 서 있었지만, 자격이 있는 사람들은 자주 드나들었다. 나는 파르츠 백작가伯爵家의 집사執事 한 사람을 발견하고 나를 안으로 데려다 줄 수 없느냐고 말을 걸었다. 그는 조금 생각한 뒤에 마침 손에 들고 있는 은그릇 하나를 나에게 건네주었다. 그것은 내가 깔끔한 차림을 하고 있었기 때문에 그도 쉽사리 그런 생각을 할 수 있었던 것이다. 그리하여 나는 신성한 장소로 들어갔다. 파르츠 백작의 식탁은 문 바로 왼편에 있었다. 그래서 나는 두세 걸음 나아가서 그 선반 뒤의 으슥한 곳에 서 있었다.

회의실의 다른 끝 창문 바로 옆에는 한 단 높은 옥좌로 되어 있었고, 그 층계 아래에 황제와 국왕이 성장을 하고 착석하고 계셨다. 보관과 왕홀은 조금 떨어진 뒤쪽의 금빛 보료 위에 놓여 있었다. 세 사람의 승직 선제후는 자기네의 식기 선반을 뒤로 하고 높은 자리에 앉아 있었고, 마인쯔 선제후는 두 분 폐하를 마주보고서, 또 트리르 선제후는 폐하의 오른편에, 쾰른 선제후는 왼편에 각각 착석해 있었다. 이 회의실의 상석上席 부분은 보기에도 따뜻하고 좋은 분위기였고, 성직 선제후들은 가능한 한 지금의 통치자의 편을 들려고 하는 것을 알 수 있었다. 그러나 이와 반대로 화려하게 장식은 되었으나, 주인이 오지 않은 세속 선제후들의 식기 선반과 식탁을 보니, 그들과 제국 원수 사이에 몇 세기를 두고 서서히 성립되어간 불화가 생각났다. 선제후의 사절들은 다음 방에서 식사를 하기 위해서 이미 자리를 떠났던 것이다. 이렇게 손님이 없는 빈 식탁들이 가장 화려한 대접을 받고 있었기 때문에 회의실의 대부분은 망령과 같은 광경을 이루고 있었다. 그 중에서도 회의실 중앙에 있는 빈 대식탁들은 한층 쓸쓸하게 보였다. 여기서도 많은 사람이 보이지 않았던 것이다. 그 까닭은 하여튼 여기에 가서 앉을 권리를 가지고 있었던 모든 사람들이 그 당시 시내에 있으면서도 이 최대의 축제일에 말석에 앉아 자기네의 명예를 훼손시키고 싶지 않았기 때문에 출석하지 않았던 것이다.

나는 아직 나이도 어렸고 또 눈앞의 혼잡이 극심했기 때문에 많은 것을 관찰할 수 없었다. 그러나 나는 그저 모든 것을 될수록 보아 두려고 애썼다. 디저트가 들어오자 사절들은 축하의 뜻을 표하기 위해서 다시 한 번 실내로 들어왔기 때문에 나는 문 밖으로 나갔다. 그리고 가까운 친구 집에서 그날 반나절이나 굶은 배를 다시 채우고 저녁의 등광장식燈光裝飾을 구경할 준비를 갖출 수가 있었다.

이 눈부신 밤을 나는 즐거운 마음으로 축하하려고 생각했다. 즉 나는 그레트헨과 필라데스와 그의 애인과 밤에 어디서 만나자는 약속을 해둔 것이다. 내가 그 친한 사람들과 만났을 때는 이미 전시全市는 구석구석까지 등불이 비치고 있었다. 나는 그레트헨과 팔짱을 끼고 함께 시구市區에서 시구로 헤매고 다녔다. 둘은 다시 없이 행복하였다. 사촌들은 처음에는 나와 함께 있었으나 이내 군중 속으로 섞여 들어가 버렸다. 찬란한 장식등裝飾燈을 설치한 서너 사절의 집 앞은(파르츠 선제후의 것이 빼어나게 눈부셨다) 대낮인가 싶을 만큼 환했다. 사람에게 발견되지 않기 위해서 나는 약간 변장을 하고 있었으나, 그레트헨도 그것을 그리 싫어하지는 않았다. 우리는 여러 가지 눈부신 빛의 구경거리며 동화 같은 불길의 건물을 보고서 경탄했다. 그것들은 어느 것이나 각 사절들이 남에게 뒤질세라 다투어 설치한 것이었다. 그러나 에스터 하치 후작侯爵[27]의 설비가 다른 모든 것을 능가하였다. 우리 두 사람은 그 취향과 뛰어난 모습에 매혹되어서 그것을 자세히 보면서 눈을 즐겁게 하려고 하던 때에 다시 사촌들과

---

27) 로스마르크트의 황제의 행궁을 마주 바라보는 곳에 일루미네이션이 있었다.

만났다. 그들은 브란덴부르크의 사절이 그 숙사를 장식한 눈부신 조명 이야기를 들려 주었다. 우리는 로스마르크트에서 자알호프까지의 먼 길을 마다하지 않고 걸었는데, 가보니 그것은 사촌들이 우리를 심술궂게 속인 것이었다는 사실을 알았다.

자알호프에는 마인 강 쪽은 정돈된 훌륭한 건물들이 있지만 시내 쪽은 낡고 난잡하고 볼품이 없었다. 모양도 크기도 각각이고 높이도 간격도 통일이 없는 조그만 창문들, 가지런하지 않게 만든 대문이나 현관문, 대개는 구멍가게로 바뀐 아래층은 난잡한 외관을 이루어 아무도 이것을 눈여겨 보지 않았다. 그것이 여기서 오늘밤 멋대로 불규칙한 난맥상亂脈相 건축 그대로, 창이란 창문, 문이란 문, 입구란 입구는 모두 제각기 등불에 둘러싸여 있었다. 정돈된 건축의 경우라면 그것도 좋은 일이지만, 이 경우는 세상에도 추악한 건물의 앞면을 환하게 비추어 주는 광경이 되어 참으로 보아 줄 수가 없었다. 사람은 누구나 짐짓 꾸민 데가 없는 바가 아니었으므로 다소 누구나 수상쩍은 느낌을 갖게 마련이지만 — 하여튼 매우 존경받던 플로토의 표면상의 거동에 대해서는 앞에서 이미 주석을 단 바 있는 대로이고 또 우리는 그에게 호의를 가지고 있었으므로, 모든 의식적인 일을 자기의 국왕 역시 그랬던 것처럼 무시하고 있었기 때문에 — 광대의 익살을 보는 것처럼 이 장난에도 웃음을 터뜨렸지만, 그보다는 차라리 에스터 하치의 요정의 나라로 다시 돌아갔다.

이 지위 높은 대사는 이날을 축하하기 위해서 불리한 자리에 있는 자기 숙사를 버리고 대신 로스마르크트의 넓은 보리수 광장을 선택하였다. 앞면은 이 눈부시게 반짝이는 문을 세웠고 후면은 한층 더 훌륭하게 장식되어 있었다. 전체의 윤곽은 불빛이 명확하게 드러나 있었다. 나무 사이사이로 투명한 등대 위에 피라밋형과 공 모양의 등불이 달려 있었다. 나무에서 나무로 찬란한 꽃장식이 이어지고 거기에는 등불이 매달려 있었다. 여기저기서 빵과 소시지를 군중에게 나누어 주었고 포도주도 빠지지 않았다.

　그리하여 우리 네 명은 함께 어울려 매우 즐거운 기분으로 여기저기 돌아다녔다. 나와 그레트헨은 나란히 낙원의 들판을 거니는 듯했다. 거기서는 수정 그릇을 나무에서 꺾으면 바라는 포도주가 가득 차 있거나 과일을 흔들어 떨어뜨리면 그것이 생각대로의 음식물로 변하기도 하는, 저 행복한 들을 헤매는 마음이 들었다. 우리도 마침내는 그러한 욕구를 느꼈다. 그리하여 필라데스의 안내를 받아서 매우 멋있는 설비의 음식점을 발견하였다. 모두 거리로 나와 돌아다니느라고 거기에는 손님이 한 사람도 없었으므로, 우리는 더욱 편안하고 좋은 기분이 되어 그 밤의 대부분을 우애와 애정과 호의가 넘치는 마음으로 다시없이 유쾌하고 행복하게 지냈다. 내가 그레트헨을 그녀의 집 문에까지 바래다 주었을 때, 그녀는 나의 이마에 키스를 해주었다. 이러한 호의를 그녀가 나에게 보인 것은 그것이 처음이자 마지막이었다. 왜냐하면 유감스럽게도 나는 그 뒤 그녀를 다시는 만날 수 없게 된 것이었다.

　이튿날 아침 내가 아직 침대에 누워 있는데, 안색이 변하신 어머니가 걱정스런 모습으로 들어왔다. 모친에게 무슨 걱정거리가 있을 때는 그 모습으로 바로 알 수 있었다. "일어나거라!" 하고 어머니가 말했다. "재미없는 꼴을 당할 각오를 해야겠구나. 네가 질이 매우 좋지 않은 사람들과 교제하며 시끄러운 사건에 말려든 것이 밝혀졌단 말이다. 아버지는 지금 매우 화를 내고 계신단다. 우리는 가까스로 아버지에게 이 사건을 다른 사람에게 조사하게 해달라고 부탁할 수가 있었다. 너는 네 방에 가만히 있으면서 되어가는 것을 기다리고 있거라. 시 의원 시나이더 씨가 네게 오실 거다. 그분은 아버지로부터도 관청으로부터도 이 일을 위임받고 있다. 왜냐하면 사건은 이미 세상에 드러나서 결과가 나쁜 쪽으로 기울어질지도 모르니까."

　나는 사건을 실제보다 매우 나쁘게 생각하고 있다는 것을 알았다.

결국 사건의 진상이 밝혀질 것으로 생각했지만, 나는 적잖이 불안감을 느꼈다. 마침내 저 메시아를 예찬하는 노인이 찾아왔다. 그의 눈에는 눈물이 고여 있었다. 그는 나의 팔을 잡고 이렇게 말했다. "이런 사건으로 너에게 오다니, 참으로 유감이구나. 네가 이런 과오를 저지를 줄은 생각조차 못한 일이다. 그러나 나쁜 친구와 나쁜 본本이란 세상에 무슨 일이나 해내기 마련이란다. 경험이 없는 젊은이들은 이렇게 한 발짝 한 발짝 유혹되어서 죄를 저지르게 된단다." — 나는 그것에 대해서 대답했다. "저는 죄를 진 일도 없고 좋지 않은 친구를 사귄 일도 없습니다." — "지금은 변명을 할 때가 아니다." 그는 나의 말을 가로막고 말했다. "나는 취조를 하는 거다. 너는 솔직하게 자백하는 것이 필요하단다." — 나는 이에 대해서 말했다. "무엇을 물으시겠습니까?" 그는 자리에 앉아 한 장의 종이를 꺼내어 드디어 심문을 시작했다. "자네는 아무개 씨를 어느 지위의 후보자로서 자네 외할아버지에게 추천한 일이 없었나?" "추천하였습니다" 하고 나는 대답했다. — "자네는 그 사람을 어디서 알게 되었나?" — "산보하러 나간 길에서요." — "누구와 함께?" — 나는 더듬거렸다. 왜냐하면 나는 친구를 배반하고 싶지 않기 때문이다. — "숨겨도 소용없어" 하고 그는 말을 이었다. "이미 모두 알고 있으니까." — "무엇을 알고 있단 말입니까?" 하고 나는 말했다. — "이 사내가 그의 한패에 의해서 자네에게 소개되었다는 것을, 즉 누구누구를 통해서……." 그렇게 말하고는 그는 내가 만난 일도 없고 알지도 못하는 세 사람의 이름을 들었다. 나는 바로 신문자에게 그 사람을 모른다고 단언했다. "자네는 이 사람들을 모른다고 하지만, 그들과 여러 번 만나고 있었다." — "한 번도 만난 일이 없습니다" 하고 대답했다. "왜냐하면 방금 말한 대로 첫째의 사내 이외에는 한 사람도 알 수가 없고 또 그 사람과도 집안에서 만난 일이 없습니다." — "자네는 자주 ××거리에 간 일이 있지 않나?" — "한 번도 없습니다" 하고 나는 대답했다. 그러나 이것은 완전한 진실이라고는 할 수 없었다. 나는 전에 필라데스를 바래다 주면서 그 거리에 사는 그의 애인에게 간 일이 있었다. 그러나 우리는 뒷문으로 들어가 정자 안에 머물러 있었다. 그러므로 거리 자체에는 발을 들여놓지 않았다는 핑계를 대도 된다고 생각했다.

인정많은 이 사내는 다시 여러 가지를 캐물었지만, 나는 그것을 모조리 아니라고 할 수가 있었다. 그가 알고 싶어하는 모든 것에 대해서 나는 하나도 알지 못했던 것이다. 마침내 그는 불쾌해졌는지 이렇게 말했다. "자네는 나의 신용과 호의를 하나도 고맙게 생각지 않고 있어. 나는 자네를 구하려고 여기에 왔단 말이야. 자네는 이 사람을 위해서, 아니면 그들의 공범자를 위해서 편지를 기초해 주고 문장을 지어 주고 하면서 그들의 나쁜 짓을 도와 준 것을 부인할 수가 없어. 나는 자네를 건져 주러 왔단 말이야. 왜냐하면 문서 위조, 유언서 위조, 차용증서 위조 같은 중대한 사건이 지금 문제가 되고 있는 거야. 나는 이 집의 친한 친구로서 찾아왔을 뿐 아니라, 자네 집안을 생각하고 또 자네가 젊다는 것을 생각하고, 자네나 자네처럼 유혹되어 덫에 걸린 두세 명의 청년들을 관대하게 취급해 주려는 관헌官憲을 대신해서 찾아온 거야." — 그러나 그가 든 인물 중에 내가 교제하고 있었던 친구가 하나도 없었던 것은 뜻밖의 일이었다. 사정은 완전히 합치하지는 않았지만 다소 일치하는 점은 있었다. 그리고 나는 역시 나의 젊은 친구들을 덮어 줄 수 있다는 희망을 잃지 않았다. 그러나 이 철두철미한 사내는 더욱 캐묻기 시작했다. 그는 내가 여러 밤을 늦게 돌아온 일이며, 현관문에 맞는 열쇠를 손에 넣은 것이며, 또 신분이 낮은, 수상쩍은 옷차림의 사람들과 함께 어울려 유원지에서 노는 것을 두세 번 다른 사람이 본 일이며, 소녀들이 이 사건에 관계하고 있다는 것 따위를 부인할 수가 없었다. 요컨대 이름이 다르다는 점을 빼놓고는 모든 것이 발각되었던 것 같다. 그러나 이름이 알려지지 않았다는 것이 나에게 침묵을 고집할 용기를 주었다. — 이 분은 계속 말했다. "나를 이대로 여기서 나가게 하면 안 되네. 사건은 여유를 허락하지 않고 있어. 내 바로 뒤에 또 한 사람이 찾아올 거야. 이 사람은 나처럼 자네에게 조금도 여유를 주지 않을걸세. 처음부터 좋지 못한 사건이므로 고집을 부려서 이 일을 악화시키지 않도록 해주기 바라네."

나는 사람좋은 사촌들이나 특히 그레트헨을 역력히 눈앞에 떠올렸다. 나는 그들이 붙잡혀 가고 처벌받고 심문받고 모욕받는 것을 상상했다. 사촌들은 나에 대해서만은 성실한 태도를 지켜왔지만, 이러한 나쁜 일에 관계하지 않았다고 단언할 수도 없었다. 적어도 언제나 늦게 집에 돌아오고, 말하는 태도도 그다지 명랑하지 않았던, 저 아무래도 호감이 갈 수가 없었던 제일 나이 많은 사촌에게는 어쩌면 그런 일이 있었을지도 모른다는 생각이 번개처럼 내 마음을 스쳤다. 그러나 나는 여전히 나의 고백을 삼가고 입을 열지 않았다. — 나는 이렇게 말했다.

"저 자신으로서는 아무런 나쁜 일을 한 기억이 없습니다. 이 점에서는 저는 조금도 두려울 것이 없습니다. 그러나 제가 어울리던 패들이 무슨 무모한 위험 행위에 책임이 있는지도 모릅니다. 그 사람들의 죄를 수색하고 발견하고 처벌하시는 것도 좋겠지만, 저에게는 지금까지 아무것도 비난받을 점이 없습니다. 또 저에게 친절과 호의를 다해준 사람들을 죄로 밀어넣을 생각은 없습니다."

내가 미처 이야기를 끝내기도 전에 그는 흥분해서 외쳤다.

"그래, 그들을 찾아낼 것이다. 그 나쁜 놈들은 세 집에서 만나고 있었다. (그는 거리 이름을 말하고 집 이름도 말했다. 불행하게도 내가 늘 찾아가던 집도 그 속에 있었다.) 제1의 소굴은 이미 들춰 냈다."

그는 다시 말을 이었다.

"다른 두 곳은 지금쯤 쑤셔대고 있을 거다. 몇 시간 안에 만사는 밝혀진다. 심문을 받고 대질對質 심문을 받고 그 밖에 창피한 꼴을 당하기 전에 정직하게 말하게."

그는 집 이름을 말하고 지적했다. 이렇게 되면 나는 침묵을 지키는 것이 소용이 없다는 것을 알았다. 그렇기는커녕 우리의 회합이 결백했다는 것을 이야기해 주면 나보다는 도리어 친구들에게 유리할 것같이 생각되었다. ― "잠깐 기다려요" 하고 나는 소리치고 나가려는 그를 붙잡아 다시 불러들였다. "다 이야기하지요. 그리고 내 마음과 당신 마음이 가벼워지게 하지요. 단 한 가지 부탁하고 싶은 것은 이제부터 하는 내 말이 진실이라는 점을 의심하지 말아주세요."

그리고서 나는 이 사람에게 사건의 경위를 남김없이 이야기하였다. 처음에는 침착하고 조용하게 이야기를 해나갔으나, 차차 내가 여러 가지 인물·대상·기억을 환기하고 눈앞에 떠올리며 아무 죄도 없는 많은 오락이나 명랑한 즐거움을, 말하자면 법정에서 진술하는 것처럼 말을 해야 한다고 느끼자, 쓸쓸한 느낌이 더욱 격해서 마침내 소리를 내어 울었고 누를 길 없는 격정에 몸을 내맡겼다. 이 사람은 이제야 진짜 비밀이 나오나 보다 생각하고 (왜냐하면 그는 나의 고통을 무서운 일을 할 수 없이 자백하려는 징조라고 생각했기 때문이었다), 나를 가능한 한 진정시키려고 하였다. 그로서는 진상을 밝힌다는 것이 무엇보다도 중요한 일이었기 때문이다. 그의 일은 일부분만이 가까스로 성공하였다. 그러나 그것조차도 내가 내 이야기를 겨우 다 마칠 수 있었다는 것뿐이었다. 그는 내가 아무 죄도 없는 것을 알고 만족하였지만, 아직도 약간의 의심을 품고 새로운 질문을 시작했다. 그래서 나를 다시 흥분시키고 괴롭히고 화나게 했다. 마침내 나는 나로서는 이 이상 말할 수도 없고 나는 결백하고 양가집 태생이고 평판도 나쁘지 않으므로 아무것도 무서워할 필요가 없다는 것을 잘 알고 있다고 말했다. 그리고 또 그 친구들도 비록 다른 사람은 그렇게 인정해 주거나 감싸주지 않는다 하더라도 나와 똑같이 결백할 것이라고 단언하였다. 동시에 나는 만일 그들을 나와 똑같이 아껴주거나 그들의 어리석은 일을 너그럽게 보고 과실을 용서해 주지 않고 그들에 대해서 조금이라도 가혹하고 부당한 처벌을 한다면 나는 자살을 할 것이며, 아무도 그것을 말릴 수 없을 것이라고 말했다. 이 일에 대해서도 그 사람은 나를 안심시키려고 애썼으나, 나는 그를 믿지 않았다. 그리고 그가 내 방에서 나갈 때 나는 말할 수 없는 허탈 상태에 빠져 있었다.

나는 사실을 이야기하고 모든 사정을 폭로한 자신을 비난하였다. 나는 세상 사람들이 죄없는 행위, 청년다운 애착과 신뢰를 전혀 다른 눈으로 해석할지 모른다는 생각이 들었고, 또 선량한 필라데스를 이 사건에 끌어들여 매우 불행한 꼴을 만나게 할지도 모른다고 예상하였다. 그리하여 이런 모든 상상이 뒤를 이어 뚜렷하게 내 마음에 다가들고 나의 고통을 더욱 심하게 자극했다. 나는 괴로움에 못이겨 방바닥에 몸을 내던지고 마루를 눈물로 적셨다.

얼마 동안 내가 마루에 누워 있었는지 모른다. 누이동생이 와서 나를 보고 놀라더니 나의 마음을 돌리려고 애썼다. 그녀는 나에게 시市의 취조관이 아래층 아버지 방에서 시나이더 씨가 돌아오기를 기다리다가 한동안 밀담을 주고받은 뒤에 두 손님이 나갔다고 말했다. 그들은 매우 만족하게 웃으면서 "잘 되었군, 사건은 아무것도 아닌 것이야" 하는 소리를 들은 것 같다고 나에게 말해 주었다. — 나는 벌떡 일어나 소리쳤다.

"물론 사건은 나로서도 우리로서도 아무것도 아닌 것이야. 왜냐하면 나는 아무런 나쁜 짓을 하지 않았고, 설령 무언가 과오를 저질렀다 해도 모두가 어떻게 나를 감싸줄 거니까. 그러나 그 사람들은 과연 누가 도와 줄 것인가?"

누이동생은 나에게 신분이 높은 사람을 구하려면 신분이 낮은 사람의 과실도 숨기고 덮어 주는 것이 당연하다는 이유로 나를 위로하려고 애썼다. 그러나 모두 헛일이었다. 그녀가 나가자마자 나는 또 나의 괴로움 속에 젖어들었다. 그리고 나의 애착과 정열의 환상과 현재에 또 장래에 일어날 수 있는 불행의 환상들을 끊임없이 교대로 마음에 불러일으켰다. 나는 자신에게 동화를 잇대어 들려주고 불행에 이은 불행만을 그리며 바라보고, 특히 그레트헨과 나를 완전히 불쌍한 꼴로 만들지 않고는 못 배겼다. 우리 집과 친한 그 친구는 나에게 내 방에 들어박혀 있으라고 했고 가족 이외는 아무하고도 만나지 말라고 명령했다. 나로서는 혼자 있는 것이 제일 좋았으므로, 이 명령은 나에게 잘된 일이었다. 어머니와 누이동생이 때때로 나를 찾아와 갖은 말을 다하면서 나를 위로하고 모든 애를 다 써서 힘을 돋우어 주려고 하였다. 그뿐 아니라 그들은 벌써 이틀째 나에게 와서 이제 사정을 잘 알게 된 아버지를 대신해서 나를 완전히 용서한다고 말했다. 나는 이 통고를 고맙게 받기는 했으나, 구경을 희망하는 자에게 공개된다는 제국보새帝國寶璽를 구경하기 위해서 아버지와 함께 가지 않겠느냐는 권유를 완강하게 거절하였다. 그리하여 나에게는 그 이상 아무 영향도 없을 것 같은 그 불쾌한 사건이 나의 불쌍한 친구들에게는 어떠한 결과로 끝났는가를 알기까지는 세상의 일도 신성로마제국의 일도 이미 더 이상 알고 싶지 않다고 단언하였다. 어머니도 누이동생도 이에 대해서는 아무 말도 못 하고 나를 방에 혼자 남겨놓고 나갔다. 그래도 다음 2,3일 동안은 나에게 권유해서 밖에 나가 공적인 의식을 구경시키려고 하였다. 그러나 그것도 아무 소용이 없었다. 그 성대한 축제일祝祭日도, 많은 위계승진位階昇進의 기회에 행해진 행사도, 황제와 국왕께서 개최하신 공적인 향연도 무엇 하나 나의 마음을 움직일 수가 없었다. 부하르츠의 선제후가 와서 두 분 폐하께 배알하고 다시 두 분 폐하가 선제후를 답례 방문하시기로 하고, 여러 선제후가 미결된 여러 사건을 해결하고 선제후 연맹을 다시 결성하기 위해서 마지막 선제후회의에 참석하였으나 아무것도 깊이 빠진 고독경孤獨境에서 나를 끌어낼 수가 없었다. 감사제感謝祭에 교회의 종소리가 울려 퍼지건, 황제가 키프인 파 교회에 행차하시건, 선제후나 황제가 출발하건, 나는 내 방에서 한 발짝도 나가지 않았다. 마지막 예포禮砲가 아무리 아낌없이 푸짐하게 발포되어도 나의 가슴은 뛸 줄을 몰랐다. 포연砲煙이 사라지고 포소리의 울림이 그쳤을 때 이들 장관은 모두 나의 마음에서 깨끗이 사라져 버렸다.

나는 이제 나의 불행을 반복하고 상상하고 그것을 몇 천 배나 확대하는 것 이외에는 아무 만족도 느끼지 않았다. 나의 모든 창작력도 시작詩作이나 수사능력修辭能力도 이 병적인 일점一點에 집중하여, 그 활동력에 의해서 육체와 정신을 불치의 병으로 몰고 가려고 하였다. 이런 슬픔에 잠겨 있어 이미 나에게는 바라고 싶은 것도 갖고 싶은 것도 마음에 떠오르지 않았다. 때때로 불쌍한 친구들이나 그 애인들이 어떻게 되었을까, 엄중한 심문의 결과는 어떠하였을까, 그들은 그 범죄에 어느 정도 관계하고 있었을까, 그렇지 않으면 또 무죄라는 것이 증명되었는가? 이런 일들을 알고 싶은 소원에 뒤덮였다. 또 나는 그것을 여러 가지로 자세히 마음에 그려보고 그들은 결백하고 또 매우 불행하다고 생각지 않을 수 없었다. 또 얼마 안 되어 나는 이런 불확실한 상태에서 예의 우리 집 친구에게 사건의 그 후 경과를 나에게 숨김없이 알려 달라는 격렬하고 위협적인 편지를 썼으나 나는 즉시 그 편지를 찢어 버렸다. 나의 불행이 확실해지는 것이 두려웠고, 지금까지 그것에 의해서 나를 괴롭히기도 하였으나, 또 기운도 준 공상의 위안을 잃어버릴까 무서워했기 때문이다.

이렇게 밤이고 낮이고 커다란 불안과 광조狂操와 초조 속에서 지내고 있었기 때문에 마침내 육체의 병이 상당히 심하게 나타나기 시작했다. 집 사람들이 의사[28]에게 내진하기를 바라고 최선을 다해서 나의 마음을 가라앉힐 수단을 생각해야 했을 때 나는 차라리 행복하다고 느꼈다. 집안 사람들은 나에게 진실을 맹세하고 그 죄업罪業에서 다소라도 관계된 모든 사람들은 가장 관대한 취급을 받았다는 일이며, 나의 가장 친한 친구들은 거의 무죄로, 가벼운 견책遣責만으로 방면되었다는 일이며, 또 그레트헨은 이 시를 떠나서 고향으로 돌아갔다는 것을 단언함으로써 나의 마음을 좀 가라앉힐 수 있다고 믿었다. 마지막의 그레트헨의 일을 들려주었을 때는 그들은 오랫동안 주저하고 있었다. 이 보고를 나는 또 그리 좋게 받아들이지 않았다. 왜냐하면 나는 그것이 자발적인 태도가 아니라 불명예스런 추방에 지나지 않았다는 것을 눈치챌 수가 있었기 때문이다. 나의 심적인 상태는 결코 이 보고에 의해서 좋아지지 않았다. 아니, 불행은 이제 드디어 시작된 것이다. 그리하여 나는 남아도는 한가한 시간에 몸을 내맡겨 가지가지 슬픈 일들이며, 피할 수 없는 비극적인 파국을 희유의 소설을 마음에 그리면서 자기를 가책하였다.

---

28) 마인쯔 선제후의 시의侍醫였던 아르그라베(Arggrave).

제2부

젊은 날의 소망은 노년老年에
이르러 풍요롭게 이루어진다

제6장

이렇게 해서 나의 마음에는, 건강을 회복시키고자 하는 마음과 건강의 회복을 방해하려는 마음이 서로 엇갈렸다. 그리고 다른 하나의 숨은 분노가 나의 다른 감정과 합류했다. 왜냐하면 타인들이 나를 관찰하고, 나에게 봉함편지와 같은 것들을 주고받을 때는 언제나, 그것이 나에게 어떤 영향을 끼치는가를, 그것을 감추는지 혹은 공개적으로 내놓는지를 주의해서 지켜보았으며, 그리고 그와 비슷한 일들에 대하여 나는 분명히 알아차리고 있었기 때문이었다. 그리하여 나는 필라데스나 사촌 한 사람, 어쩌면 그레트헨 자신도 나에게 소식을 전하고 또 내 소식을 들으려고 편지를 쓰고자 하는지도 모른다는 추측을 했다. 그러자 슬픈 생각이 들며 기분이 매우 언짢아졌다. 그리하여 더욱 억측을 부리게 되고, 매우 기이한 연상聯想 속에 빠져드는 상태를 다시 한 번 갖게 되었다.

오래지 않아 나에게는 유별난 감독자가 한 사람 달렸다. 다행히도 그는 내가 좋아하고 존경하는 분이었다.[1] 그는 어느 절친한 가정에서 가정교사 일을 맡고 있었다. 그런데 지금껏 가르치던 그의 제자가 대학에 진학했다. 그는 슬픈 처지에 놓인 나를 자주 방문하였다.

---

1) 괴테가 라이프찌히에서 누이에게 보낸 서간 중에 등장하는 뮬러(Müller)라는 설도 있고, 전혀 가공의 인물이라는 설도 있는데, 후자의 경우가 더 정확한 추측으로 통용되고 있음.

그리하여 결국 그에게 내 옆방을 비워 주는 것이 극히 자연스러운 일로 여겨졌다. 그는 나에게 공부를 시켜야 했고, 내 마음을 안정시켜야 했으며, 그리고 나도 금방 깨달을 수 있었는데 나를 감독해야 했다. 나는 그를 진심으로 존경했고, 또 예전에도 그레트헨에 대한 애정을 제외하고는 여러 가지 일들을 그에게 털어놓은 일도 있었다. 그리고 매일처럼 함께 사는 사람과 서로 믿지 못하고 반목하는 것이 나에게는 견딜 수 없는 일이었기 때문에, 나는 더욱더 완전히 그에게 마음을 터놓고서 솔직하게 대하려고 마음먹었다. 그리하여 나는 곧 조금도 주저함이 없이 그에게 사건에 대해서 이야기하고, 지나간 행복에 대한 사소한 사정 등을 되풀이해 이야기했으며, 그렇게 함으로써 나 자신의 원기를 북돋았다.

그렇게 되자, 이해심이 많은 그는 사건의 전모를 나에게 알리는 것이 좋을 것이라 생각하게 되었고, 그렇게 한다면, 내가 모든 것을 알게 되고, 다시 정신을 차려서 과거의 일을 내던지고, 새로운 생활을 시작하도록 진지하게, 그리고 열심히 설득할 수 있을 것이라 생각하기에 이르렀다. 우선 그는 나에게 처음에는 뻔뻔스런 속임수, 그리고는 우스꽝스런 경찰 모욕죄, 거기에다 장난으로 저지른 금전 강요죄, 그 외에 이와 비슷한 위험스런 사건 등을 저지르도록 유혹 당한 양가 출신의 다른 젊은이들이 누구였다는 사실을 털어놓았다. 그 일로 인하여 실제로 하나의 작은 도당徒黨이 결성되었고, 양심이 없는 사람들이 거기에 가담하여, 문서 위조, 서명 위조 등 법에 저촉된 많은 범죄 사건을 저질렀고, 또 더욱 중대한 범죄를 계획하고 있었다는 것이었다. 나는 마침내 참지 못하고서 사촌형제들에 대해서 물었는데, 그들은 모두 결백하고, 다른 사람들과는 흔히 아는 사이라는 것이었으며, 사건과는 아무런 관련도 없음이 판명되었다. 처음 취직 때에 내가 조부에게 추천했기 때문에, 내가 혐의를 받게 된 그 피추천자는 가장 나쁜 자들 중의 하나였으며, 어떤 나쁜 자들 계획하고, 또 그것을 은폐하려는 목적으로 그 지위를 얻으려 노력했던 것이다.

모든 사실을 죄다 듣고 난 나는 견딜 수가 없어서 그레트헨에 대한 최대의 애정을 고백한 것은 이번이 처음이자 마지막이었다. 나의 친구는 머리를 저으며 미소를 지었다.

"안심하게. 그녀는 결백했고, 훌륭한 증인을 세웠네. 그녀에게서는 선량하고 착한 것 외에는 아무것도 찾을 수가 없었다네. 조사원들 자신이 그녀에게 호감을 갖게 되어, 이 도시를 떠나겠다는 그녀의 소원을 거절할 수가 없었다네. 나 자신도 비밀 서류 속에서 그녀의 진술을 읽었고, 서명한 것을 보았네" 하고 그는 대답했다.

"서명을 했다니오!" 하고 나는 소리쳤다. "그것은 나를 행복하게도 하고 불행하게도 합니다. 도대체 그녀는 무엇을 고백했으며 무엇에 대하여 서명했습니까?"

그는 대답을 꺼렸다. 그러나 명랑한 그의 얼굴빛이 아무런 위험스런 빛도 감추고 있지 않음을 알려 주었다.

"자네가 알고 싶어한다면" 하고 마침내 그는 대답했다. "자네에 관해서 그리고 그녀와의 교제에 관한 말이 나왔을 때, 그녀는 숨김없이 이렇게 말했네. '제가 그분을 좋아했고 또 자주 만났다는 사실을 부정하지 않겠습니다. 그러나 나는 그분을 항상 어린애로 보아왔으며, 그분에 대한 나의 애정은 실은 누나 같은 것이었습니다. 여러 차례 나는 그분에게 충고를 했습니다. 그분이 의심쩍은 행동을 하도록 선동한 일도 없으며, 오히려 그분에게 역정나게 할지도 모르는 난폭한 장난에 관여하는 것은 더욱 말렸습니다.'"

친구는 계속해서 마치 가정교사 비슷한 그레트헨의 말을 전했다. 그러나 나는 이미 그의 말에 귀를 기울이고 있지 않았다. 왜냐하면 그녀가 한 말 가운데 나를 '어린애'라고 한 대목이 있어서, 나는 극도로 기분이 상해 있었고, 그녀에 대한 정열이 일시에 냉각되는 것으로 생각되었기 때문이었다. 곧 나는 친구에게 이제는 모든 것이 끝났다고 단언했다. 실제로 나는 그녀에 관해서는 그 이상 말하지 않았다. 그녀의 이름도 입에 담지 않았다. 그렇지만 그 여자에 대한 생각, 그녀의 모습, 태도, 거동 등을 눈앞에 상상하는 좋지 못한 습관은 끝내 버릴 수가 없었다. 물론 이제는 전과는 전혀 다른 빛 속에서 그녀는 나타나는 것이었다. 나 자신은 매우 분별있고 빈틈없는 젊은이로 인정받고 있으리라 생각하고 있는데, 나보다 겨우 두서너살 연상의 여인이 나를 어린애로 다루었다는 사실은 참을 수 없는 일이라 생각했다. 이전에는 그토록 마음을 매혹했던 그녀의 냉정하고 거부적인 태도가 이제는 아주 구역질나는 것이라 생각되었다. 그녀 자신은 나에게 친근한 태도를 취하면서도 나에게는 그러지 못하게 했던 그 태도도 몹시 미웠다. 그녀가 저 시적詩的인 연애편지에 서명까지 해서 어쨌든 나에게 정식으로 애정을 표시했으니, 그녀를 오만하고 아첨하는 여자로 보는 것은 당연한 일이겠지만, 그런 일이 없었던들 일은 그래도 좀더 나았을 것이다. 꽃가게 점원으로 가장하고 있던 그녀도 순결한 여자로 생각되지는 않았다. 나는 이처럼 화가 치미는 관찰을, 내가 그녀에게서 모든 사랑스런 성격을 박탈해 버릴 때까지 오랫동안 마음 속에서 되풀이하고 있었다. 나는 이성으로써 그렇게 믿고, 그녀를 배척해야겠다고 생각했다. 단지 그녀의 모습이 전보다도 더 내 앞에 끈질기게 나타나서는, 그때마다 나의 판단을 기만이라고 나무라는 것이었다.

그럭저럭하는 사이에 갈고리가 달린 이 화살도 내 가슴에서 빠져나갔다. 그리고 여기에서 어떻게 하면 내부에 있는 청춘의 회복력을 도와줄 수 있느냐 하는 것이었다. 내가 용기를 내어 제일 먼저 집어치운 일은 이제는 몹시 어린애 같은 짓으로 생각되는 우는 일과 떠들어대는 일이었다. 이것은 개선으로의 일대 진보였다. 왜냐하면 나는 때때로 밤의 절반을 격렬한 감정에 휩쓸려 번민했으며, 마침내는 눈물과 울음으로 인하여 아무것도 삼킬 수조차 없게 되어, 먹고 마시는 일이 괴롭기만 했고, 그리고 목과 밀접한 관계가 있는 가슴까지도 고통스럽게 느꼈던 일이 흔히 있었다. 그녀의 진술을 통하여 진상을 발견한 이래 내가 항상 느끼고 있던 불쾌감은 나에게서 모든 감상적인 것을 몰아내게 했다. 나를 젖먹이로 취급하고, 나에 대해서 유모라도 되는 듯이, 자신이 아주 높은 곳에 있는 듯한 태도로 뽐내고 있던 한 여인 때문에 수면도 휴식도 건강도 희생했다는 사실이 매우 어리석게 여겨졌다.

마음을 괴롭히는 이 생각들은 오로지 활동을 통해서만 몰아낼 수 있다는 것을 나 역시 쉽사리 이해할 수 있었지만, 그렇다고 나는 무엇을 시작해야 한단 말인가? 나는 여러 면에 있어서 등한히 했던 많은 것들을 돌이켜 따라가야 했고, 곧 들어가게 될 대학을 위한 준비도 서둘러야 했다. 그러나 어느 한 가지도 흥미있는 것이 없었고, 성공할 것 같지도 않았다. 많은 것들이 나로서는 이미 알고 있는 것이었고 동시에 아무 쓸모도 없는 것으로 여겨졌다. 보다 더 깊이 연구하기 위한 나 자신의 힘도 외부적인 기회도 결여되어 있었다. 그래서 나는 유능한 이웃방 친구의 취미에 마음이 움직여, 나에게는 매우 새롭고 신기한 어떤 연구에 마음이 쏠리게 되었다. 그것이 나에게 오랫동안 지식과 관찰의 넓은 영역을 제공했다. 즉 나의 친구는 철학의 비밀을 알려 주기 시작했다. 그는 이미 예나에서 다리스[2]에게 배운 바가 있고, 매우 조직적인 두뇌의 소유자로서, 그 학설의 전체적인 연관성을 정확하게 가르치려고 애썼다. 그러나 그것들은 내 머릿속에서 그와 같은 연관성을 가지고 정리될 것 같지 않았다. 내가 질문을 하면 그는 후에 대답하겠다고 약속했으며, 내가 요구를 하면 그는 장차 만족시키겠노라고 약속했다. 그러나 우리들 사이에

---

2) 예나 대학의 철학 및 법률학 교수(1714~1791).

가장 중요한 견해 차이는 다음과 같은 것이었다.

나는 철학은 이미 종교나 문학 속에 충분히 포함되어 있으므로 그로부터 분리된 철학은 그다지 필요치 않다고 주장했다. 그러나 그는 그것을 인정하려 하지 않았으며, 도리어 종교나 문학은 철학에 의해서 우선 기초가 다져져야 한다는 것을 증명해 보이려고 했다. 나는 그것을 강력히 부정했다. 그리고 우리들의 이야기가 한 걸음 한 걸음 진행됨에 따라서 나의 의견에 맞는 논증을 발견했다. 그것은 문학에 있어서는 불가능한 것에 대한 일종의 신앙이 있고, 종교에 있어서는 측정할 수 없는 것에 대한 똑같은 신앙이 있어야 하기 때문에 철학자들이 자신들의 영역에서 이 양자兩者를 증명하고 설명하려는 것은 매우 어려운 일이라고 생각되었기 때문이다. 거기에다 또한 철학자는 언제나 다른 철학자와는 다른 근원을 구하고 또 회의주의자는 결국에 가서는, 모든 것은 기초도 근거도 없다고 공언한 것이 곧 철학사에서도 증명되었던 것이다.

나는 독단적인 논술論述에서는 아무것도 얻을 수 없었기 때문에 친구는 나와 함께 철학사를 연구할 필요성을 느끼게 되었는데, 이 철학사야말로 나에게는 커다란 흥미를 안겨 주었다. 그러나 그것도 내가 철학사에 대해서 연구한 점에 있어서는 어느 학설이나 의견도 모두 똑같은 것으로 생각된다는 의미에서였다. 고대 사람들과 학파[3]에 있어서 가장 내 마음에 든 것은, 문학과 종교와 철학이 완전히 하나로 되어 있다는 것이다. 그리고 나에게는 〈욥기記〉, 솔로몬의 〈시편〉과 〈잠언〉, 그리고 오르페우스와 헤시오도스의 노래도 나의 최초의 의견에 대해 유효한 증거를 주는 듯이 생각되었기 때문에, 더욱더 열심히 나의 의견을 주장했다. 나의 친구는 브루커[4]의 《소철학사小哲學史》를 그의 강의의 근거로 삼고 있었다. 그리고 진전되면 진전

---

3) 무사우스(Musaus), 오르페우스(Orpheus) 및 탈레스(Thales) 이후의 소위 이오니아 학파를 말함.
4) 아우구스부르크의 목사인 제이콥 브루커(Jakob Brucker, 1696~1770)를 말함.

될수록 나에게는 더욱 이해할 수 없게 되었다. 그리스 초기의 철학자들이 무엇을 하려 했는지 나로서는 명확히 알 수가 없었다. 소크라테스는 그의 생애와 죽음에 있어서 그리스도와 비교할 수 있을 정도로 탁월한 현자賢者라고 나에게는 생각되었으나, 그와는 반대로 소크라테스의 제자들은 주님이 돌아가신 직후에 분열하여 주지하는 바와 같이 각각 자신의 좁은 사고방식만을 정당한 것으로 인식했던 사도使徒들과 많은 유사점을 갖고 있는 것으로 생각되었다. 아리스토텔레스의 예리한 점도, 플라톤의 풍부한 점도 나에게는 조금도 도움이 되지 못했다. 그와 반대로 스토아 학파에는 이미 전부터 다소의 애착이 있었으며, 이번에는 에픽테토스를 입수해서 크나큰 흥미를 갖고 그것을 연구했다. 친구는 나를 이와 같은 편견에서 떼어낼 수 없다고 생각했던지, 내가 하는 대로 내버려 두었다. 그는 다방면에 걸쳐서 연구를 했지만, 중요한 문제를 간략하게 요약할 줄 몰랐기 때문이었다. 그는 단지, 인생에 있어서는 행위만이 중요한 것이지, 향락이나 고통은 저절로 해결되는 것이라고만 말해 주었으면 됐을 것이다. 그러나 젊은이는 방임放任해 두어도 괜찮은 것이다. 그렇게 오랫동안 잘못된 주의主義에 붙들려 있지는 않을 테니까, 인생은 곧 그들을 거기에서 끌어내거나 혹은 유혹해서 밖으로 데리고 나간다.

　좋은 계절이 되어서, 우리들은 종종 함께 교외에 나가서 거리 주변에 산재해 있는 많은 유원지를 찾아나섰다. 그러나 나에게는 그런 곳이 오히려 싫었다. 그것은 나는 아직도 가는 곳마다 종형제들의 유령을 보았으며, 여기저기에서 그들 중 한 사람이 나타나지 않을까 무서웠기 때문이었다. 또한 나에게는 사람들의 가장 무관심한 시선일지라도 싫었다. 나는 남의 눈길이나 비난을 받지 않고서 여기저기 돌아다니며, 아무리 혼잡한 가운데서도 관찰자가 있다는 것을 염두에 두지 않을 수 있는, 저 무의식의 행복을 잃었다. 이제는 우울한 망상이 나를 괴롭히기 시작했다. 내가 다른 사람들의 주의를 야기하며, 그들의 시선이 나의 거동을 감시하고 탐색하고 비난하기 위하여 나를 쳐다보고 있는 것처럼 여겨졌다.

그리하여 나는 친구를 숲속으로 끌고 갔다. 단조로운 전나무를 피해 가며, 아름다운 나뭇잎이 무성한 숲을 찾았다. 그러한 숲은 그 부근에 널리 퍼져 있지는 않았으나, 그래도 상처입은 이 가련한 가슴을 감출 수 있을 정도의 넓이는 되었다. 숲속 가장 깊숙한 곳에서 참나무와 너도밤나무 고목이 매우 큼직한 그늘을 이루고 있는 엄숙한 기분을 자아내는 장소를 나는 찾아냈다. 지면은 약간 경사져 있고, 오래된 나무줄기들은 그 가치를 더욱 뚜렷이 나타내고 있었다. 이 공지 주위에는 빽빽이 들어찬 관목 숲이 둘러섰고, 그 속에는 이끼에 덮인 바위가 보기 좋게 불쑥 솟아 있었다. 그리고 물이 흘러 넘치는 시내가 폭포를 이루어 떨어지고 있었다.

이러한 장소보다는 도리어 강기슭의 널찍한 자리에서 사람들 사이에 끼는 것을 더 좋아하는 친구를 억지로 여기까지 끌고 오자, 그는 곧 농담조로 내가 순수한 독일인이라는 것을 이것으로서 증명하고 있다고 단언했다. 그는 타키투스[5]를 인용하여 자연이 이러한 적막 속에서 비인공적인 모습에 의해서 우리에게 풍요하게 부여한 감정에 대하여 우리 조상들이 얼마나 만족했었던가 하는 이야기를 상세히 해주었다. 그에게 이야기시키지 않고서 나는 소리를 질렀다.

"오! 어째서 이 훌륭한 장소가 광야 깊숙한 곳에 있지 않을까. 어째서 우리들은 이 장소와 우리들을 신성한 것으로서 이 세상으로부터 격리시키기 위해서, 주위에 울타리를 쳐서는 안 된단 말인가! 어떠한 우상도 필요치 않고, 단지 자연과의 대화에서 우리들 가슴 속에 생기는 것보다 더 아름다운 경신敬神은 없는 것이다!"

그때에 내가 느꼈던 것은 지금도 내 마음에 떠오르나, 내가 무슨

---

5) 타키투스(Tacitus)의 《게르마니아(Germania)》 제9절.

말을 했었는지는 이미 기억에 없다. 그러나 다음과 같은 것만은 확실하다. 즉 청년이나 미개민족의 막연하고 광대한 감정만이 숭고함을 느끼기에 적합한 것이다. 그리고 그 숭고한 느낌이 외부적인 사물을 통해서 우리들 마음을 감동시키려고 한다면, 형체가 없거나 혹은 파악할 수 없는 형체를 이루어 우리들이 상상조차 할 수 없는 위대한 모습으로 우리들을 에워싸야만 한다.

이와 같은 감정은 누구든 다소나마 느끼는 것이며, 이 같은 고귀한 요구를 여러 방법으로 채우고자 노력하고 있다. 그러나 숭고한 느낌은 사물의 형체가 융합하는 여명의 때에나 혹은 밤에 나타나기가 쉬운 것처럼, 모든 것을 분리하고 구별짓는 낮에는 추방당한다. 따라서 또한 다행히도 숭고한 것이 미美 속에 도피하여, 이와 긴밀히 결합함으로써 양자가 동시에 불멸의 것, 파괴할 수 없는 것이 되지 않는 한, 숭고한 것은 문화가 진보함에 따라 틀림없이 소멸되고 말 것이다.

이와 같은 사색에 의한 향락의 짧은 순간은 나의 친구로 인해서 단축되었다. 그러나 내가 이곳을 떠나 현실 세계에 왔을 때, 밝고 빈약한 환경 속에서 이와 같은 감정을 마음 속에 부활시키려고 노력했으나 허사였다. 그뿐 아니라 그런 기억조차 간직할 수가 없었다. 그러나 나의 마음은 너무나 제멋대로 길들여졌기 때문에, 마음을 안정시킬 수가 없었다. 나의 마음은 사랑을 체험했으나, 그 사랑의 대상은 박탈되었고, 나의 마음은 한 차례 삶을 맛보았으나, 그 생활은 비참한 것이 되고 말았다. 여러분을 교육시키려고 생각하고 있다는 눈치를 노골적으로 나타내는 친구가 있다면, 그가 여러분에 대하여 결코 유쾌한 기분을 일으키게 할 수는 없을 것이다. 그러나 한 여인이 있어 여러분에게 친근하게 보이면서 실은 여러분을 교육한다면, 그녀는 마치 기쁨을 가져오는 천사와 같이 숭배를 받게 될 것이다. 그러나 나에게 미의 개념을 밝혀 준 그 모습은 멀리 사라져 버렸다. 그 모습은 때때로 나무 그늘에 있는 나를 찾아 주었지만, 나는 그것을 꼭 붙들어갈 수가 없었다. 그래서 나는 그것과 비슷한 어떤 것을 먼 곳에서 찾아보겠다는 강한 충동을 느꼈다.

나는 어느 사이에 친구겸 감독자로 하여금 나를 혼자 있게 하는 습관을 들였다기보다는 도리어 혼자 있게 하지 않으면 안 되도록 했다. 왜냐하면 나의 이 신성한 숲속에서마저도, 저 막연하고 거대한 감정이 나에게는 충분하지 못했기 때문이다. 내가 세계를 파악한 기관은 무엇보다도 눈이었다. 나는 어려서부터 화가들 사이에서 생활했고, 그들처럼 대상을 예술과 관련시켜 보는 일에 습관이 되어 있었다. 이제 내가 방임되어, 고독에 대하여 몸을 맡기게 되니, 절반은 타고났고 절반은 배워 익힌 이 재능이 나타났다. 나는 도처에서 그림을 보았기 때문에, 그리하여 나의 주의를 끌고 나를 즐겁게 하는 것을 잡아두고 싶었다. 그래서 나는 미숙한 재주였지만, 자연을 사생하기 시작했다. 이런 일을 하기에는 나에게는 모든 것이 결핍되어 있었다. 나는 아무런 기술적 수단도 없이 내 눈앞에 나타나는 가장 아름다운 것을 사생하려는 생각을 꾸준히 간직했다. 이 일로 인해서 나는 물론 사물에 대한 커다란 주의력을 기를 수 있었다. 그러나 사물이 나에게 영향을 주는 한에 있어서만, 그 대상들을 대체적으로 파악했을 뿐이다. 그리하여 자연은 나를 기술하는 시인으로 만들지 아니했던 것과 똑같이 나에게 개개의 대상을 그리는 화가의 능력도 부여하려고 하지 않았다. 그러나 그것만이 자기를 표현할 수 있는 남겨진 자기 표현의 방법이었기 때문에, 나는 그림다운 그림이 잘 안 되면 안 될수록 더욱더 노력하여 일을 계속하는 집요한 태도로써, 아니 도리어 우울한 기분으로써 그것에 집착하고 있었다.

그러나 거기에는 일종의 장난기가 섞여 있었음은 부정하고 싶지 않다. 그것은 만일 내가 몹시 꾸불꾸불한 밑줄기에 담쟁이덩굴이 반짝이는 양치養齒 풀잎과 함께 화사한 햇빛을 받으며 감아 올라가는,

반쯤 그늘에 덮인 고목의 줄기를 힘든 습작의 대상으로 선택하는 경우에는, 그 일이 한 시간 내에는 끝나지 않으리라는 것을 경험으로 알고 있던 나의 친구는, 한 권의 책을 들고 마음에 드는 다른 장소를 찾을 결심을 하는 것이 통례인 것을 나는 눈치챘던 것이다. 그럴 때면 내가 도락에 몰두하는 것을 방해하는 것은 아무것도 없었다. 내 그림을 내가 좋아하는 것은, 거기에 그려져 있는 것보다도 그리면서 그때그때 생각했던 것을 거기에서 보는 습관 때문이었으며, 그만큼 더 나는 이 도락에 열중하게 되었던 것이다. 이렇게 해서 흔히 볼 수 있는 종류의 화초도 우리들을 위해서 그리운 일기로 남을 수 있다. 왜냐하면 행복한 순간을 기억나게 하는 것은 어느 한 가지도 무의미하지 않기 때문이다. 그래서 이제는 여러 시기에 그려서 남겨둔 그러한 많은 그림들을 무가치한 것이라고 내버리는 것은 나에게는 어려운 일일 것이다. 왜냐하면 사실 일말의 애수를 느낀다 할지라도 회상하는 것이 불쾌하지 않은 이 시기로, 나를 직접 옮겨 주기 때문이다.

그런데 이러한 그림이 그 자체로서 어떠한 흥미를 끌 수 있는 것이면, 그와 같은 가치를 지니게 된 것은 부친의 관심과 주의의 덕택일 것이다. 부친은 내가 점점 정상 상태로 회복되며 특히 사생에 열중하고 있다는 것을 감독자에게서 듣고서 크게 만족했다. 그것은 한편으로는 부친 자신이 회화繪畵를 중요하게 여겼기 때문이요, 다른 한편으로는 친구인 제카츠가 부친에게 나를 화가로 만들지 않는 것이 아깝다고 여러 차례 말한 적이 있었기 때문이다. 그러나 이번에도 부자간의 성격이 또다시 충돌했다. 그 이유는 그림을 그릴 때 하얗고 좋은 새 종이를 사용하는 것이 나에게는 거의 불가능했다. 회색의 낡아빠진, 더구나 한 구석에 글씨를 쓰다만 것 같은 종이를 나는 좋아했다. 그것은 마치 나의 무능력이 새하얀 바탕의 시금석試金石을 두려워하는 것 같기도 했다. 그래서 어느 그림이고 완전하게 끝내는 일이 없었다. 나는 눈으로 보아서는 이해할 수 없는 전체를 알고는 있어도 그것을 충실하게 모방할 수 있는 완전한 기능과 인내력이 없는 것과 같은 개개의 것을 어떻게 만들어 낼 수가 없었다. 실제로 이 점에 있어서도 부친의 교육방법은 놀랄 만한 것이었다. 부친은 친절하게 나의 계획을 물었으며, 모든 미완성의 그림 둘레에 선을 긋기도 했다. 그렇게 함으로써 부친은 나로 하여금 어쩔 수 없이 완전하고 정밀한 영역에 이르도록 하려고 생각했다. 고르지 못한 종이를 똑같은 크기로 자르고, 그것으로 화집의 시초를 만들어, 그 화집으로 장차 자기 아들의 진보를 보면서 즐길 작정이었다. 그래서 내가 거칠게, 그리고 불안한 마음으로 주변 일대를 돌아다녔지만, 부친에게는 조금도 불쾌하지 않았다. 오히려 내가 어떤 스케치북이라도 가지고 돌아오면 만족한 표정이었다. 스케치북으로 부친은 인내력을 양성하고, 아들에 대한 희망을 어느 정도 굳힐 수가 있었다.

주위 사람들은 내가 벌써 전과 같은 애정이나 대인관계로 되돌아갈지도 모른다는 근심을 하지 않게 되어, 나에게 점차 완전한 자유를 허용해 주었다. 우연한 인연으로 우연히 생긴 친구들과 함께 나는 어렸을 적부터, 멀리 엄숙하게 눈앞에 솟아 있던 여러 산으로 종종 짧은 여행을 했다. 이리하여 우리들은 홈부르크, 크론베르크를 방문했고, 펠트베르크에도 올라가 보았는데, 이 산 위에서 내려다보는 원경遠景은 더욱 먼 곳으로 우리들을 유혹했다. 그리하여 쾨니히시타인을 찾지 않고는 견딜 수가 없었다. 바이스바덴과 시발바하와 그 주변의 여행에는 수일씩이나 걸렸다. 꾸불꾸불 굽이치는 라인 강을 높은 곳에서 내려다본 우리들은 마침내 라인 강에 도달했다. 마인쯔는 우리들을 경탄시켰다. 그러나 광활한 곳으로 가려는 젊은이의 마음을 붙잡아둘 수는 없었다. 우리들은 비이브리히의 지세도 재미있게 즐기고, 만족해서 유쾌한 기분으로 귀로에 올랐다.

부친께서 많은 그림을 기대했던 이번의 여행은 수확이 거의 없었다. 왜냐하면 넓고 넓은 풍경을 그림으로 보려면, 모든 감각과 모든 재능과 모든 연습이 필요했기 때문이다. 나는 어느 사이에 또다시 좁은 곳으로 마음이 끌려 들어가서는, 그곳에서 약간의 수확물을 발견했다. 고대를 연상케 하는 무너진 성벽에 부딪히면, 그것들을 반드시 훌륭한 화재畵材로 생각하고서 될 수 있는 대로 충실하게 사생했다. 마인쯔 성벽 위에 있는 드루수스 석탑[6]도 다소의 위험을 무릅쓰고 그렸다. 그때에 또한, 여행에서 다소나마 추억이 될 만한 그림을 집에 가지고 가려는 사람이면 누구든 경험해야 하는 불편도 참았다. 유감스럽게도, 이번에도 나는 가장 나쁜 종이를 가지고 갔기 때문에, 많은 물건들을 한 장의 종이에 그려 넣었다. 그림 선생인 부친은 그런 것으로는 조금도 당황하지 않았다. 부친은 종이를 오려내서 맞는 그림을 제본사에게 맡겨 정리를 시켰고, 한 장 한 장의 외선外線을 그어 나로 하여금 부득이 여러 산들의 윤곽을 가장자리에까지 — 그리고 전경前景을 약간의 풀과 돌로 채우게 했다.

　부친의 이와 같은 충실한 노력이 나의 재능을 발전시키지는 못했다 하더라도, 그의 이와 같은 꼼꼼한 성격은 무의식중에 나에게 감화를 주어 후일에 여러 가지 방법으로 뚜렷이 나타났다.

　짧은 시일에 실행되고, 여러 차례 되풀이된 이와 같은 반오락적이며 반예술적인 여행으로부터 나는 다시 집으로 끌려 들어왔다. 그것은 이전부터 강하게 나를 끌고 있던 자석磁石 때문이었다. 자석이란 나의 누이동생을 말하는 것이다. 나보다 한 살 아래인 그녀는 내가 철이 들면서부터 줄곧 함께 살아왔으며, 그런 이유로 나와는 가장 친밀하게 결부되어 있었다. 이와 같은 자연적인 원인과 거기에 또 우리 가정 사정에서 생긴 충돌로 인해서 우리들 사이는 더욱 긴밀해졌다. 부친은 원래 애정도 있었고 친절했으나, 태어날 때부터 진지

---

6) 로마의 장군 드루수스(Drusus)를 기념하기 위하여 세운 탑 모양의 건물.

했던 그는 내면에는 부드러운 마음을 품고 있었지만, 겉으로는 놀랄 정도로 철저하고 강철처럼 엄격했으며, 그것에 의해서 아이들에게 최상의 교육을 시키며, 건전한 가정을 이루고 질서를 바로잡아 유지해 나가는 목적을 달성하고자 했던 것이다. 다른 한편 모친은 아직도 어린애 같고, 장남 장녀인 두 아이와 함께, 또 아들에 의해서 비로소 철이 든 것 같았다. 모친과 두 어린이, 이 세 사람은 건장한 눈으로 세상을 바라보고, 활발하게 현재의 향락을 요구하고 있었다. 가정 내에 깔려 있는 이와 같은 모순은 해가 감에 따라 더욱 심해졌다. 부친은 단호하게 자신의 의도를 수행해 나갔으며, 모친과 어린이들은 또한 그들의 감정과 요구와 소망을 버릴 수가 없었다.

이러한 환경 속에서 오빠와 누이동생은 굳게 뭉쳐서 모친 편을 들었고, 대체로 금지되어 있는 쾌락을 단편적으로나마 붙들려고 한 것은 당연한 현상이었다. 그러나 꼼짝 않고 들어앉아 공부하는 시간은 휴양과 오락의 순간에 비하면 몹시 길었다. 더구나 나처럼 오랫동안 집을 떠나본 일이 드문 누이동생은 나와 즐겁게 이야기하고 싶은 욕망이 더욱 간절해졌고, 내가 멀리 나가 있으면 이런 욕망은 나를 그리워하는 마음으로 더욱 심해졌다.

그래서 우리들은 어렸을 때에 노는 일과 공부하는 일, 성장과 교양 등이 쌍둥이라고 여길 정도로 아주 똑같았기 때문에, 이와 같은 공동, 이와 같은 신뢰는 육체적·정신적인 힘이 발달함에 있어서도 두 사람 사이에 계속되고 있었다. 청춘기의 관심, 정신적인 형태를 가장한 관능적인 충동, 관능적인 형태를 가장한 정신적인 요구의 각성시에 느끼는 저 놀라움, 마치 산골에서 무럭무럭 피어오르는 안개가 산골을 가리워 명백히 해주지 않는 것처럼, 우리들을 밝게 해주는 것보다는 어둡게 해주는 그런 것에 대한 모든 고찰, 거기에서 생겨나는 여러 가지 착오와 과오들을 우리 남매는 서로 손에 손을 잡고 극복해 나갔다. 두 사람은 더욱 서로 친밀해짐으로써, 그들 상호간의 경우를 밝혀보려 하면서, 육신의 가까운 관계에서 오는 신성한 공포가 더욱더 강하게 두 사람 사이를 떼어놓았기 때문에, 남매간의 신기한 경우는 더욱더 알 수 없게 되어버리고 말았다.

　나는 훨씬 이전에 서술하려고 계획했으나 이루지 못한 일이 있는데, 마음엔 없지만 그 개요를 여기에 말하고자 한다. 나는 이 사랑하지만 정체를 알 수 없는 것을 너무나 일찍 잃었기 때문에 나는 그녀의 가치를 표현하지 않고는 견딜 수 없음을 마음 속에 충분히 느꼈다. 그 속에 그녀의 개성을 표현할 수 있는 작품 전체의 관념이 내 마음 속에 완성되었다. 그러나 그 형식으로서는 리처드슨[7]의 소설 형식 외에는 하나도 생각나는 것이 없었다. 다만 세밀한 묘사에 의해서, 개개의 사실이 하나하나 전체의 성격을 선명하게 나타냈고, 신비로운 심연에서 솟아올라 그의 깊이를 암시하는 그러한 무수한 개개의 사실을 기록함으로써, 다만 이와 같은 방법에 의해서만 이 특이한 개성을 생각하게 하는 것이 어느 정도 가능했다. 왜냐하면 생물은 그것이 흐르고 있는 한에 있어서 생각할 수 있는 것이기 때문이다. 그러나 세상의 번뇌가 다른 많은 계획과 똑같이 이 아름답고 경건한 계획에서 나의 손을 떼게 했다. 지금에 와서는 마법의 거울이라도 사용하고 있듯이, 저 천상의 넋의 자취를 순간적이나마 불러내는 수밖에 다른 방법이 없다.

　누이동생은 키가 컸고, 균형이 잡힌 체격으로서 동작에는 약간의 품위가 있었으며, 그것이 부드러운 성격 속에 기분좋게 융합되어 있었다. 두드러진 특징이 없고 아름답다고도 할 수 없는 그녀의 용모는 내심의 조화를 이루지 못했고, 또 조화를 이룰 수 없는 성격을 나타내고 있었다. 그녀의 눈은 내가 이제까지 본 눈들 중에서 가장 아름다운 눈은 아니었으나, 눈 속에 무엇인가 감겨 있는 것 같은 깊이

---

7) 영국의 소설가 사무엘 리처드슨(Samuel Richardson, 1697~1761)을 말함. 독일 문학에 끼친 영향이 지대함.

있는 눈으로서, 그 눈은 어떤 집착·사랑을 표현할 때는 어느 것과
도 비교할 수 없을 광채를 띠고 있었다. 그러나 이 표정은 본래 마음
에서 우러난 것이며, 동시에 어떤 동경·소망과도 같은 것을 동반하
는 표정처럼 간사하지는 않았다. 이 표정은 본래의 마음에서 우러나
온 것으로서, 풍만하고 다만 주는 것만 원하고 받는 것은 필요로 하
지 않는 것처럼 보였다.

　그러나 본래 그녀의 얼굴 모습을 변경시켜 종종 그녀를 실제로 보
기 싫게 만든 것은 단지 이마를 노출시킬 뿐만 아니라, 갖은 짓을 다
해서 보기에 혹은 실제로, 우연히 혹은 고의적으로 이마를 넓게 만
드는 그 당시의 유행이었다. 그런데 그녀는 매우 여자답고 보기 좋
은 아치형의 이마를 가지고 있었으며 그와 함께 짙고 검은 눈썹과
약간 불쑥 나온 눈을 가지고 있어서, 이 관계에서 생긴 대조로 인하
여 처음 보는 사람이면 불쾌한 감정을 일으키지는 않을지라도 적어
도 시선을 끌지는 못했다. 그녀는 일찍부터 그것을 느끼고 있었다.
그래서 남녀가 서로 좋게 보이려는 허물없는 욕망을 느끼는 나이가
되면서, 이 감정은 더욱더 고통스러운 것이 되었다.

　어느 누구든 자신의 모습을 싫어하는 사람은 없다. 가장 못생긴
사람이건 가장 아름다운 사람이건 매일반으로, 자신의 모습에 대해
서 기쁨을 느낄 권리가 있다. 호의를 갖는다는 것은 아름답게 하는
것이어서, 누구나 거울 속에 나타난 자신을 호의로서 보기 때문에,
모든 사람은 비록 그렇게 하지 않으려 해도, 자신의 모습을 보고서
만족하지 않을 수 없다고 말할 수 있다. 그러나 나의 누이는 매우 이
지적인 소질을 갖고 있었기 때문에 이 점에 있어서 맹목적이고 어리
석은 사람은 아니었다. 오히려 외면상의 아름다운 점에 있어서는,
그녀의 놀이 친구들 중에서 자신이 가장 뒤떨어지고 있음을 잘 알고
있었고, 그렇다고 해서 내면적인 장점에 있어서는 친구들보다 자신
이 훨씬 훌륭하다고 생각하며, 스스로 위안을 느끼는 일도 없었다.

만일 한 여인에게 미가 결핍되어 있을지라도, 그녀의 모든 친구들이 그 여인에게 무한한 신뢰와 존경과 사랑을 갖고 있다면, 그것으로 충분히 그녀는 보상되는 것이다. 손아래 사람이건 손위 사람이건 모두가 나의 누이를 똑같은 감정으로 사랑하고 있었다. 누이동생 주위에는 기분좋은 한패가 모여 있으며, 그 중에는 서로 어울릴 줄 아는 젊은 남자들이 있었기에, 처녀마다 거의 남자 친구가 있었으나, 누이동생만은 상대가 없었다. 사실 그녀의 외모에는 어느 정도 남자를 끄는 힘이 없었지만, 외모를 통해서 나타나는 속마음도 남자를 끌어 당기기보다는 물리치는 편이었다. 왜냐하면 품위라는 것은 타인의 접근을 허락지 않기 때문이다. 그녀는 그것을 절감하고서, 나에게는 숨김없이 말해 주었다. 그래서 그녀는 더욱 강렬하게 애정을 나에게 쏟았다. 이러한 경우는 마치 물이 스며드는 것과 같다. 연애관계의 고백을 듣게 된 벗이, 진심으로 그를 동정한 나머지, 자신도 똑같이 사랑하는 사람이 되고, 그뿐만 아니라 사랑의 경쟁자까지 되어, 드디어는 상대방의 사랑을 자신에게로 돌리려고 하는 수가 있다. 우리 남매 사이도 그와 흡사했다. 즉 나와 그레트헨의 관계가 끊어졌을 때에, 나의 누이는 경쟁자가 없어졌다는 만족감을 마음 속으로 느끼고 있었기 때문에 더욱더 진심으로 나를 위로했다. 나 자신도 누이로부터 공정한 대우를 받게 되었을 때, 나는 그녀를 진심으로 사랑하고 인식하고 존중하는 단 한 사람이란 것에 대해서 나 자신도 마음 속으로 다소 짓궂은 기쁨을 느끼지 않을 수 없었다. 때때로 그레트헨을 잃은 고통이 내 마음 속에 솟아나서는 갑자기 울거나 한탄하거나 짓궂은 짓을 하기 시작하면 잃어버린 것에 대한 나의 절망의 감정이 누이의 마음 속에서도 역시 이와 같은 청춘의 애정에 대해서 이제껏 가져보지 못한 것, 수포로 돌아간 것, 허무하게 지나간 것들에 대한 절망적인 초조감을 일으켜, 우리들은 함께 끝없이 불행하다고 여겼던 것이다. 게다가 이와 같이 특수한 경우에 있어서는 서로 믿고 있는 두 사람이 연인으로 변할 수 없었기 때문에 더욱 비참했다.

그러나 필요도 없이 많은 불행을 안겨주는 사랑의 신은 다행히도 이번만은 호의를 갖고서 모든 곤란 속에서 우리들을 구해주었다. 나는 파일 학당에서 교육을 받는 한 젊은 영국인과 자주 만나고 있었다. 그는 그의 모국에 대해서 정확히 설명을 할 수 있어서, 나는 그와 영어를 연습하였고 동시에 그에게서 그의 조국인 영국과 영국인에 관해서 여러 가지를 배웠다. 그는 상당히 오랫동안 우리 집을 출입했으나, 나는 누이에 대한 그의 애정을 알지 못하고 있었다. 그는 애정이 열렬한 사랑으로 자라날 때까지 마음 속에 조용히 간직하고만 있었다. 그것은 드디어 생각지도 않게 별안간에 언명되었기 때문이었다. 그녀는 그를 잘 알고 있었으며, 그를 존중하고 있었다. 사실 그는 그럴 만한 가치가 있는 인물이었다. 그녀는 자주 우리들의 영어회화 좌석에 나타나곤 했는데, 우리들은 그의 입에서 영어의 특이한 발음을 배우려고 노력했다. 그 때문에 영어 음조의 특성뿐만 아니라, 우리 선생의 개인적인 성격의 특수한 점까지도 배우게 되었다. 마지막에는 우리들이 함께 한 입에서 이야기하듯이 영어를 말할 때는 매우 기묘하게 들렸다. 같은 정도의 독일어를 배우려던 그의 노력은 성공할 것 같지 않았다. 그리고 이 조용한 연애사건은 내가 알기에는 대화이건 편지건, 언제나 영어로 이루어졌다고 생각한다. 이 두 젊은이는 서로 잘 어울리는 한 쌍이었다. 그는 누이동생처럼 키가 컸고 훌륭한 체격이었다. 다만 그녀보다 야위어 보였다. 그의 작고 긴장된 얼굴은 천연두로 심하게 얽지 않았더라면, 사실 미남이라고 할 수 있었으리라. 그의 태도는 침착하고 착실했으며, 때로는 딱딱하고 냉정하다고 할 수 있었을 정도였다. 그러나 그의 마음은 친절과 애정이 넘쳐흘렀고, 그의 혼은 고귀했으며, 그의 감정은 강함과 동시에 평온했고, 오래 계속되는 성질의 것이었다. 이리하여 최근에 이르러 비로소 알게 된 이 진지한 한 쌍은, 다른 남녀 사이와는 전혀 다른 특수한 것으로 사람의 눈을 끌었다. 그러한 사람들은 성격이 매우 경박했고, 이미 오랫동안 알고 있는 사이이며, 장래 일은 염두에도 두지 않고, 장래의 더욱 진지한 결합의 쓸데없는 한 서곡에 지나지 않는 일시적인 관계로 경박하게 세월을 보내는 것이 보통이어서, 그의 생애에 지속적인 결과를 미치는 일은 거의 없었다.

이러한 쾌활한 패들이 좋은 계절과 아름다운 교외를 이용하지 않고 내버려둘 리가 없었다. 뱃놀이는 놀이 중에서 가장 사교적인 것이었기 때문에 자주 개최되었다. 그러나 우리들의 놀이 장소가 물 위건 육상이건, 서로를 끌어당기는 힘이 곧 발동하여 남녀는 각각 쌍을 지었다. 그리고 상대가 없는 남자 몇 사람은 여인들과 전혀 이야기를 하지 않거나, 즐거운 날에 누구나 하고 싶지 않은 이야기들을 했는데, 나도 그 중의 한 사람이었다. 같은 처지에 있는 한 친구가 있었는데, 그에게 상대방이 없는 주된 원인은, 성질은 매우 명랑했지만 부드러운 면이 약간 모자랐고, 이해심은 많았지만 이런 종류의 결합에 없어서는 안 되는 친절한 마음씨가 부족했기 때문인 것 같았다. 그는 때때로 경쾌하고 재치 있는 말씨로 자신의 입장에 대해 불평을 늘어놓고는, 다음 모임에 자기 자신이나 모임 전체에 도움이 될 수 있는 제안을 하겠다고 약속했다. 그는 실제로 또한 그 약속을 이행하는 것을 잊지 않았다. 왜냐하면 우리들이 즐거운 뱃놀이를 하고 유쾌한 산책을 끝마치고서, 그늘진 언덕에서 풀 위에 눕기도 하고 혹은 이끼 덮인 바위나 나무 뿌리 위에 앉아 유쾌하게 시골 요리로서 식사를 마친 다음, 그 친구는 모두 명랑하고 기분이 좋은 것을 보고는 의미심장한 태도로 일행을 반원半圓형으로 앉혀놓고서 그 앞에 서서 힘차게 다음과 같이 연설을 시작했다.

"가장 존경하는 남녀 친구 여러분, 쌍쌍의 여러분과 혼자인 여러분들! 이미 이 호칭만으로도 한 사람의 설교사가 나타나 이 모임의 양심을 예민하게 하는 것이 얼마나 필요하다는 것을 말해 줍니다. 나의 고귀한 친구들의 일부는 사랑하는 사람과 한 쌍이 되어 그것으로써 매우 행복할 것입니다. 다른 일부인 혼자인 친구들은 내가 경험해서 단언할 수 있듯이 그야말로 비참한 상태입니다. 이제 이 자리를 보니, 사랑스런 짝을 지은 분들이 다수를 이루고 있으나, 나는 그분들에게 전체를 위해 고려해 주는 것이 사교적인 의무가 아닐까 하고 생각해 달라는 것입니다. 우리들이 이처럼 모이는 것은 상호간에 서로 협력하기 위한 것이 아니고 무엇이겠습니까? 그리하여 우리들 친구 사이에서 다시 이와 같은 작은 분열을 인정할 수 있다면, 어떻게 협력이 있을 수 있겠습니까? 나는 이와 같은 아름다운 관계에 대해서 더 이상 말하고 싶지 않으며, 그 일에 대해서 관계하고 싶지도 않습니다. 그러나 모든 일에는 때가 있습니다! 이것은 훌륭하고 위대한 말입니다. 단지 충분한 즐거움이 주어져 있는 동안에는 누구나 이 말을 생각지 않을 뿐입니다.”

그는 더욱더 열을 내서 쾌활하게, 사교적 도덕과 부드러운 애정의 차이를 계속해서 말했다. “애정이란” 하고 그는 말했다. “우리들에게 결코 부족한 법이 없습니다. 우리들은 애정을 언제나 몸에 지니고 있습니다. 그리고 누구든 연습할 필요 없이 쉽사리 대가가 될 수 있습니다. 그러나 사교적 도덕은 우리들이 구하지 않으면 안 됩니다. 우리들은 그것을 얻기 위해서 노력하지 않으면 안 됩니다. 그리고 우리들은 이 점에 있어서 아무리 진보하려고 마음먹어도 전부를 배운다는 일은 결코 이루어지지 않는 법입니다.” 그때 그는 각론各論에 들어갔다. 대부분의 사람들은 자기들의 경우가 지적당한 것 같은 생각이 들어서 서로 얼굴을 마주보지 않을 수 없었다. 그러나 이 친구는 무슨 말을 하든 타인에게 불쾌감을 주지 않는 사람이었기 때문에, 방해를 받지 않은 채 말을 계속할 수가 있었다.

“결점을 폭로하는 것만으로는 충분하지 않습니다. 아니, 동시에 개선 방법을 제시할 줄 모른다면, 그런 짓을 하는 것은 오히려 부당한 일입니다. 여러분, 그러므로 나는 여러분에게 이를테면 수난일(受難日·즉 부활제(復活祭)의 전주간(前週間))의 설교 사제처럼 전반적으로 참회와 개심을 설명하려는 것은 아닙니다. 도리어 나는 모든 사랑스러운 쌍쌍에 대하여 가장 오래고 가장 지속적인 행복을 원하는 것입니다. 그래서 무엇보다도 착실히 이 행복을 지속하는데 공헌하기 위해서 우리들이 교제하는 동안은 이와 같이 조그마하게 분리된 가장 사랑스러운 쌍쌍을 해산할 것을 제안하는 바입니다."

"나는" 하고 그는 말을 계속했다.

"만일 찬성만 해준다면, 이미 실행할 준비도 되어 있습니다. 여기에 신사 여러분의 이름이 들어 있는 주머니가 있습니다. 자, 숙녀 여러분, 이 중에서 제비를 뽑으십시오. 제비에 뽑힌 남자를 1주일 동안 종으로 삼아 귀여워해 주시기 바랍니다. 이것은 우리들 모임 안에서만 통용되는 것입니다. 모임이 해산되면 이 관계도 해소됩니다. 그리고 누가 집까지 바래다 주는가는 각자가 가슴 속에서 결정할 일입니다."

일행 중의 대다수는 이 연설과 그의 연설하는 태도를 보고서 기뻐했으며, 그 착안에 찬성할 것처럼 보였다. 그러나 두세 쌍은 그것이 자신들의 이익이 되지 않는다고 생각한 듯이 서로 얼굴을 마주보고만 있었다. 그때 그 친구는 익살맞게 큰 소리로 다음과 같이 말했다.

"이럴 수가 있습니까! 물론 주저하는 사람이 있다 하더라도, 벌떡 일어나서는 나의 제안을 찬성해 주고, 그의 장점을 설명해서 나로 하여금 자화자찬이 되지 않도록 해주는 분이 한 사람도 없다는 것은 사실 놀라운 일입니다. 죄송하지만, 나는 여러분들 중에서 최연장자입니다. 나는 벌써 머리가 벗겨졌습니다. 그것은 내가 깊이 생각하기 때문에 생긴 것입니다."

여기서 그는 모자를 벗었다.

"그러나 나의 피부를 말라빠지게 하고, 나에게서 무엇보다도 아름다운 장식인 머리털을 박탈한 나 자신의 숙고벽熟考癖이 어느 정도나마 나 자신이나 타인들에게 도움을 줄 수 있다면, 나는 기쁨과 자랑으로 거리낌없이 나의 대머리를 내보일 것입니다. 여러분, 우리들은 젊습니다. 그것은 좋은 일입니다. 우리들은 늙게 될 것입니다. 그것은 싫은 일입니다. 우리들은 서로 반감을 갖지 않고서 교제하고 있습니다. 그것은 이 아름답고 좋은 계절에 적합한 것입니다. 그러나 여러분, 우리들은 여러 점에서 우리들 자신에 대하여 불쾌하게 여기지 않으면 안 될 날이 올 것입니다. 그때에 각자는 어떻게 하면 자신과 조화할 수 있을까 하고 생각하는 것이 좋겠습니다. 그러나 동시에, 여러 점에 있어서 타인이 우리들에 대하여 불만을 느끼는 일도 있을 것이며, 게다가 우리는 그 이유조차 이해할 수 없을 때도 있을 것입니다. 그런 경우에 대해서 우리들은 준비를 해야 합니다. 자, 이젠 그런 준비를 해야 합니다."

그는 연설의 전체를, 특히 마지막 부분을 카푸친 파의 수도승의 어조와 몸짓으로 늘어놓았다. 그는 가톨릭교도여서 그 수도승들의 연설법을 연구할 기회가 충분히 있었기 때문이었다. 그는 숨을 몰아쉬고는 대머리의 땀을 씻었다. 이 대머리가 실제로 그에게 수도승 같은 풍모를 부여하고 있었다. 이와 같은 익살에 의하여 쾌활한 일행을 매우 즐겁게 하였기 때문에, 누구든 그의 이야기를 계속해서 듣고자 했다. 그러나 그는 말을 계속하는 대신에 주머니를 꺼내서 바로 옆에 있는 숙녀에게 소리를 쳤다.

"시험삼아 한 번 해보시죠! 결과를 보십시오. 1주일이 지나도 싫으면 집어치우고 먼저대로 돌아가면 됩니다."

부인들은 반은 자진해서 반은 어쩔 수 없이 제비를 뽑았다. 이와 같은 사소한 행동에 있어서도 정열의 여러 가지 움직임을 쉽사리 엿볼 수가 있었다. 다행히 경박한 짝들은 분리되어 나갔고 성실한 짝들만이 그대로 남는 결과가 되었다. 이렇게 해서 누이 동생도 그 영국인과의 짝을 유지하게 되었다. 그것을 그 두 사람은 사랑의 신과 행복의 신 덕분이라 여기고서 감사했다. 우연히 생긴 새로운 짝들은 즉석에서 제안자에 의해 결합되었고, 그들의 건강을 축복하며 술잔을 들었다. 그 기쁨의 시간은 짧은 것이었기 때문에, 그만큼 더 기쁨이 많기를 축원했다. 그리고 이 일은 확실히 우리들의 모임이 이제껏 오랫동안 즐겨왔던 것 중에서 가장 유쾌한 순간이었다. 여자가 주어지지 않은 젊은 사람들은 연설자의 말에 의하면 금주 중 정신과 혼과 육체를 조심해야 했다. 그의 말에 의하면 특히 혼을 위해서 조심해야 한다는 것이었다. 왜냐하면 정신과 육체는 내버려 두어도 저절로 되어나갈 수 있기 때문이다.

자신들도 그러한 재미있는 일을 해보려고 생각했던 이 모임의 간사幹事들은 재빨리 아주 재미있고 새로운 놀이를 진행시켰고, 조금 떨어진 장소에 생각지도 않았던 만찬을 준비했으며, 또 우리들이 저녁 늦게 집으로 돌아갈 때에는 요트에 조명을 비쳤고, 달빛이 밝아서 그럴 필요가 없었는데도 그들은 하늘의 부드러운 달빛을 이 세상의 등불로 압도해 보는 것도 이 새로운 사교적 결합에 매우 적합한 일이라고 변명했다. 우리들이 육지에 오른 순간, 우리들의 현자 솔론[8]은 외쳤다. "가라, 모임은 해산이다!" 각자는 제비에 의해서 얻은 숙녀를 배에서 데리고 나와 본래의 상대자에게 인계하고는 다시 자기 상대를 그와 교환했다.

다음 모임 때에, 이 매주의 제도를 여름 동안 계속하기로 결정하고서 또 제비를 뽑았다. 이 장난에 의해서 우리들의 모임에는 새롭고도 전혀 예기치 않았던 변화가 일어났다. 각자는 자신이 지니고 있는 재능과 애교를 다해서 정성껏 일시적인 애인의 환심을 사려고

---

8) 솔론(Solon, 기원전 638?~559)은 아테네의 입법자.

야단법석을 떤 것은 물론이었고, 적어도 1주일쯤은 상대방을 즐겁게 할 수 있는 저력을 가지고 있다는 자신이 있었기 때문이었다.

우리들은 이와 같은 제도를 따르게 되자 곧 연설자에게 감사하는 대신에, 그가 연설의 가장 훌륭한 부분, 즉 결론을 내놓지 않는다고 비난했다. 그는 이 비난에 대해서 단언했다. 연설의 가장 훌륭한 부분이란 설득시키는 것인데, 설득하려고 생각지 않는 연설을 해서는 안 된다. 왜냐하면 설득시킨다는 것은 어려운 일이기 때문이다. 그렇게 말을 해도 사람들이 결론을 재촉하자, 그는 곧 카푸친 파의 수도승의 설교를 시작했다. 이전보다 더 익살맞은 어조였는데, 그것은 아마도 그가 진지한 이야기를 하려고 생각했기 때문인 것 같았다. 즉 그는 이번 일에는 맞지도 않는 성서의 격언과 적당치도 않은 비유와, 조금도 해석할 수 없는 암시를 사용해서 다음과 같은 명제를 설명했다. 즉 자신의 열정·애정·욕망·기도企圖·계획 같은 것을 숨길 줄 모르는 자는, 이 세상에서는 아무것도 되지 못하며, 어디를 가나 방해당하고 사기당하며, 특히 연애에 있어서 행복을 원한다면 깊은 비밀을 지키도록 노력하지 않으면 안 된다는 것이었다.

이 생각은 실은 이제껏 한 마디도 입에서 나오지 않았지만, 전체를 통해서 언제나 붙어다니고 있었다. 이 괴상한 인간의 윤곽을 알고자 하는 사람은 그가 많은 재능을 타고났으며, 예수회 학교에서 그의 재능 특히 통찰력을 양성했고, 세상 물정物情과 인정人情에 대한 깊은 지식을 쌓은 사람이라고 생각하면 된다. 단지 나쁜 방면에서만 지식을 쌓은 것이었다. 그는 스물두 살 가량이었다. 그는 나를 자신의 인간 멸시의 사상으로 개종시키려 했으나, 나에게 아무런 효과가 없었다. 왜냐하면 나는 아직 선량하고 생각하고 있었으며 또한 타인도 선량하기를 절실히 바라고 있었기 때문이다. 그러나 나는 그를 통해서 여러 가지 일에 주의 깊은 통찰력을 갖게 되었다.

모든 쾌활한 모임의 등장인물을 완전한 것으로 만들려면, 많은 쓸데없는 순간들을 활기 있게 하기 위해서 타인의 기지機智의 화살이 자기에게로 향해 오는 것을 좋아하는 배우가 절대로 필요하다. 만일 그가 단지 기사騎士가 모의전模擬戰 때에 창연습을 하기 위해서 사용하는 인형인 사라센 인人이 아니고, 자기 자신도 조그만 싸움을 할 줄 알고 놀리고 도전하고 경상도 입히고 후퇴도 하며 또한 자기 몸을 희생하는 것처럼 하여 상대방을 해칠 줄 안다면 이보다 더 애교 있는 일은 아마 없을 것이다. 우리 사이에는 그런 인물이 하나 있었다. 그것은 호른('뿔' 이라는 뜻)이라는 친구로서, 그 이름부터가 여러 유머의 원인이 되었다. 그는 몸집이 작아서 언제나 '작은 호른' 이라고 불렸다. 실제로 그는 우리 친구들 중에서 제일 작았고 단단하며 보기 좋은 몸집이었다. 납작한 코, 약간 튀어나온 입, 반짝이는 작은 눈, 이런 것들이 언제나 웃음을 자아내는 듯한 갈색 얼굴을 이루고 있었다. 그의 동그랗고 작은 머리통은 검은 곱슬머리로 탐스럽게 덮여 있었다. 그는 나이에 비해 수염이 많았으며, 그것을 기르고 싶어 했고, 또 괴상한 얼굴 모습으로 항상 친구들을 웃기고 싶어했다. 그리고 또한 그의 거동은 경쾌하고 민첩했으나, 자기 자신은 꾸부정다리라고 주장했고, 또 그것을 인정해 주기를 원했기 때문에, 우리들은 그것을 승인해 주었다. 실제로 그 때문에 여러 가지 익살이 터져 나왔다. 그는 매우 기교 있는 무용가로서 자주 무도장에 불려다녔기 때문에, 언제나 무도장에서 꾸부정다리를 보고 싶어하는 것이 부인들의 특징중 하나라고 이야기하기도 했다. 그의 쾌활한 성격은 언제나 흐려진 적이 없었고, 모든 모임에는 그가 참석하는 것을 빼놓을 수 없게 되었다. 그는 나와 함께 대학에 들어가기로 되어 있어서 우리 두 사람은 더욱더 친밀하게 교제했다. 여러 해 동안 그는 무한한 사랑과 성심과 인내로써 나를 따라다녔으므로, 경의를 표해서 회상할 가치가 있는 사람이다.

　나는 특히 시를 짓고 비천한 사물이라도 시화詩化하는 능력이 있어서, 그도 나를 따라 이내 그런 일을 하게 되었다. 우리들은 작고 사교적인 들놀이라든가 소풍이라든가 또는 그런 때에 일어나는 우연한 사건들을 윤색해서 시詩로서 표현했다. 그래서 한 사건의 서술이 원인이 되어 새로운 사건이 나타나곤 했다. 그러나 이러한 사교적인 해학은 으레 조롱거리가 되기 쉬운 일이어서, 친구 호른은 그의 서술을 결코 적당한 한계에서 끝내지를 않았기 때문에 때때로 불쾌한 사건들이 일어나기도 했으나, 그것도 조금 지나면 다시 평온해졌으며, 이내 기억에서 사라졌다.

이렇게 해서 그는 당시 대유행이었던 시체詩體인 해학적인 영웅 서사시敍事詩도 써보려고 했다. 포프의 《두발頭髮의 약탈》[9]은 많은 모방을 낳았다. 자하리에[10]는 이 시체를 독일 전국에서 길러냈다. 누구나 그것을 좋아하게 된 것은, 이 시체의 제재題材는 보통 수호신으로부터 우롱당하는 모자라는 인간으로서, 보다 훌륭한 인간은 그로부터 총애를 받는 인간이었기 때문이다.

하나의 문학, 특히 독일 문학을 고찰함에 있어서 하나의 국민 전체가 한 번 주어진, 그리고 일정한 형식으로 취급하여 성공한 제재題材에서 이탈할 줄 모르고, 그것을 무슨 방법으로라도 반복하려고 하며, 드디어는 쌓이고 쌓인 모작模作 밑에 원작까지 매장되어 숨을 쉴 수 없게 되는 것을 보는 것은 신기한 일은 아니지만, 기묘한 느낌이 들게 한다.

내 친구의 서사시는 지금 말한 것의 하나의 증거였다. 어느 썰매타기 대회에서 못난이 하나에게 자기를 싫어하는 여인이 함께 달리는 상대로 배당되었다. 이런 경우에 일어날 법한 불운이 짓궂게도 그에게 연달아 일어났다. 드디어 그는 썰매를 모는 자의 권리인 키

---

9) 영국의 시인 알렉산더 포프(Alexander Pope, 1688~1744)의 작품 《The Rape of the Lock》(1714)
10) 프리드리히 빌헬름 자하리에(Friedrich Wilhelm Zachariä, 1726~1777). 희극적 서사시 《허풍선이 (Der Renomist)》는 그의 대표적인 작품.

스를 청했을 때에 썰매 좌석에서 떨어진다. 이때 그에게는 물론 정령精靈이 발에 걸린다. 그 부인은 고삐를 잡고 혼자 집으로 돌아온다. 행운을 쥔 그녀의 애인이 그녀를 맞이하여 불손한 경쟁자를 조소하며 개가를 올린다. 하여튼 네 명의 다른 정령들이 연달아 그를 괴롭히고 마지막에는 난장이 지정地精이 그를 안장 위에서 뒤엎어 버린다는 구상이 매우 재미있었다. 알렉산드로스 격으로 씌어진 실화에 근거를 둔 이 시[11]는 우리들 작은 독자들을 몹시 즐겁게 했다. 그리고 우리들은 이것을 뢰벤[12]의 《발푸르기스의 밤》이나 짜하리애의 《허풍선이》와 충분히 비견할 수 있는 것이라고 믿었다.

우리들의 사교적인 행락은 하루 저녁뿐이었고, 그 준비를 위해서도 거의 시간이 걸리지 않아서, 나는 독서할 시간도 또 내 생각에는 연구할 시간도 충분히 갖고 있었다. 부친을 위해서 나는 호폐의 소형본小型本을 열심히 복습하고 그 책속의 여기저기를 스스로 시험해보고, 마침내는 법전의 주된 내용을 완전히 내 것으로 만들었다. 그러나 억제할 수 없는 지식욕에 끌려서 나는 고대문학사를 연구하여, 거기서 백과전서적인 학문으로 전진하여, 게스너[13]의 《학술입문》, 모르호프[14]의 《박식가博識家》를 통독함으로써 학문과 생활에 있어서 대단히 많은 놀랄 만한 것이 이미 나타나 있다는 것에 대한 일반적인 개념을 얻었다. 이와 같은 열심과 성급한 그리고 주야를 가리지 않는 근면에 의해서 나는 자신을 교육했다기보다는 도리어 혼란 속에 빠졌다. 그런데 나는 부친의 장서 중에서 베일[15]을 발견해서 그것을 탐독했을 때보다 더 깊은 미궁에 빠졌다.

---

11) 호른의 작품인 것처럼 씌어 있으나, 실은 괴테 자신의 작품이다.
12) 요한 프리드리히 뢰벤(Johann Friedrich Löwen, 1726~71). 독일의 극작가. 레싱이 활약하고 있던 함부르크의 국립극장에 기고寄稿하여 유명해졌음.
13) 요한 마티아스 게스너(Johann Matthias Gesner, 1691~1761). 독일의 고전어학자.
14) 모르호프(Morhof)의 《박식가(Polyhistor)》는 1688년에 출간되었다.
15) 피에르 베일(Pierre Bayle, 1647~1706). 프랑스의 철학자·비평가.

그러나 내 마음 속에 언제나 새롭게 솟아오른 확신은 고대어가 중요하다는 것이었다. 왜냐하면 고대어 속에 수사상修辭上의 모든 모범과, 동시에 그 외에 세계가 이것저것 소유하고 있는 일체의 가치 있는 것이 보존되어 있다는 것만은 이 문학적인 혼란 속에서도 언제나 내 마음 속에 절실히 느끼고 있었기 때문이다. 헤브라이어와 성서 연구는 게을리하였다. 그리스어도 역시 마찬가지였다. 나의 그리스어 지식은 《신약성서》의 범위를 넘어서지 못했기 때문이다. 그것에 대신하여 나는 라틴어 연구에 몰두했다. 라틴어로 씌어진 걸작은 우리들에게는 더욱 친밀했고, 또 라틴어는 그와 같이 훌륭한 원작 이외에 모든 시대의 작품들을 번역으로 또는 위대한 학자들의 저술에 의해서 우리에게 제공하고 있었다. 그래서 나는 라틴어를 통해서 아무런 어려움 없이 많은 것을 읽었다. 나는 한 마디 한 마디의 뜻에 있어서는 불명한 것이 하나도 없었기 때문에, 그 작가들을 이해한 기분이 들었다. 그로티우스가 자기의 테렌티우스를 읽는 법은 어린아이의 그것과는 다르다고 호언장담했다는 말을 듣고, 나는 기분이 몹시 나빴다. 청년뿐만 아니라 일반사람이 생애의 각 시기에 있어서, 자신을 완성한 것으로 여길 수 있고, 진위귀천眞僞貴賤을 막론하고 단지 자신에게 적당한 것만을 찾는 무지無知야말로 행복한 것이다.

이렇게 해서 나는 독일어나 프랑스어나 영어의 경우와 마찬가지로 규칙도 개념도 모르고서 오직 실습에 의해서만 라틴어를 배웠다. 그 당시의 학교교육의 실정을 아는 사람이라면, 내가 문법도 수사학도 뛰어넘은 것을 신기하게 생각지는 않을 것이다. 나에게는 모든 것이 자연히 그렇게 되는 것으로만 생각되었다. 나는 말(言)이나 말의 형체나 변화를 귀와 머릿속에 담아두었다가 쉽게 그 말을 쓰기도 하고 지껄이기도 했다.

내가 대학에 들어가야 할 미하엘 제祭[16]가 다가왔다. 나의 내심은 수학에 대해서와 똑같이 생활에 대해서도 몹시 동요하고 있었다. 내가 태어난 도시에 대한 나의 반감은 더욱 확실해졌다. 그레트헨이 떠남으로 해서, 청춘의 나무가 순을 꺾였기 때문에, 재차 옆에서 싹이 나서 새로운 성장에 의해서 최초의 상해를 극복하려면 시일이 필요했다. 나는 거리를 돌아다니는 짓을 중지하고, 타인들처럼 필요한 길만 걸었다. 나는 그레트헨이 살던 구역뿐 아니라 그 근처마저 가지 않았다. 그리고 그 낡은 성벽과 탑들이 점점 싫증이 나듯이 나에게는 시의 정세政勢마저 싫어졌다. 지금껏 그렇게도 귀하게 보였던 모든 것들이 왜곡된 모습으로 나타났다. 시장의 손자인 나에게 이와 같은 공화정체共和政體의 숨은 결점이 알려지지 않을 수가 없었다. 게다가 소년들은 이제까지 무조건 존경하던 것에 다소나마 의심을 품게 되면, 곧 소년들 특유의 일종의 경악감을 느끼며, 열심히 탐구하지 않을 수 없는 것이기 때문에, 그것이 알려지지 않을 수가 없었다. 당파에 끌려들어 매수까지 당하는 사람들과 싸우는 정의의 사람들의 아무런 효과 없는 분개도 나는 너무나 명료하게 알게 되어서, 나는 어떠한 부정이건 극도로 증오하였다. 소년시대에는 누구나 도덕적인 엄격주의자들이기 때문이다. 시정市政 문제에 있어서는 단지 일개 개인으로서 관계하고 있던 나의 부친은 많은 실패에 대한 불만을 열렬히 나타내었다. 그리고 부친이 그렇게도 많은 연구와 노력과 여행과 다방면의 수양을 쌓았음에도 불구하고 결국 방화벽 속에서, 나 자신은 결코 부럽게 생각되지 않는 고독한 생활을 영위하고 있는 것을 나는 보고 있지 않았는가? 이런 것들이 겹쳐서는 무거운 짐이 되어 내 마음을 억압했다. 그것으로부터 도피하려면 나에게 규정된 것과는 전혀 다른 생활계획을 고안해 내도록 노력할 수밖에 없었다. 나는 마음 속으로 법률 연구를 포기하고, 언어학이나 고대학이나 역사, 혹은 그런 것을 기초로 한 모든 것에 전념하려고 생각했다.

---

16) 1765년의 일임.

실제로 나 자신이나 타인에 대해서, 모든 자연에 대해서 인식하게 된 것을 시적으로 재현하는 것이, 나에겐 언제나 최대의 즐거움이었다. 그것은 본능에서 나오는 것으로서, 어떠한 비평에도 현혹되지 않았기 때문에, 이 일은 나에게는 더욱더 즐거울 뿐이었다. 나는 내 작품에 대해서 충분한 자신이 없었다. 그러나 결점은 있으나 전연 버릴 것도 아니라고 생각할 수 있었다. 이것저것 비난은 받아도 그것이 점차 훌륭한 것이 될 것임이 틀림없고, 후일 내 이름이 하게도른[17]이나 겔레르트[18]나 기타 그와 같은 사람들과 함께 명예롭게 불리어질 수도 있을 것이라는 확신을 남몰래 가지고 있었던 것이다. 그러나 이러한 사명使命만으로는 나에게는 너무나 공허하고 불만스럽게 생각되었다. 나는 저 근본적인 연구에 진심으로 몸을 바치고, 고대에 대한 견해를 깊게 하고, 자신의 일에 대하여 더욱 빠른 진보를 이루도록 해서 대학 교직에 취임할 수 있는 자격을 따고자 마음먹었다. 대학 교수의 지위는 자신의 교양을 완성시키고 타인의 교육에도 기여하고자 생각하는 젊은이에게는 가장 바람직한 소원이라 나에게는 생각되었다.

이러한 생각으로 나는 언제나 괴팅겐에 눈을 두고 있었다. 하이네[19], 미하엘리스[20]를 비롯한 기타 많은 사람들에게 나의 모든 신뢰가 걸려 있었다. 나의 가장 절실한 소원은 그들 발 밑에 앉아서 그들의 가르침을 마음 속에 간직하겠다는 것이었다. 그러나 부친은 요지부동이었다. 나와 의견이 같은 두서너 명의 가족·친구들이 부친을 설복시키려고 했으나, 그는 내가 라이프찌히에 가야만 한다고 끝내 고집했다. 이렇게 되자, 나는 부친의 생각과 의지에 거역해서, 나 자

---

17) 프리드리히 폰 하게도른(Friedrich von Hagedorn, 1708~54). 독일의 시인.
18) 겔레르트(Ch. F. Gellert, 1715~1769). 독일의 시인.
19) 크리스티안 고틀롭 하이네(Christian Gottlob Heyne, 1729~1812). 괴팅겐의 유명한 언어학 교수.
20) 요한 다비드 미하엘리스(Johann David Michaelis, 1717~91). 괴팅겐 대학의 신학교수. 동양학자이기도 했음.

신의 면학상의, 처세상의 방침을 취하겠다는 결심을 그때 비로소 정당방위라고 생각했다. 그런 것은 모르고서 내 계획에 반대한 부친의 고집이 나의 반항심을 강화했기 때문에, 부친이 나에게 대학에서나 사회에 나가서 내가 통과해야 할 면학상·처세상의 진로를 미리 이야기해 주고, 되풀이 이야기했을 때에 나는 부친의 장광설을 귀담아 들을려고 생각조차 안 했다.

괴팅겐에 갈 수 있는 모든 희망이 끊어졌기 때문에, 나는 이제 라이프찌히로 눈을 돌렸다. 거기에는 에르네스티[21]가 광채를 띠고 있는 것처럼 여겨졌다. 모루스[22]도 이미 상당한 신뢰감을 갖게 했다. 나는 마음 속으로 몰래 반대의 과정을 생각해 냈다. 혹은 도리어 매우 굳은 지반 위에 공중누각을 세웠다고도 할 수 있다. 자신의 생활 경로를 자신이 미리 정하는 것은, 낭만적이고 명예로운 것이라고 나에게는 생각되었다. 그리스바하[23]가 비슷한 경로를 택해서 이미 위대한 진보를 이루었고, 그로 인해서 모든 사람들의 칭찬을 받고 있었기 때문에, 내가 생각해 낸 생활경로는 공상적인 것으로는 생각되지 않았다. 죄수가 쇠사슬을 풀고 마침내 감옥의 창살을 부쉈을 때의 내심의 기쁨도 날이 경과하여 10월이 가까워진 것을 봤을 때의 나의 기쁨보다는 크지 못할 것이다. 누구의 입에서나 불쾌한 계절이라고 또 도중에 길이 나쁘다고 말했지만, 나는 조금도 위축되지 않았다. 낯선 땅에서 겨울에 새로운 학생 생활에 들어가야 한다는 생각도, 내 마음을 어둡게 하지는 않았다. 요컨대 나는 다만 자신의 현재의 경우만을 어두운 것으로 보았고, 그 외의 미지의 세계는 밝고 유쾌한 것으로 상상했던 것이다. 이리하여 나는 혼자서 꿈을 만들어

---

21) 요한 아우구스트 에르네스티(Johann August Ernesti). 라이프찌히 대학의 수사학과 신학교수.

22) 사무엘 프리드리히 모루스(Samuel Friedrich Morus, 1726년생). 1760년 이래 라이프찌히 대학의 강사.

23) 괴테보다도 4년 연상이었다. 그는 선교사인 아버지의 뒤를 잇기 위하여 신학을 공부하는 한편, 문헌학을 연구하여 대학의 교직에 취임할 준비를 하고 있었다.

온통 그 꿈에 빠졌고, 장래에 있어서는 오직 행복과 만족감만을 기대하고 있었다.

나는 나의 이와 같은 계획을 모든 사람에게 완전히 비밀에 붙였지만, 누이동생에게만은 숨길 수가 없었다. 그녀는 처음에는 그 말을 듣고서 깜짝 놀랐으나, 마지막에 내가 훗날 누이동생을 그곳으로 불러서 내가 획득한 영광에 대한 기쁨을 함께 하고 나서, 나의 쾌적한 생활에 참여시켜 주겠다고 약속했을 때에 겨우 안심했다.

기다리고 기다리던 미카엘 축제가 드디어 다가왔다. 그리하여 나는 출판업자인 플라이셔 부부와 함께 기쁜 마음으로 출발했다. 부인의 친정 성은 트릴러 가문이었고, 부인은 비텐베르크에 살고 있는 부친을 찾아가는 길이었다. 나는 나를 낳아서 길러준 사랑스런 도시에 두 번 다시 발을 들여놓지 않으려는 듯이 냉담한 기분으로 떠났다.

이처럼 어느 시기가 되면 자식은 부모에게서, 하인은 주인에게서, 피보호자는 은인에게서 떠나간다. 그리고 자주독립해서 자기 자신을 위해서 살아가려는 노력이 성공하건 못 하건, 항상 자연의 의지에 따르는 것이다.

우리들은 만성문萬聖門에서 시외로 나와 곧 하나우를 지났다. 그 지방에 도착했을 때 그 계절에 별로 즐길만한 것은 없었으나 새로운 것들이 나의 주의를 끌었다. 장마로 인해서 도로는 극도로 나빴다. 그 당시의 도로는 후일에 볼 수 있는 그런 좋은 상태는 아직 아니었다. 그 때문에 우리들의 여행은 편하고 즐거운 것이 아니었다. 그러나 나는 이 습기찬 날씨 덕분으로 어쩌면 가장 보기 드문 자연현상을 볼 수가 있었다. '드물다'고 한 것은 내가 그 후 두 번 다시 그와 비슷한 것을 보지 못했고, 또 다른 사람들에게서 그런 것을 보았다는 말을 들은 일이 없기 때문이다. 우리들은 밤에 하나우와 겔른하우젠 사이의 언덕을 올라가고 있었는데, 이 길은 위험하고 곤란해서 어둡기는 했지만, 도보로 가는 것이 나을 것이라고 생각했다. 그때 갑자기 나는 도로 오른쪽 낮은 곳에 조명이 기묘하게 비치고 있는 반원극장半圓劇場 같은 것을 보았다. 그것은 나팔 모양의 장소에, 헤아릴 수 없는 작은 불빛이 계단 모양으로 위아래에 겹쳐서 비치고 있었으며, 어찌나 찬란하게 비치는지 눈이 부실 정도였고, 더욱 더 눈을 현혹케 한 것은 불빛들이 가만히 있지 않고 위아래로 또 사방으로 이리저리 뛰어다니는 것이었다. 그러나 대부분의 불빛은 움직이지 않은 채 비치고 있었다. 나는 이 광경을 보다 자세히 관찰하고 싶어서 도무지 그곳을 떠나고 싶지 않았다. 마부에게 물었으나 이와 같은 현상에 대해서 아는 바 없었고, 다만 근처에 오래된 채석장이 있고 그 가운데 깊숙한 곳에 물이 괴어 있다는 것이었다. 그런데 그것이 도깨비불이 사는 악마의 나라인지 혹은 발광체인 생물들의 한 떼인지 나로서는 판단하고 싶지 않았다.

튀링겐을 지날 때 도로는 가장 나빴다.

불행히도 우리들의 마차는 해가 질 무렵에 아우에르슈타트 부근에서 진창 속에 빠져 움직이지 않았다. 그곳은 사람 사는 곳에서 멀리 떨어진 곳이었다. 우리들은 마차를 꺼내려고 전력을 다했다. 나도 열심히 노력을 아끼지 않았는데, 그때 가슴 인대靭帶가 지나치게 조여졌던 것 같았다. 왜냐하면 그 이후 계속 그 부위에 고통을 느꼈고, 그 고통이 나았다 심해졌다 해서 수년 후에야 비로소 완전히 통증이 없어졌던 것이다.

그러나 그날 밤이 나에겐 마치 운명을 전환하는 밤으로 정해져 있었는지, 생각지도 않았던 행복한 사건이 있은 다음, 웃지 못할 불쾌한 일을 당했던 것이다. 즉 우리들은 아우에르슈타트에서 우리와 같은 운명을 겪고서 늦게야 도착한 점잖은 부부를 만났다. 남편은 위엄 있는 훌륭한 장년 신사였고, 부인은 매우 아름다웠다. 그들은 친절하게도 우리에게 자기들과 함께 식사를 하자고 권했다. 나는 그 아름다운 부인이 나에게 친절한 말을 건넸을 때, 매우 행복함을 느껐다. 그러나 주문한 수프를 재촉하라고 나를 밖으로 내보냈을 때, 밤샘과 여행의 피로에 익숙치 못한 나는 어쩔 수 없이 졸음에 쫓기어 걸음을 떼면서 실은 잠을 자고 있었으며, 모자를 쓴 채 방으로 돌아왔다. 다른 사람들이 식사기도를 올리고 있는 것도 모른 채, 무의식적으로 멍하니 같은 모습으로 의자 뒤에 서 있었으며, 이 행동으로 그들의 기도를 우스꽝스런 방법으로 방해했다는 사실은 꿈에도 생각지 못했다. 플라이셔 부인은 기지가 있었으며, 또 말주변도 좋아서 일동이 미처 좌석에 앉기도 전에 초면의 부부에게 여기에서 목격한 것을 이상히 여기지 말아달라고 부탁하고 함께 온 이 청년은 모자를 써야만 신이나 국왕에 대해서 가장 훌륭히 경의를 표시할 수 있다고 믿는 퀘이커 교도의 소질을 다분히 지니고 있다고 말했다. 웃음을 억제할 수 없었던 그 아름다운 부인은 웃을수록 더욱 예뻐졌다. 그녀를 이토록 웃게 한 원인이 내가 아니었더라면 얼마나 좋았을까 하고 생각했다. 그러나 내가 모자를 벗자, 곧 예의를 아는 그들은 농담을 집어치우고, 자신들의 집 창고에서 가져온 최상의 포도주에 의해서 졸림과 불쾌한 기분과 지나간 모든 나쁜 일에 대한 기억을 없애버렸다.

내가 라이프찌히에 도착한 것은 바로 대목장 때였기 때문에 나는 특별한 즐거움을 맛보았다. 왜냐하면 나는 여기서 고향과 같은 모습의 연장, 낯익은 상품과 상인들이 다만 장소와 순서만을 달리하고 있는 것을 보았기 때문이었다. 나는 깊은 흥미를 느끼면서 시장과 노점 근처를 돌아다녔다.

특히 나의 주의를 끈 것은 괴상한 의복을 입은 동쪽 주민인 폴란드인과 러시아인들이었으며, 그 중에서도 그리스인들의 훌륭한 풍채와 품위있는 복장은 나의 발걸음을 항시 멈추게 했다.

그러나 이러한 생동의 시기는 이내 지나가고, 이제는 아름답고 서로 유사한 건물을 지닌 그 도시 자체가 내 앞에 나타났다. 그것은 나에게 매우 좋은 인상을 주었다. 이 도시가 일반적으로, 그러나 특히 일요일이나 축제일의 조용한 때에는 어떤 위엄을 느끼게 함은 부인할 수 없었다. 똑같이 달빛 아래서, 혹은 달빛 속에, 혹은 그림자에 잠긴 시가지가 종종 나를 끌어내어 밤의 산책에 초대했다.

그러나 내가 이제껏 익숙해 온 것에 비교해서 이 새로운 상태는 나에게 결코 만족을 주지 못했다. 라이프찌히는 보는 사람에게 조금도 옛 시대를 연상케 하지 않는다. 이러한 기념물을 통해서 이 도시가 우리들에게 보여주는 것은 최근의 새로운 상업활동과 유복한 상태와 부를 증명하는 시대인 것이다. 그러나 엄청나게 크게 보이는 건물들은 나의 마음에 들었는데, 그 건물들은 두 개의 거리에 연이어 접해 있었고, 높은 건물에 둘러싸인 커다란 중정中庭 뒤편에는 하나의 시민 세계를 포함하고 있으며, 큰 성곽이라기보다는 소도시와 흡사한 것이었다. 이 기묘한 장소 중의 하나인, 그것도 신구新舊 노이마르크트 사이에 있는 포이에르쿠겔에 나는 숙소를 정했다. 통로로 되어 있어서 다소 번잡한 뜰이 내려다보이는 깨끗한 두 개의 방을, 대목장 때에는 출판업자인 플라이셔 씨가 쓰고, 다른 때는 내가 상당한 가격으로 빌렸다. 옆방 사람은 신학자로서 그 전문 분야에 조예가 깊었고 마음씨도 좋았으나, 가난하고 눈병을 몹시 앓고 있어서 장래가 매우 근심스러웠다. 그는 캄캄해질 때까지, 그뿐 아니라 얼마 안 되는 기름을 절약하기 위해서 달빛 아래서 지나친 독서를 했기 때문에 이 병을 얻은 것이다. 집주인 할머니[24]는 그에게 너그럽게 대해 주었고 나에게도 언제나 친절했으며, 우리 두 사람을 자상하게 보살펴 주었다.

나는 소개장을 들고서 궁중 고문관 뵈메[25]에게 달려갔다. 이분은

---

24) 요한나 엘리자베트 스트라우베(Johanna Elizabet Straube). 당시 69세였음.

25) 고틀롭 뵈메(Gottlob Böhme). 법률학 및 역사학 교수였다. 소개장은 Olenschlager로부터 받은 것임.

마스코프[26])의 제자로서, 지금은 그 후계자로 역사와 법률을 가르치고 있었다. 키가 작고 땅딸막하며 활발한 남성이 나를 매우 친절하게 맞아주며, 자기 부인에게 소개했다. 내가 방문한 다른 사람들과 마찬가지로, 이 두 분도 내가 장차 이곳에 체류하는 데 대하여 큰 희망을 주었다. 그러나 나는 처음에는 어느 누구에게도 내 마음 속의 계획을 알아차리지 못하게 했다. 그러나 법률을 떠나서 고대인의 연구에 착수하겠다고 공언하고 싶은 좋은 기회가 오기를 몹시 기다렸다. 내 계획이 너무 빨리 가족에게 알려지지 않도록 조심하며 플라이셔 부부가 출발할 때까지 기다리고 있었으나, 그들이 출발하자, 나는 즉시 이 일을 누구에게보다도 먼저 고백해야겠다고 생각했던 궁중 고문관 뵈메 씨에게 달려가 조리있게 하나하나 나의 계획을 설명했다. 그러나 나의 진술은 결코 좋게 받아들여지지 않았다. 그는 역사가 겸 법률가로서 문예적 색채를 띤 일체의 것에 대해서 분명한 반감을 갖고 있었다. 불행하게도 그는 문예에 종사하는 사람들과는 사이가 좋지 않았으며, 더욱이 나는 알지도 못하고서 많은 신뢰를 갖고 있다고 말한 겔레르트는 그가 도저히 참을 수 없는 인간이었다. 그렇기 때문에 그런 사람에게 충실한 학생 하나를 양보하고 자신은 학생 한 명을 잃는다는 것은 이와 같은 사정으로는 도저히 용납할 수 없는 일이었다. 그리하여 그는 즉석에서 엄중한 설교를 했고, 만일 사실과는 반대로 그 자신이 가령 찬성한다 하더라도 나의 양친의 허가 없이는 이런 행동을 절대로 허가할 수 없다고 단언했다. 그리고는 그는 문헌학과 언어 연구를 맹렬히 비난하고 다시 그이상으로 내가 암시한 작시作詩 연습을 더욱 비난했다. 마지막으로 그는 만일 내가 고대인의 연구에 접근할 생각이라면, 법률의 길에 의한 방법이 훨씬 잘될 수 있다고 결말을 지었다. 그는 에페르하르

---

26) 요한 야코브 마스코프(Johann Jakob Mascov). 역사학 교수였음.

트 오토[27]나, 하이네키우스[28]와 같은 여러 훌륭한 법학자들을 상기시키며, 로마 고대사와 법률사에 대해서 과장해서 나를 꼬이는 언사를 늘어놓았다. 그리고 내가 설사 후일에 가서 다시 잘 생각한 다음, 부모의 허락을 얻어서 이전의 계획을 수행하려는 생각을 갖게 될지라도 이 연구는 결코 도는 길이 아니라는 것을 나에게 명료하게 가르쳐 주었다. 그는 친절하게 그 일을 다시 한 번 생각하도록 권했으며, 그리고 또 얼마 안 있으면 강의가 시작되기 때문에 빨리 결정할 필요가 있으니, 가까운 장래에 자기에게 나의 의견을 알려달라는 것이었다.

그렇지만 그가 즉석에서 나의 결의를 재촉하지 않은 것은 매우 다행스런 일이었다. 그의 논증이나 그것을 말할 때의 묵직한 태도는 이미 쏠리기 쉬운 나의 젊은 마음을 설복하고 말았다. 나는 이제 실행할 수 있도록 마음 속에 구상하고 있던 일의 곤란한 점과 의문나는 점을 비로소 알았다. 그 후 곧 뵈메 부인이 나를 초대했기 때문에 찾아갔더니, 부인 혼자만 있었다. 부인은 이미 젊지도 않으며, 몹시 병약하고 한량없이 상냥했으며, 말이 많은 남편과는 현저한 대조를 이루고 있었다. 부인은 예전 남편이 한 이야기를 다시 끄집어내어 다시 한 번 나에게 매우 친절하고 다정하고 알기 쉽게 전체적으로 설명했다. 그래서 나는 거기에 따를 수 밖에 없었다. 그리고 내가 고집한 약간의 유보留保는 상대편에서도 승인해 주었다.

남편인 교수는 다음에 나의 시간표를 정리해 주었다. 그것에 의하면 나는 철학, 법제사, 법전, 기타 두서너 과목을 들도록 되어 있었다. 나는 그것에 따랐지만, 스토크하우젠[29]을 교재로 한 겔레르트의 문학사와 그의 세미나 시간에 종종 출석하겠다는 생각은 관철시켰다.

---

27) 에베르하르트 오토(Eberhard Otto, 1683~1756). 법제사法制史에 있어서 특히 고대 문물에 중점을 두었음.
28) 고틀리에브 하이네키우스(Gottlieb Heineccius, 1680~1741). 고대 법률을 연구한 학자.
29) 스토크하우젠의 저서인 《Kritischer Entwurf einer auserlessenen Bibliothek für die Liebhaber der Philosophie und schönen Wissenschaften》.

겔레르트가 젊은 사람들에게서 받고있던 존경과 사랑은 대단한 것이었다. 나는 이미 그를 방문했었고, 또 친절한 대접을 받았다. 키는 큰 편이 아니고 우아하고, 야위지도 않았으며, 부드럽다기보다는 도리어 슬픈 듯한 눈매, 매우 아름다운 이마, 그렇게 심하지 않은 메부리코, 잘 생긴 입, 인상좋은 타원형의 얼굴 등, 모든 것이 그와 접하는 사람에게 호감과 신뢰감을 주었다. 그에게 접근하려면 매우 힘이 들었다. 그의 두 조교는 어느 때건 누구건 출입을 허용하지 않는 신전을 지키는 사제司祭처럼 보였다. 그리고 이러한 조심이 실제로 필요했는데, 그것은 만일 그가 자기와 친밀히 접근하고 싶어하는 사람들을 모두 만나서 만족시키고자 한다면, 그는 하루의 전부를 희생하게 될 것이라 생각되었기 때문이다.

처음에는 나도 열심히 그리고 충실하게 강의에 출석했다. 그러나 철학은 조금도 나를 계발시켜 줄 것 같지 않았다. 논리학에 대해서는 내가 어렸을 때부터 지극히 편리하게 정리해 놓은 정신작용을 그 적당한 응용을 터득하기 위해서, 서로 배제하고 분리시키고 소위 파괴해야만 한다는 것이 나에게는 이상하게 여겨졌다. 존재자에 관하여, 세계에 관하여, 신에 관하여 나는 교수 자신과 거의 같은 정도의 지식을 가졌다고 믿어 왔었다. 그리고 그가 여러 부분에서 몹시 우물쭈물하는 것처럼 나에게는 생각되었다. 그랬지만 사육제 때까지는 그럭저럭 잘 돼갔다. 사육제가 되자, 토마스 교회 경내에 있는 빙클러 교수 댁 근처에서 바로 강의 시간에 아주 맛있고 뜨끈뜨끈한 도넛이 만들어져 나왔기 때문에, 그 때문에 우리들의 노트는 점점 공백이 생기게 되었고, 노트의 마지막 부분은 이른 봄쯤에는 눈과 함께 녹아 사라져 버리고 말았다. 법률 강의도 역시 얼마 안 가서 신통치 않게 여겨졌다. 왜냐하면 나는 교수가 우리들에게 가르쳐 줄 만한 정도의 것은 이미 죄다 알고 있었기 때문이었다. 필기할 때의 나의 집요한 열정도 점차 시들어갔다. 왜냐하면 내가 부친 곁에서 영구적으로 기억해 두기 위하여 문답의 방법으로 충분히 반복했던 것과 똑같은 것을 다시 한 번 필기한다는 것은 매우 지루하게 생각되었기 때문이다. 학교에서 젊은 사람에게 많은 것을 너무 폭넓게 가르침으로써 생겨나는 폐단이 후에 가서 점점 더 많이 나타났다. 이것은 질서 있게 완전히 가르쳐주지 않는 한, 교육하기보다는 도리어 혼란을 야기시키는 이른바 실과實科 시간에 주의를 기울이게 하기 위해, 어학 연습이나 본래의 예비지식인 학문의 기초를 닦는 데에 시간과 주의를 아낀 데서 온 결과였다.

학생들이 매우 곤란을 겪은 또 하나의 폐단을 여기에 서술하겠다. 관직에 봉직하고 있는 다른 사람들과 마찬가지로, 교수들도 모두 같은 연배일 수는 없다. 그런데 젊은 교수들은 본래 자기가 배우기 위해서 가르치고 있었으며, 그들이 훌륭한 두뇌를 가지고 있는 경우에는 시대에 앞서 가기 때문에, 그들은 철저히 청강생을 희생시키고서 자신의 교양을 획득하고 있었다. 왜냐하면 그들은 청강생에게 실제로 필요한 것은 가르치지 않고서, 자기들을 위해서 연구할 필요가 있는 것을 가르치기 때문이다. 그와는 반대로 나이 많은 교수들은 대다수가 이미 오랫동안 정체상태에 있었다. 그들은 개략적으로 고정된 견해만을 전달하고, 그 개개의 것에 관해서는 시대가 이미 무용하다고, 또 잘못이라고 배척해 버린 것들을 많이 가르쳤다. 이 양자兩者에 의해서 비참한 갈등이 생겼으며, 그 중간에서 젊은이들은 이리저리 끌려다녔다. 다만 충분한 지식과 교양이 있으면서도 여전히 지식과 사색에 대한 꾸준한 노력을 게을리하지 않는 중년 교수들에 의해서 겨우 보완이 되었다.

지금 내가 이런 방법으로 정돈할 수 없을 정도로 여러 가지를 배우고, 그로 인하여 점차 불쾌한 기분이 생겨났듯이, 생활에 대해서도 여러 가지로 사소한 불쾌감을 느꼈다. 그것은 누구든 장소를 옮겨 새로운 환경에 들어갈 때에 보증금을 치러야 하는 것과 같았다.

첫째로 부인들이 나를 비난하고 나선 것은 복장에 관해서였다. 그것은 말할 것도 없이 내가 고향에서 다소 이상한 옷차림을 하고 대학에 왔기 때문이었다.

나의 부친은 필요없이 어떤 일이 일어나거나, 시간을 이용할 줄 모르거나, 혹은 시간을 이용할 기회를 찾아내지 못하는 것보다 더 싫어하는 일이 없었기 때문에, 시간과 노력에 있어선 극단적으로 절약하였다. 그렇기에, 그에게 있어서 일석이조보다 더 큰 기쁨은 없었다. 그리하여 그는 집에서 어떤 다른 일에도 이용할 수 없는 하인은 단 한번도 고용한 일이 없었다. 그는 예전부터 모든 것을 자필로 썼는데, 후에는 앞서 말한 젊은 동거인에게 필기시키는 편의를 얻었기 때문에, 이번에는 재봉사를 하인으로 삼는 것이 무엇보다도 상책이라고 생각했다. 그리하여 그들은 그들 자신의 의복뿐만 아니라 부친과 어린애들의 의복까지도 만들어야 했으며, 또한 모든 기움질도 해야 했기 때문에 시간을 잘 이용하지 않으면 안 되었다. 부친은 대목장 때에, 외국 상인들로부터 훌륭한 상품을 구입하여 저장해 놓고 최고급 양복천이나 옷감이 언제나 수중에서 떨어지지 않도록 노력했다. 나는 아직도 부친은 아헨의 뢰베니히[30] 공장 주인들을 항상 방문했고, 나도 어렸을 때부터 이 사람들이나 또 다른 훌륭한 상인들과 잘 알고 있었던 것을 기억하고 있다.

복지服地의 품질에 대해서는 이와 같이 노력했고, 또 여러 종류의 양복천·사아지·괴팅겐 직물을 풍부히 준비해 두고 있었으며, 또한 필요한 안감도 충분했기 때문에 재료에 있어서는 조금도 손색이 없었다. 그러나 대체로 스타일이 모든 것을 망쳐버렸다. 왜냐하면 이와 같은 가정 재봉사가 전문적인 솜씨로 재단해 놓은 의복을 잘 꿰매고 잘 만들려면 아무리 훌륭한 직공이라 할지라도 자기 자신이

---

30) 아헨 근교의 양복천 제조공장을 말함.

재단까지 하지 않으면 안 되었기 때문에, 이 점이 반드시 잘 되지는 않았기 때문이었다. 더욱이 부친은 자신의 의복에 대한 모든 손질을 자신이 해서는 깨끗하게 보관해서, 오랫동안 착용했다기보다는 보존하고 있는 편이었다. 그래서 어떤 구식 스타일과 장식에 대한 특수한 취미가 있었다. 그로 인해서 우리들의 의복들도 때때로 기묘한 스타일을 갖게 되었다.

내가 대학에 가면서 가지고 간 의복들도 또한 이렇게 해서 만들어진 것이었다. 그것은 참으로 나무랄 데 없는 훌륭한 것이었으며, 개중에는 금술이 달린 의복까지 있었다. 이런 종류의 의복에 이미 습관이 되어버린 나는 충분한 옷차림을 했다고 생각했다. 그러나 얼마 안 가서 나의 여자 친구들은 처음에는 가벼운 야유로서, 다음에는 조리있는 설명으로서, 마치 내가 다른 세계에서 내려온 것처럼 보인다는 사실을 나에게 납득시켰다. 나는 그 때문에 몹시 불쾌함을 느꼈으나, 그래도 처음에는 어찌할 바를 몰랐다. 그러나 저 인기 있는 문학 애호가의 시골뜨기인 폰 마주렌[31]이 한 차례 나와 비슷한 복장을 하고서 무대 위에 나타났을 때에, 그의 인품보다는 도리어 복장 때문에 조소를 당한 것을 보고, 나는 용기를 내어 내 의복 전부를 단번에 그 지방에 맞는 최신식으로 바꾸어 버렸다. 물론 그 때문에 의복의 수는 줄어들었다.

이런 시련을 극복하자, 또다시 새로운 시련이 나타났다. 이번 것은 그렇게 용이하게 제거한다든지 바꿔치기 한다든지 할 수 있는 것이어서 전보다도 훨씬 불쾌하게 느껴졌다.

나는 남부독일의 방언 속에서 태어나서 자랐다. 부친은 끊임없이 언어를 순화하는 데 애를 썼다. 우리 어린이들에게도 어렸을 적부터 방언의 결점에 대해 주의를 시켰고 더 좋은 말을 쓰도록 교육해 주

---

31) 프랑스 데투슈의 희극 《촌뜨기 시인詩人(Le Poete Campagnard)》의 주인공.

었지만, 그래도 내게는 뿌리 깊은 방언의 특징이 남아 있었다. 그러한 특징이 나에게는 소박해서 마음에 들었고, 또 즐겨 사용했기 때문에 새로운 그 도시인들로부터 언제나 무서운 비난을 받았다. 즉 남부독일 사람, 특히 라인 강과 마인 강 연변에 사는 사람은 (그 이유는 큰 강은 해안과 같이 언제나 활기를 부여하는 성격을 갖고 있기 때문에) 많은 것을 비유나 암시로서 표현하고, 상식이 발달해 있어서 즐겨 인격적인 문구를 사용한다. 이 어느 경우에 있어서도 그 지방 사람은 종종 조잡하다. 그러나 그 표현의 목적에 대해서 주의해 보면, 언제나 적절한 표현이다. 단지 보다 민감한 귀에는 거슬리는 것이, 그 속에 흐르고 있는 일도 종종 있을 것이다.

어느 지방이건 그 방언에 대하여 애착을 갖는 법이다. 왜냐하면 방언이란 본래 혼魂이 그 속에서 숨쉬는 경지이기 때문이다. 그러나 마이센의 방언이 매우 강력하게 다른 방언을 지배했고, 아니 한때는 독점하기까지 했는데, 이 사실은 주지의 것이다. 우리들은 다년간 이와 사소한, 그러나 귀찮은 지배하에서 고생했다. 그리고 여러 차례의 반항에 의해서 겨우 모든 지방의 본래의 권리를 회복했다. 활발한 청년이 이 끊임없는 감시를 받고, 매우 싫은 것을 어떻게 참아야만 했는가는 결국 굴종하여 발음을 고치고 동시에 사고방식이나 상상이나 감정이나 타고난 지방 특유의 성격마저 희생하지 않으면 안 된다는 것을 생각해 본 사람이면, 쉽게 추측할 수 있으리라. 그리고 이와 같은 견딜 수 없는 요구를 나에게 한 것은 교양 있는 남녀들이었다. 하지만 그들의 소신을 나는 받아들이지 않았다. 나 자신도 확실한 것은 알 수 없었으나, 그들이 옳지 못함을 느끼는 것 같았다. 성서의 중요한 문구의 인용도 연대기 같은 순박한 표현의 사용도, 나에게는 금지되어 있었다. 나는 가일러 폰 카이저스베르크[32]를 읽

---

32) 슈트라스부르크의 수도승 Geiler von Kaisersberg (1510년 사망).

은 것도 잊지 않으면 안 되었다. 여러 가지로 이리저리 말을 돌리지 않고 정확히 표현할 수 있는 격언의 사용도 금지하지 않을 수 없었다. 나는 청년의 정열로서 습득한 이러한 것을 모두 잃지 않으면 안 되었다. 나는 마음 속이 마비된 것처럼 느꼈고, 흔히 있는 일에 대해서도 어떻게 표현해야 할지 알지 못했다. 더욱이 나는 쓰는 대로 말하고, 말하는 대로 써야만 한다고 들었다. 그러나 나에게는 말하는 것과 쓰는 것은 완전히 다른 것으로서, 이 양자는 각기 자신의 권리를 주장해도 좋을 것으로 생각되었다. 그런데 마이센의 방언에 있어서도, 글쓰는 말로는 별로 훌륭하지 않은 것처럼 생각되는 많은 말을 듣고 있었다.

교양 있는 남녀나 학자나 그 외에 고상한 사교를 즐기는 사람이 젊은 대학생에게 어떠한 결정적인 영향을 미쳤나 하는 것을 들은 모든 사람은 비록 그것을 명확하게 밝히지 않는다 해도, 우리들이 살고 있는 땅이 라이프찌히라는 것을 곧 믿게 될 것이다. 독일의 모든 대학은 제각기 특수한 모습을 지니고 있다. 그것은 우리 독일에서는 일반적인 문화가 구석구석까지 퍼질 수는 결코 없기 때문에 각 지방은 자신의 풍습을 고수하고, 그의 특징을 극도로 발전시키고 있는데, 이 점은 대학에도 해당되고 있다. 예나와 할레에서는 극도로 야성을 발휘하고 있었다. 거기에는 강인한 체력, 검술의 숙련, 난폭한 자기방위自己防衛가 유행하고 있었다. 그리고 이러한 상태는 극히 야비한 노동에 의해서만 유지되고 지속될 수 있다. 대학생들과 그 도시 시민들과의 관계는 각각 크게 다르긴 했지만, 그 난폭한 외래자인 대학생은 시민에 대해서 어떠한 경의도 표하지 않고서, 자신들을 모든 자유와 무례의 특권을 부여받은 특수한 존재로 여기고 있는 점에서는 일치하고 있다. 그와는 반대로 라이프찌히에서는 만약 학생이 부유하고 예절바른 주민과 다소라도 관계를 맺으려면 어쩔 수 없이 공손하지 않을 수 없었다.

물론 예절바른 태도는 그것이 여유 있는 생활양식의 꽃으로 피어나지 않으면, 고루하고 불변적이고 또한 어떤 견지에서 본다면 우매하게 보일 것임에 틀림없다. 그래서 저 자알레 강 연안의 횡포한 사냥꾼들은 플라이세 강변의 온순한 목동들보다 자신들이 훨씬 우월하다고 믿고 있었다. 자하리애의 《허풍쟁이》는 언제나 그 당시의 생활상태·사고방식을 있는 그대로 나타내고 있는 귀중한 기록일 것이다. 연약하기는 하나 악의없고 어린애 같은 점에서 그 당시의 사랑스런 사회생활을 알고자 하는 사람에게는 그의 시는 환영받을 것임에 틀림없다.

　단체에게 주어진 상태에서 생겨나는 모든 풍습은 폐기되는 법이 없다. 그리고 그 당시에는 더욱 많은 것들이 자하리애의 영웅 서사시를 상기시켰다. 우리 대학 친구 중에 유별난 자가 한 사람 있었는데, 그는 매우 부유하고 독립심이 강한 사람으로서 여론을 우롱하는 것은 아무것도 아니라고 생각하고 있었다. 그는 모든 임대 마차꾼들과 어울려 술을 마시며 의형제를 맺었고, 그들을 마치 신사처럼 마차에 태우고서 자신은 마부석에 앉았으며, 때로는 마차를 전복시키고서 매우 흥겨워했다. 그리고는 소형 마차가 파괴되거나 승객이 타박상을 입거나 하면 변상해 주었다. 그 외에는 타인을 모욕하는 일은 거의 하지 않았으나, 단지 대중을 무더기로 우롱하는 것처럼 보였다. 지난 어느 쾌청하고 산책하기 좋은 날에, 그는 그의 장난 친구 하나와 토마스 제분소의 당나귀를 징발했다. 그들은 구두와 양말을 신고 훌륭한 옷차림을 한 후 시치미를 떼고서 시내를 달려서는 방파제에 운집해 있던 산책객들을 놀라게 했다. 호의를 가진 두세 명이 그것에 대해서 훈계했을 때, 그는 일부러 태연하게 단지 주님이신 그리스도께서 이와 같은 경우에 어떻게 보였을까 하는 것을 보고 싶었을 뿐이었다고 말했다. 그러나 그에게는 모방자도 없었고 친구도 적었다.

다소 재산이 있고 신분이 있는 학생들은 상인계급에 대하여 순종하는 태도를 취했는데, 그것은 이 식민지는 프랑스 풍습의 모범을 보여 주고 있을 뿐이므로, 그만큼 더욱 외면적인 예의범절에 걸맞도록 노력해야 할 필요가 있었기 때문이다. 자신의 재산과 풍부한 봉급으로 유복했던 교수들은 그 학생을 믿고 있지 않았다. 왕립학교王立學校나 기타 고등학교에서 교육을 받았고, 출세를 바라는 그 지방 출신의 학생들은 대부분 전통적인 풍습을 대담하게 포기할 수가 없었다. 거기에 드레스덴이 가까운 점, 거기에서 오는 감시의 눈과 장학관의 경건한 태도 등은 도덕적·종교적인 면에까지 영향을 미치지 않을 수 없었다.

이 생활상태는 처음에는 나에게도 싫지 않았다. 나는 소개장 덕분에 상류가정에 출입할 수 있었고, 그 가문들과 그리고 그들의 친밀한 일행들도 나를 역시 환영해 주었다. 그러나 나는 곧, 그 사회가 여러 가지 점에 있어서 나를 비난하고 내가 그들의 기분에 드는 옷차림을 하더라도 이번에는 말하는 것까지 그들과 흡사하게 해야 했고, 동시에 무엇보다도 대학 재학 중 수업에서도, 사고방식의 발전에 있어서도, 내가 기대하던 것이 거의 이루어지지 않는다는 것을 확실히 알 수 있었기 때문에, 나는 태만해지기 시작했으며, 사교상의 의무인 방문이나 이런저런 주의를 게을리하기 시작했다. 그리하여 만약 존경하는 마음이 나를 궁중고문관 뵈메 씨에게 결합시키고, 그 부인에 대하여 신뢰와 애착심이 나를 결합시키지 않았더라면, 나는 이미 이 모든 관계에서 도망쳐 버렸을 것이다. 그러나 남편은 유감스럽게도, 젊은이들과 교제해서 그들의 신임을 얻고 그들을 현재의 요구에 알맞도록 이끌어갔다고 하는 훌륭한 재능을 지니고 있지 않았다. 나는 그를 방문해서 어떠한 수확도 얻지 못했다. 그와는 반대로 부인은 나에게 진심으로 관심을 보여주었다. 부인은 병자로서 언제나 집에 갇혀 있었다. 그녀는 여러 차례 나를 초대해 주었고 좋은 습관을 지니고 있지만, 본래 예의범절에는 익숙해 있지 않은 나를 가르쳐서 여러 가지 세세하고 형식적인 점을 고쳐주고 개선해 주었다. 그녀 집에서 저녁을 함께 지낸 유일한 여자친구가 있었다. 그녀는 분명히 부인보다는 거만했고 현학적衒學的인 데가 있었다. 그 때문에 나는 그녀가 극단적으로 싫었고, 그녀에 대한 반항심에서 부인 덕분에 이미 고쳐진 무례한 행동을 자주 했다. 그러했지만 그녀들은 여전히 끈기 있게 피켓이나 롱부르나 기타 사교석상, 반드시 알아두어야 하고 할 줄 알아야 된다고 알려져 있는 카드 놀이를 나에게 가르쳐 주었다.

그러나 뵈메 부인이 나에게 미친 최대의 영향은 내 취미에 끼친 것이었다. 그것은 물론 소극적인 것이었지만, 이 점에 있어서는 비평가와 완전히 일치했다. 그 당시 고트셰트[33]의 홍수는 실로 노아의 대홍수처럼 독일 전국에 범람하였고, 가장 높은 산까지 침수할 기세를 보였다. 이와 같은 홍수가 물러가고, 진창이 말라버릴 때까지는 오랜 시일이 필요했다. 그리고 어느 시대에도 많은 아류 시인들이 있는 법이어서, 천박한 것이나 무취미한 것의 모방이 오늘날에는 생각할 수 없을 정도의 쓰레기더미를 만들었다. 그리하여 나쁜 것을 나쁘다고 보는 것이 그 당시 비평가들 사이의 최대의 기쁨이었으며 승리였다. 다소의 상식을 갖고 또한 고대인에 대하여 피상적인 지식과 근대 작가에 관해서 다소 자세한 지식을 갖고 있는 자라면, 어느 경우에도 적용할 수 있는 표준을 갖고 있다고 스스로 생각하고 있었다. 뵈메 부인은 평범한 것, 저속한 것, 야비한 것을 싫어하는 교양 있는 부인이었다. 그 위에 그녀는 문학 일반에 대해서 불만을 느끼고 그 외에도 자신이 인정할 만한 것마저 인정치 않으려는 성격을 지닌 남편의 아내였다. 내가 부인에게 감히, 상당히 유명한 그리고

---

33) 요한 크리스토프 고트셰트(Johann Christoph Gottsched, 1700~1766). 독일 평론가.

이미 존경받고 있는 시인들의 시나 산문을 낭독해 들려줄 때면, 그녀는 잠시 동안 꾹 참고 듣고 있었다. 왜냐하면 나는 여전히 조금이라도 내 마음에 드는 것은 모두 외우고 있었기 때문이다. 그러나 그녀의 관용은 오래 계속되지 않았다. 그녀가 내 앞에서 맹렬히 비난한 최초의 것은 바이세[34]의 《유행을 좇는 시인》이었다. 그것은 그 당시 상당한 호평을 받으며 반복해서 상연되었고, 나를 특히 즐겁게 했던 것이다. 물론 상세히 음미해 보면, 그녀가 한 말을 부당하다고 할 수 없었다. 나는 또한 두세 차례 내 자신의 시 중에서 어떤 것을 작가를 숨기고 부인 앞에서 감히 낭송해 보였으나, 그것도 다른 사람 것 이상으로 성공하진 못했다. 이렇게 해서 짧은 시일내에 내가 즐겨 산책하던 독일의 파르나스 산록의 아름답고 다채로운 초원은 무참히도 베어지고, 그 위에 나는 이 건초乾草를 자신의 손으로 뒤집고, 조금 전까지는 나에게 그렇게도 생생한 기쁨을 안겨주던 것을 말라죽은 것으로서 조소해 버릴 수밖에 없었다.

그녀의 이 교훈을 자신이 알지도 못하면서 후원하고 있던 분은 모루스 교수였다. 그는 매우 온순하고 친절한 분으로서, 나는 그분을 공중고문관 루드비히 집의 식탁에서 알게 되었다. 내가 방문하겠다고 말할 때마다 그는 쾌히 나를 맞아 주었다. 그의 집에서 나는 고대에 관해서 질문하는 기회에, 근대인들 중에서 내가 좋아하는 사람들을 그에게 감추지 않았다. 그때에 그는 뵈메 부인보다도 더욱 냉정하게, 그것도 더욱 나빴던 것은 보다 많은 근거를 가지고서 그 작품들을 비평하여, 처음에는 나를 몹시 불쾌하게 했으나, 다음에는 나를 놀라게 했고, 드디어는 나를 계몽해 주었다.

여기에 반해 겔레르트는 연습시간 때에, 애원하는 어조로, 우리들이 항상 시를 멀리 하도록 경고했다. 그는 산문으로 된 논문만을 희

---

34) 크리스티안 펠릭스 바이세(Christian Felix Weisse, 1726~1804). 그의 희극 《유행을 좇는 시인 (Die Poeten nach der Mode)》에서 그는 고트셰트와 클로프쉬토크를 조롱하였음.

망했고, 또 항상 이것들을 앞서 비평했다. 그는 운문을 단지 가련한 부속물로만 취급했다. 그리고 가장 나빴던 것은 나의 산문마저 그의 눈에는 차지 않았고 그의 마음에 들지 않았다. 그것은 나는 훨씬 전부터 하던 방식대로 언제나 하나의 짧은 로맨스를 기초로 해서, 그것을 서한체書翰體로 쓰는 것을 좋아했기 때문이다. 제재題材는 정열적이며, 문체는 보통 산문의 범위를 넘어섰고, 내용은 물론 작가가 깊은 인정人情에 통달해 있는 것을 증명한 것 같지는 않았다. 그래서 교수는 내 문장도 다른 사람 것과 마찬가지로 일일이 읽고는 빨간 잉크로 첨가 혹은 삭제하고 여기저기에 도덕적인 의견을 첨가해서 돌려주었지만, 나는 교수로부터 거의 귀여움을 받지는 못했다. 이런 종류의 많은 종이쪽지를 나는 오랫동안 즐겨 보관하고 있었지만, 유감스럽게도 세월이 지남과 동시에 나의 서류 속에서 없어져 버리고 말았다.

연장자들이 매우 교육가적인 태도를 취하려고 할 때, 그들은 젊은 이들을 즐겁게 하는 것이면 비록 그것이 어떤 종류의 것이든, 혹은 다른 것과 대치할 수가 있을 때가 아닌 한 금지시키거나 혹은 싫증을 느끼게 해서는 안 된다. 모든 사람들이 나의 취미와 기호에 반대했다. 그리고 그 대신에 내게 권한 것은 나와 거리가 너무나 먼 것이어서 그것의 좋은 점을 인식할 수 없는 것이거나 너무 가까워서 나에 대한 비난이라고밖엔 더 이상 좋게 해석할 수가 없는 것이었다. 그 때문에 나는 완전히 혼란에 빠지고 말았다. 그리하여 키케로의 〈웅변가〉에 관한 에르네스티의 강의에 가장 큰 기대를 걸었다. 실제로 이 강의에서 무엇인가를 배웠지만, 내가 특히 관심을 갖고 있던 것에 대해서는 계발될 수 없었다. 나는 판단의 표준을 찾았지만, 그것을 갖고 있는 자는 한 사람도 없음을 알아차렸다. 왜냐하면 실례를 들추어 내는 경우에 있어서까지 의견이 서로 엇갈렸기 때문이다. 그리고 비일란트 같은 사람까지도, 우리 젊은이들의 마음을 완전히 매료하는 그 사랑스러운 작품에도 그렇게 많은 결점이 지적될 수 있다면, 우리들은 어디서 판단의 표준을 구해야 한단 말인가?

나의 태도나 연구가 이처럼 여러 가지로 산란해지고, 매우 분열되어 있을 때, 나는 우연히 궁중고문관 루드비히의 집에서 점심을 함께 할 기회가 있었다. 그는 의사인 동시에 식물학자였다. 그래서 식탁에 모인 일행은, 모루스를 제외하면, 모두 새로 입학했거나 혹은 졸업기에 가까운 의학도들이었다. 그때 내가 들은 이야기는 의학이나 박물학에 관한 것뿐이었기 때문에, 나의 상상은 전연 다른 세계로 끌려갔다. 나는 할러나 린네나 뷔퐁이란 이름들이 깊은 존경을 받으면서 불리는 것을 들었다. 그리고 그들이 저지른 오류로 인하여 종종 논쟁이 일어나기는 했지만, 결국은 누구든 승인하게 되고 그들의 절대적인 공적에 경의를 표하여 만사는 다시 원만하게 돌아갔다. 화제는 재미있고 의의가 있어서 나의 주의를 긴장시켰다. 나는 점차 많은 명칭과 광범한 전문 술어에도 익숙하게 되었다. 나는 아무리 자연스럽게 마음 속에 떠오르는 것이라 해도, 운문을 쓰는 것을 두려워하고 읽는 것도 경계했다. 그것은 비록 그때는 자신의 마음에 들지 몰라도, 거의 곧 얼마 가지 않아서 다른 많은 것들과 마찬가지로 나쁜 것이라고 공언(公言)하지 않을 수 없을 것이라는 불안이 있기 때문이다. 그 때문에 더욱 이러한 명칭과 술어를 이해하는 데 흥미를 가졌다.

취미와 판단의 이 불확실성은 날이 갈수록 나를 더욱 불안하게 하여, 드디어 나는 절망에 빠졌다. 나는 소년시절의 작품에서 가장 훌륭하다고 생각되는 것을 가지고 왔다. 그것은 한편으로는 그것에 의해서 다소 명예를 얻어볼까 희망했고, 한편으로는 자신의 진보를 그것에 의해서 더욱 확실하게 시험할 수 있기 때문이었다. 그러나 나는 사고방식을 완전히 변경하게 되어, 이제까지 사랑하고 훌륭한 것으로 생각해온 모든 것을 포기하도록 강요당하는 불행한 경우에 처하게 되었다. 그러나 얼마 후, 마음 속의 고통과 싸운 끝에 나는 자신의 완성, 미완성의 작품에 대하여 심한 멸시를 던지게 되어, 어느날 시詩 · 산문 · 계획 · 구상 · 초안 등을 모두 난로 속에 넣어 태워버렸다. 연기가 집안에 온통 자욱하게 되어 마음씨 좋은 늙은 여주인은 적지않이 공포와 불안 속에 빠졌다.

제7장

　당대의 독일 문학의 현상에 대해서는 풍부하고 상세하게 기록[1] 이
되어 있어서, 거기에 다소나마 관심을 가진 자는, 거기에 정통할 수
있고, 또 그것에 대한 비판도 거의 일치할 수가 있었을 것이다. 내가
지금 그것에 관해서 단편적으로 앞뒤 연관없이 말하고자 하는 것은,
당시의 독일 문학 그 자체의 상태가 어떠했는가 하는 것보다는 도리
어 나와 어떠한 관계가 있는가에 대해서이다.

　그렇기 때문에 나는 우선 대중이 특히 흥분하게 된 것들에 관해서
말하고자 한다. 그것은 모든 안일한 생활과 모든 쾌활하고 자만스럽
고 또 생기있는 문학의 두 숙적宿敵인 풍자와 비평에 대한 것이다.

　평온한 시대에는 모든 사람이 자신의 생각대로 멋대로 살려고 한
다. 시민은 자신의 직업, 자신의 업무에 종사한 다음, 생활을 즐기려
고 한다. 저술가도 즐겨 무엇인가를 기초하고, 자작自作을 발표하고,
비록 보수는 없을지라도 그것에 대한 칭찬을 바라고 있다. 왜냐하면
자신이 어떤 좋은, 그리고 유익한 일을 했다고 생각하기 때문이다.
이러한 평온한 상태를 시인은 풍자가에 의해서, 작가는 비평가에 의
해서 파괴되어, 평화로운 사회는 불쾌한 동요의 상태에 놓이게 된다.

---

1) 바클러(Wachler) 《Handbuch der Geschichte der Literatur》, 아이히호른(Eichhorn) 《Ges-
　chichte der Literatur》 등.

내가 태어난 무렵의 문학적인 시기는, 반항에 의해서 그전 시기부터 발전해 왔다. 오랫동안 외래의 민족이 범람하고, 다른 국민에게 침투당하고 학술상·외교상의 회의는 외국어에 의하지 않으면 안 되었던 독일은 자국의 언어를 전혀 발전시킬 수가 없었다. 많은 새로운 개념과 함께 수많은 외국어가 필요 유무를 막론하고 독일어 속에 침입해 왔다. 그리고 이미 알려진 사물에 대해서까지도 외국의 언어나 화법을 쓰지 않을 수 없게 되었다.

거의 2백년 이래 불행한 혼란 상태에서 거칠어진 독일인은 프랑스인으로부터 사교상의 예절을 배웠고, 로마인으로부터 품위 있는 표현방법을 배웠다. 그러나 이 현상은 모국어에 있어서도 행해져야만 했다. 왜냐하면 프랑스어나 라틴어의 어법을 그대로 사용한다든가, 그것을 절반 정도 독일어화하는 것은 사교상·사무상의 문체를 우스꽝스럽게 만들기 때문이다. 더욱이 세인世人들은 남쪽 독일어의 비유적인 표현을 무절제하게 받아들여 거의 지나칠 정도로 사용하고 있었다. 그와 마찬가지로 왕족에 비견하는 로마 시민의 훌륭한 예의범절이 독일의 작은 도시의 지식계급에 수입되었다. 그리하여 어디에 가나 너그러운 기분이 들지 않고, 특히 우리 고장에서는 더욱 심했다.

그러나 이 시기에 가장 천재적인 작품이 나타났던 것과 마찬가지로, 이 방면에서도 독일적인 자유와 쾌활한 정신이 움직이고 있었다. 이 정신은 성실한 진실성을 띠고서 순수하고 자연적이며 외국어를 섞지 않고 평범하게 알기 쉽게 쓰는 것을 요구했다. 그러나 이 찬양해야 할 노력에 의해서 독일적인 폐단인 '평범'이라는 것이 흘러들어올 수 있었다. 아니, 제방이 무너져 거기에서 대홍수가 들이닥쳤던 것이다. 그러는 사이에 일정하고 고루한 현학벽衒學癖이 대학의 네 개 학부에 걸쳐서 오랫동안 뿌리를 내리고 있었는데, 마침내 그것은 훨씬 후일에 이르러 하나의 학부에서 다른 학부[2]로 옮겨서는 점차로 소멸되었다.

그렇기 때문에 두뇌가 명석한 사람들이나 기고만장한 자연아自然兒들은 자신들의 힘을 시험해 보고, 공격의 목표를 정하고, 거기에 별로 중대한 의의를 갖고 있지 않았기 때문에 대담하게 논의할 수 있는 대상을 두 개 갖고 있었다. 하나는 외국어로써 그 형식과 그 어법語法이 일그러진 국어이다. 다음으로 그들의 결점을 피하려고 고심한 무가치한 저작물이었다. 이 경우에 한 가지 피해와 싸우면서 다른 피해를 불러들인다는 사실은 아무도 깨닫지 못했다.

연소하고 객기 있는 리스코브[3]는 우선 천박하고 우매한 한 저술가에 혼자서 육박했으나, 그 저술가의 서투른 태도가 더욱 맹렬하게 공격할 기회를 주었다. 그 이후 그는 공격의 범위를 더욱 넓혀서 일정한 인물이나 사물을 공격의 목표로 했다. 그는 이러한 것을 멸시하고 또한 멸시하려는 것으로 만들고는 열화熱火 같은 증오심을 갖고 이것을 추구하였다. 그러나 그의 생애는 짧았다. 그는 곧 죽었고, 침착하지 못하고 정상적이 아닌 청년으로 인식되었고, 그 후 곧 사람들의 기억에서 사라져 버렸다.

그는 그다지 많은 업적을 남기지는 않았으나, 원래 독일인은 일찍이 세상을 떠나는 전도유망한 수재들에 대해서는 특별한 경의를 표시하기 때문에, 이 경우에도 그가 한 일에 대해서 같은 나라 사람의 눈에는 그의 재능과 성격이 존중할 만한 것이라고 생각되었다. 요컨대 리스코브는 일반적으로 인기가 있던 라베너[4] 이상의 지위를 요구할 수 있는 탁월한 풍자가로서, 일찍이 우리들로부터 칭찬을 받고 추대되었다. 그러나 그에 의하여 우리들은 아무것도 얻은 것이 없다. 왜냐하면 우리들은 그의 저술에 있어서 졸렬한 것을 졸렬한 것

<hr />

2) 이 경향은 법학 및 철학부에서 꽤 오랫동안 유지되었음.
3) 크리스티안 루드비히 리스코브(Christian Ludwig Liscow, 1701~60). 풍자작가.
4) 고트리프 빌헬름 라베너(Gottlieb Wilhelm Rabener, 1714~71). 풍자작가로 유명.

이라 생각한 것 이외에는 아무것도 인정할 만한 것이 없었고, 그것은 우리들에게는 지극히 당연한 것이라 생각됐기 때문이다.

라베너는 훌륭한 학교교육을 받고 성장한 사람으로서, 격정이나 증오에 휩쓸리지 않는 명랑한 성격이었고, 그의 풍자도 매우 일반적인 것이었다. 소위 악덕이나 우둔에 대한 그의 비난은 냉정한 상식의 순수한 의견과 이 세상은 당연히 이래야 한다는 확고한 도덕적 관념에서 우러나온 것이었다. 실수나 결함에 대한 공격도 악의가 없는 쾌활한 것이었다. 어리석은 자를 해학으로 개선하는 것은 결코 무익한 계획이 아니라는 생각을 전제한다면, 그의 저작은 다소 지나친 점을 갖고 있지만, 그 점은 용서받을 수 있는 일이리라.

라베너와 같은 인격은 두 번 다시 쉽게 나타나지 않을 것이다. 그는 민첩하고 치밀한 사무가로서 그 의무를 다했고, 그것에 의하여 시민의 호평을 샀고, 윗사람들의 신임을 얻었다. 그는 동시에 자신의 주변에 있는 모든 것을 경시하는 것을 낙으로 삼고 있었다. 현학적인 학자나 허영심이 많은 청년이나 모든 종류의 까다로움과 자만을 그는 조소한다기보다는 도리어 우롱하는 것이었다. 심지어 그의 우롱까지도 결코 멸시를 나타내고 있지는 않았다. 이와 마찬가지로 그는 자기 자신의 경우와 자신의 불행과 자신의 생애, 그리고 죽음에 관해서도 풍자했다.

이 저술가가 대상을 다루는 방식은 미적美的인 취미를 거의 갖고 있지 않았다. 외부적인 형식에 있어서는 물론 변화가 많았지만, 그는 직접적인 아이러니를 너무 지나치게 사용했다. 즉 그는 비난해야 할 것을 칭찬하고, 칭찬해야 할 것은 비난했다.

이러한 수사상修辭上의 수단은 극히 드문 경우에만 사용해야 하는 것이다. 왜냐하면 오랫동안 계속하면 그것은 총명한 사람들에게 불쾌감을 주며, 우매한 사람들을 혼란케 하고, 그리고 특히 정신적인 노력도 하지 않고 자신을 타인보다 현명하다고 자만하는 많은 중간

계층의 사람들 마음에 드는 것이기 때문이다. 그러나 그가 서술하는 것, 서술하는 방법은 어떠한 것이든 모두 그의 성실함과 쾌활함과 침착함을 나타내고 있었기 때문에 그것으로 우리들은 언제나 매혹 당하는 느낌을 가졌다. 당시의 무한한 찬성은 이러한 도덕적 장점의 결과였다.

세상 사람들이 그의 일반적 저술의 표본대상을 찾으려 했고, 그것을 발견해 낸 것도 당연한 일이었다. 그 결과 어떤 사람들은 그를 공격했다. 그의 풍자가 결코 개인적인 것이 아니라는 길고 긴 그의 변명은 그가 그 때문에 얼마나 불쾌한 생각을 갖게 했는지를 증명하고 있다. 그의 서간 중의 어떤 것은 인간으로서 또한 저술가로서의 그에게 명예를 부여한다. 그는 드레스덴 포위 당시, 집과 재산과 저작품과 가발까지 잃었으며, 그래도 조금도 침착성을 잃지 않고, 그의 쾌활한 성격 또한 변치 않았다는 것을 친구에게 써보낸 서간은 — 비록 당시 그 도시의 사람들이 이 낙천적인 기질을 용서할 수 없었다고 할지라도 — 가장 존경할 만한 가치가 있는 것이다. 그 자신의 정력의 쇠퇴에 관해, 그리고 죽음이 가까워지고 있음에 대한 그의 서간은 무엇보다도 존경할 만한 가치가 있었다. 라베너는 모든 쾌활하고 이지적인 지상의 운명에 대하여 스스로 몸을 바치는 사람들에게 성자_{聖者}로서 존경받을 가치를 지니고 있다.

나는 본의는 아니지만, 더 이상의 언급은 접어두겠다. 다만 다음 것만을 말해 두겠다. 그의 풍자는 어디까지나 중류사회와 관계가 있었다. 그는 상류사회도 잘 알고 있었으나, 그것과 접촉하지 않는 것이 유익하다고 생각하고 있었음을 여기저기에서 찾아볼 수가 있다. 그는 후계자를 갖고 있지 않았으며, 아무도 자신을 그와 같은 혹은 비슷하다고 생각할 수 있는 사람은 없었다.

다음으로는 비평 쪽에, 우선 이론적인 시도쪽으로 눈을 돌리자. 당시에는 관념적인 것이 속세로부터 종교 속으로 도피했고, 실제로 윤리학에 있어서도 거의 자체를 나타내지 않았다고 해도 과언이 아닐 것이다. 예술의 최고 원리에 대해서는 어느 누구도 완전히 알고 있지는 못했다. 고트셰트의 《비판적 문학론》은 내 수중에 있었는데, 그 책은 유익하고 계몽적인 것이었다. 그것은 모든 종류의 시에 대해서, 그리고 운율이나 운율의 여러 가지 움직임에 대해서 역사적인 지식을 부여하고 있기 때문이다. 물론 시적인 천재가 전제로 되어 있었다. 그러했지만 시인은 지식을 갖고 있으며, 더욱이 박식하지 않으면 안 되었다. 또한 취미도 갖고 있어야 한다든가, 그 외에 이와 비슷한 것들이 씌어 있다. 마지막으로 우리들에게 호라티우스[5]의 《문학론》이 제시되었다. 우리들은 이 극히 귀중한 작품 중에서 약간의 금언을 존경하는 마음으로 읽고는 경탄했다. 그러나 그 전체를 우리는 어떻게 볼 것인지, 어떻게 이용할 것인지는 전혀 몰랐다.

스위스 사람들이 고트셰트의 반대자로 나타났다. 그들은 무슨 별난 일을 해서 뛰어난 업적을 보여주지 않고는 못 배겼다. 그래서 우리들은 그들이 실제로 보다 뛰어났다고 들었다. 우리들은 브라이팅거의 《비판적 문학론》[6]을 읽어 보았다. 이 책에서 우리들은 더욱 넓은 영역에 들어갈 수가 있었으나, 그러나 실은 보다 큰 미궁이었다. 그렇지만 그것은 우리들이 신뢰하는 탁월한 인물이 우리들을 이 미궁 속에서 이리저리 끌고 다녔기 때문에, 우리들을 그만큼 더 피로하게 했다. 나의 이 말은 간단한 개요에 의해서 타당함이 증명될 것이다.

문학 그 자체를 위해서는 종래 어떠한 원리도 발견되지 못했다. 문학은 너무나 정신적인 것이고 도피적인 것이었다. 회화繪畵는 눈에 의해서 파악되고, 외부 감각으로서 한 발자국 한 발자국 추구할 수

있는 예술이기 때문에, 원리를 구하기에는 문학보다 훨씬 쉽게 보였다. 영국인과 프랑스인은 이미 조형미술에 관해서 이론을 세웠다. 그래서 미술에서 유추해서 문학에 대해 이론적으로 기초를 다질 수 있다고 생각되었다. 미술은 형상을 눈앞에 놓으며, 문학은 이것을 상상 앞에 놓는다. 따라서 최초로 고찰의 대상이 된 것은 시적 형상이었다. 우선 비유에서 시작해서, 다음에 서술이 뒤따르고, 언제나 외부 감각에 표시될 수 있는 것만이 문제가 되었다.

그렇기 때문에 문제는 형상이다! 그러나 이 형상은 자연 이외에 어디서 끌어낼 수가 있겠는가? 화가는 분명히 자연을 모방했다. 시인도 또한 그래서는 안 된단 말인가? 그러나 우리들 눈앞에 놓여 있는 자연은 모방할 수 있는 것이 아니다. 그것은 여러 무의미한 것, 무가치한 것을 포함하고 있기 때문에 따라서 선택이 행해지지 않으면 안 된다. 그런데 선택을 결정하는 데는 무엇인가 의의 있는 것을 찾아내야 하는데, 의의 있는 것이란 대체 무엇인가?

이것에 답하기 위해서 스위스 학자들은 오랫동안 고찰을 거듭한 것 같다. 왜냐하면 그들은 신기하면서도 교묘한, 아니 오히려 재미있는 착상에 도달했다. 그들은 말하기를 새로운 것이 항상 가장 의의가 있는 것이라고 했다. 또한 그것을 그들이 얼마 동안 숙고한 끝에, 경탄할 만한 것은 언제나 다른 모든 어떤 것보다도 새롭다는 것을 발견했다.

이리하여 그들은 문학의 조건을 어느 정도 종합했으나, 또한 경탄할 만한 것이 공허하고 인간에 대해서 무관심할 수도 있다는 점도 고려의 여지가 있었다. 당연히 요구되는 인간과의 관계는 도덕적인 것이 아니면 안 된다. 그 결과로서 인간의 개선이라는 것이 문제가 된다. 그렇기 때문에 한편의 시가 궁극적인 목적을 달성하는 것은 더욱 유익한 것이 되는 경우라고 주장했다. 그들은 이러한 요건 전부에 비추어 문학의 여러 종류를 음미하려고 했다. 자연은 모방함과 동시에 경탄할 만한 것이며, 동시에 도덕적 목적과 이익을 갖춘 것이 최고최상의 문학이라고 볼 수 있으며, 다시 여러 모로 고찰한 후, 드디어 이 위대한 작품은 아이소포스의 우화寓話에 부여되어야 한다는 확신을 갖게 되었다.

이러한 추론推論은 오늘날 우리에게는 이상하게 여겨지겠으나, 그 당시 일류 인사들에게 결정적 영향을 주었던 것이다. 겔레르트, 그리고는 리히트버[7]가 이 방면의 문제에 몰두했고, 레싱마저도 이 점의 연구를 시도했으며, 그 외에 많은 사람들이 그들의 재능을 기울여 이 문제를 연구한 사실은 이런 종류의 시론詩論이 얼마나 신뢰를 얻고 있었는가를 증명하고 있다. 이론과 실제는 항상 상호작용한다. 작품에서 작자의 사상을 알 수 있고, 그 의견에서 그들이 하고자 하는 것을 예상할 수 있다.

그러나 우리들은 스위스 학파의 이론에서 눈을 돌리기 전에, 그들의 장점도 공정하게 인정해야 한다. 보트머[8]는 그 일에 많은 노력을 했지만, 이론에 있어서나 실제에 있어서나, 일생 동안 유치한 범위를 벗어나지 못했다. 브라이팅거는 재간이 있고 박식하고 식견이 풍부한 인물이었고, 그가 주도면밀한 관찰을 내릴 때는 문학작품의 모든 필요조건을 하나도 빠뜨리는 일이 없었다. 더욱이 자기 방법의 결함마저도 어렴풋이나마 느끼고 있었음이 증명되고 있다. 이를테면 아우구스트 2세의 환락원歡樂園을 노래한 폰 쾨니히[9]가 쓴 어떤 서사시가 정말 하나의 시일 수 있느냐 하는 그의 의문은 주목할 만한 가치가 있으며, 그것에 대한 해답도 정당한 느낌을 제시하고 있다. 그가 오류로부터 출발하여 거의 모든 각도에서 이를 논한 후에, 그

---

7) 마그누스 고트프리드 리히트버(Magnus Gottfried Lichtwer, 1719~53). 독일의 우화작가.
8) 요한 야콥 보트머(Johann Jakob Bodmer, 1698~1783). 문학 논쟁에 있어서 스위스 파의 거두.
9) 작센의 아우구스트 2세의 궁정시인. 여기에서 논의된 시는, 그의 〈August im Lager〉(1731)를 말함.

래도 중요한 문제에 부딪혀, 도의·성격·격정, 요컨대 특히 시의 기초가 되는 인간 내부의 표현을 불가피하게 책 끝에 가서, 말하자면 부록처럼 첨가해야만 했다는 사실은 그를 충분히 변호하고도 남음이 있다.

젊은 사람들이 이러한 탈선된 원리와 반쯤 해석된 불충분한 법칙과 지리멸렬한 학설에 의해서 어떠한 혼란에 빠졌나 하는 것은 상상하고도 남음이 있다. 우리들은 실례에 의해서 연구했으나, 개선되지는 못했다. 외국의 예는 고대의 그것과 마찬가지로 우리들과는 너무나도 거리가 멀다. 그리고 국내의 가장 훌륭한 것들은 언제나 개성이 너무 강하게 나타났고, 그의 장점은 우리들이 따를 수 없는 것이었으며, 그의 단점은 우리들이 경계하지 않으면 안 되었다. 창작의 충동을 느끼는 사람들에게는 이것은 절망적인 상태였다.

독일 문학에 결핍되어 있는 것을 자세히 고찰해 보면, 그것은 내용, 상세히 말하면 국민성을 나타내는 내용이지, 결코 인재ㅅㅓ에는 부족함이 없었다.

여기서는 단지 군터[10]를 들어두겠는데, 그는 완전한 의미에 있어서 시인이라고 부를 수 있는 사람이었다. 감성과 상상력과 기억력과 이해와 표현의 재능을 타고났으며, 극히 다산적이고 운율을 유창하게 구사하고 재기가 뛰어나고 기지가 풍부했으며, 동시에 박식함을 갖추었음을 의심할 여지가 없는 인재였다. 요컨대 그는 일상생활 속에 그것도 비근한 현실생활 속에, 시에 의해서 제2의 인생을 창조하는 데 필요한 모든 요소를 구비하고 있었다. 우리는 그가 즉흥시에 있어서, 모든 상태를 감정에 의해서 승화시키고, 적절한 기분과 형상에 의해서, 역사적·전설적 전승傳承에 의해서 미화하는 기술을 매우 쉽게 해내는 것에 대해서 경탄했다. 그의 시에서 볼 수 있는 격렬

---

10) 요한 크리스티안 군터(Johann Christian Gunther, 1695~1723). 실레지엔의 천재적인 시인.

함과 조야粗野함은 그 원인을 그의 시대, 그의 생활상태, 특히 그의 성격, 아니 도리어 무성격無性格에 돌려야 한다. 그는 자제自制할 줄을 몰랐다. 그 때문에 그의 생활도 시작詩作도 망쳐 버리고 말았다.

군터는 미숙한 태도에 의해서, 아우구스트 2세의 궁정에 초빙되는 행운을 놓치고 말았다. 궁정에서는 의례에다 생기와 장식을 첨가하여 일시적인 영화를 영원히 전하기 위하여, 여러 장식물 이외에 궁정시인을 구하고 있었다. 폰 쾨니히는 군터보다는 예의범절을 갖추고 있었고 보다 행복했다. 그는 이 지위에 앉아 품위를 지키고 칭송을 누렸다.

모든 군주국에 있어서는 시의 내용은 상부에서 내려온다. 아마도 뮐베르크[11]의 왕실 환락원은 시인 앞에 나타난 최초의, 국가적이라고는 할 수 없어도 지방적이고 가치 있는 대상이었을 것이다. 좌우에 문무백관을 거느리고 수많은 군중 앞에서 인사를 교환하는 두 사람의 국왕[12], 의연한 군대, 모의 전투, 모든 종류의 향연, 그것들은 외부적 감각을 활동시키기에 충분한 대상이었으며, 서사적인 시가詩歌에 대해서 더할 나위 없이 풍부한 소재를 주는 것이었다.

원래 이 대상물에는 내부적 결함, 즉 그것은 다만 화려하고 외적인 것에 불과했고, 행동이 거기에서 일어나지는 않는다고 하는 그러한 결함을 갖고 있었다. 최고위의 사람들 외에는 아무도 눈에 띄지 않았다. 비록 사람의 눈을 끈다 해도, 다른 사람들을 손상시키지 않기 위해서는 한 사람만을 두드러지게 묘사해서는 안 된다. 시인은 궁내부宮內府 및 정부의 직원 명부를 참고할 수밖에 없었다. 그럼으로 해서 인물의 묘사는 다소 무미건조한 것이 되어 버리고 말았다. 그는 이미 당시의 사람들이 사람보다 말을 더 잘 표현했다고 비난했다. 그러나 하나의 제재가 예술을 위해서 제공되어지면, 즉석에서 그가 그

---

11) 뮐베르크(Mühlberg)에서 열병식이 거행되었음.
12) 아우구스트 2세와 프리드리히 빌헬름 1세.

의 예술의 힘을 나타냈다는 사실은 칭찬할 만한 가치가 있는 것이 아닐까? 그러나 최대의 난관이 곧 그 자신에게 명확해진 것 같다. 왜냐하면 그의 시는 제1편 이상은 발전하지 못했기 때문이다.

이러한 연구와 고찰에 종사하고 있는 사이에 나는 뜻하지 않은 사건에 놀랐고, 독일 근대문학을 그 처음부터 배우려고 하던 나의 갸륵한 계획은 수포로 돌아갔다. 나의 동향인인 요한 게오르그 실로서[13]는 대학시절에 열심히 노력한 결과 후에 프랑크루프트 암 마인에서 정상적인 과정인 변호사업을 개업했으나, 그의 보편적인 것을 구하는 정력적인 정신은 여러 가지 원인으로 이러한 경우에 순응할 수 없었다. 그는 트레프토브에 살고 있는 프리드리히 폰 뷔르텐베르크[14] 공작의 비서관으로 서슴없이 취임했다. 왜냐하면 공작은 고귀하고 자주적인 방법으로 자신이나 가족이나 사회 전반을 계몽하고 개선하고 보다 높은 목적을 위해서 결합하려고 생각하던 위대한 인물 중의 한 사람이었기 때문이다. 이 프리드리히 공작은 어린이의 예절을 가르치는 데 대한 충고를 얻기 위해서, 루소에게 편지를 보냈는데, "만약 내가 불행히도 왕자로 태어났다면!" 하는 불온한 어귀로 시작한 저 유명한 회답을 받은 바로 그 사람이다.

실로서는 공작의 사무뿐만 아니라 왕자의 교육에 대해서도, 감독하는 것은 아니지만 측근에 있으면서 스스로 조언하고 조력하도록 되어 있었다.

매우 착한 마음씨를 가졌고 순결한 덕성의 함양을 위해 노력하고 있던 이 고상한 청년은 드물게 볼 수 있는 그의 훌륭한 문학적 교양, 어학 지식, 운문이나 산문으로 사상을 표현하는 재능이 모든 사람들의 마음을 사로잡아 가벼운 기분으로 그와 함께 생활할 수 있게 했

---

13) 요한 게오르크 실로서(Johann Georg Schlosser, 1739~1817). 제4장 끝부분에 나옴. 후에 괴테의 누이와 결혼함.
14) 프리드리히 오이겐 공작은 카를 폰 뷔르템베르크(Herzog Karl von Württemberg)대공의 둘째 아들.

는데, 그것이 없었다면 일종의 무뚝뚝한 엄격성으로 말미암아 사람들을 멀리하게 되었을 것이다. 이 사람이 라이프찌히를 통과할 것이라는 소식이 나에게 통고되어 나는 그를 기다리고 있었다. 그는 도착해서, 브뤼일에 있는 여관 겸 작은 주막집에 투숙했다. 여관집 주인은 쉰코프였다. 주인은 프랑크푸르트 출신의 여인을 부인으로 삼고 있었으며, 보통 때에는 손님도 적었고, 좁은 집에는 많은 손님을 받을 수도 없었으나, 연말 대목장 때에는 프랑크푸르트 사람들이 몰려와서는 식사도 하고, 필요한 경우에는 숙박도 하는 것이 보통이었다.

실로서가 도착했다는 통지가 왔기에, 나는 서둘러 그를 방문했다. 내가 이전에 그를 본 것은 거의 기억에 없었다. 나는 이목구비가 훤칠한 둥근 얼굴의 체격 좋은 청년을 보았다. 검은 눈썹과 머리 사이에 나타난 둥근 이마 등 용모에서는 진지함과 엄격함이 느껴지는 반면 고집이 엿보이기도 했다. 말하자면 나와는 반대였으며, 그로 인하여 또한 우리들 사이의 우정도 지속되었던 것이다. 나는 그의 재능을 매우 존경했다. 더욱이 그가 행하는 일에 대하여 자신을 갖고 있는 점은 나와 전혀 비교할 수 없는 바로서, 나는 그를 더욱 존경했다. 내가 그에게 표시한 존경과 신뢰에 의해서, 나에 대한 그의 애정도 한층 더 강해졌고, 그리고 그와는 반대로, 활달하고 침착하지 못하며 끊임없이 흥분하기 쉬운 나의 성격에 대해서도 그가 참아야만 했던 관용의 마음도 더욱 깊어갔다. 그는 영국인의 작품을 열심히 연구하고 있었는데, 포우프는 그의 모범까지는 아니었지만 그의 목표였다. 그는 이 작가의 《인간론》[15]에 대항해서 같은 시형과 운율을 사용하여 한 편의 시를 썼는데, 그것은 기독교로 하여금 포우프의 이신론理神論을 극복하도록 할 의도에서 쓴 것이다. 그는 갖고 있던 많은 초고草稿 중에서, 각국어로 씌어진 운문이나 산문의 작품을 나

---

15) 영국 작가 알렉산더 포우프(Alexander Pope, 1688~1744)의 《Essay on the man》을 말함.

에게 보여 주었다. 그것들을 보자 나도 모방하고 싶은 마음이 생겨 몹시 동요했으나, 즉시 실천함으로써 이 마음의 동요를 진정시킬 수가 있었다. 나는 그에게 독일어·프랑스어·영어 그리고 이탈리아어로 시를 지어 보냈다. 그 재료는 의의 있고 유익했던 우리들의 대화에서 얻었다.

실로서는 라이프찌히를 떠나기 전에 꼭 저명한 인사들을 만나고 싶어했다. 나는 기꺼이 안면 있는 인사들에게 안내했다. 내가 아직 방문하지 않았던 인사들도, 이와 같이 해서 지면을 갖게 되는 영광을 얻었다. 그것도 실로서가 이미 박식한 대가大家의 품격을 갖춘 인물이기에 특별한 호의로써 영접을 받았고, 또한 화제를 훌륭히 제공할 줄 알고 있었기 때문이다. 우리가 고트셰트를 방문했을 때의 일은 고트셰트의 사고방식과 습관을 잘 나타낸 것이기 때문에, 여기서 말하지 않을 수 없다. 그는 '황금의 곰'이라는 빌딩 2층에서 여유 있는 생활을 하고 있었다. 그것은 늙은 브라이트코프[16]가 고트셰트의 저작물과 번역과 이런저런 원조가 자신의 서점에 가져온 막대한 이익을 고려해서, 일생 동안 그의 주택으로 정해 주었던 것이다.

우리들은 안내를 요청했다. 하인이 우리들을 커다란 방으로 안내하며 주인이 곧 나올 것이라고 말했다. 우리들은 하인의 거동을 이해할 수 없어서였는지, 혹은 말을 잘못 들었는지 어쨌든 우리들에게 옆방으로 가도록 말한 것 같았다. 우리들은 방에 들어서자마자 이상한 장면과 부딪혔다. 왜냐하면 그 순간에 고트셰트가 들어왔다. 키가 크고 뚱뚱한 거구에 빨간 안을 댄 초록색 명주 잠옷을 입고서 반대편 문에서 나타났던 것이다. 그의 큼직한 머리는 벗겨진 채 아무것도 쓰지 않았으나, 응급조치는 즉석에서 취해졌다. 그것은 그 하인이 큰 가발을 손에 들고 서 있었는데, 그 머리털은 팔꿈치까지 늘

---

16) 출판업자. 이 가문에 대해서는 제8장에서 자세히 기술하고 있음.

어져 있었다. 옆문으로 뛰어 들어와서는 놀란 모습으로 주인에게 가발을 내밀었다. 고트세트는 조금도 불쾌한 기색을 나타내지 않고 왼손으로 가발을 하인 손에서 받아서는 능숙한 솜씨로 머리 위에 올려매만지면서 오른손으로 가엾은 하인의 따귀를 때렸기 때문에, 희극에서 보듯이 그 하인은 어지러운 듯 빙글빙글 돌면서 문 밖으로 나갔다. 그런 다음 이 유명한 늙은 대가大家는 위엄을 보이더니, 우리에게 자리를 권하고 단정한 태도로 우리들과 꽤 오랫동안 이야기를 나눴다.

실로서가 라이프찌히에 체류하고 있는 동안, 나는 매일 그와 함께 식사를 했고, 매우 유쾌한 식탁 친구들도 알게 됐다. 2, 3인의 리플란트인人, 드레스덴의 궁중목사장宮中牧使長의 아들이며 후일에 라이프찌히 시장이 된 헤르만, 리플란트인의 가정교사이며 겔레르트의 《스웨덴의 백작부인》의 자매편인 《P백작》의 저자이기도 한 궁중고문관 파일, 또 시인의 형제인 자하리애, 지리학·계보학系譜學 개요의 편집자인 크레벨 등, 모두가 예의 있고 쾌활하고 친절한 사람들이었다. 자하리애가 가장 말수가 적었고, 파일은 거의 외교적이라고 할 수 있는 성격을 갖고 있는 훌륭한 인물이었으나, 허식없고 매우 인정이 많았다. 크레벨은 키가 크고 뚱뚱하며, 금발에다 파란 눈이 약간 불쑥 나왔고, 언제나 쾌활하고 사람이 좋았으며, 그야말로 진짜 폴스태프[17]였다. 이러한 사람들은 반은 실로서 때문에, 반은 나 자신의 개방적인 성격과 남을 잘 돌보는 성격 때문에, 나에 대해서 일부러 극진히 대해주는 듯했다. 그리하여 권유를 받지도 않았는데, 자연스럽게 그들과 함께 식사를 했다. 실제로 실로서가 이곳을 떠난 뒤에도, 그들 곁에 항상 머물렀으며, 대신 루드비히 가의 식탁에는 가지 않기로 했다. 내가 이 작은 범위의 일행들 속에 끼어 특히 유쾌

17) 셰익스피어 작 《헨리 4세》에 나오는 낙천적이고 교활하고 흥미로운 인물.

했던 이유는 아름답고 귀여운 이 집 딸이 마음에 들었고 또한 그녀와 다정한 시선을 서로 주고받는 기회가 주어졌기 때문이었다. 이러한 즐거움은 그레트헨과의 불행한 사건 이후에 찾으려고 하지도 않았으며, 우연히 찾게 되는 일도 없었다. 나는 점심 시간을 친구들과 함께 유쾌하고 유익하게 보냈다. 크레벨은 진심으로 나를 사랑해 주었을 뿐만 아니라 나를 놀리고 당황하게 할 줄도 알았다. 그와는 반대로 파일은 진실한 애정을 나에게 쏟았으며, 많은 사물에 대한 나의 판단을 지도하고 결정지으려고 애를 썼다.

이러한 교제가 진행되는 동안 나는 대화나 실례實例 또는 자신의 사색에 의해서 알게 된 것이 있는데, 그것은 우리들이 무취미하고, 공허하며 맥빠진 시대에서 빠져나오는 첩경은 명확함과 치밀함과 간결함에 의해서만 이루어질 수 있다는 것이었다. 종래의 문체文體에서는 모든 것이 일률적으로 평판화平板化됐기 때문에 통속적인 것을 보다 더 훌륭한 것과 구별할 수가 없었다. 작가들은 이미 이처럼 일반적으로 널리 퍼진 폐단을 모면하려고 노력했으며, 그것이 다소나마 성공했던 것이다. 할러와 라믈러는 선천적으로 간결한 표현을 즐겼고, 레싱과 비일란트는 반성을 통해서 간결한 것에 도달할 수 있었다. 레싱은 그의 작품에 있어서 점차로 완전히 경구적으로 변했다. 《민나》에서는 긴밀하게 되고 《에밀리아 갈로티》에서는 과묵하게 되고, 《나탄》에서 보여 준 그에게 매우 적합한 명쾌함과 소박함은 후에 이르러서야 비로소 되찾게 되었다. 《아가톤》《돈실비오》《우스운 이야기》에서는 아직도 종종 완만함을 보이던 비일란트는 《무자리온》과 《이드리스》에서는 놀랄 만한 침착함과 정확함, 그리고 매우 우아함을 더하게 되었다. 클로프시토크는 《메시아》의 첫 부분에서는 장황한 점이 없지 않았으나, 송시頌詩 및 기타 단시短詩에서 그리고 비극에서 압축된 스타일을 보여 주었다. 고대인, 특히 타키투스와의 경쟁에 의해서, 그는 더욱더 압축된 문체를 선택하게 되었고, 그 결과 마침내 이해하기가 곤란한 무미건조한 것이 되어 버렸다. 훌륭하고도 진기한 재능을 지닌 게르스텐베르크[18]도 간결한 표현을 썼다. 그의 공적은 존중되었으나, 대체로 사람들에게 환영을 받지 못했다. 원래 느리고 태평한 글라임은 전쟁의 노래에 있어서 거의 한 번도 간결한 면을 보여주지 않았다. 라믈러는 본래 시인이기보다는 비평가였다. 그는 독일인의 서정시에 있어서의 업적을 수집하기 시작했으나, 그를 완전하게 만족시킨 시詩는 단 한 편도 없었음을 발견했다. 그런 작품들이 다소 형태를 갖추려면, 생략·정정·변경을 행하지 않으면 안 되었다. 이것에 의하여 그는 시인 애호가 전부를 적으로 만들었다. 왜냐하면 누구든 실제로 자기 자신의 결점에 의해서만 자신의 특색을 재인식하며, 또한 독자들은 일반적인 취미의 법칙에 의해서 만들어졌거나 수정된 것보다는 오히려 결점을 가진 개성적인 것에서 흥미를 느끼기 때문이다. 운율학은 당시 더욱 유치한 상태에 있었다. 어느 누구도 그것을 빨리 성장시키는 방법을 알지 못했다. 그 당시 시적 산문이 널리 유행되고 있었으며, 게스너와 클로프시토크는 많은 모방자를 냈으나, 한편으로는 운율을 요구하는 자도 있어서 그러한 산문을 쉬운 운문韻文으로 옮겼다. 그러나 이러한 운문은 누구에게도 환영을 받지 못했다. 왜냐하면 그들은 생략하거나 추가하지 않을 수 없었으며, 산문인 원작이 언제나 더 훌륭한 것으로 여겨졌기 때문이다. 이러한 경우에 간결한 것이 요구되는만큼, 비판하기가 더욱 수월해진다. 왜냐하면 의의가 깊은 것은 단축되면 결국 확실한 비교를 하기가 쉬워지기 때문이다. 동시에 그 결과로서 많은 종류의 참다운 시형식詩形式이 성립되었다. 묘사하려는 모든 대상에서, 단지 필요한 것만을 표현하려고 함으로써 모든 대상에 대하여 공평한 판단을 내려야 했고, 이렇게 하여 의식적으로 한 것은 아

---

18) 하인리히 빌헬름 게르스텐베르크(Heinrich Wilhelm Gerstenberg, 1737~1823). 시인이며 비평가.

니었지만, 표현 방법도 다양해졌다. 그 중에는 물론 우스운 것도 있었고, 실패로 끝난 것도 적지 않았다.

비일란트가 그들 모든 사람 중에서 가장 훌륭한 소질을 갖고 있었음은 의심할 여지가 없다. 그는 일찍부터 청년들이 즐겨 머무는 관념적인 경지에서 자신을 도야했다. 그러나 그는 보통 '경험'이라 부르는 것, 즉 사회나 부인들과의 교섭에 대해서 싫증이 났기 때문에 그는 이것을 버리고서 현실 세계로 뛰어들었다. 그리하여 이 두 세계의 모순을 묘사하여 자타自他를 만족시켰다. 그때 그는 해학과 엄숙의 중간을 취하여 가볍게 투쟁하면서 그의 재능을 가장 훌륭하게 나타냈다. 그의 많은 걸작들은 나의 대학생 시절에 나타났으나, 그 중에서도 《무자리온》은 나에게 가장 큰 영향을 끼쳤다. 외저가 나에게 보여준 최초의 견본인쇄에서 본 부분을 나는 아직도 기억할 수가 있다. 고대가 다시 부활하여 내 눈앞에 있는 것처럼 여겨진 것은 그 부분이었다. 비일란트의 천재적·조소적인 점은 유감없이 거기에 나타나 있었다. 저 불행한 금욕의 벌을 받은 티몬적 인물 파니아스가 마침내 그의 소녀 및 사회와 화해하는 줄거리를 읽는다면 우리들은 그와 함께 염세적厭世的인 시대를 경험하게 되리라. 그 외에 자칫하면 생활에 잘못 적용되어 종종 광신적이라고 의심을 받게 되는 격양된 기분에 대한 명랑한 반감이 작품에 나타나 있었으나, 세상 사람들은 즐겨 승인했다. 일반적으로 진실하며 존경할 만한 것이라고 생각되는 것을 조롱하고 박해하는 것도, 저자가 그런 것에 대해서 항상 노력하고 있음을 보여주는 것이기 때문에, 세상 사람들은 그것을 더욱 나무라지 않았다.

이런 작품들을 접한 당시의 비평이 얼마나 비참했었는가 하는 것은 《통속 독일 문고》19)의 처음 몇 권에서도 볼 수가 있다. 《우스운 이

19) 《Allgemeine Deutsche Bibliothek》(1775년 창간). 베를린의 니콜라이 출판사에서 간행됨.

야기》에 대해서는 찬사가 보여지고 있으나, 이런 종류의 문학의 성격 그 자체에 대해서는 어떠한 식견識見도 보여주고 있지 않다. 비평가는 당시의 모든 사람들과 마찬가지로 그들의 취미를 개개의 작품의 실례에 의해서 양성했다. 이러한 모방적인 작품의 비판에 있어서는 무엇보다도 먼저 그의 원본이며 고상하고 아름다운 작품을 눈앞에 놓고서, 모방가가 원본을 실제로 어리석게 혹은 우스꽝스럽게 만들었거나, 거기에서 무엇인가를 빌려오고 있는가, 혹은 이와 같은 모작模作의 가면에 가리어 실은 뛰어난 창의創意를 나타내고 있는가 하는 것을 보아야 한다는 것은 조금도 생각하고 있지 않는 것이다.

이 모든 것에 대해서는 아무것도 생각지 않고서, 그 시詩를 부분적으로 칭찬하고 또 비난하고 있다. 비평가는 자신의 마음에 든 부분에 너무 많은 밑줄을 그어서, 인쇄할 때에 전부 인용할 수조차 없을 정도였음을 고백했다. 그러나 가장 가치 있는 셰익스피어 번역에 있어서도 '정당하게 말하면, 셰익스피어와 같은 시인을 번역해서는 안 되었다'와 같은 말로서 맞이했다면, 《통속 독일 문고》가 취미의 관점에 있어서 아주 뒤떨어져 있다는 것, 또한 진실한 감정에 의해서 생기가 주어진 청년들은 다른 지도자를 찾지 않으면 안 되었다는 것은 두말 할 필요없이 명백한 사실이다.

이와 같이 다소간 형식을 규정하는 소재를 독일인은 도처에서 구했다. 그들은 지금까지 국민적 제재題材를 거의 취급하지 않았다. 슐레겔의 《헤르만》[20]은 단지 이러한 것만을 암시하고 있음에 지나지 않는다. 목가적牧歌的인 경향은 끝없이 퍼져나갔다. 게스너의 특색 없는 작품은 매우 우아하고 어린애다운 순진함을 나타내고 있었지만, 모든 사람에게 자기도 이것과 비슷한 작품을 창작할 수 있다고 생각하게끔 했다. 그와 마찬가지로 외국의 국민적 기질을 표현하려던 많은

---

20) 엘리아스 슐레겔(Elias Schlegel)의 《Hermann》(1743).

시들도 단지 보통의 인간적이고 평범한 것에서 재료를 택한 것에 지나지 않았다. 예를 들면 유태인의 목가 또한 일반적으로 족장적族長的인 작품 및《구약성서》에 관한 것이 바로 그것이었다. 보드머의 〈노아의 노래〉는 독일 문단에 범람하여 서서히 조금씩 빠져나가는 홍수의 완전한 상징이었다. 아나크레온 풍의 감미로운 문학은 무수한 대중작가들에게 모방의 붓을 휘두르게 했다. 호라티우스의 엄밀성을 독일인은 하는 수 없이 모방하게 되었지만, 그것도 서서히 행해졌다. 대개는 포우프의《두발의 약탈》을 모범으로 삼았던 우스꽝스런 서사시도 보다 더 좋은 시대를 초래하게 하는 역할을 하지 못했다.

나는 여기에서 한 가지 잘못 생각했던 것에 대해서 서술해야겠다. 그것을 자세히 검토해 보면, 우스울 정도로 진지한 영향을 끼쳤다. 독일인은 당시 이미 여러 국민이 각각 특징으로 삼고 있던 각종 문학에 대해서 충분한 역사적 지식을 가지고 있었다. 본래 문학의 내면적 이해를 망각한 이 도식적 개관은 그의《비평적 문학론》속에 고트셰트가 완전하게 정리하고, 그것은 동시에 독일의 시인도 이미 문학의 모든 종류에 걸쳐서 탁월한 작품에 기여했음을 증명하고 있다. 이런 식으로 꾸준히 나아가는 가운데 작품의 집적은 해마다 풍부하게 되었다. 그러나 매년 어떤 작품은 다른 작품을 이제까지 영예를 차지하고 있던 부문에서 축출했다. 우리들은 이제 호메로스는 갖지 않았지만, 베르길리우스나 밀턴은 가졌고, 핀다로스는 갖고 있지 않았지만, 호라티우스는 갖고 있었다. 테오크리토스에도 부족함이 없었다. 이리하여 사람들은 외국 것과 비교하여 스스로 위안을 받고 있었으나, 점차로 작품의 수가 늘어감에 따라 드디어는 국내에서도 작품을 비교할 수 있게 되었다.

취미의 문제가 동요하여 정해져 있지는 않았지만, 독일과 스위스의 신교 지방에서는 보통 상식이라고 불리는 것이 매우 활발하게 움직이기 시작했다는 것은 시대적인 배경으로 볼 때 부정할 수 없는 사실이다. 철학은 인간이 문제삼을 수 있는 모든 것을 승인된 원칙에 따라 임의로 정돈하여 일정한 항목 아래 서술하는 점에서는 언제나 공적이 있었으나, 그 내용이 때때로 애매하고 무익한 것으로 생각되는 것, 또한 그 방법 자체는 존경할 만한 것이라 해도 그것을 척도하는 시기를 얻지 못한 것, 그리고 너무 많은 문제에 손을 넓힌다든가 해서, 대다수의 사람들과는 인연이 없고 다루기 힘든 무용한 것이 되고 말았다. 많은 사람들은 그들이 특별히 가장 보편적인 것에 대해서 애써 노력한다든지 우리들과 그다지 교섭도 없는 가장 멀리 떨어진 사물과의 관련을 탐구하지 않는다 해도 대상을 교묘히 다루어 자타의 이익이 될 수 있을 정도로 명석한 이해에 필요한 적정한 감각이 선천적으로 구비되어 있을 것이라고 믿게 되었다. 그들은 실험을 해보고 눈을 떠서는 똑바로 정면을 직시하고 주의깊게 노력했으며 또한 근면했다. 그리고 만약 자신의 영역에 있어 정확히 판단하고 행동한다면, 따로 떨어져 있는 사물에 대해서도 감히 의견을 가질 수 있다고 믿었다.

이러한 생각에 의하면 모든 사람은 단지 철학적으로 사색할 뿐 아니라, 점차로 철학자로서 인정할 수 있게 된다. 그렇기 때문에 철학은 대중 속으로 들어가 내적·외적인 경향에 대해서 최후의 단안을 감히 내리는 건전하고 노련한 상식常識이었다. 모든 의견에 대해서는 무엇보다도 중용中庸을 지키고, 공평을 유지하는 것이 옳다고 여겨졌기 때문에, 그러한 저작이나 언론은 명쾌한 통찰력과 특별한 절도節度로 인하여 존경과 신뢰를 얻게 되었다. 이리하여 마침내 대학의 모든 학부에 있어서뿐만 아니라, 모든 계급과 직업에 있어서 철학자를 볼 수 있게 되었다.

이러한 방향을 모색하여 신학자도 소위 자연종교로 기울어지지 않을 수 없었다. 인간의 이지理知가 어느 정도 신의 인식과 우리들 자신의 개선 순화를 촉진하기에 충분한가 하는 것이 문제되었을 때,

보통 인간의 이지에 대하여 유리한 해결을 내리는 데 주저하지 않았다. 또한 당시의 관용주의에 의해서 모든 기성종교에 대하여 같은 권리를 주었다. 그 결과 어느 종교나 똑같은 것이며, 그것도 불확실한 것이라 생각되었다. 그러나 결국 모든 것의 존립을 허락하게 되었다. 그리하여 성서는 내용이 풍부하여 다른 어느 책보다도 사색의 재료를 부여하고, 인간의 문제에 대해서 고찰할 기회를 제공하기 때문에, 여전히 모든 설교나 기타 종교적 논의의 기초로 여겨졌다.

그러나 성서에 있어서도 다른 모든 통속적인 문학과 마찬가지로 시대의 흐름에 따라 피할 수 없는 특별한 운명이 다가오고 있었다. 종래 이 책 중의 책은 정신으로 씌어진 것, 아니 신神의 넋이 들어 있는, 말하자면 구전口傳되어 내려오는 것임은 의심없는 굳은 신앙에 의해서 믿어져 오고 있었다. 그러나 이미 오래 전부터 신도信徒나 비신도에 의해서 성서의 여러 부분이 일치하지 않는데 대해서 비난과 변명이 행해졌다. 영국인·프랑스인·독일인이 성서를 어느 정도의 차이는 있으나, 모질고 신랄하게 그리고 여지없이 대담하게 공격했다. 또 똑같이 각국의 성실한 사람들에 의해서 변호되었다. 나 자신의 경우는 성서를 사랑했고 존중했다. 왜냐하면 나는 자신이 도덕적 교양을 거의 성서에만 의지하고 있으며, 그 속의 사건·교훈·상징·비유 등이 나에게 깊은 인상을 남겼고, 여러 가지 방법으로 나에게 영향을 끼쳤기 때문이다. 그래서 나는 불공평하고 조소적이며 곡해된 공격을 싫어했다. 그러나 당시의 사람들은 이미 많은 부분을 변호하는 중요한 근거로서 일부는 즐겨 다음의 설說을 채택하고 있었다. 즉 신神은 인간의 사고방식이나 이해력에 순응하고 있다. 실은 성령聖靈에 감동된 사람들도 그렇다고 해서 자기 본래의 성격이나 개성을 버릴 수는 없었다. 그래서 목인牧人인 아모스는 왕자였다고 전해지는 이사야와 같은 말을 사용하고 있지 않다는 것이다.

이와 같은 의견과 확신에서 특히 발전해 가는 언어학상의 지식에 따라서 일종의 연구가 진행되었다. 그것은 동양의 지방색·국민성·천연물, 그리고 여러 현상을 더욱 정밀하게 연구하고, 그것에 의하여 옛 시대를 눈앞에 되살려 내고자 노력했던 것이다. 미하엘리스는 그의 재능과 지식의 모든 힘을 경주하여 이 방면에 몰두했다. 그의 《여행기》[21]는 성서의 해석에 유력한 자료가 되었다. 많은 의문을 지니고서 새로이 여행하는 사람들은 이 의문을 풀어서 예언자나 사도使徒의 기술을 증명해야 했다.

한편으로는 성서를 자연적인 것으로 보는 쪽에 접근하여, 그 본래의 사고방식·표현방식을 일반적으로 이해하기 쉬운 것으로 만들어, 이 역사적·비평적 견지에 의해서 여러 가지 항의를 제거하고 여러 부조리한 점을 배제하여, 모든 천박한 조롱을 무력하게 만들려고 하는 각 방면의 노력이 행해지고 있는 사이에, 약간의 사람들 사이에는 이와는 정반대되는 사고방식이 나타났다. 즉 그들은 성서 속에서 가장 분명치 못한 신비적인 부분을 고찰의 대상으로 선택하여, 억측과 추측과 기타 교묘하고 기발한 연상聯想에 의해서 이것을 해명하기에 앞서 증명하려 했고, 그 중 예언의 부분은 실현된 결과를 바탕으로 하여 근거를 세우고, 그것에 의하여 가까운 장래에 기대되는 것에 대한 신앙을 정당화하려고 했다.

존경하는 벵겔[22] 씨는 총명하고 성실하고 경건하고 비난할 점이 없는 사람으로 알려져 있기 때문에 《요한 계시록》에 대한 그의 모든 노력은 일반에게 크게 환영을 받았다. 깊은 감정을 가진 사람들은 미래에 사는 동시에 과거에서 살아야 한다. 그들이 만약 현재에 이르기까지의 시대의 흐름에 밝혀진 예언과 가까운 미래나 먼 미래 속에 숨겨져 있는 예언을 존경하지 않는다면, 이 세상의 일상생활은 그들에게 아무런 의의를 부여할 수 없다. 이 존경에 의해서 필연적

---

21) 미하엘리스는 1761년에 아라비아를 여행하여 훌륭한 여행기를 남겼음.
22) 알브레히트 폰 벵겔(Albrecht von Bengel, 1697~1751). 정통파 신학자.

으로 국한된 범위내에서의, 우연히 왕래하는 움직임만을 우리에게 전하는 역사에는 결여되어 있는 하나의 연관이 생겨난다. 쿠르시우스 박사[23]는 성서의 예언적 부분은 인간에 있어서 정반대의 특성, 즉 감정과 지성을 동시에 활동시키는 것으로서, 이 부분에 대하여 가장 흥미를 표시한 사람들 중 하나이다. 많은 청년들이 이 이론을 신봉했고, 이미 현저한 수가 모인 하나의 단체를 구성했다. 에르네 스티와 그의 일파가 그 청년들이 좋아하는 성서의 신비로운 점을 해명하려고 노력하지 않고서, 그것을 완전히 배제하려는 태도로 나왔기 때문에 앞서 말한 그 단체는 더욱 세인의 주목을 끌었다. 그것으로 인해 논쟁과 증오와 여러 불쾌한 일이 생겼다. 나는 명백한 것을 좋아하는 편으로서 그들의 원리와 장점을 내것으로 만들려고 노력했으나, 하지만 가장 칭찬할 만한 이 해석법에 의해서 성서의 시적詩的 내용은 예언적인 내용과 함께 마침내 잃어버리게 될 것이라는 예감을 느꼈다.

그러나 독일 문학이나 미학에 종사하는 사람들에게는 예루살렘, 졸리코퍼, 사팔딩 같은 사람들의 노력이 더욱 깊은 관심을 끌었다. 그들은 설교나 논문으로 뛰어나고 순수한 문체를 사용하여 종교와 그리고 그것과 인연이 가까운 윤리학을 위해서 특별한 감성과 취미를 가진 사람들에게도 동감과 애착심을 갖게 하려고 노력했다. 일종의 읽기 좋은 필법이 절대로 필요한 것이 되었다. 그리고 거기에는 무엇보다도 이해하기 쉬운 것이 요구되었기 때문에, 각 방면에서 저술가들이 일어나서는 그들의 연구나 전문에 관해서 식자識者나 일반 대중을 위하여 명석하고 알기 쉽게 인상적으로 쓰려고 생각했다.

외국인인 티소[24]의 전례를 모방하여, 이제 의사들도 열심히 일반

23) 크리스티안 아우구스트 쿠르시우스(Christian August Cursius). 1761년에 라이프찌히 대학 최초의 신학 교수. 벵겔의 학설을 보급했다.
24) 티소(Tissot)의 《Avis au peuple sur la sante》(1761)는 일반적으로 환영을 받았다.

적인 교양을 쌓으려고 노력하기 시작했다. 할러 · 운쩌 · 짐머만 등은 커다란 세력을 갖고 있었다. 상세한 점에 있어서 특히 짐머만에 대해서는 비난도 있었으나, 그들은 당시에 매우 유력한 인사들이었다. 이 점에 관해서는 역사, 특히 전기에 있어서 기술하지 않으면 안된다. 왜냐하면 인간은 무엇인가를 남겨 놓았다는 점에 있어서가 아니라, 그가 활동하고 향락함과 동시에 또한 타인이 활동하고 향락하도록 자극을 주었는가 하는 점이 중요하기 때문이다.

법률학자들은 제국직속 기사騎士의 사무실에서부터 레겐스부르크의 의회에 이르는 모든 문서국에 괴상한 형식으로 보전되어 있는 난해한 문체에 대해서 어려서부터 습관이 되어 있었기 때문에, 자유로운 표현에는 쉽게 이를 수가 없었다. 이것은 그들이 취급해야 할 사건들이 외면의 형식, 즉 문체와 가장 긴밀한 관계를 갖고 있었기 때문에 더욱 그러했다. 그러나 젊은 모저는 이미 자유롭고 특색 있는 저술가로서 나타났고, 또 퓌터는 자신의 명쾌한 저술에 의해서, 그 문제와 이것을 다루는 문체까지도 명확한 것으로 만들었다. 그의 학파의 손에 의해서 이루어진 모든 것은 이 점에 있어서 장점을 갖고 있다. 이리하여 철학자들도 또한 일반적으로 알려지기 위해서는 명료하고 이해하기 쉽게 써야 할 필요를 느꼈다. 멘델스존[25]과 가르베[26]가 나타나 일반의 동정과 칭찬을 받았다.

모든 전문 분야에 있어서의 독일어 및 문체의 발전과 함께 비판력도 진보했다. 우리들은 종교적 · 도덕적 또는 의학적 문제에 관한 저작에 대한 당시의 평론에 감탄한다. 그러나 그것과는 반대로 시가詩歌나 기타 순수문학에 관한 어떤 비판도 가련한 정도는 아니라 할지

---

25) 모세스 멘델스존(Moses Mendelssohn, 1729~86)은 《Briefe über die Empfindungen》에 의해서 학계를 떠들썩하게 했고, 다시 《Phadon》에 의해서 두각을 나타냈다.
26) 크리스티안 가르베(Christian Garve, 1742~98). 통속 철학자로서 칸트의 비평가. 라이프찌히 대학 교수가 되었다.

라도 적어도 매우 빈약한 것이었음을 인정한다. 이것은 《문학서간》 《통속 독일 문고》 《문예 문고》 등에 대해서 말할 수 있는 것이며, 두 드러진 예를 드는 것은 매우 용이한 일이다.

그러나 이 모든 것이 얽히고 설켜서 행해졌지만, 무엇인가를 자기 자신 속에서 만들어 내려 했고, 선배의 어휘나 상투어를 그대로 빌어다 쓰려고 하지 않는 사람들에게는 그가 이용하려는 소재를 끊임 없이 찾아내는 길밖에는 다른 길이 없었다. 이 점에 있어서도 우리 들은 매우 당황하지 않을 수 없었다. 되풀이 말하는 클라이스트[27]의 말을 우리는 싫도록 들어야 했다. 그것은 그가 종종 혼자서 산책한 다고 비난하는 사람들에 대해서 해학적이고 기지가 넘치는 진실한 대답을 한 것이다. 할일없이 게으름을 핀 것이 아니라 형상을 잡기 위해서 나간 것이었다는 것. 이 비유는 귀족 군인의 말로써 적절한 표현이었다. 그는 이 비유에 의해서, 여가만 있으면 항상 총을 팔에 끼고서 부지런히 토끼나 꿩 사냥을 나가는 같은 동료들과 자신을 대 조해서 말하고 있기 때문이다. 그래서 우리들은 클라이스트의 시詩에 있어서, 반드시 언제나 빈틈없는 형상을 잘 그려냈다고는 말할 수 없으나, 솜씨 있게 처리한 개개의 형상 속에 우리들로 하여금 자연 그대로를 정답게 연상시키는 많은 것을 보게 된다. 아펠스 공원, 쿠헨 공원, 로젠탈, 골리스, 라시비츠, 콘네비츠 등은 시적 포획물을 찾아내는 곳으로서는 이상적인 장소는 아니었지만, 결국 우리들에 게 조금이라도 이익이 되는 형상 사냥을 나갈 것을 사람들은 우리에 게 진심으로 권유했다. 그리고 이것이 원인이 되어 나는 혼자서 산 책을 나가게 됐다. 아름다운 것이나 숭고한 것이 눈에 띄지 않았으 며, 실제로 경치가 뛰어난 로젠탈에서도 제일 좋은 계절에 모기가 있어서 미묘한 시상詩想을 떠오르게 하지 않았기 때문에, 나는 꾸준

---

27) 에발트 크리스티안 폰 클라이스트(Ewald Christian von Kleist, 1715~59). 레싱의 친구로서 군 인이며 시인이었다.

히 노력하여 자연의 작은 생물(나는 이 말을 정물静物이라는 말을 모방해서 쓰고 싶다)에 대하여 최대의 주의를 기울였다. 이 지방에서 볼 수 있는 아름다운 일들은 그 자체로서는 별로 가치가 없는 것이기 때문에 나는 그 속에서 어떤 의의를 인정하는 습관을 갖게 되었다. 그 의의는 내 쪽에서는 직관直觀이 우세한가, 감정 또는 반성이 우세한가에 따라서 혹은 상징적인 것이 되고 혹은 비유적인 것으로 기울었다. 많은 사건 대신에, 여기에 그 하나를 이야기하려고 생각한다.

나는 보통 사람처럼 내 이름을 좋아했고 또한 교양이 없는 젊은이들이 흔히 하듯이 가는 곳마다 도처에 내 이름을 썼다. 어느 때 나는 큼직한 보리수의 반질반질한 껍질 위에 내 이름을 깨끗하게 그리고 똑똑하게 새겼다. 그 해 가을, 나의 안네테[28]에 대한 애정이 절정에 달했을 때, 그 위에 공을 들여 그녀의 이름을 새겼다. 그 해 겨울도 거의 지나갈 무렵, 나는 경솔한 애인으로서 종종 기회만 있으면 트집을 잡아 그녀를 괴롭혀 화나게 했다. 봄이 되자 나는 우연히 보리수가 있는 장소를 찾았다. 나무에서 힘차게 흐르는 수액樹液은 그녀의 이름을 새긴, 아직 굳지 않은 상처에서 흘러내려 죄없는 나무의 눈물이 이미 굳어버린 내 이름 자국을 적시고 있었다. 나의 횡포로 말미암아 때때로 눈물 흘린 그녀가 여기서도 나에 대한 한恨으로 우는 것을 보고서 내 마음은 산란해졌다. 나의 잘못과 그녀의 애정을 생각하자 나 자신의 눈에서도 눈물이 흘렀다. 나는 그녀 곁에 달려가서 모든 일을 거듭하여 사과했고, 이 사건을 한 편의 목가牧歌로 지었는데, 이 시를 읽을 때마다 애착을 느꼈고 타인에게 읽어 줄 때에도 감동하지 않을 수 없었다.

내가 플라이세 강변의 목동으로서, 이러한 가련한 제재에 어린애처럼 빠져서는 항상 내 마음 속에 이내 소생시킬 수 있는 것들만 고

---

28) 안나 카타리나 쇤코프(Anna Katharina Schönkopf). 앞에서 말한 루드비히 가의 딸.

르고 있는 동안에, 독일 시인을 위해서 더욱 중요한 방면의 제재가 준비되어 있었다.

　프리드리히 대왕과 7년전쟁의 업적에 의해서 최초의 진실하고 차원 높은 본래의 생명적 내용이 독일 문학에 들어왔다. 모든 국민문학은 그 기초가 인간을 제1인자로 하고 있지 않거나, 혹은 국민과 그 지도자의 양편이, 마치 한 사람처럼 협력하는 사건 위에 두지 않으면 그것은 천박한 것이거나 또한 천박한 것이 되어 버리는 것이다. 국왕을 묘사하려면, 전쟁과 위험에 임했을 때를 잡아야 한다. 그런 때 국왕은 국민 중 최후의 한 사람의 운명을 결정하며, 그리고 그 사람과 운명을 함께 한다는 의미에 의해서 바로 제1인자임을 보여주게 되며, 그리고 국민의 운명을 결정짓기는 하지만, 운명을 함께 나누지 않는 제신諸神보다 훨씬 흥미를 끄는 것이다. 이런 의미에서 모든 국민은 적어도 어떤 가치를 인정받으려면 국민적인 영웅시를 갖지 않으면 안 된다. 그러나 그것은 반드시 서사시의 형식을 필요로 하는 것은 아니다.

　글라임에 의해서 시작된 전쟁시는 독일의 시가詩歌에 있어서 높은 위치를 차지하고 있다. 그 원인은 이 작품들이 전쟁 행위와 함께 전쟁 속에서 태어난 것으로서, 다시 성공한 형식은 그것들이 최고조에 달한 찰나의 전사가 만들어낸 것과 같이 우리들에게 완전한 효과를 느끼게 하기 때문이다.

　라믈러는 이것과는 다른 매우 훌륭한 형식으로 왕의 위업을 노래했다. 그의 신은 모두 내용이 풍부했으며, 마음을 앙양시키는 위대한 제재題材로써 우리를 감동시켜, 그것만으로도 이미 불멸의 가치를 인정받고 있다고 하겠다. 그것은 그의 작품이 취급한 소재의 내면적인 내용이 예술의 시초이며 끝이기 때문이다. 물론 천재, 즉 숙달되고 기술적인 재능은 취급하는 방법에 의해서 모든 것에서 모든 것을 만들어 내며, 가장 취급하기 힘든 소재도 정복할 수 있음은 부정할 수 없다. 그러나 자세히 관찰하면 이 경우에 성립하는 것은 언제나 예술품이라기보다는 기공품技工品인 것이다. 예술품이란 그 취급 방법에 있어서 숙련과 노력에 의해서 우리에게 소재의 가치를 한층 더 훌륭한 것으로 보여주기 위해, 거기에 적합한 제재를 기초로 해야 한다.

프로이센 및 독일의 신교도는 그것으로 그들 문학에 있어서의 하나의 재보財寶를 획득했다. 그것은 그들의 반대파에는 결핍되어 있는 것으로서, 그후의 노력에 의해서도 이 결함을 보충할 도리가 없었다. 프로이센의 작가들은 그들이 왕에 대해서 가질 수 있는 위대한 관념에 의해서 그들 자신을 건설해 나갔다. 그래서 그들은 모든 것을 왕을 대신해서 행했지만 왕은 그들을 결코 돌아보지 않았기 때문에 그들의 열성은 더욱 높아졌다. 프랑스문화는 이미 오래 전부터 프랑스의 이민移民에 의해서, 후에는 왕이 프랑스 국민의 교양과 그들의 재정제도에 대한 편애偏愛에 의해서 그 나라 문화가 대량으로 프로이센에 흘러들어와 그것이 독일인을 자극하고 반대하고 대항함으로써 독일인을 도운 결과가 되었다. 그와 똑같이, 프리드리히 대왕의 독일어에 대한 혐오도 독일 문학을 발전시키는 데 도움을 주었다. 모든 일은 왕의 눈에 들기 위해서 이루어졌다. 비록 왕으로부터 존중을 받지 못할지라도, 다만 왕의 주의를 끌기 위해서 이루어졌던 것이다. 그러나 이것은 독일 풍風으로 내심內心의 깊은 확신에 의해서 이루어졌으며, 그들은 자기가 정당하다고 인정한 것을 행함으로써, 왕이 독일인의 권리를 승인하고 존중해 줄 것을 원하고 바랐다. 그러나 왕은 그것을 하지 않았으며, 또한 그럴 턱도 없었다. 그것은 왕이 야만이라 생각한 것이 훨씬 뒤에 가서 겨우 발전하여 수용할 수 있는 것이 되기를 기다리기 위하여, 헛되이 긴 세월을 허비하는 것과 같은 것을 어떻게 원기발랄하게 살며 향락하려는 왕에게 요구할 수가 있겠는가? 수공품이나 공장 제품에 있어서 물론 왕이 자신에게 또한 특히 그의 국민을 향하여 외국의 우수한 물건 대신에 평범한 대용품을 쓰도록 강제했다고 하자. 이 경우에는 모두가 신속하게 완전한 영역에 도달할 수 있으며, 그러한 물건을 완전하게 하기 위해서는 인간의 일생을 필요로 하는 것은 아니다.

나는 여기서 무엇보다도 먼저 7년전쟁의 진정한 산물이며, 완전하게 북부 독일의 국민적인 내용을 가진 하나의 작품에 대해서 경의로서 서술하지 않을 수 없다. 그것은 인생의 중대한 사건에서 소재를 택하고 특수한, 즉 시대적인 의미를 지니고 있으며, 그 때문에 또한 방대한 영향을 끼친 최초의 희곡, 즉 《민나 폰 바른헬름》[29]이다. 작가인 레싱은 클로프시토크나 클라임과는 반대로 자신의 개인적인 품위를 내던지는 것을 싫어하지 않았다. 왜냐하면 그가 언제든지 재차 품위를 회복할 자신이 있었기 때문이다. 그래서 그는 자신의 매우 활동적인 내부 생명에 대해서 강력한 균형을 필요로 했기 때문에, 방탕한 주점 생활, 즉 세속적인 생활을 영위하는 것을 좋아했다. 그는 또한 그 때문에 타우엔치인 장군의 부하로 들어갔다. 위에서 말한 희곡이 전쟁과 평화, 증오와 애정 사이에서 생겨난 것임은 쉽게 인정할 수가 있다. 이 작품이야말로 지금까지 문학에 있어서 취급된 문단적인, 시민적인 세계에서 보다 더 높은, 보다 더 중요한 세계에 눈을 뜨게 하는 데 성공한 것이다.

7년전쟁 중, 프로이센인과 작센인 간에 나타난 치열한 알력은 전쟁이 끝난 뒤에도 없어지지 않았다. 작센인은 오만해진 프로이센이 가한 상처의 아픔을 그때에 가서 비로소 강하게 느끼게 되었다. 정치적인 평화에 의해서, 마음과 마음의 평화는 곧 회복되지 않았다. 위에 든 희곡은 이 사실을 형상의 세계에서 달성하려고 했다. 작센 부인들의 우아함과 애교가 프로이센인의 가치와 위엄과 완고함을

---

29) 레싱의 유명한 희곡 《Minna von Barnhelm》(1769).

극복했던 것이다. 그리고 주요 인물에 있어서도, 단역에 있어서도, 상도를 벗어난 반항적인 요소의 교묘한 결합이 예술적으로 표현되어 있다.

내가 이 난삽하고 산만한 기술에 의해서 나의 독자들을 다소 혼란에 빠뜨렸다면, 그것은 당시 나의 빈약한 두뇌가 빠져 있던 무질서한 상태를 나타내는데 성공했다고도 볼 수 있다. 당시 조국의 문학계에 있어서 매우 중요한 시기의 갈등 속에서, 내가 옛것에 친근감을 느낄 수 있기 전에 많은 새로운 것이 쇄도하여 내가 당연히 버려도 좋다고 생각했던 많은 옛것이 여전히 나에 대해서 지배권을 주장하고 있었던 것이다. 나는 단지 한 걸음 한 걸음, 조금씩이라도 이 고통에서 빠져나가려고 택했던 길이 어떤 것이었던지를 될 수 있는 대로 여기에 표현하고자 한다.

나이 어린 내가 마주친 문학의 산만한 시대를 나는 여러 훌륭한 인물들과 제휴하여, 충실하고 열심히 공부하며 보냈다. 내가 부친집에 남겨둔 많은 4절판 원고지의 내용은 이 사실을 증명하는 충분한 역할을 하고 있다. 그래서 얼마나 많은 시작詩作, 초안, 절반쯤 실현된 구상이 확신이 없어서가 아니라 불만의 결과로서 연기가 되어 날아가 버린 것일까! 나는 모든 대화에 의해서, 그리고 학설이나 상호간에 모순되는 의견에 의해서, 특히 하숙집 친구인 궁중고문관 파일 씨에 의해서 재료의 중요함과 취급방법의 간결성을 더욱 존중해야 한다는 것을 배웠다. 그러나 나는 중요한 재료를 어디에서 구할 것인가, 또한 취급의 간결성을 어떻게 실현할 수 있는가를 명백히 할 수가 없었다. 그것은 나의 경우 매우 제한된 것인데다, 또한 동료들은 냉담하고, 교사는 염려하고, 교양 있는 시민은 비사교적이며, 더욱이 자연의 사물은 평범했기 때문이다. 이러한 모든 것 때문에, 나는 할 수 없이 모든 것을 나 자신 속에서 구하지 않으면 안 되었다. 내가 자신의 시에 대해서 참된 기초·감정·반성을 요구하는 경우에는 그것을 내 마음 속에서 찾지 않으면 안 되었다. 그리고 만일 나의 시적 표현을 위해서 사물이나 사건의 직접적인 관찰을 요구한다면, 나의 마음을 움직이며 나의 관심을 끄는 데 적합한 범위 이외에 한 걸음도 나갈 수가 없었다. 이런 의미에서 나는 우선 단시短詩를 가요의 형식으로 혹은 자유 운율로 썼다. 그러한 작품은 반성에서 생기며, 과거의 사건을 취급하고, 그리고 대개는 경구적警句的인 표현방법을 택했다.

이렇게 하여 내가 일생 동안 떨어질 수 없었던 그 경향이 시작되었다. 즉 나를 즐겁게 하고 괴롭히고 그 밖에 내 마음을 움직이게 한 것을 하나의 형상, 하나의 작품으로 변형하여, 이 사건에 대한 내 태도의 결단을 내려, 그것에 따라서 외부의 사물에 대한 나의 관념을 교정함과 동시에 내 마음을 안정시킨다는 경향이 시작된 것이다. 이러한 천성은 본래 언제나 궁극으로 달리는 나에게는 타인보다도 더욱 필요했다. 그렇기 때문에, 나에 의해서 밝혀진 모든 것은 커다란 고백의 단편에 불과하다. 이 작은 저서는 이 고백을 완전한 것으로 만들려는 대담한 시도이다.

그레트헨에 대한 이전의 애정을 나는 지금 앤헨이라는 한 소녀에게로 옮겼다. 이 소녀에 대해서 내가 말할 수 있는 것은, 그녀는 젊고 아름다우며 쾌활하고 애교가 있으며 기분 좋은 처녀였기 때문에, 마음의 성단聖壇 위에 잠깐 동안 소성도小聖徒로서 모셔두고 숭배의 대상으로 삼을 자격이 있다는 사실뿐이다. 숭배는 받는 편보다는 주는 편이 때때로 많은 쾌감을 동반한다. 나는 매일 거리낌 없이 그녀와 만났다. 그녀는 내가 먹는 음식의 요리를 도왔고, 적어도 매일밤 내가 마시는 포도주를 날라다 주었다. 이 집 단골손님인 점심식사 손님만 해도 대목장 이외에는 방문객이 없는 이 조그마한 집이 호평을 받을 가치가 있음을 증명하고 있었다. 여기에서는 여러 가지 오락을 즐기는 기회도 있었고 흥미도 있었지만, 그녀는 결코 집에서 떠날 수 없었기 때문에, 우리들의 즐거움은 아무래도 빈약한 것이 됐다. 우리들은 자하리애의 노래를 불렀고, 크뤼거의 희곡인 《미헬공작》을 연기했다. 그때 손수건을 둥글게 만들어 꾀꼬리 역할을 시킨 일도 있었다. 이렇게 얼마 동안은 매우 재미있게 시간을 보냈다. 그러나 이와 같은 관계는 오랫동안 악의가 없으면 없을수록 변화가 적었기 때문에, 나는 애인을 괴롭혀서 즐겼고, 또한 소녀의 복종을 횡포한 폭군과 같은 기분으로 지배하려는 좋지 못한 욕망에 사로잡혔다. 내 시작詩作의 실패, 이 실패가 끝내 잘 되어나갈 가능성이 없거나, 기타 여러 가지로 나를 괴롭히는 모든 일에 의해서 생겨나는 우울한 내 기분을 그녀에 의해서 풀어보려고 생각했다. 그것은 그녀가 나를 진심으로 사랑하고 나의 호의를 얻기 위해서는 무엇이든 할 수 있는 일을 다했기 때문이다.

근거도 없는 그리고 쓸데없는 질투 때문에, 나와 그녀의 가장 행복한 나날을 망쳐버렸다. 그녀는 얼마 동안 놀라운 인내로 그것을 참고 견뎠으나, 나의 인내를 극도로까지 조여맬 정도로 잔혹했다. 그러나 나는 마침내 그녀의 마음이 내게서 멀어졌다는 것, 그리고 내가 필요도 없이 또 원인도 없이 행해온 미치광이 같은 행동을 이제는 내가 해도 좋은 입장이 되었음을 깨달았을 때, 나는 부끄러움과 절망으로 가득찼다. 우리들 사이에는 나에게 아무런 소용이 없는 치열한 싸움이 벌어졌다. 그리고 이제 나는 그녀를 진심으로 사랑하고 있었다는 것, 그녀를 잃는다는 것은 도저히 참을 수 없는 것임을 느꼈다. 나의 정열은 더욱 뜨거워져서, 이런 상태에 있어서 일어날 수 있는 모든 행동의 표현으로 마침내 이제까지 그녀가 해온 역할을 내가 하게 되었다. 나는 그녀의 호의를 사기 위해서는 무엇이건 다 해보았으며, 그녀를 즐겁게 하기 위해서는 타인의 도움을 빌리기까지 했다. 나는 그녀가 다시 호의를 베풀었으면 하는 희망을 버릴 수 없었다. 그러나 때는 늦어서 이미 그녀를 실제로 잃은 뒤였다. 나는 나의 마음을 억누르기 위해서, 여러 가지 어리석은 방법으로 육체를 괴롭히고, 또한 이 과정에서 나의 잘못에 대해서 자신에게 복수를 가하려는 광포狂暴가 이 내 생애 중에서 가장 좋은 몇 년[30]을 허송하게 한 그 병의 가장 큰 원인이 되었다. 만일 나의 시적 재능이 그 치유력에 의해서 특히 그때 나를 구해주지 않았더라면, 나는 이 손실 때문에 아마 멸망하고 말았을 것이다.

이미 그 이전부터 나는 종종 자신의 좋지 못한 버릇을 분명히 알고 있었다. 그녀가 나 때문에 말할 수 없는 고통을 받고 있음을 보았을 때에 나는 실제로 이 불행한 소녀를 불쌍히 여겼다. 나는 그녀의 환경과 나의 환경, 또한 그 대조로서 우리 친구들 중의 두 남녀의 행복한 상황을 때때로 세심하게 마음 속에 그려본 일이 있었기 때문에, 마침내 이 경우를 비통하지만 그래도 후일의 교훈이 될 참회를 위해 희곡적으로 다루지 않을 수 없었다. 이리하여 지금 남아 있는 나의 희곡 작품 중에서 가장 오래된 《연인의 기분》이란 단편이 되었다. 이 주인공의 천진난만한 성격에서 또한 동시에 솟아오르는 격정의 충동을 인정할 수 있을 것이다.

그런데 깊고 중대하고 궁박한 하나의 세계가 그 이전부터 나를 이미 끌어당기고 있었다. 그레트헨과의 사건 및 그 결과에 의해서, 나는 일찍이 시민사회 밑바닥에 깔려있는 기이한 미로를 보았다. 종교·도덕·법률·계급·관계·습관, 이 모든 것은 도시생활의 표면을 지배하고 있을 뿐이다. 당당한 건물 사이에 끼여있는 거리는 깨끗이 보존되어 있으며, 모든 사람은 거기에서 지극히 예의바른 행동을 하고 있었으나, 건물 내부에서는 매우 황폐해 보이는 때도 종종 있었다. 그리하여 평온하게 보이는 외면은 엷은 회반죽처럼 하룻밤 사이에 붕괴해 떨어지는 많은 허약한 벽을 가지고 있었다. 그것도

---

30) 괴테는 1766년 7월에 각혈했고, 이듬해 가을까지 병상에 누워 있었다.

붕괴는 평화로운 상태 속에서 별안간 일어나는 것이기 때문에 더욱 무서운 결과를 불러일으켰다. 얼마나 많은 가정이 파산·이혼·딸의 유리遊離·살인·절도·독살 등에 의해서 파멸하거나 몰락 직전에 머무르고 있는가를 나는 먼 곳, 가까운 곳을 막론하고 흔히 보아왔다. 그리고 나는 아직 젊었으나, 이와 같은 경우에 여러 차례 구조의 손을 내민 적이 있었다. 왜냐하면 나의 솔직함은 사람들의 신뢰를 얻고 있었으며, 내가 비밀을 지키는 것이 증명되었고, 나의 활동적인 성격은 어떠한 희생도 두려워하지 않고 가장 위험한 경우에 가장 즐겨 활동하려고 했기 때문에, 나는 조정하고, 비밀리에 도와주고, 화를 미연에 방지하게 하고, 그 외에 할 수 있는 것은 무엇이든지 할 수 있는 기회가 많았다. 그런 경우에, 나 자신 때문인지 혹은 타인의 덕분인지, 감정을 상하거나 혹은 굴욕당하는 것을 경험하지 않을 수 없었다. 이 고뇌를 덜려고 나는 많은 연극 계획을 세워서, 그 대부분의 서막을 썼다. 그러나 갈등은 항상 불안을 동반하여, 이러한 작품의 거의 전부가 비극적인 결말을 보게 될 것 같아 나는 이것저것 모두 중지해 버렸다. 그 중에서 단지 하나 완성된 것은 《공범자》였다. 이 작품의 쾌활하고 우스꽝스러운 점은 우울한 가정생활을 배경으로 하여, 다소 불안한 그림자를 동반하여 나타났다. 그렇기 때문에 상연하는 경우에는 부분적으로 사람들을 재미있게 할 수는 있지만, 전체적으로는 불안한 느낌을 주었다. 대담하게 표현된 위법 행위는 우리들의 미적·도덕적인 감정을 상하게 했다. 그 때문에 이 작품은 독일의 극장에서는 환영받지 못했지만, 이 난점을 피한 모의 작품들[31]은 크게 환영을 받았다.

위에서 말한 두 개의 작품은 나 자신이 의식하지 않았던 보다 높은 견지에서 씌어진 것이다. 이 작품은 도덕적 책임에 관해서 신중

---

31) 에른스트 알브레히트(Ernst Albrecht)의 《Alle Strafbar》(1795)를 말한다.

한 관용을 설명하고 있다. 그리고 어느 정도 조잡한 점이긴 하나 지극히 기독교적인 성구聖句인 '그대들 중 죄없는 자가 먼저 돌로 쳐라'를 의미없이 표현하고 있다.

나의 최초의 두 작품을 어둡게 만든 이 엄숙성 때문에, 나는 내 천성에 적합하고 극히 유익한 주제를 놓쳐 버리는 과오를 범했다. 왜냐하면 한 사람의 젊은이로서는 무섭고 엄숙한 경험을 쌓고 있는 사이에 내게는 일종의 맹목적인 유머가 발달했다. 그것은 자신이 현재의 순간을 초월하고 있음을 느끼고, 위험을 두려워하지 않을 뿐더러 도리어 대담하게 위험을 받아들이는 것이었다. 이 유머는 혈기 있는 청년이 즐겨 갖는 자부심에 기인하고 있다. 이것이 우스꽝스런 빛을 띠고 나타날 때에는, 현재에 있어서나 추억에 있어서 커다란 즐거움이 된다. 이런 일은 일반적으로 행해지며, 젊은 대학생의 용어로서는 Suite(악의 있는 장난)라고 불렀고, 그리고 의미가 유사하기 때문에, Possen reisen(웃기다)와 마찬가지로 Suite reisen이라고 불렀다.

이렇듯 유머가 넘치는 대담한 작업은 재치와 센스를 고안해서 무대에서 상연한다면 매우 효과적이다. 이러한 일은 순간적인 것으로서, 비록 목적이 있다 하더라도 그것이 멀리에 놓여 있지 않다는 점에서 음모와는 다르다. 보마르세는 이러한 유머의 가치를 이해했다. 그의 작품 《피가로》[32]의 효과는 주로 거기에 기인한다. 이와 같은 선의의 장난, 간계奸計 비슷한 행위는 고귀한 목적을 위해서 일신의 위험을 무릅쓰고 실행했을 때에는, 거기에서 발생하는 입장은 미적 혹은 도덕적으로 극적인 최대의 가치를 갖는다. 이를테면 《물을 운반하는 사람》[33]이라는 오페라는 우리들이 이미 무대에서 본 것 중에서 가장 성공한 주제를 취급하고 있는지도 모른다.

---

32) 프랑스의 풍자작가 피에르 아우구스틴 카롱 데 보마르세(Pierre Augustin Caron de Beaumarchais, 1732~99)의 《피가로의 결혼》(Le Marriage de Figaro, 1781)을 말하며, 가극으로 유명하다.
33) 이탈리아의 체루비니(Cherubini)의 오페라 《Les deux journees》(1800)를 말한다.

일상생활에서의 끝없는 권태를 풀기 위해서 나는 그러한 행위를 때로는 아무 목적도 없이, 때로는 즐겁게 해주고 싶은 친구들을 위해서 수를 헤아릴 수 없이 마구 해댔다. 나로서는 단 한 번이라도 의도적으로 행한 기억은 없다. 또한 이런 종류의 모험을 예술의 소재로서 관찰하려는 생각은 더욱이나 없는 것이다. 그렇기는 하지만 이처럼 가까이 있는 이런 재료를 취급해서 만들었더라면, 나의 최초의 작품은 더욱 쾌활하고 유익한 것이 되었을 것이다. 이런 종류의 몇 가지 행위는 후일 내 작품[34]에 나타나 있으나 그것은 단편적이고 아무런 의도가 없는 것이었다.

우리에게는 항상 이지理智보다는 감정 쪽이 밀접하고, 이지가 어떻게 해서든 행하는 경우에 감정 쪽이 우리를 괴롭히기 때문에, 나에게는 감정의 여러 문제가 항상 가장 중요한 것이라 생각되었다. 나는 애정의 무상함, 인간의 성질은 변하기 쉬운 것, 도덕적인 감성 그리고 우리들의 성정性情 중에 인생의 수수께끼로 보일 수 있는 기이한 결합을 이루는 모든 고상하고 심원深遠한 것에 대해서 꾸준히 생각했다. 이 경우에도 나는 자신을 괴롭히는 것을 하나의 가요, 풍자시 혹은 어떤 운문으로 만들어, 거기에서 빠져나오려고 애를 썼다. 그러나 그러한 작품들은 나의 특이한 감정, 가장 특수한 사정에 관련되어 있기 때문에, 나 이외에는 어느 누구의 흥미도 끌 수가 없었다.

그러나 잠깐 사이에, 나의 외부 사정은 크게 달라졌다. 뵈메 부인은 가엾게도 오랜 투병 끝에 세상을 떠나고 말았다. 그녀는 최후에는 나를 만나지 않았다. 그녀의 남편은 나를 만족스럽게 생각지 않았다. 그의 눈에는 내가 그다지 근면하지 못하고 경솔하게 보였던 모양이다. 특히 내가 독일 국법의 강의[35]를 깨끗이 필기하지 않고, 거기에 인용된 인물, 고등법원 판사·법원, 배석판사 등의 기묘한

---

34) 《빌헬름 마이스터》에 나타나 있다.
35) 뵈메가 국법國法을 강의한 것은 1768년의 여름학기였다.

탈을 쓴 얼굴들을 노트의 여백에 그려서, 주의깊게 듣고 있는 옆사람들의 정신을 산란하게 해서 웃기려던 일이 그에게 알려졌을 때, 그는 나에 대해 몹시 불쾌한 감정을 느꼈다. 그는 부인을 잃고 난 후에는 전보다도 더욱 은둔적인 생활을 했으며, 나는 그의 견책을 면하려는 생각에서 그를 만나는 것을 피했다. 겔레르트는 우리에게 감화력을 발휘할 수도 있었는데, 그가 그것을 이용하지 않은 것은 우리들에게는 불행이었다. 그는 원래 고해신부의 역할을 맡아, 각자의 기질이나 결점을 들어줄 틈을 갖지 못했다. 그래서 그는 우리들의 일은 대체로 우리에게 맡긴 채, 교회의 제도를 빌어서 우리들을 억누르려고 생각했다. 그래서 그는 우리들을 앞에 불러놓고는 대개는 머리를 숙이고 눈물젖은 부드러운 목소리로, 교회에는 열심히 다니느냐, 고해신부는 누구냐, 성체성사聖體聖事는 받았나, 하고 묻는 것이 고작이었다. 그때 우리들이 이 심문에 합격하지 못하면 울먹이며 우리들을 돌려보냈다. 우리들은 배운다기보다는 화를 내고 싶었으나 어쨌든 그를 진심으로 사랑하지 않을 수 없었다.

이 기회에 나는 훨씬 이전의 어린 시절을 돌이켜 보충하지 않을 수 없다. 그것은 만일 교회적인 종교가 기대에 어긋나지 않는 효과를 나타내려면 큰 행사는 통일적인 연관을 가지고서 행해지지 않으면 안 된다는 것을 밝히기 위해서다. 신교新敎의 예배 의식은 미약하고 철저하지 못해서 도저히 교구의 신자를 결합시킬 수가 없었다. 그렇기 때문에 자칫하면, 교구원敎區員은 교회에서 분리해서 소小 교구를 만들거나, 그렇지 않으면 교회적인 결합을 떠나서 제각기 따로 마음 편하게 그들의 시민적인 생활을 영위하게 된다. 교회에 다니는 사람은 해마다 감소하고, 그와 비례해서 성찬식聖餐式에 참례하는 사람들도 줄어든다는 것을, 이미 오래 전부터 사람들이 통탄해오고 있었다. 이 두 가지 일, 특히 성체를 받는 사람이 줄어드는 원인은 분명했다. 그러나 아무도 그것을 감히 공언하지 않으므로, 우리는 여기에서 그것을 시도해 보자.

도덕적 · 종교적인 사건에 있어서도, 육체적인 일이나 시민적인 일과 마찬가지로 인간은 어떤 일이든 갑작스럽게 쓸데없는 것으로 만드는 것을 원치 않는다. 계속해서 그것을 행하여 습관으로 만드는 것이 필요하다. 자신이 사랑하고 또한 실행해야 할 것을 따로따로 떼어서 생각할 수는 없다. 그리고 어떤 일을 즐겨 반복하기 위해서는 그것이 자기와 인연이 멀어서는 안 된다. 신교의 예배가 대체로 풍요로움을 결여하고 있다면, 하나 하나의 것을 점검해 보는 것이 좋다. 그러면 신교도에게는 성례식聖禮式이 너무 적다는 것을 알게 되리라. 실제로 그들이 직접 참례하는 것은 단지 성찬식뿐이다. 왜냐하면 세례는 단지 타인에 대하여 행하는 것을 볼 뿐으로써, 그것만 보더라도 그들은 행복하게 되지는 않는다. 성례식은 종교의 최고행사이며, 특별한 신의 은총의 감각적인 상징이다. 성만찬에 있어서 인간의 입술은 신성神性이 구상화具象化된 것을 받아들여, 지상의 음식 형태로서 천국의 양식을 받는다. 이 성찬을 받을 경우에 신비神秘에 대한 귀의歸依의 차이가 있으며, 이해하기 쉬운 것에 적응하는 정도의 차이는 있을지라도 성찬의 의의는 모든 기독교회에 있어서 동일하다. 이것은 언제나 신성하고 위대한 행사이며, 가능한 것 혹은 불가능한 것, 인간이 획득할 수도 없으며, 없어서도 안 되는 것을 현실의 세계에 있어서 대표한다. 그러나 이러한 성례聖禮는 그것만으로서는 존립할 수 없다. 어떠한 기독교도일지라도, 그의 마음 속에 상징 혹은 성례에 대한 감각이 양성되어 있지 않으면, 성례의 존재 의의인 참된 환희로써 그것을 향유할 수가 없다. 기독교도는 심정 내부의 종교와 외부의 교회 종교를 완전히 일체로서, 즉 보편적인 위대한 성체聖體로서 보는 것에 습관화되어 있지 않으면 안 된다. 그러한 위대한 성체는 다시 다수의 다른 것에 그리고 그 각 부분에 대하여 신성함과 불멸성과 영원성을 나누어 부여하는 것이다.

젊은 남녀 한 쌍이 서로, 이를테면 지나가는 인사나 춤을 추기 위해서가 아니라, 서로 악수를 교환하고, 사제司祭가 그것에 축복을 부여하게 되면, 두 사람의 결합은 끊을 수 없는 것이 된다. 잠시 후에, 이 부부는 그들과 똑같은 모습의 어린이를 제단 앞에 데리고 온다. 어린이는 성수聖水에 의해서 정결해지고 교회에 귀속되게 된다. 이 은전恩典은 가장 무서운 배교背敎를 하기 전에는 잃는 일이 없다. 어린이는 생활에 있어서 지상적인 사물에 관하여 스스로 연습을 거듭해 가지만, 천상계의 소식에 관해서 가르침을 받지 않으면 안 된다. 신앙문답에 있어서, 이것이 완전하게 가르쳐졌음이 밝혀지면, 이번에는 진실한 시민으로써 진정으로 자발적인 신도로서 교회의 품 안에 수용된다. 이때에도 이 행사의 중요성을 나타내는 외부적인 상징을 동반한다. 이것으로 그는 이제야말로 확실히 한 사람의 기독교도가 된 것이며, 이제야 비로소 특권과 동시에 또한 의무도 알게 된다. 그러나 그러는 사이에 그는 인간으로서 여러 기이한 일에 부딪히게 된다. 교훈과 형벌에 의해서 그는 자기 자신의 내심의 상태가 얼마나 위험한 것인지를 알게 되거나, 혹은 끊임없이 교의와 파계破戒에 대해서 이야기할 것이다. 그러나 이미 형벌이 행하여지지는 않는다. 여기에 자연의 요구와 종교의 요구 사이의 갈등에 있어서 휩쓸리지 않을 수 없는 무한한 혼란 속에 하나의 훌륭한 대책이 부여되어 있다. 그것은 그의 행위와 죄罪, 그의 결함과 의혹을 특히 그것을 위해서 위임된 존경할 만한 사람에게 밝히는 것이다. 그 사람은 그를 안심시키고, 훈계하고, 격려하고, 똑같이 상징적인 형벌[36]에 의해서 그를 징계하고, 최후에 그의 죄를 완전하게 소멸시킴으로써 행복하게 하고, 순결하게 죄를 씻은 그에게 그의 양심을 다시 부여할 수 있는 사람이다. 성례 행사는 정밀하게 관찰하면 다시 작은 여러 의식으로

---

36) 기도 · 단식 · 헌금 등을 말한다.

갈려져 있으나 우선 그것들을 받아 마음의 준비가 갖추어지고, 완전히 안심하게 되어 그는 새로이 성병聖餅을 받기 위해서 무릎을 꿇는다. 그리고 실로 이 고상한 행사의 신비를 높이기 위하여, 성배聖杯를 단지 멀리서 보여 줄[37) 뿐이다. 그것은 사람을 만족시키는 보통의 음식물이 아니고, 천상天上의 양식으로서 이것을 맛보면 천상의 음료에 대한 심한 갈증을 느끼게 된다.

그러나 청년은 이것으로 만사가 끝났다고 생각해서는 안 된다. 성인이라 할지라도 그렇게 생각해서는 안 된다. 왜냐하면 세상의 여러 관계에 있어서 우리들은 마침내 자립하도록 습관화되지만, 이 경우에 있어서도 지식이나 분별이나 성격만으로는 반드시 충분하지 않기 때문이다. 종교적인 사건에 있어서는 아무리 많이 배운다 해도 다 배웠다고는 할 수 없다. 우리들 마음 속의 보다 높은 감정은 때로는 자신의 것이라 안심할 수조차 없는 것으로, 더욱이 또한 많은 외부적인 것에 의해서 압박을 받기 때문에, 우리 자신의 능력은 충고나 위안이나 조력에 필요한 모든 것을 공급하기는 곤란하다. 그러나 이것에 대해서는 일생을 통해서 언제나 구조의 수단이 준비되고, 한 사람의 총명하고 경건한 사람이 길 잃은 자에게 바른 길을 가르쳐 주고 괴로운 자를 구원해 주기 위해서 항상 기다리고 있다.

그런데 전 생애를 통해 그의 진가를 나타낸 사람은 죽음에 임해서도 그 구제의 힘을 열 배나 발휘해야 할 것이다. 젊었을 때부터 익힌 신뢰할 수 있는 습관에 따라서, 죽음에 이른 자는 그 상징적인 의의가 깊은 확증을 열정을 갖고서 받아들인다. 그리고 모든 세속적인 보증이 소멸하는 곳에, 신의 보증에 의해서 영겁에 이르는 행복한 생활이 약속된다. 그는 신과의 직접적인 관계에 서서 신으로부터 내려오는 무한한 복지를 받기 위해서 정화된 몸에 싸여, 어떠한 적의敵

---

37) 가톨릭교의 의식.

意를 가진 자연력도, 악의를 품은 영靈도 이것을 방해할 수 없음을 확실히 믿게 된다.

최후에 그 인간의 전체가 성화聖化되기 위하여, 발[38]까지도 향유香油를 바르게 하고 축복을 받는다. 만일 그가 회복된 경우에도, 이 발은 굳고 불투명한 이 세상의 지면地面에 닿는 것을 싫어하리라. 그 발에는 일종의 신비로운 속력이 주어지고, 그것에 의해서 지금까지 끌려있던 땅덩어리를 차버리고는 올라가 버린다. 이리하여 여기에 그 아름다움을 간단하게 암시한 것과 똑같이 신성한 의식의 빛나는 원圓에 의해서, 요람과 분묘는 비록 그 거리가 아무리 떨어져 있다 하더라도 영원한 원에 의해서 연결되어 있다.

그러나 이러한 모든 정신적인 기적은 다른 과실처럼 자연의 토양에서 탄생하는 것이 아니다. 그것들은 지면에 뿌리지도 않고 심지도 않으며 기르지도 않는다. 다른 지역에서 불러들이지 않으면 안 된다. 그러나 그것은 모든 인간에게 있어서 모든 경우에 될 수 있는 것은 아니다. 거기서 우리들은 경건한 전승에 나타난 이 상징의 극치의 것[39]에 도달한다. 우리들이 자주 듣는 것은 한 인간이 다른 인간보다도 하늘로부터 은총을 받고, 축복되고, 신성화되는 일이 있다는 것이다. 그러나 그것은 인간이 태어날 때부터 타고난 것으로 보이지 않기 위해서, 중대한 의무와 결부되어 있는 이 커다란 은총은 그 자격을 가진 자로부터 다른 자에게 전해져야만 한다. 그리하여 인간이 획득할 수 있는 최고의 재보는 자력으로 얻을 수 있는 것이 아니라, 정신적 상속에 의해서 이 세상에 보존되며 영구히 전해져야만 한다. 실제로 성직자의 서품식敍品式 속에 민중이 은혜를 받아야 할 신성한 행사를 효과적으로 행하기 위해서 필요한 것이 하나도 남김없이 포함되어 있다. 이때에 민중은 신앙과 무조건적인 귀의歸依 외에는 어

---

38) 최후에 향유를 바르는 부분은 눈·귀·코·입이다. 남자만 발과 허리에 이것을 바른다.
39) 성직자의 서품식을 말한다.

떠한 것도 필요하지 않다. 이리하여 성직자는 그의 선배와 후계자의 대열에 뛰어들어 함께 향유를 바른 사람들 가운데 있으면서, 최고의 수복자受福者를 대표하고 있으나, 우리들이 존경하는 것은 그 사람 자체가 아니라 그의 사명이며, 우리들이 무릎을 꿇는 것은 그의 신호에 의해서가 아니고 그가 부여하는 축복이기 때문에, 더욱 숭고하게 보인다. 그리고 그 축복은 지상의 그릇인 인간이, 그 죄많고 더욱이 배덕背德의 성질에 의해서 그 힘을 약화시키고, 또는 죽일 수도 없기 때문에, 더욱 신성하게 보이며, 더욱더 하늘에서 직접 내려오는 것처럼 생각된다.

이 진실한 정신적인 관계가 신교에 있어서는 얼마나 심하게 분열되어 있는 것일까! 앞에서 말한 상징적 의식의 일부분은 정통적인 것이 아니라고 여기며, 극히 미세한 것만이 정통적인 것으로 인정되고 있다. 어떤 부분을 무방한 것으로 인정하면서, 어떻게 다른 부분의 존엄성을 우리에게 느끼게 할 수가 있겠는가!

나는 당시, 수년 전부터 가정 고해목사였던 선량하고 늙고 허약한 성직자에 의해서 종교 교육을 받았다. 신앙문답서의 해석과 구제의 교리를 나는 암송할 수가 있었다. 유력한 증명을 부여하는 성서의 금언金言도 모두 외우고 있었다. 그러나 이런 모든 것에서 아무런 이익도 얻지 못했다. 왜냐하면 그 유별난 노인이 낡은 형식에 따라서, 그의 시험을 행하겠다고 이야기했을 때는 나는 이 일에 대한 흥미와 사랑을 완전히 잃고 말았다. 최후의 1주일 간을 온갖 오락으로 놀아나고, 손위의 친구가 그 성직자로부터 입수한 종이조각을 빌어서는 몰래 모자 밑에 숨겨 놓고서, 감정을 살려 확신을 갖고 말할 수 있음에도 불구하고 무감각하고 무의미하게 낭독했다.

그런데 내가 이번에는 참회석에 나아가게 되었을 때, 나의 선량한 의지도, 향상의 노력도, 이 중요한 경우에 무미건조하고 생명 없는 인습으로 인하여 몹시 마비되어 있음을 깨달았다. 나는 물론 많은 결함을 갖고 있었으나, 중대한 과실이 있음을 의식하지 못했다. 그리고 이 의식이야말로 과실을 감소시키는 것이었다. 왜냐하면 그 의식은 결의와 인내에 의해서 마침내 원죄를 정복할 내 내부에 있는 도덕적인 힘을 나에게 보여주었기 때문이다. 우리들은 참회석에서 아무런 특별한 고백을 할 필요가 없기 때문에 가톨릭교보다도 월등하다는 것, 그뿐 아니라 우리들이 고백하고 싶다고 생각할 때에도 그러한 고백은 적당한 것이 아니라고 배웠다. 그러나 이 후자의 사고방식에 대해서 나는 찬성할 수가 없었다. 왜냐하면 그러한 고백의 의의에 대하여 결말을 지어두겠다고 생각한 기이한 종교적인 의문을 갖고 있었기 때문이다.

그러나 그럴 수만은 없는 것이기 때문에 나는 혼자서 하나의 참회를 생각해 냈다. 그것은 내 심경을 표현해서, 어느 총명한 사람을 향해, 하나하나의 경우에 대해 말하는 것이 금지되어 있던 일들을 일반적으로 고백하려는 것이었다. 그러나 내가 성聖 프란체스코 파派의 교회의 낡은 본전本殿 안에 들어가, 이 의식에 성직자들이 입회하게 되어 있는, 창살달린 이상한 좌석에 다가가서는 교회지기가 문을 열어 주어 고해신부와 마주앉아 좁은 장소에 갇혀있는 자신을 보았을 때, 그리고 그가 코먹은 약한 목소리로 나를 맞이했을 때에 나의 정신과 감정의 빛은 완전히 사라져 버리고, 잘 기억했던 참회의 말이 내 입에서 나오려 하지 않았다. 나는 당황한 나머지 손에 들고 있던 책을 펴서 닥치는 대로 짧은 형식의 구절을 읽어댔다. 그것은 어떠한 사람이라도 평범한 마음으로 말할 수 있는 일반적인 것이었다. 나는 사면을 받고는 아무런 감정 없이 그 자리를 떠났다. 다음날 양친과 함께 소위 주님의 식탁에 앉았고, 그때부터 2,3일간은 그러한 신성한 행위 뒤의 적절한 태도를 취하고 있었다.

그러나 그 결과 우리들의 종교가 여러 가지 교조教條에 의하여 복잡해지고, 각양각색의 해석을 허용하는 성서의 문구에 기초를 두고 있기 때문에 회의적懷疑的인 인간을 괴롭히는 불행이 내 마음 속에 생겼다. 이것은 우울증적인 상태를 동반하는 것으로서, 극단에 이르면 고정관념이 되는 것이다. 나는 극히 총명한 사고방식과 생활태도를 가지고 있으면서 성령聖靈에 대한 죄스런 생각, 또한 그 죄를 범했다는 불안감에서 빠져나오지 못하는 많은 사람을 알고 있다. 이것과 마찬가지로 불행이 성찬의 재료라는 점에서도 나를 위협했다. 즉 그 자격 없이 성찬을 받는 자는 그것에 의해서 스스로 심판을 받는다고 하는 성서의 말씀이 어려서부터 나에게 무서운 인상을 주었다. 내가 중세사中世史에 있어서 신의 심판, 즉 작열하는 쇠꼬챙이, 타오르는 화염, 넘쳐흐르는 물 등의 불가사의한 시련에 관해서 읽은 모든 기사記事, 그리고 성서에 있는 결백한 자에게는 약이 되지만 죄 있는 자의 몸은 부풀려 터뜨렸다는 샘물의 이야기 등이 나의 상상에 나타나서는 한 군데로 모여들어 극도로 무서운 감정을 형성시켰다. 한편 허위의 약속, 위선, 위증僞證, 독신瀆神 등이 가장 신성한 행위에 있어서 그 자격이 없는 자의 마음을 무섭게 하는 것으로 생각했다. 누구든 자신이 그 자격이 있다고 공언할 수는 없으며, 또한 죄의 사면은 결국 모든 것을 해결하는 것이긴 하나 그것은 여러 가지 점에 있어서 제한되고, 그것을 자유로이 획득하는 것이 허용되지 않기 때문에, 이 일은 더욱 더 무서운 것이었다.

이 음울한 의혹이 나를 괴롭혔다. 그것도 사람들이 충분한 설득력이 있는 것으로서 나에게 소개하려 했던 수단은 나에게는 몹시 무력하게 보였기 때문에, 그 공포의 환상을 더욱 무서운 것으로 만드는 데 지나지 않았다. 그래서 나는 라이프찌히에 도착하자마자, 교회적 관계에서 완전히 떠나려고 노력했다.

그 때문에 겔레르트의 훈계는 나를 몹시 괴롭혔다. 그는 우리들의 무절제한 태도를 피해야 한다는 강박관념 때문에, 그렇지 않아도 말수가 적은 태도를 취했다. 그러므로 나는 이와 같은 기문奇問으로 그를 괴롭히는 것을 원치 않았다. 더욱이 나는 기분이 유쾌할 때에는 이러한 의문을 부끄럽게 여기고 있었다. 그래서 나는 마침내 이 기묘한 양심의 불안을 교회와 제단과 함께 완전히 버리고 말았다.

겔레르트는 그의 경건한 감정에 근거를 둔 하나의 도덕설을 수립하였고, 그것을 종종 공개석상에서 낭독하여 그것으로써 공중에 대한 의무를 훌륭한 방법으로 수행했다. 겔레르트의 저작은 이미 오랫동안 독일의 도덕적 문화의 기초였기 때문에 누구든 그의 저작의 출판을 고대하고 있었다. 그러나 이것은 이 인물의 사망 이후에 비로소 실현되도록 되어 있었기 때문에, 그의 생존 중에 그의 강연을 듣는 것을 세상 사람들은 커다란 행복으로 여겼다. 철학 강의실은 그의 시간에는 만원이었다. 아름다운 혼魂, 순수한 의지, 우리들의 행복에 대한 이 고귀한 인간의 관심이나 그의 훈계, 경고, 희망이 다소 나직하고 침착한 음조로 이야기되어 분명히 좋은 인상을 주었다. 그러나 한편으로는 이것을 조소하는 자도 많이 나타났으며, 그들은 우리들에게 그들의 소위 원기를 상실하게 하는 그 약한 태도에 대하여 의문을 품게 했기 때문에 이 인상은 오래 지속되지 못했다. 나는 한때 커다란 명성을 떨쳤던 이 분의 학설이나 사고방식을 문의하던 프랑스의 여행가를 기억하고 있다. 우리들이 그 여행가에게 필요한 답변을 했을 때, 그는 머리를 짓고 미소를 지으며 "내버려 둬요, 그는 우리들을 바보 취급하고 있군요"라고 말했다.

그래서 또한 위엄을 지닌 것을 자신의 주위에 두는 것을 좋게 생각하지 않는 상류사회도 겔레르트가 우리들에게 미치려고 하는 도덕적 감화를 때로는 방해하는 때도 있었다. 어느 때는 그가 특히 의뢰받고 있던 덴마크의 부유한 귀족을 다른 학생보다도 잘 가르치거나 그들을 특별히 배려하는 것이 나쁜 일로 해석되고, 어느 때는 이 청년들에게 그의 동생 집에서 오찬을 대접한 것은 이기적이고 정실주의적이라고 비난을 받았다. 그 동생이란 사람은 키가 크고 풍채가 좋고, 호탕하고, 무뚝뚝하며, 상스런 인간으로서, 검술 선생이라고 했었다. 그는 형인 겔레르트의 관용성과는 달리, 이 귀족인 식탁 친구들을 종종 난폭하게 취급한다는 소문도 있었다. 그렇기 때문에 세상 사람들은 이 젊은이들 편에 서야 한다고 생각하고는 이 뛰어난 겔레르트의 명성에 대하여 이것저것 비난받을 짓을 했다. 그래서 우리들도 그의 인물에 대해서 의심을 자아내지 않도록 그에 대하여 도리어 무관심한 태도를 취하게 되었고, 그 앞에는 더 이상 나타나지 않기로 했다. 그렇지만 그가 자주 길이 든 백마를 타고 오는 것을 만나면, 언제나 지극히 정중한 인사를 했다. 이 말은 선제후選帝侯가 그에게 선물한 것으로서 건강을 위해서 필요한 운동을 그에게 시키기 위한 선물이었다. 이 특별 대우도 세상 사람들은 용납하려 들지 않았다.

이리하여 일체의 권위가 소멸되고, 내가 알고 있던 그리고 마음속으로 생각하고 있던 가장 선량하고 위대한 사람들에 대해서까지 의심을 품게 되고, 그뿐 아니라 절망하지 않으면 안 될 시기가 나에게 닥쳐왔다.

프리드리히 2세의 모습은 지금도 여전히 세기世紀의 모든 탁월한 인사들에 앞서 내 심중心中에 떠오르고 있었기 때문에, 내가 라이프찌히 시민들 앞에서, 조부의 집에서와 마찬가지로 그를 칭찬해서는 안 된다는 것을 매우 기묘하게 생각지 않을 수 없었다. 물론 이 시민들은 전쟁의 재난을 뼈저리게 느끼고 있었기 때문에, 전쟁을 시작하고 또 계속했던 이 사람에 대해서 호의를 갖지 않는 것을 나무랄 수는 없었다. 그들은 왕을 탁월한 인물이라고 생각했으나, 결코 위대한 인물로 인정하려고는 하지 않았다. 대대적인 수단을 다해서 미미한 성과를 얻은 것은 아무것도 아니라고 그들은 말했다. 국토나 재화나 인명을 아끼지 않으면, 누구든 최후에 가서 소기의 계획을 수행할 수 있다. 프리드리히 왕은 그 계획의 어느 것을 보든, 또는 그가 실제로 계획했던 어느 것을 보든, 또는 그가 실제로 계획했던 어느 것을 보아도, 결코 그 위대함을 나타내고 있지 않았다. 그가 주동자의 지위에 있는 한, 그는 언제나 실수를 범했다. 이 실수를 보상하지 않을 수 없을 때에 비로소 비범함이 나타났던 것이다. 그리고 그가 위대한 명성을 얻은 이유는 모든 사람이 가끔 범하는 실수를 다시 교묘하게 보상하는 재능을 구하는 것에 지나지 않기 때문이다. 7년전쟁을 자세히 살펴보기만 하면 왕이 우수한 군대를 전혀 쓸모없이 희생시키고, 이 유해한 전쟁을 이렇게도 장기화한 것은 자신의 책임이라는 것을 발견할 수 있으리라. 참으로 위대한 인간이며 장군이었더라면 훨씬 더 신속하게 적을 처치했을 것이다. 이상과 같은 의견을 주장하기 위해서, 그들은 수없이 상세한 사실을 인용할 수가 있었다. 나는 그것을 부정할 수 없었기 때문에 어려서부터 이 남다른 군주에게 바친 절대적인 숭배도 점차 식어가는 것을 느꼈다.

라이프찌히의 주민이 위인을 숭배하는 쾌감을 나에게서 빼앗아간 것처럼, 당시 내가 얻은 새로운 친구가 현재의 시민에 대해서 내가 품고 있던 존경심을 무참하게 없애버렸다. 이 친구는 이 세상에 둘도 없는 기인奇人중 한 사람으로서, 베리쉬라는 이름으로 불렸고, 린데나우 백작의 아들의 가정교사직을 맡고 있었다. 그는 풍채부터 몹시 별스러웠다. 나이는 30을 훨씬 넘었고, 여위기는 했으나 체격이 좋은 남자로서 커다란 코와 대체로 특징 있는 얼굴이었다. 탈이라고 불러도 좋을 정도의 가발을 아침부터 저녁까지 붙이고 있었으며, 매우 산뜻한 복장을 했고, 외출할 때에는 언제나 칼을 차고, 모자를 옆구리에 끼고 있었다. 그는 시간을 허비한다기보다는 도리어 한가로이 보내기 위해서 아무것도 아닌 것에서 무엇인가를 만들어 낼 수 있는 특별한 재능을 지닌 사람이었다. 그는 무슨 일이든 침착하게 그리고 일종의 고상함을 갖고서 하지 않고는 못 배겼다. 그의 점잔 빼는 모습은 천성에서 오는 것이 아니었기 때문에, 그의 고상함은 뽐내기 위한 것이라는 말을 들었을지 모른다. 그는 나이 많은 프랑스인을 닮았고, 실제로 또한 매우 능숙하게 프랑스어를 말하기도 하고 쓰기도 했다. 그의 최대의 즐거움은 우스꽝스러운 것을 진실하게 취급하고, 어리석은 생각을 한없이 확대해 나가는 것이었다. 그는 언제나 회색 옷을 입고 있었다. 그리고 그의 의복의 여러 부분이 여러 가지 다른 천으로 만들어져 있었고, 따라서 짙고 엷은 색깔의 차이가 있었기 때문에 그는 그 위에 어떤 방법으로 자신의 의복에 회색을 첨가할 것인가를 며칠을 두고 생각하는 때가 있었다. 그래서 그 일이 잘되어 그 성공을 의심하거나 불가능하다고 단정한 우리들을 난처하게 만들 수 있으면 그는 만족해 했다. 그리고는 우리에게 독창력의 결핍 혹은 그의 재능을 믿지 않는 것에 대해서 길고 긴 설교를 했다.

그 외에 그는 학식이 풍부하고, 특히 근대 어학과 문학에 정통했으며, 필적도 훌륭했다. 그는 나에게 호의를 갖고 있었다. 그리하여 나는 언제나 연장자와 교제하는 습관이 있었고, 또한 그것을 즐기고 있었기 때문에, 마침내 그에게 열중하게 되었다. 나는 자신의 초조한 성격과 단기短氣로써 그를 매우 괴롭혔으나, 이 성질을 교정하는 데 그는 만족을 느꼈기 때문에, 나와의 교제는 그에게 있어서는 특별한 즐거움이 되었다. 문학 방면에서 그는 모든 감식鑑識, 즉 좋은 것과 악한 것, 평범한 것과 인정해도 좋은 것에 대해 일반적인 견해를 갖고 있었다. 그러나 그의 비판은 비난에 쏠리기가 쉬웠다. 내가 같은 시대의 작가에 대해서 마음 속에 품고 있던 약간의 신뢰는 그가 논문이나 창작에 대해서 기지를 발휘하여 기분 내키는 대로 서술하는 혹평에 의해서 파괴되어 버렸다. 나 자신의 작품은 관대하게 보아 내게 즐거움을 갖게 해주었으나, 거기에는 내가 결코 자작을 인쇄하지 않는다는 조건이 붙어 있었다. 그 대신에 그는 좋다고 생각되는 나의 작품을 자신이 정서하여, 아름답게 제본하여 나에게 보낼 것을 약속했다. 이 계획은 그에게 최대의 소일거리를 제공했다. 왜냐하면 이것에 적합한 좋은 종이가 발견되어 형체에 대해서 마음이 결정되고 종이의 폭과 문자의 형체를 정하고, 까마귀 털을 떼어 내어 그 끝을 잘라 펜을 만들고 잉크를 만들 때까지는, 아무 일도 하지 않고 수주일을 보냈다. 그는 정서를 할 때마다 언제나 이와 같은 수고를 거듭했다. 그리하여 여러 차례에 걸쳐서 매우 아담한 사본寫本을 만들어 냈다. 시의 제목은 고딕체의 독일 문자로 씌어지고, 시구는 꼿꼿한 작센 풍風의 문자로 씌어졌다. 각 시편詩篇의 끝에는 어디서 뽑았는지 혹은 자기가 생각해 냈는지, 어쨌든 그 시에 적절한 것이 그려져 있었다. 이 경우 그는 이러한 것에 사용되는 목판화나 컷의 획선劃線을 매우 아름답게 모방하는 수완이 있었다. 그는 정서를 진행하면서 이런 것들을 나에게 보이기도 하고, 또한 훌륭한 필적에 의해서, 그것도 인쇄기로는 도저히 따라갈 수 없는 방법으로, 내것이 영원히 전해지는 것을 보는 나의 행복을, 한편 우습고 감격적인 태도로서 나에게 자랑스럽게 이야기하여 그것으로써 또한 유쾌한 시간을 보내는 기회를 만들었다. 또한 동시에 그와의 교제는 그가 지닌 풍부한 지식으로 인하여 부지중에 나에게는 유익한 것이 되었다. 더군다나 그는 나의 불안한, 그리고 과격한 성질을 진정시켜 줄 수가 있었기 때문에, 도덕적인 의미에 있어서도 나에게 유익했다.

또한 그는 모든 조잡한 것에 대해서 특별한 반감을 갖고 있었다. 그의 해학은 어디까지나 기발한 것이었으나, 별로 비속하게 빠지는 일이 없었다. 그는 동양인에 대해서 기이한 반감을 대담하게 나타내어 그들이 무슨 일을 계획하든 그것을 우스꽝스런 필치로 묘사했다. 특히 그는 개개의 인간을 우스꽝스럽게 서술하는 것에 있어서는 무진장한 재간을 지니고 있었다. 하여튼 그는 누구의 풍채에서도 어떤 결점을 찾아냈던 것이다. 그렇기 때문에 우리들이 창가에 모여 있을 때에, 그는 통행인의 비평을 몇 시간이고 계속할 수가 있었다. 그리하여 그들을 욕하다 지치면, 그들이 올바른 인간으로서 대체 어떠한 복장을 해야 하는가, 어떻게 걸어야 하는가, 어떠한 거동을 취해야 하는가 하는 것을 상세하게 설명했다. 그러한 제의는 대개 부적당하고 살풍경한 것으로 끝나는 것이 보통이었기 때문에 우리들은 그 당사자의 모습을 웃기보다는 도리어 그들이 정신이 돌아서 그의 제안대로 묘한 모습을 한 경우를 상상하며 웃었다. 이러한 모든 사건에 있어서 그는 추호도 악의를 갖고 있지 않았고, 조금도 기탄없이 실행했다. 그 대신에 우리들 쪽에서는, 그의 용모는 프랑스의 무도舞踊 선생은 아니라 하더라도 적어도 대학의 어학 선생으로는 보인다고 단언하여 그를 당황하게 할 수 있었다. 이 비난은 언제나 여러 시간에 걸치는 그의 강의를 촉진하는 신호와 같은 것이었다. 이 강의에서 그는 대략 그 자신과 프랑스 노인 사이에는 천양지차가 있음을 들고 나왔다. 그는 동시에 자신의 복장의 개량과 변경에 관해서 우리들이 들추어 낼 만한 모든 졸렬한 제안을 열거하여 우리들을 언제나 비난했다.

그 정서가 더욱더 아름답게, 더욱더 깨끗하게 진행됨에 따라서, 나의 시작詩作은 더욱 열을 올리게 되었으나, 그 경향은 이번에는 완전히 자연적인 것, 진실한 것으로 향하게 되었다. 그리하여 소재는 반드시 중요한 것만은 아니었으나, 나는 언제나 그것을 순수하게 그리고 예리하게 표현하려고 노력했다. 그것은 특히 그 친구가 까마귀털로 된 펜과 잉크를 사용하여 네덜란드 종이에 시를 쓰는 것은 무엇을 의미하는가. 그 때문에 결코 무의미한 것, 무용無用한 것에 낭비해서는 안 되는 시간과 재능과 노력을 얼마나 필요로 하는가 하는 것을 나에게 말하여 나로 하여금 생각하게 했기 때문이었다. 그는 동시에 완성된 책자를 펴놓고 여기저기 기록해서는 안 되는 것을 상세하게 설명하고, 그것이 실제로 씌어있지 않은 것을 항상 서로 다행으로 여겼다. 그리고 인쇄술에 대해서 심한 모욕을 나타내면서 말하고, 식자공植字工의 흉내를 내면서 그 동작이나 바쁜 듯이 활자를 고르는 것을 조롱하고, 문학의 모든 불행은 이 인쇄작업에 원인이 있다고 말했다. 그와는 반대로 그는 필경사筆耕士의 품위와 콧대 높은 태도를 칭찬하고, 곧 그 예를 보여 주기 위해서 자리에 앉았다. 그때 물론 그는 우리들이 그의 모범을 모방하여 탁자를 향해 그와 똑같이 일에 종사하지 않는 것을 나무랐다. 또한 그는 다시 식자공과의 대조에 이야기를 돌려서 쓰고 있던 편지를 거꾸로 보이면서, 혹은 밑에서 위로 향해서, 혹은 오른편에서 왼편으로 향해서 쓰는 것이 얼마나 보기 싫다든가, 기타 여러 가지 사실을 우리들에게 보여주었는데 그러한 그의 말은 여러 권의 책자가 될 정도였다.

이렇듯 허물없고 어리석은 짓을 하면서 우리들은 시간을 낭비했다. 그러나 우리 친구 중에서 우연한 사건이 발생하여 세상을 놀라게 하고, 그것이 우리들의 평판을 너무나 좋지 않게 할 줄은 아무도 예상하지 못했다.

젤레르트는 그의 연습에 대하여 그다지 흥미를 느끼지 않았던 것 같다. 그가 산문이나 시의 양식에 대해서 무엇인가 지도하는데 대해 흥미를 느꼈을 때에는 언제나 과외 강의로서 단지 소수의 사람에게만 그것을 가르쳤다. 하지만 우리들은 그 중에 들지 못했다. 그것에 의해서 정식 강의에서 생긴 결함을 클로디우스 교수[40]가 보충하려고 생각했다. 그는 문학과 비평과 시 방면에서 다소의 명성을 얻고 있었으며, 또한 젊고 쾌활하며, 남의 일을 즐겨 돌보는 사람으로서 대학에서나 시에서 많은 친구를 갖고 있었다. 이번에 담당한 그의 강의를 듣도록 젤레르트 자신이 우리에게 권했다. 그러나 중요한 점에 관해서 우리들은 이 두 사람 사이에 그다지 큰 차이를 인정하지 않

---

40) Christian August Clodius(1738~84). 1764년에 라이프찌히 대학 철학교수가 됨.

았다. 클로디우스도 또 하나 세부적인 점만을 비평하고, 똑같이 빨간 잉크로 정정했다. 이리하여 우리들은 잘못투성이임을 알았으나, 어디에서 정확한 것을 찾아야 할는지 전연 짐작이 가지 않았다. 나는 그에게 나의 짤막한 작품 몇 개를 가지고 갔으나, 그것을 그는 나쁘게 취급하지는 않았다. 그러나 바로 그때 내 집에서 편지가 와서, 숙부의 결혼식을 위해서 부디 한 편의 시를 증정하지 않으면 안 되었다.

나는 자신이 지나간 날의 경솔했던 시절에서 지금은 멀리 떨어져 있는 것을 느꼈다. 그 당시 같으면 이런 것은 분명히 나를 즐겁게 했을 것이다. 나는 실제의 사실에 대해서는 아는 바가 없었기 때문에, 표면의 장식으로서 나의 작품을 훌륭하게 장식하려고 생각했다. 그렇기 때문에 나는 나의 시에 프랑크푸르트의 법률가의 결혼에 대해서 상담하기 위해, 모든 올림푸스의 신神들을 끌어모았다. 더욱이 그러한 명사名士의 축연에 맞도록, 그것을 어디까지나 진지하게 다루었다. 비너스와 테미스[41] 사이에 그 사람으로 인해 불화가 생겼다. 그러나 아모스가 테미스에게 악의 있는 장난을 해서 비너스가 승리하여, 신들은 이 결혼에 대하여 찬성의 결정을 내렸다는 줄거리였다.

이 작품이 내 마음에 들지 않은 것은 아니었다. 집으로부터도 이것에 대해서 훌륭한 칭찬의 편지를 받았기 때문에, 나는 힘들여 또 하나의 사본을 만들어, 나의 선생으로부터 약간의 칭찬을 받으려고 했다. 그러나 이번에는 전연 짐작이 틀렸다. 그는 이 문제를 엄격하게 다루어, 나의 착상 속에 숨어 있는 광시적狂詩的인 성질을 완전히 간과하고, 이와 같은 사소한 인간사에 천상天上의 재료를 무리하게 사용하는 것은 몹시 부당하다고 언명했다. 이와 같은 신화적 인물의 이용 혹은 남용은 현학적衒學的인 시대에 생긴 잘못된 습관이라고 비난하고, 이 시의 표현은 때로는 너무 장엄하고 때로는 너무나 비속

---

41) 그리스 신화에 나오는 법法의 여신.

하다 생각하여 개개의 점에 있어서 정정하는 것을 주저하지 않았으나, 아직까지도 정정이 충분치 않다고 단언했다.

이러한 작품은 물론 익명으로 낭독되어 비평을 받았지만, 누구든 서로 주의를 게을리 하지 않았기 때문에, 이 불행으로 끝난 신神들의 모임이 나의 작품이었다는 것은 숨길 수가 없었다. 그러나 그의 입장을 인정한다면, 그 비평은 매우 정당한 것이라 생각되었다. 자세히 생각해 보면 그 신들은 본래 의미없는 환상에 지나지 않았기 때문에, 나는 올림푸스의 신들의 모임을 저주하고, 이 신화의 판테온을 전부 포기해 버렸다. 이때부터 여하간 나의 시에 나타난 신은 아모르와 루나뿐이었다.

베리쉬가 그의 조소의 표적으로 선출한 인물 중에 클로디우스가 제일 앞자리에 놓여 있었다. 실제로 그에게서 우스꽝스러운 일면을 찾아내는 것은 어렵지 않았다. 키가 작고 약간 강하게 보이는 민첩한 신체의 그는 동작이 과격했고 말은 경솔했으며 태도에는 침착성이 없었다. 이러한 모든 특징에 의해서 그는 그 지방 사람들과는 달랐다. 그러나 그의 성격은 선량했고 그의 전도가 촉망되었기 때문에, 세상 사람들은 그가 하는 대로 내버려 두었다.

사람들은 보통 축제 때에 필요한 시를 그에게 위촉했다. 그는 소위 송가頌歌에 있어서는 라믈러가 사용한, 실제로 라믈러에게만 어울리는 양식을 모방했다. 클로디우스는 모방자로서 라믈러의 시에 장엄한 장식을 부여하는 외국어에 착안했다. 그것은 그 제재의 위대함, 그리고 기타의 취급방법에도 적합했기 때문에, 귀에도 감정에도 상상에도 매우 좋은 효과를 주었다. 클로디우스의 경우에는 이와 반대로, 그의 시는 다른 점에 있어서 아무것도 정신을 높이는 데 적합한 것이 아니었기 때문에, 이런 종류의 표현은 이상한 느낌을 주었다.

이와 같은 시가 종종 아름답게 인쇄되어서 대단한 칭찬을 받는 것을 우리들은 눈앞에서 보지 않으면 안 되었다. 이교異教의 신神들을 이용하는 것을 우리들에게 방해했던 그가 이제 와서 그리스어와 라틴어를 계단으로 삼아 파르낫수스 산 위에 다른 사다리를 조립하려고 했던 것을 우리들은 매우 불쾌하게 느꼈다. 빈번히 반복되는 어귀는 우리들의 기억 속에 깊이 새겨졌다. 우리들이 코올개르텐[42]에서 맛있는 케이크를 먹고 있던 유쾌한 때에, 별안간 나는 저 위세좋고 균형잡힌 말을 다과점의 헨델에게 바치는 시 한 편에 모으려고 생각했다. 그렇게 생각하자 실행에 옮겼다. 여기에 그 집 벽에 연필로 썼던 대로 적는다.

오 헨델이여, 남에서 북으로 달리는 그대 명성,

들으라, 귓가에 울리는 찬가讚歌를

그대는 갈리아인, 브리텐인이 열망하는 독특한 케이크를 굽는 독창적

천재로다.

그대 앞에 넘치는 커피의 대양大洋은

히메투스[43]로부터 흐르는 꿀보다 더 감미롭다.

그대의 집은 예술의 보답으로 세워진 기념비이다.

전리품을 쳐들어, 여러 국민에게 알린다!

왕관은 쓰지 않아도 헨델은 여기에서 행복을 찾았고

극시인劇詩人보다 많은 은화를 탈취했다고.

언젠가 그대의 관이 장엄한 장식으로 빛날 때

애국자들은 그대 묘 앞에서 눈물 흘리리.

아니 살아나 있으리. 그대의 소파는 고귀한 일족의 보금자리이니라.

올림푸스처럼 높이, 파르낫수스처럼 견고히 서라.

로마의 노포弩砲도 그리스의 어떠한 방진方陣도

---

42) 라이프찌히 근교의 레우드니쯔(Reudnitz)를 말함.
43) 아테네 시 남쪽에 있는 산으로 벌꿀의 산지로 유명함.

게르만인과 헨델을 멸망시키지 못하리라.
그대의 행복은 우리들의 자랑, 그대의 불행은 우리들의 고통,
헨델의 성전聖殿만이 뮤즈 아들의 심장이다.

이 시詩는 그 방房의 벽을 더럽힌 많은 다른 시 사이에 끼여 오랫동안 사람의 눈을 끌지 못했다. 그리고 우리들은 그것을 보고 즐거워했으나, 마침내 다른 일에 분주해서 완전히 잊어버렸다. 얼마 후에 클로디우스는 그의 작품 〈메돈〉[44]을 간행했다. 이 작품의 초연은 대성공을 거두었으나, 우리들은 그 속에 씌어 있는 예지叡智와 관용과 도덕을 더할 나위 없이 우스꽝스러운 것으로 생각했다. 바로 그날 저녁, 우리들이 예의 주점에 모였을 때 나는 크니텔 시형詩形으로 서곡을 지었다. 이 중에는 두 개의 큰 자루를 지닌 어릿광대가 등장하여 무대 전면의 양쪽에 그 자루를 놓고 전주곡의 농담을 이것저것 말한 뒤에, 다음의 사실을 관중에게 밝힌다. 이 두 개의 자루 속에는 도덕적·미적인 모래가 들어 있다. 배우는 종종 그것을 관중의 눈에 뿌릴 것이다. 한 자루는 비용이 들지 않는 자선慈善으로 가득 차 있다. 다른 하나의 자루는 멋진 말로 표현되어 있으나 그 속에는 아무런 깊은 뜻이 없는 의견으로 가득 차 있음을 말한다. 그는 본의는 아니지만, 그 자리를 떠났다가 가끔 다시 돌아와서 관객이 그의 경고에 주의하여 눈을 감도록 진지하게 훈계한다. 그리고 그가 언제나 관중의 편이며, 관중에 대하여 호의를 갖고 있다는 것, 기타 여러 가지를 설명한다. 이 서곡을 즉석에서 친구인 호른이 연기했으나, 이 해학은 우리들 사이에서만 행해졌을 뿐, 달리 복사는 하지 않았다.

그렇지만 어릿광대역을 교묘히 연기한 호른은 헨델에게 보낸 내 시에 몇 개의 시구를 삽입하여 그것을 직접 〈메돈〉과 관련시키려 생

---

44) 전해진 하나의 이야기를 희곡화한 것. 그 당시 라이프찌히에서 종종 상연되었음.

각했다. 그는 그것을 우리들에게 읽어주었으나, 이 추가는 유별나게 재미있게 생각되지 않았으며, 전연 다른 의미로 쓴 최초의 시가 그 때문에 파괴된 것처럼 생각됐기 때문에 우리들은 그것을 좋아하지 않았다. 우리들의 냉담冷淡, 아니 우리들의 비난을 불만으로 생각했던 호른은 그것을 다른 사람들에게 보여주고서, 그 사람들에게는 참신하고 재미있는 것으로 여겨진 것 같았다. 그래서 이번에는 복사본을 몇 개 만들었다. 클로디우스의 〈메돈〉이 평판이 좋았기 때문에, 이 시도 곧 일반에게 보급되었다. 그 결과 일반의 비난을 자아냈고, 그 작가는 (이것이 우리 친구들 사이에서 나온 것이 얼마 안 되어 알려졌다) 심하게 비난을 받았다. 이러한 종류의 것은 크로네크와 로스트가 고트셰트에 대한 공격에[45] 사용한 이래 지금껏 한 번도 나타난 적이 없었기 때문이었다. 우리들은 그렇지 않아도 이전부터 이미 뒤에서 몸을 사리고 있어서, 지금은 마치 부엉이가 다른 새(鳥)에 대해서 하는 경우와 같았다. 드레스덴에서도 이 사건은 좋게 생각되지 않았다. 그리하여 우리들에게 있어서 불쾌하지는 않았지만, 중대한 결과를 초래했다. 린데나우 백작은 이미 오래 전부터 아들의 가정교사에 대해서 만족하지 않고 있었다. 베리쉬는 백작의 아들을 결코 등한히 다룬 것은 아니었고, 교사들이 나날의 수업을 할 때에는 아들의 방에 있거나 적어도 옆방에 있었고, 강의에는 규칙적으로 함께 출석했고, 낮에는 그를 동반하지 않고는 외출한 일이 없으며, 산책에도 언제나 그를 데리고 다녔음에도 불구하고, 우리들 이외의 사람은 언제나 아펠[46] 집에 모여서 산책 때에는 그들 두 사람과 함께 출발했다. 그 때문에 그것만으로도 사람의 이목을 끌었다. 베리쉬는 또한 우리들과 함께 있는 것이 습관화되어, 마침내 밤 아홉 시가 되어 대개 자

---

45) 〈Cronegk : Gesprach Zwischen dem groben und kleinen Christoph〉(1754). 〈Rost : Der Teufel an Herrn Gottsched〉(1755). 두 개 다 고트셰트를 공격하고 있다.
46) 베리쉬는 아펠가에서 백작의 아들과 함께 살고 있었음.

기 제자를 하인 손에 맡긴 후, 우리들이 있는 주점으로 찾아왔다. 거기에 그는 단화와 긴 양말을 신고 허리에 칼을 차고, 모자를 옆구리에 끼고 오는 것이 보통이었다. 그가 보통 하는 해학이나 장난은 끝이 없었다. 예를 들면 우리들의 친구 하나는 정각 열 시에 외출하는 습관이 있었다. 그것은 그가 어떤 어여쁜 아가씨와 친숙한 사이였고, 또한 그녀와는 그 시각이 아니면 만날 수가 없었기 때문이었다. 우리들은 그를 놔주고 싶지 않았다. 베리쉬는 어느 날 밤 우리들이 매우 유쾌하게 자리를 함께 하고 있을 때에, 오늘 밤만은 그를 내보내지 않기로 몰래 계획을 세웠다. 열 시가 되자, 그는 일어나 작별인사를 했다. 베리쉬가 그를 불러세워 함께 나갈 테니 잠깐 기다려달라고 청했다. 그리고는 매우 애교있는 태도로 바로 눈앞에 있는 단검을 우선 찾기 시작했다. 그리고 그것을 찰 때에 몹시 어색한 솜씨로 했기 때문에 도무지 허리춤에 찰 수가 없었다. 그는 처음에는 그것을 아주 자연스럽게 했기 때문에 아무도 의심하지 않았다. 그러나 그는 기분을 바꾸기 위해서 마침내 칼을 바른쪽 허리로 가져가기도 하고 두 다리 사이에 끼기도 했는데 그때마다 일동의 폭소가 터졌다. 귀가를 서두르는 자도 똑같이 쾌활한 자였으니, 함께 웃고는 베리쉬가 하는 대로 맡겨 버렸다. 그래서 마침내는 애인과 만나는 시간이 지나서, 그때부터 더욱 즐겁게 밤늦게까지 함께 유쾌한 이야기를 나눴다.

불행하게도 베리쉬는 또한 어떤 두서너 명의 소녀에게 애착을 느꼈으며, 우리들도 그의 소개로 그녀들을 좋아하게 되었다. 그녀들은 사실 소문만큼 그렇게 나쁜 여자들이 아니었다. 그러나 이 때문에 우리의 평판은 좋게 될 수가 없었다. 우리들은 종종 그녀들 집의 정원에 있는 것을 사람들에게 들켰다. 우리들은 또한 젊은 백작과 함께 있을 때에도 그쪽으로 산책을 했다.

이런 일이 쌓이고 쌓여서 드디어 백작에게 보고되었다. 결국 백작은 온건한 방법으로 그를 해고하려고 했다. 그러나 이 결과는 거꾸로 그의 행운이 되었다. 그의 훌륭한 풍채와 학식과 재능, 누구도 비난할 수 없는 그의 성실함은 상류층 인사들의 존경을 얻고 있었기 때문에, 그들의 추천에 의해서 그는 데사우 공작의 세습 교육자로 초빙되어, 모든 점에서 훌륭한 이 궁정에서 안정된 행복을 찾았다.

베리쉬와 같은 친구를 잃은 것은 나에게는 매우 중대한 일이었다. 그는 나를 교육시킴으로써 도리어 나를 그르쳤다. 그가 나에 대해서 베풀어도 좋다고 생각했던 것이 어느 정도 사교에 있어서 효과가 있었다고 한다면, 그가 있는 것이 나에게는 필요했다. 그는 그때그때 적절한 모든 예의범절에 대해서 나의 주의를 쏠리게 하여 나의 사교적인 재능을 일깨워 줄 줄 알았다. 그러나 나는 이러한 것을 혼자서는 할 수 없었기 때문에, 재차 혼자가 되면 곧 내 고집과 완고한 성질로 되돌아간다. 이 성질은 내 주위가 나에게 만족하지 않는다고 생각하고서, 내 쪽에서도 주위에 대해서 불만을 느끼는 일이 강해짐에 따라 더욱 심해졌다. 독선적인 기분에서 나의 이익이 된다고 생각해도 좋은 것을 나쁘게 여기고, 그 때문에 이제까지 다정하게 교제하고 있던 사람들마저, 또한 자신과 타인에 대해서 나의 행위나 태만이 지나치거나 부족했기 때문에, 여러 가지 재미없는 사건이 일어나게 했고, 호의를 가진 사람들은 내가 경험이 부족하다는 주의를 들려주지 않으면 안 되었다. 나의 작품을 보고서, 특히 그것이 외부 세계와 관련이 있는 경우에는, 친절한 사람은 그와 같은 것을 말해 주었다. 나는 이 사회라는 것을 될 수 있는 대로 자세히 관찰했으나, 거기에서 결코 교훈적인 것을 찾아내지는 못했다. 더욱이 사회를 내 마음대로 할 수 있는 것이라고 생각하기에는 지금도 또한 내 쪽에서 많은 것을 거기에 보태서 생각하지 않으면 안 되었다. 나는 때때로 친구인 베리쉬에게 대들어, 경험이란 무엇인가, 나에게 명백히 정의해달라고 부탁했다. 그러나 그는 장난에만 정신이 팔려서 적당히 하루하루를 미루고 있었는데, 마침내 여러 가지 전제를 늘어놓은 끝에 "참된 경험은 경험있는 자가, 어떻게 해서 경험을 경험하면서 경험해야 하는가를 경험하는가에 있다"고 말했다. 우리들이 이것에 대해서 그를 몹시 비난하고 설명을 요구했을 때, 그는 "이 말에는 커다란 비밀이 숨겨져 있으나, 그것은 우리들이 경험했을 때 비로소 이해될 것이다"라고 단언하고 말을 계속했다. 왜냐하면 15분간 이렇게 이야기를 계속하는 것쯤은 그에게는 아무것도 아니었기 때문이다. 다시 "그리하여 경험도 더욱 경험적으로 되며, 마침내는 참된 경험이 된다"고 말했다. 우리들이 이러한 농담에 실망하게 되자, 그는 자신의 의견을 명백하게 그리고 인상적으로 하는 이 방법을 근대의 가장 위대한 작가에게서 배웠다고 언명하고, 그 사람들은 어떻게 하면 안정된 안정에 안정할 수 있는가, 어떻게 하면 평온함이 평온 속에서 더욱 평온해질 수 있는가를 우리들에게 주의시켰다고 말했다.

그 무렵 우연히, 휴가를 얻어 우리들 패에 끼여있던 한 사람의 장교가 상류사회에서, 특히 사려깊은 경험이 풍부한 사람으로서 칭찬을 받고 있었다. 그는 7년전쟁에 종군하여 일반의 신뢰를 얻고 있었다. 그와 친해지는 것은 나에게는 어려운 일이 아니었다. 우리들은 종종 함께 산책을 했다. 경험의 개념은 내 뇌리에 거의 고정되어 있었고, 그것을 분명히 하려는 욕구가 정열적으로 되었다. 나는 원래 개방적인 성격이었기 때문에 나의 불안한 심경을 그에게 털어놓았다. 그는 미소를 지으며 내 질문에 친절하게 답하여, 자신의 생애, 자신의 환경 일반에 대해서 이야기했으나, 물론 그것으로 분명해진 것은 다음과 같은 정도였다. 즉 우리들의 최상의 사상, 소망, 계획은 도저히 달성할 수 없는 것임을 경험에 의해서 우리들은 알고 있다. 또한 이러한 망상에 사로잡혀 그것을 열렬히 입 밖에 내는 자는 특히 경험이 없는 사람으로 여겨진다는 것이었다.

그러나 그는 정직하고 훌륭한 인물이었기 때문에, 그 자신이 아직

이러한 망상을 버리지 못하고 있으며, 그에게 남겨진 약간의 신앙과 사랑과 희망에 의해서, 아직 상당히 행복하게 지내고 있다고 단언했다. 그리고 그는 전쟁 이야기를 하고 진중陣中 생활과 작은 충돌과 전투에 대해서, 특히 그가 참가했던 경우를 이것저것 내게 말해주었다. 이 이상한 사건은 한 개인에 관계되어 있으면 실로 기이한 현상을 불러일으킨다. 나는 다시 그를 설득해서 최근까지 계속된 옛날 이야기 같은 궁정宮廷의 여러 사정을 이야기하도록 했다. 나는 아우구스트 2세[47]의 강인한 체력, 그리고 그의 많은 자식들과 놀랄 만한 사치에 대해서 듣고, 그의 후계자의 미술 애호와 수집벽, 브뤼일 백작에 대한 것, 하나하나가 거의 유치하게 보이는 백작의 사치, 프리드리히 왕이 작센에 침입함으로써 근절된 수많은 향연, 호화로운 오락에 관한 이야기를 들었다. 지금은 왕성도 파괴되고, 브뤼일 백작의 영화도 소멸되고, 모든 것 중에서 남은 것으로서는 몹시 황폐한 작센의 아름다운 국토뿐이었다.

내가 그러한 호화로움의 무의미한 향락에 놀라며, 그 불행의 결과를 슬퍼하는 것을 본 그는 경험있는 사람에게 요구되는 것은 행幸 불행 어느 것에도 놀라지 않고, 또한 그런 것에는 그리 열렬한 관심을 가져서는 안 된다는 것을 나에게 설명했다. 그때에 나는 이제까지의 무경험의 경지에 좀더 머물러 있고 싶다는 욕망을 느꼈다. 그는 나를 격려하여, 내가 당분간은 언제나 유쾌한 경험에만 집착하고 불쾌한 경험이 나에게 닥쳐온다면 될 수 있는 대로 그것을 피하도록 하는 것이 좋을 것이라며 열심히 권했다. 그러나 어느 때 화제가 일반적인 경험에 이르러 내가 친구 베리쉬의 궤변을 말했을 때, 그는 미소를 지으며 머리를 젓고 말했다.

"일단 입에서 나온 말이란 어떤 것인가 그것으로도 알게 됩니다.

---

47) 작센의 선제후選帝侯.

그 말은 매우 괴상하고 바보스럽게 느껴져서, 거기에 합리적인 의의를 붙이기는 불가능할 것 같습니다만, 한번 시도해 볼 수 있는 일이겠지요."

내가 그에게 자세한 대답을 요구했을 때, 그는 총명하고 쾌활한 어조로 대답했다.

"당신 친구의 말을 해석하고 보충해서, 그 사람의 어조를 빌어서 말해도 좋다면, 그 의미는 아마 다음과 같은 것이라고 생각됩니다. 즉 경험이란 경험하려고 원하지 않는 것을 경험하는 것에 지나지 않는다. 적어도 이 세상에서는 대개 그렇게 되기 쉬운 것이라고 말입니다."

제8장

베리쉬와는 모든 점에 있어서 몹시 차이가 났으나, 그래도 어떤 의미에서는 그와 비교할 수 있었던 다른 인물이 있었다. 나는 외저[1]의 경우를 말하고 있다. 그는 활달하게 일하면서 꿈처럼 생애를 보내는 사람들 중의 하나였다. 그는 뛰어난 소질을 갖고 있음에도 어렸을 때에 충분한 노력을 하지 않았기 때문에, 그의 예술은 완전한 작품으로서 실현단계에 이르지 못했다. 이것은 그의 친구들도 은연중에 인정하고 있었다. 그러나 어느 정도의 근면함이 그의 만년을 위해서 남겨진 것 같았다. 내가 다년간 그와 교제하고 있는 사이에, 그에게는 연구도 노력도 결코 부족한 점이 없었다. 나는 첫눈에 이미 그에게 몹시 끌렸다. 괴상하고 추상적인 인상의 그의 주택이 나에게는 이미 매우 매력적이었다. 플라이센부르크 고성古城의 오른편 모퉁이에 개조된 밝은 나선형 계단을 올라가면, 왼편에 그가 교장으로 있던 미술학교 강당이 밝고 널찍하게 보였다. 그러나 그에게 가려면 우선 좁고 어두운 복도를, 일종의 살림방과 넓은 곡식창고 사이를 통과해서 지나야만 했다. 그 복도 끝에 가서야 그의 방문이 발견되었다. 첫째 방은 후기 이탈리아 파의 그림으로 장식되었다. 그

---

1) 아담 프리드리히 외저(Adam Friedrich Oeser, 1717~99). 화가로서 라이프찌히 미술학교 교장으로 있었음.

는 이것을 묘사한 거장巨匠들의 화풍畵風의 우아함을 언제나 더없이 칭찬했다. 나는 두서너 귀족들과 함께 그에게 개인교습을 받고 있었기 때문에, 그 방 안에서 그림을 그려도 좋다는 허락을 받았다. 우리들은 또한 종종 옆에 있는 그의 사실私室에도 들어갔는데, 거기에는 약간의 서적과 미술품, 박물표본의 수집, 기타 특히 그의 흥미를 불러일으키는 물품들이 놓여 있었다. 모든 것이 취미가 깃들여 있었고, 그것도 좁은 장소에 매우 많은 물건이 들어갈 수 있도록 정돈되어 있었다. 가구, 장, 서류함들도 고상하기는 했지만 사치스런 장식은 없었다. 그가 우리들에게 권하고 또한 되풀이해서 설명한 것은 예술과 수공업이 협동하여 제작해야 할 모든 물건에 있어서의 단순성單純性이라는 것이었다. 그는 당초唐草 무늬나 조개 무늬나, 모든 바로크 취미를 눈의 가시로 여기고, 이와 같은 양식으로 동판에 새겨지거나 묘사된 낡은 견본을 가구나 방주위의 보다 훌륭한 장식, 보다 단순한 형식과 대조로서 제시했다. 그리고 그의 주변의 모든 물건들은 이 원칙과 일치했기 때문에, 그의 말과 가르침은 우리들에게 오랫동안 잊혀지지 않는 좋은 인상을 주었던 것이다. 그는 더욱이 자신의 의견을 실제로 우리들에게 보여주는 기회를 가졌다. 그는 민간이나 관리들로부터 더불어 존경을 받았는데, 이는 그가 가옥의 신축이나 개축 때에 상담 역할을 맡고 있었기 때문이었다. 도대체 그는 그것만으로서 독립의 가치를 갖고, 다시 그것을 보다 완전하게 할 필요가 있는 사물을 계획하고 완성하는 것보다는 어떤 목적 혹은 용도를 위해서 어떤 일을 임시로 제작하는 것에 흥미를 갖고 있는 것 같았다. 그래서 그는 서적상書籍商이 어떤 저서를 위해서 크고 작은 종류의 동판을 요구할 때에는 언제나 자진해서 응했고 도움을 아끼지 않았다. 그리하여 빙켈만의 초기의 저작에 들어 있는 컷의 에칭도 그의 손으로 만들어진 것이다. 그러나 그는 간단한 스케치 풍의 그림만을 종종 그렸다. 이러한 그림을 가이저[2] 씨는 매우 교묘하게 동판으로 하는 기술을 알고 있었다. 그가 묘사하는 인물은 관념적은 아니지만, 철저하게 일반적인 취미를 갖고 있었다. 부인들은 느낌이 좋고 정다운 점이 있으며 어린이들은 극히 천진난만했으나, 단지 남자들은 잘 되지 않았다. 그의 화풍은 재치가 풍부하였으나, 언제나 모호했고 동시에 간소했기 때문에, 남자의 모습은 대략 라짜로니[3]와 비슷한 것이 되었다. 그의 구도는 대체로 형태보다는 빛이나 그림자 혹은 배합에 주력했기 때문에, 전체적으로 훌륭하게 보였다. 대체로 그의 행위나 그가 만든 것은 어떤 독자적인 우아함을 동반했다. 동시에 그는 의의깊은 것, 비유적인 것, 또한 어떤 연상聯想을 유발하는 것들에 쏠리는 뿌리 깊은 성벽性癖을 교정할 수가 없었으며, 또한 교정하려고 하지 않았기 때문에, 그의 작품은 언제나 사람으로 하여금 생각하게 하는 점이 있었다. 그리고 그가 나타낸 개념의 면에서 본다면 소위 완전한 것이 될 수 없었다. 언제나 위험을 동반하는 이 경향 때문에 그는 훌륭한 취미의 한계까지 이르렀으나, 그것을 초월하는 데까지는 이르지 못했다. 그는 종종 기괴한 착상着想이나 부질없는 해학에 의해서 자신의 의도를 달성코자 노력했다. 실제로 그의 가장 훌륭한 작품은 언제나 해학의 경향을 띠고 있었다. 대중은 이러한 것으로 만족하지 않았으나, 그는 이 불평에 대해서는 더욱 기괴한 장난으로 응수했다. 그래서 그는 후에 대음악당의 대합실에 그의 특유한 관념적인 여인상을 묘사했으나, 그것은 여인이 촛불 심지를 끊는 가위를 촛불 쪽으로 향하고 있는 것이었다. 이 불가사의한 뮤즈 신이 촛불을 돋구려는지 또는 꺼버리려고 하는지가 문제로서 세상 사람들이 언쟁하게 되었을 때 그는 몹시 좋아했다. 실제로 이 그림에는 여러 가지를 야유하는 듯한 추가적인 의지가 밉살스럽게 아롱거리고 있었다.

---

2) 크리스티안 고트리프 가이저(Christian Gottlieb Geyser, 1742~1803). 동판 조각가.

3) Lazaroni. 이탈리아의 거지.

새 극장의 건축은 당시 커다란 이목을 끌었다. 이 극장의 막은 그의 손으로 만들어졌고 또한 새것이어서 유달리 좋은 효과를 냈다. 외저는 이러한 경우에 보통은 구름 위에 떠 있는 뮤즈 신을 지상으로 옮겨 왔다. 영광의 전당殿堂 앞뜰을 소포클레스와 아리스토파네스의 입상立像으로 장식했고, 그 상像 주위에는 모든 근대의 극시인劇詩人들이 운집해 있었다. 예술의 여신들도 역시 거기에 모습을 나타내고 있었으며, 모든 것이 훌륭하고 아름다웠다. 그러나 거기에 기묘한 것이 첨가되어 있었다. 밝게 비치는 중간 부분에 멀리 전당의 입구가 보였다. 경쾌한 재킷 차림을 한 한 남자가 앞서 서술한 두 개의 입상 사이를 주위에 눈을 보내지 않은 채 전당 쪽을 향해서 걸어가고 있었다. 그는 등을 보이고 있을 뿐이며 특별히 눈에 띄는 점은 없다. 이 남자는 셰익스피어를 나타내고 있었다. 그에겐 선배도 후계자도 없이 모범模範도 참작함도 없이 독자적으로 불멸을 향해서 걸어가고 있었다. 새 극장의 넓은 다락방에서 이 작품은 완성되었다. 우리들은 거기에서 그의 주위에 모였고, 나는 그 자리에서 《무자리온》의 교정쇄를 읽어 주었다.

나에 관해서 말한다면, 나는 예술의 실천면에서는 조금도 진보가 없었다. 외저의 학설은 우리들의 정신과 취미에 영향을 끼쳤지만, 그 자신의 그림은 너무나 불명不明했고, 예술이나 자연의 대상물에 대해서 아직 꿈을 꾸고 있는 데 지나지 않던 나를 엄밀하고 정확한 실천으로 인도할 수는 없었다. 얼굴이나 신체에 관해서 그가 우리들에게 가르쳐 준 것은 그 자체의 형태보다는 보는 인상이며, 균형보다는 자세의 표정이었다. 그는 모습의 개념을 우리에게 부여하여, 그것을 우리들의 내부에서 살려낼 것을 요구했다. 그가 상대하고 있던 사람들이 초심자만이 아니었더라도 아마 이 방법은 훌륭하고 정당한 것이었을 것이다. 그러므로 수업에 있어서의 그의 탁월한 재능을 부인한다면, 반면에 그가 매우 영리하고 싹싹하며 또한 정신의 훌륭한 연마라는 점은 그에게 높은 의미에서의 참된 교사 자격이 있음을 인정하게 해주는 것이었다. 누군가가 고뇌하는 결함을 그는 잘 통찰했지만, 그것을 직접 비난하는 일은 하지 않고 도리어 칭찬이건 비난이건 간접적으로 매우 간결하게 했다. 그래서 사람들은 그 일에 대해서 심사숙고하지 않으면 안 되게 되었으며, 견식見識의 점에 있어서 신속하게 각별한 진보를 했다. 예를 들면 내가 청색 종이에 하나의 꽃다발을 전에 있던 견본에 의해서, 검고 흰 분필로써 열심히 그려서 번지게 하기도 하고 윤곽을 선명하게 하기도 하고 또한 이 작은 그림을 입체적으로 만들려고 애를 쓴 일이 있었다. 그와 같은 작업으로 내가 오랫동안 애를 쓰고 있자, 그가 내 뒤에 다가와서는 "좀 더 종이를!" 하고 말하고는 이내 떠나가 버렸다. 옆에 있던 사람과 나는 이 말의 뜻이 무엇인가 하고 머리를 짰다. 왜냐하면 나의 꽃다발은 커다란 반절지半切紙에 그려져서 주위에 여백이 많았기 때문이다. 우리들은 오랫동안 생각한 끝에 겨우 그의 말의 의미를 알아냈다고 생각했다. 즉 흑백의 두 색깔을 동시에 사용하여 청색 바탕을 덮어버림으로써, 짙고 엷은 중간 바탕을 파괴하여 크게 애는 썼지만 매우 불쾌한 그림을 만들고 있었던 것이다. 그래서 그는 우리들에게 원근법이나 광선이나 그림자에 관해서 충분히 가르쳐 주는 것을 소홀히 하지 않았지만, 그의 가르치는 방법은 우리들이 전해 들은 원칙을 정확하게 응용하려면 노력하고 고생하지 않으면 안 된다고 가르쳤다. 아마도 그가 의도한 것은 예술가가 되려고 하지 않는 우리들에게 단지 견식과 취미를 기르고 예술품의 필요 조건을 가르치는 데 있어서 예술품을 제작하는 것을 요구한 것이 아닌 것 같았다. 그렇지 않더라도 노력하지 않는 것은 내가 싫어하는 것이어서, 나는 노력하지 않고서 얻는 것이 아니면 아무런 기쁨도 느끼지 못했다. 나는 점차로 태만하기까지는 않았어도 감흥을 느끼지 못하게 되었고, 더욱이 실행하는 것보다는 지식을 얻는 쪽이 편했기 때문에 그가 우리들을 자기 마음대로 이끌어가게 내버려 두었다.

그 무렵 다르쟝빌의 《화가전畵家傳》[4]이 독일어로 번역됐다. 나는 재빨리 그것을 구입해서 아주 열심히 공부했다. 외저는 그것을 기뻐했던지 라이프찌히 대수집품 중에서 많은 화첩畵帖을 볼 수 있는 기회를 만들어 줌으로써 우리들을 미술사로 인도했다. 그러나 이 실습도 나에게는 그의 의도와는 다른 효과를 미쳤다. 예술가들에 의해서 취급된 여러 가지 제재를 일깨워 주었던 것이다. 그리고 바로 동판화가 시를 위해서 만들어지듯이, 나는 동판화나 펜화를 위해서 시를 썼다. 즉 화중畵中 인물의 앞뒤 상황을 상상해서, 곧 그들에게 적합한 소곡小曲을 지을 수가 있었다. 이리하여 나는 모든 예술을 상호간에 관련시켜 고찰하는 습관을 붙였다. 내 시가 기술적으로 되기 쉬운 실패까지도 후에 여러 가지로 반성해 보면 여러 예술의 차이점을 나에게 깨닫게 해주어서 유익했다. 이런 종류의 소품들은 베리쉬의 편집 속에 많이 실려 있었으나, 지금 남아 있는 것은 하나도 없다.

외저가 살고 있던 예술과 취미의 세계에는 그를 종종 방문했던 사람들도 끌려 들어갔지만, 외저는 자신과 친밀한 관계에 있던 고인이나 또는 현재도 그 관계를 계속하고 있는 먼 곳 사람의 일을 즐겨 추억했기 때문에 이 세계는 더욱 품위있고 정다운 것이 되었다. 그는 대체로 어떤 사람에게 일단 존경을 바치면, 그 사람에 대한 태도를 변화시키는 일 없이 언제나 똑같이 호의를 표시했다.

그는 우리들에게 프랑스인 중에서 특히 케뤼스[5]를 들추어 칭찬하는 것을 들려준 다음, 이 방면에서 활동한 독일 사람들을 나에게 알려주었다. 그리하여 우리들은 크리스트 교수[6]가 미술 애호가, 수집

<hr />

4) 다르쟝빌(d'Argenville)의 《화가전畵家傳》제1, 제2권(이탈리아 및 스페인의 화가)의 독일어 번역판(Volkmann 번역)이 1766년에 나왔음.
5) 케뤼스(Caylus)에 대해서는 레싱도 《라오콘》에서 자세히 논하고 있음.
6) 라이프찌히에서 살던 저명한 고고학자.

가, 감식가, 협력자로서, 예술에 대하여 훌륭한 일을 했고, 그의 학식을 미술의 참된 진보를 위해서 응용한 것을 알았다. 이와 반대로 하이네케[7]는 이름을 들추려고도 하지 않았다. 하나는 그가 외저의 평가를 받지 못했던 독일 예술의 지나치게 유치했던 초기의 연구에 열중했기 때문이고, 또 하나는 그가 빙켈만에 대해서 가혹한 취급을 했기 때문이었다. 이 일은 그에게 결코 용서할 수 없는 것이었다. 리페르트[8]의 노력은 우리들의 주의를 강하게 끌었다. 우리들의 선생도 이 노력의 공적을 충분히 찬양했던 것이다. 그가 말하는 바에 의하면 입상立像이나 대형 조각품은 모든 예술지식의 기초이며 그 정점頂點이지만, 그것들은 원작으로나 모형으로나 드물게 보일 뿐이다. 그런데 리페르트에 의해서 조각보석술彫刻寶石術이라는 하나의 작은 세계가 알려졌다. 거기에는 커다란 작품보다도 명확하게 알려진 고인古人들의 공적, 성공한 구상, 적절한 배합, 취미 깊은 취급방법이 한층 더 현저하고, 이해하기 쉽게 되어 있는 동시에 매우 수가 많기 때문에, 도리어 상호간의 비교가 행해지기 쉽다. 우리들은 허용된 범위에서 그 연구에 종사하고 있는 사이에 빙켈만의 이탈리아에 있어서의 고상한 예술 생활에 관해서 가르침을 받고, 그의 초기의 저작을 경건한 마음으로 손에 잡았다. 왜냐하면 외저는 그에 대해서 정열적인 존경을 품고 있었으며, 그것을 또한 우리들 마음에 쉽사리 주입시킬 수가 있었기 때문이다. 빙켈만의 많은 소논문에서 문제가 되는 점은, 이들 논문이 더욱이 아이러니에 의해서 애매하게 되고 더군다나 전혀 특수한 의견이나 사건에 관계된 것이기 때문에, 우리들은 해결할 수가 없었던 것이다. 그러나 외저가 많은 영향을 거기에 끼쳤고, 또한 그는 미의 복음福音, 아니 그것보다도 더욱 취미 및

---

7) 하인리히 폰 하이네켄(Heinrich von Heinecken, Heinecke가 아님)은 드레스덴 미술 진열관의 관리였음.

8) 필립 다니엘 리페르트(Philipp Daniel Lippert, 1702~85). 《Diktyliothek(조각에 관한 서書)》의 발행자. 레싱의 《Antquarische Briefe》 중에 여기에 관한 서술이 있음.

쾌감의 복음을 우리들에게 전해주었기 때문에 우리들은 대체로 외저와 같은 정신을 재차 거기에서 발견했다. 그리고 빙켈만이 그의 최초의 기갈을 푼 바로 그 같은 샘에서[9] 맛보게 되는 것을 적잖은 행복으로 생각했기 때문에, 그의 해석에 의해서 더욱 자신있게 나갈 수 있다고 생각했다. 어떤 도시에 있어서는, 좋은 것과 바른 것에 관해서 생각을 갖게 하는 교양인이, 거기에서 인접해서 살고 있다는 것보다 더 큰 행복은 있을 수 없다. 라이프찌히는 이런 장점이 있었다. 그리고 너무 많은 판단의 차이가 아직 나타나고 있지 않았기 때문에, 더욱 평화롭게 이 장점의 혜택을 누리고 있었다. 동판화 수집가이며 숙련된 감식가인 후버[10]는 더욱이 그가 독일 문학의 가치를 프랑스인에게 알리려고 생각했다는 공적이 인정되어 존경을 받고 있었다. 숙련된 안식을 지닌 미술 애호가이며, 라이프찌히의 미술 동호인 전체의 벗으로서 모든 수집을 자신의 것인양 볼 수 있는 크로이히아우프, 자기 소장의 귀중한 예술품에 대해 품고 있던 총명한 즐거움을 타인과 함께 나누기를 좋아하던 빙클러, 기타 생각을 같이 하는 많은 사람들이 모두 한 마음으로 생활하고 활동했다.

그리고 나는 그들이 예술품을 열람할 때에 동석하는 것이 허락되었는데, 한 번도 거기에서 불화를 일으킨 일을 기억할 수가 없다. 예술가를 배출한 유파流派, 그 예술가가 살던 시대, 자연으로부터 부여된 특수한 재능, 예술의 실현에 있어서 도달된 정도, 이런 것들이 언제나 공평하게 고찰되었다. 거기에는 종교적, 세속적, 전원적, 도시적, 생물 또는 무생물의 제재題材에 대한 아무런 편애도 없었다. 언제나 문제된 것은 예술인가 아닌가 하는 것이었다.

그런데 이들 애호가, 수집가는 그들의 환경과 사고방식, 능력 및 기회에 따라, 도리어 네덜란드에 마음이 쏠리고 있었지만, 그 눈은

9) 빙켈만은 외저와 교제했으며, 그의 감화를 받았음.
10) 미하엘 후버(Michael Huber, 1727~1804). 라이프찌히 대학의 프랑스어 강사.

서북西北 예술가들의 무한한 가치를 보는 것에 젖어 있었으므로, 동경에 찬 숭배의 눈을 항상 동남으로[11] 향하고 있었다.

이렇게 해서 대학에서 배운 나는, 나 자신의 가족의 목적, 아니 나 자신의 목적까지도 소홀히 했었지만, 그 대학이 내가 일생 최대의 만족을 찾게 된 것의 기초를 나에게 굳혀준 것만은 분명하다. 또한 내가 현저한 자극을 받은 장소의 인상은 언제까지나 그립고 귀중한 것으로 내 마음 속에 남아 있었다. 플라이센부르크의 낡은 건물, 미술 전문학교의 교실, 특히 외저의 주택이나 또는 빙클러와 리히터의 수집도, 이에 못지않게 지금까지 기억에 역력하다.

연상의 사람들이 서로 이미 알고 있는 사물에 관해서 대화하는 것을 듣고서 우연히 배운 한 젊은 청년이 모든 것을 정리하는 어려운 일을 자신이 하지 않으면 안 된다면, 매우 곤란한 입장에 빠지지 않을 수 없다. 그렇기 때문에 나는 다른 사람들과 더불어 새로운 광명을 그리워하며 찾아다녔다. 드디어 이 광명은 우리들이 이미 많은 혜택을 받고 있는 한 인물에[12] 의해서 이루어졌다.

정신은 두 가지 방법에 의해서, 즉 직관과 개념에 의해서 커다란 기쁨을 느낀다. 그러나 직관은 반드시 언제나 준비되어 있지 않은 훌륭한 대상과 곧 이루어지지 않은 높은 교양을 필요로 하는 것이다. 그와는 반대로 개념은 단지 감수력感受力을 필요로 할 뿐, 내용을 동반하며, 또한 그 자신이 교양의 수단이다. 그렇기 때문에 가장 뛰어난 사상가가 음울한 구름 사이에서 우리들 위에 비춰준 저 광명은 우리들에게 있어서는 둘도 없이 고마운 것이었다. 레싱의 《라오콘》이 어떠한 영향을 우리들에게 부여했는가를 눈앞에 상상하는 것은 청년이 아니고는 안 되는 일이다. 즉 이 작품은 우리들을 빈곤한 직관의 세계에서, 사상의 광활한 들로 이끌어간 것이었다. 이제까지

---

11) 이탈리아 예술로 향하였음을 뜻함.
12) 레싱을 말함.

오해를 불러일으킨 바 있는 '시詩는 회화繪畵와 같이'라는 생각이 하루 아침에 제거되고, 조형예술과 언어예술의 구별이 분명해지고, 양자의 기초는 서로 접근해 있다 할지라도, 그 절정絶頂은 이제 따로따로 나타났다. 모든 종류의 의미를 빠뜨릴 수 없는 언어예술가에게는, 미의 한계를 넘어서는 것이 허용되어 있었지만, 조형예술가는 그 한계 속에 머물지 않으면 안 된다. 조형미술가는 미에 의해서만 만족하는 외부적 감각을 향하여 작용하고, 언어예술가는 추醜한 것과도 조화할 수 있는 상상력에 호소하는 것이다. 이 탁월한 사상의 모든 결과는 번갯불처럼 우리 눈앞에 나타났다.

종래의 지도적이며 비판적인 모든 비평은 낡은 윗저고리처럼 벗어던지고 우리들은 모든 재난에서 해방되었다고 생각하며, 그 외의 다른 점에 있어서는 영광된 16세기를 다소 연민의 정을 가지고서 보아도 좋으리라고 여겼다. 16세기의 독일의 조각이나 시가詩歌는 방울단 어릿광대의 모습으로 삶生을 나타냈고, 덜그덕거리는 해골의 모습으로 죽음을 나타냈으며, 똑같이 괴상한 악마의 모습으로서 세계의 필연적 혹은 우연적인 재난을 나타낼 수 있었던 것이다.

우리들을 가장 기쁘게 한 것은 고인古人들이 죽음을 수면의 형제로 인정하고, 이 양자를 쌍둥이로 혼동할 만큼 닮은 것으로 표현했던 그 사상의 아름다움이었다. 이것으로써 우리들은 비로소 미의 승리를 축복할 수가 있으며, 또한 모든 종류의 추악함은 세계에서 도저히 쫓아낼 수 없으나, 예술 세계에서는 그것을 웃음거리의 저속한 범주 속에 감금할 수가 있었다.

이와 같은 주요개념, 기초개념의 위대함은 그 개념의 무한한 작용을 받는 감정에서만 나타나며, 또한 그 개념이 시기를 잃지 않고 학수고대하는 순간에 모습을 나타낸다. 이처럼 정신적 영향의 혜택을 받은 사람들은 일생 동안 기꺼이 이것에 전념함으로써 놀라운 성장을 즐기는 것이다. 그러나 한편에는 즉석에서 이러한 영향에 반대하는 사람도 있고, 또한 후에 가서는 그 높은 의의를 이러쿵저러쿵 비난하는 사람들도 없지 않다.

그러나 개념과 직관과는 상호 요구하는 것이기 때문에, 나는 이 새로운 사상을 얼마 동안 소화하고 있는 사이에 한 차례 중요한 미술품을 많이 보고 싶은 끝없는 욕망이 솟구쳤다. 그래서 나는 즉시 드레스덴을 방문할 결심을 했다. 나는 거기에 필요한 현금도 있었다.

그러나 나의 공상적인 성격에 의해서 필요도 없이 증대된 다른 어려움을 극복해야만 했다. 왜냐하면 나는 그 지방의 귀중한 미술품을 완전히 자신의 방법으로 관찰하고자 했고, 또한 누구로부터도 현혹되지 않으려고 생각했기 때문에, 나의 계획을 누구에게도 비밀로 하고 있었던 것이다. 이밖에도 또 다른 하나의 기묘한 일이 이러한 단순한 사건을 복잡한 것으로 만들었다.

우리들은 모두 선천적인 그리고 후천적인 약점을 가지고 있으며, 단지 문제가 되는 것은 이 양자 중 어느 것이 더욱 많이 우리들을 괴롭히느냐 하는 것이다. 나는 어떠한 경우에도 스스로 접근하고, 또한 그럴 기회도 많았으나, 단지 부친으로부터 모든 여관에 대해서 극단적인 반감을 갖도록 주입되어 있었다. 부친은 이탈리아, 프랑스 및 독일을 여행하는 중에 이 감정을 마음 속에 뿌리깊게 간직했던 것이다. 그는 비유에 의해서 이야기하는 일이 드물고 단지 유쾌한 경우에 한해서만 비유를 썼는데, 그는 종종 다음과 같은 이야기를 반복했다.

"여관 문전에는 틀림없이 언제나 큰 거미줄이 쳐있는 것이 보인다. 더욱이 그것은 매우 교묘하게 되어 있어서, 곤충이 밖에서 안으로 들어갈 수는 있어도, 특수한 장비를 갖춘 벌이라 할지라도 날개를 뜯기지 않고는 날아나오지 못한다."

부친에게 있어서는 세상 사람이 자신의 습관이나 일상생활상의 모든 기호를 일체 단념하고, 여관집 주인이나 급사가 말하는 대로 생활하며, 그것도 과분한 돈을 지불해야 하는 것이 몸서리쳐지는 일이라고 생각했던 것 같다. 부친은 옛날의 손님 대접이 좋았던 것을 찬양했다. 부친은 평소에 자신의 집에서 일상적인 것에 어긋나는 일을 하기 싫어했지만, 손님을 후대했고 특히 미술가나 음악의 명인들을 환대했다.

그리하여 친구인 제카츠는 언제나 우리 집에 묵었으며, 또한 감베[13]라는 악기樂器를 교묘히 다루어 칭송을 받던 최후의 음악가인 아벨[14]을 정중하게 환대했다. 이제까지 어떠한 것에 의해서도 씻어버릴 수 없었던 이러한 소년시절의 인상을 받아온 내가 어째서 낯선 도시의 여관에 발을 들여놓을 결심을 할 수 있었던가? 나에게는 친절한 친구집에 숙박하는 것이 제일 마음 편할 것이라고 생각되었다. 궁중 고문관 크레벨, 배심판사 헤르만, 그리고 기타의 사람들이 나에게 그것에 대해서 말해준 일이 있었다. 그러나 이 사람들에게도 내 여행은 비밀로 해야만 했다. 그래서 나는 기발한 아이디어를 생각해 냈다. 옆방의 근면한 신학자[15]는 가엾게도 눈이 더욱 더 나빠졌는데, 그는 드레스덴에 양화점을 하는 친척이 있었고, 그 사람과 때때로 서신을 교환하고 있었다. 이미 오래 전부터 그가 편지에 쓴 말을 들려주었기 때문에, 나는 그에 대하여 비상한 주의를 기울이고 있었다. 그의 편지가 도착하면 우리들은 언제나 축제 기분으로 축하했다.

맹인이 될 위험성이 있는 사촌동생의 애원에 그의 회답하는 방법이 아주 독특한 것이었다. 왜냐하면 그는 찾는 것이 언제나 어려운 위안의 근거를 찾으려고 애를 쓰지는 않았다. 그러나 그가 자신의 궁색하고 가난한, 그리고 고생스러운 생활을 바라보는 쾌활한 태도

---

13) 첼로와 비슷한 바이올린의 일종. Viola di Gambe.
14) 드레스덴 궁정 악단의 일원.
15) 앞에 나옴.

나, 그가 여러 가지 불행이나 부자유 속에서 찾아내는 해학 또는 인생은 그 자체로서 이미 하나의 보배라는 확고부동한 신념은 편지를 읽는 사람에게 자신의 심정을 전하여, 적어도 잠시 동안 상대를 같은 기분으로 만들 수 있었다. 나는 감격하기 쉬운 성격이었기 때문에 그에게 종종 정중한 인사말을 전하게 했으며, 그의 행복한 성품을 칭찬하여 그와 서로 알게 되었으면 하는 소망을 말했다. 이러한 여러 가지 경위가 있었으므로, 나로서는 그를 방문하고, 그와 말을 나누고, 그의 집에서 묵고, 그와 잘 알게 되는 것이 무엇보다도 자유로운 일이라고 생각했다. 친절한 친구인 목사 후보자는 약간 반대한 뒤에 힘들여 쓴 편지를 나에게 주었다. 나는 자신의 재학증명서[16]를 호주머니에 넣고, 황색 승합마차[17]를 타고서 동경에 넘쳐 드레스덴으로 향했다.

나는 그 구두장이를 곧 그 도시의 변두리에서 찾아냈다. 그는 걸상에 앉은 채 나를 친절하게 맞아주었다. 그리고 편지를 읽고는 미소를 지으며 말했다.

"이 편지에서 보면 당신은 기이한 크리스찬이군요.

"아저씨, 어째서입니까?" 하고 나는 물었다.

"기이하다는 것은 나쁜 의미가 아닙니다" 하고 그는 말을 계속했다. "모순된 점이 있는 사람을 그렇게 부릅니다. 당신은 어떤 점에서는 주님의 제자라고 공언하고 있지만, 다른 점에 있어서는 그렇지 않기 때문에 당신을 기이한 크리스찬이라고 말한 것입니다."

내가 그에게 더 설명을 요구하자, 그는 말을 계속했다.

"당신은 가난한 자, 천한 자에게 복음을 전하려는 것처럼 보입니다. 그것은 참으로 좋은 일입니다. 그렇게 해서 주님에게 배우는 것은 칭찬할 만한 일입니다. 그러나 당신은 동시에 다음과 같은 것을

---

16) 드레스덴 미술관에 입장하기 위해서임.
17) 당시의 우편 마차는 황색이었음.

생각해야 합니다. 주님이신 그리스도는 오히려 유복한 부잣집의 호화로운 식탁에 앉기를 좋아했습니다. 그리고 당신이 우리 집에서 보시는 것과는 정반대의, 향유香油의 좋은 냄새를 싫다고 생각지는 않으셨습니다."

이와 같이 재미있는 말은 나를 곧 즐겁게 해주었다. 그래서 우리들은 잠깐 동안 서로 농담을 주고받았다. 주부는 이런 손님을 어떻게 재우며 어떻게 대접해야 좋을지 심각한 표정이었다. 이 점에 있어서도 주인은 재미있는 생각을 짜내어, 성서뿐 아니라 고트프리트의《연대기》까지 끌어냈다. 내가 거기에 묵기로 타협이 됐을 때에 나는 돈지갑을 그대로 주부에게 맡기고 필요할 때에는 그 속에서 지불해 달라고 부탁했다. 주인은 그것을 거절하려고 재미있는 말을 섞어가며, 자신이 겉으로 보는 것과 같이 그렇게 가난하지 않다고 설득시키려 했을 때, 나는 다음과 같이 그를 설복시켰다.

"기적이란 오늘날 일어나지 않는 것이니, 물을 포도주로 변화시키려면 이처럼 효험있는 가정상비약이 부적당하지는 않습니다."

주부는 나의 언행을 점차로 이상하게 생각하지 않게 되었다. 우리들은 곧 서로 마음이 풀려서 매우 즐거운 하룻밤을 보냈다. 주인은 시종 그 태도를 바꾸지 않았는데, 그것은 모두가 그의 평소의 생활에서 흘러나오는 것이었기 때문이다. 그의 특징은 견실한 상식인이었고, 그것은 명랑한 감정에 기인하고 있었으며, 습관적인 일과에 만족하고 있었다. 끊임없이 일하는 것이 그에게 있어서는 무엇보다도 필요한 것이었다. 기타 모든 것은 부수적인 것으로 여겨졌으며, 그것으로 그의 마음은 쾌적을 간직했다. 나는 그를 실천하는 철인哲人, 자각하지 않은 현자賢者라고 불리는 사람들의 계열에 넣지 않을 수 없었다.

기다리고 기다리던 화랑이 열리는 시각이 다가왔다. 나는 이 성전聖殿에 들어섰다. 나의 경탄은 내 마음 속에서 그리고 있던 모든 관념을 넘어섰다. 한 바퀴 빙 돌면 제자리로 돌아오는 이 화랑을 최대의 정적과 동시에 장엄과 청결이 지배하고 있었으며, 도금해서 아직 오래되지 않은 눈부신 액자들, 초를 입힌 마룻바닥, 일하는 사람보다 관람하는 사람이 더 많이 이용하는 홀들, 이런 것들이 합쳐져서 일종의 독특하고 장엄한 느낌을 주었다. 이 느낌은 여기에는 많은 교회의 장식과 수많은 예배의 대상이 오로지 신성한 예술의 목적을 위해서 진열되어 있었기 때문에, 마치 교회에 들어갈 때의 느낌과 흡사했다. 나는 안내자의 거친 설명을 참고 있었지만, 단지 외랑外廊에 서만은 좀더 머물게 해달라고 부탁했다. 거기에서 나는 집에 있는 듯한 느낌이 들었다. 적지 않은 예술가의 작품들은 이미 본 일이 있었고 또한 어떤 것은 동판을 통해서 알고 있었으며, 어떤 것은 이름만을 알고 있는 것이었다. 나는 그것을 안내자에게 숨기지 않았기 때문에, 어느 정도 그의 신용을 얻었다. 거기에다 내가 화필이 자연을 정복한 것 같은 작품을 보고서 기뻐 어쩔 줄을 모르자, 그는 매우 기쁘게 생각했다. 왜냐하면 눈에 익은 자연과의 비교가 예술의 가치를 필연적으로 높이지 않으면 안 될 그런 작품에 나는 특히 끌렸기 때문이었다.

내가 점심을 먹기 위해서 다시 양화점에 들어섰을 때, 나는 거의 내 눈을 믿을 수 없었다. 그것은 오스타데[18]의 그림을 눈앞에 보는 듯했기 때문이었다. 그것도 그것을 단지 화랑에 걸어놓기만 하면 될 정도로 완전한 그의 그림이었다. 물체의 위치, 광선과 그림자, 전체에 흐르는 갈색의 색조, 마력적인 명암明暗의 조화, 모두 오스타데의 화면에서 감탄한 것을 여기에서 실제로 보았다. 내가 자신의 천분을 높은 정도로 인정한 것은 이것이 처음이었다. 이 천분은 후일에는 의식적으로 훈련했지만, 그것은 내가 방금 그 작품에 특별한 주의를

---

18) 저명한 네덜란드의 화가(1610~85).

기울였던 이런저런 예술가의 눈으로 자연을 관찰하는 능력을 말하는 것이다. 이 능력은 나에게 많은 즐거움을 주었으나, 그러나 또한 이것에 의해서 나에게 천분에 없는 것으로 보이는 재능을, 실제 활동하게 하는 데 때때로 열중해 보겠다는 욕망을 크게 했다.

나는 입장이 허가되는 시간에는 언제나 화랑을 방문했고, 많은 걸작에 대한 나의 환희를 거리낌없이 입 밖에 냈다. 그래서 타인에게 알리지 않으려던 나의 특수한 계획도 수포로 돌아갔다. 그때까지는 어떤 부감독이 내 상대를 하고 있었으나, 이번에는 이 화랑의 감독인 리이델 씨가 나를 주목하여, 특히 나 자신의 영역에 속하는 듯한 많은 작품에 나의 주의를 끌게 했다. 나는 이 훌륭한 인물을 그 당시 일을 좋아하는 친절한 사람으로 생각했으나, 그 후 수년을 통해서 나는 언제나 똑같은 생각을 했고, 그리고 지금도 물론 그는 변함이 없다. 그의 모습은 그 미술품과 더불어 내 마음 속에서 하나가 되었기에, 나는 이 두 가지를 떨어진 것으로 보지 않았다. 아니 그의 추억은 이탈리아까지 나를 따라다녔다. 내가 이탈리아의 크고 풍부한 수집품들을 보았을 때에, 그가 옆에 있어 주었으면 얼마나 고마울까 하고 생각했다.

외국인이나 미지의 사람과 함께 이런 작품을 관람할 때에도, 무언중에 서로 동감을 표현하지 않을 수 없는 것으로서, 오히려 그것을 보는 것이 서로 흉금을 터놓는 무엇보다도 좋은 기회이기 때문에 나는 거기에서도 한 사람의 청년과 이야기를 나누게 되었다. 그는 드레스덴에 체류하며 모 공사관에 근무하고 있는 것 같았다. 그는 저녁에 어느 여관으로 나를 초대했다. 거기에서 유쾌한 모임이 열리고, 각자 약간의 금액을 부담하여 즐거운 여러 시간을 보낼 수 있다는 것이었다.

나는 그 여관에 갔으나, 모임은 아직 열리지 않았다. 보이가 나를 초대한 신사의 인사를 전하면서, 그가 조금 늦을 것이라고 사과를 하고서 거기에 덧붙여서 비록 어떤 일이 일어나더라도 기분을 상해서는 안 되며, 또 자기 부담 이상의 돈을 지불할 필요도 없다는 말을 들었을 때에 약간 이상한 기분이 들었다. 나는 이 말을 어떻게 해석해야 좋을지 몰랐지만, 부친의 거미줄에 대한 이야기가 생각나서 어떤 일이 일어나든 기다리기로 결심했다. 회원들이 모여들었고 나와 알게 된 사람은 나를 일동에게 소개했다. 나는 오랫동안 주의할 필요도 없이, 건방지고 오만한, 첫눈에도 신참자인 한 젊은 사나이를 우롱할 목적으로 모인 것이라는 것을 알았다. 그래서 나는 일부러 주의해서 나를 그와 함께 휩쓸어 넣으려는 기분을 일으키지 않도록 애썼다. 식사 때에 그 목적은 본인을 제외하고는 모두에게 더욱 명백해졌다. 점점 술을 많이 마셨다. 그리고 각자가 자신의 애인을 위해서 건강을 축복했을 때, 이 잔으로는 더 이상 한 잔도 마시지 않을 것을 엄숙히 서약하고서 술잔을 뒤로 던졌으나, 이것은 더욱 더 큰 광란狂亂의 신호였다. 마침내 나는 슬그머니 그 자리를 떴다. 보이는 나에게 아주 싸구려 계산을 청구하면서 매일 저녁 이처럼 시끄러운 것은 아니니 또 와 달라고 나에게 부탁했다. 숙소로 돌아오는 길은 멀었다. 숙소에 도착했을 때는 자정이 가까웠다. 문은 잠겨있지 않았으나, 모두 자리에 들어 있었다. 하나의 램프가 작은 집안의 광경을 비추고 있었다. 거기에서 나의 더욱 훈련된 눈은 곧 내 샬켄(화가)의 가장 아름다운 회화를 찾았고, 그 그림에서 나는 눈을 뗄 수 없어서 나의 졸음은 완전히 사라지고 말았다.

드레드덴에서의 나의 수일간의 체류는 화랑 구경에만 바쳐졌다. 고대의 물품들은 아직 왕립 대정원의 정자 안에 있었으나, 나는 그것을 관람하는 것을 그만 두었다. 드레드덴이 지니고 있는 그 외의 귀중한 것들도 똑같이 보지 않았다. 나는 저 회화 수집 그 자체에 대해서도, 아직 내가 알지 못한 많은 것이 있음에 틀림없다는 확신으로 가득 차 있었다. 그래서 이탈리아의 거장의 가치를 인정함에 있어서도, 자신의 견식으로 그 가치를 고찰하고 이해하려 하지 않고, 도리어 솔직하게 그 가치를 믿으려고 했다. 내가 자연으로 볼 수 없는 것, 자연을 대신할 수 없는 것, 이미 알고 있는 대상과 비교할 수 없는 것은 나에게 아무런 영향도 미치지 못했다. 모든 고상한 예술 애호의 단서를 이루는 것은 소재에서 오는 인상이다.

나와 구두장이와는 사이좋게 조화를 이루었다. 그는 재주가 있었고 매우 다면적이었다. 우리들은 종종 생각나는 대로 비유적인 경쟁을 벌였다. 그러나 자신을 행복하다고 생각하고, 타인에게도 같은 것을 하도록 요구하는 인간은 우리들을 불유쾌하게 한다. 그뿐만 아니라 이러한 사고방식을 반복하는 것은 우리들에게 지루함을 느끼게 한다. 나는 물론 여러 가지로 받들어지고 환대받고, 즐거운 대우를 받았으나, 결코 행복하지는 않았다. 그의 구두본(型)에 맞는 구두가 내 발에도 맞으라는 법은 없다. 그렇지만 우리는 좋은 친구로서 헤어졌다. 주부도 이별할 때에 나에게 불만을 느끼지는 않았다.

내가 드레스덴을 떠나기 조금 전에 나는 유쾌한 일에 부딪혔다. 그 청년은 나의 신용을 다소라도 회복해 보려고, 미술 학교 교장인 폰 하게도른에게 나를 소개했다. 그는 자신의 수집을 매우 친절하게 보여 주었고, 젊은 예술 애호가의 감격을 매우 기뻐했다. 그는 감식가에게 자주 있듯이 소장하고 있는 회화에 대해서 철두철미하게 보는 눈이 없었고, 그렇기 때문에 타인이 그것들을 칭찬한다고 해도 그가 기대하는 정도에 이르는 일은 극히 드물었다. 스바네펠트의 어떤 그림이 특히 내 마음에 들어서, 그것의 세밀한 부분에 대해서 칭찬을 아끼지 않은 것이 그를 특히 기쁘게 했다. 내가 자란 지방의 청명한 하늘을 나에게 추억하게 하는 풍경, 그 지방의 무성한 식물, 기타 온화한 기후가 인간에게 베푸는 은혜는 내 마음 속에 그리운 추억을 불러일으켜서, 그런 것들이 무엇보다도 이 사생화에서 내 마음을 감동시켰다.

정신과 감각을 진정한 예술로 이끄는 그러한 귀중한 경험도, 가장 비참한 광경 중의 하나에 의해서 중단되고 흐려졌다. 그것은 언제나 내가 통과하던 드레스덴의 많은 거리가 파괴되고 황폐한 광경이었다. 잿더미의 모렌 거리, 폭파된 탑을 가진 십자가 교회는 내 마음 속에 깊이 새겨져, 지금도 내 상상 속에 얼룩처럼 남아 있다. 성모교회의 둥근 지붕에서 나는 이 처참한 폐허가 질서있게 정리된 거리 사이에 산재해 있는 것을 보았다. 성직자는 나에게 이러한 좋지 않은 경우에 대비해서 교회와 둥근 지붕을 설계하여 포격에 견뎌낼 수 있게 한 건축가의 기술을 나에게 찬양했다. 사람좋은 성직자는 사방의 폐허를 나에게 설명하면서 심각한 표정으로 나에게 간결하게 말했다.

"이것은 적이 저지른 짓입니다."

이렇게 해서 나는 내키지 않았지만 라이프찌히로 돌아왔다. 이러한 나의 엉뚱한 소행에 습관이 되어 있지 않았던 친구들은 매우 놀랐으며, 나의 비밀에 가린 여행이 어떤 의미인가 하고 여러 가지로 억측들을 했다. 내가 그것에 대하여 매우 지당하게 설명을 했지만, 그들은 내가 꾸민 이야기라고 단언하고, 내가 장난삼아 양화점 숙소에 숨겨둔 수수께끼가 있을 것이라 생각하고서 그것을 날카롭게 꿰뚫어 보려고 노력했다.

그러나 만일 그들이 내 마음을 간파할 수 있었다면, 그 속에서 어떠한 장난도 찾아내지는 못할 것이다. 왜냐하면 "아는 것이 많아지면 불안이 커진다"라는 옛말의 진실이 커다란 힘으로 나를 쳤기 때문이다. 그래서 내가 자신이 본 것을 정리하고, 자신의 것으로 만들려고 노력하면 할수록, 그 일은 나에게는 성공되지 못했다. 결국 나는 그 영향을 조용히 나에게 끼치게 하는 것으로 만족하지 않을 수 없었다. 나는 재차 일상생활에 휩싸여 절친한 친구들과의 교제나 내 분수에 맞는 지식의 증가나, 글씨 연습 같은 것에 힘을 기울인 것이,

비록 의의가 있는 것은 아니지만, 나의 힘에 알맞은 방법으로 분주한 시간을 보내면 나는 결국 마음이 훨씬 편해지는 것을 느꼈다.

브라이트코프 가와의 교제는 매우 유쾌하고 나에게는 유익한 것이었다. 이 집을 일으켜 세운 시조 베른하르트 크리스토프 브라이트코프는 가난한 인쇄공으로서 라이프찌히에 온 사람인데 그대에도 아직 생존하여 노이마르크트 거리의 웅대한 건물인 '금웅관金熊館'에서 고트셰트와 동거하고 있었다. 아들인 요한 고틀로프 이마누엘은 이미 오래 전에 결혼하여 여러 자식들의 부친이었다. 그들은 자기들의 거액의 재산 일부를 이용하는 방법으로, '금웅관' 건너편에 거대한 새로운 건물, 원래의 건물보다 더욱 높고 넓게 설계한 '은웅관銀熊館'을 건축하는 것이 무엇보다도 우선한다고 생각했다. 나는 바로 이 건물을 새로 지을 무렵에 그와 알게 되었다. 장남은 나보다는 두서너 살 위인 것 같았고, 체격이 좋은 청년으로서 음악에 열중하여 피아노뿐 아니라 바이올린도 능숙하게 다룰 수 있었다. 차남은 성실하고 마음씨 고운 사나이로서 형과 마찬가지로 음악을 좋아하여, 때때로 열리는 음악회에 형 못지않게 발벗고 나섰다. 이 두 사람은 양친이나 자매와 마찬가지로 나에게 호의를 갖고 있었다. 나는 기공起工 때와 완공 때에, 그리고 가구의 설비 및 이사 때에도 그들을 도왔다. 그리하여 그로 인해서 그러한 일에 대해서 배웠으며, 또한 외저 설說이 응용되고 있음을 볼 수 있는 기회마저 가졌다. 이리하여 지어지는 과정을 보아온 새로운 집을 종종 방문했다. 우리들은 함께 여러 가지 일을 했다. 그리고 장남은 내 노래를 두세 곡 작곡했다. 이 작품은 인쇄되어 그의 이름은 박혀 있었으나, 내 이름은 없었다. 그러나 그것을 아는 사람은 극히 드물었다. 나는 그 중에서 비교적 잘된 작품을 골라서 나의 다른 짧은 시詩 사이에 꽂아넣었다. 그들의 부친은 악보의 인쇄를 발명했고, 또 이것을 완전한 것으로 만들었다. 그는 주로 인쇄술의 기원 및 발달에 관계되는 도서를 수집해 둔 훌륭한 문고文庫의 이용을 나에게 허락해 주었기 때문에, 나는 이 부분에서 다소의 지식을 얻었다. 더욱이 나는 거기서 고대의 사물을 묘사한 훌륭한 동판인쇄를 발견하여 이 방면에 대한 나의 연구를 계속했다. 이 연구는 이사할 때에 유황의 보석모형寶石模型의 수집이 흩어졌다는 사정도 도움이 되어 한층 더 진전되었다. 나는 될 수 있는 대로 그것을 정리했는데, 그때에 리페르트나 이외의 것을 참고하지 않을 수 없었다. 내가 아프기까지는 아니더라도 기분이 나쁠 때에는 동거인인 의사 라이헬 박사에게서 종종 진찰을 받았다. 이와 같이 우리들은 조용하고 유쾌한 생활을 보냈다.

그런데 나는 이 집에서 완전히 다른 종류의 교제를 맺게 되었다. 즉 동판 조각가인 시토크 씨가 다락방에 이사온 것이다. 그는 뉘른베르크 태생으로서 매우 근면하고 꼼꼼하며 규칙적인 남자였다. 그는 가이저처럼 외저의 원화에 의해서, 소설이나 시詩 방면에서 점차로 유행하게 된 크고 작은 동판을 조각했다. 그의 솜씨는 매우 훌륭하여 부식액腐蝕液으로써 세공은 거의 완전하게 만들어졌으며, 그가 교묘하게 사용하던 조각칼도 완성단계에서 조금만 덧붙여 사용하면 좋을 정도였다. 그는 동판 하나에 필요한 시간을 정확히 재어서는 매일 예정된 일의 분량을 완성하기 전엔 어떤 일이 있어도 일에서 떠나려고 하지 않았다. 이리하여 그는 잘 정돈된 깨끗한 방 안에서 커다란 파풍破風 창가에 있는 넓은 책상 앞에 앉아 있었다. 이 방에는 그의 처와 두 딸이 그와 함께 가정을 이루고 있었다. 그 딸 중의 하나는 행복한 결혼을 했고 다른 한 딸은 훌륭한 예술가였다. 그 딸들은 일생 동안 나의 친구였다. 나는 자신의 시간을 위층과 아래층으로 나누었다. 그리고 일에 대해 꾸준히 대해 근면함과 동시에 뛰어난 유머를 가졌으며, 거기에 더해 매우 친절했던 이 남자에게 커다란 애착을 느꼈다.

이런 종류의 예술의 청초한 기교에 대하여 나는 매력을 느껴, 나도 이런 종류의 것을 제작해 보려고 자주 그와 어울렸다. 나는 다시 풍경에 마음이 끌리게 되었다. 풍경은 나의 고독한 산책에서 마음의 위안이 되었으며, 그 자체가 표현하기 쉽고 그리고 예술품으로서도 나를 싫증나게 하는 인물보다는 수월한 것으로 여겨졌다. 그렇기 때문에 나는 그의 지도 밑에서 여러 가지 풍경화를 티일레나 그 외의 사람들을 모방해서 판을 떴다. 이러한 작품은 미숙한 사람의 손에 의해서 만들어지긴 했어도 상당한 효과가 나타났으며, 평판도 좋았다. 원판을 만드는 일, 그것을 하얗게 칠하는 일, 그리고 판을 떠서는 최후에 부식액을 붓는 일 등으로 바빴다. 마침내 나는 스승을 도울 수 있게 되었다. 나는 부식할 때에 필요한 주의를 등한히 하지 않았고 실패하는 경우는 드물었다. 그러나 보통 그러한 때에 발생하는 유해有害 가스에 대한 주의가 충분치 못했다. 그것이 그 후 얼마 동안 나를 괴롭혔던 병의 원인이 되었는지도 모른다. 무엇이든 해보려는 생각에서, 이런 일을 하는 사이사이에 종종 목판 조각도 해보았다. 나는 프랑스의 견본을 모방하여 여러 가지 작은 컷을 만들었다. 그리고 그 대부분은 쓸만한 것이라 생각되었다.

여기에서 나는 당시 라이프찌히에 거주하고 있거나 혹은 잠시 그곳에 체재하던 2,3인을 감히 추억해 보고자 한다. 지방 세무관 바이세는 한참 일할 나이였고, 쾌활하고 친절하며 인정이 많은 사람으로, 우리들의 경애를 받았다. 물론 우리들은 그의 각본을 전혀 모범적인 것으로 인정하지는 않았지만, 그의 작품에는 마음이 끌렸다. 그의 오페라는 힐러의 경쾌한 작곡에 영향을 받았으며 우리를 매우 즐겁게 했다. 함부르크의 사이벨러도 같은 길을 걸었다. 그의 〈리주아르트와 다리올레테〉[19]도 역시 우리들에게 환영을 받았다. 아름다

---

19) 힐러(Hiller) 작곡으로 1766년에 상연됨.
20) 요한 요아힘 에센부르그(Johann Joachim Eschenburg, 1743년 생). 함부르크 태생이며, 라이프 찌히에서 바이세의 《미문학 문고美文學文庫》의 편집에 협력했음.

운 청년인 에셴부르크[20]는 우리들보다는 나이가 조금밖에 많지 않았지만, 학생들 사이에서는 뛰어났다. 자하리애는 2,3주일 동안 우리들이 있는 곳에서 즐겁게 체류했다. 그리고 그의 동생의 주선으로 우리들과 같은 식탁에서 식사를 했다. 우리들은 키가 큰, 몸집이 좋고 명랑하여 미식가임을 감추지 않는 이 손님을 특별 요리와 호화로운 디저트와 고급 포도주로서 환대하는 것을 당연한 영예로 여겼다. 레싱은 언제인지는 기억이 없지만, 우리들이 무엇인가 한창 계획 중에 있을 때에 이 도시에 왔다. 우리들도 그 때문에 아무 곳에도 가고 싶지 않았고, 그가 가는 장소를 피하려고 했다.[21] 아마 그것은 우리들이 그에게서 멀리 떨어져 있기에는 자만심이 너무 지나쳤고, 그렇다해서 그와 친한 관계가 될 수 있는 자격도 없었기 때문일 것이다. 이 일시적이고 어리석은 생각은 자부심이 강한 망상적인 청년시대에는 이상할 것도 없지만, 물론 후일에 가서 그 벌을 받았다. 그것은 그처럼 탁월했고, 내가 매우 존경하던 인물을 결국 한 번도 만날 기회가 없었던 것이다.

그러나 예술이나 고대학에 관한 모든 노력에 있어서는 누구든 언제나 빙켈만을 생각했다. 그의 재능은 국내에 있어서 열광적인 찬양을 받았다. 우리들은 열심히 그의 저술을 읽고, 그가 초기의 저술을 썼을 때의 사정을 알려고 노력했다. 우리들은 그 중에서 외저에게서 나왔을 것으로 생각되는 많은 의견을 발견했을 뿐 아니라, 외저 풍風의 해학이나 망상까지도 보았다. 그리고 이 주의해야 할, 그것도 자주 수수께끼 같은 저술이 성립된 계기에 대해서 대체로 이해하게 될 때까지는 그치지 않았다. 그러나 원래 우리들은 그것을 너무 엄격하게는 하지 않았다. 왜냐하면 청년은 가르침을 받는 것보다는 도리어 자극을 원했기 때문이다. 그리고 난해한 서적에 의해서 중대한 교양

---

21) 바이세, 외저, 레싱에 대한 반감을 말함.

의 한 단계를 높일 수 있었던 것은 이것이 최후는 아니었다.

당시에는 아직 우수한 사람들이 세상 사람의 존경을 받고 있던 아름다운 문학의 한 시기였다. 그러나 클로쯔의 논박이나 레싱의 반박[22]은, 이 시기가 마침내 끝나는 것을 암시하고 있었다. 그러나 빙켈만은 일반적으로 흔들리지 않는 확고한 존경을 받고 있었다.

그가 스스로 느끼고 있던 자기의 명성에 어울리지 않는 공개논의公開論議에 대해서 몹시 과민했었음은 주지의 사실이다. 모든 잡지는 일치해서 그를 찬양했고, 뛰어난 여행자는 교훈을 받고서 기뻐하며 그의 곁을 떠나 귀성했다. 그가 발표하는 새로운 견해는 학술과 인생 전반에 걸쳤다. 뎃사우의 군주[23]도 똑같이 존경을 받고 있었다. 젊고 친절하고 고상한 생각을 가진 이분은 여행 중에도, 기타의 경우에도 매우 믿음직한 태도를 보였다. 빙켈만은 그에게 매우 매료되어, 그분에 대해서 이야기할 때에는 극히 아름다운 이명異名을 붙였다. 당시 유일한 공원 설계나 에르트만스도르프 씨의 활약에 의해서 도움을 받는 건축의 취미 등 모든 것은 그가 한 사람의 총명한 군주임을 증명하고 있었다. 그는 스스로 범례를 보여 타인을 이끌고 그것으로 신하와 백성은 황금시대의 도래를 기대하고 있었다. 이번엔 빙켈만이 이탈리아에서 돌아와 친구 뎃사우 공작을 방문하고, 도중에 외저에서 들른다 해서, 우리들도 그를 만날 수 있다는 소식을 듣고서 기뻐 어쩔 줄 몰랐다. 우리들은 그와 이야기할 것을 요구하진 않았으나, 그를 보고 싶다고 말했다. 이런 나이에는 모든 기회를 이용하여 즐기려 하기 때문에, 우리들은 뎃사우로 가는 선편을 빌려서 가기로 약속했다. 예술에 의하여 빛나는 아름다운 땅, 행정 및 정돈이 잘 되었고, 동시에 경치도 아름다운 나라에서 이구석 저구석에서

---

22) 《Antiquarische Briefe》에 있어서의 반박을 말함.
23) 레오폴드 프리드리히 프란쯔(Leopold Friedrich Franz, 1740~1817)를 말함. 18세기에 계몽주의와 휴머니즘의 육성에 힘쓴 군주.

제2부 391

기다렸다가 우리들보다 훨씬 탁월한 사람들이 소요하는 것을 가까이에서 보고 싶다고 생각했다. 외저 자신도 그것을 생각만 하고도 매우 흥분했다. 그런데 청천벽력과도 같이 빙켈만의 죽음이 우리들 사이에 전해졌다. 나는 아직도 내가 처음에 그 소식을 들은 장소를 기억하고 있다. 그곳은 플라이센부르크의 정원으로서 외저의 방으로 올라갈 때에 언제나 다니던 작은 문에서 그리 떨어지지 않은 곳이었다. 학교 친구 하나를 만나서 외저와는 면회할 수 없다는 것과 그 이유를 들었다. 이 놀라운 사건은 무서운 영향을 끼쳤다. 세상은 한결같이 탄식하고 비통해 했다. 그리고 그의 요절夭折은 그의 생애의 가치를 한층 더 높였다. 다분히 그의 활동 효과는 그것을 고령에 이르기까지 계속했다 하더라도 지금 보는 것과 같이 크지는 않았으리라. 왜냐하면 그도 많은 비범한 사람들과 마찬가지로, 드물게 비참한 최후의 운명으로 말미암아 저명하게 되었기 때문이다.

그러나 나는 빙켈만의 서거를 한없이 슬퍼하는 사이에, 나 자신의 생명을 염려해야 할 처지에 놓이리라고는 생각지 않았다. 왜냐하면 나의 신체상의 상태는 이러한 모든 것을 경험하고 있는 동안에 결코 회상의 방향으로 향하고 있지는 않았기 때문이다. 나는 이미 집을 떠날 무렵부터 우울증의 증세를 보이고 있었다. 이 증세는 새로운 칩거생활蟄居生活 중에 약해지기보다는 도리어 심해졌다. 아우에르슈타트 재난 이래 나는 종종 가슴의 통증을 느꼈고, 그것이 말에서 떨어진 후에 현저하게 악화되었는데, 이것이 내 기분을 우울하게 했다. 나는 또한 음식의 양을 조절하지 못해서 소화기능을 해쳤다. 메르제부르크의 강한 맥주는 나의 두뇌를 우둔하게 했다. 한때 특별히 무거운 기분을 내게 준 커피, 특히 식후에 우유와 함께 마시는 커피는 내 위장을 마비시키고 그 기능을 정지시키는 것으로 느껴졌다. 그래서 나는 커다란 불안을 느꼈으나, 그렇다고 더 합리적인 생활양식을 취할 결심도 할 수 없었다. 청춘의 강한 힘에 의지된 나의 감정은 방종한 향락욕과 우울한 불쾌감과의 양 극단 사이를 동요했다. 더욱이 그 당시는 냉수욕冷水浴이 무조건 장려되던 시기였다. 사람들은 딱딱한 침대 위에서 얇은 옷을 입고 자야만 했다. 그로 인하여 평소의 발산작용은 완전히 방해되었다. 루소가 장려한 것을 오해한 결과로 생긴 이러한 어리석은 행위는 우리들을 자연에 접근시키고 풍속의 퇴폐에서 구해준다는 기대를 갖게 했으나, 그러나 앞서 말한 모든 것이 구분이 없이 불합리한 개혁의 방법으로 이루어졌기 때문에 많은 사람들이 이것을 가장 해로운 것이라고 느꼈다. 그리하여 나는 원래 타고난 건강한 체질을 혹사시킴으로써 전체를 구하기 위해서 개개의 조직이 마침내 반란과 혁명을 폭발시키지 않으면 안 될 상태에 이르렀다.

어느 날 밤 나는 심한 각혈로 인해서 잠에서 깨었다. 그렇지만 나는 옆방 사람을 깨울 수 있을 정도의 기력과 의식은 있었다. 라이헬 박사가 불려와서 매우 친절하게 돌봐주었다. 이렇게 해서 나는 수일 동안 사경을 헤맸다. 거기에 이어지는 회복의 기쁨도 각혈할 때 왼쪽 목에 생긴 종기 때문에 잡쳐버리고 말았다. 생명의 위험이 지나간 후에야 비로소 나는 이 종기가 생긴 것을 깨달을 여유가 생겼다. 병의 치유는 비록 그 차도가 느리더라도 어쨌든 기분좋고 즐거운 것이다. 그리고 내 경우에 있어서는, 나 자신의 천성이 이것을 뚫고 지나갈 힘을 갖고 있었기 때문에, 이제는 전혀 딴 사람이 된 것처럼 생각되었다. 왜냐하면 오랫동안 알지 못했던 정신의 즐거움을 얻었기 때문이다. 나는 육체 쪽에서는 병이 만성이 될 위험이 있었으나, 내 심內心은 자유를 느끼고 매우 기뻤다.

그러나 이 시기에 특히 나의 용기를 북돋워준 것은, 많은 훌륭한 분들이 그들의 애정을 그것을 받을 가치가 없는 나에게 보여준 것이었다. 그것을 받을 가치가 없다고 내가 말한 것은 그들 중의 어느 한 사람, 나의 반항적인 기분으로 기분을 상하지 않은 사람은 하나도 없었으며, 또한 나의 병적인 비상식非常識에 의해서 여러 차례 감정을 상했고, 그뿐 아니라 내가 자신의 잘못을 느끼고서 잠시 완강하게 만나지 않았던 사람이 있었기 때문이다. 그들은 이 모든 것을 잊고서 나를 지극히 정답게 대해주었다. 그들은 혹은 내 방에서, 혹은 외출하게 되었을 때, 다른 장소에서 나를 즐겁게 해주었고, 내 마음을 위로해 주려고 애썼다. 나와 함께 마차를 달려서는 그들의 별장으로 데리고 가서 환대해 주었다. 그래서 나는 곧 회복을 보게 될 것이라고 생각했다.

이런 친구들 중에서 나는 첫째로 당시 라이프찌히 시市 참사원이며, 후에 시장이 된 헤르만 박사의 이름을 들겠다. 그는 나를 실로서 씨의 소개로 알게 된 식탁친구의 한 사람이며 언제나 똑같이 변함없는 관계를 계속해 온 사람이다. 그는 우리 학우學友들 중에서 가장 근면한 사람 중 하나로 손꼽히고 있었다. 그는 매우 규칙적으로 강의를 들으러 다녔으며, 가정에서도 근면함은 시종 변함이 없었다. 나는 그가 조금도 탈선하는 일이 없고, 한 걸음 한 걸음 진보하여 학위를 획득하고, 다음에 사법관 시보로 승진하는 것을 보았다. 그때에 그에게는 조금도 무리한 기색이 보이지 않았고 절대로 초조해 하거나 태만하는 일이 없었다. 그의 성격이 온화한 점이 내 마음을 끌었고 그의 유익한 담화가 내 마음을 사로잡았다. 그의 규칙적인 근면성을 특히 내가 좋아한 것은 내 것이라고 자만할 수 없었던 장점을 적어도 타인에게 있어서 인정하고 존중함으로써, 그 일부분이라도 내 것으로 만들려고 생각했기 때문이었다고 생각한다.

그는 그 직무에 있어서와 마찬가지로 여러 가지 재능을 발휘하거나 오락을 할 때에도 똑같이 규칙적이었다. 그는 매우 훌륭하게 피아노를 쳤으며 정서가 풍요한 사생寫生을 했고, 이것을 나에게도 권했다. 그래서 나는 그의 방식을 모방하여 회색 종이에 흑백 분필로 플라이세 강변의 무성한 버드나무 숲들이나, 이 조용한 굽이를 사생했고, 동시에 나의 동경어린 공상에 잠겼다. 그는 나의 때로는 농섞인 언동에 대하여 쾌활한 장난으로 응수하는 재주를 갖고 있었다.

그리하여 나는 그가 짓궂게 격식을 차려 실상 우리 두 사람뿐인 만찬에 나를 초대하였을 때에 함께 지낸 많은 유쾌했던 시간을 기억하고 있다. 그러한 경우에 우리들은 독특한 예식을 갖추어, 촛불 밑에서 그의 지위에 대한 현물 보수로 주방에 들어온 소위 시참사회市參事會의 토끼를 먹으며, 베리쉬 식의 많은 농담에 의해서 음식에 맛을 더했고, 포도주의 효과를 높이는 것으로 즐겼다. 훌륭한 직책을 맡아 지금도 변함없이 활동하고 있는 이 탁월한 인물은 내가 다소 전조前兆를 느끼고는 있었지만, 그 중대함을 예상 못했던 병에 걸렸을 때, 가장 충실하게 돌봐주었다. 여가만 있으면 나를 위해서 시간을 보냈고, 이전의 쾌활한 일들을 추억해서 우울한 현재의 시간을 밝게 해주었던 일은 지금도 아직 진심으로 감사해 마지않으며, 그리고 오랜 세월이 흐른 후에 이 감사를 공표할 수 있게 된 것을 기쁘게 생각한다.

이와 같이 이 정다운 친구 외에 특히 브레멘의 그뢰닝[24]이 나를 보살펴주었다. 나는 발병하기 조금 전에 그와 알게 되었는데, 나에 대한 그의 호의는 병 중에 비로소 알 수 있었다. 도대체 누구든 환자와는 여간해서 친하려고 하지 않는 법이기 때문에, 나는 이 호의의 가치를 더욱 절실히 느꼈다. 그는 나를 즐겁게 해주었고 내가 자신의 처지를 이것저것 근심하는 것을 잊게 했고, 가까운 장래에 병이 완치되어 건강한 몸으로 활동할 수 있음을 나에게 설득했으며, 그 기대를 갖게 하기 위해서 모든 노력을 아끼지 않았다. 세월이 흐름에 따라 이 유능한 인물이 가장 중요한 직책에 종사하여, 그의 고향 도시의 이익과 행복을 위하여 공적을 세웠다는 이야기를 들을 때마다

---

24) 학위를 얻기 위해서 라이프찌히에 왔다. 후에 브레멘의 시장이 되었음.

나는 정말 기뻤다.

　친구 호른이 그의 애정과 주의를 끊임없이 나타낸 것도 이때였다. 브라이트코프 가의 가족 전체, 시토크 가족, 기타 많은 사람들이 나를 가까운 친척처럼 대해주었다. 그래서 많은 친절한 사람들의 호의에 의해서 자신의 처지를 슬퍼하는 감정은 극히 약화되었다.

　그러나 여기에서 나는 하나의 인물에 관해서 보다 더 상세하게 설명하지 않으면 안 된다. 그 인물은 그 무렵 처음으로 알게 된 사람으로서, 그의 유익한 담화는 나의 비참한 처지를 완전히 잊을 수 있을 정도로 나를 현혹했다. 그는 후에 볼펜비텔에서 도서관원이 된 랑거였다. 이 탁월하고 박식하고 교양이 풍부한 사나이는 병적인 과민성에 의해서 열병처럼 강렬하게 나타난 나의 지식욕을 기뻐했다. 그는 명확한 개관을 부여하며 내 마음을 진정시키려고 애썼다. 그래서 짧은 시간의 교제였지만, 그에게 많은 신세를 졌다. 즉 그는 여러 가지 방법으로 나를 인도할 줄 알았으며, 또한 당시 내가 가야 할 방향에 주의를 환기시켜 주었다. 나와의 교제는 그에게 있어서는 다소 위험을 동반하는 것이었기 때문에, 나는 그에게 한층 더 감사해야 할 이유가 있었다. 왜냐하면 그가 베리쉬의 후임으로 린데나우 소ᐧ 백작의 가정 교사직을 맡았을 때에, 아버지인 백작은 이 새로운 가정교사에 대해서 절대로 나와 교제하지 않는다는 조건을 붙였던 것이다. 그는 이러한 위험 인물과 교제해 보았으면 하는 호기심에서, 종종 다른 장소에서 나와 만날 방도를 고안해 냈다. 나는 마침내 그의 호감을 사게 되었다. 베리쉬보다 현명한 그는 밤에 나를 끌어내서 함께 산책했다. 그리하여 우리들은 흥미있는 사건들에 대해서 서로 이야기를 나누었다. 나는 최후에 그를 그의 애인 집 문 앞까지 바래다 주었다. 왜냐하면 표면적으론 근엄하게 보이는 착실하고 학자적인 이 남자도 뛰어나게 귀여운 한 여성의 그물에서 빠져나올 수가 없었기 때문이다.

독일 문학, 그것과 함께 나의 문학적인 모든 계획은 얼마 전부터 나와 인연이 멀어졌다. 나와 같은 독학자가 빠지는 미로에서 생기기 쉬운 일로서, 나는 또다시 사랑하는 고대인에게 향하게 됐다. 그들은 여전히 푸른 먼 산과 같이, 그 윤곽과 크기는 명확하였으나, 각 부분과 내부적 관계는 식별이 되지 않았고, 나의 정신적 욕망의 시계視界를 제한하고 있었다. 나는 랑거와 일종의 상호 교환을 했다. 그때 나는 글라우코스[25]와 디오메데스, 이 두 사람 역을 했다. 나는 그에게 독일의 시인과 평론가가 가득찬 광주리를 송두리째 넘겨 주었고, 그 대신 많은 그리스 작가들을 받았다. 병의 차도가 극히 부진했지만, 나는 이들 작품을 읽으면서 원기를 회복한 셈이다.

새로운 친구가 상호간에 바치는 신뢰는 순서를 따라 발전하는 것이 보통이다. 공통된 일이나 취미가 서로 일치하여, 최초로 나타나는 법이다. 다음의 대화는, 과거와 현재에 있어서 정열을 기울인 사건, 특히 연애사건으로 뻗쳐간다. 그러나 우정의 관계를 완전하게 하려면 보다 더 깊은 것이 열려있지 않으면 안 된다. 그것은 종교적 정념情念, 즉 불멸의 것과 관계를 갖는 마음의 문제로서, 우정의 근본을 굳게함과 동시에 그 절정을 장식한다.

기독교는 한편 그 자신이 역사적ㆍ적극적 방면과, 다른 한편 도덕에 기초를 두면서 다시 도덕의 기초를 세워야 하는 순수한 자연신교自然神教 사이를 부동浮動하고 있다. 성격이나 또한 사고방식의 차이는 여기에 무한한 단계를 보여주고 있다. 특히 이와 같은 신념에 대하여, 이성과 감정이 어느 정도로 관여할 수 있는가 하는 문제가 생김으로써, 더욱더 근본적인 차이가 작용하기 때문이다. 가장 활동적인 그리고 재간이 풍부한 사람들은 이 경우에는 나비와 같은 것이어서, 완전히 유충의 상태를 망각하고, 자신들을 둘러싸고 유기적인 완전

---

25) 호머의 《일리아드》 제4장에 등장하는 인물. 글라우코스는 자신의 황금 갑옷을 디오메데스의
   구리로 된 갑옷과 교환했음.

체로 발달시킨 번데기의 껍질을 버리는 것이다. 이것과는 달리, 성실하고 사려 깊은 성격의 사람들은 꽃과 비교할 수가 있다. 그것은 매우 아름다운 만발한 상태를 나타내고 있더라도 그 뿌리에서, 또한 모체인 줄기에서 절대로 떨어지지 않는다. 그뿐 아니라 도리어 이 가족적인 연관에 의해서 비로소 소원하는 과실을 성숙시킬 수가 있다. 랑거는 후자에 속하는 사람이었다. 왜냐하면 그는 학자이며, 뛰어난 도서통圖書通이었지만, 더욱이 성서를 다른 전래의 문서에서보다 특별한 가치를 인정하고, 우리들이 우리들의 도덕적 · 정신적 계보를 증명할 수 있는 유일한 증권임을 인정했다. 그는 위대한 세계신世界神과의 직접적인 교섭을 생각지 않는 사람 중의 하나였다. 그렇기 때문에 그에게 있어서는 어떤 매개체가 필요했으며, 이 매개물과 유사한 것은 세속적인 것이나 천상의 것, 그 어느 것에서도 찾아낼 수 있다고 생각했다. 그의 유쾌하고 논리에 맞는 이야기는 나와 마찬가지로 불쾌한 병에 의해서 세상 일과 차단되었고, 그 정신의 발랄한 활동은 종교적인 사물에 향하려고 간절히 바라던 젊은 인간을 고통없이 경청시켰다. 나는 성서를 굳게 믿고 있었기 때문에 지금까지 인간적으로 존중하고 있던 것을 이제부터는 신神의 것으로 보겠다는 신앙을 갖기만 하면 되었다. 이것은 내가 성서를 처음 알게 되었을 때에는 그것을 신의 것으로 믿고 있었기 때문에, 나에게는 더욱 쉬운 일이었다.

인고忍苦하는 사람, 마음이 부드러운 자, 아니 도리어 연약한 감정을 가진 사람에게는 이 복음이 환영을 받았다. 그리고 랑거는 신앙을 갖고 있으면서도 한편 매우 이지적인 인간이어서 감정에 지배되거나 광신狂信에 빠지거나 해서는 안 된다는 것을 강력히 주장하고 있었지만, 나로서는 감정도 감격도 없이 〈신약성서〉에 취급하는 것은 결코 할 수 없었다.

이러한 이야기를 하면서 우리들은 많은 시간을 보냈다. 그리고 그는 나와 같이 성실하고 소양있는 새로운 귀의자歸依者를 얻은 것을 기뻐했고, 애인한테 바쳐야 할 시간을 나 때문에 희생하는 것을 주저하지 않을 정도로 나를 사랑해 주었다. 더욱이 나와의 교제가 폭로되어, 베리쉬처럼 보호자로부터 미움을 받을 위험까지 무릅썼다. 나는 그의 애정에 대하여 매우 깊은 감사로써 보답했다. 그가 나를 위해 해준 일에 대해서는 비록 어떠한 때에도 존중해야 했지만, 당시 나의 처지로서는 더할 나위 없이 존경해야만 했다고 말하지 않을 수 없다.

그러나 흔히 우리들의 영혼의 조화調和가 가장 영적인 상태에 있을 때에, 속세의 조잡한 잡음이 거칠고 난폭하게 침입하여서는 보이지 않게 끊임없이 움직이고 있는 양자의 대조對照가 갑자기 나타나서, 그것이 더욱 날카롭게 느껴지는 법인데, 나도 또한 우리 랑거의 페리파토스 학파[26]로부터 떨어져 나오기 전에, 적어도 라이프찌히에서는 드물게 보는 불상사를 목격하지 않으면 안 되었다. 그것은 학생들이 다음과 같은 동기에서 일으킨 소동이었다. 청년들과 도시의 병사 간에 불화가 생겨 마침내 폭력 사태에까지 이른 것이다. 다수의 학생들은 단결하여 모욕받은 것에 대해 복수를 하려고 했다. 병사들은 완강히 저항하고, 불평이 많은 학생측이 불리하게 되었다. 도시의 유력한 지위에 있던 인사들이 승리자의 용감한 저항을 칭찬하고 보수를 주었다는 소문이 전해졌다. 이로 인하여 청년의 명예심과 복수심이 무섭게 유발되었다. 이튿날 저녁에는 가옥의 창문[27]이 파괴될 것이라는 말을 사람들은 공공연히 했다. 이 소문이 사실이라는 보고를 나에게 전해 준 2,3명의 친구들은 나를 현장으로 끌고가지 않고는 못 배겼다. 청년과 군중은 언제나 위험과 소요에 마음이 끌

---

26) 소요학파逍遙學派. 아리스토텔레스의 제자들은 아테네에서 산책하면서 그의 철학을 가르쳤기 때문에 소요학파라는 이름을 얻게 되었음.

27) 이 창문은 라이프찌히의 시병대市兵隊 대장 프레게(Frege)의 집 창문을 말함.

리기 때문이다. 실제로 재미있는 구경거리가 생겼다. 평시에는 왕래가 적은 가로의 한쪽에 소리도 내지 않고 움직이지도 않으며 어떤 일이 일어날까 하고 기다리고 있는 사람들로 꽉 차 있었다. 비어 있는 가로를 약 열두 명의 청년들이 될 수 있는 대로 평온을 가장하고서 한 사람씩 걸어왔다. 그러나 목표로 삼은 집 근처에 이르렀을 때, 그들은 길을 걸으면서 창을 향해 돌을 던졌다. 그리고 유리창 깨지는 소리가 나면서 그것은 여러 차례 반복되었다. 이 일이 거행되었을 때에 조용했던 것과 똑같이 또한 끝날 때에도 조용히 흩어졌다. 그리고 이 사건은 더 이상 확대되지도 않았다.

소란스런 여음을 남긴 대학생의 의거를 본 다음에, 나는 곧 1768년 9월에 안락한 전세마차傳貰馬車로, 믿을 만한 두세 명의 친지들과 함께 라이프찌히를 출발했다. 아우에르시타트 부근에서 내가 전에 받은 재난[28]이 상기되었다. 그러나 여러 해가 지난 후에, 다시 더 큰 위험[29]이 이곳에서 나를 위협할 줄은 꿈에도 몰랐다. 이와 똑같이 우리들이 성城을 관람한 고타에서 석고상으로 장식된 넓은 홀에서, 그토록 많은 은총과 애호를 받을 줄은 그 당시 상상조차 할 수 없었다.

고향 도시에 가까워지면 가까워질수록 나는 자신이 어떠한 상태이며, 어떠한 기대와 희망을 갖고서 집을 떠났던가 하는 것이 심각하게 마음 속에 떠올랐다. 지금의 나로 말하면 난파難破한 배처럼 돌아온 것을 생각하니, 나의 기분은 완전히 의기소침해졌다. 그러나 유달리 자신을 나무랄 것도 없었기에, 어느 정도 마음을 편안히 가질 수가 있었다. 그렇지만 가족들의 환영은 내 마음을 움직이기에 충분한 것이었다. 감격하기 쉬운 나의 성질은 병으로 인해서 다시 자극되고 흥분되어 정열적인 장면을 나타냈다. 나는 내가 알고 있던

---

28) 라이프찌히에 처음 올 당시에 얻은 가슴앓이.
29) 1806년 10월에 나폴레옹 군이 바이마르에 침입하여, 괴테의 집도 전화戰火의 위협을 받게 되었는데, 이를 말하는 것임.

것보다는 더욱 훌륭하게 보였는지도 몰랐다. 왜냐하면 나는 오랫동안 거울 앞에 서지 않았기 때문이며, 결국 누구든 자기 자신의 상태에 습관이 되어서 아무것도 생각지 않게 되는 법이다. 여하튼 가족들은 많은 이야기는 서서히 하기로 하고, 우선 무엇보다 나에게 신체와 정신의 휴양을 시킨다는 점에 무언의 일치를 보았다.

누이동생은 곧 내 상대가 되었다. 미리 편지를 통해서 듣고는 있었지만, 지금 그녀의 입에서 가정 사정과 형편을 더욱 상세히 들을 수가 있었다. 부친은 내가 떠난 후에 그의 교육열은 주로 누이동생에게로 향했다. 완전히 사회에서 격리되고 태평성세에 안전이 보장되고, 동거인마저 두지 않게 된 집에서는 외부에서 다소의 교제와 오락을 구하는 길은 거의 두절되어 있었다. 그녀는 프랑스어와 이탈리아어와 영어를 교대로 공부해야 했고, 동시에 하루의 대부분을 피아노 연습에 쓰도록 강요받았다. 글 쓰는 것도 태만해서는 안 되었다. 그리고 나는 이미 전부터, 그녀가 나에게 보내는 편지에 대해서 부친이 직접 지도하고, 그의 교훈을 그녀에게 쓰게 하여 나에게 보낸 것을 눈치채고 있었다. 누이동생은 언제나 변함없고 이해할 수 없는 성격의 여인으로서, 엄격과 유화, 고집과 순종과의 실로 기묘한 혼합체였다. 이러한 성격은 혹은 하나가 되고 혹은 의지와 감정과의 작용에 의해서 따로따로 작용한다. 그러한 이유로서 그녀는 무섭게 보이는 방법으로 부친에 대해 엄격한 태도를 취하고 있었다. 그녀는 부친이 2,3년간 많은 허물없는 오락을 방해하고, 혹은 그것을 못 마땅한 것으로 만든 것을 받아들이려 하지 않았다. 그리하여 부친의 선량하고 훌륭한 성격을 추호도 인정하려고 하지 않았다. 그녀는 부친이 명령하거나 지시하는 모든 것을 극히 무뚝뚝한 태도로 행했고 언제나 정해진 원칙에다 조금도 가감하지 않았다. 그녀는 무엇이든 애정이나 호의로 남에게 양보하는 일이 없었다. 모친이 나와 은밀히 이야기할 때에 무엇보다도 먼저 한탄하는 것 중의 하나가 이 일이었다. 그러나 모든 인간들과 마찬가지로 누이동생도 역시 사랑을 찾는 마음이 있어서 그 애정의 전부를 나에게 바쳤다.

그녀의 시간은 나의 간호와 위안을 위한 근심으로 모두 바쳐졌다. 그녀가 무의식중에 지배하고 있던 놀이 친구들도, 나를 즐겁게 하고 위안하기 위해서 이것저것 생각해 내야 했다. 누이는 내 마음을 즐겁게 하기 위해서 독창적으로 생각해 내는 재주가 있었고, 익살스런 유머를 펼 수 있는 재능도 싹트고 있었다. 이것은 누이에 대해서 내가 지금까지 알지 못했던 것이고, 그 유머는 그녀에게 매우 잘 어울렸다. 곧 우리들 사이에는 일종의 암호가 생겼고, 누구 앞에서나 타인이 알아듣지 못하는 이야기를 주고받을 수가 있었다. 그리고 그녀는 종종 대담하게 양친 앞에서도 이 은어隱語를 사용하기에 이르렀다.

나의 부친은 그 나름대로 안락한 생활을 하고 있었다. 그는 건강하고, 하루의 대부분을 누이의 교육에 소비했고, 여행기를 계속해서 쓰고, 그의 라우테[30]를 탄다기보다는 조율하는 데 시간을 소비했다. 동시에 그는 지금 학위를 취득하고, 예정된 경력을 밟아나가야 할 건강하고 활발한 자식으로서가 아니고, 육체보다는 정신에 많은 고민을 갖고 있을 것 같은 병약한 한 사람의 자식을 갖게 된 불쾌감을 될 수 있는 대로 억제하고 있었다. 부친은 나의 치료를 촉진하는 편이 좋으리라는 그의 소망을 표명했다. 특히 부친 앞에서는 우울병적인 언사는 삼가야 했다. 부친이 그것을 들으면 격하고 흥분할 가능성이 있었기 때문이다.

나의 모친은 본래 쾌활하고 명랑했으나, 이러한 경우에 있어서는 몹시 지루한 나날을 보냈다. 가족수가 작으므로 가사상의 일은 손쉽게 해치웠다. 시종 부지런히 일하지 않고는 못 견디는 선량한 부인은 어떤 관심을 끄는 일을 찾으려고 하는 법이다. 그래서 우선 첫째

---

30) 그리스의 현악기의 일종. 만돌린과 비슷한 모양을 하고 있음.

로 모친의 관심을 끈 것은 종교였다. 특히 그녀의 가장 뛰어난 친구들은 교양있고 독실한 신자들이었기 때문에 종교는 한층 더 그녀의 마음을 끌었다. 이 친구들 중에서 우선 먼저 클레텐베르크 양이 있었다. 《빌헬름 마이스터》에 삽입된 〈아름다운 혼魂의 고백〉은 이분의 편지와 담화로 이룩된 것이다. 그녀는 중키의 아름다운 체격의 부인으로서 그녀의 솔직하고 자연스런 태도는 사교상의 예절이나 궁중 예법에 통달하고 있었기 때문에 더욱 호감을 주었다. 그녀의 아름다운 복장은 헤른후트 파 부인들의 복장을 연상시켰다. 그녀는 어떠한 경우에도 마음의 쾌활과 안정을 잃는 법이 없었고, 자신의 병을 자신의 무상한 지상적 존재地上的存在의 필연적인 요소로 생각하고, 최대의 인내로 고통을 참고, 고통이 없는 틈틈에는 활기를 띠어 담화를 즐겼다. 그녀가 가장 즐긴, 아니 어쩌면 유일한 화제는 자기를 관찰하는 인간이 자기 자신의 마음 속에서 경험하는 도덕적인 체험이었다. 여기에 다시 종교적 감정이 결부되고, 그것을 그녀는 매우 우아하고 천재적인 방법으로서, 혹은 자연적인 것으로서, 혹은 초자연적인 것으로 고찰했다. 이러한 서술에 대하여 흥미를 갖는 사람들에게, 그녀의 혼에 관한 것을 서술한 저 상세한 서술을 기억에 환기시키기 위해서는 이 이상의 말이 필요없다. 그녀가 어렸을 때부터 걸어온 독특한 경로와, 그녀가 귀족계급에서 태어나 교육받은 경력과, 다시 그녀의 정신이 발랄하고 독특하기 때문에, 그녀는 동일한 구제救濟의 길을 걸어온 다른 부인들과는 완전히 어울릴 수가 없었다. 그 중에서도 가장 뛰어난 그리스바하 부인[31]은 너무 엄격하고 무취미했으며, 지나치게 학자처럼 보였다. 그녀는 자신의 감정의 발전과정에 만족하고 있는 다른 부인들보다도 더 많은 것을 알았고 생각했고 또 포용했다. 따라서 그녀는 그들에게는 골치 아픈 사람이었

---

31) 본서本書 제6장에 등장하는 신학부 학생 그리스바하의 모친.

다. 왜냐하면 그들 중에 어느 누구도 그러한 커다란 장점을 갖고서 복지에의 길을 걸으려고 하거나, 혹은 걸어갈 수 있는 자는 한 사람도 없었기 때문이다. 그 대신 또한 대다수의 사람들은 분명히 어느 정도 단조로웠다. 그들은 후기 감상파 사람들의 그것과 비교할 수 있는 일종의 용어用語를 고집하고 있었기 때문이다. 폰 클레텐베르크 양은 양극단 사이를 걷고 있었다. 그리고 그 사고방식과 활동이 고귀한 태생과 계급임을 증명하고 있던 찐젠도르프 백작의 모습을 자신과 비교해서 자기 만족을 느끼고 있는 것 같았다. 그녀는 자신이 구하고 있던 인간을 나에게서 발견했다. 즉 어떤 미지未知의 구제를 추구하는 젊고 활발한 인간, 그리고 자신을 죄 많은 사람이라고까지는 생각지 않지만, 마음의 평화를 얻지 못한 육체나 영혼이 그다지 건강하지 못한 인간을 나에게서 보았던 것이다. 그녀는 내가 자연에서 부여받은 것에 대해서, 그리고 나 자신이 획득한 것에 대해서도 흥미를 느꼈다. 그리고 나에게서 많은 장점을 인정했으나, 그것은 결코 그녀에게 자신을 낮추는 것이 아니었다. 왜냐하면 첫째로 그녀는 남자와 경쟁하려고는 생각지 않았으며, 둘째로는 그녀 자신이 종교적 수양의 면에서는 나보다는 훨씬 뛰어났다고 생각하고 있었기 때문이었다. 나의 불안, 나의 성급함, 나의 노력, 모색, 탐구, 사색, 동요, 모든 것을 자기식으로 해석하고, 나를 향한 그녀의 확신을 숨기지 않고서 다음과 같이 말했다. 그것은 일체의 것이 내가 신神과 화해하지 않는 데서 생긴 것이라는 것이었다. 그런데 나는 젊어서부터 내가 신과 평화로운 관계에 서 있다고 믿었고, 아니 오히려 여러 가지 경험에 의해서 신이 나에 대해서 부채를 지고 있다고 생각했고, 혹은 대담하게도 내 쪽에서 신을 용서해야 한다고 믿고 있었다. 이 자부심은 나의 무한히 선량한 의지에 기인하는 것으로서 신은 내 의지에 대하여 도리어 조력해야 한다고 나에게는 생각되었다. 나는 그녀와 이 점에 대해서 논쟁했는데, 이 논쟁은 언제나 우정적인 방법으로 행해졌고, 종종 저 노총장老總長[32]과의 담화의 경우처럼, 나를 관대하게 봐주어야 할 어리석은 청년이라는 것으로 결말이 난 것은 용의하게 상상할 수 있었다.

나는 목의 종기 때문에 몹시 고생했다. 내과 및 외과 의사는 이 종기를 처음에는 가라앉히려고 했고, 다음에는 그들의 말에 의하면 화농化膿시켜서 최후에는 절개하는 쪽이 좋다고 생각했다. 그 때문에 나는 오랫동안 고통보다는 오히려 부자유 때문에 고생했다. 그러나 치료의 끝머리에는 초산은硝酸銀과 기타 부식성 약품을 연달아 붙이는 바람에 매일 몹시 불쾌한 다음날을 예기하지 않으면 안 되었다. 내과 의사와 외과 의사는 서로 기질이 달랐으나, 모두가 경건한 분리파의 기독교 신자였다. 외과 의사는 키가 후리후리하고 풍채 좋으며 숙련된 솜씨를 가진 남자였으나, 유감스럽게도 약간 폐결핵성이었다. 그러나 그는 참된 기독교 신자다운 인내로서 자신의 처지를 이겨냈고, 병고 때문에 직무를 소홀히 하는 일은 없었다. 내과 의사는 수수께끼 같은 눈초리를 갖고 있으며, 말에 애교가 있으나 속마음을 알 수 없는 인물이었는데, 신자 사이에서는 유별난 신뢰를 얻고 있었다. 그는 활동적이고 꼼꼼해서 환자들로서는 마음이 든든했다. 그러나 그가 많은 환자를 가지고 있는 것은 무엇보다도 몇 가지 종류의 숨은 비방의 약제를 숨겨가지고 있는 수완 때문이었다. 독일에서는 의사가 자신의 손으로 약을 조제하는 것은 엄금되어 있었기 때문에 누구든 이것에 대해서 말하는 것이 용납되지 않았다. 소화제인 듯한 어떤 분말제를 그는 비밀로 하지는 않았으나, 중태인 경우 이외에는 사용할 수 없는 중요한 염류제鹽類劑에 대해서는 신자 사이에서만 소문이 있었다. 그러나 아무도 그것을 본 사람은 없고 효과를 시험해 본 사람도 없었다. 다만 만능의 영약이 있을 수 있다는 신앙

32) 알브레히트(Rektor Albrecht) 총장.

을 일으켜서, 그것을 굳히기 위해서 그는 환자가 다소라도 그것을 받아들일 기색을 보이면 어떤 신비한 화학서나 연금술 서적을 추적하여 그것을 자신이 연구하면 그 보물을 자신의 것으로 만들 수 있다는 것을 암시했다. 또한 그가 말하는 바에 의하면, 조제調劑란 것은 물질적인 동시에 특히 정신적 이유에 의해서 타인에게 전달할 수 없는 것이기 때문에 더욱이 그것은 필요한 것인데, 이 대사大事를 이해하고 생산하고 이용하기 위해서는, 자연의 비밀을 그의 연관에 있어서 이해하지 않으면 안 된다. 왜냐하면 그것은 개별적인 것이 아니고 보편적인 것으로서 여러 가지 형체로 만들어질 수 있는 것이기 때문이라는 것이었다. 나의 여자 친구들은 이 유혹적인 말에 귀가 솔깃했다. 육체의 건강은 영혼의 건강과 밀접한 관계가 있다. 이렇게 많은 병을 치유하고 매우 많은 위험을 방지할 수 있는 약제를 만들 수 있는 이상으로, 타인에 대하여 보다 큰 은혜, 보다 큰 자선을 베풀 수 있는 일이 있을까? 그녀는 이미 벨링의 《신비적 마술서》[33]를 몰래 연구했다. 그런데 저자는 자신이 전하는 광명을 이내 자신이 어둡게 지워버리기 때문에, 그녀는 이 광선과 어둠과의 교차 속을 가는 자신의 동반자가 될 친구를 구하고 있었다. 나에게 이 광신을 심는 것은 조그마한 자극으로 충분했다. 나는 그 저서를 손에 넣었다. 그것은 이런 종류의 다른 모든 저작품처럼 그 직계의 계보를 더듬어 신新플라톤 파에까지 거슬러 올라갈 수 있었다. 이 책에 대해서 내가 첫째로 노력한 것은 저자가 어떤 부분에서 다른 부분을 지시하고, 그리고 그것에 의해서 그가 숨기고 있는 것을 밝힐 것을 약속하는 암시를 가장 면밀히 주의하고, 이와 같이 상호 해명해야 할 부분의 페이지 번호를 난 외에 기입하는 일이었다. 그러나 아무리 그렇게 해보았지만, 이 책은 어렵고 이해할 수 없었다. 결국에는 어떤 술

---

33) 《Wellin; Opus mago cabalisicum et philosophicum》(1735년 판).

어를 깊이 연구하고, 그것을 자신이 생각하는 대로 사용하고, 무엇인가 이해까지는 할 수 없을망정 적어도 그것을 입에 담을 수는 있다고 생각하는 정도에 이르렀다. 이 저서는 깊은 존경심으로 그 선배들을 열거하고 있기 때문에 우리들은 그 원류를 자신이 찾아내야 한다는 자극을 받았다. 그래서 우리들은 테오프라투스 파라켈수스[34] 및 바실리우스 발렌티누스[35]의 작품으로 눈을 돌렸고, 또한 헬몬튼[36], 스타아키[37], 그 밖의 학자들에 대해서도 손을 댔고, 다소간 자연과 상상에 기초를 둔 그들의 학설, 원리를 이해하고 그에 따르려고 노력했다. 특히 《호머의 황금사슬》[38]이란 책이 내 마음에 들었다. 거기에는 비록 공상적이긴 하나, 자연이 하나의 아름다운 결합 상태로서 표현되어 있다. 그리고 우리들은 혹은 한 사람 한 사람, 혹은 공동으로 이 기이한 것에 대해서 많은 시간을 보냈고, 그리하여 내가 칩거蟄居하지 않으면 안 되었던 긴 한 해 겨울을 밤마다 매우 즐겁게 보냈다. 모친도 합세하여 우리 세 사람은 이 비밀의 계시를 받았을 때보다도 도리어 더 많은 즐거움을 비밀 그 자체에서 맛보았다.

그러는 동안에도 또 하나의 무서운 시련이 나를 위해서 준비되고 있었다. 완전히 상해서 어떤 순간에는 기능이 마비되었다고 말해도 좋을 나의 소화작용은 여러 가지 증세를 나타냈고, 나는 심한 불안감을 느꼈다. 생명의 위험에 떨며 어떠한 약이라도 더 이상 효과를 나타낼 것 같지 않았다. 이 최후의 위급한 상태가 되어 근심에 찬 모친은 당황하는 의사를 향하여, 그 '만능약'을 가져오도록 졸라댔다.

---

34) 테오프라투스 파라켈수스(Theophrastus Paracelsus, 1493~1531). 스위스의 유명한 의학자. 연금술사.
35) 바실리우스 발렌티누스(Basilius Valentinus). 15세기의 연금술사.
36) 요한 밥티스트 폰 헬몬트(Johann Baptist von Helmont, 1578~1644). 네덜란드의 의사. 파라켈수스의 제자.
37) 게오르그 스타아키(Georg Starkey). 17세기의 연금술사. 그의 설은 벨링(Welling)의 저서 가운데 인용되어 있음.
38) 《일리아드》에서 나온 〈황금사슬〉의 이름은 신 플라톤파의 신비사상가의 일군을 말함.

의사는 오랫동안 반대한 다음, 깊은 밤중에 자기 집에 달려가서는 결정체結晶體로 건조한 염류鹽類를 넣은 잔을 들고서 돌아왔다. 그리고는 그것을 물에 녹여 병자인 나에게 먹였는데, 그 물은 분명히 알칼리 맛이었다. 이 염류를 복용하자, 곧 나의 용태가 가벼워졌고, 이 순간부터 병세가 일변하여 점차로 나아갔다. 이 사실이 나의 의사에 대한 신용과 이와 같은 영약을 소유하겠다는 노력을 강화하고, 더욱 열을 올렸음은 말할 필요도 없다.

양친도 형제자매도 없이, 장소가 좋고 넓은 집에 살고 있던 나의 여자 친구들은 이미 전부터 작은 풍로風爐 와 프라스코, 그리고 적당한 크기의 증류기를 정비하기 시작했다. 그리고 벨리의 지시와 스승인 의사의 중요한 지시에 따라서 특히 철에 대한 실험을 행했다. 철속에는 개발시킬 수만 있으면 효력있는 치유력이 잠재해 있다는 것이었다. 우리들이 알고 있는 모든 서적에서는 여기에 첨가해야 할 대기염大氣鹽이 중요한 역할을 하고 있기 때문에, 이 실험에는 알칼리가 필요했다. 이것이 공기 중에 발산되면, 초자연적인 것과 결합하여 마침내 신비로운 중성염을 스스로 만들어 낸다는 것이기 때문이다.

내 건강이 점차로 회복되자, 거기에 기후도 좋아졌기 때문에 재차 옛날 다락방에서 살 수 있게 되었는데, 즉시 나도 소규모의 장치를 갖추기 시작했다. 열사조熱沙槽가 달려 있는 풍로를 설치했다. 나는 매우 신속하게, 불타고 있는 도화선에 의해서 프라스코를 여러 가지 혼합물을 증발시키는 용기로 바꾸는 법을 익혔던 것이다. 거기에다 우주와 인체의 진기한 원소元素가 신비적이고 불가사의한 방법으로 취급되고, 특히 나는 아직 듣지 못한 방법으로 중성염을 만들어 내는 실험을 했다. 그러나 잠깐 동안 나의 마음을 가장 많이 지배한 것은 소위 규액硅液이었다. 그것은 순수한 규석을 적당한 비율의 알칼리로 용해할 때 생기고, 그것에서 투명한 유리가 만들어지는데, 그것이 공기에 접촉되어 녹아서 아름답고 맑은 액체 모습의 물질을 나타낸다. 이 물체를 한 차례 조제해서 목격한 사람은 처녀토處女土[39]라고 하는 것이 있음을 믿으며, 그것에 대한 작용, 또한 그것에 의해서 생기는 작용의 가능성을 믿는 사람을 비난하지는 않을 것이다. 이 규액을 만들어내는데 있어서 나는 특별히 익숙했다. 마인 강에서 발견된 흰 규석은 이 원료로서는 손색이 없었다.

또한 나는 노력했던 점에 있어서나 다른 점에 있어서 말할 필요도 없이 훌륭했으나, 규질물硅質物과 염류와의 결합은 내가 연금술에 의해서 믿고 있는 만큼 밀접하지 않다는 것을 인정하지 않을 수 없었기 때문에, 나는 결국 이 실험에 권태를 느끼기 시작했다. 왜냐하면 이 두 개의 물질은 쉽사리 분리되어 여러 차례 동물성 젤라틴 형태로 나타나서 나를 놀라게 했던 아름다운 광물액鑛物液도 마지막에는 어떤 분말을 남겼기 때문이다. 이것을 나는 가장 미세한 규분硅粉이라고 생각할 수밖에 없었는데, 그 성질에서는 어떤 생산적인 것을 인정할 수는 없었기 때문에, 이 성질에 의해서 이 처녀토가 원래의 상태로 돌아가는 것을 보는 희망도 없어지고 말았다.

이러한 실험은 이렇게 묘하고 연관이 없는 것이었지만, 나는 이것에 의해서 여러 가지를 배웠다. 나는 나타날 것으로 보인 모든 결정結晶에 정밀한 주의를 기울여 많은 자연물의 외형外形을 알 수가 있었다. 그리하여 근대에 이르러 화학의 대상이 더욱 조직적으로 취급되고 있음을 알고 있었기 때문에, 그것을 총괄적으로 이해하고 싶었다. 그러나 나는 어쭙잖은 연금술사로서 약제사나 기타 보통 불[火]을 가지고 실험하는 사람에 대해서 그다지 존경을 하지 않게 되었다. 그러는 동안에 나는 뵈르하베[40]의 《화학적요化學摘要》에 몹시 마음이 끌려 이 사람의 많은 저작을 읽고 싶어졌다. 이것에 의해서 그렇지 않아도 오랫동안의 병 때문에 의학적인 것에 친숙해진 경향이 있

---

39) 벨링은 Triebsand(부사浮砂)를 처녀토라고 부르고 있음.
40) 베르하베(Beorhave)의 《Elementa Chemia》는 연금술의 미망迷妄을 타파했음.

었던 나는 이 훌륭한 사람의 금언집金言集을 연구하는 계기를 얻게 되었다. 이 금언들을 나는 즐겨 마음에 아로새기고, 기억에 새겨두고자 했다.

이것보다도 어느 정도 더욱 인간적인 또한 그 당시 나의 수양에 있어서 훨씬 유익했던 다른 일은 내가 라이프찌히에서 집으로 보냈던 편지들을 통독하는 일이었던 것이다. 수년 전에 자신의 손으로 씌어진 것이 다시 눈앞에 놓이고, 자기 자신을 이번에는 대상으로 삼아 관찰할 수 있는 것은 무엇보다도 자기 자신을 명백하게 볼 수 있는 것이다. 그러나 당시 나는 아직 너무 젊었으나, 그 편지에 기록되어 있는 시기는 너무나 현재에 가까웠다. 도대체 젊은 연배의 사람들은 일종의 자만심을 쉽게 버릴 수 있는 것이 아니나, 이것은 자신의 최근의 과거를 경멸함으로써 그 자만심을 버릴 수 있게 된다. 그 이유는 자신을 위해서나 타인을 위해서나 좋은 것이며 훌륭한 것으로 생각되는 것이 오래 지속되지 않는다는 것을 차츰 알아차리게 됨에 따라서, 도저히 구할 수 없는 것은 스스로 버리는 것이 이 궁지를 빠져나오는 최상의 길이라고 생각되기 때문이다. 내 경우도 그와 같았다. 즉 나는 라이프찌히에서 나의 어린이다운 노력을 점차로 경멸할 수 있게 된 것과 마찬가지로 지금은 나의 대학생으로서의 경력도 똑같이 경멸해야 하는 것으로 여겨졌다. 그 대학생 생활이 관찰이나 견식의 점에 있어서 나를 한 단계 향상시켰기 때문에, 그것은 나에게 있어서 많은 가치가 있다고 말하지 않으면 안 된다는 것을 깨닫지 못했다. 나의 부친은 자신과 누이동생에게 보낸 나의 편지를 꼼꼼이 모아서 철해 두었다. 그뿐 아니라 단정하게 정정하고 철자나 잘못된 표현을 고치기까지 했다.

이러한 편지를 보고서 첫째로 내 눈에 띈 것은 그 외형이었다. 나는 1765년 10년부터 이듬해 1월 중순에 이르는 동안의 필적이 말할 수 없이 악필인 데 놀랐다. 그런데 3월 중순에 이르러, 돌연 현상응

모 때에 항상 사용하던 것과 같이 침착하고 정돈된 필적이 나타났다. 이것을 본 나의 놀라움은 친절한 겔레르트에 대한 감사의 마음으로 변했다. 내가 기억하고 있는 바대로, 그는 우리들이 논문을 제출할 때에 진심에서 우러나는 목소리로 우리들이 글씨쓰기 연습을 해야 하는 것, 그것은 문장에 앞서 더 많은 힘을 들이는 것이 신성한 의무라고 설명했다. 그는 서툴고 거친 문자를 볼 때마다 이것을 반복하여, 자신의 제자의 필적을 아름답게 하는 것을 그의 교육의 중요한 목적으로 하고 싶다고 말하고서, 좋은 필적에 의한 좋은 문장을 동반하는 것을 종종 인정하는 것으로 더욱 이것을 희망하고 있었다.

그 외에 내 편지 속의 영어나 프랑스어의 여러 군데에 오류가 없지는 않았지만, 그래도 편안하고 자유롭게 쓴 흔적을 알 수 있었다. 나는 그 당시 트레프토브에 살고 있던 게오르크 실로서와의 글 왕래를 통하여 이러한 외국어의 연습을 계속했고, 그리고 그와는 여전히 친구로서 관계를 맺고 있었다. 그 때문에 나는 여러 가지 세상 사정에 대해서 배우게 되었지만, 그에게 있어서는 일들이 뜻대로 되지 않았다. 그러나 그의 진지하고 고상한 사고방식에 대해서는 나는 더욱더 큰 신뢰감을 갖게 되었다.

이 편지들을 통독하고서 또 하나 빼놓을 수 없는 것은 친절한 부친이 매우 선의이긴 했으나 나에게 어떤 특별한 손해를 끼치게 했고, 그것이 나를 마침내 기이한 생활방식에 빠지게 한 원인이 되었던 것이다. 부친은 나에게 언제나 카드놀이를 경계하게 했다. 그러나 뵈메 부인은 생존시에 부친의 경고는 단지 유희의 남용을 경계한데 지나지 않는다고 설명하고, 나를 그녀의 생각에 좇도록 하기에 이르렀다. 나도 또한 사교계에 있어서 이 유희의 이점을 이해하고 있었기 때문에, 즐겨 그녀가 시키는 대로 따랐다. 나는 승부싸움의 재주는 갖고 있었지만, 그것에 빠져드는 일은 없었다. 나는 모든 승부싸움에 대해서 쉽게 익힐 수 있었지만 밤새 필요한 주의를 집중시킬 수는 없었다. 그렇기 때문에 처음에는 잘 되다가도 결국에는 언제나 실패해서 자신에게나 타인에게 손해를 끼쳤다. 그래서 나는 언제나 불쾌한 기분으로 식사를 하러 가거나, 아니면 그 장소를 떠나버렸다. 뵈메 부인은 오랫동안 병을 앓고 있는 사이에 카드놀이를 권하지 않게 되었는데, 부인이 작고하자 곧 부친의 훈계가 나에게 다시금 계속되었다. 나는 우선 카드놀이에 끼는 것을 삼갔다. 그리하여 사람들이 나를 어떻게 취급해야 좋을지 몰라했기 때문에, 나는 타인에 대해서보다도 나 자신이 귀찮아서 카드놀이의 초대를 거절했다. 그 때문에 초대는 점점 줄어들어서, 마침내는 완전히 없어졌다. 젊은 사람들, 특히 실제적인 것에 정열을 쏟고, 속세에서 구하고 싶은 것이 있는 사람에게 꼭 추천해야 할 이 유희도 결국에는 나의 도락이 되지 못했다. 왜냐하면 내가 아무리 오랫동안 그것을 해보았지만 진보하지 못했기 때문이며, 누군가가 나에게 이 유희를 전체로서 관찰하게 하고 여기에는 다소의 어떤 징조와 우연이 판단력이나 행동을 훈련하는 일종의 재료가 된다는 것을 깨닫게 해주고, 또 여러 가지 유희를 동시에 이해시켰더라면 나도 어쩌면 이것과 친숙해졌을지도 모른다. 그렇지만 내가 지금 여기서 말하고 있는 시기의 그 편지를 관찰함으로써 사교적인 유희는 피할 것이 아니라 도리어 친숙해지도록 노력해야 한다고 믿게 되었다. 시간은 한없이 길며, 그 하루하루는 만일 실제로 그것을 메우려고 한다면 많은 것을 넣을 수 있는 용기容器와 같은 것이다.

이와 같이 나는 고독한 중에도 여러 가지 일에 몰두했으나, 내가 이전에 이것저것 열중했던 여러 가지 도락의 망령들이 기회를 얻어 다시 모습을 나타냄으로써 더욱 여러 가지 일에 손을 댔다. 이를테면 나는 다시 그림을 그리기 시작했다. 나는 언제나 자연에 접하거나 실물에 접하여 직접 제작을 하고 싶었기 때문에, 나는 내 방의 가구와 실내 인물을 함께 사생했다. 그 일에 흥미를 잃게 되면 사람들이 떠들어대고 흥미를 느끼는 여러 가지 사건을 묘사했다. 이러한 그림은 모두 개성적이었고 일종의 풍취도 지니고 있었으나, 유감스럽게도 인물에 균형과 참된 생기生氣가 없고, 거기에 마지막을 완성하는 필치가 매우 모호했다. 아버지는 여전히 이런 일을 좋아하고 있었으나 보다 더 명료한 것을 원했다. 또한 모든 것이 완성되고 완전한 것이 아니면 안 되었다. 그렇기 때문에 그는 이 그림들을 붙여 놓고서 선으로 액자를 그렸다. 더욱이 가정에 출입하는 화가 모르겐시테른(후에 교회의 풍경을 그려서 세상에 알려졌고, 명성을 떨친 사람이다)에게 방들의 원경遠景의 선을 그려넣게 했다. 그것은 물론 흐릿하게 나타나 있는 인물에 대해서 뚜렷한 대조를 이루었다. 아버지는 이러한 수단으로 더욱더 명확하게 사물을 묘사하도록 나에게 강요할 수 있다고 믿었다. 나는 아버지를 기쁘게 하기 위해서 여러 가지 정물화靜物畵를 그렸다. 그때에 실물이 표본으로서 내 눈앞에 놓여 있었기 때문에, 앞의 것보다 윤곽을 더 명료하고 선명하게 묘사할 수가 있었다. 결국 나에게는 또한 동판화의 일이 생각났다. 그래서 나는 매우 재미있는 풍경화의 구도를 그려서 시토크에게서 물려받은 낡은 제작법 설명서를 찾아내어 제작하면서, 그 유쾌했던 시절을 추억할 수 있어 매우 흐뭇했다. 곧 동판을 부식시켜 견본쇄見本刷를 만들었다. 불행히도 이 구도構圖에는 빛과 그림자가 없어서 나는 이 명암明暗을 붙이는 데 고심했다. 그러나 중요한 점이 너무나 분명치 않았기 때문에, 이것을 완성시킬 수가 없었다. 당시 나의 건강 상태는 매우 양호했다. 그런데 뜻밖에도 이제까지 앓아 본 적이 없는 병에 걸렸다. 목이 몹시 아프며 목젖 부분이 심한 염증을 일으켜 무엇을 삼킬 때면 심한 고통을 느꼈다. 의사들은 어떻게 처치해야 할지를 몰랐다. 양치질을 시키고 약솜으로 닦아냈으나, 이 고통을 제거해 주지는 못했다. 마침내 언뜻 나의 머릿속을 스치는 생각이 있었는데, 동판을 부식할 때에 충분한 주의를 하지 않고서 너무나 열심히 그 일을 반복했기 때문에 이 병을 갖게 되었고, 여러 차례 되풀이 않아 병세를 악화시켰음을 알 수 있었다. 의사들에게는 이 사정이 사실로 여겨졌고, 곧 그것은 확실해졌다. 왜냐하면 나는 이 시도에 성공하지 못해서, 나의 제작을 타인에게 보이는 것보다는 감추어야 할 이유에서 살며시 동판화를 포기했지만, 그러나 그 때문에 나는 괴로운 병을 모면했기 때문에, 중지한 것도 쉽사리 단념할 수 있었다. 이때 나는 라이프찌히에서와 같은 일이 당시 몹시 앓던 병의 원인이 아니었나 하고 생각지 않을 수 없었다. 물론 우리들 자신에 대해서, 우리들을 해치거나 우리들을 이롭게 하는 것에 대해서 너무 주의를 기울이는 것은 오히려 번거롭고 때로는 슬픈 일이기도 하다. 그러나 한편으로는 인간의 본성에는 묘하고 특이한 성벽이 있고, 또 한편으로는 생활의 방법과 향락이 상호 한없이 상치相馳하고 있음에도 불구하고 인류가 오랜 옛날에 절멸하지 않은 것은 하나의 기적임은 의심할 여지가 없다. 인간의 본성은 일종의 독특한 강인성과 다면성을 지니고 있는 것처럼 여겨진다. 왜냐하면 그것은 자신에게 가까워지는 것, 또는 섭취하는 모든 것을 정복하여 그것을 동화同化시키지는 못할망정 적어도 무해하게 하기 때문이다. 물론 많은 풍토병風土病이나 화주火酒의 작용이 증명하듯이 과도한 힘에 대해서는 어떠한 저항을 한다 해도, 자연력에는 굴복하지 않으면 안 된다. 만일 우리들이 복잡한 시민생활·사교생활에 있어서, 우리에게 유리하게 또는 불리하게 작용하는 것을 공연히 두려워하지 않고 충분히 주의를 할 수 있다면, 그리고 또한 아주 기분좋게 향유할 수 있다 해도 결과가 나쁠 때는 버릴 수 있다면, 우리들이 건전한 체질을 갖고서, 종종 병 이상으로 고통을 받는 모든 불쾌한 일을 쉽게 피할 수 있음을 알 수 있으리라. 불행히도 위생상의 일은 도덕적인 것과 동일해서 우리들은 어떤 과실을 모면한 뒤가 아니면 그것을 통찰할 수가 없다. 또한 다음의 잘못은 앞의 잘못과는 무관한 것이고, 따라서 동일한 형태로서는 인정될 수 없는 것이기 때문에 이 경험은 아무 쓸모도 없게 된다.

라이프찌히에서 누이동생에게 보낸 편지를 읽은 뒤 생각한 것 중에서 특히 다음의 사실은 빼놓을 수 없다. 나는 대학교육을 받던 처음부터 나 자신을 매우 현명하고, 총명한 인간이라 생각하고 있었다. 나는 어떤 것을 배우면, 곧 교수 지위에 자신을 올려놓고 금방 교훈적인 태도를 취했다. 나에게 있어 매우 재미있게 생각된 것은 겔레르트가 강의할 때에 전하거나 혹은 조언한 것을 곧 누이동생에게 응용하는 일이었다. 생활에 있어서나 독서에 있어서 어떤 것은 청년에게만 적합하고 여자에게는 적합하지 않다는 것을 미처 생각지 못했다. 이리하여 우리들은 이 모방을 가끔 비유의 모태로 삼았다. 내가 라이프찌히에서 지은 시詩도 이미 나에게는 가치가 없었다. 그러한 작품들은 냉정하고 윤기가 없으며, 인간의 감정 혹은 정신상태를 표현하는 것으로 볼 때에 너무나 피상적이었다. 그래서 내가 부친의 집을 떠나 두 번째 대학에 입학하게 되었을 때, 재차 내 작품에 대해서 대대적인 화형火刑을 선고하고 싶은 생각이 들었다. 그 중의 두세 편은 3막 혹은 4막까지 완성되어 있었으나, 나머지 부분은 단지 서막만 완성되었을 뿐이었다. 이러한 미완성의 두세 편의 희곡이 다른 많은 시와 편지와 서류와 함께 불 속에 던져졌다. 베리쉬가 정서한 〈연인의 기분〉과 〈공범자〉 외에 남은 것은 거의 없었으나, 이 후작後作에 대해 나는 언제나 특별한 애착을 가지고 그것을 고쳤다. 그리고 이 작품이 완성되었을 때, 처음 장면을 한층 더 동적이고 명쾌하게 하기 위해서 또 붓을 댔다. 레싱은 〈민나〉의 처음 2막 중에서 타인의 추종을 불허하는 각본의 해설에 대한 모범을 제시했다. 나에게 있어서 무엇보다도 중요한 것은 그의 생각과 의도를 깊이 이해하는 것이었다.

당시 내 마음을 움직이고 자극하고 열중하게 한 것에 대한 이야기는 이미 상세히 밝혔지만, 그래도 초감각적超感覺的 사물이 내 마음에 부여한 저 관심에 대하여 다시 되돌아가지 않으면 안 된다. 나는 이런 사물들에 대해서, 가능한 한 결정적이고 명확한 이해를 얻으려고 계획했던 것이다.

나는 당시 내 수중에 들어온 한 권의 중요한 책에서 커다란 영향을 받았다. 그것은 아르놀트[41]의 《교회와 이단의 역사》였다. 이 사람은 단지 사색하는 역사가일 뿐 아니라, 동시에 경건한 감정이 깊은 인물이었다. 그의 의견은 내 의견과 일치했다. 특히 내가 이 책을 읽고서 기뻐했던 것은 나에게 이제까지 광기狂氣 혹은 배신背神으로서 설명되었던 많은 이단자에 대해서 보다 유리한 관념을 부여한 점이었다. 반항의 정신과 역설逆說을 즐기는 경향은 우리들 모두에게 숨어 있다. 나는 열심히 여러 가지 견해를 연구했다. 그리고 모든 인간은 결국 자신의 종교를 가져야 한다는 것이 지배적인 견해였기 때문에, 나도 또한 자신의 종교를 쌓아올리는 것만큼 당연한 일은 없다고 생각했다. 그리하여 나는 매우 편안한 마음으로 이 일을 시도했다. 신新 플라톤 학파를 기초로 삼아 연금술적인 것, 신비적인 것, 카발라적[42]인 것들이 또한 여기에 기여했다. 이리하여 나는 매우 진기하게 보이는 하나의 세계를 구축했다.

나는 태초 이래 자기 자신을 생산하는 신성神性이 있음을 상상할 수 있게 되었다. 그러나 생산이라고 하는 것은 다양성 없이는 생각할 수 없는 것이어서, 신성은 필연적으로 제2자로서 나타나지 않으면 안 된다. 이것이 우리들이 신의 아들의 이름 아래 승인하는 것이다. 그리하여 이 양자는 생산의 행위를 계속하지 않을 수 없었기 때문에, 자신에 대하여 제3자로서 나타났다. 이것은 전체자全體者로서 독자적인 존재를 가지며, 생명이 있는 영원한 것이었다. 이것에 의

---

41) 고트프리드 아르놀트(Gottfried Arnold) : 《Unparteische Kirchen-und Ketzerhistorie》, 이단자로 불리는 자 중에 기독교 정신이 보존되어 있음을 설명하고 있음.
42) 중세기에 생긴 유태의 전설적 비교秘教.

하여 신성의 순환이 완성되었다. 이것으로 재차 그들과 똑같은 것을 생산하는 것은 그들에게는 불가능했다. 그러나 창조의 계속적인 충동으로 말미암아 그들은 제4자를 만들었다. 이것은 그들처럼 제약制約이 없고, 그것도 동시에 그들 속에 포괄되고, 또한 그들에 의해서 제한되어 있다는 점에서 이미 그 자신의 내부에 모순을 갖고 있었다. 이것이 즉 루키페르[43]로서 그 이래 창조력의 전부가 그에게 위임되고, 다른 모든 존재는 그에게서 생기게 되었다. 그는 즉시 모든 천사를 창조했고, 무한한 활동력을 과시했다. 이 모든 것이 그와 비슷하게 되고 제약이 없는 동시에, 그의 내부에 포괄되었고, 그에 의해서 제한되어 있었다. 루키페르는 이 같은 영광에 둘러싸여, 보다 높은 근본을 잊고, 근본을 자기 자신 속에서 발견할 수 있다고 믿었다. 그리고 이 최초의 망은忘恩에서 신의 의지나 목적에 일치하지 않는 것처럼 보이는 모든 것이 발생했다. 그가 자기집중을 하면 할수록, 그만큼 더 불행에 빠져들게 되었다. 또한 그에 의해서 그 근본에의 즐거운 향상을 방해당한 모든 영靈도 똑같이 불행에 빠졌다. 이리하여 천사의 타락이란 형태로 우리들에게 보여지고 있는 사건이 발생했다. 천사의 일부는 루키페르와 함께 집중하고, 다른 일부는 재차 그의 근본인 신에게 향했다. 루키페르에서 나와 그에게 따르지 않을 수 없는 창조물 전체의 집중에서 우리들이 물질의 형체에 있어서 인식하는 것, 우리들이 무겁고 견고하고 어두운 것으로서 표상表象하는 모든 것이 생겨났다. 그러나 그것은 직접은 아니지만, 신의 후예에 의해서 탄생한 것으로서, 그의 아버지나 조부처럼 무제한으로 힘을 가지며 영원하다. 우리들이 이것을 불행이라고 부를 수 있다면, 이 불행은 루키페르의 일면적인 경향에서 생긴 것으로서, 이 창조물에는 본래 다른 좋은 반면半面이 결핍되어 있다. 즉 집중集中에 의해서

43) 천사 중에서 최초로 창조되었으며, 후에 악마로 전락했음.

얻은 모든 것을 그들은 소유하고 있지만, 확대에 의해서만 얻을 수 있는 것은 결핍되어 있다. 이리하여 모든 창조물은 끊임없는 집중에 의해서, 자기 자신을 소모하고, 아버지인 루키페르와 함께 자기를 멸망시키고, 신성神性과 함께 영원에 대한 그들의 요구권을 상실할지도 모르는 상태였다. 이 상태를 엘로힘[44]은 잠깐 동안 보고 있었다. 그리고 우주가 정화되어 새로운 창조의 여지가 남는 영겁의 미래를 기다려야 하는가, 혹은 현재 상태를 간섭하여 자신의 영원성에 따라서 결함을 시정할 것인가, 어느 것이든 선택해야 했다. 엘로힘은 후자의 길을 택했고, 단순히 그의 의지에 의해서, 루키페르의 행동의 결과로서 초래된 모든 결함을 즉시 보완했다. 그들은 무한의 존재에다 자기확대의 능력을 부여하여, 그들 쪽을 향해서 움직이는 힘을 주었다. 생명이 본래의 맥박으로 다시 회복되었다. 그리하여 루키페르 자신도 이 작용의 영향을 면할 수 없었다. 이것이 빛으로써 우리들이 알고 있는 바 나타나는 시기, 우리들이 보통 창조의 말로써 표현하고 있는 것이 시작된 시기인 것이다. 그래서 이 창조물이 엘로힘의 끊임없이 계속되는 생명력에 의해서 단계적으로 자신을 몹시 복잡하게 했지만, 신성과의 근원적인 결합을 부활시키는 데 적합한 하나의 존재가 결핍되어 있었다. 이리하여 인간이 태어난 것이다. 인간은 모든 점에 있어서 신성과 유사하고, 아니 완전히 일치해야 했으나, 그러나 또한 그것에 의해서 제약이 없는 동시에 제한되어 있다고 하는 루키페르의 경우에 빠졌던 것이다. 그리고 이 모순이 존재의 모든 종류를 통해서 인간에게 나타나서 완전한 자각과 단호한 의지가 인간의 경우에 동반해야 했기 때문에 인간은 가장 완전함과 동시에 가장 불완전하고, 가장 행복함과 동시에 가장 불행한 것이 되지 않을 수 없음이 예상되었다. 곧 인간도 또한 루키페르와 똑

---

44) 헤브라이어로 die Starken(강한 자들)이라는 뜻. 신성神性을 말함.

같은 역할을 했다. 은혜입은 자로부터 등을 돌리는 것은 진짜 망은이다. 이리하여 원래 창조 자체는 항상 근본적인 것으로부터의 배반과 그것으로의 복귀에 불과한 것이기는 하나, 그 배반이 여기서 또 다시 명백하게 되었던 것이다.

여기서 구제는 영원한 옛날부터 결정되어 있었을 뿐 아니라 영원히 필연적인 것으로 생각되며, 그것이 생성生成과 존재의 모든 시기를 통해서 항상 반복되어야만 한다는 것을 쉽사리 알 수 있다. 이 의미에 있어서 신 자신이 이미 자기의 피복被服으로서 준비하고 있던 인간의 형체로 나타나서 잠시 동안 인간의 운명을 함께 하고, 이 인간과 동화하는 것에 의해서 기쁨을 높이고 고뇌를 덜게 하려 했던 것은 무엇보다도 자연스런 일이다. 모든 종교나 철학의 역사가 우리들에게 가르쳐 주는 바는 인간에게 있어서 없어서는 안 될 이 위대한 진리가 여러 시대에 여러 국민에 의해서 여러 가지 방법으로 제한된 능력에 따라서 신기한 우화寓話나 상징에 의해 전해졌다는 사실이다. 요컨대 다음의 사실이 승인되면 그것으로 족하다. 즉 우리들이 존재하는 처지는 그것이 우리들을 끌어내리거나 압박하는 것처럼 보이지만, 실제로는 우리들을 높이고 신의 의도를 실현하는 기회를 부여하며, 그뿐 아니라 그것을 의무로 만든다. 이 신의 목적의 실현은 우리들의 일면에 있어서는 자아집중을 강요당하고 있으나, 다른 면에 있어서는 규칙적인 맥박을 작동해서 자아를 포기하는 것을 게을리하지 않는다는 것에 의해서 도달된다.

제9장

　인간의 심정은 종종 여러 가지의 덕, 특히 사교적이고 우아한 여러 덕행을 촉진시키려는 감정에 의해 잘 움직이는 법이며, 우아한 감정을 자극하고 촉진한다. 그리고 젊은 독자에게 인간의 마음이나 정열이 숨어있는 구석구석을 꿰뚫어 보는 통찰력을 부여한다. 이것은 라틴어나 그리스어보다도 가치가 있으며, 오비디우스야말로 이러한 지식을 전하는 탁월한 대가이며, 그는 여러 가지 특이하고 깊은 인상을 부여하고 있다. 그러나 아직 이것은 어째서 청년의 손에 고대시인이나 오비디우스를 추천하는가 하는 이유의 전부는 아니다. 우리들은 자혜로운 조물주로부터 풍부한 정신력을 부여받고 있다. 그것은 특히 젊었을 때에 일찍이 적당하게 도야하는 정신력을 게을리 해서는 안 되는 것이지만 그러나 그것은 논리학이나 형이상학, 라틴어, 그리스어에 의해서만은 육성될 수 없는 것이다. 우리들에게는 상상력이 있다. 그것을 무차별하게 어떤 표상表象만을 포착해서는 안 된다면 우리는 그것에 가장 적합하고 가장 아름다운 형상을 제시하고 그렇게 함으로써 미를 도처에, 자연 그 자체 속에서도 명확하고 진실한 모습으로 또한 더욱 미묘한 모습으로 인식하고 사랑하는 심정을 길들이고 또한 연마하지 않으면 안 된다. 우리들은 학문을 위해서나 일상생활을 위해서 안내서 같은 것으로는 배울 수 없는 많은 개념이나 일반적 지식을 필요로 한다. 우리들은 감정·애정·정열을 효과적으로 발달시키고 순화시켜야 한다.

《통속 독일 문고》 속에 나타난 이 중요한 구절은 이런 종류의 유일한 것은 아니었다. 유사한 원리나 동일한 사고방식은 실로 많은 방면에서 나타나서 그것들은 우리들과 같은 원기왕성한 젊은이에게 매우 강한 인상을 주었으나, 이 인상은 비일란트의 범례에 의해서 더욱 강화되어 한층 더 결정적으로 작용했다. 왜냐하면 그의 찬란한 제2기[1]의 작품이 그 자신이 이와 같은 원리에 따라서 자기를 만들어 낸 것을 명백히 증명하고 있기 때문이다. 그리고 그 이상으로 우리는 무엇을 요구할 수 있을 것인가? 심오한 요구를 갖는 철학은 돌아보지 않았고 학습에 있어서 상당한 노력을 요하는 고대어는 뒤로 밀려났다. 안내서에 대해서는 이미 햄릿이 그의 완전성을 근심스러운 말로 우리들 귀에다 속삭였기 때문에 더욱더 의심이 깊어졌다. 우리들의 주의는 기꺼이 스스로 영위해온 비극적 생활의 관찰로, 또한 자신의 가슴 속에서 실감하고 예감했던 정열에 대한 지식으로 향했다. 정열은 전에는 비난받은 것이었지만, 지금에 와서는 우리들의 연구의 주제가 되는 것으로서, 그 지식은 우리들의 정신력의 가장 뛰어난 도야의 수단으로서 사용되었기 때문에, 그것은 우리들에게 있어서는 대단히 귀중한 것으로 생각되지 않을 수 없었다. 더욱이 이러한 사고방식은 자신의 신념에, 그뿐 아니라 나의 시적 활동에 완전히 적합했다. 그렇기 때문에 나는 많은 좋은 계획이 도로徒勞에 그치고, 많은 진지한 희망이 사라진 것을 안 후에는 슈트라스부르크에 나를 보내려는 부친의 의도에 기꺼이 따랐다. 슈트라스부르크에서는 명랑하고 즐거운 생활이 기대되었다. 동시에 나의 연구를 진전시켜 최후에 학위를 따야 했던 것이다.

---

1) 스위스를 떠난 이후의 작품. 《Musarion》, 《Idris》, 《Diogenes》 등.

봄이 되어 나는 건강뿐만 아니라 청춘의 원기가 다시 회복됨을 느꼈다. 처음과는 원인이 전연 달랐지만, 또다시 부친의 집을 떠나는 것이 옳다고 생각했다. 왜냐하면 내가 많은 고통을 겪어 온 이 깨끗한 방들이 나에게는 싫증나는 것이었고, 또한 부친과의 관계도 기분 좋게 유지되지 않았기 때문이었다. 내 병이 재발했을 때나 병의 치유가 지진했을 때 부친이 부당하게도 화를 낸 것, 거기에 부친은 관대한 마음으로 나를 위로해 주지는 않고 종종 잔인한 태도로써, 불가항력적인 일을 마치 의지 여하에 따라 어떻게든지 할 수 있다는 듯이 말한 것을 나는 도저히 참을 수가 없었다.

더욱이 부친의 입장에서도 나 때문에 여러 가지로 감정을 상했고, 불쾌감마저 느꼈던 것이 사실이다. 왜냐하면 젊은 사람이 대학에서 일반적인 지식을 얻는 것은 사실 좋은 일이다. 그러나 그 점에서 매우 현명해진 듯이 만나는 대상에 그의 지식을 척도尺度로 삼아 시험해 보려고 하지만, 그때 대개의 경우 대상을 잃어버리기 마련이다. 나도 가옥의 건축·구조·장식 등에 관해서 일반적인 개념을 갖고 있었기 때문에, 이야기할 때에 부주의하게도 그것을 우리 집 자체에 적용시켰다. 부친은 집의 구조 전체를 연구했고 굽히지 않는 태도로서 건축을 수행했던 것이다. 실제로 이 집이 그와 그의 가족이 전용하는 주택인 한 이론의 여지가 있을 수 없었으며, 또한 실제로 대다수의 프랑크푸르트의 집이 이러한 생각으로 지어지기도 했다. 층계는 꼭대기까지 이르렀고, 그것은 각 층의 각각의 넓은 복도와 연결되어 있어서 그것은 방으로도 사용될 정도였다. 실제로 기후가 좋은 계절이면, 우리들은 언제나 그곳에서 지낼 정도였다. 그러나 단일 가족의 정답고 명랑한 생활이나 앞에서 말한 대로의 연결도 여러 세대가 이 집에 함께 살게 되면, 프랑스 군이 숙영宿營했을 때에 지긋지긋하게 경험했듯이, 곧 몹시 불편한 것이 된다. 왜냐하면 우리 집 층계가 라이프찌히 풍으로 한편으로 다가있고, 각 층마다 문이 달려서 격리되어 있었더라면, 군정장관과의 위태로운 장면도 일어나지 않았을 것이며, 아버지로서도 모든 불쾌한 사건들을 당하는 일이 적었을 것이다. 이 후자의 건축양식을 어느 때 나는 몹시 찬양하고, 그 장점을 늘어놓고서, 또한 집의 층계도 옮기는 것이 가능하다는 점을 아버지에게 설명했다. 그러자 아버지는 믿을 수 없을 만큼 크게 노했다. 그 노기는 그 조금 전에 내가 소용돌이 장식의 거울틀을 마구 타박하고, 중국식 양탄자를 비난한 일이 있었기 때문에 더욱 심했다. 노함은 일단 가라앉아 진정되었지만, 그러나 아름다운 엘자오로 가는 나의 여행을 재촉하는 계기가 되었다. 그래서 나는 그 여행을 설비가 새롭고 편한 급행마차로 도중에 정거하는 일 없이 단시간에 끝마쳤다.

나는 '줌 가이스트' 여관에서 마차를 내렸다. 그리고는 곧 무엇보다도 타오르는 갈망을 충족하고자 대성당大聖堂으로 급히 달려갔다. 그것은 이미 차중의 동행자가 가리켜 주어서 도중에 내내 눈여겨 보았던 것이다. 이제 겨우 좁은 골목길에서 벗어나 이 대건축물을 바라보았을 때, 그 다음에는 몹시 비좁은 광장에서 성당을 눈앞에 대했을 때, 이 대성당은 일종의 독특한 인상을 나에게 주었다. 순간 나는 그 광경을 본 경이적인 분위기에 젖어들어 그 인상적인 광경을 가슴에 안은 채 그 때에 하늘 높이 떠오른 찬란한 태양이 비옥하고 광활한 대지를 한눈에 볼 수 있도록 해준 그 아름다운 순간을 놓치지 않으려고 급히 성당 위로 올라갔다.

이리하여 나는 옥상에서 당분간 자신이 머물게 된 아름다운 지역을 내려다보았다. 훌륭한 시가, 울창한 수목들이 일면으로 무늬모양으로 되어 있는 광활한 사변의 평야, 라인 강을 따라서 강가·섬·하주河州를 두드러지게 나타내 주는 초목의 두드러진 풍요로움을 보았다. 남쪽으로 경사져서 뻗어있는 일러 강 유역의 평야도 이에 못지않게 다양한 녹색으로 물들여져 있었다. 산 쪽인 서편에는 많은 나지막한 평야가 있었고, 그 숲이나 무성한 초원의 경치도 아름다웠으며, 또한 북쪽의 구릉丘陵 지대에는 부근의 농작물의 성장에 도움이 되는 무수한 작은 시내가 종횡으로 흐르고 있었다. 이렇듯 뻗쳐 있는 평야와 즐겁게 산재해 있는 숲과의 사이에 경작에 알맞은 모든 토지가 훌륭하게 경작되어 있었고, 푸릇푸릇하게 성숙하고 있었다. 또한 그 중에서도 가장 좋은 비옥한 지점의 촌락과 농장이 눈에 띄었고, 새로운 낙원처럼 인간에게 베풀어진 넓고 넓은 평야가, 혹은 개간되고 혹은 수목으로 둘러싸인 채 산들에 의해서 멀리 또는 가까이에서 한 폭의 그림처럼 경계지어져 있다. 이 광경을 상상해 보면 이렇게도 아름다운 주거지를 잠시나마 내것으로 정해준 운명을 축복하는 나의 환희를 누구든 이해할 수 있을 것이다.

우리들이 얼마 동안 거주해야 할 새로운 토지의 이 같은 생생한 광경에는 아직도 독자적인 점이 있어서, 전체가 백지처럼 내 눈앞에 놓여 있다고 할 수 있는 유쾌함과 섬뜩한 마음이 있었다. 거기에는 또한 우리들에 관한 고민도 기쁨도 새겨져 있지 않았다. 이 밝고 각양각색의 생생한 평지는 아직 우리들을 향해서 말이 없으며, 단지 원래 눈에 띄는 대상만이 시선을 끈다. 그리하여 애착심에 의해서도 정열에 의해서도 특히 불러일으킬 만한 점은 없었다. 그러나 미래에 솟구치는 예감은 벌써 젊은 마음을 동요시켰다. 그리하여 충족되지 않은 욕망은 다가오게 되어 있으며, 또한 올는지도 모르는 것, 그것은 길흉吉凶이든 어느 것이든 간에, 이를테면 암암리에 살고 있는 토지의 지방색을 띠게 되겠으나, 그것의 도래到來를 깊이 대망하고 있었다.

옥상에서 내려와 잠깐 동안 이 숭고한 건물 앞에 서 있었다. 그러나 처음에도, 그 후의 잠깐 동안에도 전혀 이해할 수 없었던 것은 이 놀랄 만한 건물이 질서정연한 것으로서 잘 이해되고, 동시에 완성된 것으로서 호감이 가는 것으로 느껴졌지만, 그렇지 않았더라면 나를 놀라게 했을 괴물로 보였을 것이다. 그렇지만 이 모순을 완전히 제거하려고는 생각지 않았다. 그리고 이처럼 경탄해야 할 기념물이 내 눈앞에 서서 나에게 조용히 효과를 미치도록 맡겨 두었다.

나는 피시 거리의 남쪽에 작으나마 편리하고 아늑한 숙소를 정했다. 그 앞의 아름답고 긴 거리의 끊임없는 활기는 항상 나의 한가로운 시간에 도움을 주었다. 나는 몇 통의 소개장을 들고서 거닐었는데, 나의 보호자가 된 사람 중에 한 사람의 상인[2]이 있었다. 이 사람은 외면적인 의식에 관해서는 교회에서 떨어져 있지는 않았지만, 내가 잘 알고 있는 저 경건한 신앙을 가족들과 함께 받들고 있었다. 동시에 그는 사리가 밝은 사람으로서 그의 일거일동은 조금도 위선자 같은 데가 없었다. 내가 만나게 된 식탁친구들은 매우 기분좋고 유쾌한 일행이었다. 두세 명의 노처녀가 이 하숙집을 이미 오랫동안 꼼꼼히 훌륭하게 경영하고 있었으며, 늙은이·젊은이를 합해서 열 명 정도의 친구들인 것 같았다. 젊은 사람 중에는 마이어[3]라는 이름의 린다우 출신의 남자가 누구보다도 확실하게 기억된다. 그의 전체적인 용모에 어리숙한 점만 없었더라면, 그의 모습이나 용모로서 제일 미남자로 보였을 것이다. 그의 훌륭한 천성은 지나칠 정도의 경솔로 인해서, 또한 뛰어난 기질은 분방한 방종 때문에 손해를 보고 있었다. 얼굴은 갸름하다기보다는 둥근 편으로서 밝고 쾌활한 용모를 하고 있었다. 눈·코·입·귀의 기관은 복스럽게 생겼다고 할 수 있었고, 지나치게 크지는 않았으나, 분명히 풍만함을 나타내고 있었다. 특히 입술이 젖혀져 있어서 입언저리가 애교있어 보였다. 그는 '래쩰'(Räzel)[4]로서, 즉 양미간이 코 위에서 서로 맞붙어 있어서 용모

---

2) 누구를 가리키는지 분명치 않다. 괴테의 사촌 멜버(Melber)가 봉직하던 상인을 말한다는 설이 있음(Duntzer).

3) 요한 마이어 폰 린다우(Johann Meyer von Lindau). 로프시타인에서 의학을 공부했으며, 후에 런던에서 개업했음.

4) 이탈리아어의 raccigliuto에서 나왔으며, 양미간이 접해있음을 말함.

전체에 특징이 있었다. 이것은 미모인 경우에는 언제나 관능적이고 쾌활한 표정을 나타내는 것이다. 그는 쾌활하고 솔직하고 또한 선량했기 때문에 누구에게나 사랑을 받았다. 기억력이 뛰어나서 강의를 주의해서 청강하는 것이 쓸데없는 일일 정도로 한번 들은 것은 무엇이든 기억하고 있었다. 그리고 매우 재주가 있었고 어떤 일에든 흥미를 느꼈으며, 의학을 공부하고 싶어서인지 그것은 더욱 용이했다. 어떠한 인상이라도 그에게는 확실히 남아있었다. 그리고 강의를 재연하거나 교수의 말 흉내를 내기도 하는 장난은 때로는 너무 지나쳐서, 오전에 세 과목의 다른 강의를 듣고 왔을 때에는, 점심 식탁에서 교수들의 흉내를 일 절節씩 교대해 가면서 내기도 했고, 그뿐 아니라 짤막짤막하게 뒤섞어가며 반복해 보였다. 그리하여 이 뒤범벅된 강의는 종종 우리들을 흥겹게 했으나, 때로는 귀찮게 했다.

그 외의 사람들은 다소의 차이는 있었으나, 모두 성품이 좋으며 침착하고 진지한 사람들이었다. 그중 한 사람은 루이 훈장勳章을 탄 퇴역군인이었다. 나머지 대다수는 학생으로서 모두 매우 선량하고 친절했다. 단지 그들은 날마다 배당된 분량 이상의 음주는 허락되어 있지 않았다. 그런 일이 절대로 일어나지 않은 것은, 우리들의 수석이었던 잘쯔만 박사[5]의 배려 때문이었다. 이분은 이미 60세 남짓한 독신이었는데, 다년간 점심에 나와서는 이들의 질서와 평판을 유지해 왔다. 그는 상당한 재산을 갖고 있었다. 복장은 단정했고 외출할 때에는 언제나 단화에 양말, 옆구리에 모자를 끼는 괴상한 사람 중의 하나였다. 모자를 쓴다는 것은 그에게는 이례적인 일이었다. 언제나 우산을 들고 거닐었는데, 그는 다분히 쾌청한 여름날에도 자주 뇌우나 소나기가 기습하는 것을 잊지 않고 있었기 때문일 것이다.

나는 이 사람에게 슈트라스부르크에서 다시 법률학을 계속하여

---

5) 요한 다니엘 잘쯔만(Johann Daniel Salzmann). 당시 48세. 괴테가 60세 이상으로 기록한 것은 잘못임.

될 수 있는 대로 빨리 학위를 수여받고 싶다는 나의 계획을 말했다. 그는 매사에 정통했기 때문에, 내가 청강해야 할 강의라든가, 또 그가 이 문제에 관해서 어떤 생각을 갖고 있는가를 물었다. 그것에 대해서 그는 이 슈트라스부르크에서는 독일의 모든 대학처럼 넓은 학문적인 의미에서의 법률가를 양성하려는 경향과는 다르다고 대답했다. 이곳은 프랑스와의 관계 때문에 원래 모든 것이 실제적인 방면을 목적으로 삼고 있고, 현실에 집착하기 좋아하는 프랑스인의 생각에 의해서 이끌어지고 있다. 각자에게 일정한 일반 원리와 예비지식을 교수하는 데 노력하며, 간략하고 필수적인 사항만을 강의한다고 들려준 다음, 그는 나에게 복습교사로서 매우 신뢰받고 있는 한 사나이를 소개해 주었다. 나도 역시 이 복습교사를 곧 신뢰하게 되었다. 나는 이야기의 발단으로서 법률학의 대상에 대해서 그와 이야기를 시작했다. 그런데 그는 나의 다변多辯에 적잖이 놀랐다. 왜냐하면 이제껏 기회를 타서 이야기했던 것보다도, 실은 더욱 많이 라이프찌히 유학 중에 법률의 요점에 대한 견식에 있어서 얻은 바가 많았기 때문이었다. 더욱이 내가 얻은 지식은 모두 일반적이고 백과사전적인 개관에 불과했고, 명확하고 진정한 지식이라고는 말할 수 없는 것이었다. 대학생활이라는 것은 비록 그 동안에 우리들이 실제로 근면했다고 자랑하지는 못한다 하더라도 학문을 지녔거나 그것을 찾고 있는 사람들과 끊임없이 접촉하고 있었기 때문에, 그러한 분위기에서 무의식중에 시종 어느 정도의 영양을 섭취하고 있었으므로 모든 방면의 수양에는 측정할 수 없는 이익이 있었다.

　나의 복습교사는 나의 장광설을 잠시 참고 들은 다음, 나 자신의 당면 목적인 시험을 보고, 학위를 따고, 그리고는 실무에 종사한다는 것을 무엇보다도 먼저 염두에 두지 않으면 안 된다고 설득했다. 그리고 그는 말했다.

　"시험을 보는 것만이라면, 문제는 제한되어 있습니다. 어떤 법률이 어디에서 어째서 생겼는가, 무엇이 그것의 내적인, 외적인 동기였는가 하는 것은 별로 문제가 되지 않습니다. 또한 시대나 관습에 의해서 어떻게 변화되었는가, 잘못된 해석이나 부당한 재판소의 관례 때문에 어느 정도로 완전히 정반대의 방향을 취했는가 하는 것은 추궁하지 않습니다. 이런 종류의 연구에는 학자가 특히 그의 일생을 마치는 일입니다. 그러나 우리들은 현재 성립되어 있는 것을 문제로 삼고 그것을 소송 의뢰자의 보호나 이익에 이용하려는 경우에, 언제든지 생각해 낼 수 있도록 굳게 기억해 두면 됩니다. 그것으로 우리들은 젊은이에게 당면한 생활에 필요한 것만을 부여합니다. 그 다음의 일은 그 사람들의 재능 여하와 근면 여하에 달려 있습니다."

이렇게 말하고서, 그는 문답체로 씌어진 몇 권의 작은 책자를 나에게 주었다. 나는 홉페의 소법학 문답서를 아직 완전하게 기억하고 있었기 때문에 이 책자에 기초를 둔 문제는 즉석에서 해결할 수 있었으나, 그 외에 기타의 사항을 다소 열심히 보충한 뒤, 마음에는 없었지만 편안한 마음으로 학위 취득 후보자로서 필요한 자격을 갖추었다.

그런데 이 방면에서 연구상의 독자적인 활동이 일체 차단되었기 때문에 (왜냐하면 나는 현재 성립되어 있는 것에는 전혀 흥미가 없고, 무엇이건 합리적인 것이 아니라 할지라도 역사적으로 설명하고 싶었기 때문이다), 나는 자신의 능력에 대하여 지금까지보다도 더욱 큰 여지를 발견했다. 이 여유를 나는 우연히 외부에서 가져온 흥미에 열중한다고 하는 매우 기묘한 방법으로 이용했던 것이다.

나의 식탁친구는 대부분 의학도들이었다. 주지하는 바와 같이, 자신의 학문과 직업에 대해서 학과시간 이외에도 진지하게 이야기하는 이는 대학생 중에서도 의학도들이었다. 이것은 학과의 특수성에서 비롯된 것이다. 그들의 연구 대상은 가장 감각적이고 가장 고상하고 가장 단순하고 가장 복잡한 것이다. 의학은 인간 전체를 상대로 하기 때문에 인간 전체를 움직이게 한다. 젊어서 배우는 것 전부가 곧 중요하고 위험하면서도 여러 가지 의미에서 보람 있는 실무를 보여준다. 따라서 청년은 알지 않으면 안 되는 것, 하지 않으면 안 되는 것에 몰두한다. 왜냐하면 첫째로는 그것이 그 자체로 그들의 흥미를 끌기 때문이고, 둘째로는 그것이 독립과 부유한 생활을 즐겁게 기대할 수 있기 때문이다.

그래서 식사 때에는 과거의 궁중 고문관 루드비히 씨의 집에서와 같이 의학 이야기밖에는 나는 듣지 못했다. 산책할 때나 소풍갈 때에도, 다른 이야기는 별로 화제에 오르지 않았다. 사이좋은 술친구이기도 한 식탁친구들은 식사 이외의 시간에도 역시 나의 동료가 되었다. 또한 언제나 모든 방면에서 동호동학同好同學인들이 모여들었다. 대체로 의학부는 교수가 유명한 점과 학생수가 많은 점에 있어서 다른 학부를 능가했다. 그래서 나는 그 세력에 휩쓸렸고, 그래서 바로 이 방면의 모든 것에 대해서 쉽사리 지식욕이 강화되어 어느 정도의 지식을 갖게 되었기 때문에 한층 더 쉽게 어울렸다. 그래서 나는 제2학기가 시작되자 시피일만의 화학과 로프슈타인의 해부학에 출석했다. 그리고 내 친구 사이에서 나의 풍부한 예비지식, 아니 과잉지식으로 인해서 다소 존중되고 촉망을 받고 있었기 때문에 자신의 힘으로 열심히 공부해 보고 싶은 생각이 들었다.

그러나 나의 전문 연구를 산만하게 하고 또한 내가 단편적으로 손을 댄 것은 이것뿐만이 아니어서, 나의 연구는 더욱 심하게 방해받았다. 왜냐하면 주목할 만한 국가적인 대사건이 모든 것을 동요시켰고, 또한 그것이 우리들에게는 당분간의 휴가를 주었기 때문이었다. 오스트리아의 대공주大公主로서 프랑스의 왕비인 마리 앙트와네트가 파리로 가는 도중에 슈트라스부르크를 통과하게 되었다. 고귀한 분들이 이 세상에 있다는 것에 민중의 주의를 끌려는 의례가 여러 가지로 열심히 준비되었다. 그 중에서도 특히 나의 주목을 끈 것은 그녀를 맞이하기 위해 부군으로부터 파견된 사절使節의 손에 그녀를 인도하기 위하여 두 개의 교량 사이에 놓여 있는 라인 강의 섬에 세워진 건물이었다. 그것은 지면보다 조금 높았고 중앙에는 커다란 홀이 있고, 그 양편에는 조금 작은 방이 있었으며, 그 뒤에는 계속해서 몇 개의 방들이 이어져 있었다. 어쨌든 이것이 견고하게 건설되었더라면 틀림없이 고귀한 사람들의 별장으로 보였을 것이다. 그런데 이 건물이 특히 내 흥미를 끌고, 또한 몇 차례나 문지기에게 입장 허가를 얻기 위해서 많은 뷔젤(당시 통용된 작은 은전)을 아끼지 않고 사용한 것은 내부 전체에 깔려 있는 편물 양탄자였다. 이때 나는 처음으로 저 라파엘의 원화에 의해서 짜여진 양탄자의 견본을 보았다. 나는 이것을 봄으로써 비록 모사模寫이긴 하지만, 바른 것 그리고 완전한 것을 다소 알 수 있어서 실로 결정적인 영향을 받았다. 나는 왔다 갔다 하면서 아무리 보아도 싫증이 나지 않았다. 그뿐 아니라 이처럼 강하게 나를 사로잡은 정체를 이해하고 싶어서 쓸데없는 노력으로 골머리를 앓았다. 이들 옆방은 둘도 없이 화려하고 아늑하게 여겨졌으나, 큰 홀은 이에 비해서 훨씬 더한 것으로 보였다. 이 홀에는 훨씬 크고 화려하고 훌륭한, 그리고 주위에는 복잡한 장식이 있는 프랑스 근대화를 묘사한 코브란직織이 둘려져 있었다.

나는 감정이든 판단이든 어떤 것을 완전히 배척하기를 매우 꺼렸기 때문에 자칫하면 이 장식에 대해서도 친근함을 느꼈을지도 모른다. 그렇지만 제재가 매우 싫은 것이었다. 이 그림은 이아손과 메디아와 크레우사의 이야기[6]를 내용으로 하고 있었다. 즉 가장 불행한 결혼의 예를 나타내는 것이다. 옥좌 왼편에는 무참하게도 죽음에 신음하는 신부가 통곡하는 무리에 둘러싸여 있었고, 오른편에는 부친이 자신의 발 밑에서 살해당한 아들의 모습을 보고 놀라고 있었으

---

6) 그리스 신화에 나오는 이야기. 이아손을 사랑한 메디아는 연적인 크레우사와 이아손의 자식을 죽였다.

며, 한편 복수의 여신은 용마차를 타고 공중을 향하고 있었다. 그리고 이 잔인하고 역겨운 내용에 덧붙여 몰취미한 것을 첨가하려 해서인지, 오른편에 금실로 수놓은 옥좌 뒤의 빨간 빌로드 그늘에서 마魔의 황소가 흰 꼬리를 사리고 있다. 단지 불을 뿜는 야수와 그것과 싸우는 이아손의 모습은 그 호화로운 융단에 의해서 완전히 가려져 있었다.

이때 외저의 제자로서 습득한 원리가 내 가슴속에 떠올랐다. 혼례예식장 안의 대기실에 그리스도의 사도使徒 그림을 가져 온다고 하는 것이 이미 무선택과 무식을 드러냈다. 왕가의 융단 보관계원은 방의 크기에 좌우되었음이 틀림없었다. 그러나 그것에 의해서 나는 많은 것을 얻을 수 있었기 때문에 묵인해 버렸다. 그렇지만 큰 홀에 있는 것과 같은 실태失態는 나를 완전히 격분시켰다. 그리하여 나는 힘주어 동행자에게 그러한 취미와 감정에 대하여 범한 죄에 대해서 증인이 될 것을 요구하였다. — "무슨 짓이람!" 하고 나는 주위 사람에게 거리낌없이 소리쳤다. "젊은 왕비가 자기 나라에 첫발을 들여놓으려 할 순간에, 결혼으로써의 어쩌면 미증유의 무서운 실례를 이처럼 무분별하게 보여서야 되겠는가! 도대체 프랑스의 건축가·장식화가·실내장식가 중에는 그림이 무엇인가를 표상表象하고 있는 것, 그림이 감각과 감정에 작용하는 것, 그림이 여러 가지 인상을 주며 여러 가지 예감을 불러일으킨다는 것을 아는 자가 단 한 사람도 없단 말인가! 이래서야 쾌활하다고 소문이 난 아름다운 귀부인을 맞이하는 데 기괴망측한 유령을 국경에까지 내보낸 것이 아닌가." — 그 외에 무슨 말을 했는지 기억에 없다. 어쨌든 동행자는 불미스런 일이 일어나지 않도록 나를 가까스로 달래어 집 밖으로 끌어내리려고 애썼다.

그 후에 그들은 나에게 단언했다. 그림에서 뜻을 찾는 것은 누구나 할 수 있는 것이 아니고 적어도 담당자들은 그때에 아무런 생각도 하지 않았을 것이다. 슈트라스부르크나 부근에서 몰려오는 주민들도, 또한 왕비 자신도, 신하도, 모두 그런 생각은 일으키지 않을 것이라고 말했다.

이 젊은 귀부인의 아름답고 고상하고 쾌활하고 위엄 있는 용모를 나는 지금도 잘 기억하고 있다. 왕비는 유리창이 달린 마차를 타고 있어서 잘 보였는데, 시중드는 부인들과 일행을 맞이하기 위해 몰려든 군중들과 정답게 농담을 하고 있는 것 같았다. 밤에는 조명이 비치는 여러 건물들, 그 중에서도 대성당의 타오르는 듯한 첨탑을 보기 위해서 우리들은 거리로 나왔다. 그리고 이 첨탑은 멀리서나 가까이에서 아무리 보아도 싫증이 나지 않았다.

왕비는 여정을 계속했고 지방민은 해산했으며 도시는 곧 원래처럼 다시 조용해졌다. 왕비가 도착하기 전에 모든 것이 철저히 준비되었었다. 기형아, 불구자, 혐오감을 주는 장애인들은 왕비가 통과하는 길가에 일체 나타나지 못했다. 사람들은 이 일을 농담으로 삼았고 나는 프랑스어로 짧은 시를 지었고, 거기에 특히 병자와 절름발이를 위해서 세상을 편력했던 그리스도의 왕림과 이러한 불행한 자들을 쫓아버린 왕비의 왕림을 대조시켰던 것이다. 그것을 친구들은 별로 나무라지 않았다. 그런데 우리들과 함께 동숙하던 한 프랑스인이 가사와 운율에 대해서 가차없이 비판을 했다. 그러나 그것은 너무나 철저한 평인 것 같았다. 나는 그 후로는 두 번 다시 프랑스어로 시를 지은 기억이 없다.

수도에서 왕비의 안착 소식이 전해지자, 곧 무서운 참사소식이 뒤따랐다. 축하 불꽃놀이 때에 건축 재료로 교통을 차단한 가로에서 경찰의 실수로 수많은 사람이 마차에 깔리거나 쓰러져 죽고, 시市는 이 왕의 혼례 축전 때에 비탄에 잠겼다는 것이다. 횡사자橫死者들을 암매장해서 이 재난의 막대함을 젊은 왕과 왕비에게도 또한 세상사람들에게도 비밀로 하려고 노력했기 때문에, 많은 가정에서는 단지 자기 가족이 아무리 기다려도 돌아오지 않으므로, 역시 이 무서운 참사에 희생되었다고 단정할 뿐이었다. 이때 내 마음에는, 저 큰 홀의 처참한 그림이 생생하게 떠오른 것은 말할 나위도 없다. 어떤 도덕적인 인상은 만일 그것이, 말하자면 감각적인 인상으로 구체화하면 얼마나 강한 것인지는 누구나 다 아는 바다.

그러나 이 사건은 내가 저지른 장난으로 인하여 친구들에게는 불안을 안겨 주었다. 서로 속이고 놀리고 하는 재미가 라이프찌히에서 함께 있었던 우리 젊은이들에게는 그 후까지도 잊을 수 없었다. 그러한 죄많은 장난기에서, 나는 프랑크푸르트의 한 친구[7](과자점의 헨델에게 붙인 나의 시를 연장해서 〈메돈〉에 맞추어, 그리고 그것을 널리 유포시킨 친구)에게, 베르사이유 발신의 일부인日附印이 찍힌 편지를 썼다. 거기에는 내가 베르사이유에 무사히 도착했다는 것, 예의 축전에 참여했다는 것, 기타 여러 가지를 했기 때문에 제발 비밀로 해달라고 엄중히 요구했다. 여기서 첨가해서 말해두어야 할 것은 라이프찌히의 우리들 작은 그룹은 여러 가지로 화를 내게 했던 그 장난 이래로, 이 친구를 종종 속여서 골탕을 먹이는 것이 습관화되어 있었다. 그리고 그는 세상에 둘도 없는 어릿광대였고, 그리고 속아 넘어갔다는 것을 알게 되었을 때의 그는 가장 애교가 있었고, 또한 더욱더 심하게 놀림을 받았다. 이 편지를 내고서, 나는 두 주간의 짧은 여행을 떠나 부재중이었다. 그러는 사이에 저 재난의 보도가 프랑크푸르트에 다다랐던 것이다. 친구는 내가 파리에 있는 것으로 믿고 우정 때문에 내가 재난에 휩쓸려 들어가지나 않았나 하고 근심했다. 그는 나의 부모와 내가 평상시에 통신하고 있던 친구를 찾아서 어떤 소식이라도 오지 않았느냐고 물었다. 이 여행으로 인하여 나는 편지를 낼 수 없어서, 아무 데도 소식은 없었다. 그는 몹시 불안해서 여기저기 돌아다녔고, 그리고 마침내 가장 가까운 친구들에게 이 사실

---

7) 제7장에 나오는 호른을 말함.

을 밝혀서 이번에는 다 같이 근심하기 시작했다. 그러나 다행히도 이 같은 억측이 나의 양친에게 전해지기 전에 나로부터 슈트라스부르크에 도착했다는 소식이 다다랐다. 젊은 친구는 내가 무사한 것을 알고 안심했다. 그러나 그 동안에 내가 파리에 있었다는 것은 여전히 믿고 있었다. 친구들이 나를 위해서 몹시 근심했다는 것을 정성스럽게 알려주었기 때문에, 나는 그것에 감동해서 이제부터는 절대로 그런 경솔한 장난은 하지 않겠다고 맹세할 정도였다. 그러나 그 후 언젠가 나는 유감스럽게도 몇 차례 이와 비슷한 과오를 저질렀다. 현실의 생활은 종종 그 광택을 잃기 때문에 사람들은 그것을 만들어낸 이야기로써 종종 다시 칠하지 않으면 안 된다.

그 찬란했던 왕실의 호화로운 홍수는 이제는 흘러가버렸다. 그리고 나에게는 다른 어떤 동경도 남지 않았으나, 단지 한 가지, 매일 매시간 감상하고 존경하고 숭배까지 하고 싶었던 라파엘의 융단 벽걸이만은 동경하고 있었다.

다행히도 나의 열렬한 노력이 효과를 나타내어, 그 융단 벽걸이에 대해 유력한 두세 명의 인사들의 관심을 끌 수가 있었기 때문에, 그 결과로 그것은 가능한 아주 늦게 떼어내서 짐을 꾸리게 되었던 것이다. 이제야 다시 우리들은 조용하고 침착한 대학생활과 사교로 돌아갔다. 그리고 사교생활에서는 우리의 식탁의 좌장座長인 재판소 서기 잘쯔만 씨가 역시 전체의 교도자矯導者였다. 그의 분별심, 관용, 혹은 아무리 농을 할 때에도, 그가 우리들에게 허용한 정도에 있어서 잠깐 탈선할 때에도 언제나 간직할 수 있었던 그의 품위는 우리들로 하여금 그를 존경하게 했다. 그가 진심으로 불쾌한 기색을 보인다든가 혹은 위신을 구실로 사소한 언쟁 속에 뛰어드는 일을 나는 거의 알지 못한다. 그러나 나는 모든 사람 중에서도 그에게 제일 가까웠다. 그리고 나를 다른 사람들보다는 다방면에 걸쳐 교양을 갖고 있으며, 또한 사물에 대한 판단도 편파적이 아니라고 여기고 있었기 때문에, 그쪽에서도 나와 이야기하는 것을 좋아했다. 나는 그가 나를 자기 친구라고 공인해도 당황하지 않는 자가 되려고 외면적으로도 그를 모범으로 삼았다. 왜냐하면 그는 별로 세력도 없는 지위에 있었지만, 그러나 최대의 명성을 얻기에 손색이 없는 직무를 수행했다. 그는 소년 보호소의 서기였고, 대학의 상임 서기관처럼 거기에서 실권을 쥐고 있었다. 그는 다년간에 걸쳐 매우 꼼꼼히 사무를 처리해 오는 사이에 상하를 막론하고 그의 혜택을 입지 않은 집은 거의 없었다. 도대체 모든 행정을 통해서 고아를 돌보는 사람보다 더 축복을 받는 것은 드물며, 이것과 반대로 고아의 재산을 낭비하거나 낭비하도록 내버려 두는 사람보다 더 저주받을 것도 없다.

슈트라스부르크 시민은 열렬한 산책광이었는데, 그것은 지당한 일이었다. 어디든 마음내키는 대로 발걸음을 향하면 일부는 자연 그대로, 일부는 신구新舊의 시대에 인공을 가한 수많은 유람지가 있고, 그 어느 것이든 사람들이 찾아다니고, 명랑하고 쾌활한 사람들이 즐기고 있는 것을 볼 수 있다. 그러나 산책하는 많은 무리들의 광경이, 여기에서 다른 장소보다 재미있게 보인 것은 부인들의 복장 때문이었다. 중류 가정의 아가씨들은 아직도 머리를 말아 올려서는 긴 핀을 꽂고 있으며, 또한 아무리 긴 스커트도 불편하고 몸에 꼭 끼는 옷과 함께 땅에 끄는 일이 전혀 없었다. 또한 기분 좋은 일은 이런 복장이 신분에 따라서 뚜렷한 차이를 나타내지 않는다는 사실이다. 그것은 아직도 일부 부유한 상류가정에서 딸들이 그런 복장을 하지 않는 것을 허용하지 않기 때문이다. 그러나 기타의 가정에서는 프랑스풍風으로 변해갔다. 그리고 해마다 이편으로 개종하는 자가 생겼다. 잘쯔만은 아는 사람이 많았고 어디에나 출입하고 있었다. 그와 동반하는 사람은 유쾌했는데, 특히 여름에는 그러했다. 왜냐하면 가는 곳마다 정원에서 친절한 대접을 받았고, 즐거운 모임과 향연이 있었고, 또 그뿐 아니라 갖가지 경사날에는 몇 차례씩이나 초대를 받았기 때문이었다. 이러한 어느 때, 나는 겨우 두 번째로 방문했던 어느 집에서 총총히 그 자리를 뜨지 않으면 안 될 일이 있었다. 우리들은 초대를 받고 정각에 방문했었다. 손님은 그리 많지 않고, 어떤 사람은 카드놀이를 하고, 또 어떤 사람은 평상시처럼 산책을 하고 있었다. 마침내 식탁에 앉을 차례가 되었을 무렵, 나는 주부와 그 누이동생이 난처한 기색으로 이야기를 하고 있는 것을 발견했다. 마침 그 자리에 마주쳤던 내가 말했다.

"비밀히 이야기하시는 데 뛰어들어 주제넘습니다만, 제게도 묘안이 있을지 모르고 어쩌면 훌륭한 도움이 될지도 모르겠습니다."

내가 이렇게 말하자, 두 사람은 난처한 사정을 털어놓았다. 이유인즉, 그들은 열두 명의 손님을 초대했는데, 지금 친척 한 분이 여행에서 돌아왔기 때문에 열세 명이 되어, 당사자는 아니라 하더라도 손님들 중의 어느 한 분은 불길한 죽음의 경고가 될 것이라는 것이었다.

"그것은 간단히 해결됩니다" 하고 나는 대답했다. "제가 실례하겠습니다. 그리고 그 보상은 후일에 바라겠습니다."

그들은 명문 출신이었고, 예의가 바른 이들이었기 때문에 절대로 응하려고 하지 않았다. 그래서 열네 번째 손님을 구하러 이웃에 사람을 보냈다. 나는 그것을 말리지 않았으나, 그러나 하인이 헛수고를 하고서 정원 문으로 돌아오는 것을 보고서 나는 슬며시 빠져나와서는 그날 밤은 반쩬나우의 오래된 보리수 밑에서 즐겁게 보냈다. 나의 사양이 충분한 보상을 받은 것은 당연한 결과라 하겠다.

어떤 종류의 일반적인 사교는 카드놀이를 제외하면 도저히 생각할 수조차 없다. 잘쯔만은 뵈메부인의 훌륭한 교훈을 되풀이했다. 그리고 나도 이것이 희생이라고 할 수 있다면, 이 희생을 바쳐서 많은 즐거움을 얻을 수 있고, 이렇게 하지 않고는 얻을 수 없는 사교상의 커다란 자유를 얻을 수 있음을 잘 알고 있었기 때문에 그만큼 더 솔직히 따랐다. 그래서 잊어버린 옛날의 피케트[8]를 기억해 보기도 하고, 휘스트 놀이를 배우기도 하고, 또 지도자의 전수에 의해서 다른 때에는 손을 대서는 안 되는 노름 지갑을 준비했다. 그래서 나는 친구들과 함께 밤에는 대개 상류 사교계에서 지내는 기회를 얻었으나, 나는 대개의 경우 호의를 베풀어 여러 가지 가벼운 반칙은 묵인해 주었다. 그러나 그런 것은 친구들이 될 수 있는 대로 조용히 주의해 주는 것이 상례였다.

그와 동시에, 나는 내가 매우 불쾌하게 생각하던 것을 강요당하게 됨으로써, 우리들은 이처럼 외면적인 것에 있어서도 사회에 순응하고 그것에 맞춰 나가지 않으면 안 된다는 것을 상징적으로 배웠다. 나는 분명히 아름다운 머리를 갖고 있었으나, 슈트라스부르크의 이발사는 즉석에서 이렇게 단언했다. 머리가 너무 뒤쪽으로 깊이 깎여 있고 이래서야 사람 앞에 나설 수 있게 조발調髮할 수 없다는 것이었다. 얼마 안 되는 짧고 곱슬곱슬한 앞머리는 괜찮다 하더라도, 다른 머리털은 모두 머리 끝에서 편발編髮이나 속발束髮로 묶어야 하기 때문이라는 것이었다. 자연히 머리가 자라서 시대에 맞는 머리가 될 때까지, 지금은 가발로 참을 수밖에 없다는 것이었다. 더욱이 그는 내가 곧 그렇게 하려는 결심을 할 수 있다면 처음에 내가 완강하게 거부한 허물없는 기만수단을 결코 타인이 알아채지 못하도록 해주겠다고 맹세했다. 그는 약속을 지켰다. 그래서 나는 언제나 조발이 멋있고 훌륭한 두발을 가진 청년으로 통하고 있었다. 그러나 나는 아침 일찍부터 머리를 다듬고 분을 뿌린 채 있지 않으면 안 되었고, 또한 흥분하거나 과격한 운동을 해서 위장한 머리가 폭로되지 않도록 조심하지 않으면 안 되었기 때문에, 이 강제로 인하여 나는 당분간 비교적 조용하고 얌전하게 행동했고, 모자를 겨드랑이에 끼고,

---

8) 두 사람이 하는 카드놀이.

단화나 양말을 신고 다니는 습관을 붙이게 되었다. 그러나 아름다운 여름밤 초원이나 정원에 가득 퍼지는 라인 강의 모기를 막기 위해서는 엷은 가죽제 양말을 한 벌 더 신지 않을 수 없었다. 이런 사정으로 나는 심한 육체 노동은 할 수 없게 되었으나, 우리들의 사교적인 담화는 더욱 활기를 띠고 열렬해졌으며, 실로 그것은 내가 지금까지 경험했던 것 중에서 가장 흥미진진한 것이었다.

나 나름대로 느끼는 방법과 사고하는 방식은 있었지만, 나는 누구에게서나 있는 그대로의 가치뿐만 아니라 그가 원하는 만큼의 가치를 인정함에 있어서 전연 곤란함이 없었다. 이때 말하자면 처음으로 번창기가 되었고, 발랄하고 청년다운 기분의 솔직성이 나에게 많은 친구와 한패를 만들었다. 우리들의 식탁그룹은 20명 정도로 증가했다. 그리하여 우리들의 잘쯔만이 지금까지의 방식을 고집했기 때문에 만사는 전과 같이 진행되었고, 더욱이 여러 사람 앞에서는 누구든 언동에 주의하지 않으면 안 되었기 때문에 회화는 더 한층 예의적인 것이 되었다. 새로 가입한 사람 중에서 한 사람이 특히 나의 관심을 끌었다. 이름을 융이라고 부르며, 후일에 시틸링[9]이란 이름으로 비로소 세상에 알려진 사람이다. 그는 구식 복장을 하고 있었으나, 그의 용모에는 일종의 뻣뻣함과 동시에 부드러운 데가 있었다. 속발한 뒷머리가발은 그의 비범하고 보기좋은 얼굴을 손상시키지 않았다. 그의 음성은 부드러웠으나 간사하지도 가냘프지도 않았다. 그는 흥분하기 쉬운 성격이었는데, 그럴 때는 음성이 유쾌하고 힘이 있었다. 그와 친해질수록 그는 건전한 상식을 갖추고 있음을 알 수 있었으나, 이 상식은 심정에 뿌리를 두고 있고, 따라서 애정이나 정열에 의해서 좌우되는 것이었다. 그리고 이 심정에서만이 선의 · 진실 · 정의에 대한 가장 순수한 감격이 생겼다. 사실 이 사람의 경력

---

9) 하인리히 융(Heinrich Jung, 1740~1817). 괴테는 그가 협력하여 출판한 《Heinrich Stillings Wanderschaft》(1778)를 인용하여 기술하고 있음.

은 매우 단순하면서도 여러 가지 사건과 다양한 활동으로 충만되어 있었다. 그의 정력의 근본을 이루는 것은 신에게서 받은 은총과 가호에 대한 확고한 신앙이었다. 이 가호는 신의 끊임없는 배려와 일체의 고난, 모든 재난으로부터 확실한 구제에 있어서 명확하게 증명된다고 말하고 있었다. 그러한 경험을 융은 그의 일생을 통해 겪었다. 최근에 슈트라스부르크에서도 이 경험이 종종 반복되었기 때문에, 그는 의젓하고 절도 있고 또한 근심 없는 생활을 해나갔고, 계절마다 확고한 생계의 예산을 세우지 못했지만, 열심히 자기 연구에 몰두했다. 그는 청년시절에 숯굽는 사람이 되려다가 중도에서 재봉사가 되어버렸다. 그리고 스스로 고상한 사물의 지식을 인식하여 자기의 것으로 만들고서, 그 이후 가르치는 것을 좋아하는 성격에서 교직에 취임했다. 이 시도는 성공하지 못했다. 그리하여 그는 본래의 직업인 직공으로 돌아갔으나, 누구에게나 신임과 호감을 받고 있었기 때문에, 몇 차례 가정교사직에 취임하도록 불려갔다. 그의 가장 내면적이고 가장 특유한 교양은 자기 자신의 손으로 구제를 찾은 저 널리 보급된 일파의 사람들에게서 얻은 것이었다. 이 파의 사람들은 성서나 교훈적인 책을 읽음으로써, 혹은 상호간의 훈계나 고백에 의해서 신앙을 깊게 하려고 노력하며, 그렇게 함으로써 경탄할 만한 정도의 교양을 쌓은 것이다. 왜냐하면 그들이 항상 마음에 간직하고 타인과 공동으로 육성한 관심은 도의, 친절, 자선 등의 가장 기본적인 기초 위에 서 있었고, 그것도 이와 같이 국한된 처지의 인간에게 자주 있는 상도常道를 벗어나는 것도 대수로운 것이 아니었다. 따라서 그들의 양심은 대체로 순수성이 보존되고, 또한 정신은 일반적으로 명랑했다. 그래서 인위적이 아닌 참으로 자연적인 교양이 이루어졌다. 그렇지만 그 교양의 독특한 장점은 어떠한 연령, 어떠한 계급에도 적합하며, 또한 그 성격상 일반적이고 사교적인 것이었다. 그렇기 때문에 이 파의 사람들은 그들 동지간에서는 참으로

능변이었고, 극히 상냥한 것에 있어서나 중요한 것에 있어서도 모든 애정문제에 관해서는 적당히 그리고 기분좋게 자신의 생각을 표현하는 재간을 갖고 있었다. 선량한 융도 그 예 중 하나에 지나지 않았다. 비록 의견이 완전히 일치하지 않더라도, 자신의 사고방식을 싫어하지 않는 것을 표명하는 소수의 사람들 사이에 있으며, 그는 이야기를 좋아하는 정도가 지나쳐 웅변가처럼 보였다. 특히 자신의 경력을 이야기할 때에는 가장 경쾌했고, 듣는 사람에게 모든 상황을 일목요연하게 설명할 수가 있었다. 그 이야기를 붓으로 쓰도록 나는 그에게 권했고, 그도 그것을 약속했다. 그런데 자신의 생각을 이야기할 때의 특징은 높은 곳에서 떨어뜨리지 않으려면 소리를 질러서는 안 되는 몽유병자夢遊病者와 비슷했고, 혹은 시끄럽게 하지 않기 위해서는 무엇이든 던져서는 안 되는 잔잔한 흐름과도 같았기 때문에, 비교적 많은 사람들 앞에서는 그는 종종 불안을 느끼지 않을 수 없었던 것이다. 그의 신앙은 어떠한 회의懷疑도 용납하지 않았고, 또한 그의 확신은 어떠한 조소도 용납하지 않았다. 그리고 그는 정다운 이야기를 한없이 하고 있을 때에도, 만일 반박을 받게 되면 곧 모든 것을 정지해 버리는 것이었다. 그럴 때에는 언제나 내가 곤경에서 구해주었기 때문에, 그는 그것에 대해서 나에게 진실한 우정으로 보답했다. 나에게 있어서는 그의 사고방식이 진기한 것이 아니었고, 도리어 나의 친한 남녀 친구들 사이에서 흔히 볼 수 있는 성격이라는 것을 이미 잘 알고 있었고, 또한 그것은 자연스러움과 소박한 점에 있어서 내 성격에 맞았기 때문에 그는 실제로 나와 가장 사이좋게 지낼 수 있었다. 그의 정신적인 경향은 내 마음에 들었다. 그리고 그 자신에게 도움이 되었던 그 기적의 신앙에 대해서는 나는 언급을 피했다. 짤쯔만 또한 그에 대해서는 관용의 태도를 취했다. 관용이라고 내가 말하는 이유는 짤쯔만이 그의 성격, 기질, 연령, 처지로 보아서 이지적이며 상식적인 기독교도의 입장에 선 사람이었고, 또한 그의 태도를 지키지 않고는 못 견디는 사람이었기 때문이다. 이런 입장의 종교는 본래 성격의 성실성, 남성적인 자주自主를 기초로 하며, 따라서 그의 신도는 자신을 비애 속에 빠뜨리기 쉬운 감정이나 암흑 속에 빠지기 쉬운 광신 등에 관계하는 것을 좋아하지 않았다. 이 파派도 또한 여러 가지 존경할 만한 가치가 있었고 사람 수도 많았다. 모든 성실하고 유능한 사람들이 서로 이해하고 그리고 같은 신념을 갖고서 같은 인생의 길을 걷고 있었다. 똑같이 우리들의 식탁 친구였던 레르제[10]도 이 파의 한 사람으로서, 매우 정직하였고, 부자유스런 환경에 대하여 적합하게 대처하는 검소한 젊은이였다. 그의 생활 양식이나 경제사정은 내가 알고 있는 학생들 중에서 가장 어려운 사람이었다. 그는 우리들 모든 사람 중에서 가장 산뜻한 복장을 하고 있었으나, 옷은 언제나 똑같은 것을 입고 있었다. 그러나 그는 자신의 의복을 매우 정중하게 다루고 자신의 주변을 언제나 깨끗하게 했으며 일상생활의 모든 것에 대해서 자신의 본을 따를 것을 요구했다. 물건에 기대거나, 책상 위에 팔꿈치를 받치고 있거나 하는 것은 그에게서는 찾아볼 수 없었다. 그는 자신의 냅킨에 표시를 하는 것을 절대로 잊지 않았다. 그리고 의자의 청소가 잘 되어 있지 않을 때에는 언제나 하녀가 혼이 났다. 모든 것이 이런 식이었지만, 외견상으로는 조금도 딱딱한 점이 없었다. 그가 말하는 태도는 솔직·명확 그리고 꾸밈없고 활달했는데, 그러한 때의 야유적인 가벼운 해학은 그에게 잘 어울렸다. 체격도 좋았고 후리후리하며 약간 큰 키로서 얼굴에는 천연두 자국이 있어서 윤곽이 뚜렷하지 않았으나, 자그마한 파란 눈은 맑고 날카로웠다. 그는 실제로 여러 가지 일에 있어서 우리들을 지도하는 일이 있었지만, 그 외에 우리들은 그를 검술사범으로 인정하고 있었다. 왜냐하면 그는 시합용 칼을 잘

---

10) 프란쯔 크리스티안 레르제(Franz Christian Lerse). 괴테와 같은 나이였음.

쓸 줄 알았으며, 그러한 기회에 그 도道에 관한 전문지식을 우리들에게 설명하는 것이 재미있는 것 같았기 때문이다. 실제로 우리들은 그에게서 얻은 것이 많았고, 또한 종종 모이는 시간이면 유익한 운동이나 훈련으로 시간을 보낸 것을 그에게 감사해야 한다.

때로는 우리의 친구 사이에도 크고 작은 분쟁이 생겼고, 잘쯔만이 부친 같은 태도로 화해시킬 수 없는 경우에는, 레르제가 이상과 같은 성격으로 말미암아 중재자 겸 재판관으로서 가장 적임자였다. 대학에서 많은 화근의 원인인 것처럼 보이는 외면적 형식에 구애되지 않고, 우리들은 환경과 호의로 결속된 일단一圖이었으므로 외부에서 가끔 접근하는 사람들이 적지 않았으나, 우리들 속에 들어올 수는 없는 식이었다.

레르제는 이와 같은 내분을 비판할 때에도 언제나 최대의 공정함을 보였다. 그리고 언쟁이 말이나 설명으로 해결될 수 없을 경우, 그는 예상되는 보복 행위를 감탄할 만한 솜씨로 평화롭게 처리했다. 이런 점에서는 그를 능가할 자가 없었다. 그는 시종 하늘은 자신을 전쟁의 영웅으로도 사랑의 영웅으로도 만들어 주지 않았기 때문에, 자신은 연애나 검술 쪽에서 중개인의 역할에 만족해야 한다고 말했다. 그는 철두철미하게 자기에게 충실했으며, 선량하고 건실한 성격의 좋은 모범을 보인 인물이었기 때문에, 이 인물의 개념은 내 마음속에 깊고도 다정한 인상을 새겨주었다. 그리고 내가 《괴쯔 폰 베를리힝겐》을 쓸 때에 우리들의 우정의 기념물을 남겨놓을 생각이 들어서, 그러한 훌륭한 태도로서 복종할 수 있는 특수한 인물에 프란쯔 레르제란 이름을 붙이지 않을 수 없었다.

레르제는 끊임없이 유머러스하고 딱딱한 말투로서 우리들을 향하여, 사람들과 가능한 한 오랫동안 평화롭게 지내기 위해서는 사람들에 대해서 어떤 일종의 태세를 갖추기 위해서, 우리들은 어떠한 것을 자신과 타인에 대해서 해야 하는가, 또 어떻게 처세해야 하는가

하는 것을 끊임없이 주의를 줄 수가 있었으나, 나는 완전히 다른 사정이나 적敵을 상대로 하여 내적으로도 외적으로도 싸우지 않으면 안 되었다. 즉 나는 나 자신과 외적 사물은 물론 자연력과도 싸우고 있었던 것이다. 나는 자신이 무엇을 계획하려 하거나 또는 계획해야 할 경우에, 충분히 자신을 지탱해 줄 만한 건강상태를 가지고 있었다. 단지 나에게는 아직 일종의 신경과민증이 남아 있어서, 자칫하면 균형을 잃었다. 강한 음향이 싫었고, 병적인 것에 대하여 구토와 혐오감을 느끼곤 했다. 특히 나는 높은 곳에서 아래를 내려다볼 때 나타나는 현기증이 몹시 무서웠다. 나는 이런 결점을 완전히 고치려 했고, 그것도 하루빨리 고치려고 마음먹었기 때문에, 다소 과격한 방법을 썼다. 저녁 때 병사에게 귀영歸營을 알리는 신호를 할 때에, 힘껏 때리는 연타連打와 단타單打의 굉음에 가슴 속에서 심장이 파열하는 것처럼 생각되었다. 나는 혼자서 대성당의 꼭대기에 올라갔다. 그리고 첨두尖頭 혹은 왕관이라고 불리는 것 아래에 있는 소위 목頸의 장소에서, 약 15분 정도 앉아있었고, 마지막에는 용기를 내어 바깥 쪽으로 나갔다. 사방이 겨우 두자 남짓하다고 생각되는 노대露臺에서 붙잡을 것도 없이 서 있으면, 교회와 기타 내 바로 밑에 있는 것은 모두 신변의 물건이나 장식 등에 가리워져 있었지만, 끝없는 토지가 눈앞에 전개되었다. 마치 경기구輕氣球를 타고 하늘 높이 서서 내려다보는 것 같았다. 이와 같은 불안·고통을 나는 여러 차례 반복한 뒤 마침내 그 인상이 완전히 아무렇지도 않게 되었다. 그리고 이 경험은 후에 산악여행이나 지질학 연구에 또한 대건축의 노출된 대들보 위나 서까래 위를 목수들과 함께 뛰어다니기 시합을 했을 때, 또한 로마에서 중요한 미술품을 가까이에서 보기 위해서 똑같은 모험을 하지 않을 수 없었을 때에도 큰 도움이 되었다. 해부학도 나의 지식욕을 충족시키면서 보기 싫은 광경에도 순응해 나갈 수 있음을 가르쳐 주었기 때문에, 나에게 있어서는 이중의 가치가 있었다.

그리고 나는 모든 신체의 상태를 알게 됨과 동시에 보기 싫은 사물에 대한 모든 불안을 극복하겠다는 이중의 목적으로, 늙은 에르만 박사의 임상 강의에도 그리고 그 아들의 조산술 강의에도 출석했다. 이 점에서 실제로 나는 그런 종류의 어떠한 것을 위해서도 결코 분수를 잃지 않게 되었다. 그러나 나는 이러한 현실의 인상에 대해서뿐 아니라 상상력의 위협에 대해서도 자신을 단련시키려고 노력했다. 나는 암흑, 묘지, 쓸쓸한 장소, 밤의 성당이나 예배당, 기타 이런 종류의 섬뜩하고 무서운 인상에 대해서도 거의 아무렇지 않게 되었다. 이 점에 있어서 나는 낮이건 밤이건 어떠한 장소에 있어서도 대수롭게 여길 정도로까지 진보했다. 그뿐인가! 만년에는 이러한 환경 속에서 다시 한 번 청년시절의 경쾌한 전율을 느껴보려고 생각했을 때, 더 말할 나위 없이 기이하고 공포스러운 그 심상을 마음 속에 그려보았으나, 겨우 그 느낌을 얼마간 맛볼 수 있었을 뿐이었다.

지나치게 엄숙한 것, 강렬한 것에서 받는 압박을 모면하려는 노력은 내 마음 속에 끊임없이 작용하고, 그것이 때로는 강한 것으로 또는 약한 것으로 여겨졌으나, 이 노력에 대하여 저 자유로운 사교적·활동적인 생활양식이 철저하게 도와주었다. 그리하여 나는 이 생활에 더욱 마음이 끌렸고 또한 익숙해져 마침내 매우 자유롭게 그것을 즐길 수가 있게 되었다. 인간이 타인의 결점을 생각해 내어 그것에 대하여 제멋대로의 비난을 퍼부을 때에는, 그 자신은 마치 아무런 결점도 없는 것처럼 여겨지는 것은 세상에서 흔히 볼 수 있는 일이다.

타인을 비방하여 자신을 높이는 것 자체가 이미 매우 유쾌한 것이며, 그 때문에 상류의 사교단체도 역시 그 인원의 다소를 막론하고 역시 이런 것을 첫째로 즐기고 있다. 그러나 우리들이 상급자나 우두머리나 제왕이나 정치가 등 심판자의 지위에 오른 것처럼 생각하고서 공공 시설을 졸렬하고 부적당한 것으로 보고, 있을 법한 실제적인 장애만을 찾아내고, 계획의 방대함 혹은 어떠한 계획에 있어서도 기대되는 시간과 사정과의 협력 등을 인식하고 있지 않는 경우보다도 기분좋은 일은 달리 그 유례를 찾을 수 없다.

프랑스 왕국의 정세를 생각해 보고, 또 그것을 후년의 문서에 의해서 정확하고 상세히 알고 있는 자는 반은 프랑스 영토였던 알사스의 주민들이 당시 국왕이나 재상宰相에 대해서, 궁정이나 총신寵臣에 대해서 어떠한 이야기를 하고 있는지 쉽게 상상할 수 있을 것이다. 알고 싶어하는 나의 욕망을 채워주는 새로운 제목들이 있었고, 또한 지식의 과시나 젊은이의 자만심에 대해서 매우 환영할 만한 제목이었다. 나는 무엇이든 상세하게 마음을 쏟아서 열심히 베꼈다. 그리고 지금 약간 남아있는 것을 보니, 그러한 소식들은 설령 조작설이든, 믿을 수 없는 세상 풍문을 기초로 해서 만들어진 것이든 금후 오랫동안 어떤 가치를 가질 것으로 생각된다. 왜냐하면 그 기록들은 결국 세상에 폭로된 비밀과 당시 이미 적발되어 공공연하게 된 것을, 또는 당시의 사람들의 옳고 그른 판단과 후세 사람들의 소신을 비교 · 대조하는 데 소용되기 때문이다.

우리 같은 거리의 산책자에게는 날마다 도시 미화의 계획이 눈에 띄었으나, 그 실지는 설계도設計圖나 지도에서 가장 기묘한 방법으로 현실화되기 시작했다. 가로街路 감독은 굽고 구석진 슈트라스부르크의 가로를 개조하여 규격이 정연하고 당당한 아름다운 도시를 건설하려고 계획했다.

파리의 건축가 블롱델이 그것에 의해서 설계도를 작성했는데, 그것에 의하면 140명의 가옥 소유자는 대지의 덕을 보고, 80명은 손해를 보고, 나머지 사람들은 종전과 변함이 없었다. 이 안案은 채택되었지만, 그러나 일시에 단행되는 것이 아니고 점차로 완성하기로 되어 있었기 때문에 그 동안 도시는 형체가 이룩된 것, 이룩되지 않은 것이 상호 교차되는 기괴한 모습을 보였다. 예를 들면 구부러진 거리를 똑바로 잡는 경우에 처음의 건축 희망자는 지정된 선線까지 진출했다. 그렇게 되자, 그 이웃도 앞으로 나오고 연달아 세 번째, 네 번째의 집도 앞으로 나오게 되어 그와 같은 돌출로 인해서 몹시 보기 싫은 굴곡이 생겨서 마치 그것이 뒤로 처진 집들의 앞뜰처럼 되었다. 권력을 행사하고 싶지는 않았겠지만, 개조改造는 강제에 의하지 않고는 전혀 진행되지 않았을 것이다. 그렇기 때문에 누구든 일단 이전명령移轉命令을 받은 자신의 집에 대해서는 도로와 관계되는 부문의 개조나 수리는 허가되지 않았을 것이다. 이 기묘하고 생각지도 않은 괴상한 형체들은 우리들과 같은 한가한 산책인에게는 멋대로 조소를 퍼붓고 베리쉬 스타일로 완성 촉진의 제안을 하기도 하고, 혹은 여전히 계획 완성의 가능성을 의심하는 절호의 기회를 주었다. 그러나 많은 아름다운 신축건물을 보고서, 우리들은 실은 생각을 달리하지 않으면 안되었다.

그러나 이 계획이 장기간 어느 정도 촉진되었는지는 나도 말할 수가 없다.

슈트라스부르크의 신교도新敎徒들이 즐겨 화제로 삼은 또 하나의 사건은 예수회 신자들의 추방이었다.[11] 이 교파의 장로들은 시市가 프랑스의 손에 들어가자, 곧 달려와서는 합숙소를 물색했다. 그런데 그들은 얼마 안 돼서 그들의 세력을 확장하여 웅장한 신학교를 건축했는데, 그 신학교는 대성당과 접했고, 성당의 후면이 신학교의 정면 3분의 1을 가리게 되어 있었다. 신학교는 네모꼴로 지어졌고, 중앙에 정원이 있게 되었으며, 그 3면은 완성되어 있었다. 견고한 석조건물은 이 교파의 장로들의 주택과 똑같았다. 그들 때문에 신교도들이 고통을 받지는 않았다 하더라도 압박을 느낀 것은 이 일파의 계획이 이미 제시한 것으로서, 이 교파는 낡은 종교를 원래의 광대한

---

11) 1764년에 있었음.

모습으로 회복시키는 것을 의무로 삼고 있었다. 그래서 이 교파의 몰락은 반대파에게 최대의 만족을 주었다. 그래서 사람들은 그들이 포도주를 매각하고 서적을 운반해 가고 또 건물을 보다 더 활기 없는 다른 교단에 맡기는 모습을 보고 기뻐 날뛰었다. 인간은 적대자가 없어지면, 아니 감시인만 없어져도 얼마나 기쁘겠는가. 가축의 무리는 지키는 개가 없을 때면 늑대들이 노리고 있다는 사실을 생각지 못한다.

도대체 어느 도시건 각각 대대손손을 놀라게 하는 비극이 없으란 법이 없으며, 슈트라스부르크에서도 또한 불행한 집정관執政官 클링글린에 대한 일이 자주 이야기거리가 되었다. 그는 이 세상의 행복의 절정에 이르렀고, 도시와 지방을 거의 독재적으로 지배했고, 또한 재산과 지위와 세력이 할 수 있는 모든 것을 향락한 후에, 드디어 궁중의 총애를 잃어, 이제까지 간과되어 있던 모든 사건에 대해서 책임을 묻게 되고, 거기다 옥에 갇히게 되어 옥중에서 70세가 넘어 의문의 죽음을 했던 것이다.

이 이야기나 그 외의 다른 이야기를, 루이 훈장을 탄 식탁친구인 그 군인은 열렬히 활기있게 이야기할 수 있었다. 그래서 나는 그와 함께 산책하는 것을 즐겼으나, 다른 사람들은 그렇지 않았으며, 그러한 유혹을 피하여 그에게는 나 혼자만을 동행하게 했다. 나는 새로 사귄 친구에 대해서 얼마 동안은 그저 되어가는 대로 내맡기고서, 상대방의 일이나 내가 받은 영향 같은 것을 깊이 생각하지 않았다. 그래서 나는 차츰 그의 이야기나 의견 등이 나를 계발하기보다는 도리어 동요시키고 혼란하게 하는 것을 깨달았다. 이 수수께끼는 물론 쉽게 풀렸을 것이지만, 사실 나는 그를 당시 어떻게 생각해야 좋을지 전혀 몰랐다. 그는 인생에서 아무런 해결도 얻지 못했고, 시종 연관성없는 개개의 것에 정력을 소비하는 많은 사람들 중의 하나였다. 게다가 불행히도 그는 사색思索을 오래 하는 일이 없었고, 명상

冥想을 향한 강한 욕구, 아니 열정을 지니고 있었다. 그리고 이러한 인간에게는 정신적 질병으로 보이는 어떤 관념이 꼭 붙어있는 법인데, 이 사람도 또한 정해놓고 그와 같은 고정된 견해로 돌아가기 때문에, 그로 인하여 마침내 그가 몹시 귀찮아졌다. 즉 기억력의 감퇴를 몹시 한탄하는 것이 그의 버릇이었고 최근의 사건에 관한 경우에는 더욱 심했다. 그는 자기 나름의 추리에 의해서 일체의 덕은 좋은 기억력에서 생겨나며 이와 반대로 일체의 죄악은 망각에서 나타난다고 주장했다. 그는 이 설說을 매우 예리하고 계획성 있게 밀고나갈 수 있었지만 원래 말을 아주 애매하게 하여 때로는 넓은 뜻으로 때로는 좁은 뜻으로, 또한 인연이 가까운 의미나 혹은 먼 의미로서 사용하는 것을 서슴지 않았기 때문에 어떤 주장이라도 할 수 있었다.

처음에는 그의 이야기를 듣는 것이 재미있었다. 실제로 그의 웅변은 사람을 놀라게 했다. 마치 진기한 사건을 농담 절반, 연습 절반으로 진실처럼 표현해 보이는 능숙한 궤변가 앞에 서있는 기분이 들었다. 유감스럽게도 이러한 첫인상은 순식간에 사라지고 말았다. 왜냐하면 내가 어떠한 태도를 취하든, 이 사나이는 언제나 말 끝에 가서는 같은 주제에 빠졌기 때문이다. 그는 자신이 흥미를 가졌던 것뿐만 아니라 상세한 사정까지 기억하고 있는 것마저도, 비교적 옛날 사건에 대해서는 무관심했다. 도리어 그는 세계사적인 이야기의 한 가운데에도 사소한 틈을 이용하여 자기가 좋아하는 그 가시돋친 설說을 내세우는 것이었다.

이 점으로 인해, 우리들의 어느 날 오후의 산책이 불행하게 끝난 일이 있었다. 다른 비슷한 경우의 이야기는 독자를 괴롭히지는 않는다 하더라도 지루하게 할 터이니, 그 대신 다음 이야기를 하겠다.

우리들은 시내를 돌아다니는 도중에 한 사람의 나이든 여자 걸인을 만났는데, 그녀의 추근추근한 구걸로 그의 이야기가 방해되었다.

"비켜, 늙은마귀!"

이렇게 말하고서 그는 앞으로 나갔다. 그녀는 이 불친절한 사나이도 나이가 든 것을 알자, 잘 알려져 있는 속담을 변형시켜 뒤에서 냅다 퍼부었다.

"나이가 먹기 싫거든 젊었을 때에 목이나 매달지 그랬나!"

그는 휙 돌아섰다. 나는 소동이 벌어질 것이 두려웠다.

"목을 매달아?"

그는 소리쳤다.

"날더러 목을 매달라고! 아니, 그런 일이 있을 수 있나. 그러기에는 나는 너무 선한 인간이었지. 그러나 목을 매단다, 스스로 목을 매단다, 그것 좋지. 그랬더라면 좋았을는지도 몰라. 탄환 한 발의 가치도 없는 인간이 되기 전에, 스스로 한 방 쏘았어야 했지."

그녀는 화석처럼 우뚝 서 있었다. 그는 말을 계속했다.

"마귀 할멈, 당신은 대단한 진리를 말했지! 그리고 또한 물에 빠져 죽지도 않고 불에 타 죽지도 않았으니 상을 주지."

그는 아무도 여간해서 주지 않는 뷔젤을 그녀에게 주었다.

우리는 제1라인 다리를 건너서 잠깐 쉬어가려고 생각했던 음식점으로 향했다. 그리고 그로 하여금 앞서의 이야기로 되돌아가게 하려고 했을 때, 기분좋은 인도 위로 아주 귀여운 소녀가 맞은편에서 다가와서는, 앞에 서서 얌전하게 인사를 하고 말을 걸었다.

"어머나, 대위님, 어디 가시나요?"

누구든 이럴 때 흔히 하는 인사를 했다.

"아가씨" 하고 그는 약간 당황하며 말했다.

"누구신지요⋯⋯" ― "네?"

그녀는 귀엽게 놀란 기색을 보이면서 말했다.

"친구를 그렇게 쉽게 잊다니요?"

이 '잊는다' 는 말이 그의 마음을 상하게 했다. 그는 머리를 저으며 몹시 무뚝뚝하게 대답했다.

"정말, 아가씨 알지 못하겠습니다!"

그러자 그녀는 약간 해학조로 그러나 매우 얌전하게 대답했다.

"주의를 기울여 주세요, 대위님. 저도 다음에는 당신을 몰라봐도 좋단 말이죠!"

이렇게 말하고, 그녀는 한 번 돌아보지도 않은 채 우리 옆을 지나 빠른 걸음으로 가버렸다. 내 길동무는 별안간 두 주먹으로 호되게 머리를 쳤다.

"아, 나는 바보다!" 그는 외쳤다. "나는 늙은 바보야! 당신은 지금 의 내 말이 옳은지 틀린지 알겠지요!"

그리고 그는 몹시 격렬한 어조로 평소의 주장을, 이 사건으로 말 미암아 더욱 힘을 얻어 늘어놓기 시작했다. 그의 자기 매도罵倒 연설 을 나는 반복해서 말할 수도 없고, 또한 말하고 싶지도 않다. 마지막 으로 그는 나를 향해 말했다.

"내 증인이 되어 주십시오! 당신은 저 길모퉁이의 젊지도 아름답 지도 않은 잡화상 여인을 알고 있죠? 나는 거기를 지날 때면 언제나 그녀에게 인사를 합니다. 그리고 종종 두세 마디의 친절한 말을 나 누는 때도 있습니다. 사실 그녀가 나에게 호의를 갖게 된 지도 벌써 30년이나 됩니다. 그런데 그 아가씨가 보통 이상의 애교를 보이기 시작한 지는 겨우 1개월이 될까말까 합니다. 그런데 나는 그녀를 모 른다고 주장했으며 공손한 그녀에게 모욕을 당하는 꼴이 되었습니 다. 항상 내가 말하지 않았습니까? 배은은 최대의 죄악이라고. 잊지 만 않는다면 결코 은혜를 배반하는 일은 결코 하지 않았을 터인데!"

우리들은 음식점에 들어갔다. 문가의 방들에서 많은 사람이 마시 고 떠들고 있었기 때문에, 그는 겨우 자신과 동년배에 대한 비방을 중지했다. 그는 입을 다물었다. 그래서 우리들이 2층의 어느 한 방에 들어섰을 때에는 그의 기분도 누그러졌으면 하고 기대했다. 마침 그 방에서는 젊은 사나이가 혼자서 왔다갔다 하고 있었으며, 대위는 그 사나이의 이름을 부르며 인사했다. 나는 그와 알게 된 것이 유쾌했다. 왜냐하면 나의 늙은 친구는 그 사나이에 대해서 여러 가지를 칭찬했고, 또한 그가 군무국軍務局에 근무하고 있으며, 그의 연금이 연체되었을 때 여러 차례 사심없이 그를 도와주었다고 나에게 말했기 때문이다. 나는 담화가 일반적인 사건으로 전도되는 것이 매우 기뻤다. 그리고 우리들은 포도주를 마시면서 이야기를 계속했다. 그런데 이때에 불행하게도 완고한 인간에게 공통된 이 군인의 또 하나의 결점이 나타났다. 그것은 그가 집착된 관념을 탈피하지 못했던 것과 같이 그는 목전의 불쾌한 인상에 구애되어서 자신의 감정을 지나치게 털어놓은 것이었다. 조금 전의 자기 자신에 대한 불쾌감이 아직도 완전히 가시지 않고 있는데다 전혀 질이 다른 새로운 것이 겹쳤던 것이다. 즉 그는 극히 잠깐 동안 여기저기를 쳐다보고 있는 사이에 식탁 위에 2인분의 커피와 커피잔이 놓여 있는 것을 보았다. 원래 상당히 난봉꾼이던 그는 그 외에도 무엇인가 이 청년이 결코 이제껏 혼자 있지 않았으리라는 생각을 했던 모양이었다. 그의 마음에는 이 자리에 어여쁜 아가씨가 찾아왔으리라는 억측이 떠올라 그것이 사실이라 생각됨에 따라 처음의 불쾌했던 마음이 엉뚱한 질투마저 겹쳐서, 마침내 완전히 그를 혼란 속에 빠뜨리고 말았다.

그때까지 나는 그 청년과 허물없이 이야기를 하고 있었기 때문에, 아무런 예감도 느끼고 있지 않던 터에 대위는 항상 들어서 잘 아는 불쾌한 음성으로, 두 개의 커피잔과 그 외 이것저것 트집을 잡기 시작했다. 당황한 청년은 예의를 알고 있는 인간의 상식에 따라서, 쾌활하고 훌륭하게 넘기려고 노력했다. 그러나 노인이 주책없고 무례한 태도를 계속했기 때문에 청년 편에서도 할 수 없이, 마침내 모자와 단장을 들고 다소 도전적인 인사를 남기고는 가버렸다. 대위는 그것으로 분노가 폭발하였고, 또한 조금 전부터 거의 혼자서 포도주를 한 병 다 마셨기 때문에, 그 분노는 더욱 심했다. 그는 주먹으로 식탁을 두드리며 여러 차례 "그놈을 때려 죽이겠다"고 외쳤다. 이 말은 누가 그에게 대들든, 혹은 비위에 거슬리면 언제나 쓰는 말이어서 그렇게 악의가 있는 것은 아니었다. 집으로 돌아가는 길에 사태는 의외로 악화되었다. 그것은 내가 조심성이 없어서 그 청년에 대한 그의 배은망덕을 나무라고, 또한 그 자신이 그 관리의 친절한 도움을 나에게 얼마나 칭찬했는가 하는 것을 상기시켰기 때문이었다. 그뿐만 아니라 이처럼 인간이 자기 자신에 대해서 분노하는 것을 나는 결코 본 적이 없다. 그것은 귀여운 소녀가 계기가 된 그 발단에 대한 격렬한 끝마디였다. 나는 후회와 참회가 극단에 이르러 희화화 戲畵化한 것을 보았다. 일체의 열정은 천재 대신이 되듯이 이것 역시 실제로 천재적이었다. 왜냐하면 그는 우리들의 오후 산책에서 생긴 사건들을 하나도 남김 없이 들추어내어 그것을 교묘한 말씨로 자책의 재료로 삼았고, 마침내는 거지 할멈의 그에 대한 반항을 되풀이하고, 그리고는 라인 강에 투신이나 하지 않을까 염려될 정도로 머리가 돌아버렸다. 만일 내가 분명히 멘토르[12]가 텔레마코스를 물 속에서 끄집어낸 것처럼 그를 끌어낼 자신이 있었더라면, 그가 물 속에 뛰어들어도 좋았을 것이다. 그랬더라면 나는 싸늘하게 진정된 그를 집으로 데리고 갔을 것이다.

　나는 즉시 그 사건을 레르제에게 알렸다. 그리고 둘이서 이튿날 아침에 그 청년의 집으로 갔는데, 레르제는 그의 무미건조한 태도로 그 청년을 웃기고 말았다. 우리들은 조정을 하기 위해서 우연히 만나는 기회를 만들기로 합의했다. 그런데 가장 재미있었던 것은 대위는 이번에는 자신의 무례를 잠을 자는 사이에 잊어버렸고, 그리고는 싸우려는 생각은 전혀 없는 청년을 달래려고 생각하고 있었다. 만사가 하루 아침에 끝나버렸다. 그리고 사건은 완전히 비밀이

---

12) 페넬롱(Fenelon)의 《Telemaque》 중에 있는 이야기. 페넬롱은 프랑스의 성직자이며 작가.

되지 못했기 때문에 나는 친구들의 야유를 면치 못했다. 그렇지만 친구들은 자신들의 경험에서 나에게 대위와 교제할 때에는 어떠한 피해를 입을는지 모른다는 것을 사전에 주의해 두지 않으면 안 된다는 것이었다.

그런데 나는 계속해서 이야기할 사건을 생각하는 사이에 이상한 추억의 작용에 의해서 당시 내가 특별한 주의를 기울였고, 도시에서도 시골에서도 끊임없이 눈에 띄는 저 신성한 대성당의 건물이 또다시 내 마음에 떠오른다.

이 대성당의 정면을 잘 관찰하면 할수록 거기에는 숭고한 것과 쾌적한 것이 잘 결합되어 있는 첫인상이 더욱 강해지고, 더욱 명백해졌던 것이다. 거대한 것이 한낱 덩어리로서 안전에 대해 위협하는 느낌을 주지 않고, 또한 그 세부를 연구하려는 경우에 우리를 혼란시키지 않는다면, 거기에는 어떤 부자연스럽고 한편 불가능한 것으로 보이는 결합이 행해져 있음에 틀림없고, 쾌적한 것이 첨가되어 있음에 틀림없다. 그리고 이 두 개의 조화하기 어려운 성질이 합일合一되어 있음을 생각할 때에, 비로소 이 대성당의 인상을 이야기할 수 있기 때문에, 이미 이것만으로도 이 기념물은 얼마나 높이 평가되어야 하는가를 알 수 있다. 어째서 이러한 모순된 요소가 무리없이 융합하고 결합할 수 있는지를 진지하게 기술하겠다.

탑塔에 대해서는 잠깐 뒤로 미루고, 무엇보다도 먼저 우리들은 수직垂直의 직사각형으로서 위압하듯이 우리들 눈에 비치는 건물의 정면만을 관찰해 본다. 각 부분이 다소 뚜렷하지 않고, 마침내는 사라져버릴 것 같은 황혼이 깃들 무렵, 달이나 별이 비치는 밤에 그 정면으로 다가가 바라보면 높이와 넓이가 알맞게 균형을 이룬 하나의 거대한 벽이 보일 뿐이다. 주간에 이것을 보고 그리고 정신력을 빌어서 세부細部를 추상해 보면 그것은 단지 내부의 공간을 차단하고 있을 뿐 아니라, 이것에 이어져 있는 많은 것을 덮고 있는 건물의 전면

_{前面}이라는 것을 알 수 있다. 즉 이 거대한 평면으로 보이는 입구 부분은 내부의 필요에 의한 것을 나타내고 있으나, 이 입구에 의해서 곧 표면을 아홉 개의 구획으로 나눌 수 있다. 그리고 우선 우리 눈에 띄는 것은 성당의 본당으로 통하는 커다란 가운데 문이다. 그 양측에는 회랑_{廻廊}에 속하는 보다 작은 문이 두 개 있다. 중앙의 큰 문 위에서, 우리의 눈은 수레바퀴 꼴의 둥근 창_窓과 부딪힌다. 이 창은 어떤 의미 깊은 빛을 성당 안으로, 혹은 원형 천정으로 비쳐주기 위해서 있다. 그 양측에 두 개의 수직의 직사각형의 창이 보인다. 이 두 개는 중앙의 창과는 현저한 대조를 이루며, 위로 우뚝 솟은 탑의 기초부_{基礎部}에 속해 있음을 나타낸다. 3층에는 세 개의 나란히 열린 곳이 있는데, 그것들은 종루_{鐘樓}나 기타 성당에 필요한 것에 배정되어 있다. 최상부에는 용마루 대신에 난간_{欄干}이 수평으로 전체의 균형을 잡아주고 있다. 앞서 말한 아홉 개의 장소는 지면에서 위로 솟아오른 네 개의 기둥으로 받쳐져 있고, 또 둘러싸여 있으며, 수직의 세 개의 커다란 구획_{區劃}으로 분리되어 있다.

이 덩어리에는 전체로서의 높이와 넓이의 아름다운 균형이 잡혀 있음을 인정하지 않을 수 없는 것과 마찬가지로, 부분적으로도 역시 기둥이나 기둥 사이의 가늘고 긴 면_面으로 인하여 균형잡힌 경쾌함을 느낀다.

그러나 우리들이 우리들의 추상만을 일삼고, 견고한 지주_{支柱}를 가진 아무런 장식이 없는 이 거대한 벽면, 또 그 벽에는 필요한 만큼의 입구를 생각해 내고, 이러한 커다란 구획 사이에 적절한 균형이 잡혀 있음을 인정한다면 전체는 분명히 장엄하고 기품 있는 것이 되겠으나, 그렇지만 아직 지루한 불쾌감이나 장식이 없는 살풍경한 느낌을 갖지 않을 수는 없다. 왜냐하면 전체가 커다랗고 단순히 조화된 각 부분으로 포함되어 있는 것 같은 예술작품은 고귀하고 기품 있는 인상을 주겠으나, 쾌감에서 생기는 본래의 감상의 즐거움이란 것은 확대된 세부의 전체가 통일되어 있는 경우에만 생기는 것이다.

그런데 이 점에 있어서 우리들이 관찰하고 있는 건물은 바로 우리들에게 최고의 만족을 준다. 왜냐하면 장식이란 장식은 모두 그 장식하는 각 부분에 완전히 적응하고 있음이 보이고, 그러한 장식들은 각 부분에 종속되어 있어서, 마치 거기에서 생겨난 것처럼 보이기 때문이다. 그러한 다양성은 적정適正의 성질에서 생긴 것으로서, 그러므로 동시에 통일감을 부여함으로써 언제나 커다란 쾌감을 갖게 한다. 그리고 그와 같은 경우에 있어서만 그 실현이 예술의 극치로서 찬양된다.

이러한 매개에 의해서 이 견고한 벽면, 하늘 높이 치솟은 두 개의 탑의 기반으로 나타나 동시에 나타내고 있는 이 관통할 수 있는 벽은 보는 사람에 따라서는 자립하고 그 자신으로서 존립하고 있는 것처럼 보이기 때문에 경쾌한 동시에 우아하게 보이며, 또한 무수하게 구멍이 뚫려있기 때문에 요지부동한 견고함의 관념을 부여할 것이다.

이 수수께끼는 가장 훌륭하게 풀려 있다. 벽면의 창구멍이나 벽의 견고한 부분, 지주 등 어느 것이든 각자의 사명에서 생겨나는 특징을 갖고 있었다. 그리고 이 특성은 순서에 따라 작은 부분에 이르고 있다. 그렇기 때문에 일체가 가장 알맞은 취미로 장식되어 있으며, 큰 것이든 작은 것이든 간에 정확한 위치를 차지하고 있어서 쉽게 이해가 되며, 따라서 쾌적한 것이 거대한 것 속에 표현되어 있었다. 나는 단지 두터운 벽 속에 깊숙이 꽂혀 있으며, 기둥이나 둥근 첨두尖頭로서 무한히 장식되어 있는 수많은 문짝과 창문, 그리고 그 원형으로 되어 있는 장미 모양과, 그 창살의 측면과, 수직으로 길게 구획되어 있는가는 원통의 기둥을 열거하는 것으로 그친다. 순차적으로 뒤쪽에 계속되는 기둥, 그 기둥들이 똑같이 위쪽으로 솟아오르는 듯한 기세를 보이는, 성상聖像을 지키기 위한 천개天蓋 역할을 하는 가벼운 기둥 같은 첨두식 건물을 동반하고 있으며, 그리고 마지막으로 모든 서까래, 모든 대접받침의 장식이 꽃머리처럼, 또한 나뭇잎의 열列처럼, 혹은 돌로 조각한 어떤 다른 자연물처럼 보이는 모습으로 상상하는 것이 좋을 것이다. 이 건물을 실물로서가 아니라도 그 전체와 세부의 모사模寫를 참고해서 내가 말한 것을 비판하고 또 생생하게 머리에 그려 보라. 내가 말한 것이 여러 사람들에게 마치 과장처럼 여겨질는지도 모른다. 왜냐하면 나 자신마저도 첫눈에 황홀해져서 이 예술작품에 대해 완전히 도취되어 버렸지만, 그의 가치를 깊이 알게 될 때까지는 상당한 시일이 걸렸기 때문이다.

고딕 건축의 비난자들 사이에서 자란 나는 층층으로 쌓이고 쌓인 복잡한 장식에 대해서 혐오감을 느끼고 있었다. 그런 장식에는 제멋대로의 취향이 있었고, 종교적인 그 차분한 특징을 제대로 살리지 못하고 있었던 것이다. 나의 이러한 반감이 더욱 심해진 것은 내가 보았던 이 종류의 건축이 균형도 잡히지 않고, 순수하게 앞뒤가 일관하고 있지 않은, 즉 기운이 빠져버린 것 같은 작품이었기 때문이다. 그러나 여기에서는 이와 같이 비난할 만한 것은 전혀 보이지 않으며, 도리어 그와 반대되는 인상을 주기 때문에 나는 새로운 계시啓示를 발견한 것처럼 생각되었다.

그러나 다시 오랫동안 이것을 쳐다보고 고찰하는 동안에, 나는 앞에서 말한 것 이외에도 더욱 큰 가치를 발견하는 것처럼 여겨졌다. 비교적 큰 구획이 각각 적당한 균형을 유지하고 있는 것, 정취情趣가 풍요한 장식이 미세한 점에까지 이르고 있는 것이 이미 눈에 띄었다. 그러나 더욱이 이러한 다양한 장식의 상호 결합의 관계나 중요 부분의 하나에서 다른 것으로 옮겨가는 것, 혹은 성상聖像에서 요물상妖物像에 이르기까지, 나뭇잎 모양에서 고사리 모양에 이르기까지의 동질적同質的이면서도 그 형체가 천변만화千變萬化하는 세부의 교차하는 모습이 눈에 띄었던 것이다. 연구를 거듭하면 할수록, 나는 경탄의 깊은 경지에 빠졌다. 나는 측량을 하고 스케치를 하면서 즐겁게 노력할수록 그것에 대한 애착이 더욱더 커지고, 현존하고 있는 것에 대한 연구의 부족한 점과 미완성의 것, 특히 탑에 관한 연구를 마음 속이나 종이 위에 다시 보충해 보는 일에 많은 시간을 소비했다.

이 건물은 옛날 독일 땅에 건축되었고, 또한 완전히 독일적인 시대에 이 정도에 이르도록 이룩되었다는 것을 내가 알았을 뿐 아니라, 사소한 묘비墓碑의 거장巨匠의 이름도 또한 조국의 음향과 유서由緖를 지니고 있었기 때문에, 나는 종래 모욕적으로 사용해 온 '고딕 건축양식'이란 명칭을 이 예술의 가치에 영향을 받아 '독일 건축술'로 개칭하며, 이것을 우리 국민의 것으로 요구하려고 했다. 그래서 나는 자신의 애국적인 소견을 처음에는 말로 이야기하고, 다음에는 에르비니 아 슈타인바하[13]에게 바친 소논문小論文에 발표했다.

나의 이 전기적인 이야기를 위의 논문이 간행되어 그것을 헤르더가 자신이 편찬한 《독일의 특성과 예술에 관하여》에 수록한 시기에 대해서 서술할 때가 되면, 이 중요한 제목에 관하여 보다 많이 서술하게 되리라. 그렇지만 이제 이 문제를 접어두기 전에 이 책의 권두사에 대해서 약간의 의문을 가질지도 모르는 사람들을 위하여 약간의 설명을 해 두겠다. '젊은 날의 소망은 노년에 이르러 풍요하게 이루어진다'는 훌륭하고 희망에 찬 옛 독일의 격언에 대해서, 그것과는 반대되는 여러 가지 경험이 열거되고, 또한 그 해석에 대해서 여러 가지 궤변이 엿보이고 있음을 나는 잘 알고 있다. 그러나 이것을 증명하는 좋은 예도 많다. 내가 그것에 대해서 어떻게 생각하고 있는가를 설명하겠다.

우리들의 소망이라는 것은 우리들 내부에 있는 능력의 예감이며, 자신이 장래 성취할 수 있는 것의 전조前兆이다. 우리들이 할 수 있는

---

13) 에르빈 폰 슈타인바하(Erwin von Steinbach, 1240~1318). 슈트라스부르크 대성당의 건축가.

것, 또 하고자 하는 것은 우리의 외부나 미래에 있는 것으로서 우리들 상상에 나타난다. 우리들은 자신이 이미 비밀리에 간직하고 있는 것에 대하여 동경을 느낀다. 그렇기 때문에, 열정적으로 사전에 파악함으로써 진실로 가능한 것이 몽상된 현실로 나타나는 것이다. 그런데 이러한 경향이 명확하게 우리들의 본성 속에 존재한다면, 우리들이 한 걸음 할 걸음 전진할 때마다 최초의 소망의 일부가 부분적으로 실현되고, 순경順境에 있어서는 일직선의 길을 나아가고, 역경에 있어서는 우회로迂廻路를 거치나, 단지 끊임없이 곧은 길로 되돌아온다. 그래서 불퇴전不退轉의 정신에 의해서 지상의 재보를 취하는 인간이 있으며, 그들은 부귀나 영화나 외부적인 명예에 둘러싸인다. 또한 그와는 다른 사람들은 보다 더 건실하게 정신적인 우월을 얻고자 노력하고, 사물에 대한 명석한 개관, 마음의 안정, 또한 현재와 미래에 대한 확신을 얻는다.

그런데 여기에 제3의 방향이 있다. 그것은 이 양자를 혼합한 것으로서, 가장 확실하게 그 성과를 거두는 것이다. 즉 인간의 청춘시대는 창조가 파괴를 능가하고, 또한 그 시기가 요구하는 것, 약속하는 것에 대한 예감이 일찍이 눈뜬다고 하는 의미깊은 시기에 이르게 되면, 사람은 외부로부터의 유혹에 촉진되어 지나치게 활동적이 되면, 이것저것에 손을 대게 되고, 그리고는 다방면에서 활동하고 싶은 욕망이 활발해지게 될 것이다. 그러나 인간은 제약을 받는데다가 착수한 것이 진전되지 않는다든가, 붙잡은 것마저 손에서 떨어진다든가 해서 소망은 계속해서 무위로 돌아가 버리게 되는 많은 우발적인 장애도 나타난다. 그렇지만 이러한 소망이 순수한 마음에서 나오고, 그것도 시대의 요구에 적합한 것이면 걱정할 필요 없이 정체든 차질이든 되어가는 대로 내버려 두면 된다. 또한 그것이 다시 발견되고 틀림없이 수중에 들어온다는 것, 뿐만 아니라 이제껏 접해보지도 못하고 생각조차 못했던 여러 가지 비슷한 일들이 나타나리라는 것을 믿을 수도 있는 것이다. 이전에는 자신의 천직으로 느꼈으나, 다른 많은 일들과 마찬가지로 체념하지 않으면 안 되었던 일이 자신의 생전에 타인에 의해서 성취되는 것을 보면 인류는 서로 모여 있어야 비로소 참된 인간이며, 개인은 전체 속에서 자신을 느끼는 용기를 갖고서 비로소 즐거움과 행복을 느낄 수 있다고 하는 아름다운 감정이 솟아오르는 것이다.

이러한 고찰은 이 경우에 잘 들어맞는다. 왜냐하면 저 옛 건축물에 끌렸던 나의 애착을 생각하고, 또한 슈트라스부르크 대성당 때문에 소비한 시간과, 그 후 쾰른 대성당과 프라이부르크 대성당을 관찰하고, 그 진가를 더욱 깊이 느낄 수 있을 때까지의 주의를 계산해 보면, 내가 후에 이런 것들을 전연 안중에 두지 않고, 더욱이 그것보다도 더욱 발달한 예술에 마음이 끌려서 완전히 이것들을 무시해 버린 것에 대해서 나는 자신을 비난하지 않을 수 없기 때문이다. 그렇지만 최근에 다시 세인의 관심이 그들을 대상으로 쏠려, 그것에 대한 애착뿐 아니라 정열까지 싹터서 개화해 가는 것을 보거나, 유능한 청년이 정열에 사로잡혀 과거의 이 같은 기념물에 대해서 그의 정력, 시간, 관심, 재산을 아낌없이 바치는 것을 보면 나는 내 자신이 전에 애쓰고 원했던 것이 가치 있는 것이었다는 것을 회상하며 즐거움을 느낀다. 또한 사람들이 선인의 업적에 대한 가치를 존경할 수가 있을 뿐 아니라, 현존해 있는 미완성의 단서를 기초로 하고 적어도 그림으로 묘사하여 최초의 의도를 나타내고, 그것에 의하여 모든 계획의 처음인 동시에 마지막인 그 사상을 알리려고 노력하며, 한편 혼란했던 모습을 보인 과거를 주의깊고 성실한 태도로서 해명하고, 또 살리려고 노력하는 것을 보고 나는 만족한다. 특히 이때에 나는 훌륭한 술피쯔 보아스레[14]를 칭찬하고 싶다. 그는 쾰른의 대성

---

14) 술피쯔 보아스레(Sulpiz Boisserée, 1783~1851). 고딕 예술 작품의 수집가. 괴테는 하이델베르크로 이 사람을 방문하여, 그의 수집품을 감상한 일이 있음.

당을 그와 같은 다분히 커다란 구상의 전형으로서 훌륭한 동판화에 나타내려고 꾸준히 노력했다. 이 구상의 정신은 바빌론의 탑과 같이 하늘을 뚫는 것처럼 표현하려고 애썼으나, 그러한 구상은 인간의 수단으로써는 도저히 이루어질 수 없는 것이어서 아무래도 그의 실력은 미완성으로 끝나지 않으면 안 되었던 것이다. 우리들은 지금까지 그와 같은 건축이 저 정도에 이른 것만으로도 놀랐기 때문에, 본래 수행하려고 의도한 바를 알면 최대의 경탄을 금할 수 없을 것이다.

우리 조상의 웅대한 기상을 우리들의 눈앞에 보는 생각을 갖게 하고, 또 그 의도한 바를 우리에게 이해시키기 위해서, 이런 종류의 문학·미술에 관한 사업이 역량과 재산과 열망을 지닌 모든 사람들에 의해서, 그에 알맞게 촉진되었으면 한다. 이리하여 생겨나는 식견은 결코 무익한 것으로 끝나는 것이 아니며, 이런 작품에 대해서 이루어지는 비판은 언젠가는 반드시 공정성을 얻게 될 것이다. 실제로 이 일은 우리들의 근면하고 나이 젊은 친구가 쾰른의 대성당을 위해서 바친 연구 이외에도 다시 독일 중세기의 건축사를 상세히 연구한다면 알 수 있을 정도로 철저하게 실행할 것이다. 더 나아가서는 이 건축의 시공에 관해서 무엇인가 배워야 하는 바가 명백해지며, 또한 그리스·로마 건축 혹은 동양·이집트 건축과 비교해서 그 모든 특징에 대해서 설명할 수 있다면, 이 부문에는 남는 일이 거의 없게 될 것이다. 그러나 그러한 조국에 바친 노력의 성과가 분명히 공표되는 문제가 될 수 있다면, 그때에는 현재 그 젊은 친구에게 사적私的으로 전해져 있는 것과 같이 나는 참으로 만족해서 다음의 말을 최선의 의미에 있어서 반복해서 말할 수 있을 것이다. 젊은 날의 소망은 노년에 이르러 풍요하게 이루어진다고.

이처럼 수세기에 걸쳐서 얻을 수 있는 결과에 대해서는 시간의 힘을 믿고서 기회를 기다려도 좋겠지만, 이와는 달리 청춘시절에는 익은 과일처럼 신설할 때 먹어치우지 않으면 안 된다. 여기에서 방향을 바꾸어서 무도舞蹈에 관한 이야기를 하고 싶다. 그것은 슈트라스부르크, 또한 넓게는 알사스에 있어서, 매일 매시간 대성당이 눈에 떠오르는 것과 마찬가지로 생생하게 귀에 익은 것이었다. 어렸을 적부터 부친은 나와 누이동생에게 손수 춤을 가르쳐 주었는데, 그것은 그처럼 근엄한 사람에게는 어울리지 않는 기묘한 일이었다. 그러나 아버지는 그러한 경우에도 분수를 잃는 일이 없었고 매우 엄격하게 자세와 스텝을 우리들에게 가르쳤다. 그리하여 우리들이 미뉴엣을 출 수 있을 정도가 되자, 그는 플루트로 4분의 3박자의 쉬운 것을 불어 주어서, 우리들은 그것에 맞춰 될 수 있는 대로 힘을 들여 멋지게 몸을 움직였다. 프랑스 극단의 무대에서도 나는 역시 어려서부터 발레는 아니었지만, 독무獨舞나 이인무二人舞를 보아왔다. 그리하여 여러 가지 기묘한 발의 움직임이나 각양각색의 도약에 대하여 주의를 했던 것이다. 그런데 우리들이 미뉴엣을 충분히 배웠을 때에, 나는 악보에 지그나 미르키란 이름으로 많이 실려 있는 다른 무도곡을 불어 달라고 부친께 부탁했다. 그리고 그 박자는 완전히 내 수족手足에 적합하고 또한 수족으로 박자를 맞출 수가 있었기 때문에, 나는 즉석에서 이 곡에 맞는 스텝과 그 외 여러 가지 동작을 만들어 냈다. 이것은 부친을 어느 정도 즐겁게 했다. 실제로 그는 종종 이런 방법으로 원숭이 춤을 추게 해서 자신도 즐겼고, 우리들도 즐겁게 했다. 나는 그레트헨과의 불행한 사건 이후 라이프찌히 체류 중에는 두 번 다시 무도장에 가지 않았다. 그뿐 아니라 어느 무도회에서 미뉴엣을 출 필요가 있었을 때에 나의 수족은 박자도 동작도 잊어버린 것처럼 스텝도 몸짓도 이미 생각나지 않았던 일을 지금도 기억하고 있다. 그때 보는 사람의 대부분은 나의 미숙한 동작이 나를 무리하게 자기들의 대열에 끌어넣는 것을 부인들에게 단념시킬 목적의 아집에 지나지 않는다고 주장하지 않았더라면 나는 사람들로부터 조소를 당했을 것이다.

프랑크푸르트 체류 중에 나는 이러한 환락에서 완전히 차단되어 있었다. 그러나 슈트라스부르크에서는 다른 생활 의욕이 움직이기 시작함과 동시에 얼마 되지 않아 수족手足도 박자에 맞추어 움직일 수 있게 되었다. 일요일이든 평일이든 유원지를 산책해 보면 즐거운 사람들이 많이 모여 있었으며, 그것도 둥글게 모여 춤추는 것을 보지 않을 수는 없었다. 그와 마찬가지로 시골 별장 등지에서도 가족끼리의 무도회가 열렸고, 또 곧 닥쳐올 겨울의 화려한 가장무도회에 대한 이야기들을 하고 있었다. 그러나 나는 이런 일에는 물론 그 자리에 어울리지 않았고, 친구들에게는 소용이 없는 존재였다. 그런데 왈츠를 멋지게 추는 친구 하나가 나중에라도 일류 무도회에서 통할 수 있도록 우선 잘 추지 못하는 그룹에 끼여 연습을 하라고 나에게 권했다. 그는 노련하다는 평판이 있는 어느 무도 교사에게 나를 데리고 갔다. 무도 교사는 내가 초보를 어느 정도 반복하여 익숙해지면 그 다음 것을 가르쳐 주겠다고 나에게 약속했다. 그는 꾸밈이 없고 멋없는 프랑스 사람다운 성격이었고, 나에게 친절히 대해주었다. 나는 한 달분의 강습료를 미리 내고 열두 장의 티켓을 받았으나, 이 티켓에 대해서 일정한 시간 동안 가르쳐 주겠다고 그는 약속했다. 그는 엄격하고 꼼꼼했으나 잔소리하는 일은 없었다. 그래서 나에게는 이미 다소 배워둔 것이 있었기 때문에, 곧 그의 마음에 들게 되었고, 또한 그의 칭찬까지 받았다.

그런데 어떤 사정이 이 선생의 강의를 매우 편하게 해주었다. 즉, 그에게는 딸이 둘 있었는데 모두 예뻤고, 아직 20세 미만이었다. 이 두 사람은 어렸을 적부터 무도를 배웠기 때문에 매우 숙련되어 있어서 아주 미숙한 제자들과 상대를 해서는 단시일에 어느 정도 진보시키는 데 도움을 줄 수 있었다. 두 사람 모두 매우 예의가 바르고 프랑스 말만 했으며, 나는 나대로 그들에게 서툴고 우스꽝스럽게 보이지 않으려고 열심히 노력했다. 다행히도 두 사람은 나를 칭찬했고 부친의 바이올린에 맞추어 언제나 즐겁게 미뉴엣을 추어주었다. 그뿐 아니라, 그녀들에게는 물론 귀찮은 일이었지만, 차츰 나에게 왈츠나 선회旋回의 동작까지 친절하게 가르쳐 주었다. 거기에다 부친에게는 제자도 그다지 많지 않아서 그들은 쓸쓸히 지내고 있었기 때문에, 종종 연습이 끝난 후에 여유 있게 그들과 이야기라도 하고 가도록 그들은 나에게 권했다. 나에게 있어서 이것은 정말 바라고 있던 것이었다. 그런데 나는 동생이 좋았고, 둘이는 무엇보다도 정숙했기 때문에 더욱이 그녀들 곁에 있는 것이 즐거웠다. 때때로 나는 소설의 한 구절을 읽어주었고, 또한 그녀들 쪽에서도 읽어 주었다. 언니는 동생과 마찬가지로 그 이상으로 미인이었으나, 나는 동생보다는 좋아하지 않았다. 언니 쪽이 나에 대해서는 동생보다도 다정했고, 무슨 일에 있어서나 더욱 친절했다. 그녀는 연습 시간에는 언제나 내 곁에 있었으며, 때로는 시간을 길게 끌기도 했다. 그래서 나는 티켓을 두 장 부친에게 주어야겠다고 생각한 일도 여러 차례 있었으나, 그는 받지 않았다. 반대로 동생 쪽은 친절하지 않은 것은 아니었지만, 소심한 편으로 부친이 시켜야만이 언니와 교대했다.

그 원인을 나는 어느 날 저녁 확실히 알게 되었다. 무도를 마치고서 언니와 함께 거실로 가려 했을 때, 그녀는 나를 뒤로 끌어당기며 말했다.

"잠깐만 여기에 계셔요. 사실을 말씀드리자면, 동생이 트럼프 점 장이를 불러서 외국에 있는 남자 친구의 소식을 점치고 있거든요. 동생은 그분의 일로 마음을 송두리째 바치고 있으며, 모든 희망을 그분에게 걸고 있어요."

그녀는 말을 계속했다.

"그런데 저에게는 마음을 주고 있는 사람도 없지만, 있다 해도 상대할 수 없는 일에 젖어 있지 않으면 안 될 것 같아요."

이 말에 대해서 나는 몇 마디 위로의 말을 해주었고, 그것도 역시 그 점장이에게 물어본다면 곧 명확해질 것이며, 나도 점을 봐달라고 하겠다고 말하고서 전부터 한번 경험해 보려고 했었지만, 이제까지 믿을 마음이 없었다고 말했다. 그녀는 내 말을 책망하면서 이 세상에 이 트럼프 점보다 더 정확한 것이 없으며, 단지 희롱이나 장난으로 점을 쳐서는 안 되고, 진정한 관심사를 물어야 한다고 단언했다. 어쨌든 나는 점이 끝난 것을 확인하자 곧, 그 방으로 언니를 끌고 들어갔다. 동생은 매우 기분이 좋은 것 같았다. 그리고 나에 대해서도 평소보다는 다정하게 농담을 하고 재치 있는 모습까지 보였다. 어쩌면 그녀는 멀리에 있는 애인에 대하여 안심할 수 있게 되었고, 그녀가 현재 언니의 친구라고 생각하고 있는 내 앞에서 다소 애교를 부려도 좋으리라고 생각했던 것이리라.

그때에 우리들은 노파에게 인사말을 하고는 언니에 대해서 그리고 나에게도 진실을 예언해 준다면 많은 보수를 주겠다고 약속했다. 노파는 정해진 준비와 의식을 마치고는 우선 언니의 점을 치기 위해서 도구를 늘어놓았다. 그녀는 카드의 배치를 조심스럽게 보고 있었으나, 주저하는 눈치로 말을 꺼내려 하지 않았다. 이 신비스런 트럼프 점치기를 이미 다소는 알고 있던 동생이 말했다.

"알았어요. 당신은 말할 수 없는 거예요. 언니에게 불쾌한 말을 하기 싫어서예요. 그것은 저주받은 카드예요!"

언니는 얼굴이 파래졌으나 정신을 가다듬고 말했다.

"자, 말해 보세요. 설마 목숨이 달아나는 것은 아니겠죠!"

노파는 깊이 탄식한 후에 그녀에게 말하기를 "당신은 사랑을 하고 있으나 사랑을 보상받지 못하며, 그것은 중간에서 다른 사람이 방해하고 있기 때문입니다"라고 말했다. 선량한 아가씨에게는 당황하는 빛이 엿보였다. 노파는 사태를 어느 정도 좋은 방향으로 돌리려고, 다시 편지와 금전에 대한 희망은 가질 수 있다고 말했다.

어여쁜 아가씨는 말했다. "편지 같은 것은 기다리지도 않아요. 돈도 싫어요. 당신이 말하듯이 내가 사랑하고 있는 것이 진실이라면 그 사람도 나를 사랑해 주어야 당연하죠" — "더 좋아질는지 한번 더 해봅시다" 하고 노파는 대답하며, 카드를 섞어 다시 한 번 늘어놓았다.

그러나 그것은 우리들이 모두 보고 있는 눈앞에서 더욱 나빠졌다. 아가씨는 더욱 고독해질 뿐 아니라 여러 가지 불쾌한 것에 둘러싸여 있었다. 애인은 더욱 멀리 떠나가고 방해자가 한층 더 접근해 오고 있다는 것이다. 노파는 더 좋은 점괘를 바라는 마음에서 다시 늘어놓으려 했다. 그러나 어여쁜 아가씨는 그 이상 참을 수가 없어 울음을 터뜨리고 말았다. 그녀의 귀여운 가슴이 마구 울렁거렸다. 그녀는 몸을 돌려 방을 뛰어나갔다. 나는 어쩔 줄을 몰랐다. 나의 애정은 지금 마주 대하고 있는 아가씨 곁에 나를 붙잡아 두려 했으며, 동시에 동정은 밖으로 뛰쳐나간 그녀 쪽으로 나를 몰아냈다. 내 입장은 정말 괴로웠다. "루친데를 위로해 주세요, 언니를 따라가 보세요" 하고 동생이 말했다.

나는 주저했다. 그러나 적어도 어떤 애정을 그녀에게 말해 주지 않고서, 어떻게 위로해 줄 수 있겠는가. 또한 내가 이런 경우에 어떻게 냉정하게 적절히 위로해 줄 수 있겠는가!

"함께 갑시다" 나는 에밀리에에게 말했다. — "내가 언니 옆에 있어도 괜찮을까요?" 하고 그녀는 물었다. 그래도 우리들은 가보았지만 문에는 열쇠가 걸려 있었다. 우리들이 아무리 문을 두드리고 소리를 지르고 또 애걸해 보았으나, 루친데는 대답하지 않았다.

"언니 하는 대로 내버려 둘 수밖에 없어요. 지금은 아무것도 하고 싶지 않을 테니까요" 하고 에밀리에가 말했다. — 물론 그녀의 성격에 대해 서로 알게 된 때부터 생각해 본다면, 그녀에게는 언제나 격렬한 점과 비정상적인 점이 있었다. 그리고 나에 대한 사랑은, 나에게 거친 태도를 보이지 않았다는 점에 잘 나타나 있었다. 어쩌면 좋을까! 나는 노파에게 그녀가 일으킨 이 불상사의 대가를 충분히 치르고 가려고 했을 때에 에밀리에가 말했다.

"나는 당신 일도 카드로 점을 쳐달라고 하겠어요."

노파는 준비를 했다.

"이만 실례하겠습니다!"

나는 이렇게 큰소리로 말하고는 급히 층계를 내려갔다.

다음날, 나는 그 집에 갈 용기가 나지 않았다. 사흘째 되는 날 아침 일찍이, 전에도 자주 자매의 심부름을 왔었고 그 대신에 그녀들에게 꽃이나 과일을 갖다 주던 소년을 통해서 에밀리에가 오늘은 절대로 쉬지 말아달라는 말을 전해 왔다. 평소와 같은 시간에 찾아갔더니 부친 혼자 있었고 그는 나의 스텝과 진퇴와 태도나 동작에 대해서 여러 가지로 고쳐주었는데 어쨌든 나를 완전하다고 여기는 것 같았다. 연습이 끝날 무렵에 동생이 나와서 나와 매우 우아한 미뉴엣을 추었는데, 그때 그녀의 움직임은 특히 느낌이 좋았다. 부친은 자신의 무도장에서 이보다도 더 훌륭하고 능숙한 한 쌍을 본 일이 없다고 단언했다. 연습이 끝난 후에 나는 언제나처럼 거실에 갔다. 부친은 우리만을 남겨놓고 밖으로 나갔다. 나는 루친데가 없는 것이 걱정되었다. — 에밀리에는 말하였다.

"언니는 누워 있어요. 그러는 편이 좋을 거예요. 걱정할 건 없어요. 언니의 마음의 병은 신체 어딘가가 나빠지면 곧 낫습니다. 언니도 죽기는 싫으니까요. 조금 있으면 우리 말을 들을 거예요. 집에 의사 처방 없이도 만들 수 있는 간단한 약이 있어서 그걸 먹고 쉬고 있으니, 점차로 가라앉을 거예요. 그런 상상의 병을 앓고 있을 때, 언니는 한결 착하고 귀엽답니다. 원래는 매우 강한데 단지 열정에 사로잡혀서 약해진 것뿐이에요. 여러 가지로 소설에 있는 것과 같은 죽음을 상상하여, 그것을 즐기면서 두려워하고 있답니다. 유령 이야기를 듣고 있는 애들처럼 말예요. 어젯밤에도 이번에는 꼭 죽는다, 그러니까 정말로 목숨을 거둘 때에, 처음에는 그렇게 잘해 주고 이

제 와서는 지독하게 다루는 저 배반한 나쁜 친구를 다시 한 번 불러다 주어야 한다고 지극히 흥분하여 나에게 말했습니다. 언니는 그 친구를 가차없이 책하고 죽고 싶다고 했어요."

"제가 언니에게 어떤 호의를 보였다 하더라도, 그것은 내 죄라고 생각지는 않습니다. 나를 위해서 가장 훌륭하게 증명해 줄 사람을 나는 잘 알고 있습니다."

에밀리에는 미소를 지으면서 대답했다.

"당신 말씀은 알아듣겠어요. 그러나 우리들은 잘 생각해서 결단을 내리지 않으면 모두 곤란한 입장에 빠지고 말 거예요. 어때요, 이제는 연습을 더 계속하지 말아달라고 부탁한다면? 당신 지난달 티켓을 넉 장이나 가지고 계시죠. 언젠가 부친도 말씀하셨습니다. 당신에게서 돈을 더 받아서는 안 되겠다고요. 당신이 진심으로 무도를 전공하신다면 별 문제지만, 젊은 남자에게 필요한 정도는 됐다고요."

"그것은 댁을 멀리해 달라고 충고하시는 거죠, 에밀리에 양?" 하고 나는 대답했다.

"네, 그래요. 그렇지만, 나 스스로 그러는 건 아니에요. 듣기만 하세요. 엊그제 급히 돌아가신 후 당신에 대해 점을 치게 했어요. 그런데 같은 점괘가 세 번이나, 그것도 갈수록 더 정확히 반복되었어요. 당신은 온갖 좋은 일과 즐거운 일 또한 친구들과 훌륭한 사람들에 둘러싸여 있었고, 돈도 부족하지 않았어요. 특히 불쌍한 언니는 언제나 가장 먼 곳에 있었어요. 다른 여자 하나가 당신 쪽으로 접근했으나, 옆에까지 가진 못했어요. 웬 남자가 방해했기 때문이에요. 사실을 말씀드린다면 내가 그 제2의 여인의 입장에 있다고 생각했죠. 이렇게 터놓고 말씀드리면 내가 호의로 드리는 충고를 잘 이해해 주시겠죠. 나는 먼 곳에 있는 남자에게 마음을 허락했고 약혼도 했습니다. 그리고 오늘날까지 누구보다도 더 그분을 사랑했습니다. 그러나 나에게는 당신의 존재가 지금까지의 모든 것보다 더 중요한 것이 될 것 같아요. 그리고 당신은 자매 중에서 한 사람에게는 애정을 갖고 또 다른 사람에게는 냉담하여, 그 때문에 불행하게 될 것 같은 그 두 사람 사이에 끼여 입장이 어떻게 되겠어요. 이 모든 고통은 다 무가치하고 순간적인 것이에요. 당신이 어떤 분이며 무엇을 희망하고 계시다는 것을 우리가 아직 몰랐다 하더라도, 카드가 그것을 확실히 눈앞에 보여 주었어요. 그럼 안녕!"

이렇게 말하면서, 그녀는 나에게 손을 내밀었다. 나는 어물어물했다. 그녀는 나를 문 쪽으로 끌고 가면서 말했다.

"자, 이것이 서로 이야기하는 마지막이 되었으면 해요. 평소 같으면 내가 거절했을 것을 이제 받아 주세요."

그리고 그녀는 내 목에 매달려 나에게 뜨거운 키스를 해주었다. 나는 그녀를 꼭 껴안았다.

그 순간 옆문이 갑자기 열리며 언니가 엷은, 그러나 잘 어울리는 잠옷을 입은 채 뛰어 들어와서는 소리를 질렀다.

"너 혼자에게만 이분과 작별을 시키진 않겠다!"

에밀리에는 나를 놓았다. 그러자 루친데가 나를 붙들고서 내 가슴에 파고들어 검은 머리를 내 뺨에 비벼대면서 잠시 그런 상태로 있었다. 조금 전에 에밀리에가 나에게 예언한 대로 나는 완전히 두 자매 사이에 끼여 있었다. 루친데는 나를 풀어 주고서 나의 얼굴을 진지하게 바라보고 있었다. 나는 그녀의 손을 쥐고서 어떤 다정한 말을 해주려고 했다. 그러나 그녀는 몸을 홱 돌려 거친 발걸음으로 방 안을 몇 번 왔다갔다 하더니 소파 모퉁이에 몸을 내던졌다. 에밀리에는 언니 옆에 가까이 갔으나 쫓겨왔다. 그리고 거기서, 지금 생각만 해도 고통스러운 장면이 발생했다. 그것은 실제로 연극한 것 이상으로, 정열적인 젊은 프랑스 여인에게 어울리는, 그것도 감정이 풍부한 여배우만이 재연할 수 있는 장면이었다.

루친데는 동생에게 무수히 비난을 퍼부었다. 그녀는 소리쳐 말했다.

"나에게 기우는 마음을 내게서 빼앗아간 것이 이번이 처음은 아냐. 이 자리에 없는 그 사람의 경우에도 그랬어. 결국 그분은 내 눈앞에서 너하고 약혼했지. 나는 그것을 보고만 있어야 했다. 나는 참았다. 그러나 나는 그 때문에 얼마나 눈물을 흘렸는지 몰라. 그런데 이제 또 그분을 놓지도 않고 이분을 내게서 빼앗아갔어. 한 번에 몇 사람이나 지닐 수 있는지 알면서도. 나는 솔직하고 온순해. 그래서 사람들은 내가 어떤 인간인가를 곧 알 수 있고 또 무시해도 좋다고 생각하지. 너는 마음을 가리고 말도 안 하니, 타인은 네 마음 속에 신기한 무엇이 있으리라고 생각하지. 그러나 네 마음 속에는 여하한 것이라도 자신의 희생물로 만들자는 차디찬 이기심이 있을 뿐이야. 그러나 네 마음 속에 숨겨져 있으니, 여간해선 아무도 알 수 없지. 진실한 마음씨를 알 수 없듯이 말이야. 내 마음은 내 얼굴처럼 개방되어 있는데."

에밀리에는 입을 다물고 있었다. 그리고 언니가 혼자서 떠들어대는 동안에 점점 흥분하여, 내가 듣는다 해도 조금도 이익이 되지 않는 특수한 일까지도 마구 퍼부어대는 언니 옆에 앉아 있었다. 언니를 무마하려고, 에밀리에는 나에게 나가달라는 눈짓을 했다. 그러나 질투와 의심에는 천 개의 눈이 있는 듯 루친데는 그것을 알아챈 모양이었다. 그녀는 벌떡 일어나 나를 향해 곧장 걸어왔는데, 험악한 태도는 아니었다. 그녀는 내 앞에 서서는 무엇을 생각하는 것 같았다. 그리고 그녀는 말했다.

"나는 이미 당신을 잃은 것을 알고 있어요. 이젠 아무것도 당신에게 요구하지 않겠어요. 그러나 동생, 너에게도 이분을 주지는 않겠어!"

그녀는 이렇게 말하며, 문자 그대로 내 머리를 붙들고 두 손을 내 머릿속에 집어넣어 내 얼굴을 자기 얼굴에 대고 몇 번이나 입을 맞쳤다. 그녀는 "자, 나의 저주를 두려워하세요. 내 다음으로 이 입에 처음 입맞추는 자에게는 영원히 불행에 불행이 겹치리라. 다시 한 번 이분과 관계를 맺기만 해봐라. 이번만은 나의 소원을 하나님이 들어주실 것을 나는 알고 있어. 그러면 자, 어서 가세요. 될 수 있는 대로 빨리 가세요!"

나는 다시는 이 집에 발을 들여놓지 않겠다고 결심하면서 층계를 나는 듯이 뛰어 내려갔다.

제10장

당시 독일의 시인들은 길드(조합)의 일원으로서 단결이 되어있지 않았기 때문에, 시민 사회에 있어서 조금도 특권을 갖고 있지 않았다. 그들은 어떤 유리한 다른 사정이 있지 않는 한, 지반도 지위도 명성도 갖지 못했다. 따라서 천부적인 재능이 명예가 되느냐, 치욕이 되느냐 하는 것은 단지 우연에 달려 있었다. 가련한 대지의 아들은 자신의 재간과 능력을 의식하면서, 생활 속에 무거운 발걸음을 내딛지 않으면 안 되었으며, 그리고 어쨌든 간에 시신詩神에게서 받은 천부적 재능을 눈앞의 필요 때문에 낭비하지 않으면 안 되었다. 모든 종류의 시詩 중에서 최초인 동시에 지순至純한 기회시機會詩[1]는 오늘날 그 높은 가치를 국민이 이해하지 못할 정도로 멸시되었다. 귄터[2]의 길을 택하지 않으면 시인은 속세에서는 익살꾼이나 식객食客과 같은 가장 비참하고 종속적인 입장에 놓이게 되며, 연극에 있어서나 인생 무대에 있어서나, 누구든 멋대로 공연할 수 있는 역할을 연출하게 되었다.

이와 반대로 시신이 명망 높은 인사와 합치게 되면, 그 사람들은 시신에 반사反射할 정도의 영광을 얻었다. 하게도른과 같은 사교술에

---

1) Gelegenheitsgedicht. 원래는 관혼상제의 식전 등에서 낭독하는 시.
2) Johann Christian Günther(1695-1723). 독일의 서정시인.

능숙한 귀족, 브로케스[3]와 같은 쟁쟁한 시민, 할러와 같은 철저한 학자 등은 상류계급과 어깨를 나란히 했으며, 가장 고귀한 사람들, 가장 존경하는 사람들과 어깨를 겨루었다. 또한 훌륭한 재능을 가지고 있으며, 근면 성실한 실무가로 뛰어난 사람들은 특히 존경을 받았다. 그렇기 때문에 우쯔[4], 라베너, 봐이세 등은 극히 이질적이고, 좀처럼 서로 결합하지 않는 성격을 구비했던 것이 중요시되어 전연 독특한 존경을 받고 있었다.

그러나 천재 시인이 자기 자신을 인식하고 자신의 환경을 스스로 창조하고, 또한 독립의 품위를 갖는 소지素地를 세울 수 있는 시대가 와야 했다. 이와 같은 시대의 기초가 되고 있는 일체의 조건은 클로프시토크에 집중해 있었다. 그는 심신 양면에 있어서 순수한 청년이었다. 그는 엄숙하고 철저한 교육을 받았으며, 젊었을 때부터 자기 자신이나 자신의 모든 행위에 큰 가치를 부여하고 있었다. 그리하여 자기 일생의 발걸음을 신중하게 예측하면서, 그는 내면의 모든 힘을 예감하고 생각할 수 있는 최고의 대상에 눈을 향했다. 무한한 성질을 표현하는 하나의 이름, 메시아는 그에 의해서 새로이 찬미되어야 했다. 구세주가 주인공이 아니면 안 되었다. 이 주인공에, 그는 지상의 비천卑賤과 고뇌를 통해서 최고의 천상의 승리에 이르기까지 따라가려고 생각했다. 그의 작품에는 젊은 영혼 속에 존재하는 모든 신적神的인 것, 천사적인 것, 인간적인 것이 요구되었다. 성서에 의하여 교육을 받았고, 그 힘에 의해서 그는 지금 족장·예언자·선구자를 있는 그대로 느끼고 그들과 함께 살고 있다. 그러나 이들은 모두 수백년 이래, 한 인간의 주위周圍에 후광을 비추는 것을 사명으로 해왔으며, 이 한 사람이 받은 굴욕에 대해서는 경악의 눈으로 바라보고, 그 사람의 찬양에는 영광스러운 참여를 해야만 했던 것이다. 왜냐하

---

3) Barthold Brockes(1680-1747). 함부르크의 시市참사회원이며 시인.
4) Johann Pater Uz(1720-96). 시인이며 뉘른베르크 지방재판소의 배석판사였다.

면 음산하고 무서운 시간이 지나간 후에, 드디어 영원의 심판자는 그의 얼굴에 낀 구름을 거두고, 자신의 아들인 동시에 신인 자를 다시 승인할 것이기 때문이다. 그리고 한편 이 신의 아들은 이탈한 인간, 또한 타락한 영혼까지 다시 신 가까이로 인도할 것이다. 발랄한 천상계天上界는 상제上帝의 옥좌玉座를 둘러싼 수천의 천사의 환호에 흔들리고, 그리고 조금 전까지 무서운 희생의 장소에 시선을 집중하고 있던 만유萬有는 사랑의 영광에 둘러싸여 있다. 교양이 진보함에 따라서 단념하기 싫어하는 여러 가지 요구를 내세우지 않고, 클로프시토크가 이 시의 구성이나 완성의 단계에서 느꼈던 천상의 평화를 지금도 독자와 함께 나눌 수 있을 것이다.

제재題材의 위험은 시인 자신의 인격의 감정마저 높였다. 그 자신이 언젠가는 이런 합창에 가담할 것이라는 것, 또한 그리스도는 그를 우대하고, 이미 현세에 있어서 다감多感하고 경건한 마음을 가진 모든 사람이 수많은 깨끗한 눈물로 충분히 사랑스럽게 감사를 바친 것과 마찬가지로, 그리스도도 또한 그의 노력에 대해서 직접 그에게 감사할 것이라는 것, 이것은 소질이 훌륭한 심정心情만이 얻을 수 있는 것과 같은, 죄없고 순박한 생각이며 희망이었다. 그리하여 클로프토크는 자신을 거룩한 인간으로 보는 권리를 충분히 획득하였고, 그리고 자신의 행동에 대해서 극히 세심하게 순결을 보존하려고 노력했다.

만년에 그의 첫사랑의 여인이 다른 남성과 결혼했기 때문에, 그 여인이 실제로 그를 사랑했는지, 혹은 또한 그에게 합당한 여인인지 어떤지 분명치 않아서, 그 때문에 말년에는 더욱 마음의 동요를 느꼈다. 그 후에 그를 메타에게 결부시킨 기분이나 그 깊고 조용한 애착이나 짧았으나 신성했던 결혼생활이나 홀아비로서 두 번째 결혼을 싫어했던 기분 등, 이 모든 것은 후일 천상의 사람을 사이에 끼여 다시 회상해도 부끄러워할 필요가 없는 일들이었다.

그가 자신에게 호의를 가진 덴마크에서 어느 위대하고 인간적으로 보아서도 뛰어난 정치가의 가정에서 얼마 동안 후한 대접을 받고 있었던 사정으로 인하여, 그의 자기 자신에 대한 존경의 태도는 더욱 높아졌다. 안으로는 폐쇄되고, 그렇지만 한편으로는 외계의 풍습을 중시하고 세상에 대해서 주의를 게을리하지 않았던 상류사회에 있어서, 그의 영향은 더욱 결정적인 것이었다. 침착한 태도, 신중한 언사, 마음을 터놓고 정확하게 말할 때에도 간결한 표현을 사용하는 것, 이런 것들은 인생을 통해서 그에게 어떤 외교관다운 관료적인 외모를 부여했다. 이러한 외모는 그 부드럽고 보다 생생한 기질과 같은 근원에서 흘러나오면서도 서로 모순되어 있는 것처럼 보였다. 그의 초기의 작품은 이러한 모든 것들의 순수한 모사模寫 혹은 원형原型을 나타내고 있으며, 따라서 상상할 수 없을 정도의 영향을 미치지 않을 수 없었다. 그러나 그가 생활과 시작詩作에 노력하고 있는 사람들을 친근하게 격려했던 것은 그의 명확한 특성의 하나로서 화제에 오른 일은 거의 없었다.

그러나 청년의 문학적 행동에 대한 그러한 격려, 즉 전도유망하면서도 역경에 놓여 있는 자를 이끌어 나아가며, 진로進路를 용이하게 하려는 의욕은 한 사람의 독일인에게 광채를 부여하는 일이 되었다. 이 사람은 자신이 얻은 가치라는 점에서는 제2인자라 부를 수 있겠지만, 그의 강력한 영향력으로 말한다면 제1인자라 불러도 좋을 인물이었다. 즉 그 사람이 글라임이라는 것을 누구나 곧 알 수 있을 것이다. 그는 대수롭지 않은 그러나 수입이 많은 지위에 있었고, 거주지는 그리 크지는 않지만 지리적 위치가 좋아서 군사적으로나 사회적으로, 또한 문학적으로 활기를 띤 막대한 자선시설의 수입의 근원지였으나, 그 일부는 그 지역의 이익으로 남아 있었다. 그는 왕성한 창작 충동을 느꼈으나, 강렬한 그 힘도 충분하지 않아서 어쩌면 그보다도 더 강한 다른 충동, 즉 타인에게 무엇인가 창조시키려는 충동에 몸을 맡겼다. 이 두 가지 충동은 그의 긴 생애를 통해서 끊임없이 서로 이어나갔다. 시작詩作과 기부 행위는 그에게는 호흡과 같이 없어서는 안 되는 것이었다. 그는 모든 종류의 재능 있는 빈곤한 인물들을 노소에 구애받지 않고 곤궁에서 구원했고, 그것에 의해서 문학을 위해서도 실제로 공헌했기 때문에, 그에게는 친구나 그의 은혜를 입은 자나 그를 신뢰하는 자가 많았다. 그리고 이런 사람들은 그의 시를 관용하는 길밖에는 그 막대한 은혜에 보답할 재주가 없었기 때문에 그의 광범위한 시를 기꺼이 승인했던 것이다.

　이 두 사람이 자신들의 가치를 높이 평가했던 사고방식은 그것에 의하여 다른 사람들에게 자신을 상당한 인물로 보이게 하는 원인도 되었지만, 한편 그것은 음으로 양으로 크고 좋은 영향을 끼쳤다. 그러나 이 의식은 존경할 가치가 있긴 하지만 그들 자신에 대해서, 혹은 그 주위나 그 시대에 대해서도 독특한 피해를 끼쳤다. 이 두 사람은 정신적인 영향을 끼친 점에서 보면 주저할 필요없이 위대하다고 할 수 있겠지만, 그러나 일반 사회에 비하면 미미한 존재였고, 또한 보다 더 활동적인 인생에 비하면 그들의 외적인 생애는 아무것도 아니었다. 낮은 길고 거기에 또 밤이 있다. 언제나 시를 짓고 일을 하고 타인에게 은혜만 베풀고 있을 수도 없는 일이다. 그런데 그들은 사교가나 신사나 부호처럼 자신의 시간을 충족시킬 수가 없었다. 그렇기 때문에 그들은 자신들의 특수하게 협소한 환경을 과대평가하고, 그의 일상생활에 있어서 그들 상호간에만 통용되는 중요한 의미를 부여했다. 그 자리에서만 재미가 있을 뿐, 후에 가면 아무런 가치도 인정할 수 없는 해학을 지나칠 정도로 즐겼다. 그들은 타인으로부터 그들에게 적절한 칭송과 명예를 받았으며, 또한 그들 쪽에서도 똑같이 보답했으나, 그 정도는 언제나 지나쳤다. 그리고 그들은 자신들의 애정을 매우 귀한 것으로 생각했기 때문에, 그것을 반복해서 표현하는 것을 즐겼고, 그것을 위해서는 종이도 잉크도 아끼지 않았다. 그래서 후세 사람들이 그처럼 허무한 내용에 놀라고 있는 왕복 서간집往復書簡集이 이룩되었으나, 어째서 이 뛰어난 사람들이 이같이 무의미한 서신 연락을 즐겼는지, 후세의 사람들은 이해하기 곤란하여 이런 편지는 인쇄하지 않았더라면 좋았겠다는 소망을 털어놓았다 하더라도 책할 수 없을 것이다. 그러나 가장 탁월한 사람이라 할지라도 너무 자기 자신의 일에만 매달려서, 자신의 생장生長의 양식이나, 또한 동시에 그 성장의 척도를 발견할 수 있는 유일한 장소인 풍부한 외계에 눈을 돌리는 일을 게을리하면 단지 하루살이 생활을 하게 될 뿐이며, 그가 즐기고 있는 것은 사소한 오락에 지나지 않는다는 것을 이 서간집을 통해서 배운다면, 단지 몇 권의 이 책자도 많은 다른 책들과 마찬가지로 책장에 끼워놓는 것도 좋으리라.

이 사람들의 활동이 전성기에 있을 무렵, 우리 젊은이들도 또한 자신들의 패에서 활동하기 시작했다. 그리고 나는 나이가 많은 사람들과는 교제하지 않고 나이 적은 친구들과 함께 어울려 서로 서로 찬사와 찬양, 그리고 서로 추켜세우는 일에 빠져 있는 중이었다. 우리들 사이에서는 내가 만들어 낸 것은 언제나 좋은 것으로 생각되었다. 부인들이나 친구들이나 보호자들[5]은 자신들을 위해서 기획하고 창작創作한 것을 나쁘다고는 생각지 않았다. 그러한 친절 때문에 마침내는 공허하고 서로 마음에 들게 하는 표현만을 쓰게 되어 때때로 향상을 위해서 숙련이나 단련을 쌓지 않으면, 그러나 빈말의 장난만을 하고 있는 사이에 개성은 여지없이 없어지고 마는 것이다.

그런데 다행이었다고 말할 수 있는 일은 득의得意ㆍ자만ㆍ허영ㆍ자부ㆍ오만 등, 내 마음 속에 깃들거나 활동하고 있던 모든 것이 뜻밖의 인물과 알게 됨으로써 몹시 엄격한 시련을 겪게 되었으며, 이 시련은 독특하고 시대에 맞지 않는 것이었고, 그 때문에 더욱 철저

---

5) 그의 사촌 누이 마리에 조피 슈미트(Marie Sophie Schmidt). 상인 스티에버(Stieber)와 결혼했다.

했고 예리한 것이었다.

즉 나에게 매우 중대한 결과를 가져왔던 가장 특기할 만한 사건은 헤르더[6]와 알게 되어 계속 그와 친밀히 교제했던 일이다. 그는 우울한 기분에 빠져 있던 황태자 홀슈타인 오이틴 공[7]의 여행에 동반하여 함께 슈트라스부르크까지 왔던 것이다. 우리 일행은 그가 도착했다는 소식을 듣자 곧 그에게 접근하고 싶은 열렬한 욕망에 사로잡혔다. 이 행운은 뜻밖에도 우연히 내게 제일 먼저 왔다. 어떤 저명인사였는지는 잊었으나, 그 사람을 방문하기 위해서 나는 줌가이스트 호텔로 갔다. 층계의 제일 밑에서, 나는 그때 막 층계에 올라가려는 성직자처럼 보이는 한 사람을 만났다. 분가루를 뿌린 머리를 둥글게 엮어올리고, 또한 검은 의복도 그 사람의 특징이었으나, 그보다 눈에 두드러지게 띈 것은 검고 긴 외투였으며, 그 외투 자락을 모아서는 호주머니 속에 넣고 있었다. 이처럼 다소 사람의 눈을 끌고, 그러나 대체로 품위가 있고 보기좋은 풍채는 내가 이미 이야기를 들은 바도 있어서, 이분이 이 도시에 새로이 도착한 그 유명한 사람이라는 것은 의심할 여지가 없었다. 그리하여 내 쪽에서 말을 걸었기 때문에 내가 그를 알고 있다는 것은 곧 증명되었다. 그는 내 이름을 물었으나 내 이름은 그에게 있어서 아무런 의미도 갖지 않는 것 같았다. 그러나 나의 솔직한 점이 그의 마음에 든 것 같았고, 그는 매우 친절한 태도로 응해 주었다. 그리하여 둘이서 층계를 올라갈 때에는, 그는 벌써 절친한 말상대가 되어 주었다. 그때에 우리들은 누구를 방문했었는지 잊어버렸다. 어쨌든 헤어질 때에 나는 그의 집을 방문하는 허락을 청했고, 그는 매우 친절하게 승낙해 주었다. 나는 이 특전을 종종 이용하는 것을 게을리하지 않았다. 그래서 더욱더

---

6) 헤르더(J.G. von Herder, 1744~1803). 독일의 비평가 · 사상가. 괴테는 헤르더를 슈트라스부르크에서 처음 만나게 되었고, 괴테는 그로부터 많은 영향을 받았다.

7) 프리드리히 황태자(Prinz Friedrich). 그는 이탈리아와 프랑스에 여행하던 중이었다.

나는 그에게 끌려갔던 것이다. 그의 태도는 결코 민첩하다고 할 수는 없었지만, 세련되고 예의바르고 거기에 어딘가 온화한 점이 있었다. 둥근 얼굴, 넓은 이마, 약간 뭉툭한 코, 그리고 입은 다소 벌렁 뒤집혔으나 몹시 개성적이고 보기 좋았으며 애교가 있었다. 검은 눈썹 아래 까만 두 눈은 한쪽이 줄곧 빨갛게 충혈되어 있었지만, 사람에게 끼치는 인상의 힘을 잃고 있지는 않았다. 그는 나에게 여러 가지 질문을 하여, 나 자신과 나의 환경에 대해서 알려고 했다. 그리고 그의 매력은 더욱더 강렬하게 나를 끌었다. 원래 나는 매우 신뢰하는 성격이어서, 특히 그에 대해서는 아무런 비밀도 남겨놓지 않았다. 그러나 곧 그의 타고난 반발적인 맥박이 고동하기 시작하여 나에게 적지않은 불쾌감을 자아내게 했다. 나는 자신의 청년다운 일거리와 도락에 대해서 여러 가지로 이야기를 했다. 그 중에서도 특히 주로 서신을 교환하고 있던 내 가정에서 친구들의 도움을 받아 모든 인장印章 수집에 대해서 이야기했다. 나는 이 인장의 수집을 직원록職員錄과 대조하여 정리하였고, 그리고 이 기회에 모든 군주나 크고 작은 나라들, 또한 귀족에 이르기까지 자세히 알고 있었다. 이들 인장은 자주, 특히 대관식 때에는 내 기억에 도움이 되었다. 나는 이것들에 대해서 약간 의기양양하게 이야기했다. 그러나 그는 내 의견과는 달리 이러한 흥미 전체를 배척했을 뿐 아니라, 그가 그것을 조롱하고 더욱이 나에게 혐오감마저 들게 했다.

이와 같은 그의 반항적인 기질로 인해서, 나는 여러 가지 일에 있어서 참지 않으면 안 되었다. 왜냐하면 한편으로는 공작公爵으로부터 떨어지려는 생각과, 또한 다른 한편으로는 자신의 눈병 때문에 그는 슈트라스부르크에 체류하기로 결심했기 때문이었다. 이 눈병은 몹시 곤란하고 불쾌한 것 중 하나였으며, 또한 고통을 동반하고 가장 불쾌하고 그것도 불안한 수술을 하지 않으면 나을 수 없는 것이었다. 왜냐하면 누낭淚囊 아래쪽이 완전히 막혀 있어서, 그 때문에 그 속에 있는 액체가 코 쪽으로 흘러가지 않으며, 또한 그것에 접한 뼈에도 이 분비分泌가 자연적으로 흘러내릴 수 있는 구멍이 없어서, 더욱 흘러나갈 수가 없었다. 그래서 누낭의 아랫부분을 절개해서 뼈에 구멍을 뚫지 않으면 안 되었다. 그래서 한 가닥의 말총을 누점淚點을 통해, 다시 절개한 누낭과 새로 연결시킨 새로운 구멍으로 통과시켜, 이 양쪽 부분의 소통을 회복시키기 위해서 매일 이 털을 이리저리 움직여야 했는데, 이 모든 일은 우선 그 장소의 외부에 상처자국을 남기지 않고는 실행할 수도 성공할 수도 없었다.

그래서 헤르더는 공작과 작별하고 자기 자신의 숙소로 이사했다. 그리고 로프시타인으로부터 수술을 받을 결심을 했다. 이 경우에 나는 이전에 자신의 과민성을 무디게 하려고 노력했던 훈련이 크게 도움이 되었다. 나는 수술에 입회할 수도 있었고, 이 존경하는 사람을 위해서 여러 가지로 봉사할 수도 있었고 도와줄 수도 있었다. 이 기회에 나는 그의 위대한 강직성剛直性과 인내력에 대해서 놀라지 않을 수 없었다. 왜냐하면 여러 차례의 외과적인 절개와 항상 반복해서 붕대를 갈아맬 때에도 그는 조금도 싫은 모습을 보이지 않고, 우리들 중에서 가장 고통이 작은 사람처럼 보였기 때문이었다. 그러나 물론 그러는 사이에 우리들은 그의 기분이 변하는 것을 여러 차례 참아야 했다. '우리들'이라고 말하는 것은 나 외에 페겔로프라는 기분좋은 러시아 사람이 대개 그의 곁에 있었기 때문이었다. 이 남자는 이미 리가에서부터 헤르더의 지인이었고, 이미 청년의 나이는 지났지만 로프시타인의 지도를 받아 외과학을 더 연구하려고 마음먹고 있었다. 헤르더는 다정하고 사람이 좋고 재간이 풍부했으나, 이 따금 불쾌한 일면을 노출시켰다. 이러한 사람을 끌어당기거나 반발하거나 하는 것은, 원래 모든 사람에게 다 있는 것으로, 단지 사람에 따라 대소의 차이가 있으며, 그것이 교차하는데 완급의 차가 있을 뿐이다. 이 점에서 자신의 성격적 결함을 실제로 극복할 수 있는 사람은 극히 드물며, 대개는 극복한 것 같은 외관을 보일 뿐이다. 헤르더의 경우 이 반발적이고 신랄하며 물어뜯는 듯한 기분이 우세했던 것은 분명히 질병과 질병에 의한 고뇌 때문이었다. 이런 일은 사람의 일생에 있어서 자주 있는 일이며, 사람들은 질병에 의한 정신성의 영향을 충분히 고려하지 않고, 따라서 사람의 성격에 대해서 종종 몹시 부당한 판단을 내리는 것이다. 왜냐하면 누구든 모든 인간을 건강한 자로 여기고 또한 누구에게나 건강한 자와 같이 행동하기를 요구하기 때문이다.

이 요양 기간 중 계속해서 나는 조석으로 헤르더를 방문했다. 그뿐 아니라 하루종일 그의 집에 있으면서 그의 훌륭하고 위대한 개성과 해박한 지식과 깊은 식견을 날이 갈수록 더욱 높이 평가하게 되었으므로, 이것에 의해서 곧 그의 힐책이나 비난에도 더욱 쉽게 견뎌 낼 수 있었다. 이 사람좋은, 그러나 신경질적인 경향은 매우 깊은 의미가 있었다. 그의 나이는 나보다 다섯 살 위였으나 젊었을 때에는 이미 그것만으로도 큰 차이였다. 그리고 나는 그의 있는 그대로의 가치를 인정했고, 또한 그의 기왕의 업적을 존중하려고 노력했기 때문에, 자연히 그가 훨씬 나를 능가했던 것이다. 이 상태는 유쾌한 것은 아니었다. 대체로 이제까지 내가 교제해 온 연장자들은 나를 달래가며 교육하려 했고, 관대한 태도로서 나를 잘못 지도한 것 같았기 때문이다. 그러나 헤르더에게는 어떤 짓을 해본들, 결코 그로부터 인정받는 것은 기대할 수는 없었다. 그래서 한편 그에 대한 강렬한 애착심과 존경심, 다른 한편 그에게서 받는 불쾌한 감정이 항상 투쟁하고 있었기 때문에, 내 마음에는 생전 처음으로 느끼는 특수한 갈등이 생겼다. 그는 묻고 또한 대답하고, 혹은 기타의 형식으로 말을 해도 언제나 그 담화는 중요한 것이었기 때문에, 나는 그에 의해서 나날이 시시각각으로 새로운 견해에 강요되지 않을 수 없었다. 나는 라이프찌히에서 매우 좁고 꼼꼼한 일에만 친숙했고, 또한 프랑크푸르트의 경우는 나의 독일 문학에 대한 일반적 지식을 넓혀 주지는 못했다. 오히려 그 신비적·종교적·화학적인 일은 나를 암흑의 세계로 이끌어갔던 것이다. 그래서 나는 넓은 문학계의 수년 내의 사건에 대해서는 대체로 아는 바가 없었다. 그런데 갑자기 헤르더를 통해서 최근의 모든 활동과 그것이 나아가고자 하는 모든 방향에 대해서 알게 되었다. 그 자신은 이미 충분히 이름이 났고, 그의 저서 《단편록斷片錄》《평림評林》 그밖의 여러 저술들에 의해서 이미 오래 전부터 독일에서 주목되는 일류 인사들과 어깨를 겨루고 있었다. 그와 같은 정신 속에는 어떠한 움직임이 어떠한 싹이 있었는가 하는 것은 파악할 수도 없으며 기술할 수도 없다. 그러나 그 후 다년간에 걸쳐서 그가 행동하고 또 성취한 것을 생각해 보면, 그가 마음 속에 간직했던 의지가 얼마나 위대한 것이었는지 누구든 쉽게 인정할 수 있을 것이다.

이러한 방법으로 우리들이 함께 지내기 시작하고서, 곧 그는 언어의 기원에 관한 회상 논문에 부여하는 베를린 시의 현상금을 획득하기 위해서 응모할 생각이라고 나에게 밝혔다. 그의 논문은 거의 완성 단계에 있었다. 그리하여 필적이 깨끗한 그는 마침내 읽기 쉬운 원고를 한 부씩 나에게 보여주었다. 나는 그러한 제목에 대해서 아직껏 단 한 번도 생각해 본 적이 없었다. 나는 기원이라든가 종말 같은 것에 대해서 생각해 볼 수 없었을 정도로 사물의 중심에 사로잡혀 있었다. 거기에 또한 이 문제는 나에게는 어느 정도 무용한 일이라고 생각되었다. 왜냐하면 신神이 인간을 인간답게 만들었다면, 인간에게는 실제로 꼿꼿하게 서서 보행하는 것과 마찬가지로 언어도 부여되어 있기 때문이다. 인간은 걷는다든가 움켜쥔다든가 하는 것을 곧 알아차릴 수는 있었으며, 그것과 똑같이 목으로 노래를 부르고, 혀나 구개口蓋나 입술로써 여러 가지 방법으로 음향을 변조할 수 있다는 것을 쉽사리 알아챘음에 틀림없다. 인간이 신에 기원을 둔 것이라면 언어 그 자체도 신에 기원을 두어야 하며, 또한 인간을 자연의 분류에 속하는 일개 자연물이라고 한다면 언어도 똑같이 자연이 낳은 것이다. 나는 이 두 가지 사실을 영靈과 육肉처럼 결코 분리해서 생각할 수 없었다. 쥐스밀히[8]는 난삽한 실재론實在論이긴 하지만 다소 공상적인 생각을 갖고 있으며, 신적神的 기원설에 찬성하고 있었다. 즉 신은 원시인에 대해서 교사敎師의 역할을 했다는 것이다. 헤르더의 논문은 어떻게 해서 인간이 인간으로서 자신의 힘에 의해서 한 개의 언어를 갖게 되었으며, 또한 가져야 했는가를 밝히고자했다. 나는 그 논문을 매우 재미있게 읽었으며, 그것에 의해서 크게자극을 받았다. 그러나 지식에 있어서나 사고력에 있어서도 그것에 대한 근거 있는 비판을 내릴 수 있는 정도까지는 이르지 못했던 것이다. 그래서 나는 내 생각대로 약간의 의견을 첨부해서 필자에게 찬성의 뜻을 표시했다. 그러나 이렇게 말하든 저렇게 말하든 매한가지였다. 조건부로 찬성하든 무조건 찬성하든, 어쨌든 질책당하고 또한 비난을 받았다. 뚱뚱한 외과의사는 나보다도 더 인내심이 없었다. 그는 농담조로 이 현상 논문에 대한 이야기를 사양하고서, 자신은 그런 추상적인 문제를 생각할 능력이 전혀 없다고 언명했다. 그는 도리어 언제나 우리들이 저녁이면 함께 하던 롱브르[9]를 하자고 재촉했다.

그토록 불쾌하고 고통스러운 치료를 받고서도 우리의 헤르더는 조금도 원기를 잃지 않았으나, 그 원기는 점차 이해할 수 없는 것이었다. 그는 어떤 부탁하는 쪽지를 쓸 때에도 어떤 조롱을 가미하지 않고는 못 견뎠다. 이를테면 언젠가 나에게 이렇게 써보낸 일이 있었다.

---

8) J. P. Süβmilch(1707-1767). 신학자인 그는 논문을 통하여 언어의 기원을 신에게 돌리고 있다.
9) 프랑스의 골패놀이의 일종.

깨끗이 단장된 서가書架의 화려하게 장정된 서적,

그 학교의 위로자들에 의해서 그 내용보다는

외관에 의해서 위로를 받는 그대, 혹시 그대의

키케로 서간집 속에 브루투스의 서간이 있다면,

그것을 나에게 보내다오.

제신諸神의 후계자며 고트족의 후예,

혹은 오물汚物[10]의 후예인 그대 괴테여.

그가 내 이름에 대해서 이렇게 조롱하는 것은 물론 좋은 일은 아니었다. 사람의 성명이란 단지 몸에 걸치고 있어서 언제든 당길 수도 잡아끌 수도 있는 외투와 같은 것은 결코 아니다. 오히려 몸에 완전히 맞는 의복, 아니 인간 자체를 상하지 않고는 끌어낼 수도 벗길 수도 없는 피부 그 자체와도 같이, 인간과 밀착되어 떼어낼 수 없는 것이기 때문이다.

이와는 반대로 처음 부분의 비난에는 물론 근거가 있었다. 왜냐하면 나는 랑거와 교환해서 얻은 저술이나 기타 부친의 장서 속에 있던 여러 가지 호화로운 판을 슈트라스부르크에 가지고 와서는 그것을 이용하려는 특수한 생각에서 깨끗한 서가에 늘어놓고 있었기 때문이었다. 그러나 여러 가지 시간이 충분할 리가 없었다. 언제나 책을 필요로 하고 있었기 때문에 서적에 지극히 관심을 갖고 있던 헤르더는 나를 처음 방문했을 때에 나의 훌륭한 장서에 눈이 갔다. 그러나 즉석에서 그 책들을 내가 전혀 읽지 않았음을 알아냈다. 그래서 모든 허영과 허식을 가장 증오하던 그는 기회 있을 적마다 언제나 그 일로 나를 조롱했다.

또 하나의 다른 풍자시諷刺詩를 나는 생각해 낸다. 그것은 내가 드레스덴 화랑에 대해서 이야기를 하던 날 저녁에, 그가 나에게 보낸

---

10) 괴테를 발음에 의해서 조롱하고 있다. 굇터(제신諸神), 고테(고트족), 코테(오물) 등.

것이었다. 물론 나는 이탈리아 파派의 고상한 정신을 통찰하지는 못했지만 그리고 해학작가이며 일류 화가라고는 할 수 없지만 탁월한 예술가였던 도미니코 페티[11]가 내 흥미를 매우 끌었던 것이다. 묘사된 것은 반드시 종교적인 제재였다. 그는 신약성서의 우화寓話에서 제재를 찾았고, 그것을 즐겨 묘사했는데, 그것은 특색이 풍부했고 취미가 깊고 명쾌했었다. 그는 그 그림에 의해서 성서의 우화를 완전히 일상생활에 접근시켰다. 그리고 그의 구도構圖의 재치 있는 소박한 세부細部는 그 자유로운 터치가 내 마음에 들었고, 나에게는 생생한 인상을 주었다. 이런 나의 어린애 같은 예술 심취心醉를 헤르더는 다음과 같이 조롱했다.

　　동감할 수 있어서
　　특히 나의 마음에 드는 명인名人
　　그 이름은 도미니코 페티.
　　그는 성서의 우화를 다루어
　　교묘히 바보 이야기를 만들어 냈다.
　　그것도 동감에서, 너 어리석은 우화여!

　이와 같은 해학의 명랑함·난해함, 혹은 쾌활함이나 신랄함의 정도가 서로 다른 여러 가지를 나는 아직도 많이 열거할 수 있다. 그러한 것들에 대해서 나는 화를 내지는 않았지만, 그러나 불쾌했다. 그렇지만 나는 자신의 교양에 도움이 되는 것은 무엇이든지 존중할 수가 있었으며, 또한 그 위에 지금까지의 의견이나 기호를 포기한 일도 여러 차례 있었기 때문에, 나는 곧 그것에 따랐고, 단지 그 당시 내 입장에서 가능한 정당한 비난과 부당한 비방을 구별하기 위해 노

---

11) 도미니코 페티(Dominico Feti, 1589~1624). 제8장에 등장.

력했다. 그리하여 실제로 하루라도 대단히 유익한 가르침을 받지 않은 날이 없었다.

나는 지금까지와는 전연 다른 방면에서, 또한 다른 의미에서 그것도 내 성격에 맞는 의미에서 시가詩歌와 가까워졌다. 그가 선배의 로우드[12]식으로 재치있게 논평한 헤브라이의 시詩나, 그가 우리들을 내몰아서 찾아낸 알자스에 전해진 민요들, 즉 시로서 최고의 문헌들은 시가 일반적으로 세계적 그리고 민족적인 선물이지, 소수의 우아하고 교양인들만의 세습 유산이 아니라는 것을 증명했다. 나는 그 모든 것이 삼켰다. 내가 열심히 구하면 구할수록 더욱더 그는 아끼지 않고 주었다. 그리고 우리들은 극히 흥미깊은 시간을 함께 보냈다. 나는 따로 시작했던 자연自然 연구도 계속하려고 마음먹었다. 시간이라는 것은 선용善用하고자 하면 언제나 충분히 있는 것이기 때문에, 나는 종종 이중 삼중의 일을 할 수가 있었다. 우리들이 함께 지낸 이 수주일의 충실했음을 다음과 같이 말할 수 있다. 즉 헤르더가 그 후 점차로 완성한 모든 것은 맹아로서 예시되어 있었으며, 또한 그 때문에 나는 지금까지 생각해 온 것, 배운 것, 그리고 내 것으로 만들었던 모든 것을 완전한 것으로 만들었으며, 또한 보다 높은 것에 연결시키고, 그리고 확대시킬 수 있는 행운을 얻었던 것이다. 만일 헤르더가 보다 더 조직적인 방법에 의했더라면 나는 나의 교양의 영속적인 방향에 대해서도, 또한 극히 귀중한 지도를 얻을 수 있었을 것인데 그러나 그는 지도한다기보다는 오히려 음미하고 자극하는 것을 더 좋아했다. 그래서 그는 우선 나에게, 그가 대단한 가치를 인정하고 있던 하만[13]의 저술을 소개해 주었다. 그러나 이 저술에 대해서 가르쳐 주거나 또한 이 비범한 정신의 경향과 진로를 설명해 주거나 하지는 않고, 내가 이와 같은 난해한 서적을 이해하려고 실제로 매

---

12) R.Lowth(1711-87). 영국의 신학자이며, 헤브라이 문학 연구가.
13) J.G. 하만(Johann Georg Hamann, 1730~80). 독일 사상가.

우 기묘한 짓을 하는 것이 언제나 그의 마음을 위로했을 뿐이다. 그러나 그러는 사이에 하만의 저술 속에서 무엇인가 내 마음에 드는 것을 발견하여, 그것이 어디에서 왔으며 어디로 가는지는 알지도 못한 채 나는 그것에 열중했다.

치료에 필요 이상의 시일이 걸리자, 로프시타인은 치료하는 일에 당황하게 되고 또한 새로이 시작했으나 좀처럼 끝날 것 같지 않았고, 전에 페겔로프도 나에게 좋은 결과는 아마 기대할 수 없으리라고 비밀로 알려 준 일도 있어서, 사태는 전체적으로 우울해졌다. 헤르더는 참을성을 잃게 되고 기분이 우울해졌으며, 종래처럼 공부를 계속할 것 같지 않았다. 거기에다 외과수술의 실패의 책임이 헤르더 자신의 머리를 과로시킨 것, 우리들과 시종 활기 있게, 오히려 지나치게 유쾌한 교제를 한 탓으로 돌려지기 시작했기 때문에 그것만으로도 그는 더 자제할 수 없게 되었다. 결국 그처럼 숱한 고통과 고생을 겪고도 인공누관人工淚管을 성공시키지 못하여, 그 결과 기대했던 소통을 바랄 수 없게 되었다. 병을 이 이상 더 악화시키지 않기 위해서는 상처를 아물게 하는 수밖에 없었다. 수술할 때에 그렇게도 고통에 태연하던 헤르더의 태도는 사람들을 놀라게 했다. 일생 동안 이러한 상처를 남겨놓지 않으면 안 된다는 것을 생각했던 그의 침울한 체념에는 실로 숭고한 것이 있었다. 그것은 그를 보고 그를 사랑하는 자의 존경심을 영구히 잃지 않을 정도의 숭고함이었다. 그는 다름슈타트의 어느 훌륭한 부인과 알게 되어 그 부인의 사랑을 받고 있었기 때문에, 그처럼 뛰어났던 용모를 추하게 만든 이 병은 그에게 있어서는 한층 원통한 것임에 틀림없다. 그는 이 여행의 귀로에 있어서 지금까지보다도 더욱 자유롭고 즐거운 기분으로, 그리고 풍채도 갖추어 절반 약혼자인 이 여인을 만나, 그녀와의 사이를 더욱 확실하고 굳은 것으로 하려는 생각에서 이 치료를 기꺼이 받은 것 같았다. 그런데 그는 될 수 있는 대로 빨리 슈트라스부르크를 떠나려고 서둘렀다. 그리고 그때까지의 그의 체류는 불쾌하였을 뿐만 아니라 비용도 막대했기 때문에, 나는 그를 위해서 약간의 돈을 빌려주었다. 그리고 그것은 그가 어느 일정기간 내에 변제하겠다는 약속이었다. 하지만 기한이 지나도 돈은 오지 않았다. 나는 채권자에게서 독촉을 받지는 않았지만, 수주일 동안 어쩔 줄을 모르고 지냈다. 드디어 편지와 돈이 도착했다. 그런데 이번에도 그는 그이답게 행동했다. 왜냐하면 그의 편지에는 감사나 변명 대신에 타인 같으면 절교라도 하려고 대들 것 같은 조롱의 구句만이 크리텔 시형詩型으로 씌어 있었기 때문이다. 그러나 나는 이 일에는 별로 마음을 쓰지 않았다. 이전부터 나는 그의 진가와 관련해서 그를 해칠지도 모르는 모든 반대적인 것을 포용할 수 있을 정도로 넓고 굳은 신념을 갖고 있었기 때문이다.

자신이나 타인의 결점에 대해서는 어떤 유익한 결과를 기대하지 않는 한, 결코 그것을 말해서는 안 된다. 그래서 나는 여기에 주제넘지만 어떤 소감을 삽입하려고 생각한다.

감사와 배은背恩이란 도덕의 세계에 있어서 시시각각으로 일어나는 일이며, 그리고 언제나 인간 상호간을 진정시킬 수 없는 사건의 하나다. 나는 언제나 은혜를 느끼지 않는 것과 배은과 감사를 싫어하는 제3자 사이에 구별을 짓고 있다. 제1의 것은 인간의 타고난 것, 인간 본성인 것이다. 왜냐하면 그것은 불쾌한 일, 즐거운 일 어느 것이든, 다행스럽게도 경솔한 망각에서 생기는 것으로서, 단지 이 망각이 있음으로 해서 생활을 계속해 나갈 수가 있기 때문이다.

인간이 생활해 나가기 위해서는 많은 외부적인 과거와 현재의 협력을 무한히 필요로 하기 때문에 만일 태양이나 지구, 신神이나 자연, 선조나 양친, 친구나 동료에 대해서 항상 그에 상응하는 감사를 바치려고 한다면, 인간에게는 새로운 은혜를 받기 위한 시간이나 감정의 여유가 남지 않을 것이다. 그런데 자연 그대로의 인간은 물론 이러한 경박한 심술心術의 지배에 몸을 맡기면 냉랭한 무관심이 점차로 늘어나게 된다. 그러면 마침내 은혜자가 안면도 없는 타인처럼 생각되어, 그 사람에게 해가 될지라도 어차피 자기에게 이익이 되는 것이면 무엇이건 상관없다고 생각하게 된다. 이것만이 본래 배은이라고 칭할 수 있는 것으로써, 교양을 쌓지 못한 사람이 결국 필연적으로 빠지지 않을 수 없는 야비한 상태에서 생겨나는 것이다. 그러나 감사를 싫어하는 것, 은혜를 불만과 혐오감으로 보답하는 것은 매우 드문 일이며, 단지 탁월한 사람들에게 있어서만 볼 수 있다. 즉 위대한 소질이나 그의 예감을 갖고서 하류계급 혹은 무원無援의 처지에서 태어나, 어려서부터 한 발자국 한 발자국 진로를 개척해 나가고, 모든 방면에서 원조를 받지 않으면 안 되었던 사람들의 경우, 그 원조가 종종 은혜자의 야비함으로 인하여 불쾌하고 참을 수 없는 것이 되어버린다. 왜냐하면 이 사람들이 받는 것은 현세적인 것이었으며, 그 대신 실행하는 일은 보다 높은 성격의 것이기 때문에, 문자 그대로의 보수라는 것은 생각할 수가 없기 때문이다. 레싱은 그의 일생의 전성기에 있어서, 세상일에 대해서 터득한 훌륭한 깨달음에서 이 문제에 대해서 언젠가 단도직입적으로, 그러나 명랑한 태도로서 자신의 생각을 표명한 일이 있었다. 이와 반대로 헤르더는 그의 전성기를 끊임없이 자신을 위해서나 타인을 위해서 불쾌한 것으로 만들었다. 왜냐하면 그는 청년시절에 피할 수 없었던 불만을 후년에 정신적으로 유화시키지 못했기 때문이다.

이 요구는 자기 자신에 대해서도 할 수 있을 것이다. 즉 인간에게 자신의 신상을 깨닫게 하기 위해서 언제나 작용하고 있는 자연의 빛은 이 경우에도 인간의 도야의 능력에 있어서 은혜롭게 소용되는 것이다. 그리고 일반적으로 도덕적 수양의 많은 기회가 있을 때, 결점을 너무 과중하게 보아서는 안 되며, 또한 너무 엄격하고 이겨낼 수 없는 수단을 찾아도 안 된다. 왜냐하면 어떤 종류의 결점은 매우 용이하게, 더욱이 놀면서도 제거할 수 있기 때문이다. 이를테면 단순한 습관에 의해서 우리들은 감사의 마음을 환기시키고 그것을 생생하게 파악하여, 그것을 하나의 요구로까지 만들 수 있기 때문이다.

그러나 전기傳記를 쓰려고 한다면, 자기 자신에 대해서 말하는 것이 적합할 것이다. 나는 태어나면서부터 누구보다도 은혜를 느끼지 않는 인간이다. 그래서 받은 은혜를 망각하고, 일시적인 불화에서 생긴 격정 때문에 자칫하면 배은으로 빠지는 일이 많았다.

이것을 방지하기 위해서 우선 나는 자신이 소유하고 있는 모든 것에 대해서 어떻게 그것을 입수했는가, 또한 타인으로부터 선사를 받았든 교환을 했든 사들였든 혹은 무엇인가 다른 방법에 의했든 어떻게 해서 그것을 갖게 되었는가, 누구에게서 그것을 받았는가하는 것을 즐겨 회상하는 습관을 붙였다. 또한 나의 수집품을 남에게 보일 때에는 그 하나하나가 내 손에 들어오도록 소개해 준 사람들에 대해서 이야기하고, 또 나에게 귀중한 물건들이 내 것으로 되게 된 동기ㆍ우연, 혹은 극히 먼 인연이나 조력에 대해서도 정당한 감사를 표하는 습관을 붙였다. 이렇게 함으로써 우리들 주변에 있는 물건들은 생명을 얻고, 우리들은 이 물건들의 정신적인, 그리고 애정에 가득 찬 기원起源과의 연계에 있어서 바라볼 수가 있다. 그리하여 과거의 상태를 있는 그대로 눈앞에 연상함으로써 현재의 존재는 높아지고 풍부해진다. 선물을 보내 준 사람들을 종종 상상하고, 우리들은 그 모습에 어떤 유쾌한 회상을 연결시켜 배은背恩을 못하게 하며, 때에 따라 보답을 용이하게 하고, 또한 보답하고 싶은 마음을 갖게 한다. 동시에 우리들은 구체적인 소유물이 아닌 것에 대한 관찰을 하게 될 것이며, 그리고 자신의 보다 고귀한 보물은 언제 그리고 누구에게서 받은 것이라는 것을 즐겨 몇 번이고 추억하게 되는 것이다.

이제 나에게 있어서 가장 중요했고, 또한 얻은 바가 많았던 헤르더와의 관계에서 눈을 돌리기 전에 두세 가지 첨가할 것이 또 있다.

나는 종래 내 교양에 도움이 된 것, 특히 현재 아직도 진지하게 전념하고 있는 일들에 대해서 헤르더에게 터놓고 말하기를 차츰 꺼리게 된 것은 극히 자연스러운 일이었다. 그는 내가 전에 애호하던 것을 대부분 흥미없게 만들었고, 또한 특히 내가 오비디우스의 《변형變形》을 재미있다고 생각한 것에 대해서 엄격한 비난을 가했던 것이다. 나는 이 애독서를 극구 변호하고, 그리고 이와 같은 밝고 아름다운 지방을 신神이나 반신半神들과 함께 배회하며, 그들의 행동과 정열을 목격한 것보다도 청년의 공상을 위해서 더욱 즐거운 것은 없다고 말했고, 또한 앞서 말한 어떤 진실한 사람의 견해를 상세히 인용하고, 그리고 그 설을 나 자신의 경험으로 뒷받침했는데도 불구하고, 그 모든 것이 시인되지 않았으며, 이 시詩에는 참된 의미의 직접적인 진실성이 없다고 말했다. 즉 거기에는 그리스도 이탈리아도 없고, 태고의 세계도 개화開化의 세계도 없으며, 오히려 일체가 기존물의 모방이고 교양이 과잉한 사람만이 할 수 있는 기교적인 묘사라고 말했던 것이다. 나는 최후에 탁월한 개인이 창작하는 것은 역시 자연自然이며, 그리고 시대의 고금古今을 막론하고 어떤 국민에 있어서든 단지 시인만이 창작자였다고 주장했지만, 이 설도 또한 전연 승인을 받지 못했다. 그리고 나는 그 때문에 많은 것을 참지 않으면 안 되었다. 그뿐 아니라, 그 때문에 나는 오비디우스에도 거의 싫증을 느끼게 되었다. 어떠한 기호, 어떠한 습관도 자신이 신뢰하는 훌륭한 사람들에게서 비난을 받고, 그럼에도 불구하고 그 후 오랫동안 계속될 수 있을 정도로 강하지는 못했다. 그러나 언제나 무엇인가 나중까지도 달라붙는다. 그리고는 무조건 사랑할 수가 없다면, 그 사랑은 이미 의심스러운 것이다.

내가 무엇보다도 가장 조심스럽게 그에게 감춘 것은 내 마음 속에 뿌리를 내리고 점차로 성숙해서 시적詩的 형태를 갖추려고 하고 있는 어떤 제재題材에 대한 관심이었다. 그것은 《괴츠 폰 베를리힝겐》과

《파우스트》였다. 괴츠의 전기傳記는 이미 나의 마음을 깊이 감동시켰다. 미개하고 무질서한 시대에 있어서 자연 그대로의 선량한 자주독립적인 인물은 나의 깊은 동감을 불러일으켰다. 깊은 의미를 지닌 《파우스트》의 인형극의 이야기는 마음 속에 여러 가지로 매우 복잡한 내적 반향을 불러일으켰다. 나 자신도 모든 지식을 추구하여 이미 일찍부터 지식의 공허를 깨닫게 되었던 것이다. 나는 실생활에 있어서도 여러 가지로 시도해 보았으나, 불만과 고민이 더욱더 늘기만 하여 그만두고 말았던 것이다. 그런데 나는 이런 문제나 기타 많은 문제를 언제나 염두에 두고서 고독할 때에는 따로 적어 두지는 않았으나 그것을 생각하며 즐겼던 것이다. 그러나 나는 헤르더에게 나의 신비적이며 밀교적密教的인 화학 및 그에 관련된 것을 무엇보다도 감추고 있었다. 그렇지만 나는 그것을 내가 물려받은 것보다도 더욱 이론이 철저한 것으로 만들려고 끊임없이 즐겨 노력하고 있었던 것이다. 나는 문학 작품 중에서 《공범자》를 그에게 봐달라고 했었던 것 같다. 그러나 그것에 대해서 그로부터 어떤 훈계 혹은 격려를 받았었는지는 기억이 나지 않는다. 그러나 필경 그는 여전히 그였던 것이다. 그로부터 받은 것은 마음을 즐겁게 하는 것은 아니었지만 막대한 영향을 주었다. 실제로 그의 필적마저도 나에 대해서는 어떤 마력을 갖고 있었다. 나는 그가 쓴 종이 한 장, 아니 봉투 한 장도 그의 손으로 이루어진 것이면 찢거나 구겨 버리거나 한 기억이 없다. 그렇지만 시대의 변천과 장소의 변천으로 인하여 저 의문스러운 예감에 가득 찬, 행복했던 그 무렵의 문서는 내 수중에 하나도 남아있지 않다.

헤르더의 매력이 나에 대해서와 마찬가지로 다른 사람들에 대해서도 그 힘을 미쳤던 것을 이야기하려면, 특히 저 시틸링의 이름으로 알려진 융에 미친 그 매력에 대해 이야기하지 않을 수 없다. 이 사람의 독실한 노력에는 인정을 가진 사람이면 누구든 크게 관심을 가졌으며, 또한 무엇인가 달리 나누어 줄 수 있는 것을 가진 자라면, 그의 감수성을 알게 되면 터놓고 이야기하지 않을 수 없었다. 그에 대해서만은 헤르더도 우리들 타인에 대해서보다도 훨씬 관대한 태도를 취했다. 왜냐하면 그가 보이는 반응은 언제나 그 자신이 받은 영향과 비례하는 것처럼 보였기 때문이다. 융의 옹고집에는 많은 선의가 있었고, 그의 과감한 행동에는 많은 온화함과 진지함이 동반하고 있었기 때문에, 이해심이 있는 사람은 실제로 그에 대해서 가혹할 수는 없었고, 또한 호의를 가진 사람은 그를 조소하거나 비웃을 수가 없었다. 융은 완전히 헤르더에게 감격했으며, 자신의 모든 행위에 대한 힘을 얻었고 격려를 느꼈을 정도였다. 또한 그에 비례해서 나에 대한 그의 우정은 감소된 것처럼 생각되었다. 그렇지만 우리들은 변함없이 친숙한 동료였고, 언제나 서로 도왔고, 서로 가장 친절히 돌봐주었다.

그런데 우리들은 이제 정든 병실을 떠나고 또한 정신의 건강보다는 그의 병을 표시하는 것과 같은 일반적인 관찰에서 벗어나게 되었다. 그리고는 자유로운 대기 속으로, 대성당의 높고 높은 노대露臺로 나갔다. 마치 전에 우리 청년 동지들이 저녁이면 종종 거기에 나와서는 포도주가 찰찰 넘치는 다리높은 술잔을 들어, 넘어가는 태양에 작별을 고하던 그 시절이 다시 돌아온 듯했다. 그리고 그곳에서 우리들은 일체의 담화를 중지하고 단지 주위의 경치에 눈이 팔리는 것이었다. 그리고 마침내 시력의 예민함을 시험하고, 각자는 가장 먼 곳에 있는 것을 발견하려고 하였으며, 그뿐 아니라 명확히 구별하려고 노력했다. 좋은 망원경의 힘을 빌어, 일행은 한 사람씩 자신이 가장 좋아했던 장소의 모습을 상세히 설명했다. 그리고 나에게도 이미 그러한 장소가 없는 것은 아니었다. 거기에는 유난히 눈에 띨 만한 풍경은 아니었으나, 다른 장소보다는 한층 나를 매혹하는 장소가 없지는 않았다. 이런 기회에는 주고받는 이야기에 상상이 자극되어 여러 가지 작은 여행이 약속되었다. 그뿐 아니라 즉석에서 실행되는 일도 종종 있었다. 그러한 작은 여행 중 어떤 하나가 여러 가지 의미에 있어서 나에게는 많은 수확이 있었기 때문에, 그때의 일을 상세하게 이야기하고자 한다.

나의 벗으로서 식탁친구였던 하부下部 알자스 출신의 엥겔바하와 바일란트 두 사람과 함께 나는 말을 타고 짜베른으로 떠났다. 마침 아름다운 날씨였고 작고 정다운 그 지방은 우리들을 다정스런 웃음으로 맞이하였다. 대주교의 거성居城의 광경은 우리들을 놀라게 했다. 새로 지은 마굿간의 넓기와 크기와 호화로움은 그 소유주가 다른 면에서도 얼마나 안락하게 살고 있는가를 증명해 주었다. 우리들은 층계의 화려함에 놀랐으며, 엄숙한 기분으로 크고 작은 방에 발을 들여놓았다. 식사를 하고 있는 대주교의 키가 작고 또한 그 쇠약한 몸은 주위와 대조를 이루고 있었다. 정원의 경치도 훌륭했고, 그리고 성城의 중앙을 향해서 일직선으로 통해 있는 약 10리나 되는 수로水路는 전 소유자의 의도와 세력의 정도를 분명히 알려주었다. 우리들은 그 주변을 이리저리 소요하면서, 광대한 알자스 평야 끝, 포게젠 산록에 있는 아름다운 경관지역을 차지하고 있는 전 지역내의 곳곳을 두루 감상했다.

우리들은 왕국령王國領의 이 종교적인 전초前哨를 즐겼고, 그 지방에서 푹 쉰 다음, 이튿날 아침 일찍 강대한 왕국의 당당한 문호門戶를 이루고 있는 공개축성지대公開築城地帶에 도착했다. 상상할 수도 없는 노력에 의해서 이룩된 유명한 짜베른의 언덕은 떠오르는 태양에 비쳐 눈앞에 모습을 드러냈다. 마차 세 대가 나란히 달릴 수 있는 넓은 포장도로가 거의 느낄 수 없을 정도의 경사를 이루고서 쌓아올린 험한 암석 위로 구불구불 나 있었다. 도로는 굳고 탄력이 있으며, 보행자를 위한 양편의 약간 높은 평평한 보도, 산수山水를 끌어들이는 석조의 고랑 등, 모든 것이 깨끗하고 정교하게 그리고 영구적으로 정비되어 있었고, 보는 눈에도 이의가 있을 수 없을 정도였다. 마침내 새로 지은 성곽인 파르츠부르크에 도착했다. 이 성곽은 약간 높은 언덕 위에 있었다. 몇 개의 보루堡壘는 거무스레한 암석 위에 같은 종류의 암석으로 우아하게 축조되었으며, 흰 석회를 칠해 메운 접합점은 네모진 돌의 크기를 정확히 나타내어, 시공施工의 정밀함을 역력히 증명하고 있었다. 촌락村落 자체가 마치 성곽과 같이 정연했고, 가옥은 석조였으며, 교회당은 품위가 가득 찬 것이었다. 우리가 거리를 돌아다니고 있을 때 — 일요일 아침 아홉 시경이었다 — 음악이 들려왔다. 사람들은 벌써 요릿집에서 왈츠를 마음내키는 대로 추고 있었다. 이 지방 주민들은 물가가 오르든, 기근饑饉의 위협이 있든 그것으로 자신들의 오락을 방해하려고는 하지 않았다. 우리들의 젊고 쾌활한 기분은 여행에 필요한 약간의 빵을 빵집에서 팔기를 거절당하여, 여관에서는 즉석에서 빵을 먹게 될 터이니 여관으로 가라고 쫓겨났을 때에도 조금도 우울해지지 않았다.

그런 다음 우리들은 그 건축술의 뛰어남을 다시 한 번 감상하고, 알자스를 전망하는 상쾌한 경치를 거듭 즐기기 위하여 말을 타고 언덕길을 내려갔다.

곧 우리들은 부후스바일러에 도착했다. 그곳에서 친구 발란트가 친절한 접대 준비를 하고 있었다. 작은 시골도시의 분위기는 쾌활한 청년들의 기분에 딱 들어맞았다. 가족관계는 우리들에게 더욱 친밀하고도 감동적이다. 유유한 관청사무, 시청의 업무, 농경農耕, 원예園藝 등을 이것저것 적당히 집행하는 사람들의 가정 생활은 우리들에게 호의적인 동정을 불러일으킨다. 사교는 반드시 필요한 것이다. 그리고 여행자는 이런 지역에서 주민의 압력 같은 것을 느끼지 않는다면, 제한된 소수의 사람들 사이에 섞여있는 것은 매우 즐거운 일이다. 이 작은 시골도시는 프랑스의 통치하에서 다름슈타트 주州 백작의 소유인 하나우 리히텐베르크 백작령伯爵領의 수도였다. 이곳은 정부와 의회가 있어서 매우 아름답고 아늑한 왕국령王國領의 중요한 주임지가 되었다. 우리들은 고성古城과 어느 언덕 위에 훌륭하게 설계된 정원을 구경하기 위해서 떠났을 때에는 불규칙한 거리, 불규칙한 건축양식 같은 것은 곧 잊어버리고 말았다. 여러 종류의 공원이며, 길들인 꿩이나 야생 꿩의 사육장, 기타 이와 비슷한 많은 시설물의 흔적 등은 이 조그마한 수도가 이전에는 매우 쾌적했었음에 틀림없다는 것을 나타내고 있다.

그러나 이 모든 관찰보다도 훌륭했던 것은 근처에 있는 바스트베르크에서 완전히 낙원과 같은 지방을 내려다보는 조망眺望이었다. 여러 가지 조개껍질만이 쌓여 있는 이 언덕은 이러한 태고의 흔적으로 인해 처음으로 나의 주목을 끌었던 것이다. 나는 이제껏 이처럼 큰 덩어리로 존재하는 태고의 흔적을 본 일이 없었던 것이다. 그러나 곧 호기심에 찬 시선은 주위의 풍경으로 쏠렸다. 우리들은 최전단最前段의 산정에서 평지를 향해 서 있었다. 북쪽으로는 작은 숲이 연이은 비옥한 평야가 펼쳐져 있었고, 그 끝은 육중한 산맥에 막혀 있었다. 이 산맥은 서쪽 짜베른을 향해 뻗쳐 있었으나, 그쪽엔 주교의 성城과 거기서 10리쯤 떨어진 성聖 요한 수도원을 명확하게 구별할 수 있었다. 거기에서 눈은 멀리 어렴풋이 사라져가는 포게젠 산맥을 따라 남쪽으로 향한다. 시선을 돌려 북동쪽을 향하니 리히텐베르크 성城이 바위 위에 보이고, 다시 남동쪽을 향하니 끝없는 알자스 평야가 속속들이 내다보이며, 더 멀리 안개 속에 묻히는 곳은 보기에도 까마득하고, 끝에서는 시바벤 산맥들이 그늘처럼 지평선에 묻혀 들어가 있었다.

지금까지 각지를 편력遍歷한 얼마 되지 않은 여행을 통해서, 나는 이미 여행 중에 하천의 수로에 대해서 묻고, 극히 작은 수로에 대해서까지 그것이 도대체 어디로 흐르는가를 물어 알아두는 것이 얼마나 중요한 일인가를 알았다. 그러한 질문에 의해서 이제 자신을 둘러싸고 있는 하천 유역의 개관이나 서로 관계 있는 토지의 높고 낮음에 대해서 일단 알게 되었고, 또다시 직관直觀이나 회상에 도움이 되는 이와 같은 해결의 실마리에 의해서 각 지방의 지리적·정치적인 상태를 매우 확실하게 해명할 수가 있었다. 이런 것들을 생각하면서, 나는 사랑하는 알자스에 대하여 엄숙한 작별을 고했다. 우리들은 그 이튿날 아침, 로트링겐으로 떠날 예정이었던 것이다.

그날 밤은 보다 행복했던 과거를 회상하여, 재미없는 현재를 위로하려는 뜻에서 담담한 이야기로 지샜다. 이 지방은 어디에나 그러한 것처럼 이때에도 먼저 최근에 작고한 라인하르트 폰 하나우 백작의 이름이 첫째로 칭송되었다. 그의 위대한 지성과 수완은 그의 행위 전체에 나타났으며, 그리고 생존시를 추억하게 하는 많은 훌륭한 기념물들이 아직도 남아 있었다. 이런 사람들은 현재와 미래에 대한 이중二重의 은인이라는 공적을 갖고 있다. 즉 전에는 그 당시를 행복하게 했으며, 후에는 후대의 사람들의 감정이나 용기를 길러주고 격려해 주는 것이다.

우리들이 서북쪽을 향해서 산악지대로 접어들어 구릉丘陵 지대의 고古 성곽 뤼첼시타인 곁을 통과하여 자르, 모젤 두 강 유역으로 내려갔을 때에, 하늘은 마치 험악한 서부 지방의 상태를 더욱 느끼게 하듯이 구름이 짙어지기 시작했다. 자르 계곡에서 보켄하임이란 조그만 벽촌僻村에 이르자, 저편에는 별장이 하나 있고 집들이 아름다운 노이자르베르덴 부락이 눈에 띄었는데, 이 계곡 양쪽에는 호나우라고 불리는 끝없는 초원의 연속이 자르알베를 거쳐, 한없이 그 기슭에 펼쳐져 있지 않았더라면 황막하다고 할 수도 있는 산들이 이어져 있었다. 여기서는 로트링겐 공작의 왕년의 양마장養馬場이던 몇 개의 건물이 사람의 시선을 끌었다. 그 건물들은 현재는 농장으로 사용되고 있으나, 분명히 그런 용도에도 매우 좋은 위치를 갖추고 있다. 우리들은 자르게민트를 거쳐 자르브뤼크에 도착했다. 이 성城 아래 조그만 도시는 이러한 암석투성이의 삼림지대 속에 있는 한 점의 광명이었다. 소도시는 작고 그리고 구릉지대에 위치하고 있었으나, 전의 영주領主에 의해서 미화美化되어 보기에 명쾌한 인상을 주었다. 그것은 집들은 모두 회백색으로 칠해져 있었고, 또한 집의 높이가 각양각색으로 여러 가지 변화에 찬 조망을 나타내고 있었기 때문이다. 당당한 건물에 둘러싸인 아름다운 광장 중앙에는 소규모이기는 하나 주위와 균형이 잡힌 루터 파派 교회가 있었다. 성城 정면은 소도시와 마찬가지로 평지이나, 뒷면은 그와 반대로 험악한 암석 절벽이었다. 이 절벽에는 손쉽게 계곡으로 내려갈 수 있도록 계단이 되어 있을 뿐 아니라, 골짜기 밑에서는 또한 한쪽은 계류의 위치를 변경하고 다른 한쪽은 암석을 파서는 장방형長方形의 정원 지대를 만들었다. 그리고 이 지면地面 전체에 먼저 흙을 성토盛土하여 거기에 수목을 심었던 것이다. 이 계획이 행해진 시기는 정원을 구축하는 데 있어서 오늘날 풍경화가의 안식眼識의 도움을 빌리는 것과 마찬가지로 건축가의 조언을 받던 시대였다. 호화롭고 아담하고 사치스럽고 우아한 이 성城 전체의 설비는 선대先代의 영주가 그러했던 것과 같은 향락적인 소유주를 연상시키는 것이었다. 장관長官 폰 귄데로데는 매우 정중하게 우리를 영접하였고, 우리들은 3일 동안 예상 밖의 후대를 받았다. 나는 다방면多方面으로 통달하기 위해서 우리들이 친근했던 여러 종류의 지인智人들을 이용했다. 선대先代의 환락을 다한 그 영토의 자연으로부터 혜택받은 장점을 이용하기 위해서 세운 그의 여러 가지 계획도 똑같이 화제가 되었다. 여기에서 나는 실제로 산악지대의 흥취를 느꼈으며, 거의 일생 동안 머리에서 떠나지 않았던 경제적·기술적 관찰의 욕구가 처음으로 솟아났던 것이다. 우리들은 풍부한 두트바일러 탄광에 관해서, 또한 제철소·명반 제조소明礬製造所에 관해서, 더욱이 불타는 산山 이야기까지도 들었다. 그래서 우리들은 이러한 경이驚異를 있는 그대로 보려는 준비를 갖췄다.

이제 우리들은 숲이 무성한 골짜기를 헤치고 전진했다. 이 산들은 훌륭하고 비옥한 토지에서 온 사람에게는 황막하고 쓸쓸하다고 느끼지 않을 수 없었으나, 단지 그 산의 태내胎內에 간직되어 있는 내장물만이 우리들의 관심을 끌 수 있었던 것이다. 우리들은 계속해서 간단하고 복잡한 기계장치를 견학했다. 즉 낫(鎌)공장, 철사 제작공장을 구경했다. 전자前者에 있어서는 기계가 단지 손의 대리 역할을 하는 것을 보고 기뻐했지만, 후자에 있어서는 지능과 지식을 분리해서는 생각할 수 없는 보다 고등한 유기적인 의미에서의 활동을 하고 있는 것을 보고는 매우 기뻐했다. 명반 제조소에서는 매우 유용한 이 원료의 채굴이나 정제精製에 관한 것을 자세히 살폈다. 우리들은 또한 희고 기름지고 푸석푸석하고 흙처럼 생긴 물건의 큰 산더미를 발견하고서 그 용도를 물었다. 그러자 노동자는 미소를 지으면서 "그것은 명반을 제조할 때 표면에 떠오르는 거품인데, 시타우프 씨가 그것을 이용할 수 있다고 해서 모아놓고 있는 중입니다"라고 대답했다. ── "시타우프 씨는 아직 생존해 계신가요?" 하고 일행 중의 한 사람이 깜짝 놀라 소리를 쳤다. 그 노동자는 그렇다고 대답하고, 우리들이 예정된 여정을 따라가면, 그의 고독한 주택에서 멀지 않은 곳을 지나가게 될 것이라고 말했다.

우리들은 그런 다음, 명반수明礬水가 떨어지는 개울을 따라 길을 올라갔고, 그리고는 유명한 두트바일러 탄炭이 채굴되는 지갱地坑이라고 부르는 주갱도主坑道 옆을 통과했다. 이 석탄은 건조했을 때는 뿌옇게 된 철과 같이 푸른 빛깔이며, 움직일 때마다 몹시 아름답고 무지개 같은 빛깔이 그 표면에 어리는 것이었다. 그러나 캄캄한 갱도 입구에는 그 속의 물건이 채굴되어 우리들 주위에 많이 쌓여 있었기 때문에 그것만으로도 이미 그 속에 들어가 보고 싶은 생각이 나지 않았다. 그리고서 우리들은 구워진 판명반板明礬을 회즙灰汁으로 닦아내고 있는 노천갱露天坑에 이르렀고, 그 다음에는 곧 전부터 듣고는 있었지만, 실제로 신기한 일이 우리를 놀라게 했다. 우리들은 계곡에 들어갔는데 거기는 이미 불타고 있는 산의 지역이었다. 강렬한 유황 냄새가 우리들을 둘러쌌다. 골짜기의 좁은 길 한쪽은 붉은기가 도는 백열白熱한 돌로 쌓여 작렬하고 있는 듯했다. 틈바귀에서는 짙은 연기가 솟아오르고 지면의 열기는 두툼한 구두창을 통해서까지 느껴졌다. 이러한 우연한 사건이 ― 어째서 이 지역이 타오르게 되었는지는 알 수 없다 ― 명반 제조에는 커다란 편의를 제공하고 있었다. 즉 산의 표면을 형성하고 있는 명반편明礬片은 완전히 구워진 상태였으며, 그것으로 간단하게 회즙灰汁으로 닦아낼 수 있었기 때문이다. 이 계곡 전체는 사람들이 구워진 명반 조각을 조금씩 집어다 사용했기 때문에 생긴 것이었다. 우리들은 계곡에서 산정으로 기어올라갔다. 골짜기의 좁은 길에 연이어 양쪽으로 퍼진 장소는 기분좋은 너도밤나무 숲으로 싸여 있었다. 약간의 나무는 이미 말라 죽었고, 그 외에 시든 나무들도 있었으며, 그 근방에서는 아직도 청청하여 자신의 뿌리를 위협해 오는 염열炎熱을 느끼지 않고 있는 것들도 있었다.

이 장소에는 각양각색의 구멍에서 연기가 솟아오르고 있었다. 이와 같이 불은 파헤친 낡은 폐갱廢坑 속에서 이미 10년간이나 타고 있는 것이다. 또한 이 불은 새로운 석탄층에 생긴 균열龜裂에도 만연하고 있는 것 같았다. 왜냐하면 이미 사람들이 숲속으로 수백 보 정도 들어가서는 풍부한 석탄층의 뚜렷한 징후를 보고서 파들어가려고 했으나, 얼마 안 가서 노동자들은 맹렬한 연기에 몰려 쫓겨났기 때문이었다. 갱구는 다시 묻혔다. 그러나 우리들이 예의 은둔 중인 화학자의 주택으로 가는 도중에 그 옆을 통과할 때, 그 장소는 아직도 연기가 나고 있었다. 그의 주택은 산과 숲 사이에 있었다. 계곡은 그 근방에서 매우 굴곡이 심해지고 아담한 맛이 있었으며, 사방의 지면은 새카맣고 석탄처럼 보였으며, 또한 석탄층이 여기저기 지면에 노출되어 있었다. 석탄 철학자에게는 — 이전에는 '불의 철학자' 라고 불렸다 — 어쩌면 이보다 더 좋은 정주지는 없을 것이다.

우리들은 주택으로는 그리 구차하지 않은 조그마한 집 앞에 이르렀고, 그리고는 시타우프 씨를 발견했다. 그는 곧 나의 친구를 알아보고는 우리들을 영접한 다음, 새로운 정부政府에 대한 고충을 털어놓았다. 그의 이야기에 의해서, 명반 제조소나 그 외에 좋은 의도를 가진 여러 시설이 외부적인 또는 내부적인 사정으로 인해 비용만 나고 유지가 되지 않는다는 등, 기타 여러 가지 사정을 알게 되었다. 그도 그 당시의 화학자들이 천연물로 달성하는 모든 것에 대해서 정열을 쏟으며, 사소한 것 혹은 지엽적인 것에 대해서는 묘한 관찰을 하면서 좋아하고, 그것도 지식이 충분하지 못해서 실제로 경제적·상업적인 이익을 내게 하는 일의 실행에 대해서는 숙련되어 있지 못했던 사람들 중의 한 사람이었다. 그렇기 때문에 그가 기대하고 있던 그 거품의 이용이라는 것도 전도요원前途瑤遠한 일이었다. 그래서 그는 불타고 있는 산에서 입수한 한 덩어리의 염화암모늄을 우리에게 보여 주었을 뿐이었다.

자신의 불평을 남에게 들려 줄 수 있게 된 것을 매우 기뻐하며, 깡마르고 노쇠한 이 키작은 노인은 한쪽 발에는 구두를 다른 한쪽 발에는 슬리퍼를 신고 흘러내리는 양말을 몇 번이고 추켜올리며, 무거운 발을 질질 끌면서 수지공장樹脂工場이 있는 산으로 올라갔다. 이 공장은 전에 그 자신이 창설한 것인데 지금은 애석하나마 황폐해 가는 대로 내버려 두고 있었다. 거기에는 연결된 난로가 늘어 있는데, 이 난로로 석탄의 유황분을 제거하여 제철에 사용할 수 있도록 하는 것이었다. 그러나 그것과 동시에 기름이나 수지도 이용하려고 생각하여 거기에 매연마저도 놓치지 않으려고 생각했기 때문에 그러한 여러 가지 의도로 인해서 모든 것이 실패로 돌아갔던 것이다. 전의 영주領主는 생존시에는 이 사업을 자신의 도락으로서 장래를 기대하며 사업을 영위해 나갔지만, 오늘날에는 누구든 직접적인 수익을 문제시하고 있었다. 그러나 수익이 있다는 것은 증명이 되어 있지 못했다.

우리들은 이 노老선생을 고독 속에 남겨두고서 — 이미 늦었기 때문에 — 프리드리히스탈 유리공장으로 달려갔다. 지나가는 길이었지만, 이 공장에서 우리들은 인간의 기술적 숙련의 가장 중요한, 그리고 가장 경탄할 만한 활동 중 하나에 대해서 알게 되었다.

그러나 이 뜻깊은 경험보다도 두세 가지의 유쾌한 모험과 노이키르히 부근에서 해질 무렵에 본 의외의 불꽃이 우리들 젊은이에게는 더욱더 흥미가 있었다. 왜냐하면 며칠 전 밤에 자르 강변에서 암석과 관목 사이에 수많은 반딧불이 반짝이는 것을 보았는데, 그것과 마찬가지로 여기서는 불꽃을 뿜는 대장간의 용광로가 우리들에게 재미있는 불꽃을 보여주었던 것이다. 밤이 깊어서 우리들은 계곡 바닥에 놓여있는 용광장熔鑛場에 도착하여 불꽃이 솟는 용광로의 작은 틈에서 흘러나오는 불빛에 희미하게 비쳐지고 있던 판잣집의 어스름을 만족스럽게 생각했다. 졸졸 흐르는 물소리, 물로 움직이는 풍로소리 혹은 용광로 속에 송풍送風하는, 귀를 멍멍하게 하며 정신을 혼란하게 하는 무서운 바람소리에 우리는 마침내 쫓겨나듯이 산 중턱에 위치한 노이키르히 마을로 돌아왔다.

그러나 이날은 여러 가지 일로 휴식도 없었는데도 불구하고, 여기 돌아와서도 여전히 가만히 있을 수 없었다. 나는 행복하게 잠든 친구를 남겨두고서 그곳보다도 높은 곳에 있는 수렵성狩獵城으로 올라갔다. 산과 숲이 멀리 내려다보였으나 맑은 밤하늘에 단지 그 윤곽만을 알아볼 수 있었으며, 산허리나 계곡은 아무것도 볼 수 없는 칠흑이었다. 훌륭하게 보존되어 있는 이 건물은 텅 비어 인적도 없었다. 집 지키는 사람도 사냥꾼도 보이지 않았다. 나는 커다란 유리문을 뒤로 하고서 그 계단에 앉았다. 산 깊은 이곳에서 여름밤의 맑은 지평선에 대해서 더욱 어둡게 보이는 숲에 묻힌 암흑의 대지면을 내려다보거나, 별이 반짝이는 하늘을 우러러보며, 나는 인적 없는 장소에 혼자 오랫동안 앉아 있었다. 그리고 이 같은 적막을 느낀 일은 이제까지 한 번도 없었던 것처럼 생각했다. 그렇기 때문에 별안간 멀리서 부는 피리소리가 발삼 향기처럼 적막한 분위기를 깨뜨렸을 때, 그 소리가 얼마나 기뻤는지 몰랐다. 그때에 내 마음 속에 그리운 사람의 모습이 떠올랐다. 그 모습은 이 여행의 여러 가지 다른 인상 때문에 지금껏 깊숙이 묻혀 있었는데, 점차 뚜렷하게 나타나서는 나로 하여금 그 자리에서 숙소로 달려가게 했다. 숙소에 돌아온 나는 날이 샘과 동시에 떠날 준비를 갖추었다.

돌아오는 길은 갈 때처럼 쉽지 않았다. 쯔바이브뤼켄도 역시 아름답고 진기한 성하도시城下都市였지만, 우리들은 서둘러 통과해 버렸다. 크고 간소한 성, 보리수가 정연하게 심어져 있고 사냥말들을 길들이기 위한 설비가 되어 있는 광대한 광장, 커다란 마굿간, 유희의 도박물로 쓰려고 영주가 세운 민가들에 잠깐 시선을 던졌을 뿐이었다. 이 모든 것, 그리고 주인들, 특히 부녀자들의 복장과 거동은 먼 지방과의 관계를 연상하게 했으며, 이제까지 오랫동안 라인 대안對岸 지방의 모든 사물들에서 피치 못했던 파리와의 연관성을 일목요연하게 나타내고 있었다. 우리들은 교외에 있는 공작의 포도주 창고에도 가보았다. 그것은 광대한 것이었고 술통의 크기와 예술적인 가공이 볼 만했다. 우리는 더욱 앞으로 나아가서는 자르브뤼켄 지방과 비슷한 토지를 찾아냈다. 그곳은 얼마 안 되는 촌락이 황막하고 험한 산 사이에 끼여 있었다. 그곳에는 곡식을 가꾼 흔적은 없었다. 우리는 호른바하를 끼고서 비치 마을로 올라갔다. 이 소도시는 물줄기가 둘로 갈라져 하나는 자르 강으로, 다른 하나는 라인 강으로 흘러들어간다. 이 강 쪽으로 마침내 우리들은 끌려가게 되었던 것이다. 그러나 하나의 산을 둘러싼 아름다운 이 비치 마을과 그 위에 있는 성곽에 주의를 기울이지 않을 수 없었다. 성곽은 절반 정도는 암석 위에, 절반 정도는 암석을 파내고 지은 것이었다. 그 지하실은 특히 주목할 만했다. 거기에는 상당한 수의 인마人馬가 숙영할 수 있는 충분한 장소가 있을 뿐 아니라 훈련을 하기 위한 커다란 굴과 제분소, 예배당, 기타 세상이 불안할 경우에 지하에서 필요한 여러 가지 것들이 있었다.

그런 다음 우리들은 쏜살같이 흐르는 시냇물을 따라 베렌 계곡을 통과했다. 양편 봉우리의 우거진 숲은 이용되지 않고 있었다. 수천 개의 고목이 서로 겹쳐 썩고 있었으며, 절반은 곰팡이 난 원목에서 새 가지가 수없이 싹트고 있었다. 여기서, 두서너 명의 일행이 말한 이야기에는 폰 디트리히[14]라는 이름을 또다시 듣게 되었는데, 우리들은 그때까지 여러 차례 그 이름이 이 산림지대에서 존경을 받으며 이야기되고 있음을 알게 되었다. 이 사람의 근면과 수완, 그의 재산, 그 재산의 이용과 소비 등 일체가 균형을 이루고 있는 것 같았다. 그는 자기의 증식시킨 소득에 대하여 당연한 즐거움을 느꼈고, 또한 자신이 확보한 이익을 당연하게 향수享受할 수 있는 사람이었다. 나는 세상을 널리 견문할수록, 세상에서 일반적으로 유명한 사람의 이름 외에, 모든 지방마다 존경을 받는 사람들의 이름을 알게 되어 한층 기쁨을 느꼈다. 그리고 이때에도 몇 가지 질문을 통해서 폰 디트리히는 다른 사람보다 일찍이 철·석탄·목재 등의 산의 보물의 용도를 알고서 근면히 노력하여 재산을 늘린 사람이라는 것을 쉽게 알 수 있었다.

우리가 도착한 니데르브론은 이 사람에 관한 새로운 증거였다. 그는 이 지방에 훌륭한 제철소를 설립하기 위하여, 이 조그마한 마을을 폰 라이닝겐 백작과 그 외의 공동 소유자들에게서 구입했던 것이다.

이미 로마 인에 의해서 건설되었던 이 목욕장沐浴場 터에 농구農具

---

14) 요한 폰 디트리히(Johann von Diertich). 알자스 제일의 광산 소유자.

를 비롯한 농업상의 기구들과 섞여서 부조浮彫·비명碑銘·주두柱頭·주신柱身 등의 단편 등 귀중한 고대의 유물이 신비한 빛을 나타내며 내 몸 주위에 고대의 정신을 절실히 느끼게 해주는 것이었다.

그래서 우리들이 근처의 바젠부르크 성城에 올랐을 때에는, 그 한쪽 토대가 되고 있는 큰 암석 위에 분명히 남아 있던 메르쿠리우스 신神에 대한 감사의 서약의 비명에도 나는 예배했다. 성 그 자체는 비치 마을에서 평야에 이르는 사이의 마지막 산의 정상에 있다. 그 것은 로마인의 유적遺跡 위에 세운 독일인의 성지聖地였던 것이다. 그 탑에서 다시 한 번 알자스 전체를 조망했고, 뚜렷이 나타난 대성당의 첨탑尖塔이 슈트라스부르크의 위치를 나타내고 있었다. 보다 가까이에는 하게나우의 대삼림이 펼쳐져 있었고, 이 도시의 사원들의 탑이 그 배후에 뚜렷이 솟아 있었다. 나는 그쪽으로 끌려갔다.

우리들은 말을 타고서 폰 디트리히가 훌륭한 성을 구축해 놓았다는 라이히스호프를 지나서 니데르모더 부근의 언덕에서 하게나우 숲 옆을 흐르는 모더의 작고 아름다운 강줄기를 내려다보았다. 그리고는 탄갱을 시찰하겠다는 친구를 남겨두고 떠났다. 그러나 이 시찰도 두트바일러에서라면 물론 그럴 듯한 이야기였겠지만 나는 생각이 내키는 대로 달려서는 지름길로 해서 하게나우를 거쳐 그리운 제젠하임으로 말을 달렸다. 왜냐하면 황량한 산악지대의 조망, 그에 따르는 밝고 비옥하고 상쾌한 평야의 전망도 모두 사랑스러운 매력을 지닌 어떤 대상을 찾고 있던 나의 마음을 묶어놓지는 못했기 때문이다. 이때에도 또한 나에게는 돌아가는 쪽이 갈 때보다는 즐겁게 느껴졌다. 왜냐하면 그 귀로는 나를 내가 온 마음을 바치고 있던 사람과 존경할 수 있는 어느 고귀한 부인 옆으로 이끌어갔기 때문이었다. 그러나 독자를 그녀의 시골 주택으로 안내하기 전에 그녀에 의해서 내가 느꼈던 애정과 만족을 생생하게 하고 높이는 데에 있어서 무척 도움이 되었던 하나의 사건을 우선 이야기하겠다.

근대문학의 지식에 대해서 내가 매우 뒤떨어질 수밖에 없었던 것은 프랑크푸르트에서의 나의 생활과 내가 열중하고 있었던 연구로서 추측할 수 있으며, 또한 슈트라스부르크의 체류도 그 방면에서 나를 진보시키지는 못했다. 그런데 헤르더가 그의 풍부한 지식뿐만 아니라, 많은 재료, 그리고 신간 서적들도 가지고 왔었다. 그 책들 가운데서 그는 《웨이크필드의 목사》[15]를 걸작이라고 우리들에게 소개했는데, 그 독일어 번역판을 그는 자신이 직접 낭독해서 들려 주려고 했다.

그의 책읽는 방법은 매우 독특한 것이었다. 그의 설교를 들은 일이 있는 사람이라면 누구든 그것을 상상할 수 있을 것이다. 그는 무엇을 낭독하든 성실하고 꾸밈이 없었는데, 이 소설을 읽을 때에도 그러했다. 연극적인 표현은 전혀 찾아볼 수 없고, 또한 서사문학敍事文學을 낭독할 때에 허용된다고 하기보다는 오히려 필요로 하는 변화 즉 여러 인물들이 말을 할 경우에 한 사람 한 사람의 말을 뚜렷하게 하고, 또한 다른 문장과 회화를 구별하기 위한 약간의 음성과 변화마저 그는 피했다. 헤르더는 마치 모든 것은 현재의 일이 아니고 역사상의 일인 것처럼, 그리고 이 작품에 나오는 인물들의 모습이 자신의 눈앞에서 약동하고 있는 것이 아니라 조용히 흘러가는 것처럼 하나의 음정으로 그는 모든 것을 읽어 내려갔으나, 그렇다고 결코 단조롭지는 않았다. 실제로 그의 입에서 듣는 이 같은 낭독법은 무한한 매력을 지녔다. 즉 그는 일체를 매우 깊이 감수하였고, 또한 이러한 작품의 다양성을 존중할 줄 알았기 때문에, 하나의 작품의 가치 전체가 순수하게 나타나고, 세부적인 강조에 의해서 혼란을 일으키거나 당연한 전체적인 느낌을 손상시키는 일이 없는 만큼 더욱 명확하게 나타냈던 것이다.

---

15) 영국 소설가 골드스미스(Oliver Goldsmith)의 《The Vicar of Wakefield》. 겔리우스(Gellius)가 1767년에 독일어로 번역했다.

시골의 신교 목사는 어쩌면 당대의 전원시田園詩의 가장 아름다운 제재일 것이다. 그는 멜기세덱[16]처럼 한 몸에 사제司祭와 왕자를 겸한 사람 같았다. 대체로 같은 일을 하고 같은 가정 사정이란 점에 있어서 그는 지상地上에서 생각할 수 있는 가장 순수한 생활 상태, 즉 농민의 그것과 비슷한 생활을 하고 있다. 그는 아버지이며 가장家長이며, 그리고 농부이며 또한 완전한 마을의 일원이었다. 그의 보다 높은 천직은 오히려 이렇듯 순수하고 아름다운 현세의 생활에 기초를 두고 있는 것이다. 즉 그에게 주어진 임무는 인간을 실생활로 인도하고, 정신적인 교육을 돌보며, 그 일생에 있어서 중요나 시기에 축복을 부여하여 그들을 가르치고 격려하며 위로하고, 그리고는 현재의 위로가 불충분할 때는 보다 행복한 미래에 대한 희망을 갖게 해주며, 또한 보증해 주는 일인 것이다. 순수하고 인간적인 마음씨를 갖고 어떠한 경우에도 그것을 굽히지 않을 만큼 강하고, 따라서 이미 그런 점에서 순결·강직을 기대할 수 없는 대중보다도 뛰어난 인간을 상상해 보라. 그리고 이 인물에 대하여 그의 직책에 필요한 지식 및 한시라도 선행을 소홀히 하지 않을 정도로 정열적이고 쾌활하며, 항상 변치 않는 행동을 겸한다면 — 그것으로 충분히 그의 성격을 나타냈다고 할 수 있을 것이다. 그러나 동시에 그가 좁은 범위에 집착해 있을 뿐 아니라, 때로는 보다 협소한 범위 속으로 들어갈지도 모르는 필요한 편협성을 거기에 첨가하고, 그리고 선량, 관용, 침착, 기타 확고한 성격에서 생기는 미점美點을 그에게 부여하고, 더욱이 이 모든 것 이외에 자타自他의 과오에 대한 명랑한 관용과 미소를 갖고서 참는 관용을 덧붙인다면 — 즉 훌륭한 우리 웨이크필드의 모습을 대강 그려볼 수 있을 것이다.

　기쁨과 슬픔을 통한 그의 인생항로에 있어서 이 성격의 표현, 또

---

16) 신의 사제. 구약성서 〈창세기〉 제14장.

한 완전히 자연적인 것과 기이하고 신기한 것이 결합하여 점차로 높아가는 이야기의 줄거리의 재미는 이 소설을 이제까지 씌어진 작품 중에서 가장 우수한 작품으로 간주하고 있다. 더욱이 소설이 갖는 장점은 그것이 완전히 도덕적이며, 또한 순수한 의미에서 기독교적이며, 선한 의지 정의의 고수固守에 대한 보답이 서술되어 있고, 신에 대한 절대적인 신앙을 시인하고, 악에 대한 선의 궁극적인 승리를 확증하고, 그것도 이 모든 것에 대한 사이비 신앙이나 현학적인 흔적이 없는 것이다. 작가가 이 양자에 빠지지 않고 있는 것은 작품 중 도처에 아이러니(反語)로 나타나 있는 보다 높은 정신에 의한 것이며, 이 아이러니에 의해서 작품은 우리들에게 총명하고 쾌활한 인상을 주고 있다. 작가인 의사 골드스미드는 의심할 여지없이 도덕적 세계에 대해서, 또한 그 세계의 가치와 결함에 대해서 뛰어난 식견을 갖고 있다. 그러나 동시에 그는 자신이 영국인이란 사실을 감사히 시인하고 있으며, 그 나라 그 국민이 그에게 제공한 이익을 높이 평가하고 있는 것 같다. 그가 묘사하고 있는 가정은 시민적인 쾌락의 최하층에 속하고 있으나 그것도 그 가정은 최상의 사회와 접촉하고 있다. 그 좁은, 그리고 더욱 좁아지는 생활권이 사태의 자연적 또한 시민적 진전에 의해서, 동시에 넓은 세계와 관련을 갖게 된다. 이 조그마한 조각배는 영국 사회의 굽이치는 물결 위에 떠 있으며, 그리고 기쁘건 슬프건 자신의 주위를 항행하고 있는 거대한 선박들로부터 재난이나 혹은 구조를 기대하지 않으면 안 된다. 우리 독자는 이 작품을 알고 있거나 기억하고 있음을 전제해도 좋으리라. 지금 처음으로 그 이름을 듣는 사람도, 다시 한 번 그것을 읽어보겠다는 생각을 일으키는 사람도 함께 나에게 감사하게 될 것이다. 그리고 읽지 않은 사람을 위해서 미리 말해두겠는데, 이 시골 목사의 아내는 자신에게나 가족에게 조금도 부자유를 느끼게 하지 않는 활동적인 그리고 좋은 성격의 사람이지만, 한편 자신과 가족에 대해서 다소의 자부심을 갖고 있다. 두 딸 중 올리비어는 아름답고 외향적이며, 소피아는 매력적이고 내면적이다. 또한 근면한 아버지를 숭배하고 있는 다소 우락부락한 아드르 모제스의 이름도 들지 않을 수 없다.

헤르더의 낭독에 있어서 만일 결점을 들 수 있다면 그것은 성급하다는 점이다. 듣는 사람이 이야기 줄거리의 어느 부분을 정확하게 느끼고 또한 적당하게 생각해 볼 수 있도록, 그것을 알아듣고 이해할 때까지 그는 기다려 주지 않았다. 성급하게도 그는 즉시 반응을 알려고 했다. 그러나 반응이 나타나면 그것이 또한 불만이었다. 그는 나의 감정이 점차로 넘쳐흐르는 것을 감정의 과잉이라고 꾸짖었다. 나는 인간으로서, 젊은 인간으로서 느꼈다. 나에게는 모든 것이 생생하게 진실로서 눈앞에 보이는 듯했다. 단지 내용과 형식만을 주목하던 그는 내가 소재素材에 압도되고 있는 것을 물론 잘 알고 있으나, 그것을 묵과하지 않았다. 다음에 페겔로브가 나타낸 반응은 특별히 섬세한 것도 아닌 것이어서 더욱 나쁘게 취급했다. 우리들은 작가가 종종 사용하는 대조對照를 예견하지 못하고, 빈번히 반복되는 그 기교를 알아채지 못하고, 단지 감동만 하고 열중했기 때문에 우리들의 통찰력의 부족에 그는 더욱 화를 냈다. 당장 처음 부분에서 비첼이 이야기할 때에, 3인칭에서 1인칭으로 옮겨감으로 비로소 자신의 정체를 나타내려고 했는데, 우리들은 그가 자신의 화제가 되고 있는 귀족 그 자신인 줄 이내 알아내지 못했고, 또한 예측조차 하지 못했으며, 헤르더는 이를 용서하지 않았다. 그리고 가련하고 초라한 나그네가 부유하고 권세있는 귀족으로 변해서 그 정체를 나타냈을 때에야 비로소 우리들은 애처럼 기뻐했기 때문에, 그는 우리들이 작가의 계획대로 건성으로 들어넘겼던 부분을 다시 한 번 지적해 주고 우리들의 우둔을 호되게 책했다. 이런 것에서 그가 작품을 다만 예술작품으로 보았고, 또한 예술작품에서 자연의 산물과 같은 영향을 받아들일 수 있는 상태에서 헤매고 있는 우리들을 향해서 자신과 같은 견지를 요구했던 것을 알 수 있을 것이다.

나는 헤르더의 욕설에 현혹되지 않았다. 일단 젊은 사람으로서는 다행인지 불행인지 어떤 영향을 받으면 그 영향은 그들 자신의 내부에 섭취되어 좋은 일이나 나쁜 일의 근원이 되지 않을 수가 없는 것이다. 전술한 작품은 나도 이유를 설명할 수 없을 만큼 나에게 큰 인상을 남겼다. 실제로 나는 여러 가지 대상, 즉 행과 불행, 선과 악, 삶과 죽음을 초월해서 진실로 시적인 세계를 점유하기에 이르는 반어적反語的인 심술心術에 동감을 느끼고 있었다. 물론 이것은 후일에 이르러 의식한 것이지만, 요컨대 당시 나에게는 이 작품이 매우 부담을 주었던 것이다. 그런데 이와 같은 가상세계에서 그것과 비슷한 현실세계로 곧 자리를 옮길 줄이야 꿈에도 예기치 못했던 것이다.

나의 식탁친구였던 알자스 출신의 바일란트는 종종 근처에 있는 친구들과 친척들을 방문해서는 조용하고 근면한 일상생활을 유쾌하게 보내고 있었는데, 그는 내가 산책을 갈 때면 곳곳의 마을이나 가정을 자신이 스스로 안내해 주며, 때로는 소개장을 써 주기도 하여 여러 모로 편리를 보아주었다. 그런데 바일란트가 슈트라스부르크에서 6시간 거리에 있는 드루젠하임 근처에 상당한 교구敎區를 갖고 있으며, 총명한 부인과 귀여운 두 딸과 함께 살고 있는 어느 시골 목사의 이야기를 나에게 자주 들려 주었다. 그때마다 그는 언제나 그 가정이 손님을 좋아하고 친절하다고 칭찬했다. 그 말을 듣고는 틈만 생기면 언제나 말을 타고서 야외로 나가는 습관을 전부터 가지고 있었던 젊은 기사騎士의 마음은 여지없이 매혹되었다. 그리하여 우리들은 그곳으로 소풍가기로 결정함과 동시에 나는 친구에게 이런 약속을 시켰다. 즉 나를 소개할 때, 나에 관해서 좋게도 나쁘게도 말하지 않을 것, 절대로 나를 무관심하게 취급해 줄 것, 그리고 너무 형편없지는 않더라도 다소 초라하고 허물없는 복장을 하고 가도록 승낙할 것 등이었다. 그는 그것에 동의했으며, 또한 그러는 것도 약간 재미있을 것이라고 기대했다.

지위가 높은 사람이 고유의 내적인 인간의 본질을 한층 더 순수하게 나타내기 위하여 때로는 외부적인 우월優越을 은폐하는 것은 용서받을 수 있는 장난이다. 그렇기 때문에 군주의 미행微行이나 거기에서 생기는 모험에는 언제나 지극히 유쾌한 점이 있다. 그것은 모습을 바꾼 제신諸神의 출현과 같은 것으로서, 한낱 사람으로서 주어진 일체의 선의를 이중으로 높이 평가할 수가 있고, 한편 재미없는 일은 가볍게 취급하거나 혹은 피할 수도 있는 입장에 있다. 제우스 신이 필레몬과 바우키스를 미행 때에 방문하여 즐기고, 혹은 하인리히 4세[17]가 사냥놀이를 한 후 몰래 농부들 사이에 끼여 즐거워했던 것은 매우 자연스러운 일이며, 또한 누구든 좋아하는 일일 것이다. 그러나 지위도 이름도 없는 일개 청년이, 미행에 의해서 어떤 재미를 보려고 생각했다는 것은 용서받을 수 없는 거만일는지도 모른다. 그러나 이 경우에는 기분이나 행위가 문제가 되지 않으며, 또한 어느 것을 칭찬하고 어느 것을 책할 것인가도 문제가 되지 않고, 단지 어느 정도 실현할 수 있는가 하는 것만이 문제가 되기 때문에, 일을 재미있게 하기 위해서 이 젊은이의 자만을 용서하고 싶다. 그뿐 아니라, 변장에 대한 흥미는 그 엄격한 아버지에 의해서 어려서부터 자극을 받았다는 사실을 여기에 밝힘으로써 더욱 용서받고자 한다.

이때에도 나는 낡아버린 나의 의복이나 몇 가지 빌린 의복 장식품, 또는 머리에 빗질을 하는 방법 등에 의해서 보기 싫지는 않지만 적어도 기묘한 모습을 만들어 냈기 때문에, 그 친구는 도중에서 웃음을 참을 수가 없을 지경이었다. 나는 특히 말을 타면 소위 풋내기 기사騎士와 같은 태도와 몸짓을 그대로 흉내낼 수도 있었다. 아름다운 도로와 화창한 날씨, 또한 라인 강 기슭이라는 점이 우리들을 몹

---

17) 바이세가 이 일을 제재로 하여 《Die jagd》에서 취급하고 있다.

시 기분좋게 했다. 우리들은 드루젠하임에서 잠시 쉬었다. 친구는 옷차림을 가다듬고 또한 나는 종종 잊어버릴 우려가 있는 나의 역할을 되새겼다. 그 근방의 땅은 참으로 넓고 평탄한 알자스의 특징을 나타내고 있었다. 우리들은 초원을 가로지르는 아담한 보도로 말을 달려서는 곧 제젠하임에 도착하여 말을 숙소에 맡기고서 어슬렁어슬렁 목사댁으로 걸어갔다. "잘못 알면 안 되네" 하고 바일란트는 멀리서 그 집을 가리키면서 말했다.

"낡고 조잡한 농가처럼 보이지만, 안은 여간 새 것이 아니야."

우리들은 집 안으로 들어섰다. 전체가 매우 내 마음에 들었다. 왜냐하면 이것이야말로 바로 회화적이라고 할 수 있는 내가 네덜란드 미술에서 매혹되었던 그러한 아름다움을 갖고 있었기 때문이었다. 시간이 모든 인공人工에 끼친 영향이 역력하게 눈에 띄었다. 가옥이나 곡식창고나 가축 우리는 폐허 상태에 있었고, 손질을 할까 신축을 할까 하는 결정을 짓지 못하여, 손질도 등한히 하고 신축도 하지 못하고 있는 시기에 놓여 있었다.

마을에서도 그러했지만, 이 집안도 조용하고 인적이 없었다. 들어가니 키가 자그마하고 침착하면서도 매우 친절한 부친만이 혼자 남아 있었다. 가족은 밭에 나가 있었다. 그는 우리들을 환영하여 다과를 권했으나, 우리들은 그것을 사양했다. 친구는 부녀들을 찾으러 나갔고, 나는 주인과 둘이서 기다리고 있었다. ― "아마 당신은 유복한 마을에서 수입이 많은 지위에 있으면서 이런 초라한 집에 살고 있는 것을 매우 이상하게 생각하실 것입니다" 하고 그는 말문을 열었다. 이어서 그는 "그러나 이것도 결단력이 없어서 그런 겁니다. 벌써 오래 전부터 마을 사람들이나 관청 사람들로부터 집을 새롭게 개축하기로 약속이 되어 있으며 몇 개의 설계도도 완성되었고 검토도 했고 변경도 했으며, 전부가 형편없는 것도 아니었는데 하나도 시행되고 있지 않습니다. 이렇게 해서 몇 해를 계속하자, 이제는 참을 수가 없게 되었습니다." — 나는 그가 일을 강력히 추진하도록 희망을 북돋우고 용기를 내도록 대답을 해주었다. 그는 곧 말을 계속하여, 그 사건을 좌우하는 입장에 있는 사람들을 터놓고 설명했다. 그는 특별히 성격묘사에 뛰어난 사람은 아니었으나, 나는 이 일이 왜 침체되지 않으면 안 되게 됐는가 하는 것을 충분히 이해할 수가 있었다. 이 분의 사람을 믿는 데에는 어떤 독특한 태도가 있었다. 그는 이미 10년 지기처럼 나와 이야기를 했고, 그의 시선에서는 나에 대해서 주의를 하고 있는 것처럼 생각되는 점을 찾아볼 수가 없었다. 잠시 후에 친구는 모친과 함께 돌아왔다. 모친은 전연 다른 눈으로 나를 주시하는 것 같았다. 그녀는 단정한 용모에 표정은 영리했으며, 젊었을 때에는 아름다웠을 것임에 틀림없었다. 키가 훤칠하고 마른 몸이었으나, 그 나이에 적합했으며, 균형이 잡힌 몸매였다. 뒷모습을 보니 아직도 매우 젊고 아름다워 보였다. 이내 뒤따라서 큰딸이 활발히 뛰어 들어왔다. 그녀도 전에 돌아온 두 사람과 마찬가지로 프리데리케에 대해서 물었다. 부친은 셋이서 함께 집을 나간 후로는 보지 못했다고 대답했다. 딸은 동생을 찾으러 다시 문 밖으로 나갔다. 모친은 우리들에게 다과를 날라왔고, 바일란트는 부부와 이야기를 계속했다. 일반적으로 아는 사람들이 오래간만에 서로 만나면 광범위한 교제 친구들의 소식을 묻고 서로 알려주곤 하듯이, 세 사람의 이야기도 완전히 아는 친구들이나 사건에 관한 것들이었다. 나는 귀를 기울이면서 이 일단의 사람들에게 내가 얼마나 많은 기대를 가질 수 있는가를 알았다.

큰딸이 동생을 찾지 못한 것을 알리면서 다시 숨가쁘게 돌아왔다. 모두 작은딸 걱정을 하면서 이러쿵저러쿵 좋지 못한 습관을 비난했다. 그러나 부친만은 조용히 말했다.

"내버려 두면 돼. 곧 돌아올 테니까."

이 순간에 실제로 그녀는 문 안에 들어섰다. 참으로 거기에, 이 시골 하늘에 천하에서 아름다운 별 하나가 나타났다. 두 딸은 아직도 독일식이라고 불리는 복장을 하고 있었다. 특히 이 거의 없어지다시피 한 민속의상이 프리데리케에게는 특히 잘 어울렸다. 정말 귀여운 다리를 무릎까지 보이게 하는, 옷단주름이 있고 짧고 희고 둥근 스커트, 몸에 꼭 맞는 흰 코르셋과 까만 명주 에이프런 — 이처럼 그녀는 시골 처녀와 도시 처녀의 중간이었다. 날씬하고 경쾌하고 마치 몸에 아무것도 걸치지 않은 것처럼 걸었고, 그리고는 귀여운 머리의 탐스런 금발머리에 비해서 목줄기는 너무나 가냘프게 보였다. 밝고 파란 눈으로, 그녀는 똑똑히 주위를 둘러보았다. 그리고 고상하고 동그란 코는 이 세상에 아무 근심도 없는 듯이 제마음껏 공기를 들이마시고 있었다. 밀짚모자를 팔에 걸고 있었기 때문에 나는 첫눈에 당장 그녀의 아름답고 귀여운 모습을 보고 그녀를 인정하게 된 것을 기쁘게 여겼다.

나는 점차로 나의 역할을 연출하기 시작했다. 이처럼 선량한 사람들을 조롱하는 것이 다소 부끄러웠다. 이 사람들을 관찰할 만한 시간적인 여유는 충분히 있었다. 왜냐하면 소녀들도 합세해서 이 이야기를 즐겁게 열심히 계속했기 때문이었다. 모든 이웃사람과 연고자들이 또 한 차례 화제에 올랐다. 그리고 나의 공상에는 아저씨, 아주머니, 사촌, 남매, 가는 사람, 오는 사람, 교부敎父, 나그네의 무리가 떠올라서는 몹시 번거로운 세계에 내가 살고 있는 것처럼 여겨졌다. 가족들은 모두 몇 마디씩 나와 말을 나누었다. 모친은 왔다갔다 할 때마다 나에게 주의를 했다. 그러나 제일 먼저 나와 이야기한 것은 프리데리케였다. 그녀는 내가 주위에 흩어져 있는 악보를 집어서 들여다보고 있자, 나에게 피아노 연주를 할 줄 아느냐고 물었다. 할 줄 안다고 대답하자 그녀는 무엇이건 하나 연주해 달라고 청했다. 그런데 부친은 나에게 그렇게 시키지 아니했다. 왜냐하면 주인측이 무엇이건 연주하거나 노래를 해서 우선 손님을 접대하는 것이 예의라고 말했기 때문이다.

그녀는 약간 익숙한 연주를 했지만, 그것은 시골에서 항상 듣는 식이었다. 게다가 그 피아노는 학교 선생이 틈만 있으면 이미 조율해 놓았어야 했을 것이었다. 그리고 그녀는 노래도 시켰다. 부드럽고 애처로운 노래라는 것이었는데, 아무래도 그녀는 노래를 잘 불러내지 못했다. 그녀는 자리에서 일어나 미소를 지으며, 미소를 짓는다기보다는 평상시에 얼굴에 나타나 있는 쾌활하고도 즐거운 표정으로 말했다.

"제가 노래를 잘 부르지 못하는 것은 피아노나 선생님의 탓은 아닙니다. 자, 밖으로 나갑시다. 밖에서 알자스나 스위스의 노래를 들려 드리겠어요. 그것이 더 듣기 좋으실 거예요."

저녁 식사 때에 나는 전부터 이미 머릿속에 떠오르고 있었던 어떤 상상을 하며, 큰딸의 번잡과 동생의 애교로 말미암아 몇 차례나 나의 명상에서 깨어나면서도 나는 혼자 생각에 잠겨 말이 없어졌다. 웨이크필드 가족 중에 내가 지금 실제로 참가하고 있다는 놀라움은 이루 형용할 수 없을 정도였다. 부친은 물론 그 훌륭한 인물과 비교할 수는 없었다. 그러나 그런 인물이 실제 어디에 있겠는가! 그 남편이 지니고 있던 모든 품위를, 그 대신에 여기에서는 부인에게 볼 수 있었다. 그녀의 태도를 보고 있으면, 외경의 정을 느끼지 않을 수 없었다. 부인은 훌륭한 집안에서 교육을 받은 것을 알 수 있었으며, 그녀의 동작은 조용하고 여유있고 쾌활하고 사람을 끄는 매력을 갖고 있었다.

큰딸에게는 올리비어와 같은 아름다운 점은 없었지만, 그러나 좋은 체격으로 쾌활하고 더욱 정열적이었다. 그녀는 언제나 활동적이었으며, 어떤 일에 있어서나 모친을 도왔다. 프리데리케를 프림로우즈 가※의 소피아와 비교한다는 것은 어려운 일이 아니었다. 왜냐하면 소피아에 대해서는 거의 묘사가 없고, 다만 애교가 있다는 말만 덧붙였기 때문이다. 그리고 이 프리데리케는 실제로 그처럼 애교 있는 처녀였다. 같은 직업이나, 혹은 장소가 달라도 같은 처지라면, 똑같지는 않지만 비슷한 결과가 생기는 법인데, 이미 웨이크필드 가정에서도 이야기되고 있던 것과 같은 사건이 화제에 올랐다. 그런데 마침내 최후로 미리 이야기로 듣던 부친이 고대하던 어린 아들이 방 안에 뛰어들어와, 손님들에게 그다지 주의도 하지 않고서 대담하게 우리들 옆에 와서 앉았을 때, 나는 "모제스, 너도 있었구나!" 하고 소리치고 싶은 것을 겨우 참았다.

식사 때에 여기저기에 있었던 재미있는 여러 가지 사건들이 화제에 올랐기 때문에, 그 지방과 가족들의 소식을 한층 상세히 알 수 있었다. 옆에 앉아 있던 프리데리케는 그 이야기 때에 찾아볼 가치가 있는 여러 장소를 나에게 설명했다. 이야기가 다음에서 다음으로 이어져서 나도 그만큼 쉽게 이야기에 끼어서 비슷한 사건의 이야기를 할 수 있었다. 그때 훌륭한 토산土産 포도주가 아낌없이 터져나왔기 때문에, 나는 하마터면 자신의 역할을 잊을 뻔했다. 나보다 조심스러웠던 친구는 아름다운 달빛을 구실로 소풍을 나가자고 제안했고, 즉석에서 찬성을 얻었다. 그는 언니와 팔을 끼고, 나는 동생과 팔을 끼고서 우리들은 넓고 넓은 들판을 걸어갔다. 우리들은 끝이 보이지 않는 지면보다는 머리 위의 하늘을 쳐다보면서 걸었다. 프리데리케의 이야기에는 달빛과 같은 점은 조금도 없었으나, 그녀는 총명한 말솜씨로 밤을 낮으로 만들었다. 그녀의 말에는 감정을 암시하거나 감정을 불러일으키는 점은 조금도 없었다. 다만 그녀가 말하는 것은 전보다도 내 자신에 관한 것이 많아졌을 뿐이었다. 즉 그녀는 자신의 경우와 그녀가 사는 지방에 관한 것, 그녀의 친지들에 대해서 내가 점차 알게 될 이런저런 것을 들려주었다. 그녀는 그 이야기에 덧붙여 그녀들의 집에 한 번 다녀간 손님들이 즐겨 다시 방문해 주듯이, 나도 예외가 되지 말고 방문해 줄 것을 희망했다.

그녀가 자신이 움직이고 있는 작은 세계에 대해서, 또한 특히 존경하고 있는 사람들에 대해서 이야기하는 것을 묵묵히 듣고 있는 것은 매우 즐거웠다. 이러한 이야기를 통해서 그녀는 자신의 경우를 나에게 명확하고 기분좋게 알려줌으로써, 동시에 또한 그것이 매우 좋은 것임을 알게 되었고, 그것을 알게 되자, 또한 그것은 신기한 영향을 나에게 끼쳤다. 왜냐하면 별안간 나는 일찍부터 그녀와 함께 있지 못한 것을 몹시 불쾌하게 여겼으며, 동시에 이제까지 그녀의 주위에 있던 행복을 차지해 온 모든 사람에 대해서, 실로 고통스럽고 억제할 수 없는 질투를 느꼈기 때문이다. 나는 곧 마치 그러한 권리라도 있는 듯이, 그녀가 이웃사람·종형제·교부라고 하는 이름으로 부른 남자들에 대한 이야기를 모두 세밀하게 주의해서 듣고, 이러쿵저러쿵 억측을 해보았다. 그러나 모든 사정은 잘 알 수 없었고, 이런 상황에서 무엇이든 어떻게 찾아낼 수 있을 것인가. 드디어 그녀는 더욱더 말이 많아지게 되었고, 한편 나는 더욱 침묵하게 되었다. 그녀는 말주변이 매우 좋았으며, 그리고 나는 그녀의 목소리를 듣고만 있었는데, 그녀의 얼굴은 주위의 세계와 똑같이 어둠 속에 떠 있었기 때문에, 나는 마치 그녀의 마음 속을 들여다보고 있는 것 같았다. 그리고 그녀의 이러한 마음이 이처럼 터놓고 떠들어댔기 때문에 한없이 깨끗하다고 여기지 않을 수 없었다.

친구는 나와 함께 우리에게 마련해 준 객실로 돌아오자마자, 득의만면해져 통쾌한 농담을 터뜨리기 시작했으며, 그리고 프림로우즈가家와 유사한 점으로 나를 몹시 놀라게 한 것을 크게 자랑했다. 나도 그것에 동의하고 감사를 표시했다 — "참으로!" 하고 그는 외쳤다. "이 이야기는 완전히 정돈되어 있었고, 이 가정은 그 가정과 참으로 닮았어. 그리고 여기에 있는 이 가장假裝의 천사는 자신을 버첼씨로 자처하는 영광을 차지해도 좋을 거야. 더군다나 현실의 생활에는 소설과는 달리 악인들은 없어도 좋기 때문에, 이번에는 내가 그 조카의 역할을 맡아서 그놈보다 훨씬 훌륭한 역할을 해보겠네." —
이 이야기는 나에게도 재미있었지만, 나는 당장에 이야기를 집어치
웠고, 무엇보다도 먼저 그가 나를 실제로 폭로하지나 않았는가를 그
의 양심에 물어보았다. 그는 맹세코 "아니" 하고 대답했다. 나는 그
를 믿을 수 있었다. 그의 말에 의하면 유쾌한 식탁친구들에 관한 것
을 그들은 여러 차례 물었으나, 그것에 대해서 여러 가지 엉터리 이
야기를 해주었다는 것이다. 나는 그래서 다음 질문으로 넘어갔다 —
"그녀는 연애를 했던 일이 있는가, 혹은 현재 연애를 하고 있는가,
또는 약혼이라고 했는가?" 하고. 이 모든 질문에 대해서 부정했다.
"전혀!" 하고.

　나는 말했다.

　"천성적으로 저렇게 쾌활한 것은 나로서는 이해할 수 없어. 연애
를 했고 실연을 했고, 그것으로 안정되었거나, 그렇지 않으면 약혼
을 했거나, 이 두 가지 경우라면 납득할 수 있지만 말이야."

　이런 식으로 우리들은 밤중까지 떠들어댔으나 나는 날이 밝자마
자 잠에서 깨었다. 그녀를 다시 만나고 싶은 간절한 마음을 억제할
수 없었다. 그러나 옷을 입을 때에, 나는 자신이 경솔하게 택했던 보
기 흉한 복장에 깜짝 놀랐다. 옷을 입으면 입을수록 나는 더욱더 천
하게 되는 것처럼 생각되었다. 사실 또한 모든 것이 그런 효과를 노
렸던 것들이었다. 머리 손질 같으면 이럭저럭 어떻게 되었을 터인
데, 입어서 떨어진 빌린 회색 저고리를 마지막에 꼭 껴입고, 그 짧은
소매로 인해서 괴상망측하게 된 모습을, 작은 거울 속에 한 번씩 비
쳐 보았을 때 더욱더 절망에 빠지고 말았다. 왜냐하면 거울에 비친
부분부분이 각각 더욱더 웃음거리로 보였기 때문이었다.

　이렇게 옷을 입고 있는 동안에, 나의 친구는 눈을 뜨고서 푹신한
비단이불 속에서 허물없는 만족감과 그날에 대한 즐거운 기대감에
서 눈을 반짝이고 있었다. 나는 이미 그 이전부터 의자에 걸려 있는

그의 훌륭한 의복을 부럽게 생각하고 있었다. 만일 그가 나와 같은 체격이라면, 나는 그 친구 눈앞에서 그 의복을 들고 나가서는 밖에서 갈아입고서, 나의 그 지긋지긋한 옷을 그에게 남겨놓고는 재빨리 정원으로 나가버렸을 것이다. 그랬더라면 그는 나의 옷을 걸쳐도 괜찮을 만큼 유쾌했으니, 이 이야기는 아침 일찍 유쾌한 결말을 맺었을 것이다. 그런데 그것은 전연 불가능한 것이었으며, 또한 달리 이것이라고 할 적당한 타개책도 떠오르지 않았다. 나에 관해서 근면하고 노련한, 그러나 가난한 신학과 학생이라고 소개했는데, 그렇게 보이는 모습대로 어젯밤 가장한 나에게 그처럼 터놓고 친절하게 이야기했던 프리데리케 앞에 다시 나타나는 것은 나에게는 절대로 불가능했다. 나는 화가 치밀어 여러 가지로 생각을 하면서 모든 궁리를 다 짜내보았다. 그러나 소용이 없었다. 그런데 그때 기분좋게 사지를 뻗치고 있던 친구가 잠시 나를 쳐다보더니 별안간 큰소리로 웃어대며 이렇게 말했다.

"안 되겠어! 사실 자네는 괴상망측하게 보여."

나는 허탈하게 대꾸했다.

"그래, 어떻게 하면 좋은지, 나도 알고 있네. 잘 있게, 그리고 미안하다는 이야기나 해주게."

"이 사람 미쳤나!" 하고, 그는 침대에서 뛰어내리며 나를 잡으려고 하면서 외쳤다. 그러나 나는 이미 문을 나와 층계를 내려 집과 뜰을 벗어나 여관으로 달리고 있었다. 잠깐 사이에 나는 말에 안장을 놓고서, 미친 것처럼 불쾌한 기분으로 드루젠하임으로 말을 몰았고, 그곳을 지나 앞으로 앞으로 달렸다.

이제는 안전하다고 생각했을 때에 나는 천천히 말을 달렸으나, 동시에 지금에 와서 멀어져 가는 것이 한없이 싫어지게 되었다. 그러나 나는 자신을 운명에 맡기고서 차분히 마음을 가라앉히고 어젯밤의 소풍을 마음 속에 그리며, 멀지 않아 다시 그녀와 만날 희망을 고

이 마음 속에 간직하고 있었다. 그런데 이 평온한 마음은 곧 또한 초조로 변해버렸다. 그래서 나는 빨리 도시로 말을 달려가서는 의복을 갈아입고 원기 있는 말을 빌릴 결심을 했다. "그러면 아마 식사 전에는" 하고 흥분한 나머지 망상도 했지만, 그렇지는 않다 하더라도 실제로는 디저트 때나 저녁 때에는 돌아가서 사과를 여쭐 수 있을 것이기 때문이었다.

　이 계획을 실천하기 위해서 말에 채찍질을 하려고 했던 바로 그 순간, 또 하나의, 이것은 매우 좋다고 여겨지는 생각이 머릿속에 떠올랐다. 어제 나는 드루젠하임에서 매우 깨끗한 옷차림을 한 여관집 아들을 본 일이 있는데, 그는 오늘도 아침 일찍 농원 손질을 하면서 뜰에서 나에게 인사를 했다. 그는 나와 같은 체격이었다. 나는 재빨리 내 일을 돌이켜 생각해 보았다. 생각을 했으면 즉시 실행하라! 말 머리를 돌리자마자, 나는 이내 드루젠하임에 도착해 있었다. 마굿간에 말을 집어넣고, 나는 그 젊은이에게 제젠하임에서 잠깐 재미있는 장난을 할 계획인데, 당신의 옷을 좀 빌려주지 않겠는가하고 단도직입적으로 제의했다. 내가 자세한 이야기를 해줄 필요도 없었다. 그는 나의 제의에 기꺼이 응해주었고, 그리고 내가 아가씨들을 유쾌하게 해주려는 것을 칭찬했다. 그리고 그녀들은 몹시 성실하고 마음이 착하며, 특히 프리데리케가 그러하며 양친도 언제나 유쾌하고 즐거운 일이 있기를 바라고 있다고 그는 말했다. 그리고 그는 나를 조심스럽게 관찰하고, 그리고는 나의 복장으로 미루어 보아 가난한 학생으로 여겼는지 그는 이렇게 말했다.

　"잘 보이려면 그것이 묘안이죠."

　그러는 사이에 우리들은 옷을 바꿔 입었다. 그는 본래 자신의 예복을 내 옷과 바꿔 줄 아무런 까닭도 없었지만, 그는 사람을 의심하지 않았을 뿐 아니라, 내 말이 그 집 마굿간에 있기도 했기 때문이었다. 곧 나는 매우 날씬한 모습으로 가슴을 펼쳐 보였다. 그는 자신의 닮은 모습을 기분좋게 관찰하고 있는 것 같았다. "됐어, 친구!" 하며 그는 나에게 악수를 청했고, 나는 힘차게 그의 손을 잡았다.

"내 아가씨에게는 너무 접근하지 마시오. 착오라도 생길지 모르니까요."

요즘에는 다시 충분히 자란 나의 두발은 대체로 그의 두발과 같이 가를 수가 있었다. 그리고 계속해서 그의 얼굴을 자세히 들여다보았을 때에, 나는 이 진기한 계획에 있어서, 나의 외모도 두 눈썹이 붙은 멋쟁이로 만들기 위해서, 불에 태운 코르크를 이용해서 나보다도 짙은 그의 눈썹을 적당히 흉내내어 눈썹 사이를 더욱 대어서 그려놓으면 재미있으리라고 생각했다. 그가 리본이 달린 모자를 나에게 주었을 때에, 나는 이렇게 말했다.

"그런데 목사님 댁에 어떤 전해 드릴 것이라도 없는지요. 그러면 목사님 댁을 자연스럽게 방문할 수가 있을 터인데."

"좋습니다" 하고 그는 대답했다. "그러나 두 시간 동안 기다려야 합니다. 우리 집에 산부産婦가 있어서요. 목사님 아주머니에게 과자를 전해 드리는 일을 내가 맡으려고 했는데, 그렇다면 그것을 갖다 주십시오. 자랑을 하는 데도 힘이 드는군요."

나는 기다리기로 결심했다. 그러나 이 두 시간은 나에겐 한없이 긴 시간이었다. 그리고 과자가 오븐에서 나오지도 않았음에도 세 시간이 지났을 때에, 나는 초조해서 풀이 죽어버렸다. 잠시 후, 마침내 따뜻한 과자를 받아들고 그리고 이 신임장을 들고서 아름다운 햇빛 속에서 도중까지 그의 환송을 받으며 길을 서둘렀다. 그는 저녁에 틀림없이 내 뒤를 따라와서는 내 옷을 갖다 주겠다고 했으나, 나는 그것을 단연 거절하고 내가 그의 옷을 갖다 주겠다고 했다.

깨끗한 냅킨으로 싼 선물을 가지고서 나는 길을 달렸다. 그런데 곧 멀리에 친구가 두 여자와 이쪽을 향해서 오고 있는 것을 발견했다. 나의 가슴은 마치 이 윗옷에 맞지 않는 듯이 죄어들었다. 나는 발을 멈추고 한숨을 돌리고는 뭐라고 입을 열면 좋을까 생각해 보았다. 그런데 그때에 지형地形이 나에게 매우 유리한 것을 알아차렸다. 왜냐하면 그들은 냇물 저편을 걸어오고 있었는데, 냇물과 그 냇물의 양쪽에 뻗쳐 있는 풀밭 때문에 양편 소롯길이 약간 간격이 나 있었다. 그들이 바로 내 건너편에 왔을 때, 미리부터 나를 발견했던 프리데리케가 소리를 질렀다.

"게오르게 씨, 무엇을 가지고 와요?"

나는 재빨리 벗은 모자로 얼굴을 가리고, 냅킨으로 싼 물건을 높이 들어 보였다.

"어린애 세례과자洗禮菓子로군요!" 하고 그녀는 소리쳤다. "언니는 어떠세요?"

"건강합니다."

나는 알자스 사투리는 아니었지만, 다른 사람의 목소리를 내려고 애썼다.

"집에 갖다 두세요!" 하고 언니가 말했다. "혹시 어머니가 안 계시면 하녀에게 주세요. 그리고 곧 돌아갈 테니, 우리를 기다리세요. 알았죠?"

나는 처음부터 일이 잘 되었기 때문에, 만사가 잘 되리라는 무한한 희망에 즐거운 마음으로 길을 서둘렀다. 그리고는 곧 목사댁에 도착했다. 집안에도 주방에도 인기척 하나 없었다. 주인은 서재에서 일을 하고 있을 것으로 추측했으나, 나는 그를 흥분시키고 싶지 않아서 문 앞에 있는 벤치에 앉아 과자를 옆에 놓고 모자로 얼굴을 가리고 있었다.

이때보다 더 유쾌했던 기분은 쉽게 기억할 수가 없다. 얼마 전에 절망에 빠져 비틀대며 튀어나갔던 이 입구에 나는 지금 앉아 있다. 이미 그녀와 다시 만났고 그녀의 귀여운 목소리도 이미 다시 들었던 것이다. 게다가 자신의 불안에서 오랜 이별이 되리라고 생각했던 직후인 것이다.

그녀와 자신의 정체가 매순간 탄로나기를 기다리고 있노라니 가슴이 뛰었다. 더욱이 이러한 기만의 경우는 폭로되어도 수치가 되지 않는다. 우선 어제 웃음거리가 되었던 어느 장난보다도 더 재미있는 장난을 해야겠다. 사랑과 필요는 분명히 최고의 스승이다. 이번에는 그 양자가 협력하여 작용하고 있다. 그리고 제자는 그 스승의 명예를 더럽히지는 않았다.

그런데 하녀가 곡식창고에서 나왔다. ― "아, 과자로군요" 하고 나에게 말을 걸었다. "언니는 어떠세요?" ― "건강해" 하고 나는 대답하고, 눈을 쳐들지 않은 채 과자 쪽을 가리켰다. 그녀는 냅킨 보따리를 손에 들고 중얼댔다.

"아니 오늘은 또 어찌된 일이에요. 바르바라가 또 다른 남자에게 눈독을 들였나요! 우리들에게 너무 화풀이하지 마세요. 그런 일을 하고 있으면 매우 좋은 부부가 되겠군요."

하녀가 약간 높은 음성으로 떠들어 댔기 때문에, 목사님이 창가에 나타나 "무슨 일인가?" 하고 물었다. 하녀는 목사에게 내용을 알렸다. 나는 자리에서 일어나서 목사님 쪽을 바라보았으나, 모자는 여전히 얼굴에 대고 있었다. 목사님은 친절하신 말씀으로 돌아가지 말고 있으라고 하셨다. 그런 다음 나는 정원 쪽으로 걸어갔다. 그리고 정원 안으로 들어가려고 했을 때 대문을 들어오고 있던 목사님 부인이 나에게 말을 걸었다. 태양이 바로 얼굴에 비쳤기 때문에 다시 한번 모자가 주는 혜택을 이용했다. 그리고 그녀에게 발로 땅을 비비는 인사를 했다. 그녀는 음식을 준비할 때까지 돌아가지 말라고 나에게 부탁하고는 집 안으로 들어갔다. 나는 정원 안을 거닐었다. 모든 일이 이제까지는 순조롭게 진행되었으나, 잠깐 있으면 젊은이들이 돌아오리라고 생각하니, 한숨이 나왔다. 그런데 우연히 부인이 내 옆에 와서는 무엇인가 물어보려고 내 얼굴을 들여다보았을 때 더 이상 나는 얼굴을 가릴 수도 없었다. 부인의 말은 막혀 버렸다.

"게오르게를 찾고 있는데" 하고, 잠시 후에 부인이 말했다. "아니 이게 누굽니까! 당신이군요? 도대체 모습을 몇 개나 갖고 계십니까?"

"진정으론 하나뿐이고요. 장난할 때는 얼마든지 댁에서 원하시는 대로."

"장난을 망쳐놓지는 않겠어요" 하고 부인은 미소를 지었다. "정원 뒤쪽으로 해서 초원에 가 계시는 것이 좋을 것입니다. 12시가 되면 돌아오세요. 장난할 준비를 해놓을 테니까요."

나는 그 말에 따랐다. 그런데 정원 뜰의 울타리를 나서서 그리고 는 초원쪽으로 가려고 했을 때, 마침 샛길에서 2,3명의 마을 사람들 이 걸어와서는 나를 당황하게 했다. 그래서 나는 바로 옆에 있는 언 덕 위의 숲 속으로 길을 바꾸었다. 그 숲 속에서는 정해진 시간까지 무엇이라고 표현할 수 없는 신기한 기분이 들었다. 왜냐하면 벤치가 놓여있는 깨끗한 공터가 나타났으며, 어느 벤치에서나 주위의 아름 다운 조망을 즐길 수 있었기 때문이었다. 한편으로는 마을과 교회탑 이 보였고, 또한 다른 한편에는 드루젠하임이 보였고, 그 뒤에는 수 목이 우거진 라인 강의 섬이 있고, 맞은편에는 포게젠의 연산連山과 끝으로 슈트라스부르크의 대성당이 보였다. 이러한 여러 가지 찬란 한 그림이 숲의 그림에 담겨져 있었으며, 이보다도 더 즐겁고 보기 좋은 조망은 볼 수 없을 정도였다. 나는 하나의 벤치에 자리잡고 앉 아서는 가장 튼튼한 나무에 '프리데리케의 휴식' 이라고 쓰인 작고 길쭉한 나뭇조각이 붙어 있음을 발견했다. 이 휴식을 깨뜨리러 내가 온 것이라고는 조금도 생각지 못했다. 왜냐하면 싹이 트려는 정열은 자신의 기원을 스스로도 알 수 없는 것과 마찬가지로, 그 종말을 생 각해 보지도 않는 것이다. 그리고 즐겁고 쾌활한 마음을 갖게 되며, 불행 같은 것을 가져오리라고는 예감조차 하지도 않기 때문이다. 그 것이 또한 정열의 아름다운 점이기도 하다.

나는 여유 있게 사방을 둘러볼 여유도 없이 달콤한 꿈에 정신을 잃는 순간, 그때 누군가 걸어오는 발소리가 들려왔다. 그것은 바로 프리데리케였다.

"게오르게 씨, 거기서 뭘 하고 계세요?" 하고 그녀는 멀리서 말을 걸었다.

"게오르게가 아닙니다."

나는 그녀 쪽을 향해서 달리면서 외쳤다.

"천만 번 사과를 드리고 있는 인간입니다."

그녀는 깜짝 놀라서 나를 뚫어지게 보더니, 곧 정신을 차리고는 한숨을 내쉬고서 말했다.

"지독한 분이셔. 그렇게 놀라게 하시다니!"

"최초의 변장의 죄로, 두 번째 변장을 하게 되었습니다" 하고 나는 말했다. "처음 것은 내가 누구 집에 가게 된다는 것을 알고 있었더라면, 용서받지 못할 것이었습니다. 그리고 이번 것은 당신이 친절하게 대해 줄 수 있는 사람의 모습이기 때문에 틀림없이 용서해 주시겠지요."

그녀의 다소 창백한 볼이 더할 나위 없이 아름다운 장밋빛으로 물들었다.

"적어도 게오르게 씨보다는 푸대접하지는 않겠어요. 자! 여기 앉으십시다. 사실은 너무 놀라서, 정신이 나갈 뻔했어요."

나는 몹시 감동해서 그녀 옆에 앉았다.

"오늘 아침까지의 이야기는 친구분에게서 모두 들었어요. 그러니 그 다음의 이야기를 해주세요."

나는 두 번 다시 재촉을 받지 않고서, 어제 모습이 싫어진 것과 집에서 튀어나갔던 모습 등을 재미있게 이야기했기 때문에, 그녀는 애교 있게 마음껏 웃었다. 그리고 나는 다른 이야기들도 했는데 매우 조심스런 말투였으나, 그것은 이야기의 형식을 빌린 사랑의 고백이라고 볼 수 있을 정도로 정열적이었다. 드디어 나는 내 손 안에 든 그녀 손에 입을 맞추어 그녀와 다시 만난 기쁨을 표시했다. 어젯밤 달빛 아래에서의 산책에서는 주로 그녀가 이야기를 했지만, 이번에는 내 쪽에서 충분히 빚을 갚았다. 그녀와 다시 만나서 어제 사양했던 모든 것을 이야기할 수 있게 된 기쁨은 말로 다할 수 없었고, 나는 이야기에 열중한 나머지 그녀가 가만히 생각에 잠겨 묵묵해진 것을 알아채지 못했을 정도였다. 그녀는 두세 번 깊은 한숨을 쉬었다. 나는 그녀에게 몇 번이고 놀라게 한 것을 사과했다. 얼마 동안이나 함께 앉아 있었는지 나는 몰랐다. 그런데 별안간 "리케, 리케!" 하고 부르는 소리가 들렸다. 그것은 언니의 목소리였다.

"재미있는 일이 일어날 거예요" 하고 완전히 전과 같이 쾌활해진 그 귀여운 소녀가 말했다. "언니가 제 옆으로 올 테니까요" 하고 그녀는 나를 절반 숨기듯이 옆으로 돌아보며 말했다. "이내 알아보지 못하게 저쪽을 쳐다보고 계셔요."

언니가 빈터에 들어섰다. 그러나 혼자가 아니고 바일란트와 함께였다. 그리고 두 사람은 우리들을 보고는 화석처럼 움직이질 못했다. 비록 조용한 지붕에서 별안간 불꽃이 터져나오는 것을 본다 하더라도, 혹은 흉악한 무서운 괴물을 만난다 하더라도 도덕상 있을 수 없다고 생각되는 사건을 우연히 목격했을 때의 놀라움보다 더 심한 경악에 휩쓸리지는 않을 것이다.

"어찌된 일이야!" 언니는 놀란 사람의 허둥지둥하는 모습으로 소리를 쳤다. "무슨 짓이지? 게오르게 씨와! 그것도 두 손을 맞잡고! 어떻게 된 셈이야?"

"언니" 하고 프리데리케는 근심스런 얼굴로 대답했다. "불쌍한 사람이에요. 이분이 나에게 용서해 달라고 하면서 언니에게도 사과해야 할 일이 있대요. 하지만 언니가 먼저 이분을 용서해 주어야 해요."

"무슨 일인지 난 모르겠다" 하고 언니는 머리를 저으며 바일란트를 돌아보면서 말했다. 바일란트는 그이답게 침착하게 조용히 서서는 아무말 없이 사태를 바라보고 있었다. 프리데리케는 자리에서 일어나 나를 잡아당겼다.

"자, 꾸물거리지 마시고!" 하고 외쳤다. "사과하고 용서를 받으세요."

"서두를 건 없어요" 하고 나는 언니 옆으로 가까이 다가가며 말했다.

"용서해 주십시오."

언니는 뛰어 물러서며 큰 소리를 지르고 얼굴을 붉혔다. 그리고 그녀는 풀밭 위에 뒹굴며 터무니없이 큰 소리로 그칠 줄 모르고 웃어댔다. 바일란트는 기분이 좋아서 빙그레 웃으며, "자넨 대단한 놈이야" 하고 내 손을 잡고 흔들어댔다. 평소에 그는 간사스런 짓을 좋아하지 않는 사람이었기 때문에, 그의 악수에는 진지하고 원기를 북돋아주는 무엇이 있었다. 그러나 그것마저 그는 아끼는 성격이었다.

잠시 쉬면서 기분을 가라앉힌 뒤, 우리들은 마을로의 귀로에 올랐다. 도중에 나는 어떻게 해서 이와 같이 기적적으로 만나게 되었는가를 알게 되었다. 프리데리케는 식사 전에 자신의 휴식처에서 조금 쉬어가려고 생각하고서, 소풍의 마지막 길에서 떨어져 나왔던 것이다. 그래서 두 사람이 집에 돌아가니, 모친이 점심식사가 준비되었으니, 빨리 프리데리케를 불러오라고 두 사람을 보냈던 것이었다.

언니는 두말 할 나위 없이 즐거워했다. 그리고 어머니는 이미 이 비밀을 알고 계신다고 듣고서, 그녀는 소리를 질렀다.

"그러면 남은 것은 아버지와 동생, 그리고 하인 · 하녀. 모두 똑같이 속여먹어야지."

우리들은 정원 울타리 옆까지 왔을 때에 프리데리케와 친구를 먼저 집으로 보냈다. 하녀는 뜰 안에서 일을 하고 있었다. 그리하여 올리비어(언니를 여기서는 이렇게 불러도 좋을 것이다)가 하녀에게 말을 걸었다.

"잠깐 너에게 할 이야기가 있는데."

나를 울타리 옆에 세워두고는 그녀는 하녀에게로 갔다. 그녀가 엄숙한 표정으로 이야기하고 있는 것을 나는 보고 있었다. 올리비어는 게오르게가 약혼 상대인 바르바라와 사이가 나빠져서 그녀(하녀)와 결혼하고 싶은 생각이 난 것 같다고 하녀에게 들려 주었다. 그것은 하녀에게도 그리 싫은 이야기는 아니었다. 그리고는 내가 불려가 지금의 이야기의 보증을 해야 했다. 귀엽고 순박한 그녀는 밑을 내려다보고는 내가 앞에 갈 때까지 그대로 서 있었다. 그런데 그 처녀는 별안간 낯선 얼굴을 보게 되자, 아우성을 치며 달아나 버렸다. 올리비어는 나에게 그 처녀를 쫓아가서 집 안에서 소동을 일으키지 않도록 꼭 잡고 있으라고 명령했다. 그녀는 자신이 직접 가서 아버지의 상태를 보고 오겠다는 것이었다. 도중에 올리비어는 하녀를 사랑하고 있는 하인을 만났다. 한편 나는 하녀를 쫓아가서 그 처녀를 꼭 붙들고 있었다.

"생각 좀 해봐! 참 행복한 일이지!" 하고 올리비어가 말을 걸었다.

"바르바라하고 손을 끊고 게오르게가 리제하고 결혼한다는군."

"전부터 그럴 줄 알았어요."

선량한 그 남자는 이렇게 말하고 마땅치 못해서 그 자리에 서 있었다. 나는 단지 부친을 속이려는 것이 목적이라고 하녀에게 납득을 시켰다. 우리들은 하인 쪽으로 걸어갔으나, 그는 등을 돌리고는 가버리려고 했다. 그러나 리제가 그를 끌어왔다. 그리고 그는 사건의 진상을 듣고는 매우 이상한 표정을 지었다. 우리들은 집을 향해서 함께 걸었다. 식사 준비는 이미 되어 있었고, 부친은 벌써 그 방에 와 있었다. 올리비어는 나를 뒤에 세우고서 방문까지 가서 말했다.

"아버지, 게오르게 씨도 오늘 우리와 함께 식사해도 좋지요? 그런데 모자를 쓰고 있어도 좋다고 허락해 주세요."

"좋아!" 하고 노인은 말했다. "헌데, 왜 그런 이상한 짓을 하니? 부상이라도 당했나?"

그녀는 모자를 쓰고 서 있는 나를 앞으로 끌고 갔다. "아녜요!" 하고 그녀는 나를 방 안으로 끌고 들어가며 말했다. "하지만, 모자 밑에 새둥우리를 넣었기 때문에, 새끼들이 날아와서 망측한 소동이라도 일으킬지 몰라요. 아주 버릇없는 새들이니까요."

부친은 무슨 뜻인지 잘 몰랐지만 이 농담에 대해 이러쿵저러쿵 말하진 않았다. 그 순간, 그녀는 내 모자를 벗기고 발을 비비는 인사를 하고 나에게도 같은 짓을 권했다.

노인은 나의 얼굴을 보고 나라는 것을 알았으나, 목사다운 침착한 태도를 잃지 않았다. "아! 목사의 달걀이로군!" 하고 손가락을 쳐들어 위협하는 시늉을 하며 말했다. "빨리도 변했군. 하룻밤 사이에 나는 조수를 잃었군. 내 대신에 가끔 평상시에 설교단에 올라가 주겠다고, 어제 굳은 약속을 나에게 했건만." 이렇게 말하면서 진심으로 웃으며 나를 환영해 주었다. 그리고 우리 일동은 식탁에 자리잡았다.

모제스는 상당히 늦게서야 들어왔다. 그는 귀염만 받고 자란 막내아들이었으며, 12시 종소리를 들은 체 만 체할 때가 많았다. 그뿐 아니라, 여러 사람들을 그리 염두에 두지 않았으며, 자신의 마음이 내키지 않으면 거의 그런 것은 문제로 삼지 않았다. 나는 더욱 안전한 방법을 쓰기 위해서, 자매 사이에 앉지 않고 게오르게가 자주 앉았던 이 식탁 말석末席에 자리잡았다. 그는 내 뒤쪽 문에서 방으로 들어와서는, 내 어깨를 무심히 두드리면서 말했다.

"게오르게, 많이 잡수세요."

"고마워, 꼬마 아가씨" 하고 나는 대답했다.

낯선 음성과 얼굴에 그는 깜짝 놀랐다.

"어때?" 하고 올리비어가 말했다. "이분, 그분과 꼭 닮았지?"

"음, 뒤에서 보면" 하고 그는 이내 정신을 가다듬고서 대답했다. "누구나 닮아 보이는 거야."

그는 벌써 나를 두 번 다시 쳐다보지도 않았으며, 다른 사람들을 따라가느라 음식을 열심히 삼키고 있었다. 그리고 때때로 자리에서 일어나서는 뜰과 정원에서 제멋대로 하고 싶은 일을 했다. 디저트 때에, 진짜 게오르게가 들어와서 자리는 더욱 번잡해졌다. 모두 그의 질투심을 놀려댔고, 그가 나와 사랑의 경쟁을 한다는 것은 찬성할 수 없다고 말했다. 그러나 그는 겸손하고 매우 능란했으며, 절반 우물쭈물하는 식으로 자신의 일, 약혼자에 관한 것, 자신을 모방한 나에 관해서, 그리고 아가씨들에 관한 이야기들을 뒤범벅을 만들어 마지막에는 누구 이야기를 하는지 알 수가 없게 되어, 그가 포도주와 자신의 집에서 만들어 온 과자 한 쪽을 의젓이 맛있게 먹고 있는 것을 그대로 보고 있었다.

식사가 끝난 후에, 산책을 나가자는 말이 나왔다. 그러나 그것은 나의 농부옷으로서는 재미가 없었다. 그런데 여자들은 이미 오늘 아침 일찍이 내가 그처럼 헐레벌떡 도망친 것을 들었을 때에, 사촌이 여기 체류하는 동안 사냥할 때에 항상 입고 다니는 술 달린 좋은 저고리가 옷장에 걸려있음을 생각해 왔던 것이다. 그러나 나는 그것을 거절했다. 표면상으로는 여러 가지 농담을 하면서 거절했으나, 속으로는 내가 농부로서 자아낸 좋은 인상을 사촌으로 인해서 파괴하고 싶지 않다는 허영심이 있었기 때문이었다. 부친은 낮잠을 자러 방을 나갔고, 모친은 여전히 가사에 분주했다. 그래서 친구는 나에게 무슨 이야기라도 하라고 제안했다. 나는 즉석에서 승낙했다. 우리들은 널찍한 정자로 나가, 후에 〈신新 멜루지네〉라는 제목으로 완성한 이야기를 들려주었다. 그것은 〈신新 파리스〉에 대해서, 대략 청년이 소년에 대한 것과 같은 관계에 있는 것이다. 지금 우리를 기분좋게 둘러싸고 있는 전원의 현실과 소박함을 공상의 엉뚱한 장난으로 손상시킬 우려만 없다면 그 이야기를 여기에 삽입하겠으나, 그것은 그만 두겠다. 요컨대 나는 이런 작품의 작자 및 화자話者의 성과를 내는 데 성공했던 것이다. 즉 호기심을 자극하고, 주의를 끌며, 간파하기 어려운 수수께끼를 사전에 풀어 주고, 기대를 기만하고, 기묘한 일에 한층 기묘한 일로 혼란을 야기하게 하고, 동정과 공포를 느끼게 하고, 초조하게 만들고, 감동시키고, 최후에 중대사건으로 보였던 것을 재치 있고 명랑한 농담으로 변화시켜 그것으로 감정을 만족시키고, 상상력에는 다음의 상상에의 소재를 남기고, 오성에는 더욱 숙고할 제목을 남겨 주었다.

후일 누군가가 이 이야기가 인쇄된 것을 읽고는 과연 이러한 효과가 있을까 하고 의심하는 사람이 있다면, 본래 인간은 타인에게 단지 현실에서 직접 작용하는 천분天分만을 생각해 주기 바란다. 쓴다고 하는 것은 언어의 오용誤用이며, 조용히 혼자 읽는다는 것은 담화의 가련한 대용代用에 지나지 않는다. 인간은 타인에 대해 그 인격에 의해서, 그가 나타낼 수 있는 일체의 영향을 주는 것이다. 청년은 청년에 대해 가장 힘차게 작용한다. 그리고 거기에 가장 순수한 효과도 생기는 것이다. 이 작용에 의해서 세계는 생기를 띠고, 정신적으로도 물질적으로도 사멸하지 않는 것이다. 나는 부친에게서 일종의 훈계적인 장광설을 계승했고, 모친에게서는 상상력을 제조하고 그리고 파악할 수 있는 모든 것을 재미있고 힘차게 표현하고, 이미 알고 있는 이야기에 신선미를 부여하고, 다른 이야기를 창작하기도 하고 이야기하기도 하고, 그뿐 아니라 이야기하면서 창작해 나가는 천분을 이어받았다. 나는 부친에게서 이어받은 천분으로 인해서 나는 친구들에게 대개 불쾌한 존재였다. 왜냐하면 누구나 타인의 의견이나 사고방식을 듣기 좋아하지 않으며, 특히 경험이 천박하여 언제나 판단이 미숙한 듯이 보이는 젊은이의 경우에는 더욱 그러할 것이기 때문이다. 그와 반대로 모친은 사교적인 담화를 잘할 수 있는 소질을 나에게 충분히 남겨주었다. 극히 허황된 이야기를 하더라도, 그것으로써 이미 상상력에 대해서는 강한 매력을 주었고, 아무렇지도 않은 내용도 이성理性에게는 감사와 함께 환영을 받는 것이었다.

나로서는 조금도 힘이 들지 않았던 이런 화술 때문에 나는 어린이들로부터 사랑을 받았고, 청년들을 감동시키고 그리고 즐겁게 해주었으며, 또한 연장자의 주목을 끌었다. 다만 보통 세간世間의 사교장에서는 이 같은 실습을 중지하지 않을 수 없었다. 그리고 그로 인해서 나는 인생의 향락과 자유로운 정신의 개발을 방해받은 일이 매우 많았다. 그러나 양친으로부터 이어받은 이 두 가지 자질은 일생 동안 나에게서 떠나지 않았으며, 그리고 제3의 자질, 즉 비유적으로 또한 우의적寓意的으로 자신을 표현하려는 욕구와 결합하기도 했던 것이다. 매우 식견이 있고 총명한 의사인 갈[18]은 그의 학설에 의해서, 나에게서 인정한 이상과 같은 성질에 관해서, 본래 나는 대중연설가로 태어났다고 단언했다. 이러한 언명을 받았을 때에 나는 적지않이 놀랐다. 왜냐하면 만일 이 설說이 정말 근거를 갖고 있다면 우리 국민을 상대로 이야기하려고 생각했던 것은 하나도 찾아볼 수 없었기 때문에, 그 이래 내가 계획했던 것은 모두 유감스럽게도 사명을 그르친 것이었기 때문이다. (하권에 계속)

---

18) 갈(Franz Josef Gall, 1758-1828) 박사의 두개골에 관한 강의를 괴테는 1805년에 할레에서 청강했다.

옮긴이 **박환덕**

서울대 문리대 독문학과 졸업.
독일 뮌헨에서 독어독문학 연구.
서울대 교수, 오스트리아 카프카학회 회원,
한국 카프카학회 회장,
한국독어독문학회 회장, 한국문학번역원장 역임.
현 서울대 명예교수(문학박사).
저서 : 《문학과 소외》《카프카 연구》《독문학의 이해》《독일 현대 작가와 문학 이론(공저)》
역서 : 《양철북》《파우스트》《유리알 유희》《실종자》《수레바퀴 아래서》
　　　《아름다워라 청춘이여》《성(城)》《심판》《페터 카멘친트 · 게르트루트》
　　　《변신 · 유형지에서(외)》《서부전선 이상 없다(외)》《죽음에 이르는 병》 등.

괴테 시와 진실(상)
—나의 생애에서—

초판 1쇄 발행—2006년 11월 20일

지은이 괴　테
옮긴이 박환덕
펴낸이 윤형두
펴낸곳 **종합출판 범우(주)**
교정 · 편집 김영석 · 장웅진
등록 2004년 1월 6일. 제406-2004-000012호
주소 (413-756) 경기도 파주시 교하읍 문발리 525-2 출판문화정보산업단지
전화 (031)955-6900~4
팩스 (031)955-6905
홈페이지 http://www.bumwoosa.co.kr
이메일 bumwoosa@chol.com
ISBN 89-91167-63-2 04850
　　　89-91167-62-4 (세트)

온고지신(溫故知新)으로 21세기를!

현대사회를 보다 새로운 시각으로 종합진단하여
그 처방을 제시해주는

범우사상신서

범우사 서울시 마포구 구수동 21-1호 전화 717-2121, FAX 717-0429
http://www.bumwoosa.co.kr (천리안·하이텔 ID) BUMWOOSA

범우고전선

시대를 초월해 인간성 구현의 모범으로 삼을 만한 책을 엄선

범우사 서울시 마포구 구수동 21-1호 TEL 717-2121, FAX 717-0429
http://www.bumwoosa.co.kr (E-mail) bumwoosa@chollian.net

미국 수능시험주관 대학위원회 추천도서!

위한 책 최다 선정(31종) 1위!

세계문학

151권
▶계속 출간

▶크라운변형판
▶각권 7,000원~15,000원
▶전국 서점에서 낱권으로 판매합니다

★ 서울대 권장도서
● 연고대 권장도서
◆ 미국대학위원회 추천도서

각권
값 2,800원

책으로 선물합시다

범우문고

▶ 전국 서점에서 낱권으로 판매합니다
▶ 계속 출간됩니다

범우학술·평론·예술

범우사 서울시 마포구 구수동 21-1
전화 717-2121 FAX 717-0429

범우 셰익스피어 작품선

범우비평판세계문학선 3-❶❷❸❹

셰익스피어 4대 비극

W. 셰익스피어 지음/이태주 옮김
크라운 변형판 · 값 12,000원 · 544쪽

우리에게 너무도 잘 알려진 〈햄릿〉〈맥베스〉〈리어왕〉〈오셀로〉 등 비극 4편을 싣고 있으며, 셰익스피어의 비극세계와 그의 성장과 정 · 극작가로서 그가 차지하는 문학사적 지위 등을 부록(해설)으로 다루었다.

셰익스피어 4대 희극

W. 셰익스피어 지음/이태주 옮김
크라운 변형판 · 값 12,000원 · 448쪽

영국이 낳은 세계최고의 시인이요 극작가인 셰익스피어의 희극 4편을 실었다. 〈베니스의 상인〉〈로미오와 줄리엣〉〈한여름밤의 꿈〉〈당신이 좋으실 대로〉 등을 통하여 우리의 영원한 세계문화 유산인 셰익스피어를 가까이 만날 수 있을 것이다.

셰익스피어 4대 사극

W. 셰익스피어 지음/이태주 옮김
크라운 변형판 · 값 12,000원 · 512쪽

셰익스피어 사극은 14세기 말에서 15세기 말에 이르기까지 영국사의 정권투쟁을 다루고 있다. 여기에는 〈헨리 4세 1부, 2부〉〈헨리 5세〉〈리차드 3세〉를 수록하였는데 셰익스피어는 이러한 역사극을 통해 세계인들에게 이상적인 군주의 모습이 어떤 것인지를 잘 보여주고 있다.

셰익스피어 명언집

W. 셰익스피어 지음/이태주 편역
크라운 변형판 · 값 10,000원 · 384쪽

이 책은 그의 명언만을 집대성한 것으로 인간의 사랑과 야망, 증오, 행복과 운명, 기쁨과 분노, 우정과 성(性), 처세의 지혜 등에 관한, 명구들이 일목요연하게 엮어져 있다.

W. SHAKESPEARE

 범우사 서울시 마포구 구수동 21-1호 전화 717-2121, FAX 717-0429
http://www.bumwoosa.co.kr (천리안 · 하이텔 ID) BUMWOOSA

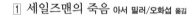